Título do original inglês:
2012: The Secret of the Crystal Skull
Copyright © 2009 by Chris Morton & Ceri Louise Thomas

O Mistério da Caveira de Cristal
Copyright © Butterfly Editora Ltda. 2012

Direitos autorais reservados.
É proibida a reprodução total ou parcial, de qualquer forma ou por qualquer meio, salvo com autorização da Editora.
(Lei nº 9.610, de 19 de fevereiro de 1998.)

Direção editorial: **Flávio Machado**
Assistente editorial: **Renata Curi**
Tradução: **Larissa Wostog Ono**
Capa, projeto gráfico e editoração: **Ricardo Brito / Estúdio Design do Livro**
Imagens da capa: **Yegor Tsyba / iStockphoto**
Gary718 / iStockphoto
R. T. Wohl Stadter / Shutterstock
Produtor gráfico: **Vitor Alcalde L. Machado**
Preparação: **Luiz Chamadoira**
Revisão: **Maiara Gouveia**

Dados Internacionais de Catalogação na Publicação (CIP)
(Câmara Brasileira do Livro, SP, Brasil)

Morton, Chris.
  O mistério da caveira de cristal / Chris Morton e Ceri Louise Thomas ; tradução Larissa Wostog Ono. – São Paulo : Butterfly Editora, 2012.

  Título original: 2012: The Secret of the Crystal Skull.
  ISBN 978-85-88477-96-4

  1. Ficção escocesa   I. Título

12-08651   CDD-823.92

Índice para catálogo sistemático:
1. Ficção : Literatura escocesa   823.92

Butterfly Editora Ltda.
Rua Atuaí, 389
Vila Esperança/Penha
CEP 03646-000 – São Paulo – SP
Fone: (0xx11) 2684-6000
www.flyed.com.br | flyed@flyed.com.br

Impresso no Brasil, no inverno de 2012, pela:
Corprint Gráfica e Editora Ltda.

1-6-12-5.000

CHRIS MORTON e CERI LOUISE THOMAS

O MISTÉRIO DA CAVEIRA DE CRISTAL

Tradução
LARISSA WOSTOG ONO

BUTTERFLY EDITORA
São Paulo – 2012

CONFORME NOVO ACORDO ORTOGRÁFICO

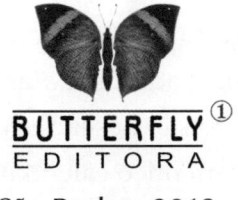

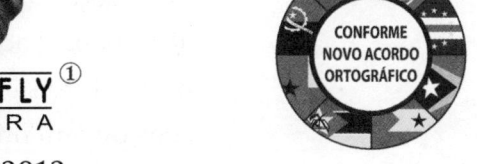

NOTA DOS AUTORES

O mistério da caveira de cristal é uma obra de ficção. A maioria das informações aqui contidas a respeito das caveiras de cristal e da cultura e das profecias da antiga civilização maia também é totalmente ficcional. No entanto, algumas se baseiam em fatos.

A profecia maia para 2012 é fundamentada, em particular, na verdadeira profecia para esse ano, conforme esboçado no livro profético maia *The Chilam Balam of Tizimin*. Todas as datas significativas citadas em nosso livro são baseadas nos trabalhos e nas predições do autêntico calendário maia antigo.

Este livro é dedicado a GABRIEL e NOAH, e à memória de ANGEL

AGRADECIMENTOS

Nós gostaríamos de agradecer a John Hunt, Catherine Harris e ao restante da equipe da editora O-Books por acreditar neste projeto, além de Lizzie Hutchins, nossa copidesque, Mike Morton e Alastair Chadwin, por seus confiáveis conselhos editoriais.

Às centenas de pessoas que nos ajudaram em nossa pesquisa no decorrer dos anos, desde os funcionários do Museu Britânico e do Instituto Smithsoniano, até os do Instituto Nacional de Arqueologia e História, no México, e suas contrapartes na Guatemala. Agradecemos também ao Professor Michael D. Coe, da Universidade de Yale, e ao Professor Karl Taube e ao Dr. John Pohl, da UCLA, por seus conselhos de especialistas a respeito das questões da antiga civilização maia. À equipe da Hewlett-Packard, por seus testes científicos a respeito da caveira de cristal da vida real. A Nic e Khrys Nocerino, JoAnn e Karl Parks, e Anna Mitchell-Hedges, por seu conhecimento acerca das caveiras de cristal, e Jamie Sams e Paula Gunn-Allen, por sua instrução a respeito da cultura nativa norte-americana. Também ao "Señor" Don Alejandro Cirillo Oxlaj Perez e à Confederação de Bispos e Sacerdotes Indígenas da América, por seu conhecimento sobre o verdadeiro xamanismo e a respeito da cultura maia contemporânea.

E, por último, mas não menos importante, um superobrigado a nossos pais, amigos, por seu incentivo vital, apoio e comentários do começo ao fim do longo processo da redação do livro e, acima de tudo, para nossos filhos maravilhosos, Gabriel e Noah, por nos "darem um tempo" para finalizar esta obra.

PREFÁCIO

Os antigos maias da América Central profetizaram que um dia, dentro em breve, o mundo chegará ao fim.

Na verdade, eles profetizaram exatamente quando.

Contudo, suas profecias também predisseram que, antes da chegada desse momento, um mensageiro seria enviado para tentar salvar o povo desta Terra.

A questão é se a humanidade prestará atenção a esse alerta, antes que seja tarde demais...

CAPÍTULO 1

Museu Geográfico Smithton
Nova Iorque
1º de dezembro de 2012

O relógio marcava meia-noite. Laura observava a antiga pedra esculpida que estava sobre a velha escrivaninha de madeira à sua frente. Com a luz da luminária de estudo, as figuras estranhas gravadas de modo profundo em sua superfície de calcário desgastada pareciam quase dançar diante dela. Esfregou os olhos. Era tarde. Estava cansada e deveria voltar para casa.

Pela última vez, ela deixou os dedos seguirem o contorno de uma das inscrições, quando esta subitamente estalou. Ela conseguira! Finalmente solucionara. Há dias ela estava intrigada com esses hieróglifos e agora compreendera o significado do primeiro glifo.

Ele diz: "Está escrito".

Ela sentia um entusiasmo cada vez mais crescente à medida que seguia para a inscrição seguinte. Desta vez, ela a compreendeu quase que de imediato. Dizia: "Nos ciclos do tempo".

Era isso. Esses eram os momentos pelos quais Laura Shepherd vivia, quando tudo faz sentido. E naquele momento ela pôde compreender o que tentavam dizer aqueles que viveram há mais de mil anos. Sabia que essa pedra era importante. Era a maior da espécie, jamais vista por ela, que agora sabia o motivo. Não havia dúvida de que se tratava de uma antiga pedra maia, esculpida com uma profecia — e ela havia acabado de decifrar o primeiro de dois anéis concêntricos de glifos.

Os hieróglifos dizem "Está escrito... nos ciclos do tempo... que..."

Laura tornou a sentar na cadeira e observou com profunda satisfação o enorme pedaço de pedra. Tinha valido a pena deixar Cambridge e o país onde nascera apenas para isso.

No entanto, sentiu um aperto no coração assim que voltou a atenção para os glifos restantes. A maioria deles estava tão carcomida que seria difícil, talvez impossível, traduzir. "O que será que o restante das pedras diz? O que será que os antigos maias estavam tentando nos dizer a respeito do futuro?" Parecia que ela nunca poderia saber.

Ela se esticou para alcançar o café, agora frio. Foi quando ouviu um barulho estranho que a assustou e a desviou de seus pensamentos. Era um ruído sinistro, como se alguém sussurrasse ou entoasse um cântico em alguma língua estrangeira: *"oxlahun baktun, mi katun, mi tun, mi kin, oxlahun baktun, mi katun, mi tun, mi kin"*.

Levantou os olhos à procura; o som cessou. Pensando que fosse sua imaginação, tornou a prestar atenção na pedra, quando o ruído recomeçou. O som parecia vir de um corredor, de fora de seu escritório decorado com painéis de carvalho.

Laura começou a se sentir apreensiva. *Quem mais poderia estar no museu a essa hora da noite?* Jacob, o porteiro noturno, havia dito a ela, menos de uma hora antes, que se recolheria à sua cabine para assistir a um filme no final da noite. Portanto, improvável que fosse ele. Será que o porteiro teria aumentado demais o volume, a ponto de ela ouvir o som que vinha de dentro da cabine dele? Ela então se arrastou até a porta e ouviu por detrás do vidro fosco, mas foi incapaz de decifrar o barulho.

Ao abrir a porta, despontou no corredor. Demorou alguns momentos até que seus olhos se acostumassem à escuridão. Mas não havia ninguém ali. Tudo o que pôde ver foi o reflexo irregular das luzes de segurança do museu no piso de linóleo encerado.

— Olá. — ela gritou.

Sua voz ecoou pelo corredor escuro.

Não houve resposta.

O ruído parecia vir da escadaria. Laura então arriscou sair cuidadosamente pelo corredor e inclinou-se sobre a borda dos corrimãos de metal retorcidos. Após a curva da grande escada de mármore, brilhava uma luz pálida vinda do corredor logo abaixo.

— Alguém aí? — perguntou. E o sussurro parou repentinamente.

Com cuidado, Laura começou a descer os degraus, quando pensou que ouvira um baque surdo seguido de silêncio vindo do corredor inferior. Seu coração começou a acelerar.

Quando alcançou os degraus mais baixos, não havia sinal de nenhuma pessoa, somente um feixe de luz que emanava por detrás de uma das portas de vidro fosco mais distante, no fim do *hall*.

Ela cautelosamente seguiu pela passagem escura e se aproximou da porta entreaberta, cuja janela apresentava as letras do nome "Dr. R. Smith" gravadas em alto relevo.

— Olá! — gritou, revelando em sua voz todo o seu medo.

Mas não houve resposta.

O coração de Laura martelava dentro do peito, enquanto levantava a mão e batia à porta. Com um rangido, a porta abriu por mais alguns centímetros.

Ainda não houve resposta.

Ela respirou profundamente e empurrou a porta, até escancará-la. Então, cambaleou para trás, chocada com o que viu dentro da sala.

Com o rosto afundado sobre a escrivaninha, lá estava o corpo de um homem de meia-idade. Tinha o rosto pálido e estava imóvel. Era seu colega, Dr. Ron Smith, que parecia não estar respirando.

— Ron! — Laura gritou enquanto corria para socorrê-lo. Ela o sacudiu pelos ombros, mas ele não se mexeu.

— Ron Smith! — ela berrou, agora desvairada. Estapeou o rosto do colega e o sacudiu o mais forte que podia, mas ele era um peso morto e ainda não respondia.

Foi quando percebeu que ele segurava algo, apertando-o tanto que as juntas dos seus dedos ficaram brancas. Caiu da mão dele quando ela o sacudiu violentamente. Era um objeto grande e cristalino, que rolou lentamente, de um lado a outro da escrivaninha, antes de parar em frente a Laura. Ela desistiu de tentar fazê-lo voltar a si e olhou fixamente para o objeto, aterrorizada.

Lá, encarando-a, estava a figura de uma caveira. Uma caveira de cristal sólido. Laura a olhou fixamente, como se estivesse hipnotizada, durante o que pareceu uma eternidade.

Recompondo-se, então, ela pegou o telefone de Ron e chamou a emergência.

CAPÍTULO 2

Antes que Laura percebesse, a sala estava tomada por policiais e peritos forenses, todos em busca de impressões digitais, removendo objetos e papéis e lacrando-os em sacos plásticos transparentes. Levantou-se e viu um fotógrafo da polícia tirando com *flashes* uma série de fotos do corpo pálido e inerte de Ron.

O Detetive Frank J. Dominguez era um bem encorpado afrodescendente que se tornara muito arrogante só porque trabalhara muitos anos na corporação. Inclinou-se sobre o corpo de Ron, examinando-o cuidadosamente de diferentes ângulos.

— Então você ouviu uma espécie de sussurro — disse, observando Laura com desconfiança — Depois desceu as escadas para investigar. E foi exatamente desse modo que você o encontrou, certo, Dra. Shepherd? — perguntou, com sua voz extremamente grave que parecia ter se desenvolvido durante uma vida inteira de trabalho nas ruas.

— S... Sim — ela respondeu hesitante, estarrecida com o choque, ao mesmo tempo em que observava o corpo de Ron Smith ainda estendido na escrivaninha. Era difícil se conformar com o fato de que aquele corpo ali na escrivaninha era de Ron Smith que, aliás, mais cedo naquela mesma tarde, lhe dera um sorriso radiante na cantina; o mesmo Ron Smith que se vestia com aqueles suéteres medonhos e sempre ia a Cape Code durante as férias, todos os anos.

Um jovem policial entrou na sala para falar com o detetive.

— Fizemos buscas em todo o prédio, mas não há sinal de nenhuma pessoa que não devesse estar aqui, senhor.

Detetive Dominguez acenou com a cabeça antes de se virar novamente para Laura.

— Então, você está dizendo que ele começou a trabalhar aqui antes de você e, ainda assim, você mal o conhecia?

Laura sentiu uma ponta de acusação no tom da fala do detetive.

— Sim. Ron é... quer dizer, era — corrigiu-se — uma pessoa muito reservada.

— Hummm. É isso? — Dominguez lançou um olhar indiferente ao cadáver de Ron. Ele deve ter visto tanto esse tipo de coisa que nem se aborrecia mais.

— Deixe-me ver se entendi — ele se virou mais uma vez para Laura e fixou o olhar. — Vocês dois... o que é isso? — lançou-se rapidamente até o computador para encontrar a página correta — Eram especialistas em antiga civilização maia, e você não faz ideia de qual era o trabalho que o Dr. Smith vinha realizando antes de morrer?

Soou como se ele não gostasse muito de "especialistas" de qualquer espécie.

— É isso mesmo — respondeu Laura, dando impressão de que queria se defender. — Todos nós temos áreas muito específicas de atuação. Eu sou especialista em hieróglifos, e Ron trabalhava mais com o lado antropológico das coisas.

— É verdade? — disse Dominguez. — "Ah... esses 'intelectuais no museu'", pensou consigo mesmo. Ele não conseguia pensar em nenhum outro trabalho no qual duas pessoas pudessem desempenhar quase a mesma função e não saber o que o outro faz. Além disso, parecia estranho para ele que dois especialistas em civilização maia fossem as únicas pessoas no museu depois da meia-noite, e agora uma delas estava morta.

Laura procurou explicar melhor:

— Ron assumiu todo o trabalho de campo alguns anos atrás, quando minha função se tornou mais relacionada ao escritório.

— Ó, é mesmo? Por que isso?

— Eu tive compromissos familiares — respondeu.

Sua mão subiu para tocar o pequeno pingente de prata em formato de coração que usava em torno do pescoço.

— E você não conhece ninguém que tenha algum tipo de ressentimento em relação a ele, ou que aparentemente não gostasse dele? — perguntou Dominguez, balançando a cabeça casualmente na direção do cadáver.

— Não, o Ron não — respondeu. — Ele era uma alma bondosa e tranquila.

— E algo ou alguém que o estivesse incomodando, algum estranho por aí perguntando por ele, ou qualquer coisa fora do comum? — o detetive repetiu sua lista de perguntas-padrão com um tédio evidente.

Laura respondeu negativamente, maneando na cabeça.

Dava-lhe arrepios só de pensar que Ron poderia ter sido assassinado. "Ele não pode ter sido" — continuou falando para si. Ela, contudo, tinha ouvido vozes fora de sua sala. "Deveria ter mais alguém no museu. Mas por que alguém iria querer matar Ron?"

— E até onde você saiba, ele não estava enfrentando dificuldades financeiras, questões de saúde, problemas familiares ou coisa parecida?

— Até onde sei, não... embora sua esposa tenha morrido de câncer alguns anos atrás.

Tudo ao redor que tivesse pertencido a Ron estava sendo coletado, embalado e etiquetado.

— E você não faz ideia do que seja isso? — o detetive apontou para o objeto misterioso sobre a escrivaninha de Ron.

— Não. Eu nunca vi nada parecido.

Laura fitou o estranho objeto que, poucos momentos antes, havia rolado das mãos do homem morto em direção a ela. Um arrepio desceu por sua espinha quando se recordou. Tinha o mesmo tamanho e formato de um crânio humano, porém era feito de um material transparente que parecia cristal sólido.

— Mas ele a segurava quando eu o encontrei — completou.

— Você tem certeza? — questionou o detetive.

— Absoluta. Ela rolou das mãos dele quando eu o chacoalhei.

— Certo — disse Dominguez e virou-se para seus subordinados, pensando: "ei, caras, mostrem, do que são capazes".

Laura observava um fotógrafo da polícia tirar várias fotos em *close* da caveira antes de dois peritos forenses, munidos de luvas, se aproximarem, pegarem-na cuidadosamente, lacrarem-na em uma caixa, etiquetarem-na e a levarem.

Quando dois paramédicos chegaram com uma maca, o Detetive Dominguez gentilmente sugeriu a Laura:

— Você pode ir agora. Isto não será nem um pouco bonito.

— Concordo, tudo bem — respondeu, dizendo aquilo também para si. Ela sentiu-se estranhamente imparcial, como se aquilo estivesse acontecendo com outra pessoa e não com ela.

Assim que os paramédicos começaram a remover o corpo do estudioso de cima da escrivaninha, o detetive descobriu algo que estava oculto embaixo do tronco estendido de Ron.

— Que diabo é isto aqui? — perguntou Dominguez.

Laura inclinou-se para ver o que era.

Um bilhete manuscrito, provavelmente feito às pressas, estava sobre a mesa de trabalho. Laura reconheceu a letra de Ron. Foi sua última anotação, que simplesmente dizia: "Eu vi o futuro..."

CAPÍTULO 3

Do lado de fora, uma ambulância e uma fila de viaturas policiais com luzes piscando estavam estacionadas junto aos primeiros degraus da escadaria do museu. Um homem agitado, de cerca de quarenta anos e cabelos escuros apareceu ali e subiu os degraus da escadaria, entre os gigantescos pilares, indo para a entrada principal daquele imenso prédio em estilo neoclássico.

— Sinto muito, o senhor não pode entrar aí! — uma policial ergueu a voz assim que o deteve. Ele passou os dedos pelos cabelos, frustrado. Era Michael, marido de Laura, que fora ao museu o mais rápido que pôde. Tudo o que queria era se unir à esposa para saber se ela estava bem.

Além dos portões, as portas do elevador se abriram, e ele viu os paramédicos vindo em sua direção levando o cadáver de Ron em uma maca. Atrás deles, viu também Laura de relance, cercada por um grupo de policiais, dirigindo-se à saída. Sob os longos cachos loiros, seu rosto bem delineado estava pálido, exaurido por causa do choque. Ela parecia tão frágil, tão vulnerável.

Assim que ela passou pela catraca, correu para abraçá-la:

— Laura, você está bem?

Ela não respondeu. Manteve seus olhos verdes desbotados fixos na maca, enquanto esta era levada em direção às portas.

— Cinco minutos mais cedo, e eu poderia tê-lo salvo — disse desconsolada.

— Você sabe, Laura, o que ele estava segurando? Você sabe? Se você tivesse chegado lá mais cedo, onde você estaria agora? — disse Michael, de modo mais ríspido do que pretendia.

Ao saírem do museu, ambos permaneceram perto das imensas portas de madeira da entrada, observando os paramédicos enquanto eles conduziam escada abaixo o corpo de Ron, iluminado pelas luzes vermelhas e azuis das ambulâncias estacionadas logo ali.

— Eu só queria que houvesse algo mais que eu pudesse ter feito — respondeu, tanto para si mesma como para Michael.

— Tenho certeza de que você fez tudo o que pôde — ele tentou tranquilizá-la, envolvendo os ombros dela com o próprio casaco.

— Não sinto isso — a descida começou.

— Não acha que ele foi suicida? — perguntou Michael, após uma pausa. Ele se empenhava para pensar em algo que pudesse fazer a esposa se sentir melhor, alguma coisa para impedir que se sentisse tão horrivelmente culpada.

— Eu imagino que seja possível — ela começou a ficar preocupada, pensando na mensagem deixada por Ron: "Eu vi o futuro...". "Sem dúvida parecia um bilhete suicida. Mas o que teria visto Ron? Que visão do futuro pode ter sido tão assustadora a ponto de fazê-lo tirar a própria vida?" Ela tremia só de pensar nisso.

Uma brisa fria soprou assim que os paramédicos carregaram para dentro da ambulância a maca onde estava o corpo de Ron.

Michael olhou para a mulher, sua face enrugada de preocupação chamou sua atenção. Ele tinha uma sensação horrível e agourenta.

Eles haviam passado tantos anos tentando minuciosamente reconstruir suas vidas, e agora ele temia que a descoberta do cadáver de Ron estivesse prestes a despedaçar o frágil mundo de Laura.

CAPÍTULO 4

4 DE DEZEMBRO DE 2012

O Professor Lamb, diretor do Museu Geográfico Smithton, era um homem baixa estatura, com voz fina e a barba por fazer. Estava vestido com um paletó de lã. Uma descoberta a respeito da migração populacional no final da era Paleolítica e uma trajetória vitoriosa, com patronos abastados, o auxiliaram numa ascensão aparentemente sem esforços para alcançar sua alta posição no mundo acadêmico.

Honestamente, Laura o achava um pouco desagradável e suspeitava de que ele pudesse ter sido um aproveitador na época em que os professores ainda conseguiam se safar desse tipo de coisa.

Mesmo assim, seu charme superficial não estava presente quando entrou com ele no distrito policial — uma construção dos anos 1960, de fachada cinza desbotado, localizado no centro de Nova Iorque — e tomaram o elevador até o quarto andar.

— Tenho certeza de que a polícia descobrirá — disse ele, confiante.

— Vamos esperar que sim — Laura concordou. Ela não queria contrariar seu chefe, mas não tinha tanta certeza. Fazia três dias que Ron havia morrido, mas parecia que haviam se passado apenas minutos desde que o encontrara. Desde então, suas noites eram incômodas quando se lembrava do que acontecera. Em seus sonhos, aparecia sempre o corpo caído e inerte de Ron. Lá estava seu colega, o calado e aplicado Ron Smith, morto quando estava sozinho em sua sala. Ficava cada vez mais difícil para ela se concentrar no trabalho, e sua mente era incapaz de deter a incessante busca da causa da morte de seu colega.

"Provavelmente trata-se de suicídio. É aquela época do ano", ela disse a si mesma enquanto tirava as luvas. Faltava menos de um mês para o Natal. Laura ouvira em algum lugar que os índices de suicídio aumentam nesse período. Aparentemente é uma época do ano em que a diferença entre a realidade dolorosa que a vida é e o modo como as pessoas gostariam que fosse pode ser tão opressiva que estas veem poucas razões para continuar a viver. "Ron perdera Lilian, sua esposa. Talvez ele tenha achado que não conseguiria encarar outro Natal sozinho. Possivelmente, o futuro seria desolador demais sem ela".

Ainda assim, a ideia do colega cometer suicídio não fazia sentido. Certamente não explicava por que parecera tão feliz nas últimas poucas vezes que ela o tinha visto, muito mais feliz do que fora desde sua perda, muitos anos antes.

— Sente-se — disse o Detetive Dominguez. Sua voz soava mais profunda do que nunca, enquanto Laura e Lamb entravam em seu escritório por uma porta de vidro na qual se lia a palavra "Homicídios". Fechou a porta atrás dos dois e sentou-se à sua mesa:
— E desculpem-me pelo barulho. As coisas estão sempre um pouco agitadas por aqui.

Mesmo com a porta fechada, a sala do detetive não podia ficar isolada do turbilhão que acontecia lá fora, e suas paredes de vidro eram incapazes de protegê-la do alvoroço e do falatório constantes vindo de todos os lados do movimentado departamento de polícia.

Detetive Dominguez estava fortemente resfriado e não havia clima para conversas fúteis.

— Certo! — disse, apanhando na mesa o relatório forense intitulado "Dr. Ronald D. Smith — falecido", que ele começou a ler a partir de então, sem qualquer tentativa de fazer uma delicada introdução.

— Sem sinais de nenhum ferimento a bala ou faca, sem sinais de nenhum machucado, sem evidências que possam sugerir estrangulamento, sufocação ou qualquer outra Reforma de violência física capaz de lesionar o corpo.

Levantou os olhos para Laura e disse:

— Então, você ficará feliz em ouvir que estamos descartando assassinato.

Laura sentiu-se aliviada. Não percebera o quanto esse pensamento a estava incomodando até então.

Dominguez assoou o nariz e continuou:

— Para suicídio, não há sinal de enforcamento ou qualquer outra lesão autoinfligida; não há evidência de toxinas, comprimidos, álcool, drogas de nenhuma espécie. Não há nem mesmo um traço de antidepressivos em sua corrente sanguínea.

Exatamente como Laura havia pensado, a felicidade recente de Ron não era ocasionada por remédios. Era como se uma nuvem cinzenta tivesse caído sobre ele. Não que Ron falasse muito, ele nunca o fizera. Mas quando sorriu para ela naquele dia, pouco antes de morrer, era como se estivesse sorrindo tanto por dentro como por fora. Nenhum antidepressivo disponível no mercado seria capaz de fazê-lo sorrir daquele jeito.

— Então, se foi suicídio — continuou Dominguez —, não temos ideia de como ele o fez ou por quê?

Laura estava confusa. Não parecia fazer sentido. Enquanto a polícia não podia descartar a possibilidade de suicídio, ela estava tão intrigada quanto eles a respeito do modo como Ron poderia ter feito isso e do que teria motivado essa resolução. Afinal de contas, ele parecera tão atipicamente feliz antes de morrer.

"Então será que ele não morreu de causas naturais?", Laura se perguntou, quando o detetive acrescentou:

— Mais estranho ainda é que os registros médicos do Dr. Smith mostram que ele gozava de perfeita saúde física. Estou querendo dizer que esse cara só foi ao médico para fazer seu *check-up* anual, tendo em vista que ele tem convênio médico. Acontece que ele fez isso há apenas algumas semanas, e os resultados dos exames que fizera revelaram saúde muito boa. Os médicos não encontraram nada de errado no seu organismo.

O detetive olhou de viés para Laura antes de apanhar outro documento.

— Na autópsia também... não há nenhuma evidência de ataque cardíaco ou falência de algum órgão.

Isso também não fazia sentido.

Ele largou o relatório da autópsia e olhou novamente para Laura, fitando-a diretamente nos olhos.

— Então o que temos aqui é um mistério — concluiu.

— E quanto à mensagem que ele deixou? — ela perguntou.

— "Eu vi o futuro..."? Você acha que se trata do quê? O que você acha que ele viu?

O Detetive Dominguez apenas encolheu os ombros e assoou o nariz:

— Quem sabe se não foi apenas uma coincidência?

Laura não estava convencida.

— E quanto à caveira? — perguntou o Professor Lamb. Esse havia sido o principal motivo pelo qual acompanhara a colega ao distrito policial.

— Agora há outro mistério — respondeu Dominguez. — Nossos homens examinaram cada parte daquela coisa e não conseguiram encontrar nenhuma impressão digital nela, nem mesmo a do Dr. Smith! — tornou a se voltar para Laura. — Você tem certeza de que ele a estava segurando?

— Absoluta — ela respondeu ao mesmo tempo em que sacudia a cabeça.

— E você está certa de que simplesmente não limpou suas impressões digitais após bater na cabeça dele com o objeto?

Ele colocou o lenço no bolso e a encarou.

Laura foi surpreendida. Dominguez realmente estava sugerindo que ela assassinara Ron? No entanto, a curvatura de seus lábios logo lhe mostrou que se tratava do tipo de comentário que no mundo do crime era considerado humor.

— Só estou brincando, Dra. Shepherd. Humor de policial — confirmou.

Laura não estava lá muito interessada por aquilo, quando ele prosseguiu:

— Não se preocupe, sua barra está limpa.

Ele sacudiu o pulso.

— Na verdade, não há evidências para sugerir que mais *alguém* estivesse envolvido — assoou o nariz outra vez. — Na minha opinião, o caso está encerrado.

Laura estava consternada com o fato de a polícia ter chegado a uma conclusão tão rápida em suas investigações. Não parecia certo. "Era a vida de Ron Smith", ela pensou, totalmente finalizada sem qualquer explicação verdadeira.

Se o inquérito policial sequer havia começado a responder como Ron tinha morrido, sabia menos ainda sobre o motivo de sua morte. Era como se fosse um final indigno e insatisfatório à existência de toda uma vida.

— Sem dúvida deve haver *algo* mais que você possa fazer para descobrir o que aconteceu com ele, não? — ela insistiu.

— O que você está tentando dizer? — Dominguez encolheu os ombros novamente e abriu as palmas das mãos. — Não há qualquer circunstância suspeita.

Laura não via exatamente dessa forma, mas a única coisa com a qual o detetive pareceu preocupado foi em apanhar as coisas de Ron e enviá-las rapidamente de volta ao museu. Como o pesquisador não tinha "nenhum parente vivo para herdar seus bens mais pessoais", o detetive parecia ansioso por simplesmente lavar as mãos em relação a tudo isso.

CAPÍTULO 5

— Isso tudo é terrível — murmurou o Professor Lamb, espanando a lapela de seu paletó de lã enquanto se juntava a Laura, e os dois entravam em um dos elevadores do museu. Depois, marcharam corredor abaixo, em direção ao escritório dela. O sotaque britânico de Lamb era ainda mais pronunciado do que o de Laura.

— Sim — ela concordou. — É triste pensar que Ron não está mais por aqui.

— Humm — disse Lamb, limpando a garganta. — Mas você não está curiosa em relação àquela caveira?

Ela estremeceu quando se lembrou da caveira de cristal rolando pela escrivaninha de Ron, seus traços grotescos parecendo sorrir enquanto lidava com a ideia de que o outro estava morto. O completo horror de encontrar aquele corpo inerte estava com ela de novo, tão vívido como havia sido no momento em que o achara. Ela ainda estava chocada. E seria mais do que feliz se nunca mais colocasse os olhos naquela caveira novamente.

Lamb ainda esperava resposta.

— Eu vi tudo o que precisava a respeito dessa coisa no escritório de Ron — respondeu enquanto abria a porta.

Assim que entrou em sua sala, sentiu-se aliviada por retornar para seus hieróglifos. Olhou ao redor do escritório: a mesa, com sua distinta fileira de artefatos devidamente catalogados; o artigo acadêmico escrevia; a planta dada por Michael, crescendo como uma trepadeira que subia até a estante. Era um mundo familiar, seguro, e o lugar em que gostaria de estar. Ela não queria ter de lidar com aquela morte. Porém estava por toda parte. Não havia mais nada que pudesse fazer. Neste momento, queria esquecer tudo. O trabalho a ajudaria com isso.

— Sabe de uma coisa, Laura? Você sempre gostou de um desafio — disse o Professor Lamb, com um falso ar de casualidade. Ela virou-se para constatar que ele a havia seguido até o escritório e que sua atenção agora se voltava para uma foto na parede. Era uma fotografia sua na qual emergia de dentro de uma caverna, em traje e equipamento de mergulho completos, erguendo de modo triunfante uma antiga urna funerária.

Laura se perguntava aonde ele queria chegar. Fazia muito tempo que explorara passagens submarinas em busca de artefatos ocultos e sentira o escaldante calor do sol tropical enquanto examinava cuidadosamente o lodo para recuperar tesouros perdidos de outras épocas. Seu entusiasmo agora vinha na forma do trabalho de decodificação.

— Bom, agora que eu tenho todos os desafios, preciso tentar traduzir esses hieróglifos — disse, indicando a enorme tábua de pedra sobre a escrivaninha. Enquanto se movia em círculos atrás da mesa, seus olhos caíram em algo mais que havia sido colocado exatamente no meio de seu espaço de trabalho. Era uma caixa de papelão identificada como "Departamento de Polícia de Nova Iorque — Propriedade do Dr. Robert Smith — Falecido".

Ela olhou dentro da caixa e encontrou pastas e arquivos, tudo minuciosamente etiquetado por Ron Smith. Parecia que a polícia já havia devolvido alguns de seus pertences. Mas o que eles faziam em sua mesa?

— As coisas de Ron!? — ela exclamou.

— Sim, Laura — respondeu Lamb. — O Conselho de Curadores do Museu quer uma investigação completa. Eles querem respostas. E como a polícia falhou de forma tão lastimável a esse respeito, eu quero que você as forneça.

Confusa, olhou para ele.

— Nós apenas queremos que você examine cuidadosamente as coisas de Ron — ele continuou tranquilamente. — Veja o que você consegue fazer, o que você consegue descobrir sobre aquela caveira.

Laura estava chocada. A ideia de encontrar qualquer informação adicional sobre a caveira e as circunstâncias envolvendo a morte de Ron a encheram de pavor. Não era apenas isso; ela estava convencida de estar perto de fragmentar o restante dos enigmáticos hieróglifos que andava traduzindo.

— Mas esta é a maior e mais elaborada pedra profética maia que eu já vi...

Ela tentou explicar, mas Lamb a interrompeu:

— Laura, precisaremos que você seja uma jogadora nesta situação. Nós não permitiremos que um dos nossos morra sem deixar nada para mostrar em relação a seus últimos anos conosco.

— Mas, Professor Lamb, eu já consegui decifrar o primeiro anel — ela suplicou. — Meu trabalho é encontrar e decodificar o restante.

Lamb estava perdendo a paciência.

— Com todo respeito, Laura, seu trabalho é fazer o que o Conselho de Curadores e eu lhe falarmos para fazer.

Ficou em silêncio enquanto ele falava.

— E tanto o Conselho como eu queremos saber do que se trata a caveira, de que buraco ela surgiu e que diabo Ron Smith fazia com ela quando morreu.

— Mas... — tentou protestar de novo, antes de Lamb acrescentar:

— Além disso, acho que nós devemos isso ao Ron, não acha?

Laura ficou sem palavras.

— Eu quero esse relatório, por completo, na minha mesa, até a próxima semana — ele vociferou, apertou a gravata e saiu da sala.

CAPÍTULO 6

Laura deixou escapar um suspiro profundo assim que a porta fechou firmemente atrás do Professor Lamb. Ela ressentiu-se por ter que investigar a caveira de cristal em vez de prosseguir com seu verdadeiro trabalho. Não era por que não se importasse com Ron, ela se importava sim, mas apenas não conseguia entender o que esperavam que *ela* fosse capaz de descobrir a respeito de sua morte, se até a polícia não o fizera.

A antiga civilização maia da América Central era sua área de especialização, e não queria que nada a desviasse da importante tarefa que estipulara para si mesma: tentar traduzir a misteriosa pedra profética maia.

Encarou, lamentando, o imenso pedaço semicircular de calcário branco que repousava sobre a mesa. A pedra a fascinava há semanas, desde quando fora confiscada pela alfândega e cedida ao museu. Era difícil explicar, mas sentia que havia descoberto algo em relação a essa pedra. Ela nunca vira antes um entalhe maia de tamanha magnitude ou com o mesmo patamar de complexidade no formato de seus glifos. Secretamente tinha a esperança de que a pedra pudesse fornecer respostas a algumas das questões que mantinha acerca dos antigos maias, uma civilização cujos fatos essenciais são quase desconhecidos.

"Aquele Professor Lamb não iria gostar de nada disso", ela pensou. "Ele está sempre mais interessado na política do próprio escritório do que no apogeu e na queda das antigas civilizações. Eu não sei por que ele se incomoda em trabalhar num museu, afinal de contas. Poderia muito bem trabalhar em uma fábrica de clipes de papel", viu-se criticando por dentro.

Para Laura, hieróglifos maias eram mais do que apenas escrita. Eram obras de arte que transmitiam a profunda compreensão filosófica que os maias possuíam de seu mundo e lugar no universo. Havia uma riqueza em relação a seu modo de ver as coisas que agradara a Laura desde a primeira vez em se pusera diante de sua antiga cultura singular.

Seu fascínio pela antiga civilização maia de fato começara quando era apenas uma criança. De férias com os pais na América Central, eles a haviam levado para visitar as antigas ruínas maias de Tikal, na Guatemala. Lá, contemplara as pirâmides gigantes que se erguiam do solo da selva sobre as copas das árvores. Ela fora cativada pelas elaboradas obras de arte maias, seus deuses misteriosos, reis melancólicos, padres-astrônomos e animais sagrados. Mesmo quando era uma criança de 8 anos de idade, ao olhar para as escritas em hieróglifos sentiu que essas pessoas antigas possuíam o conhecimento que havíamos perdido ou, de alguma forma, esquecido.

Então, assim que completou dezoito anos, decidiu graduar-se em arqueologia, especializando-se em estudos maias. É óbvio que seu pai mostrara-se desapontado com o fato de ela não ter escolhido seguir a carreira jurídica, acreditando que a filha possuía todas as qualidades necessárias para se tornar, a exemplo dele, uma advogada comercial de sucesso. Aquelas pedras antigas, no entanto, tocaram sua alma, e ela sentiu-se incitada a estudá-las mais a fundo.

Mas agora, sem dúvida, descobrira que os antigos maias constituíram uma das civilizações mais avançadas e enigmáticas que mundo jamais havia conhecido — surgindo como se viesse do nada, já extremamente desenvolvida, mesmo antes da época de Jesus Cristo.

Erigiram cidades imensas, com templos, palácios e pirâmides profundas no meio da floresta tropical e alcançaram níveis extraordinários de realização artística e científica. Construíram estradas para pedestres, possuíam um sofisticado sistema matemático que incluía a criação do conceito de zero e tinham um calendário completo, cuja precisão científica era superior a do nosso. Baseados nos verdadeiros movimentos dos planetas e das estrelas, utilizavam esse calendário para fazer as previsões mais incrivelmente precisas — muitas das quais tornaram-se realidade.

Por volta de 890 d.C., a civilização maia do período Clássico desapareceu de modo misterioso, por razões que permanecem desconhecidas até os dias de hoje. Sabidamente eles abandonaram suas maravilhosas cidades, deixando-as serem tomadas mais uma vez ao longo da floresta. Questões como de onde os maias surgiram, o modo pelo qual obtiveram seu conhecimento avançado e por que sua civilização de repente caiu em colapso e desapareceu permanecem uma fonte de grande controvérsia entre os arqueólogos.

É por esse motivo que a pedra profética que agora repousa sobre a mesa de Laura parecia tão importante para ela. Laura tinha a esperança de que o artefato pudesse fornecer uma ideia em relação ao futuro, de acordo com a crença dos maias. Por tudo o que ela sabia, a pedra poderia ao menos responder o mistério de por que sua civilização sumira.

Enquanto observava a pedra novamente, esta a comoveu de um modo tão estranho quanto na noite da morte de Ron, quando conseguira fazer sua grande descoberta. Foi quando traduzira a parte mais externa dos dois anéis de glifos que persistiram.

Seus dedos retraçaram o contorno da primeira inscrição. Era uma imagem do deus macaco, o antigo deus maia da escrita, e a ondulação de sua cauda significava que era no presente, tempo verbal impessoal. Então, o primeiro glifo dizia "Está escrito".

O glifo seguinte era um símbolo de espiral, um pictograma para o movimento dos planetas e das estrelas enquanto se moviam pelo universo — o que para os antigos que o entalharam representava "os ciclos do tempo" —, seguido por um glifo de ligação. Então, os três glifos juntos diziam: "Está escrito... nos ciclos do tempo... que..."

Porém, o restante permanecia um mistério. O anel de glifos seguinte estava tão carcomido que Laura encontrava dificuldades em compreender o que diziam.

Pelo seu conhecimento em antigos textos maias, conseguia perceber que a maioria dos símbolos utilizados era o que eles chamavam de hieróglifos de "cabeça variante", como a imagem da cabeça do deus macaco. Isso significava que se tratava de um texto sagrado, especialmente importante para aqueles que o entalharam. Quem os escreveu devia ter sido um alto sacerdote xamã. Somente aqueles com conhecimento acerca dos reinos sagrados teria permissão para criar tais trabalhos. Laura se perguntou quais segredos eles haviam entalhado nessa antiga superfície.

"Se eu conseguisse traduzir esses glifos desgastados", pensou.

Mas é claro que, além disso, mesmo que pudesse traduzir todos os glifos que restavam, não tinha o pedaço inteiro de pedra. Ela pôde ver muito claramente que a pedra estava quebrada embaixo do segundo anel de glifos, e um grande pedaço dele faltava por completo, então havia outros hieróglifos que permaneceriam desconhecidos. Ela não poderia traduzir por completo, a menos que conseguisse encontrar o restante da pedra, e só Deus sabia de onde ela surgira. Suas origens estavam envoltas em mistério.

O tipo de glifo utilizado indicava que era do início da civilização maia, datado de antes de 200 d.C, e seu estilo decorado era característico da costa leste do antigo império maia, o que agora corresponderia à costa caribenha do México, Honduras ou Belize, mas a origem exata da peça continua desconhecida.

Tudo o que Laura sabia é que havia sido confiscada por um navio com registro filipino que tentara atracar no porto de Nova Iorque. O navio não possuía documentos para provar de onde realmente tinha vindo ou para onde estava indo, ou para autorizar o transporte de "uma parte de obra de grande antiguidade", tampouco de qualquer outra carga contrabandeada que estava a bordo. Era, de fato, um navio pirata moderno.

Como aparentemente ninguém da tripulação falava uma palavra de inglês, foram incapazes de ajudar os oficiais da alfândega com suas perguntas. Mesmo com uma equipe de tradutores cobrindo toda a gama de suas línguas nativas suspeitas, parecia que nenhum membro da tripulação sabia de onde sua carga ou materiais ilícitos tinham vindo ou para quem eles a estavam carregando.

Eles claramente não tinham a intenção de parar em Nova Iorque, mas haviam sido obrigados a fazê-lo após encontrarem condições climáticas terríveis ao longo da costa oriental do Atlântico. Era claro que agora toda a tripulação estava detida aguardando deportação.

Laura recordava-se de ter sido chamada ao navio pela alfândega algumas semanas antes, a fim de tentar identificar alguns dos antigos artefatos encontrados no compartimento de carga. No interior úmido do navio, que cheirava distintamente a urina de rato, os oficiais da alfândega forçaram a abertura das portas de um dos containers de carga e acenderam suas potentes tochas para revelar os entalhes lindamente ornados da pedra profética.

Após Laura ter identificado a pedra como uma obra maia muito antiga, esta agora seria emprestada ao museu por período indeterminado, para estudos mais aprofundados, até que suas origens verdadeiras e o legítimo proprietário fossem confirmadas.

Tudo isso serviu para lembrar que havia todo um mercado negro lá fora, com negociantes obscuros de antiguidades roubadas, armas, drogas, peles de animais em extinção. Qualquer que seja o nome que você atribua, qualquer coisa que alguém esteja preparado para comprar, sempre haverá alguém no mundo, ou quadrilhas inteiras de marujos sem-terra e empresas de fachada clandestinas preparadas para fornecer.

Laura viu-se perguntando a si mesma o quanto nosso conhecimento acerca do mundo de nossos ancestrais havia sido arruinado por esses piratas, os quais lucraram com seu comércio ilegal desde os tempos antigos. Suas atividades se davam muito frequentemente às custas de nossa compreensão da verdadeira história. "Mesmo a tradicional bandeira pirata, com a caveira e os ossos cruzados", ela lembrou-se — "eles roubaram originalmente dos antigos maias, para os quais aparentemente havia sido um tipo de símbolo religioso. Se eu conseguisse encontrar o restante desse pedaço de pedra", pensou. "Mas agora tudo vai ter que esperar!"

Ela se sentiu profundamente frustrada. Agora que havia sido aportada na investigação interna do próprio museu sobre a caveira de cristal, decidiu que seria melhor concluir a inquirição o mais rápido possível.

E foi com uma sensação de resignação relutante que dirigiu-se ao arquivo do museu, no porão, não para descobrir de onde sua preciosa pedra profética tinha vindo, mas para tentar desvendar as origens da igualmente misteriosa caveira de cristal.

CAPÍTULO 7

O arquivo era onde cada um dos itens que já havia se tornado posse do museu, não importa o seu tamanho, era cuidadosamente catalogado e relacionado. Desde a fundação do museu, em 1800, tudo, desde um pequenino palito de dente de um faraó até um sarcófago de múmia de 4,50 m de comprimento, fora metodicamente listado por gerações de arquivistas meticulosos.

Se o item estava disposto ao público ou estocado no labirinto de corredores subterrâneos de armazenamento, é certo que o arquivo tinha um registro disso. Geralmente havia uma descrição completa do item e seu uso original, junto com detalhes exatos de onde fora descoberto.

"Essa era a maneira apropriada de fazer as coisas", pensou Laura, "ao contrário do que sempre acontece quando o mercado negro se apossa de um item". Lembrou-se das palavras de seu antigo professor da universidade: *"A única maneira de fortalecermos a história exata de nosso passado é manter registros meticulosos de como cada item é e precisar onde foi encontrado originalmente"*.

Esse era o trabalho de dedicados profissionais, como a atual arquivista do museu, Mary Swinton.

Mary trabalhava no arquivo há mais de trinta anos, desde os tempos em que as informações eram guardadas em fichas. Durante os últimos vinte e cinco anos, contudo, havia pessoalmente supervisionado a transferência de todos os registros para o computador.

Se havia um registro da caveira de cristal em algum lugar, Mary logo conseguiria encontrá-lo.

Laura observava Mary examinar cuidadosamente a tela do computador. Ela sorria meigamente para Laura por sobre os óculos, o qual parecia ficar exatamente na ponta do nariz, antes de ela sacudir a cabeça.

— Não. Definitivamente não há registro de nenhuma caveira de cristal em nenhum lugar do arquivo — disse, para desgosto da outra.

— E também nem mesmo uma simples referência a ela em algum lugar da biblioteca — acrescentou.

— Como você sabe disso? — Laura perguntou, surpresa.

— É a segunda vez que procuro — Mary explicou, ajeitando os óculos. — O coitado do Dr. Smith esteve aqui fazendo exatamente a mesma pergunta na semana passada.

CAPÍTULO 8

A mente de Laura estava acelerada quando retornou para seu escritório pelo labirinto de corredores. *Por que Ron Smith havia perguntado a respeito das origens da caveira de cristal? Nem ele sabia de onde tinha vindo?*

Ela parou subitamente quando um pensamento ainda mais perturbador a atingiu. "O que estou fazendo ao seguir os passos de Ron? Ron andava estudando a caveira de cristal, perguntando sobre ela no arquivo, e então...", ela estremeceu ao pensar até onde tudo isso poderia ir. Ela decidiu pegar um atalho por um dos corredores subterrâneos de armazenamento para acessar os elevadores, mas assim que dobrou a esquina percebeu que havia se esquecido do quão aterrorizante poderia ser aquela parte do museu. O corredor era forrado, por todos os lados até o teto, com caixotes de madeira dos quais se projetavam diversas esculturas antigas de partes do corpo.

Alguns metros à frente, de costas para Laura, um oficial uniformizado deslocava lenta e deliberadamente um velho carrinho no corredor abaixo, rumo aos elevadores. As rodas rangiam enquanto se movia, e um braço pálido e imóvel pendia por debaixo de um lençol branco que cobria um corpo de aspecto muito rígido no alto do carrinho. De repente, para Laura, deu a impressão de ser um cadáver, e todo o lugar parecia um necrotério.

De alguma forma surpresa com a força da própria reação, decidiu descer as escadas, e estava quase correndo no momento em que alcançou o oficial no último andar. A iluminação do *hall* parecia não querer funcionar, e ela ainda atrapalhava-se para encaixar a chave na fechadura quando ouviu um som familiar de rangido.

Laura virou-se e viu que o carrinho e o funcionário que o empurrava haviam acabado de surgir do elevador na outra extremidade do corredor de serviço, exatamente oposto à porta perto de onde estava.

Ela conseguiu distinguir apenas a silhueta do corpo com as costas iluminadas somente pela lâmpada do elevador, que agora se deslocava corredor abaixo, em direção a ela.

Precipitou-se para seu escritório e se refugiou atrás da porta. Sentiu-se estranhamente assustada. "O que está acontecendo?", perguntou a si mesma. Não conseguia entender por que as visões e ruídos comuns do museu, uma vez familiares, de repente pareciam ameaçadores. Seu coração, no entanto, martelava no peito enquanto o som de rodas rangendo e o eco vazio de pesados passos masculinos ficavam mais próximos.

Então ouviu uma batida na porta e pulou instantaneamente.

— Entre — ela entoou. Sua voz soava mais aguda do que esperava, e a porta sacudiu, abrindo-se.

Lá na porta estava um funcionário do museu. Era um afrodescendente alto, e magro, com um carrinho.

— O Professor Lamb me pediu para lhe entregar isso — disse, enquanto puxava o lençol branco para revelar uma antiga estátua romana, ao lado da qual havia uma maleta de couro preto de cerca de setenta centímetros.

— Ah, Jacob! — Laura ficou aliviada por reconhecer o porteiro, que fazia suas rondas habituais, buscando e entregando itens para os arqueólogos trabalharem. Não havia dúvida de que era somente uma estátua o que havia visto mais cedo no carrinho; sua mente simplesmente pregava peças nela.

— Apenas coloque-a lá — indicou.

— Sinto muito sobre Ron — Jacob disse assim que colocou a maleta de couro preto cuidadosamente na mesa lateral, o que fez Laura pensar que se tratava de uma cautela exagerada.

— Obrigada, Jacob — agradeceu a preocupação do porteiro, mas seu coração apertou assim que notou o que ele entregara.

Ela olhou para a maleta. Simplesmente sabia muito bem o que havia dentro dela. Sabia que aquilo viria, mas temia o momento de sua chegada.

Jacob parecia sentir sua tensão. Ele parou na porta e virou para olhá-la.

— Cuide-se agora, Dra. Shepherd.

A preocupação em sua voz deixou Laura perguntando-se o que exatamente ele ouvira a respeito da caveira. Estava desesperada para lhe indagar, mas pensou em s0ua reputação como arqueóloga profissional, e então nada perguntou.

CAPÍTULO 9

Laura realmente não queria olhar para a caveira. Havia um milhão de coisas que ela preferia fazer a abrir aquela maleta. Em vez disso, ligou o computador. Começou a pesquisar o banco de dados internacional de museus, para verificar se a caveira de cristal estava listada.

Sua tela piscou : "nenhuma informação encontrada".

"Interessante", pensou. Não havia registro algum de uma caveira de cristal em nenhum museu do mundo. Isso a tornava única. Realmente deveria dar uma olhada nela.

No entanto, olhando novamente em direção à maleta de couro escuro, teve aquela estranha sensação de temor. "Talvez devesse examinar a papelada de Ron em vez disso", pensou. Mas sabia que simplesmente estaria adiando o momento inevitável de ter que tirar a coisa de dentro da maleta. Quanto mais demorasse a fazer isso, mais difícil seria. Realmente teria que tirá-la e olhar para ela, sem mais delongas.

Então, tomando coragem, se aproximou da maleta. Com os dedos trêmulos, soltou a trava e levantou a tampa. Esticou o braço com cautela para apanhar a caveira.

Porém, mal havia tocado sua superfície gelada e vítrea, ouviu algo no corredor, no lado de fora.

Era o nítido som de passos pesados, parecendo desajeitados, aproximando-se cada vez mais.

De repente, houve uma pancada alta, como se algo pesado tivesse despencado no chão do lado de fora de porta. Alarmada, pôs a caveira de volta à sua maleta.

Curiosa, abriu a porta cuidadosamente. Era Janice, auxiliar de escritório e fofoqueira oficial, vasculhando por ali, com sua surpreendente minissaia e saltos altíssimos, tentando comprimir um *laptop* de volta em uma grande caixa de papelão, cujo conteúdo completo ela havia espalhado de algum modo pelo chão, na tentativa de entrar sem bater.

— Desculpe! Mais algumas coisas de Ron. Quero dizer, do Dr. Smith, que a polícia enviou — guinchou Janice, por entre a goma de mascar.

"Deus, como pode ela ter largado o computador de Ron?"

— Espero que este *laptop* ainda funcione — disse, indiferente.

— Eu também — disse Laura, de modo seco, enquanto se curvava para ajudar a recolher todas as canetas, papéis e outros itens de papelaria agora espalhados pelo corredor.

— Eu ouvi dizer a respeito do que aconteceu com ele — Janice completou, de modo conspiratório. — Não é terrível? Quero dizer, você, coitadinha, encontrá-lo daquele jeito?

— Obrigada, Janice — Laura disse, erguendo-se e oferecendo-se para pegar a caixa para a outra, que caminhava tranquila, diretamente para o escritório, deixando a caixa sobre a mesa. Ela teve um vislumbre da parte superior da caveira de cristal, visível dentro da maleta, e virou-se.

— Nossa, essa é a caveira? — perguntou, examinando a maleta aberta.

Laura balançou a cabeça afirmativamente enquanto Janice prosseguia:

— Eu ouvi dizer algo a respeito da maldição dessa coisa. Ela dominou Ron. Dizem que ele a olhou nos olhos, ela o deixou totalmente maluco, e ele se matou — Janice olhou para Laura alegremente, aguardando sua reação.

— Isso é um absurdo, Janice respondeu, bem segura. — Não há nada que sugira que esta caveira tenha algo a ver com a morte de Ron.

Embora tivesse dito com autoridade, na verdade estava tentando convencer a si mesma tanto quanto a Janice.

— Bom, tudo é a mesma coisa — esta insistiu. — Eu não gostaria que aquela coisa ficasse no meu escritório.

Laura deu um suspiro profundo:

— Obrigada — agradeceu, segurando a porta aberta para que ela saísse.

— Quero dizer, pobrezinha de você, por causa de tudo o que você já passou — ainda gracejou, refletindo enquanto caminhava corredor abaixo.

Laura fechou a porta firmemente e refletiu como algumas palavras de Janice tinham o efeito de fazê-la se sentir tão imprestável.

Bateu a tampa da maleta que continha a caveira, fechando-a, e observou a série de caixas de papelão agora empilhadas à sua frente.

Passou o restante do dia analisando cuidadosamente documentos de Ron e procurando arquivos que fizessem qualquer menção à caveira de cristal. Quando escureceu, ainda estava estudando a correspondência do colega, enquanto os funcionários finalizavam seu dia no museu.

Ela fez uma pausa na pesquisa para observar uma fotografia de Ron tirada em um sítio arqueológico na América Central. Sorridente e relaxado, cercado por membros de sua equipe, parecia notavelmente bem e feliz. Ela virou a foto. A data no verso mostrava que havia sido tirada menos de cinco anos antes.

"Ele não parecia um homem que teria escolhido se matar", pensou, lembrando-se do comentário de Janice. "Ele não escolheu se matar, não é? Mas o que aconteceu naquela noite fatídica? Definitivamente, parece que alguém mais esteve no museu".

Naquele momento, um som melancólico trouxe a atenção de Laura de volta para o presente: *"Oxlahun baktun, mi katun, mi tun, mi kin, oxlahun baktun, mi katun, mi tun, mi kin"*.

Aquilo lhe soava terrivelmente familiar. Era o mesmo sussurro sinistro ela ouvira na noite em que encontrou Ron morto. Sentiu em sua alma o pavor que aquele som lhe causava.

Mais uma vez, o sussurro pareceu vir do corredor, do lado de fora do escritório.

"O que é isso? Quem é?", Laura perguntou a si mesma. Moveu-se lentamente e procurou ouvir atrás da porta de vidro fosco, mas ainda não conseguiu chegar a conclusão alguma.

Respirou profundamente e escancarou a porta. Assim que fez isso, o sussurro parou. Não havia ninguém lá.

No entanto, uma luz ainda estava acesa em um dos escritórios, algumas portas abaixo. Caminhou cuidadosamente pelo corredor e parou atrás da porta, que estava entreaberta. Levantava a mão para bater, quando pensou ter visto algo como uma sombra escura movendo-se do outro lado do vidro fosco. Então, ergueu o pulso.

De repente, a porta se abriu à sua frente, e seu coração parecia ter parado.

— Trabalhando até tarde de novo, Dra. Shepherd? — alguém disse.

Era Jacob, em pé junto à entrada, prestes a desligar a luz assim que saiu da sala.

— Meu Deus, Jacob. Você quase me matou de susto! — Laura estava visivelmente agitada.

— Desculpe, senhora. Apenas fazendo minhas rondas — ele explicou. — Certificando-me de que tudo esteja em ordem. O que eu posso fazer por você?

— Estava pensando... você escutou algo?

— Como o quê?

— Como uma espécie de sussurro ou cantarolar.

Jacob parecia pálido.

— Não, senhora. Nada mesmo. Por quê?

— Ah, não importa — Laura disse, agora pensando que talvez tivesse imaginado. — Desculpe por tê-lo incomodado.

Ela se sentiu um pouco burra quando retornou a seu escritório.

"O que há de errado comigo?", perguntou a si mesma. "Por que eu estou ficando tão apreensiva? E por que eu não consigo sequer olhar para aquela caveira?"

CAPÍTULO 10

Naquela noite, Laura estava grata por Michael ter se oferecido para dar carona para casa. Ela esperou por ele do lado de fora da entrada dos fundos do museu, com os reflexos dos monólitos de vidro cinza e preto dos blocos de escritórios vizinhos aparecendo ao redor. Era um lado do museu que o público raramente via — ela se deu conta disso quando estava ali e começou a chover. Michael, porém, logo chegaria.

Olhou para o relógio. Eram sete horas. Ron estaria saindo agora. Ele sempre ia embora às sete, pela mesma saída dos fundos, passando pelas lixeiras transbordando lixo, ao lado das quais havia uns cilindros de gás e hidrantes. Quem observasse suas idas e vindas pelo museu poderia acertar o relógio, pois ele fazia isso habitualmente, sempre nos mesmos horários.

"Mas o que Ron estaria fazendo no museu meia-noite? Isso não era nem um pouco habitual para ele."

Laura então escutou um barulho, um sussurro vindo detrás de uma caçamba de lixo transbordante. Seria um rato remexendo à procura de restos de alimento entre as latas de lixo? Ela detestava aquelas criaturinhas sorrateiras. Na verdade, tinha quase fobia em relação a elas. Cuidadosamente virou-se. Foi quando o viu, surgindo lentamente por atrás de um dos grandes latões. Sem dúvida, não se tratava de um rato, e essa visão fez com que seu corpo formigasse.

Não reconhecia quem era. E chegara a conhecer a maioria dos mendigos que rodeavam o lado externo do museu pedindo trocados ou sanduíches, porém este ela nunca vira antes. Não era um dos habituais.

Ele não deveria ter mais do que dezesseis anos, mas sua pele parecia mais rígida do que se tivesse vivido muito tempo; suas roupas eram como se tivessem sido tiradas de um lamaçal, e o cheiro de urina velha foi suficiente para ser necessário cobrir o nariz e a boca com um lenço.

Ele abriu a boca.

— Você é a próxima! — disse, com uma voz distante.

Laura perguntou-se que diabo estava falando. Olhou por sobre o ombro para ver com quem falava, mas não havia mais ninguém lá. Virou-se para ver que os olhos vidrados daquele rapaz agora estavam apertados, e ele olhava diretamente para ela.

Desviou o olhar, tentando não olhá-lo nos olhos, quando ele repetiu:

— Você é a próxima!

Laura ainda tentava descobrir do que sofria: droga, álcool ou abuso de substâncias. Talvez tivesse fugido de alguma instituição psiquiátrica próxima, ou talvez até uma mistura de todas essas coisas, quando ele ergueu a voz e insistiu.

— Você é a próxima maldita!

Ela franziu as sobrancelhas, ainda se perguntando sobre que diabo falava, quando ele começou a ficar zangado. Aproximou-se mais, bancando o valentão e pendendo violentamente de um lado a outro enquanto chegava mais perto.

No momento em que aproximou o rosto, ela chegou a sentir o cheiro de seu hálito fedorento e ver os pelos eriçados em seu queixo com a barba por fazer. Para se proteger, levantou as mãos na frente da própria face enquanto ele parecia berrar de forma abusada goela abaixo, por entre sua arcada superior desdentada:

— Você é a próxima, gracinha! Você é a próxima maldita! — gritou, outra vez, golpeando o ar em frente ao rosto de Laura, com o cotovelo erguido e o dedo indicador apontando para ela.

Então, de modo um tanto quanto inexplicável, virou-se novamente e cambaleou rua abaixo, fazendo com que a outra ficasse em estado de choque e com muito medo, sentindo um gosto amargo de ferro na boca, e a nauseante descarga de adrenalina a correr pelas veias.

Ela ainda se sentia um tanto trêmula alguns minutos depois, quando o lustroso e novo Audi prateado de Michael parou junto ao meio-fio.

Como ficou aliviada por vê-lo!

Assim que entrou no carro, decidiu não sobrecarregar o marido com o que havia acabado de acontecer. Ele já estava suficientemente preocupado. Mas enquanto dirigiam para casa pelas ruas da cidade, sob forte chuva, Michael percebeu que ela estava surpreendentemente calada.

— A morte de Ron está realmente te perturbando, não é?

— Sim. Eu acho que sim — respondeu, subitamente consciente do quão tensa se sentira, mesmo antes do encontro desagradável daquela noite.

— Não é de se surpreender. Especialmente depois de tudo o que passamos — acrescentou, sentindo pena dela.

Laura observava a chuva batendo contra a janela do carro.

— Mas eu ainda não compreendo por que ele morreu com aquela coisa nas mãos — ela disse, após uma pausa.

Eles pararam em um semáforo vermelho.

— É apenas uma coincidência, Laura. Só isso.

— Eu não sei — ela suspirou. — Há alguma coisa nisso que faz com que me sinta apreensiva.

Michael olhou para ela e pegou sua mão:

— Você está cansada e em estado de choque. Provavelmente anda lendo demais sobre tudo isso. É apenas um artefato de pedra esculpida como todos os outros com que você trabalhou, somente um singelo objeto antiquado e nada mais — disse com firmeza.

Michael estava certo. Em que ela estava pensando? Estava sendo ridícula. Aqui estava ela, Dra. Laura Shepherd, uma acadêmica notável e respeitada. Ela não era de se apavorar ou ter medo de uma simples representação de um crânio humano, por mais macabra ou misteriosa que fosse, e não importavam as circunstâncias de sua descoberta.

Como ela mesma havia acabado de dizer a Janice, a caveira de cristal não tinha nada a ver com a morte de Ron. Tudo isso era esquisito, uma infeliz coincidência, e certamente havia uma explicação simples, racional e científica para tal.

Quando pensava nisso, conseguiu relaxar pela primeira vez depois que tudo aquilo acontecera. Então, teve uma ideia.

É isso! Solicitaria que fossem feitos testes na caveira.

"Por que eu não pensei nisso antes?"

Sentia estar flutuando ao pensar que havia um caminho adiante.

As luzes do semáforo tornaram a ficar verdes, e eles seguiram em frente.

53

CAPÍTULO 11

5 DE DEZEMBRO DE 2012

No trabalho, no dia seguinte, Laura ligou para Ian Straszewski, o responsável técnico do laboratório do museu, para tentar agendar testes científicos para o crânio. Ian era conhecido por sua capacidade de descobrir a origem de tudo que lhe fosse dado, dando em troca informações precisas a respeito, mas também tinha a notória característica de dificilmente ser encontrado. Hoje não seria diferente, e percebeu isso assim que colocou o telefone de volta ao gancho.

Então, com um suspiro de desapontamento, continuou a mexer na papelada de Ron. No final da tarde, colocou de lado a última caixa de documentos que sobrara. Tudo o que sobrou para ser verificado eram os arquivos de computador. Ela pegou o *laptop* de Ron, plugou-o na tomada e esperou alguns momentos até que ligasse. Felizmente, ainda funcionava após a pancada que Janice lhe dera no dia anterior.

Ela checou os *e-mails* de Ron e examinou rapidamente todos os seus documentos. Havia detalhes sobre suas viagens de campo;

formulários para o financiamento de um projeto; um documento que ele escrevia, a respeito de um jogo com bola da antiga civilização maia, para ser apresentado em uma palestra no Texas. Tudo estava em ordem. Mas não havia nenhuma menção à caveira, cristal, ou algo parecido.

Isso era estranho, pois Ron Smith era um homem muito sistemático. Não era de seu feitio deixar de documentar a caveira de alguma forma. Deveria haver uma anotação em seu diário no dia em que a descobriu, ou algo para confirmar como ele tomara posse dela, mas aparentemente não havia nada.

"Então que raio ele estava fazendo com a caveira de cristal naquela noite? E por que ele não a mencionou em lugar algum, nem mesmo em sua papelada?"

Laura parou de trabalhar por um momento e sentou-se com a cabeça entre as mãos. O que faria? O que iria dizer ao Professor Lamb? O prazo para seu relatório sobre a caveira estava esgotando, e ela não fora capaz de descobrir absolutamente nada.

Sem documentos no computador ou em papel suficientes para prosseguir, todas as suas esperanças se depositavam agora nos testes científicos. Neste momento, eram a única fonte potencial de informação que havia a respeito da maldita caveira.

No final do dia, ainda incapaz de comunicar-se com Ian ao telefone, decidiu ir vê-lo. Ficou surpresa com a própria determinação enquanto andava, à procura do laboratório, pela ruela de escritórios no fundo do museu. Estava confiante de que Ian conseguiria surgir com algumas respostas.

Em busca do laboratório do museu, de aparência desorganizada, ela finalmente encontrou Ian, vestido com o jaleco que parecia permanentemente grudado a ele. Estava inclinado sobre uma múmia egípcia desenrolada, posicionada sobre o topo de uma mesa à sua frente, e parecia ocupado retirando uma amostra de tecido da cabeça.

— A caveira de cristal, não? — disse Ian levantando as sobrancelhas.

Ele continuou com o delicado trabalho que fazia.

— Aquela caveira torno-se o assunto do museu.

— Verdade? — Laura perguntou.

— Os rumores que circulam é que se trata de um objeto misterioso, utilizado em rituais mortais e secretos — disse sem olhar para cima. — Graças a Deus, alguns de nós somos suficientemente sensatos para não sermos influenciados por essa bobagem. Embora possa dar um episódio decente de *Arquivo-X*[1], suponho.

Ele de repente olhou para cima e fitou Laura:

— Ainda estou pedindo ao *canal Fox* para trazer a série de volta.

— Eu esperava que você executasse alguns testes nela — disse ela, revelando certo desinteresse em relação ao que Ian dizia, na esperança de evitar que fosse envolvida por uma dessas conversas *nerd*.

— Receio que eu esteja até o pescoço de trabalho neste momento.

Laura se perguntou por um segundo se ele estava falando literalmente, visto que puxou algo do crânio da múmia. Ele concluiu:

— Mas deixe-a aí, e eu tentarei trabalhar nela amanhã.

Já havia anoitecido quando retornou para sua sala, frustrada por não ter encontrado as respostas que buscava. Algo estava errado. Sentiu isso mesmo antes de chegar lá. Deve ter sido o tique-taque do relógio de seu escritório, tão alto que era possível escutar no

---

1. Premiada série norte-americana de televisão. Ficção científica exibida de 1993 a 2002 e criada por Chris Carter.

corredor; ou as sombras pelas paredes, que pareciam mais escuras e compridas que o normal. O que quer que fosse, tinha uma horrível sensação de mau agouro. Ela abriu a porta de seu escritório e se deteve por um instante.

Alguém estava sentado em sua cadeira, de costas para ela. Não conseguia descobrir de quem era aquela silhueta próxima da janela de onde se observava o luar.

De repente, o intruso virou-se. Agora conseguia ver quem era. Ele segurava a caveira de cristal no colo. Era Ron Smith.

"Como isso era possível?"

Sua carne acinzentada parecia pendurada no esqueleto.

Lentamente, seus lábios arquearam em um sorriso forçado.

— Ah, Laura, estávamos esperando você — sua voz rouca, parecia mais um sussurro. — Venha, eu tenho algo para te mostrar.

Ele levantou-se e cambaleou na sua direção.

Ela tentou se virar e correr, mas não chegou a lugar algum. Sentia como se estivesse colada no chão na posição em que estava.

Ron agora segurava a caveira de cristal em frente ao rosto dela.

— Aqui, olhe você mesma — ele grasniu.

A caveira estava tão perto agora que mal conseguia se concentrar nela. Em vez disso, sentiu como se pudesse ver exatamente dentro do objeto. Ela pensou que podia ver imagens aparecendo de seu interior transparente e cristalino. Elas pareciam obscuras no começo, mas então surgiam quase como um pedaço de filme no cinema. Ela não sabia o que eram essas imagens, mas não gostava nem um pouco de sua aparência.

Jurou que pôde ver ali, dentro da caveira, imponentes falésias brancas de gelo rachando e dividindo-se, desabando no mar; enormes maremotos engolindo cidades inteiras ali, dentro da caveira, erupções vulcânicas; a terra elevando-se e partindo-se; ventos com a força de furacão soprando aviões pelo céu; viadutos de concreto ruindo, automóveis em chamas e queimando seus ocupantes; tanques industriais de armazenamento de combustível e prédios altos explodindo em chamas, à noite; pessoas pulando em meio a uma fumaça preta pungente.

Então uma terrível escuridão espalhou-se rapidamente pela Terra consumindo tudo em seu caminho, como a rajada de algum poderoso holocausto nuclear, sem deixar nada para trás, exceto tocos de árvore enegrecidos, corpos carbonizados e restos de esqueletos por entre os escombros e as cinzas.

CAPÍTULO 12

Laura acordou subitamente, suando frio. Ainda lutando para se ver livre do pesadelo, olhou para o relógio na cabeceira. Eram quatro horas da manhã. Estava na cama, sentindo-se segura em sua casa. Michael estava deitado ao seu lado, dormindo profundamente.

"Que diabo foi aquilo? Foi alguma visão do futuro, a mesma que Ron tinha visto dentro da caveira de cristal? Era isso o que ele queria dizer com sua mensagem final 'Eu vi o futuro'? Foi por isso que ele escolhera dar um fim a sua vida?"

Tentando não acordar Michael, saiu da cama silenciosamente e caminhou até o banheiro, no final do corredor.

Sob a luz do espelho do toucador, em cima da pia, ela espirrou água fria no rosto antes de enxugá-lo com uma confortável e grossa toalha branca. Sentindo-se melhor, virou-se para sair. Mas assim que olhou novamente para seu reflexo, sentiu-se em pânico, parecendo presa ao chão.

Ela viu seu rosto no espelho lentamente se metamorfoseando no rosto da caveira de cristal! Sua mandíbula abriu e sussurrou seu nome:

— Laura!

Fechou os olhos e balançou a cabeça.

Quando os abriu, o rosto parecia normal de novo.

Com as mãos trêmulas, colocou a toalha no lugar e voltou para cama, tentando com firmeza afastar aquela perturbadora visão. Assim que entrou no quarto, Michael se movimentou e levantou.

— Você está bem? — perguntou, ainda embriagado de sono.

— Sim — ela respondeu.

Michael olhou para a esposa. Às vezes, durante os últimos dois anos, sentia como se parte dela tivesse se isolado, de algum modo bloqueada em relação a ele.

— Não, não está — disse.

— Você está certo. Não estou muito bem — confessou, assim que sentou na borda da cama.

— É aquela maldita caveira de novo, não é?

— Eu não sei, ainda continuo achando que estou escutando coisas.

— Que tipo de coisa? — ele franziu as sobrancelhas.

— Como um barulho esquisito de sussurro — ela não queria se permitir pensar em seu pesadelo ou no que acabara de ver no espelho do banheiro. Aquelas imagens eram muito estranhas.

"O primeiro deve ter sido minha imaginação e o outro, apenas algum truque esquisito de luz, ou talvez um sonho em movimento. Eu devo ainda estar meio dormindo."

— É provavelmente só uma infecção de ouvido, zumbido temporário — Michael sugeriu, prestativo.

— Talvez — respondeu, em dúvida. — Só começou na noite em que Ron morreu.

Ela se arrependeu de ter dito isso nessa hora. Não queria pensar que essas coisas que ouvia tivessem alguma ligação com a caveira ou com a morte de Ron, e certamente não queria preocupar Michael. Nos últimos dias, ele já havia ficado muito preocupado com ela. Ficou aliviada por ele não fazer qualquer referência à observação que acabara de fazer. Em vez disso, colocou um braço protetor ao redor dela e a puxou afetuosamente de volta para a cama.

— Por que você não marca uma consulta para examinar os ouvidos? — ele se curvou em volta dela e rapidamente voltou a dormir, enquanto Laura enfrentava a noite, incapaz de descansar, com os pensamentos ainda perturbados pela imagem da caveira de cristal a retribuir seu olhar no espelho do banheiro, sussurrando seu nome.

CAPÍTULO 13

6 DE DEZEMBRO DE 2012

Na noite seguinte, Laura encontrava-se sentada no consultório do Dr. Willis. Gostava dele. Embora agora estivesse próximo da aposentadoria, achava seu modo gentil reconfortante. Parecia sempre disponível para vê-la.

— Bem, não há nada errado com seus ouvidos — ele disse enquanto guardava a caneta-lanterna que havia utilizado para examiná-la. Assim que sentou à mesa do médico, Laura parecia ansiosa.

— E, me diga, como está seu sono?

— Não muito bem. Continuo tendo pesadelos — ela fez uma pausa. — Eu apenas tenho essa sensação de que algo não está muito bem, mas não sei o que é.

— Esses sintomas — disse Dr. Willis —, em geral ansiedade, pesadelos, ouvir coisas, não são incomuns. E, me diga, como está Michael?

— Você conhece o Michael — respondeu — trabalhando mais do que nunca, principalmente desde quando começou naquele emprego novo. Mas eu simplesmente não consigo explicar esses barulhos que continuo escutando, e eu comecei a ver coisas também.

— Que tipo de coisa? — Dr. Willis perguntou, parecendo preocupado.

— Ah, tenho certeza de que não é nada — de repente, sentiu necessidade de reafirmar sua sanidade a ele.

Dr. Willis uniu as mãos:

— Bem, você tem ficado muito estressada recentemente, por causa da morte de seu colega, sem mencionar sua própria perda.

Laura desviou o olhar.

"Não há como escapar das forças que dão forma à sua vida", pensou consigo, "que a definem, que a deixam assustada, exaurida, mas ainda estão aqui, encarando outro dia. Mas o que quer que estivesse acontecendo, devia ser mais do que apenas estresse", concluiu. "Afinal de contas, era uma velha amiga do estresse e da perda".

— Eu sei que você é ocupada, mas, se pudesse, ficar algum tempo afastada poderia realmente ajudar — disse Dr. Willis.

Ele pôde ver pela expressão de Laura que essa não era uma boa opção.

— E se isso não for possível — começou a escrever sua receita — recomendo que tome uma destas todas as noites antes de dormir — entregou-lhe a receita com os remédios para dormir. — E volte para me ver se o problema persistir.

"Talvez Dr. Willis esteja certo", Laura pensou, quando voltava para casa. Era de estresse que ela sofria, isso era tudo. Realmente não estava ficando louca. Simplesmente, precisava diminuir um pouco o ritmo e encarar as coisas sob outro ponto de vista.

O apartamento estava escuro quando Laura chegou em casa. Michael estava trabalhando até tarde novamente, como sempre, e ela mantinha uma opinião ruim a esse respeito.

Retirou o casaco e o pendurou próximo a sua cômoda, no *hall* de entrada, antes de instalar-se na sala de estar, aproveitando a oportunidade de tratar de assistir a seus programas de televisão favoritos.

Mas não demorou até notar uma súbita e inesperada sensação de medo e solidão. Ela percebeu que preferia assistir àqueles programas inúteis com Michael lá, mesmo se ele insistisse em falar durante todo o tempo.

Mais tarde naquela noite, Laura preparava-se para ir para cama, sozinha. Ela colocou sua camisola e se arriscou descalça pelo caminho até o quarto. Assim que passou pela porta do quarto extra, percebeu que estava levemente entreaberta, e um feixe de luar brilhava de dentro chegando a iluminar o carpete do corredor.

Ela empurrou a porta para abri-la e olhou dentro. As paredes cor-de-rosa eram decoradas com fadas sentadas no alto de flores, sorrindo lívida e delicadamente. A própria Laura as havia estampado. Um globo de gás hélio estava amarrado à cabeceira da cama, acima de lençóis habilmente dobrados, e uma fileira ordenada de fofos brinquedos estava ajeitada sobre os travesseiros.

Um urso de pelúcia solitário era a única coisa fora de lugar, de barriga para baixo em uma piscina de luar no meio do chão.

Entrou lentamente e apanhou o urso.

Olhou tristemente para ele durante um momento e o segurou com suavidade contra o peito antes de colocá-lo cuidadosamente de volta em seu lugar entre os demais brinquedos. Ela fez uma pausa e então deixou o cômodo, fechando suavemente a porta.

CAPÍTULO 14

7 DE DEZEMBRO DE 2012

Na noite seguinte, Laura estava a caminho de casa após o trabalho quando recebeu um telefonema de Ian, o técnico de laboratório.

— Laura, é sobre a caveira — disse ele, parecendo meio agitado. — Realizamos todos os testes possíveis, mas não conseguimos explicar.

— Explicar o quê? — ela cruzava uma rua movimentada, esforçando-se para ouvi-lo de forma que o barulho do trânsito não atrapalhasse.

— Não faz nenhum sentido.

— O quê? Veja, eu não consigo ouvi-lo, mas posso estar com você daqui a mais ou menos dez minutos — sugeriu.

— Ótimo! — ele disse, e desligou o telefone.

Quando chegou ao laboratório, Ian ajustava os óculos quando observou a imagem da caveira de cristal no monitor de um microscópio eletrônico.

— Incrível! — sussurrou para si mesmo, coçando a cabeça careca.

— O que é tão maravilhoso? — perguntou Laura.

— Bem, essa coisa é cristal, certo?

Ela olhou-o como se fosse dizer "e daí?"

— Então não há carbono nela. Portanto, não podemos datá-la com carbono — disse intrigado. — Ou seja, não há como saber a idade dessa coisa. Pode ter sido feita ontem ou poderia ser tão antiga quanto andar para trás, literalmente. Quer dizer, um pedaço de pedra de cristal como essa geralmente leva milhares, quando não milhões de anos para se formar, sob intenso calor e pressão, nas profundezas da crosta terrestre. Então, o cristal em si provavelmente tem muitos milhões de anos.

Ian abriu uma lata de refrigerante *diet* e bebeu um grande gole.

— A verdadeira questão é quem a esculpiu, como e quando — ele largou a lata. — O fato é — continuou — que este tipo de cristal é incrivelmente difícil de ser esculpido. Quer dizer, na escala de dureza de Mohs esta coisa é apenas levemente mais maleável que o diamante. Portanto, deve ter levado uma verdadeira eternidade para esculpi-la. E não é apenas feito de cristal rígido, mas também é muito quebradiço, então possui tendência a fraturar — Fez uma pausa e perguntou:

— Importa-se se eu jantar?

— Não — Laura disse enquanto Ian abria um pacote de confeitos de chocolate.

— O fato é que — ele resmungou saboreando seu doce — quem quer tenha feito essa coisa deve ter começado com um pedaço realmente enorme de cristal, assim como eu ou qualquer um que eu suspeite jamais viu — e eles devem tê-la entalhado por anos e anos, ou seja, por uma vida inteira, talvez mais. E uma coisa sobre o cristal é que mesmo quando eles a estavam concluindo, se cometessem apenas um pequenino erro e a entalhassem em um ângulo errado contra a estrutura, então POFT!

No meio de sua agitação, espalhou confeitos de chocolate esmigalhados por todo o lugar.

— A coisa de repente se estilhaçaria em milhares de pedacinhos! Totalmente desintegrada! Já era.

Ele acalmou-se um pouco e olhou para Laura:

— Então, só Deus sabe como foi feita.

Ian levantou-se e caminhou pelo laboratório com seu jaleco branco.

Laura ouvia atentamente, preparando-se para evitar outro banho de doce comido pela metade enquanto Ian prosseguia.

— Toda a equipe a examinou e consideramos que teria sido impossível fazer esta coisa utilizando ferramentas modernas com ponta de diamante. O calor e a fricção gerados por essas coisas, especialmente aqui na delicada área de sua mandíbula inferior — indicou — faria com que se rachasse por completo — deu um suspiro.

— Então avaliamos que deve ter sido esculpida por meio de métodos mais tradicionais, primitivos. Por exemplo, utilizando areia e água separadamente para desgastar o material. O fato é, fizemos os cálculos, e minha equipe estima que deve ter levado pelo menos 300 homem-anos[2] de esforço!

Ele girou e observou Laura atentamente.

— Trata-se de homens-ano, Dra. Shepherd, e não horas — ele pareceu desinflar novamente. — Em outras palavras, deve ter sido feita por pessoas de muitas gerações, todas trabalhando contra o relógio durante todos os dias de suas vidas para finalmente esculpi-la.

— Sem dúvida que não! — concordou.

---

2. Homem-ano é uma unidade para mensurar a quantidade de trabalho desempenhada por uma pessoa durante um ano, ininterruptamente. Há variações, como homem-hora. (N.T.)

— É por isso que decidimos procurar por marcas de ferramentas para verificar como foi feita. Aqui, dê uma olhada você mesma.

Ele virou o microscópio na direção dela.

— Não vejo nada — disse Laura.

— Justamente! — Ian respondeu agitado. — Sem marcas de ferramentas! Nem antiga, nem moderna! Mesmo sob nosso microscópio eletrônico mais novo — ele afagou o enorme equipamento com o orgulho de alguém que tivera uma grande vitória sobre o comitê de apropriações.

Olhou para ele intrigada.

— Então, o que isso quer dizer exatamente?

— Significa que não temos absolutamente nenhuma ideia de como esta caveira foi feita — Ian sacudiu a cabeça, como se fosse incapaz de acreditar ao ouvir o que ele mesmo dissera. — Quero dizer que, de acordo com todas as razões lógicas, esta caveira não deveria sequer existir! A menos que, obviamente, tenha sido feita com o uso de algum tipo de tecnologia com a qual nunca nos deparamos — acrescentou, quase que para si mesmo.

— Mas isso é impossível, certo? — Laura interpôs.

— Acho que não — ele deu de ombros. — De qualquer forma, como você tem se saído? Teve alguma sorte com a papelada de Ron?

— Não, estou exatamente nela, mas até agora, nada.

— Nesse caso, é um mistério completo — Ian disse, sacudindo a cabeça, descrente.

CAPÍTULO 15

Após o término do expediente, Laura levou a maleta com a caveira do laboratório para seu escritório, colocando-a sobre a escrivaninha. Agora intrigada com o que Ian havia lhe dito, decidiu olhar mais de perto. Soltou o fecho, abriu a tampa e removeu a caveira cuidadosamente de dentro da maleta.

Parecia surpreendentemente fria ao toque e pesada assim que começou a estudá-la minuciosamente pela primeira vez, sob a luz de sua velha luminária.

Estava perplexa com sua genuína precisão anatômica, o modo como parecia refletir perfeitamente o tamanho, as dimensões e os detalhes de um crânio humano verdadeiro. Não apenas tinha a mandíbula separada e móvel, mas o crânio tinha o padrão ziguezague das "marcas de sutura" na parte superior, exatamente igual àquele encontrado entre os "discos" separados de um crânio real.

Passada a repugnância inicial de se ver diante da imagem da caveira, passou a ficar maravilhada com a incrível façanha técnica de criar um objeto inacreditavelmente perfeito como aquele. Enquanto refletia sobre a questão de que tipo de ferramentas poderia ter sido utilizado de modo que não fossem deixadas marcas em sua superfície suave como a seda, ela se sentia gradualmente atraída por sua beleza absoluta, e seu olhar era lentamente levado para o interior transparente e cristalino da caveira.

Lá poderia literalmente ver centenas de pequeninas bolhas de ar que haviam ficado presas dentro do objeto, datadas de quando o cristal fora formado no fundo da crosta terrestre. Essas minúsculas bolsas de ar às quais Ian havia se referido como "inclusões" pareciam quase reluzir diante de seus olhos, como estrelas muito pequenas em um distante sistema solar.

Começou a girar a caveira nas mãos. Enquanto fazia isso, conseguia até ver os pequeninos contornos de luz arco-íris sendo refletidos a partir de sua superfície e refratados em seu interior multifacetado. Era realmente um objeto magnífico, uma obra de arte impecável. Estava extasiada enquanto fitava a caveira, ainda rolando-a pelas palmas da mão, e uma imagem apareceu dentro dela, de repente, pegando Laura de surpresa. Espantada, ficou ofegante. Era a imagem de uma criança pequena, de rosto bonito, olhando para fora da caveira. Foi apenas o mais breve e mais veloz dos vislumbres, e então se foi.

Recuperando o fôlego, girou a caveira novamente, tentando observar pela segunda vez. A imagem reapareceu exatamente como antes. Levantou o objeto na tentativa de ter um ângulo diferente, e só nesse momento percebeu que sua "visão" era na verdade apenas o reflexo da fotografia, emoldurada e apoiada na parte frontal da mesa, de sua filha, Alice, de quatro anos de idade.

A foto havia sido tirada alguns anos antes, quando estavam de férias em Maine. Como tinham sido felizes. Michael e Alice haviam acabado de construir um castelo de areia imenso. O sol brilhava, e o vento soprava o cabelo comprido e loiro da menina. Laura observou a imagem com insondável pesar.

Com o coração pesado, deu o dia por encerrado.

Começara a guardar a caveira de volta na maleta quando pensou ter visto algo de relance, movimentando-se muito rapidamente, fora do campo de sua visão. Virou-se e viu um pedaço de papel caindo suavemente no chão, como se estivesse sendo soprado por uma corrente de ar não sentida por ela, um vento estranho e imperceptível.

Aproximou-se do papel e o apanhou. Era um documento de Ron, a página de abertura do Departamento de Polícia, que dizia: "Propriedade do Dr. Ron Smith — Falecido".

Laura o estava colocando de volta ao lugar, sobre a pilha de papéis de Ron, na mesa lateral, quando escutou novamente aquele estranho ruído. Foi mais fraco no começo, e alguém podia pensar que fosse o barulho do ultrapassado sistema de aquecimento central do museu, porém ela sabia que não era. Estava com medo e chegou a sentir um frio na boca de estômago, quando aquele sussurro recomeçou.

Era o mesmo que ouvira na noite da morte de Ron, mas desta vez estava diferente. Soava mais intenso e insistente. E desta vez parecia dizer seu nome.

— *Laura!... Laura!... Laura!*

Ela tentou ignorar esse sussurro, mas ele não cessava. "Não! Me deixa em paz!" Cobriu os ouvidos, na tentativa de acabar com o som, mas ainda estava lá.

Ao tentar descobrir a fonte, para finalmente colocar um ponto-final nisso, de uma vez por todas, ela se viu atraída mais uma vez para o corredor escuro, então descendo as escadarias em direção ao andar inferior, exatamente como havia feito uma semana antes.

A entrada do escritório de Ron agora estava escura e lacrada com fita amarela, com os seguintes dizeres: "LIMITE POLICIAL — NÃO ULTRAPASSE". Laura, no entanto, entrou mesmo assim. Por motivos que não sabia explicar, queria entrar naquela sala, e, antes que se desse conta, havia rasgado a fita de proibição e empurrado a porta, escancarando-a.

Enquanto tateava à procura do interruptor, viu-se momentaneamente transportada de volta à semana anterior, meio que esperando encontrar Ron deitado lá, morto. Em vez disso, encontrou o escritório vazio, exceto pelos móveis mais simples. Apenas quadrados de tinta desbotada continuavam no lugar em que, outrora, pôsteres coloridos e pinturas estiveram pendurados, e um velho relógio preso na parede empoeirada, cujo tique-taque ecoava alto pela sala vazia. Embora não tivesse certeza acerca do que esperar exatamente ou por que se sentira tão incitada a descer ao escritório de Ron mais uma vez, foi estranhamente perturbador ver a sala tão despida da identidade dele. Todas as coisas que faziam parte dele se foram.

Sua atenção voltou-se para o relógio.

"Devia ter pertencido ao Ron", pensou. O objeto permaneceu lá, resoluto e provocador, era a única lembrança de que a sala havia um dia sido dele. Mas o fato de o relógio agora estar arqueado parecia uma afronta à memória de Ron. Então, ela se aproximou para endireitá-lo.

Subiu na grande e velha mesa, mas mal conseguia alcançá-lo de lá, então agarrou a cadeira de escritório que estava entre a mesa e a janela, deslizou sobre suas rodinhas até ficar junto à parede para poder subir.

"Assim é melhor", pensou, mas percebeu que apenas subindo pelos braços da cadeira é que de fato conseguiria chegar perto do relógio.

Estava esticando os braços em direção ao objeto quando ouviu um grasnar de corvo vindo do lado de fora, e olhou pela janela.

De repente, deu-se conta do quão desequilibrada estava ali, em pé, nos braços de uma velha cadeira de escritório com rodinhas, bem próximo da enorme janela de estilo georgiana que se estendia do chão até o teto.

Olhou para baixo. A quatro andares dali estava o parquinho, sombrio sob as luzes das ruas, local em que Ron tinha o hábito de comer seus sanduíches no verão. Parecia tão pequeno deste ângulo, diminuído pelos imponentes arranha-céus que ficavam a sua volta.

O parque estava deserto nessa hora da noite, exceto por um homem. Laura ficou um pouco tonta ao vê-lo de tão alto. Ao avistá-lo caminhando pelo parque, o reconheceu. Era o mesmo rapaz que encontrara anteriormente nos fundos do museu, aquele que gritara injúrias e dissera que ela seria a "próxima".

"Ah, meu Deus, Ron morreu nesta cadeira! Serei eu a próxima?" Sem coragem, de repente escorregou e perdeu o equilíbrio. A cadeira girou embaixo dela, fazendo-a cair e chocar-se contra a janela. "Ah, meu Deus, é isso!", pensou assim que viu o chão se aproximando gradativamente.

Então, felizmente, seu ombro acertou primeiro a estrutura da janela, e Laura voltou, evitando que todo seu corpo se chocasse contra o vidro. Em vez disso, caiu na sala de modo desajeitado, e sua coxa colidiu acidentalmente com a extremidade da pesada mesa de madeira de Ron, a qual se deslocou alguns centímetros, enquanto caiu em segurança, mas dolorosamente, no chão.

— Ai! — ela gritou, contorcendo-se de dor e instintivamente esticando a mão para tocar o ponto dolorido em sua coxa, a fim de massageá-la melhor. Ferida e abalada, se esforçou para se colocar em pé, olhando para a perna na tentativa de avaliar o estrago. Felizmente, nada estava visível, e, em vez disso, sua atenção foi levada para algo que agora despontava alguns centímetros embaixo da mesa de Ron. Parecia um envelope ou uma tira de papel.

Curiosa para saber do que se tratava, alcançou e o pegou. Era uma etiqueta destacável, semelhante às utilizadas por transportadoras, que deve ter caído de entre os painéis das gavetas da escrivaninha. Portanto, havia passado batido quando a polícia fez a limpeza do lugar.

A etiqueta estava endereçada "Ao Especialista em Civilização Maia", no "Instituto Geográfico Smithton". Estava preenchida com o nome e o endereço do remetente, um "A. Crockett-Burrows" de "The Grange, em Eastwich", interior do estado de Nova Iorque, e junto havia sua "Lista de conteúdo", a qual dizia: "1 X caveira de cristal".

Laura imediatamente tateou à procura do telefone celular e ligou para o Auxílio à Lista.

CAPÍTULO 16

Michael estava ocupado arrumando sua mala de pernoite sobre a cama quando Laura chegou a casa e disparou para o quarto.

— Adivinha só. Eu finalmente tenho uma pista sobre aquela caveira — ela se aproximou e o beijou. — Foi enviada ao museu há apenas algumas semanas por alguém que mora no interior do estado — sua agitação era palpável. Laura passou a etiqueta da transportadora para Michael para que ele mesmo a visse.

— Isso é ótimo.

Ele estava genuinamente satisfeito quando deu uma olhadela na etiqueta e a devolveu para ela. Ficaria satisfeito assim que toda essa coisa envolvendo a caveira chegasse ao fim. E foi pegar a mala dentro do armário.

— E, então, você falou com eles?

— Ainda não. Nenhum telefone listado — explicou Laura enquanto entrava no *closet* para tirar o casaco. — É por isso que irei lá amanhã — acrescentou assim que tirou rapidamente a saia e a trocou por calça jeans.

— O quê? Sozinha? — perguntou Michael franzindo a testa, quando surgiu na porta, junto à esposa seminua...

— Por que não? É sábado. De qualquer forma, você ficará fora, em conferência. Além disso, o Professor Lamb aguarda meu relatório. Eu preciso concluí-lo o mais rápido possível ou perderei o emprego — ela o lembrou.

— Agora espere um minuto. Pense nisso por um momento — Michael disse. — Que tipo de gente você acha que guarda uma caveira de cristal?

Laura olhou para ele de modo interrogativo.

— Você não sabe nada sobre essa pessoa. Pode ser um psicopata ou algo parecido — explicou de modo amável, porém firme.

— Ah, pare com isso, Michael — pediu, perguntando a si mesma se deveria ou não levá-lo a sério.

— Depois do que aconteceu a Ron, eu não quero que você se arrisque — explicou enquanto colocava seu terno dentro da mala sobre a cama. Assim que puxou o zíper, teve a impressão de que parecia um corpo dentro de um saco. Ele varreu a imagem para bem longe de sua mente.

— Tudo bem, Michael. Eu ficarei bem — Laura disse alegremente, embora precisasse admitir que Michael tinha razão.

CAPÍTULO 17

8 de dezembro de 2012

No momento em que Laura chegou a Eastwich, a claridade desbotada do inverno já começava a enfraquecer. As condições da estrada eram precárias, e, apesar de seu aguçado senso de direção usual, ela se perdera temporariamente. Mesmo tendo viajado menos de cento e sessenta quilômetros, sentiu como se estivesse muito longe de casa.

Era final de tarde quando seu carro finalmente serpenteou o caminho, seguindo o longo percurso com destino a uma antiga mansão em estilo vitoriano, na gélida e interiorana região da Nova Inglaterra. Outrora grandiosa, a casa agora se encontrava em um estado de decadência parcial. Era um local deserto, levemente fantasmagórico. Ela conseguia ouvir o som de corvos grasnando enquanto sobrevoavam os ramos nus das árvores. O pesado céu cinza era o prenúncio de mais neve.

Laura parou na irregular estrada de cascalho. Saiu do carro e observou a casa, aliviada por finalmente ter chegado ao seu destino. Mas todas as venezianas estavam fechadas, e a casa parecia deserta.

Droga! — resmungou, já pensando na longa viagem e no tempo desperdiçado. Nesse momento, percebeu que a varanda estava iluminada.

No banco do passageiro, apanhou a maleta que continha a caveira e se dirigiu para a frente da casa. Colocando a maleta no chão da varanda, parou em frente à aldrava de bronze com rosto de leão. Incerta em relação a quem ou o que esperar, respirou profundamente antes de bater na sólida porta de madeira da entrada.

Conseguiu ouvir dentro da casa um barulho de cachorros latindo e que pareciam correr em direção à porta. Seus ruídos de rosnar e arranhar, no outro lado, atemorizavam Laura. De repente, se deu conta de sua vulnerabilidade, pois se encontrava sozinha, na varanda de uma casa estranha, no interior, a quilômetros de distância de sua residência. Talvez Michael estivesse certo. Talvez ela não tivesse pensado com clareza suficiente. Não fazia ideia de que tipo de pessoa vivia lá. E sem a pusessem para correr com aqueles cães atrás dela? Ou coisa pior?

Seu medo logo se intensificou mais ainda com o som de pesados parafusos deslizando lentamente, seguido pelo ruído de uma chave grande e velha girando na fechadura. Quem quer que vivesse neste lugar mantinha-se trancafiado. Chegou a pensar que naquela casa moravam loucos trancafiados. Ela nunca deveria ter corrido o risco de ir lá sozinha, mas agora era tarde demais para ir embora. A porta rangia ao se abrir. Parou após alguns centímetros, exatamente no comprimento da corrente que a prendia ao batente.

— Quem é? — alguém grunhiu agressivamente, com um pesado sotaque aparentemente estrangeiro.

Laura sequer conseguiu determinar se era homem ou mulher.

— E... eu sou Laura Shepherd, do Instituto Geográfico Smithton — começou.

— O que você quer? — a voz interrompeu em um tom impaciente, surpreendentemente grosseiro.

— Vi... vim para encontrar um A. Crockett-Burrows.

Houve uma longa pausa, durante a qual Laura perguntou a si mesma se tivera um vislumbre de um olhar desconfiado surgindo das profundezas do interior sem iluminação, antes de a voz finalmente responder:

— Espere aqui! — bateram a porta na cara de Laura.

Nervosa, ela deu uma espiada no jardim cheio de mato, quase todo encoberto por abundante neve. Querubins de pedra estavam agarrados a vasos cobertos de arbustos, e pôde notar uma cerca grande e impenetrável ao redor de toda a propriedade, bem na hora em que começava a escurecer.

O barulho dos cachorros, que ainda latiam e arranhavam a porta, serviu apenas para aumentar sua inquietude. Se ali moravam os Crockett-Burrows, para onde foram? Por que a deixaram esperando? Ela fuçou em seu bolso e apalpou o celular, a única ligação que tinha com o mundo exterior. Isso a tranquilizou.

De repente, a voz estava de volta, gritando com os cães em espanhol. Uma porta foi batida dentro da casa, e os latidos cessaram. A porta de entrada estava destrancada e rangeu ao ser aberta. Dentro, na soleira, uma mulher mexicana bem corpulenta, de quarenta e poucos anos. O seu olhar era de desconfiança quando examinou Laura de cima a baixo. Sua postura ríspida era tudo, menos acolhedora.

— A senhorita Anna Crockett-Burrows irá recebê-la agora — disse agressivamente. — Siga-me! — Virou-se e caminhou de volta ao lúgubre interior da casa. Laura pressupôs que essa mulher era uma espécie de governanta ou criada.

Hesitou por um momento antes de entrar na velha e empoeirada casa repleta de antiguidades. Um carrilhão soou, bem no momento em que seguia a empregada, atravessando o *hall* e subindo a escadaria majestosa. As paredes estavam guarnecidas de retratos de ancestrais abastados, há muito tempo falecidos, que a encaravam de cima daquelas molduras com bordas douradas. No alto da escadaria, chegou a um longo corredor ao final do qual havia uma porta.

— Espere aqui! — disse a criada, antes de bater na porta e entrar.

— Dra. Laura Shepherd — anunciou, antes de conduzir Laura para dentro da velha e mal iluminada sala de visitas em estilo vitoriano, clareada apenas por um par de velhas luminárias sobre armários cobertos de renda.

Enquanto os olhos de Laura se acostumavam à escuridão, ela observava os espelhos com molduras douradas e pesados móveis de madeira que preenchiam a sala. Invólucros de vidro abrigavam pequenos animais empalhados, paralisados em poses falsas, fazendo referência à época anterior à sua morte. Olhando a mobília decorada e as numerosas antiguidades, teve a sensação de que estava em um tempo passado.

Apesar de haver fogo na lareira, achou a sala surpreendentemente fria. No canto afastado da sala, sentada à sua espera em uma velha poltrona de couro, estava uma senhora muito idosa, que deveria ter cerca de noventa anos. Vestida de modo elegante e com um colar de pérolas e um casaco Chanel de lã preta cobrindo todo seu corpo, de ossatura fina, parecia estar esperando visitas.

— Obrigada, Maria — a velha falou com um sotaque nitidamente britânico antes de a criada se virar e sair. — Ah, Maria, — ela a chamou — que tal um chá? — Aquela senhora idosa falou com toda a confiança de alguém com uma vida privilegiada. Era visivelmente acostumada a ser servida sem ter de fazer qualquer esforço, não apenas durante as necessidades da velhice, mas no decorrer de toda sua longa vida.

Ela gesticulou para Laura:

— Agora! Aproxime-se para que eu possa vê-la! — ordenou, finalmente se dirigindo a ela.

Hesitou por um momento antes de se aproximar:

— Eu... — começou.

— Você veio por causa da caveira! — a senhora a interrompeu. Laura estava um pouco desconcertada.

— Sim, eu estava me perguntando...

— Sente-se aqui, por favor! — Foi interrompida novamente pela senhora, que lhe indicou uma cadeira de veludo desconfortavelmente próxima à dela.

Subitamente se deu conta de que a velha olhava para frente, sem sequer olhá-la, assim que se sentou na ponta do assento. Mas estava obviamente muito atenta a ela.

— Você precisará vir um pouco mais perto que isso — exigiu.

Enquanto se curvava para mais perto, a velha senhora esticou os dedos enrugados em direção ao seu rosto. Instintivamente desviou-se, espantada com o comportamento estranho da mulher. Mas assim que a senhora tocou em sua face com os dedos unidos, ainda olhando para frente, aos poucos foi ficando claro que ela era cega.

— Meus olhos já não funcionam mais, mas ainda posso enxergar — explicou enigmaticamente.

Laura se curvou para frente mais uma vez, tentando controlar seu desconforto enquanto deixava a outra correr os dedos suavemente pelos contornos de seu rosto.

Os olhos daquela senhora brilharam assim que ela a "viu".

— Agora eu te vi. Deixe-me ver a caveira novamente! — ordenou, e Laura se viu abrindo a maleta e oferecendo à senhora a caveira de cristal como se fosse uma obediente serviçal.

A mulher pegou a caveira e começou a deslizá-la nas mãos. Depois riu enquanto corria os dedos suavemente por seus traços.
— Bom te ver de novo — disse calmamente para a caveira como se estivesse cumprimentando uma velha amiga.

Laura desviou o olhar. Sentiu-se estranha, como se tivesse se intrometido em um momento particular entre a velha e a caveira.

Notou sobre a mesa uma fotografia sépia emoldurada, ao lado daquela idosa. O rosto de um homem preenchia a moldura. Ele parecia ter uns cinquenta anos. Tinha um olhar intenso e fumava um cachimbo.

Voltando o olhar, viu que a senhora agora embalava a caveira em seu colo. Seus olhos, embora fosse cega, estavam muito radiantes enquanto voltava o rosto para o céu. Ela parecia perdida em um mundo de estranho êxtase. Laura aprendera cedo que lidar com pessoas excêntricas fazia parte do trabalho do arqueólogo e estava muito ciente do quão ligadas a seus artefatos as pessoas poderiam ficar. Ela olhou para o relógio. Se fosse retornar para a cidade em uma hora razoável, teria de interromper essa esquisita reunião. Respirou profundamente.

— Estava pensando se você poderia me contar de onde a caveira veio — disse.

As mãos da senhora congelaram sobre a caveira, e ela levantou os olhos.

— Essa, minha cara, é uma longa história.

— Seria interessante ouvi-la mesmo assim — propôs.

— Muito bem — ela limpou a garganta. — Você vê essa foto? — sua mão se moveu na tentativa de tocar a moldura da foto ao seu lado, aquela que Laura acabara de olhar.

— Este é meu pai, o grande explorador britânico Frederick Crockett-Burrows — fez uma pausa. — Era um grande homem. Descanse em paz — sua voz ficou momentaneamente trêmula de emoção. — E quando eu tinha apenas dezessete anos, ele me deixou acompanhá-lo em uma de suas expedições nas selvas da América Central — Laura ouvia, encantada.

— Como vê, meu pai tinha a própria visão das coisas — Anna Crockett-Burrows prosseguiu. — Ele era membro do comitê de antiguidades do Museu Britânico, mas não era, de jeito algum, um arqueólogo convencional. Ele acreditava que a civilização teve início não no Oriente Médio, como geralmente se supunha, mas em algum lugar da região da América Central. Na verdade, meu pai acreditava que Atlantis era uma civilização de verdade, que realmente existira, e que, embora tivesse afundado embaixo do mar, seus indícios ainda poderiam ser encontrados em alguma parte do mundo.

— E sendo o homem que era realizou, sem dúvida, um trabalho em que dedicou sua vida para provar isso. Então, para tal, reuniu um grupo de exploradores, incluindo a mim, embora eu fosse apenas uma jovem naquela época. Em 1936, zarpamos de Liverpool, Inglaterra — ela tossiu — com destino às Honduras Britânicas. Meu pai ouvira rumores acerca de uma cidade perdida que alguns dizem que ainda permanece enterrada na floresta, e ele acreditava que possuía provas vitais da existência da civilização perdida de Atlantis. Naquele momento a voz da senhora ficou rouca, e ela teve de dominar um acesso de tosse. Guardando o lenço à medida que se recuperava, ela fez uma observação:

— Ó, querida. Minha voz está ficando cansada com as desolações da velhice. Abra essa gaveta, sim?

Ela apontou para a gaveta superior do pequeno móvel a seu lado. Embaraçada com a solicitação, Laura segurou o puxador. A gaveta claramente não era utilizada há algum tempo, visto que teve de fazer força para abri-la. Quando o fez, a mulher esticou o braço em direção à gaveta e retirou uma velha arma.

Laura desviou-se quando a mulher apontou o cano para ela, antes de colocar a arma sobre o móvel, e esticou mais uma vez o braço em direção à gaveta sacando um velho álbum empoeirado de capa de couro, que ofereceu a Laura.

— Está tudo aqui em meu diário — disse, dando outras tossidas. — Por favor, pegue. Dê uma olhada à vontade.

Laura pegou o álbum e gentilmente soprou a poeira de sua capa. A noção de Atlantis era uma espécie de zona de perigo na arqueologia convencional. Ainda era considerada nada além do que uma peça colorida da mitologia. Colocou o diário sobre a mesa de centro e começou a desatar sua bela fita dourada. Embora fosse cética em relação a qualquer conversa sobre o continente perdido, ainda assim estava curiosa.

A porta abriu, e a criada entrou com uma bandeja que continha um bule de chá e xícaras de porcelana antiga. Estas se chocaram ruidosamente quando ela as colocou na mesa de centro em frente a Laura.

Ela puxou o álbum para baixo, em cima da hora, e o colocou em segurança sobre o armário. A empregada lhe passou uma xícara de chá com toda a graça e segurança de um guarda de prisão. Assim que deixou a sala, Laura perguntou-se por que Anna, com todas as suas ambições do velho mundo, havia escolhido uma mulher tão indelicada para ser governanta. Mas essa não era a única pergunta em sua mente.

— E por que você enviou a caveira para meu colega Ron Smith? — perguntou.

— Eu simplesmente a enviei para o especialista em civilização maia — respondeu a velha mulher, secamente. — Não é você?

— Sim, mas Ron era um especialista em maias também — explicou.

— Era? — perguntou a velha mulher, quando começou a tomar seu chá.

— Sim. Receio dizer que ele morreu recentemente.

A velha senhora fez ruídos com o chá por um momento.

— Ah, querida — ela pôs a xícara na mesa. — Sinto muito por ouvir isso — ela tossiu. Algo tremeu no rosto da velha mulher, uma emoção que parecia, de algum modo, fora do lugar, ao ouvir a notícia do falecimento de Ron. Seria choque, tristeza, ou até mesmo culpa? Laura não conseguia dizer exatamente o que era, mas considerou sua reação perturbadora.

— Você conheceu meu colega Ron? — perguntou.

Mas Crockett-Burrows ignorou a questão; em vez disso, prosseguiu com os próprios pensamentos.

— Mas, você sabe... às vezes as pessoas são atraídas à morte, como uma mariposa o é a uma chama.

Ela pareceu momentaneamente perdida em um transe, enquanto percorria os dedos na caveira em seu colo, sua voz soando estranhamente distante.

— Você sabe, os antigos acreditavam que a morte poderia às vezes ser uma forma de cura.

Laura não se sentia muito feliz com os rumos da conversa, quando a senhora idosa prosseguiu:

— Quando um velho curandeiro ficava velho demais para continuar seu trabalho, ele deitava e colocava as mãos sobre a caveira, dessa forma... — ela colocou as mãos em concha sobre a caveira — e um jovem aprendiz vinha e se ajoelhava e posicionava as mãos em cima da caveira... e o alto sacerdote presidia uma cerimônia. E durante a cerimônia todo o conhecimento e sabedoria do velho passariam para o jovem.

A senhora agora deslizava suas mãos no rosto de Laura, para senti-la, mas esta se desviou mais uma vez.

— E o velho simplesmente morria em silêncio durante a cerimônia.

Laura começava a se sentir um pouco desconfortável e desconcertada com o comportamento estranho da mulher e incomodada com sua estranha conversa sobre a morte. Tudo isso começou a lhe dar arrepios. Ela estava muito consciente de estar sozinha na casa, com essas duas mulheres decididamente esquisitas, e ávida para ir direto ao ponto e sair de lá o mais rápido possível.

— Mas eu ainda não entendo por que você enviou a caveira para o museu — ela disse, terminando rapidamente o chá.

— Você não acreditaria, mesmo se eu lhe contasse — Anna Crockett-Burrows respondeu.

— Por que não?

— É difícil de explicar.

— Por favor, eu gostaria de ouvir mesmo assim — Laura sabia que a maioria das pessoas que enviava bens ao museu era para orçá-los, vendê-los, ou simplesmente para se livrar deles. Que outra razão poderia ser? Ela estava curiosa.

— Muito bem — Anna disse secamente. — A caveira me disse onde gostaria de estar.

— Como? — Laura ficou ainda mais ereta na cadeira.

— A caveira me falou que precisava estar com o especialista em civilização maia no Museu Geográfico Smithton — foi a resposta prosaica de Anna.

— Agora, deixe-me ver se entendi certo... — Laura disse, com uma expressão intrigada. — Você está me dizendo que... esta coisa fala com você!?

— Viu, eu disse que você não acreditaria em mim — respondeu Anna.

Laura simplesmente olhou para ela, descrente.

— Porém é importante. Você deve tentar compreender — a mulher disse, levantando a caveira.

— Esta caveira não é um objeto comum.

Ela segurou o objeto sobre a cabeça, seus braços delicados tremendo enquanto ia falando mais alto:

— Este é o mais importante objeto jamais conhecido na história da humanidade. Esta caveira é uma porta para outro mundo, uma entrada para outra dimensão.

Laura mal podia acreditar no que ouvia.

A caveira tremeu nos braços estendidos de Anna, que exclamou:

— Esta caveira é uma entrada para o mundo da morte!

E, exausta, deixou a caveira cair de volta ao colo.

CAPÍTULO 18

Laura nada conseguia falar. Desde o momento em que entrara na sala, pensou que a senhora idosa fosse excêntrica, mas isso era demais, era outra história. Em todos seus anos de carreira como arqueóloga, nunca tinha ouvido uma explicação tão absurda a respeito de um objeto.

Ela começava a duvidar seriamente da sanidade da velha mulher. Mas, na tentativa de ser diplomática, procurou falar, mesmo que fosse inconscientemente num tom bem paternalista:

— Bem, devo dizer que eu nunca ouvi nada parecido com isso.

Com isso, a velha senhora se girou para ela, com os olhos queimando de impaciência, e vociferou:

— Sim, mas você ouviu o sussurro, não ouviu?

Laura estava chocada, enquanto a mulher idosa começava a girar, agitada, a caveira nas mãos. "Como ela sabia disso?", perguntou-se.

— É como começa... É como eles chamam sua atenção — Anna prosseguiu. — É a forma com que acenam para você através do véu entre os mundos — Seus olhos cegos estavam abertos e arregalados; sua voz, estranha como a de uma cobra; sua garganta, raspando a cada respiração.

— Eles?

— Alguém do outro lado. Alguém está tentando se comunicar com você.

Os olhos cegos de Anna agora se reviravam por completo, enquanto continuava girando a caveira nas mãos, sua voz agora soava estranhamente distante e devaneadora.

— Perdoe-me, mas estou tentando escrever um relatório científico sério — Laura disse, esforçando-se para manter sua diplomacia. — Não é exatamente por isso que vim aqui.

— Mas você deve ouvir quando eles te chamam — Anna insistiu.

— Olha, eu realmente não tenho tempo para isso — vociferou Laura, levantando-se.

— Não! Por favor! Não vá — suplicou Anna. Ela anseia por falar com você.

— Eu realmente preciso voltar. — Está ficando tarde. Posso pegar a caveira de volta, por favor?

— Maria! Maria! — Anna gritou impacientemente, ignorando a solicitação, e a governanta surgiu na porta. — Maria, você sabe o que deve fazer.

Laura ficou alarmada. Nervosa, deu uma olhada para a criada assim que ela deixou a sala. O que Crockett-Burrows ordenava que fizesse?

— Por favor. Eu realmente devo levar a caveira de volta para o museu — decidiu tentar uma negociação, embora estivesse agora começando a considerar deixar a caveira para trás em prol da própria segurança.

No entanto, a mulher idosa a ignorou. Em vez disso, parecia questionar a caveira em seu colo:

— Como posso convencê-la?

Laura perguntou a si mesma se deveria simplesmente tomar a caveira da velha mulher e correr, mas pensou melhor.

— Por favor, eu preciso da caveira — implorou.

— Muito bem. Pegue-a — Anna de repente endireitou-se e a ofereceu.

Surpresa com a rápida mudança de atitude, Laura pegou a caveira e começou a guardá-la apressadamente de volta na maleta.

— Mas olhe atrás do guarda-roupa que você encontrará — Anna acrescentou, com um ar de satisfação no rosto.

— Encontrar o quê? — perguntou, intrigada com o que a outra dizia.

— A fita de Wilson! — respondeu, com um sorriso astuto.

O rosto de Laura perdeu totalmente a cor quando estava lá, em pé, paralisada de susto, olhando chocada para Anna.

— Mas? — perguntou, com voz hesitante. — Como você sabe disso?

— Eu não — respondeu —, mas sua filha sabe.

— O quê!? — Laura ouviu a si mesma exclamar, descrente.

— Sim — a mulher confirmou. — Alice diz: "Olhe atrás do guarda-roupa que você encontrará".

Aquela idosa estava lá, sentada, olhando para frente, aparentando satisfação consigo mesma, enquanto Laura lutava com o pavor, e depois com o pânico. Sua mente oscilava. Não conseguia pensar direito. Tudo o que sabia é que precisava sair de lá, e rápido.

Agarrou a maleta com a caveira e se virou para fugir.

Mas assim que saiu correndo da sala e precipitou-se pelo corredor rumo às escadas, viu a criada correndo em sua direção, bem ao final do corredor, gritando com ela em um espanhol ininteligível. Assim que ambas convergiram em direção ao alto da escadaria, a criada começou a apalpar o coldre de couro trazido em torno da cintura, tentando retirar algo dele.

"Jesus! Ela vai sacar uma arma". Laura podia sentir o coração bater mais forte no peito, e tudo parecia andar em câmera lenta, ao mesmo tempo em que a criada apontava a arma diretamente para ela.

"É isso", pensou, paralisada no lugar. "É assim que minha vida vai acabar. Ela vai atirar em mim. Vou morrer aqui, nas mãos dessas duas mulheres malucas".

Sentiu-se surpreendentemente desprendida e serena em relação a isso — até pensar em Michael ouvindo o noticiário e como isso seria terrível para ele.

Fechou os olhos, e houve um *flash* de luz.

Abriu os olhos e houve outro *flash*, antes de se dar conta de que a criada não segurava uma arma, e sim uma velha câmera Polaroid. Laura mal conseguia acreditar. Ela quase gargalhou de alívio quando percebeu que estava viva! A criada estava simplesmente tirando fotos com *flash*.

Contudo, a sensação de alívio durou somente até começar a se perguntar que diabo a criada pretendia. *Tirando fotos de uma mulher aflita?* Ainda assim era muito estranho.

Virou-se para ver Anna Crockett-Burrows em pé, silenciosa, na outra extremidade do corredor.

"Quem sabia o que elas poderiam fazer em seguida?", ela se perguntou, e, dentro de instantes, o desejo de sair viva daquela casa sinistra voltou a ser sua única preocupação.

Voou escadaria abaixo, com a criada em perseguição calorosa, a fim de tirar mais fotografias. Conseguiu ouvir os cães latindo assim que se lançou pelo *hall* até a porta de entrada.

Apavorada com a possibilidade de a porta estar trancada, tentou o trinco. A porta felizmente abriu. Bateu-a com força atrás de si para atrasar a saída da empregada. Correu a toda pelo cascalho até a proteção de seu carro, saltou nele e, naquela noite, partiu veloz.

CAPÍTULO 19

Lágrimas escorriam pelas bochechas de Laura enquanto ela descia a estrada em alta velocidade. Não tinha certeza do que mais a chateava; se chorava de alívio por ter escapado daquelas duas idosas loucas ou por causa da menção à "fita de Wilson". Olhou para a luminosidade das lanternas traseiras dos carros na frente do seu. As lágrimas dificultavam sua visão da estrada. Sabia que poderia fazer uma parada, mas queria sair daquele lugar o mais rápido possível.

Passava das onze horas quando chegou em casa. Fechou a porta de entrada e nesta se encostou. Ao menos se sentia segura. No entanto, a sensação não durou muito. O apartamento estava escuro e vazio. Michael ainda estava fora, em reunião. Desejava tanto vê-lo que temporariamente se esqueceu de que ainda jantaria com colegas após o evento e não voltaria tão cedo.

Ainda sentia-se um pouco trêmula, então foi à cozinha e serviu uma taça de vinho para si, mas este parecia não acalmá-la. "Por que raio de motivo elas estavam tirando fotos minhas daquela forma?", porém logo percebeu que era algo muito mais profundo que de fato a perturbava.

De repente, tomou conhecimento do que era. E, agora que sabia, não poderia deixar isso de lado um momento sequer. Tinha de investigar as palavras da velha mulher para descobrir se o que ela dissera sobre a fita de Wilson era realmente verdade.

Ainda de casaco, virou-se e correu para as escadas. Disparou pela porta, entrando no quarto vazio de sua filha. Ao acender a luz, precipitou-se em direção ao pesado guarda-roupa de madeira, atrás da porta, e começou a fazer força para empurrá-lo, afastando-o da parede. Incapaz de movimentá-lo, abriu suas portas e começou a espalhar de modo frenético seu conteúdo pelo chão.

Ergueu uma caixa grande repleta de tiaras e coroas de princesas cor-de-rosa e douradas brilhantes, asas de fada e varinhas mágicas. Removeu uma grande caixa plástica cheia, com uma miscelânea de brinquedos. Bonecas e jogos estavam despejados pelo quarto. Tentou empurrar o guarda-roupa novamente, porém ele não saía do lugar. Levantou uma porção de vestidos, casacos e calças jeans de criança, lançando-os sobre a cama, e puxou uma coleção de pequenos sapatos e botas para fora, antes que conseguisse afastar o guarda-roupa gigante da parede. Detrás do móvel, espreitou o carpete coberto de poeira. Ali, no chão, abaixo do rodapé, estava a fitinha de seda. vermelha amarrotada.

Assim que a olhou, desmoronou contra a parede e caiu de joelhos. Era apenas uma fita, tão trivial e inocente. Mesmo para Laura, a imagem daquela simples fita cortou o coração, mais profundamente do que a lâmina mais afiada. Para ela, aquela fita simbolizava uma mudança terrível no destino de sua família, uma mudança a qual não queria reviver. Porém, com a aparição da fita, sua mente voltou dolorosamente aos acontecimentos de dois anos antes.

Rememorando, havia existido um tempo em que encontrar aquela fita teria feito Laura a mulher mais feliz do mundo. Ela, claro, desconhecia isso na época. Mas encontrar a fita agora, com dois anos de atraso, pareceu uma piada infeliz. Esticou o braço para alcançá-la, mas não conseguiu. Simplesmente não conseguia pegá-la.

Quando levantou os olhos em direção à cama, de repente tudo a invadiu de novo, tão vivo como no dia em que acontecera.

Era um dia ensolarado e brilhante, um sábado, na primavera de 2010. Eles estavam radiantes, todos eles. Tinham planos para o final de semana. Michael estava concluindo o artigo que escrevia, então iam ao zoológico — uma família passeando, um tempo para se divertirem juntos, rir e relaxar após a semana cheia. Laura voltara a trabalhar em período integral agora que Alice havia começado a pré-escola e estava ansiosa para passar cada momento de folga que fosse possível com sua alegre filha de quatro anos.

Pela janela era possível ver o sol raiar atrás de Alice, que estava sentada na beira da cama segurando o urso de pelúcia, quando percebeu que sua fita se perdera. Ela chamou:

— Mamãe, onde está a fita de Wilson?! Não consigo encontrar.

Laura foi ao socorro de sua menininha e agachou-se ao lado dela.

— O que aconteceu com sua fita, Wilson? — ela perguntou ao urso antes de se voltar para a filha. — Tenho certeza que está aqui, em algum lugar. Logo vamos encontrá-la — disse, empurrando suavemente para trás da orelha o cabelo que havia caído sobre o rosto de Alice e beijando-a na bochecha.

Lançou um olhar pelo quarto. Não conseguia ver a fita em nenhum lugar óbvio. Lágrimas caíam dos olhos da menina. Laura pôde ver como a fita do urso de pelúcia era importante para a filha. — Talvez esteja presa em algum lugar. Vamos olhar embaixo da cama? — perguntou, enquanto agachava-se no chão para começar a procurar.

Como de costume, a parte inferior da cama de Alice era uma verdadeira arca do tesouro de tralhas. Laura havia deitado no chão para procurar melhor. A primeira coisa que viu foi a velha caixa de música que pertencera à sua mãe.

— Veja, Alice — disse, entregando-lhe a caixa, lembrando-se do deleite que ela mesma havia tido diante da visão da caixinha de madeira, seu forro acolchoado de veludo vermelho e a bailarina vestida com tutu cor-de-rosa e sapatilhas que giravam ao som da música O *Lago dos Cisnes*.

Alice esticou o braço e pegou a caixa da mão de Laura. Um sorriso de encanto espalhou-se por todo o rosto. Assim que girou a chavinha na ranhura, lembrou-se que Neil, seu amigo do berçário, havia lhe dado duas balas enormes, que escondera cuidadosamente dos pais dentro da caixa. Então ela ficou em silêncio, pulando de volta para o meio da cama, longe das vistas da mãe, enquanto esta desaparecia de novo, à procura da fita de Wilson.

Alice pegou um dos doces e colocou na boca. Estava feliz agora, deitada, chupando o doce e ouvindo o som falho da caixa de música enquanto os raios de sol da primavera enchiam o quarto. Pensou em um jogo que poderia jogar sozinha — lançar a bala ao ar e ver se conseguia pegá-la na boca. Após algumas tentativas, ela conseguiu. Foi tão divertido que tentou novamente. Desta vez, lançou a bala mais alto. Nesta tentativa, assim que apanhou o doce, este parou no fundo de sua traqueia.

Laura ainda revistava embaixo da cama. Ela realmente deveria ter uma conversa com Alice sobre arrumar isso — pensou —, mas sabia que aquele era um dos lugares secretos da filha, no qual gostava de guardar coisas com que de fato adorava brincar. Procurou embaixo de uma pilha de gibis de menina e levantou um montão de vestidos no guarda-roupa da Barbie, mas não havia sinal da fita de Wilson em lugar algum.

"É isso", pensou, quando localizou um clarão vermelho fora de alcance, no canto extremo da cama, próximo à pilha de livros infantis. Esforçando-se no espaço limitado, se lançou em direção à fita, apoiada nos cotovelos.

Assim que sua mão chegou lá, Alice estava deitada na cama, incapaz de respirar. Estava asfixiada, em silêncio. Houve um som áspero e fraco quando tentou desesperadamente pegar mais ar, mas ao fazer isso acabou afundando o doce ainda mais em sua traqueia. Entrou em pânico, esticando-se, procurando agarrar desesperadamente sua mãe, seu pai ou qualquer um que ajudasse.

Laura infelizmente não conseguiu ouvir nada disso sobre os sons suaves e falhos da caixa da música. Em vez disso, embaixo da cama, conversava alegremente com a filha, tentando mantê-la animada.

— Aposto que é aquele gato levado de novo! Ele ama perseguir fitas! — disse, feliz, sem saber o que acontecia. Deu de cara com um daqueles brinquedos eletrônicos que funcionam sozinhos. Era um palhaço roxo de plástico que gritava: "Rápido! Rápido! Divirtam-se no parque de diversões!", enquanto suas luzes vermelhas e amarelas piscavam.

Enquanto isso, em cima da cama, Alice se contorcia em silêncio, seu rosto e perdia a cor, os lábios ficavam lentamente azuis. — "Rápido! Rápido! Divirtam-se no parque de diversões!" — gritava o palhaço — Laura tateava à procura do botão de desligamento.

— Achei — falou em voz alta assim que alcançou o que pensava que fosse a fita, mas depois se deu conta de que se tratava da jaqueta vermelha cintilante da Barbie.

Foi quando notou que Alice havia ficado surpreendentemente calada:

— Querida, você está me ouvindo?

Não houve resposta.

— Alice, você está brincando comigo? — perguntou, assim que finalmente surgiu debaixo da cama para encontrar a menina imóvel, quando o rosto já começava a ficar branco.

— Santo Deus, Alice! — sussurrou, aterrorizada.

Naquele momento, o mundo inteiro de Laura parou. De repente, nada mais existia, exceto sua filha deitada, parecendo morta, bem diante dela.

Agarrou a filha e a chacoalhou, dando-lhe tapas, virando-a de ponta-cabeça.

— Michael! — gritou, enquanto tentava desesperadamente reanimá-la antes de perceber que tinha algo preso na garganta. — Chame uma ambulância! — gritou enquanto a virava de frente e a ventilava. — Michael! Michael! — ela gritava. — Chame uma ambulância!

Lá sentada, observando a fita, ainda podia ouvir aquele grito em sua mente, seu terror desesperado e flamejante, mesmo tendo-se passado mais de dois anos desde a morte de Alice. Às vezes sentia como se parte dela ainda gritasse diante do que acontecera, e nunca, nunca pararia.

Não tinha certeza de quanto tempo havia ficado sentada lá contemplando a fita. Poderia ter sido minutos, ou horas, o tempo todo com lágrimas escorrendo pelo rosto. Quando finalmente alcançou a fita e a pegou, sentiu-se como se fosse uma das coisas mais difíceis que havia feito. Ao fazê-lo, sentou como se uma corda invisível que a conectara com o passado houvesse se quebrado para sempre. Mergulhou no chão e deitou-se, encurvada como um feto, enquanto soluços tomavam seu corpo.

Quando Michael chegou, foi assim que a encontrou: deitada no chão do quarto, atrás do guarda-roupa, chorando inconsolavelmente. Ele deixou a maleta perto da porta e foi até Laura em silêncio. Ele se jogou ao chão e a abraçou. Conhecia a futilidade das palavras nessa situação, a inutilidade do lugar-comum. Não havia nada que pudesse fazer ou dizer, algo que fizesse Laura se sentir melhor. Queria consertar as coisas, mas sabia que não era possível.

— Por que, Michael? Por quê? — ela soluçava. Ele balançava a cabeça negativamente. Era uma pergunta que havia feito a si mesmo mil vezes, e nunca sabia responder.

— Por que não consegui salvá-la, Michael? Por que não? — caiu no choro, com a cabeça encostada no ombro dele.

— Você tem que parar de se culpar, querida. Não foi sua culpa — sussurrou, enquanto a acalentava para frente e para trás em seus braços.

Ele viu a fita vermelha na mão dela. Isso o fez se sentir com raiva e triste ao mesmo tempo e, antes que se desse conta, sentiu a dor de lágrimas amargas brotando de seus próprios olhos. Lutou para reprimi-las, para ser forte para Laura. Ele não queria que ela visse seu sofrimento.

CAPÍTULO 20

9 DE DEZEMBRO DE 2012

No dia seguinte, a manhã estava fria e seca. Era domingo e o sol brilhava, mas Michael estava apreensivo. Sabia que era isso o que Laura queria fazer antes de ela sequer sugerir. Não iam lá fazia algum tempo, desde o aniversário de Alice, quatro meses antes. Ele odiava ir lá, detestava lembrar, mas era o que Laura queria. Talvez a fizesse se sentir melhor, e Michael era sábio o suficiente para saber que ajudar Laura a sentir melhor também o ajudaria.

O contorno da cidade estava visível no horizonte quando ambos desciam a ala de túmulos, fileira por fileira, até chegarem ao cedro no final do caminho. Seus galhos estavam pesados por causa da neve. Embaixo da árvore estava o túmulo de Alice — assustadoramente pequeno, como são as sepulturas de crianças. Ainda o chocava vê-lo. Era uma afronta ao que ele achava como a ordem natural das coisas deveria ser; os pais morrem antes, não os filhos. Era assim que deveria ser. Sentiu uma onda de raiva diante da injustiça de tudo isso.

Laura removeu a neve de cima da lápide. Um anjinho estava encravado em sua superfície.

Dizia:

"Alice Greenstone Shepherd
21 de julho de 2005 — 27 de maio de 2010
Para sempre em nossos corações".

Laura sentia que parte dela morrera quando Alice partira. Algo havia morrido dentro dela. Nunca mais seria a mesma. Ela sempre sentiria a dor de algo faltando, como se tivesse um membro removido do próprio corpo. Nunca conhecera tamanha dor em toda sua vida, tampouco sabia como superá-la nos dias, meses e anos que se seguiram à morte de Alice.

Ajoelhou na neve, ao lado do túmulo, e cuidadosamente desembrulhou o pequeno e delicado buquê de flores que havia trazido para ela. Enquanto colocava suavemente os macios botões cor-de-rosa no vasinho de vidro ao pé da sepultura, sua respiração era perceptível no cruel clima de inverno. Suspirou de maneira melancólica:

— Nunca tive a chance de me despedir.

Michael estava ao seu lado, esfregando as mãos uma à outra, por causa do frio. Enquanto observava, silencioso e inexpressivo, o túmulo, percebeu algo se destacando perfeitamente em meio à brancura da neve. Lá, segurando as flores cor-de-rosa opacas em um buquê delicadamente feito, o rastro vermelho-sangue da fita de Wilson.

CAPÍTULO 21

Naquela tarde, Laura despediu-se de Michael com um beijo quando saía do banco do passageiro em direção à orla.

— Desculpe, querida, mas eu prometi a Caleb que terminaria o artigo — disse Michael num tom de lamento.

"Seu novo emprego como diretor de pesquisa na Nanon Systems Micro-Eletronics geralmente exigia que trabalhasse aos fins de semana, e seu novo chefe, Caleb Price, parecia ainda mais exigente do que o anterior", Laura pensou.

— Reservei a mesa para as seis horas — Michael acrescentou, como forma de compensação.

— OK, te encontro lá — disse Laura enquanto fechava a porta.

Ela precisava fazer compras de Natal, mas não havia clima para isso. Vagou então por toda a orla, observando a vastidão cinza da água, as balsas enquanto abriam caminho indo e vindo de Staten Island.

Pensou em Alice e se lembrou das pessoas que disseram que sua dor provavelmente seria "complicada" em razão da culpa que inevitavelmente sentiria com o fato da filha ter morrido sob seus cuidados. Às vezes, a perda parecia quase tão dolorosa quanto no dia em que acontecera, como uma ferida que nunca cicatrizara. Como hoje, quando a sensação de perda de era palpável.

Vagando sem destino certo, encontrou-se de repente no meio de uma feira dominical. Desconfortável por estar cercada por tantas pessoas, todas se empurrando e se atropelando enquanto vasculhavam as barracas à procura de pechinchas de Natal, encontrou abrigo em uma joalheria.

Músicas natalinas tocavam suavemente ao fundo enquanto observava alguns relógios dispostos dentro de um armário de vidro. Fora do alcance de seus olhos, teve um vislumbre de um balão de hélio com desenho do globo terrestre, exatamente igual àquele que ainda pairava sobre a cama de Alice. Tinha a ponta amarrada com um pedaço de barbante, enquanto flutuava do outro lado do balcão. Ela pôde ouvir o riso divertido de uma criancinha quando puxava o balão atrás de si, numa posição em que seus cachos loiros ficavam bem visíveis por cima da parte superior do armário.

No final do balcão, o balão parou, e Laura olhou para baixo para perceber que era segurado por uma linda menina de quatro anos de idade, acompanhada por sua adorável mãe. O coração parou por um momento. Por um instante, a garota se pareceu exatamente com Alice.

Nesse momento, a vendedora voltou sua atenção a ela.

— Procurando algo em especial? — perguntou a vendedora de meia-idade, com um sorriso cordial, pegando um dos relógios: — Que tal este aqui? Vem com garantia vitalícia.

Mas Laura não estava prestando atenção. Ela ainda observava a garotinha segurando o balão. Alguma parte dela queria acreditar que era Alice, que aquela era sua menininha e que tudo havia sido apenas um pesadelo. A garotinha olhou de volta, com os olhos bem abertos, em resposta ao olhar. Era linda, mas não era Alice.

Percebendo para o que Laura olhava, a vendedora sorriu indulgentemente para a menininha e disse:

— Eles não são adoráveis nessa idade?

Laura não respondeu. Ela já se dirigia à porta, lutando para segurar as lágrimas e deixando a coitada da vendedora se perguntando o que havia dito que a ofendera.

O que vivera até aquele momento já era suficiente, pois não havia sido um bom dia para um passeio de compras de Natal. Não depois da última noite. Precisava se livrar daquelas aglomerações. O novo relógio de Michael teria de esperar.

Ela puxou o casaco firmemente para se proteger do frio e se dirigiu à rua lotada, sentindo-se muito abalada. As barracas estavam abarrotadas, e a calçada estava agitada, pois os compradores engalfinhavam-se com excessivas sacolas de presentes.

Por sobre o mar de cabeças, notou uma placa segurada por um pregador maltrapilho, que gritava em seu alto-falante, determinado a ser ouvido acima dos berros dos vendedores ambulantes e o zumbido de geradores:

— O fim do mundo está próximo!

Ao alcançar o final da rua de pedestres, Laura estava prestes a chamar um táxi, quando percebeu um pequeno letreiro de néon pendurado acima de uma loja no subsolo. Dizia: "Avril — clarividente, vidente, médium, taróloga".

Parou por um momento. Geralmente não tinha tempo para esse tipo de coisa, mas estava curiosa. Não conseguia parar de pensar na fita de Wilson e em como aquela idosa maluca de alguma forma soubera onde estava. Talvez a tal "vidente" pudesse responder algumas de suas perguntas pendentes.

Deixando o táxi seguir adiante, cruzou a rua em direção à loja, hesitando por um momento antes de descer os degraus íngremes rumo ao salão de consulta, localizado no porão.

Após entrar na loja, olhou ao redor da pequena sala. Estava pintada de um leve rosa bebê. Uma coleção de diferentes cristais se alinhava às estantes de livro. No centro da sala havia uma mesa redonda coberta por uma toalha de veludo roxa; atrás dela, uma velha poltrona.

Na parede atrás disso, um cartaz grande, escrito à mão com caneta hidrocor. Dizia: "Consulta inicial 20 dólares".

Laura se viu perguntando a si mesma o que fazia lá. Nunca teria colocado os pés num lugar como aquele se Michael estivesse com ela, e agora lá estava, sem ter tanta certeza se isso ajudaria. Michael acreditava que lugares como esse eram administrados por pessoas inescrupulosas, charlatães que inventavam qualquer coisa que imaginassem que o cliente gostaria de escutar, e então cobravam dele por esse privilégio.

Na parede ao lado do cartaz havia uma arrumada fileira de certificados emoldurados da "Escola de Estudos da Vidência de Nova Iorque" e de várias outras organizações de formação de artes da vidência. Foi uma grande surpresa para Laura existir cursos de treinamento para essas coisas. Avril deveria ter obtido todas as qualificações na sua área de especialização. Laura sorriu para si mesma com esse pensamento.

— Olá! — alguém atrás dela a cumprimentou. — Sente-se. Laura virou-se para ver uma mulher de cerca de cinquenta anos, elegantemente vestida. Seus cabelos loiros eram curtos e arrumados, e seu limpo vestuário fez Laura pensar que ela fosse uma eficiente promotora de justiça bem posicionada. Não havia sinal do cabelo preto ondulado, dos brincos dourados, nem das saias ciganas compridas e rodadas que Laura havia previsto.

— Obrigada — respondeu, momentaneamente desconcertada pela aparência absolutamente comum de Avril.

— Então, o que posso fazer por você? — questionou educadamente, enquanto se sentava na poltrona oposta.

— Desculpe... eu nunca fiz nada parecido com isso antes — Laura começou a se explicar de modo hesitante —, mas algo aconteceu comigo recentemente, e eu quero saber se... se alguém que morreu... está tentando se comunicar comigo — achou difícil acreditar no que ouvira a si mesma dizer.

— Você quer dizer alguém do outro lado? — Laura se viu balançando a cabeça em afirmativa enquanto Avril continuava. — As pessoas não morrem de fato, você entende, elas apenas atravessam para o outro lado. A gente poderia dizer que as pessoas que morreram simplesmente se mudaram para outro reino.

Parecia estranho falar dos mortos dessa forma, e achou intrigante. Seus pais eram ateus. Ela havia crescido com a crença de que tudo o que você tem é uma vida curta e, quando tudo acabava, não havia mais nada. Porém encontrou algo estranhamente confortador nas palavras de Avril, mesmo não tendo certeza de que houvesse verdade nelas.

Avril agora colocava uma bola de cristal no centro da mesa. Era bem menor do que a caveira de cristal, nebulosa e grosseiramente talhada. Passou os dedos de longas unhas por sua superfície e encontrou os olhos da outra com um olhar fixo.

— Como funciona? — perguntou.

— Chamamos de "canalização" — Avril respondeu. — O cristal é como se fosse um dispositivo de foco. Eu entro em transe, de modo que consigo receber mensagens daqueles que estão do outro lado. Contudo, não é sempre confiável — ela advertiu. — Os mortos falam muito, e às vezes tudo o que consigo captar é interferência. Você ainda quer que eu tente?

Laura refletiu por um momento. Avaliou que realmente não tinha nada a perder, além dos vinte dólares da taxa de consulta, é claro.

— Sim — ela confirmou. — Por que não?

Havia algo estranhamente divertido em fazer algo tão absolutamente diferente do que considerava normal, tão em desacordo com suas crenças e comportamento comuns. "Laura Shepherd visitando uma vidente!" Imaginou o que seus colegas do museu diriam se um dia descobrissem. "Engraçado como as coisas às vezes terminam", pensou. Se ela não tivesse ido ver Anna Crockett-Burrows, nunca teria sequer considerado tal coisa, mas agora lá estava ela, sentada na sala de consulta de uma vidente, agarrando-se a qualquer coisa. E onde mais poderia procurar as respostas que desejava?

— Muito bem — disse Avril enquanto posicionava as mãos sobre a bola de cristal, fechava os olhos e começava a zunir suavemente para si mesma.

Tudo era muito estranho. Laura sentiu como se estivesse participando de algum tipo de minisessão espiritualista. Tudo o que parecia faltar era o tabuleiro ouija[3].

Após um minuto ou mais, Avril abriu os olhos e perguntou:
— Um colega seu morreu recentemente?
— Sim! — Laura respondeu, impressionada.

Avril fechou os olhos novamente e parou de zunir, enquanto Laura permanecia sentada lá, em atordoante silêncio, perguntando-se se teria de rever suas ideias a respeito dessas coisas.

Após alguns minutos, Avril abriu os olhos e falou mais uma vez:
— Mas eu receio que não compreenda o restante — disse, parecendo frustrada. — Tudo o que estou conseguindo repetidas vezes

---

3. Superfície com letras, números e símbolos utilizada para a comunicação com os mortos. No Brasil, uma variante popular é o Jogo do Copo. (N.T.)

é "você precisa da caveira para a comunicação exata". Isso significa alguma coisa para você?

— Sim! — a voz de Laura estava cheia de exaltação. — A caveira de cristal. Eu posso trazê-la aqui!

Mas Avril pareceu contrariada.

— Eu normalmente não trabalho com materiais de outras pessoas.

O rosto de Laura se abateu de desapontamento.

A vidente hesitou.

— Está bem — ofereceu. — Deixe-me verificar minhas cartas. Um momento.

Ela virou as costas para Laura, puxando a cadeira para a pequena mesa atrás dela, na qual estavam três pacotes de cartas de tarô.

Ela apanhou os baralhos, fechou os olhos e se concentrou com empenho enquanto embaralhava cada um deles, e então puxou lenta e deliberadamente uma carta de cada pacote.

Posicionou-as cuidadosamente sobre a mesa em frente a Laura e abriu os olhos. Observou as cartas dispostas em fileira. Seu rosto expressava preocupação quando via que cada uma das cartas retratava a figura grotesca do esqueleto dançante. As cartas diziam: "Morte", "Morte", "Morte"!

— Bem, o que elas dizem? — Laura perguntou, esticando o pescoço a fim de ver para o que Avril olhava, curiosa para saber por que parecia ter congelado.

Mas Avril tossiu e rapidamente removeu as cartas, devolvendo-as para seus baralhos antes que Laura se curvasse suficientemente perto para vê-las.

— Eu não acho que seria uma boa ideia — ela disse, parecendo visivelmente abalada.

— Por que não?

— Eu simplesmente não tenho uma sensação boa em relação a isso.

Laura pareceu intrigada. "Em relação a que ela está sendo tão sigilosa?"

— Pode ser perigoso — Avril respondeu resumidamente, recusando-se a dar maiores detalhes.

CAPÍTULO 22

Michael estava sentado sozinho no restaurante lotado. Ele gostava do *Dimitri's* — a arte moderna e arrojada que decorava suas paredes e o esperto minimalismo de seu interior contemporâneo. Apesar de ser cheio, tinha aquela referência silenciosa reservada a restaurantes para pessoas mais abastadas. Olhou ao redor, para os outros clientes bem vestidos, casais em sua maioria.

Ele brincou com seu guardanapo e olhou novamente para o relógio como se esperasse ansiosamente por Laura. Ela estava atrasada e ele começava a se perguntar o que poderia ter acontecido. Desde a morte de Alice ele havia se tornado mais propenso a se preocupar com a segurança da esposa. Então a porta se abriu, e ela entrou, indicando Michael para o garçom ávido que correu para conduzi-la a uma mesa.

Ela se aproximou e o beijou na bochecha:

— Oi!

— Você está atrasada. O que aconteceu? — disse Michael, parecendo preocupado.

— Desculpe, eu me atrapalhei — enquanto se sentava à frente dele, ela pareceu um pouco culpada.

— Fazendo o quê? — Michael não conseguia imaginá-la se atrapalhando ao fazer compras de Natal, sabia que ela sempre detestara fazê-lo, mesmo nos melhores tempos.

— Você já pediu? — perguntou Laura, abrindo o cardápio.

— Ainda não — ele respondeu automaticamente, embora soubesse que ela tentava mudar de assunto. — Ei, conte! — insistiu.

— Tudo bem — puxou o ar bruscamente. — Eu fui ver uma vidente — lançou um olhar nervoso para ele sobre o cardápio.

Michael largou o pedaço de pão no qual estava prestes a passar manteiga. Parecia atordoado.

— Com que propósito você fez isso?

— Eu queria saber se Alice estava realmente tentando se comunicar conosco.

— Alice? Como poderia? — Michael exclamou, incrédulo.

Logo em seguida um garçom apareceu à mesa e houve um longo silêncio assim que ela acenou com a cabeça; esperaram enquanto ele servia água para ambos. Laura sabia que Michael não aprovaria sua ida à vidente, mas ficou surpresa com a veemência de sua reação.

— Anna Crockett-Burrows acredita que a morte pode falar conosco por intermédio da caveira de cristal — ela explicou.

— O quê? — Michael disse, consternado.

— A vidente inclusive me disse que preciso da caveira para uma comunicação eficiente — acrescentou.

Michael olhou ao redor, constrangido, esperando que ninguém mais estivesse ouvindo. Abaixou a voz para quase sussurrar:

— Laura, você está falando sério? — Ela obviamente estava. — Você tem andado chateada, mas pense nisso racionalmente.

— Eu sei que isso parece não fazer sentido algum — Laura começou — mas...

— Está certíssima, não faz mesmo! — ele interrompeu.

— ... de que outra maneira você explica o que a velha sabia? — O nome de Alice! A fita de Wilson! Quero dizer, e se ela estiver certa, Michael? — perguntou agitada. — E se Alice ainda vivesse em algum lugar e realmente pudesse falar conosco por meio da caveira? Não seria incrível? Mudaria tudo.

Os olhos de Michael estavam fechados e ele massageava as têmporas com os dedos. Não conseguia compreender o que Laura dizia. Era muito estranho. Ela começava a parecer irracional demais, era quase assustador.

— O que está acontecendo com você, Laura? — ele esticou as mãos para segurar as dela, num desespero silencioso.

— Mas Anna disse que foi Alice quem lhe contou a respeito da fita de Wilson... De que outra maneira ela poderia ter sabido?

Michael estava farto.

— Alice está morta, Laura... E esse é o fim! — ele vociferou, virando sua taça de vinho tinto, que se espalhou pela engomada toalha de mesa branca.

Ele apanhou o guardanapo para tentar enxugar, mas suas palavras saíram mais alto do que pretendia, e os casais sentados mais perto deles se viraram e observavam o casal enquanto o guardanapo branco brilhante começava a ficar vermelho bem forte, cor de sangue, e teve inclusive de afugentar o pensamento de que o guardanapo havia ficado um pouco parecido com a fita de Wilson.

Eles estavam sentados em um silêncio embaraçoso quando um garçom veio trocar a toalha de mesa. Michael pediu a conta e, assim que o garçom desapareceu, de volta à cozinha, acrescentou, com os dentes cerrados:

— Ela está enchendo sua cabeça de baboseiras, Laura. Ela sabe que você está vulnerável. Aquela caveira é apenas um objeto comum, nada mais.

— Foi o que eu pensei — respondeu. — Mas como você pode ter tanta certeza? Quero dizer, nem o laboratório conseguiu encontrar qualquer marca de ferramenta. Explique isso!

— Vamos, então! — ele disse de modo firme e levantou-se da mesa enquanto mais cabeças se voltavam para eles, curiosas.

— Eu irei!

Ele procurou a carteira, atirou algumas notas sobre a mesa e dirigiu-se à porta.

— Mas Michael, eu apenas... — Laura tentou protestar, então desistiu e foi atrás do marido.

CAPÍTULO 23

Foram de carro ao escritório de Michael, em silêncio. O novo prédio da Nanon Systems era um conjunto sólido de cromo e vidro, um imponente monumento para o progresso e atividades comerciais. Como um centro de pesquisa de ponta, não havia escapado da universal pressão para valorizar sua aparência — a necessidade de ser belo. Não apenas os resultados que a empresa conquistara, mas também o edifício no qual os funcionários trabalhavam agora se adaptava a essa exigência de mercado. A ciência saíra do domínio casual dos prédios de universidades e agora estava alojada nos escritórios *hi-tech* tão valorizados pela cidade.

Quando chegaram aos portões, um carro esporte vermelho estava de saída.

— É tudo o que eu preciso! — Michael resmungou enquanto um homem saía do carro e ia em direção a eles.

— Olá, Michael! — sorriu o homem de quarenta e poucos anos com aparência de urso. Era Caleb Price, o chefe de Michael, presidente da empresa.

— Oi, Caleb. Acabei de concluir aquele artigo — Michael improvisava uma explicação como justificativa para ter trazido sua esposa ao escritório em uma noite de domingo. — Só dei uma passada para apanhar alguns papéis para a reunião de amanhã.

— E como vai a adorável Laura? — perguntou Caleb.

Era o tipo de comentário paternalista de conotação levemente sexual que Laura poderia mesmo esperar do novo patrão de Michael.

— Bem — respondeu.

Caleb ainda a encarava, e ela percebeu que esperava que aquela conversa fosse levada adiante. Esforçando-se para pensar em algo, sugeriu:

— Você está mantendo Michael ocupado com esse seu novo "Projeto Z". Do que se trata?

Caleb franziu as sobrancelhas:

— Poderíamos lhe dizer, Laura, mas então teríamos que matá-la!

Ela ficou horrorizada por um momento, até perceber que Caleb ria maliciosamente. Ele levantou-se.

— Você conhece as regras, Michael. Confidencialidade total em todos os projetos novos, e isso inclui esposas e família.

— Eu sei, Caleb. Absoluta — Michael respondeu.

— Até amanhã — Caleb disse e retornou para seu carro.

— Poxa vida, Laura, você realmente me colocou em maus lençóis — Michael disse depois que o chefe se foi.

— Desculpe-me.

— No que diz respeito ao Caleb, eu ainda estou em meu período de experiência.

— Mesmo depois de passado mais de um ano?

— Sim — ele respondeu entre dentes.

Estacionou o carro e marchou em direção ao conjunto de escritórios *hi-tech* carregando a maleta com a caveira, enquanto a esposa seguiu atrás, tentando acompanhar.

— O problema é que os caras do museu não têm o equipamento exato, mas nós temos... — ele disse enquanto entrava pelas portas giratórias de vidro do prédio onde não havia expediente naquela hora.

No vestíbulo, um guarda olhou sobre seus monitores do circuito interno de segurança e acenou com a cabeça ao reconhecer Michael:

— Boa noite, Dr. Greenstone.

Michael acenou de volta, enquanto batia com força seu cartão de segurança nas catracas e continuava sua conversa com Laura. Dirigiram-se aos elevadores.

— ... Bem aqui temos o laboratório de cristal mais avançado do país, e o que você verá em breve é uma explicação simples e racional para esta coisa — ele disse enquanto ambos entravam no elevador e se dirigiam ao laboratório no segundo andar.

Michael bateu seu cartão novamente para ter acesso ao laboratório de cristal.

Uma vez lá, retirou a caveira da maleta e a colocou embaixo de um grande microscópio de última geração.

— Sob este microscópio eletrônico temos ampliação de um milhão de vezes — explicou enquanto posicionava os olhos no visor.

Ele pareceu intrigado:

— Não compreendo.

— O quê? — Laura perguntou.

— Você está certa. Sem marcas de ferramentas — fez uma careta.

Ela parecia satisfeita. Michael estava chegando exatamente ao mesmo resultado de Ian, no laboratório do museu. Não podia deixar de sentir um prazer secreto, muito embora soubesse que um resultado mais conclusivo teria ajudado melhor com o relatório para seu chefe, o diretor do museu, Professor Lamb.

— Não pode ser cristal de verdade — murmurou Michael, mais para si do que para a esposa. — Deve ser de plástico ou de vidro — fez mais uma pausa. — Só há uma maneira de dizer. Aqui, me dê uma mão com isso — ele disse, pedindo a Laura que o auxiliasse a afastar um pesado móvel deslizante da parede, para revelar um grande tanque de vidro com líquido transparente.

— O que é isso?

— O teste do ácido! — Michael respondeu enquanto apagava as luzes.

Colocou a caveira de cristal sobre o tanque em uma plataforma de metal. Em seguida, apertou um botão, e a plataforma começou a descer em direção ao líquido.

— O que você está fazendo? — Laura se incomodou com a ideia de que o marido estava prestes a mergulhar a caveira em ácido. Ela espreitou o tanque para ver a caveira de cristal ficar submersa no líquido, no qual desapareceu.

— Onde está? — ela parecia aterrorizada.

— Sem pânico — Michael disse. — Não é ácido de verdade, é apenas álcool. Na verdade, é álcool benzílico, de mesmo índice de refração que o cristal de quartzo. Veja!

Acionou uma chave, e a caveira reapareceu miraculosamente. Laura estava aliviada; ele, surpreso.

— Inferno! É cristal. 100% dióxido de silício, quartzo puro. Esse teste de luz polarizada sem dúvidas comprova — apertou outro botão, e a caveira se elevou, saindo do tanque.

— Eu me pergunto se é piezelétrico — Michael ponderou.

— Ei, menos palavreado nerd! — Laura provocou. Ela não fazia ideia do que o marido falava. — Você está me confundindo!

— O que você espera? — ele respondeu. — Eu sou físico. Pessoas como eu confundem todas as demais há séculos.

Laura animou-se por ver que o humor de Michael estava melhorando.

— Mas, falando sério, você se questiona se é o quê?

— Piezelétrico — ele repetiu. — Como o tipo de cristal que empregamos em todos os nossos eletrônicos.

Colocando luvas cirúrgicas, ele esfregou a caveira, limpando-a, e a dispôs sobre outro equipamento, que possuía uma grande armação de metal. Acionou uma chave, e um mecanismo semelhante a um torno começou a se fechar ao redor da caveira.

— Não a estrague, Michael!

— Está tudo bem — explicou. — Quando você pressiona quartzo piezelétrico, ele emite uma descarga elétrica. Veja!

Laura estava assombrada por ver faíscas saindo da caveira e voando na sala escurecida enquanto era apertada entre as "mandíbulas" da máquina.

— Não é só isso — Michael continuou. — Se você aplicar uma corrente elétrica nela, seu formato e densidade mudam. Observe! — ele anexou alguns eletrodos à caveira e bateu de leve em outra chave. O rosto da caveira começou a distorcer.

Laura estava desconcertada:

— O que é isso?

— Não se preocupe, é perfeitamente normal — Michael ressegurou antes de observar a caveira e ver a imagem do rosto de Laura aparecer dentro dela de repente. Ele observou. Aquela imagem era desbotada e sem vida. Os olhos de Laura estavam fechados. Parecia um cadáver.

Michael imediatamente desligou a máquina e a imagem horripilante desapareceu tão rapidamente quanto havia aparecido.

— O que há de errado? — Laura perguntou, preocupada com a expressão do marido.

— Nada — ele descartou a aparição perturbadora como nada mais do que uma ilusão fugaz.

— Mas isso é incrível!

— Não exatamente — Michael respondeu. — É por isso que usamos esta coisa todos os dias em todos os nossos equipamentos eletrônicos — disse enquanto retirava a caveira da máquina de eletrodos. — Quartzo piezelétrico tem todo o tipo de controle de tempo, armazenamento de informações e mecanismo de comunicação.

— Comunicação? — seus ouvidos se aguçaram.

— Estamos falando de relógios, computadores e celulares aqui, Laura, não de conversar com os mortos — ele sorriu ironicamente. — Este é o tipo de coisa que usamos para fazer microchips — continuou. — No interior desses minúsculos chips de cristal de silício é onde as informações são realmente armazenadas dentro do computador.

Laura balançou a cabeça, intrigada:

— Isso é incrível.

— Esse tipo de cristal é como os "neurônios" dentro do computador, os "olhos" dentro do televisor ou as "orelhas" dentro do telefone.

— Então, de onde é? — Laura perguntou.

— Vamos ver, sim? — Michael disse enquanto colocava cautelosamente a caveira embaixo de um dispositivo de imagem conectado a um computador. Ele digitou em "Busca Global" e a máquina começou a escanear a caveira lentamente em todos os ângulos. Um mapa-múndi apareceu na tela do computador. Cada continente era destacado em vermelho enquanto processava a informação, antes de anunciar em suaves vozes moduladas pela máquina: "Origem desconhecida".

Michael e Laura se entreolharam, perplexos. E Michael sugeriu:

— Ok, vamos dar uma olhada na estrutura molecular.

Ele digitou em "Analisar Estrutura Molecular" e o scanner começou a girar ao redor da caveira enquanto a tela do computador formava uma imagem tridimensional de uma matriz octogonal cristalina. A imagem se desfez antes de a máquina tentar reconfigurá-la, somente para se fragmentar novamente.

Michael estava maravilhado:

— Nunca vi nada parecido antes. Sua estrutura molecular é octogonal em vez de hexagonal — ambos observavam enquanto o computador continuava tentando formar uma imagem estável, mas a cada tentativa a matriz se desfazia.

— Não é igual a nenhum outro cristal da Terra!

Entreolharam-se.

— E parece ser instável no aspecto molecular — ele coçou o queixo, pensando profundamente, quando teve uma ideia.

— Espere um pouco! Isso pode ter aplicabilidade — disse animado. — Vamos verificar suas propriedades óticas.

Ele agarrou a caveira e a colocou em uma máquina de laser.

Acionou uma chave, e um feixe estroboscópico de laser queimou a parte inferior da caveira. Esse feixe de luz vermelha refratou a partir dos olhos dela e reluziu em uma parede próxima. Ambos observavam admirados enquanto o feixe preciso começava a registrar dígitos, gravando-os na pintura da parede.

Parecia um código misterioso que, estampado, dizia:

"122120121221201212212012122120121221201212212012
122120121221201212212012122120121221201212212012
122120121221201212212012122120121221201212212012"

Depois de alguns segundos, o feixe de laser foi interrompido e começou a produzir um buraco negro no meio dos dígitos. O buraco aumentou cada vez mais, ao mesmo tempo em que começava a surgir fumaça. Levou um tempo para que os dois percebessem o que estava acontecendo, até Michael desligar a máquina, pegar um extintor de fogo e tentar apagar a latente marca negra antes que explodisse em chamas.

— Que droga é essa? — Laura berrou.

— Não faço ideia — respondeu Michael, enquanto examinava os dígitos recém-queimados na parede — mas acho que é algum tipo de código.

Ele examinou os dígitos mais de perto.

— Na verdade, se parece um pouco com um código terciário.

— Um o quê? — rebateu Laura.

— Nossos computadores — Michael explicava — são constituídos de cristal comum e reduzem todos os cálculos a números um e zero, o que chamamos de "código binário". Porém isso, olhe, é uma série de números um, zero e também dois, o que chamaríamos de "código terciário".

Laura estava impressionada.

— Parece que o cristal dentro da caveira é capaz de cálculos muito mais complexos do que todos os nossos computadores — Michael continuou.

— Você acha mesmo?

— Pense nisso! — ele se virou para Laura. — Se eu estiver certo e este for um código terciário, esse tipo de cristal de matriz octogonal poderia proporcionar poder computacional que fosse além dos nossos sonhos mais loucos.

Seu olhos agitados brilhavam.

— Caleb não acreditará. Toda a empresa vai querer saber a respeito.

Fez, em seguida, uma pausa, em virtude de um pensamento momentâneo:

— Mas primeiro eu preciso descobrir onde aquela mulher idosa conseguiu esta coisa — ele sussurrou quase que para si mesmo.

— Ela disse que foi em uma expedição arqueológica na América Central.

— Não há como esta coisa ser antiga — Michael respondeu. — Isso é algo da próxima geração. Quer dizer, será que um competidor terá chegado ao limite? Essa é a tecnologia de amanhã nos dias de hoje — exclamou —, falando efetivamente o *slogan* de sua empresa.

— Verei essa mulher amanhã para ela confirmar de onde tirou isso. Você vem?

— Não posso — Laura respondeu. — Preciso ir ao funeral de Ron.

CAPÍTULO 24

10 de dezembro de 2012

O carro de Michael parou em frente à velha mansão de Anna Crockett-Burrows. Ele desceu do carro, subiu em direção à varanda e bateu na porta de entrada. Sentia uma irreprimível de euforia. Estava com uma sensação de ter descoberto algo que parecia ser grande.

Neste momento, precisava de um projeto mais grandioso para realizar na empresa. Como diretor de pesquisa da Nanon Systems, teve uma porção de ideias durante o último ano, e realmente necessitava que uma delas ganhasse corpo. Seu futuro na Nanon dependia disso. Não que Caleb, seu chefe, houvesse lhe dito algo, mas Michael sabia ter uma reputação a zelar como seu homem mais importante. Não queria que ninguém tomasse seu lugar, o que era sempre uma possibilidade, uma ameaça constante no ambiente de trabalho moderno. Porém, se isso funcionasse, a caveira poderia ajudá-lo a consolidar sua posição.

Ele bateu novamente. Sem resposta. Gritou em direção às venezianas:

— Olá! Há alguém em casa?

Mas ainda não teve nenhuma resposta. Ele desejava que Laura tivesse pegado o número de telefone da mulher.

Vagou da lateral até os fundos da casa, na esperança de que pudesse encontrar alguém lá. Admirado com a vasta área de jardim e a escassez de vizinhos, estava intrigado com o tipo de pessoa que havia escolhido viver em tal solidão. Sem a agitação da cidade, não se sentia à vontade.

— Olá! — chamou novamente. O silêncio mortal do lugar fez com que se sentisse nervoso. Procurou no fundo da casa, examinando a pintura que desvanecia, e as venezianas continuavam fechadas. Estava começando a ficar visivelmente claro que não havia ninguém. Ele estava prestes a dar o dia por encerrado e retornar para a frente da casa quando algo chamou sua atenção. Por uma janela baixa que não ultrapassava a altura de seus joelhos, pensou ter visto algo no porão. Aproximou-se mais para tentar ver melhor. A vidraça estava toda cinza de sujeira, tanto que mal conseguia decifrar o que havia naquele porão, mas poderia jurar que havia visto algo lá, algo que se parecia assustadoramente com um rosto.

CAPÍTULO 25

Naquela tarde, mais cedo Laura havia comparecido ao funeral de Ron. Quando elevou a voz para cantar o hino "Rock of Ages"[4], soou como se outra pessoa o cantasse. Poucas pessoas compareceram à cerimônia; apenas algumas pessoas tinham chegado quando Laura ocupou seu lugar próximo à frente. Sentiu-se um pouco desconfortável por ser a única representante do museu ali. Ainda assim, pressupôs que Ron não teria se importado. Ele teria desejado que as coisas fossem singelas, sem qualquer estardalhaço.

Ela chegara à capela afastada somente após as três horas. O desejo de Ron havia sido que seu funeral ocorresse no campo, no qual adorava caminhar. E era lá onde gostaria que suas cinzas fossem espalhadas.

Enquanto ouvia o sermão do padre, Laura percebeu que seus pensamentos iam e vinham, retornando à cerimônia que Michael e ela haviam oferecido a Alice. O padre comentara sobre o quão alegre

---

4. Popular hino cristão. (N.T.)

Alice havia sido. Isso fizera parte de quem ela era. Não era apenas o modo como se lembrava dela. As pessoas, às vezes desconhecidas, comentavam o quanto era animada. Sua natureza fora "brilhante", não havia outra palavra para expressar isso.

No funeral de Alice, o padre falara sobre o aspecto especial de sua alegria. Especulara que talvez tivesse sido tão alegre pelo fato de que, embora não soubesse, seu tempo aqui seria muito curto, e então Deus a ajudara a aproveitar todos os momentos possíveis de sua breve existência. Na ocasião, Laura não encontrou nenhum conforto nas palavras do religioso, mas agora questionava se o que ele dissera podia fazer algum sentido.

O padre do funeral de Ron prosseguiu:

— Quando eu conversei com Ron em nossa última cerimônia juntos, parecia que havia encontrado algum conforto na crença de que sua amada esposa Lilian tentava se comunicar com ele do além — ao ouvir isso, a atenção de Laura retornou abruptamente ao momento presente.

"Era isso!", pensou. "Deveria ser esse o motivo por que Ron parecia tão distintamente feliz antes de sua morte. Ele estava convencido de que sua esposa, que havia morrido alguns anos atrás, tentava se comunicar com ele. Isso poderia ter alguma coisa a ver com a caveira de cristal?", perguntou-se. "A caveira de cristal de fato proporcionava um meio de comunicação com os mortos, exatamente como a velha mulher dissera? Talvez pudesse realmente oferecer uma maneira de se comunicar com Alice?"

Ficou pensando se o padre tinha conhecimento de algo mais a respeito da recém-surgida crença de Ron na vida após a morte e a ideia de que ele poderia de alguma forma se comunicar com os mortos. Isso, é óbvio, ainda não explicaria por que e como Ron tinha morrido, mas chegou à conclusão de que precisava falar com o padre assim que a cerimônia terminasse.

— Ao menos agora eles podem ficar juntos, reunidos no amor de Deus — o padre continuou.

Laura olhou para o caixão de Ron, repousando fechado à sua frente: uma vida terminada e destinada ao fim que teve. Porém, sentia-se satisfeita por pensar que ao menos as últimas semanas de Ron lhe haviam proporcionado algum tipo de conforto e esperança. Acreditar que você poderia estar com seus amados novamente fazia o universo parecer um lugar mais gentil e amável. Sem dúvida, parecia muito melhor alternativa.

— Agora, entregaremos o corpo de Ronald Smith à paz eterna — o padre fechou a cerimônia de modo solene. — Cinza a cinza, pó a pó — o som do melancólico órgão começou quando o caixão de Ron deslizou lentamente sobre uma esteira rolante atrás da cortina do crematório.

Laura ficou contente quando a cerimônia chegou ao fim. Levantando-se para sair, retirou-se da capela seguindo pelo mesmo lado dos outros convidados quando foi surpreendida ao ver Anna Crockett-Burrows e sua criada sentadas na fileira do fundo. O que ela fazia lá? Não parecia fazer sentido algum. Essa mulher não havia dado a Laura qualquer indício de que havia conhecido Ron. Na verdade, relembrando-se de seu encontro com Anna, a idosa tinha sido completamente evasiva quando perguntara sobre ele.

Ansiosa para falar com o padre antes que este fosse embora, Laura aguardou pacientemente no lado de fora da capela, onde ele conversava com alguns convidados remanescentes. Porém, antes que tivesse a chance de conversar com o religioso, Anna Crockett-Burrows e sua governanta se aproximaram.

— Olá — Laura falou delicadamente. Não sabia que você conhecia Ron.

— Foi por sua causa que viemos — a velha mulher respondeu de modo enigmático. — Viemos pois sabíamos que estaria aqui.

— Mas por quê? — Laura perguntou, perplexa.

— Você deseja ouvir a mensagem de sua filha, não é?

A verdade é que ela realmente queria saber se Alice tinha uma mensagem para ela. De fato, queria saber, com uma intensidade que não conseguia avaliar. Precisava saber, mais cedo ou mais tarde, se havia alguma verdade no que Anna havia lhe dito duas noites antes.

— Eu ia te perguntar a respeito — começou, hesitante. — Como você sabia...?

— ... Sobre a fita? — Anna terminou a sentença por Laura. — Eu não sabia. Foi o modo de sua filha convencê-la de que era ela falando, não eu. Sua filha diz que há mais uma coisa, algo muito mais importante.

— O que é? — perguntou.

— É mais urgente — Anna fez uma pausa. — Porém ela mesma quer lhe dizer quando você estiver sozinha. Você está com a caveira?

Laura voltou para seu carro, no estacionamento da capela, e retirou a maleta com a caveira de dentro do porta-malas. Pelo celular, tentou telefonar para Michael, a fim de contar a ele que estava com Anna Crockett-Burrows, mas a ligação caiu na caixa postal; então, deixou um recado.

Ouviu atrás de si um carro dar a partida, e virou-se para ver o padre indo embora, dirigindo-se à saída. Ela acenou para tentar chamar sua atenção, mas foi tarde demais. Ele havia partido em direção à luz fraca.

No estacionamento, olhou ao redor. Estava quase vazio agora. O carro de Crockett-Burrows era o único veículo que ainda estava lá, além do seu. À medida que caminhava de volta à capela, começou a sentir uma ansiedade motivada por sua decisão de permanecer sozinha nesse lugar remoto.

Tentou ignorar aquela parte que dizia que aquilo não era seguro, que aquela não era uma coisa sensata a fazer. Havia uma parte maior que desejava acreditar em Anna, que desejava crer que ela realmente poderia ter uma mensagem de Alice. Queria, mais do que tudo, acreditar que Alice ainda estava lá, em algum lugar.

Fez uma pausa e olhou para o céu limpo. Queria acreditar que lá, em algum lugar na vastidão do cosmos, sua filha ainda existia. Libertava-se um instante da ideia de que Alice estava simplesmente morta, descansando no cemitério — pensamento que se pendurava como uma mó a fazer pressão em sua mente, entristecendo.

A porta da capela rangeu, abrindo-se lentamente, quando Laura entrou novamente. Agora estava escuro lá dentro, exceto pelas chamas tremeluzentes das grandes velas brancas próximas ao altar. A capela parecia vazia. Laura disse "olá" em voz alta antes de pisar além dos pilares de pedra, então viu a velha mulher sentada, olhando diretamente para frente, de costas, na primeira fileira.

Seus passos ecoaram pelo assoalho de mármore rígido à medida que se dirigia de maneira hesitante pelo corredor. Olhou ao redor da capela. A criada não estava em nenhum lugar visível.

— Sente-se aqui — Anna disse, indicando o lugar a seu lado, junto ao banco da frente — ... e me dê a caveira.

Laura sentou-se próximo a ela, pegou a caveira cuidadosamente dentro da maleta e a passou para a mulher:

— Quem sabe você consiga explicar... — começou.

— Não há tempo para perguntas — disse Crockett-Burrows rudemente, enquanto a outra lhe entregava a caveira. — Pegue uma caneta e papel e anote tudo o que eu disser — completou. — Eu deverei canalizar essa informação e depois poderei não me recordar de nada do que eu fiz ou disse.

Anna sorriu para a caveira ao mesmo tempo em que a colocava em seu colo, acariciando-a com seus dedos enrugados. Um arrepio correu pela espinha de Laura diante dessa imagem.

Laura fez conforme a senhora pedira e começou a procurar dentro de sua pasta algo em que escrever. Retirou o celular e o colocou sobre o banco enquanto continuava a procurar caneta e papel. Assim que ela os encontrou, Anna acidentalmente derrubou o celular de Laura. Ao cair no chão duro, ele fez um estalo.

— Meu Deus — disse Crocket-Burrows, levantando-se. Ela cambaleou para o lado, colocando todo o seu peso sobre o telefone.

— Meu telefone! — Laura exclamou, perturbada com as ações desajeitas de Anna.

— Desculpe-me — esta disse enquanto sentava-se novamente.

Laura pegou o telefone e o testou, mas estava quebrado.

— Bem, ao menos não seremos perturbadas — Anna acrescentou, e Laura se questionou se tivera um vislumbre passageiro de sorriso nos lábios da velha senhora.

Naquele momento, ouviu a porta de entrada da capela bater com força e, ao virar-se, viu a governanta reaparecendo no fundo, com dois enormes cães pretos da raça dogue alemão. Deviam ser os cachorros que ouvira latir em sua visita à casa de Anna. Virou-se novamente para ela, pensando no que Alice tinha para lhe dizer.

CAPÍTULO 26

De volta à casa de Anna, Michael tentava decifrar o que vira pela janela do porão. O que quer que fosse, estava determinado a descobrir. Afastou as cortinas, limpou a sujeira e ficou à espreita. Porém, estava escuro demais para ele distinguir o que havia dentro.

Então enfiou a mão no bolso do casaco e puxou uma caneta-lanterna. Deitou-se no chão e iluminou a escuridão. O que viu iluminado por sua lanterna acertou-o como um soco no estômago.

Lá, afixada na parede imunda do porão, havia uma coleção de fotografias, todas de Ron Smith! Ao todo, deveria haver cerca de vinte. Imagens pausadas do circuito interno de televisão e fotos Polaroid do rosto de Ron, todas tiradas de ângulos diferentes. Ron parecia não saber que era fotografado. Sua expressão era neutra, sem emoção. Em uma estante, ao lado das imagens, estava uma caveira.

Mas não se parecia com o que tinha visto do lado de fora. Então, moveu seu farolete lentamente pelo interior. De repente, a lanterna iluminou algo muito mais próximo dele. O choque que teve nesse momento fez com que se afastasse um pouco para trás.

Sua respiração vinha em curtas arfadas, até que teve coragem de olhar novamente. Agora segurava o farolete com as mãos trêmulas. Era um rosto que ele já vira. Iluminada em meio à escuridão, diante dele, estava a cabeça inerte de Ron Smith, empalada em um espeto!

Michael sentiu-se mal. Um forte gosto de bife surgiu em sua boca. Afastou-se por mais alguns centímetros, cambaleando, e sentiu-se nauseado. Ficou lá por alguns momentos, apoiado, com as mãos nas coxas. Estava chocado. Aquilo era Ron. Era sua cabeça! Mas como isso poderia acontecer? De que modo? Laura tinha ido ao funeral de um cadáver decapitado? O que estava acontecendo?

Endireitou-se e caminhou de volta à janela do porão. Precisava saber mais. Respirou profundamente e deitou-se mais uma vez, pronto para olhar de novo. Entretanto, não tinha se preparado para o que viu em seguida, assim que apanhou sua lanterna e tornou a iluminar o interior.

Lá, para seu terror, havia outro conjunto de fotografias afixadas à suja parede do porão. Essas fotos, a exemplo das de Ron, tinham sido tiradas de diferentes ângulos. Porém, desta vez, o que viu foi de arrepiar, pois a semelhança era inconfundível. Tais fotografias eram todas de Laura, seu rosto, uma máscara gélida de pavor.

— Ai, meu Deus! — ele sussurrou. — Deus, não!

Não tinha certeza se conseguiria suportar olhar por mais tempo, porém sentiu que era necessário. Tinha que saber o que mais havia lá. Seu braço tremia agora, enquanto a lanterna iluminava a base de outra estante. Fora tomado de pavor. Teve uma profunda sensação de afundamento na boca do estômago, e o farolete pesou em sua mão quando iluminou mais em cima.

— Não, não pode ser! — disse para si. — Não pode ser ela — Porém, não houve engano. Lá, bem à sua frente, captada pela luz de sua lanterna, estava a verdade horripilante. Diante dele estava o rosto de Laura. Era sua cabeça, inanimada, sem cabelos, empalada em um espeto! Não poderia haver qualquer dúvida de que se tratava dela. Michael reconheceu a inconfundível curva de seus finos ossos da face, seus olhos arregalados, belos lábios e nariz adunco, todos os detalhes da mulher que amava.

Por um momento, Michael foi tomado por um inimaginável terror, enquanto olhava para sua esposa morta. Lá estava ela, sem cabelos e com olhos vitrificados, olhando fixamente para ele. Ele foi pego em um momento de puro terror que parecia se estender por toda a eternidade, um instante que o levou diretamente ao inferno ao mesmo tempo em que observava, incapaz de acreditar em seus olhos. O pavor o atingiu em cheio e dilacerou sua alma, como se uma lâmina afiada fosse torcida dentro de seu coração.

— Não! — berrou, com toda a força de seus pulmões soprando para fora.

Ele se contorceu, entorpecido de choque e descrença, e vomitou. Como isso poderia ter acontecido? Que monstro miserável poderia ter feito isso? Ela o havia deixado pouco tempo antes, durante a manhã. E onde estava o restante dela? Ele precisava ir a seu encontro. Tropeçou na janela, levantou o pé e o bateu contra o vidro.

Removeu os cacos e abriu caminho.

Na semiescuridão do interior, cambaleou diante dela. O rosto de Laura estava pálido, desprovido da força vital que a tornava sua esposa encantadora. Esticou as mãos trêmulas para tocar seu rosto. *Minha Laura, minha linda Laura.* Afastou a mão em repugnância. Era ela, sem dúvida, mas seu rosto estava frio, pegajoso ao toque. Algo veio em suas mãos. Era úmido e grudento. O que haviam feito a ela?

Pôs a mão no bolso e retirou sua lanterna. Suas mãos tremiam tanto que se passaram alguns segundos tortuosos até que conseguisse ligá-la. De novo, aquilo era demais. Não conseguia suportar iluminá-la para ver o que haviam feito.

Iluminou-o em seus dedos, que estavam úmidos e cinzentos.

Era argila! — apontou a lanterna para cima. Seu coração se encheu de júbilo. Não era Laura. Não era de verdade. Ele queria pular de alegria. Era apenas um modelo de argila, uma efígie dela!

A semelhança era nefasta. Ele a tocou novamente. Lágrimas de alívio corriam-lhe pelas bochechas. "Graças a Deus!", clamou por dentro. "Graças a Deus não é você!" Desta vez não estava equivocado. Definitivamente, era apenas argila. Aproximou-se e examinou a efígie de Ron. Mais uma vez, a semelhança era inacreditável. Era rígida ao toque. Devia ter sido feita há mais tempo.

Retornou a Laura. Sua cabeça era nova, recém-moldada. A alegria que Michael sentira começava a desaparecer. Ao lado da cabeça havia uma mesa, sobre a qual repousava uma seleção de facas e lâminas. Presumiu que haviam sido utilizadas para fazer as efígies.

Pegou uma lâmina. Era afiada. "O que pretendem ao criar uma efígie de Ron, que está morto, e agora Laura?" — examinou o porão cuidadosamente em busca de mais pistas, mas não havia nenhuma. Tudo o que havia lá eram cabeças e uma caveira de argila.

Tentou abrir a porta. Trancada. Observou as fotografias que revestiam as paredes. Não importava o que faziam lá, não era bom. "Isso é muito esquisito". Viu-se entrando em pânico com a ideia. Ele precisava contar a Laura, alertá-la de que estava em perigo!

Lançou-se janela afora e arrastou-se enquanto o vidro estilhaçado rasgava sua calça. Tropeçando, correu o mais rápido que pôde até a frente da casa e de volta a seu carro.

Saltou nele, agarrou o telefone no banco do passageiro e discou o número de Laura.

"Atenda, Laura, atenda!", desejava que ela o fizesse, mas não houve resposta. Uma gravação o informou de que o número dela estava "fora de serviço". Em vez disso, havia "uma nova mensagem" da esposa, à qual ouviu. Era o recado que ela havia lhe deixado mais cedo, naquela tarde:

— Oi, Michael, você não encontrará Anna aí. Você não acreditará, porém ela está bem aqui, no funeral de Ron. Ela diz que tem algo que deseja dividir comigo, em particular. Eu realmente quero ouvir o que é, então ficaremos a sós aqui na capela depois que todos se forem. Então, te vejo mais tarde. Eu te amo. Tchau!

Michael desejara que ela estivesse a salvo, mas agora parecia que seu mundo inteiro desabava, mais uma vez. Não importava a relação daquela mulher com Ron, ela também tinha modelos de Laura.

Jogou o telefone, virou a chave na ignição e pisou com força no acelerador. Seu carro roncou, saindo da garagem de cascalho enquanto a imagem grotesca de Laura que acabara de ver passava repetidas vezes em sua mente.

CAPÍTULO 27

Na capela, Anna Crockett-Burrows estava sentada com os olhos fechados, os dedos repousando leves sobre a caveira. Laura se sentia desconfortável enquanto aguardava, segurando caneta e papel na mão. Observava as sombras das velas dançando na parede e ouvia o som do vento chicoteando pelo estacionamento deserto e matraqueando lá fora, no alpendre.

— Agora podemos começar — disse a velha mulher.

Iniciou deslizando a caveira lentamente pelas mãos. Então, de maneira inesperada, a levantou e pressionou a testa da caveira contra a sua. Começou a fazer um zunido alto e dissonante. Parecia desejar que entrasse em um estado semelhante ao transe. Laura estava achando a experiência toda realmente muito estranha.

De repente, os olhos cegos da velha senhora saltaram, e ela começou a falar com uma voz esquisita de "staccato"[5]:

---

5. Tipo de articulação que resulta em notas muito curtas. Fonte: *Dicionário Houaiss Eletrônico.*

— Você deve saber e todos devem saber que SK vezes MC ao quadrado é igual a menos um, não zero. Repito: SK vezes MC ao quadrado é igual a menos um, não zero.

Intrigada, Laura anotou em fórmula taquigráfica o que a velha mulher dizia: "sk x mc^2 = -1, não 0, enquanto Anna Crockett-Burrows repetia, e sua voz ia ficando cada vez mais alta e intensa.

Laura observou o que havia escrito e olhou para Anna:

— Não é minha filha! — disse.

Anna, porém, a ignorou:

— Eu repito, é igual a menos um, não zero.

— Estou dizendo, essa não é minha filha — Laura exclamou, pondo de lado sua caneta e papel. — Tinha só quatro anos, pelo amor de Deus! Não é ela!

— Mas você deve ouvir — a idosa insistiu, sua voz estranhamente ameaçadora. — Você corre grande perigo. Você deve prestar atenção em meu aviso ou morrerá!

O terror grotesco das palavras de Anna acertou Laura como um soco no peito. "Isso não é como deveria ser", pensou. Não havia a possibilidade de ser a voz de sua linda filhinha. Não se permitiu arriscar imaginar o que poderia ser a mensagem de Alice, mas sem dúvida não se tratava disso. Era perturbador demais. Essas não eram palavras de uma criança alegre, brincalhona e inocente. Não era uma mensagem de Alice. Para Laura, tudo isso de repente pareceu uma piada de mau gosto às suas custas.

— Essa não é Alice! Não é minha menininha — ela chorou. Agora estava furiosa e assustada. — Você mentiu para mim! Você pregou uma peça em mim ficando aqui. — O que está tentando fazer comigo? — disse, levantando-se rapidamente para ir embora.

Anna, porém, simplesmente elevou a voz, ainda mais insistente agora:

— Mas você deve prestar atenção em meu aviso, ou morrerá, papai morrerá, todos morrerão!

Laura teve uma sensação de pânico crescente. Aquilo era demais para ela. Enfiou o bloco de anotações de volta na maleta e virou-se para sair, quando a velha mulher começou a gritar:

— PRESTE ATENÇÃO EM MEU AVISO OU VOCÊ MORRERÁ, PAPAI MORRERÁ, TODOS MORRERÃO!

A voz da senhora ecoava atrás de Laura, enquanto esta começava a fugir pelo corredor central. Seu rápido andar se transformou em uma corrida quando se sentiu impelida a sair dali o mais rápido possível. Mas assim que se aproximou do fundo da capela, perturbados com a comoção, os dois grandes cães pretos bloquearam sua saída. Eles latiam e rosnavam furiosos, mostrando os dentes enquanto puxavam suas guias. Assim que a criada levantou-se do assento, Laura, assustada, lançou-se a uma das fileiras de bancos e contornou o corredor lateral, na tentativa de escapar.

Podia ouvir a estranha voz de Anna gritando naquele momento:

— Mamãe! Por favor! Você deve escutar! Você está em grande perigo. Você deve parar no sinal da cruz! MAMÃE! POR FAVOR! PARE NO SINAL! — essas palavras ecoaram atrás de Laura assim que ela finalmente conseguiu sair pela porta no fundo da capela. Ela não percebeu que acima da porta havia uma grande cruz de madeira pendurada.

Estava escuro do lado de fora, ao mesmo tempo em que corria os degraus da capela abaixo e o estacionamento, até chegar à segurança de seu carro. Entrou nele e bateu a porta com força. Deu partida no motor. Ele ligou e parou. Ao levantar os olhos, viu a governanta surgindo com os cães de dentro da capela. A criada olhou para ela e soltou os animais, que cercaram o carro.

Laura tentou a ignição, e o motor falhou novamente. Vamos! — ela disse para si mesma, desesperada para fazer o carro dar a partida. Os cães agora pulavam em sua janela, rosnado ferozmente, enquanto a criada corria pelo estacionamento, dirigindo-se a ela, aos gritos.

O motor finalmente ligou, e os pneus do veículo rodaram na fina camada de gelo até que saísse do estacionamento cantando pneus.

Nevava forte, e a visibilidade da estrada era insatisfatória enquanto dirigia veloz pela noite. Sentiu-se furiosa consigo mesma ao acelerar na estradinha vazia e arborizada. "Como podia ter sido tão burra? Depois da maneira com que as duas mulheres se comportaram quando saiu da casa delas! No que pensava ao ficar para receber a suposta "mensagem" de Alice?" Incomodava-a ter cometido um erro tão enorme em seu julgamento. Assustava-a ter sido tão tola ao ser tapeada por duas pessoas que eram obviamente loucas. Não havia outra explicação para isso.

Dirigia há menos de dois minutos quando o motor engasgou e desligou, e seu carro desacelerou até parar.

Ela fracassara no meio do nada, não tão longe da capela, cercada de nada além de mato.

Sacou a lanterna e olhou sob o capô. O motor estalava à medida que esfriava. Não havia nada errado que fosse possível perceber.

— Droga! — disse para si, soltando vapor na respiração. Que lugar para falhar! E com meu telefone quebrado!

O vento aumentava, e uma nevasca parecia provável. Nervosa, olhou em direção à capela, puxou a gola para se proteger do frio e partiu a pé. Não se lembrava de ter visto alguma casa durante quilômetros e perguntou quanto tempo teria até as duas mulheres a alcançarem.

Perdida e sozinha no escuro, prosseguiu com dificuldade na margem da estreita estrada coberta de neve, tentando buscar ajuda, quando ouviu um carro vindo rapidamente em sua direção. Viajava com alguma velocidade e, antes que tomasse conhecimento, cantou pneu no espaço à sua frente, quase cegando-a com os faróis. Ela saiu do caminho com um pulo. Recuperava-se do susto quando o carro parou e lentamente começou a vir em sua direção, de marcha a ré, enquanto ela observava. As lanternas traseiras vermelhas eram tudo o que podia enxergar naquele escuro.

Amedrontada, segurou a respiração assim que o carro parou ao seu lado.

Estava muito aliviada por ver que era Michael quem estava sentado no banco do motorista.

Ele saltou para fora do carro e correu até ela:

— Eu sinto muito, Laura, você está bem? — tentou abraçá-la, porém ela recuou.

— Que diabo você acha que está fazendo? — apesar de ilesa, ela tremia.

— Eu sei que estava dirigindo rápido demais, mas eu tinha que avisá-la.

— Me avisar!? Você quase me matou! — exclamou Laura.

— Mas a idosa — ela está planejando alguma coisa — Michael disse. — Sua vida poderia estar em risco...

CAPÍTULO 28

Michael olhou para a esposa. Ela parecia tensa e perturbada. O que havia sido um dia no funeral de um colega, algo que nunca seria fácil de lidar, na melhor das hipóteses, tomara um rumo surreal e inesperado, um que Michael e Laura não poderiam ter previsto. Eles, sem dúvida, não esperavam ter que contatar Dominguez, o detetive de homicídios responsável pelo caso de Ron.

Agora Michael estava com ele ao telefone, mas não tinha certeza absoluta se era realmente o detetive a pessoa com quem falava. Conseguia apenas imaginá-lo do outro lado da linha, e parecia como se estivesse bem à vontade na cadeira, com os pés sobre a mesa localizada à frente.

— Então você está dizendo que acha que essa mulher idosa tem alguma relação com a morte de Ron?

O detetive parecia cético, enquanto Michael ficava impaciente:

— O que mais pode explicar o que vi no porão?

Podia quase ouvir o detetive encolher os ombros e rolar a caneta preguiçosamente pela mesa:

— O que você quer que façamos a respeito?

— Prendê-la, é claro! — Michael pensou que nada poderia ser mais óbvio.

— Agora espere um pouco — replicou Dominguez, tirando os pés da mesa e sentando-se com as costas arqueadas para frente. — Para quê? — fez uma pausa, esperando pela resposta de Michael. — Vodu? — pausou novamente. — Bruxaria? — antes de dar a própria resposta. — Oficialmente, essas coisas nem existem — elevou a voz —, e, em todo caso, talvez essa empregada apenas acredite que seja um pouco artista, escultora, e sem dúvida não há leis contra isso!

Agora foi a vez de o detetive ficar impaciente.

— Mas certamente deve haver algo que você possa fazer — Michael não compreendia o que o detetive estava dizendo, e isso ficou claramente estampado por todo o seu rosto.

Dominguez encolheu os ombros novamente:

— O problema é que não há evidências forenses para sugerir que mais alguém esteja envolvido na morte de Ron, e o que você está me informando não é exatamente concreto. Nem sequer é circunstancial — fez uma pausa. — Receio que não haja razões para a prisão.

Michael estava indignado.

— Mas você tem que fazer algo! — olhou para a esposa. — Na próxima vez pode ser a Laura!

Dominguez precisava admitir que Michael talvez tivesse razão: — Certo, não parece nada estranho de onde estou sentado — ele agora começava a parecer um pouco mais conciliatório —, e, se te deixar mais feliz, um de nossos homens fará uma visita e algumas perguntas. Agora, se você não se importar...

O detetive deixou claro que tinha outro trabalho a fazer e desligou o telefone.

— Que perda de tempo! — Michael murmurou enquanto se virava para observar o mecânico de emergência que chegara para consertar o carro de Laura.

Iluminados pela luz âmbar do guincho, sentaram-se no carro de Michael e tomaram café em copos plásticos que o mecânico trouxera, enquanto aguardavam que este finalizasse o trabalho.

Laura lutava com os acontecimentos esquisitos do dia, tentando entendê-los de algum modo. Ela não havia falado a Michael nada sobre as ocorrências na capela. Depois que ele contara a respeito das cabeças que tinha visto no porão de Anna, estava em extremo estado de choque. E constrangida com a própria ingenuidade. Não sabia como havia sido enganada tão facilmente pela velha mulher. Queria tanto acreditar que Anna tinha uma mensagem de Alice que não tinha sido capaz de enxergar o que Crockett-Burrows planejava. Tinha sido completamente inconsciente de que a idosa tinha outra ocupação, muito mais sinistra.

— Então, o que de fato aconteceu na capela? — Michael perguntou, mas antes que Laura tivesse a chance de responder, o mecânico apareceu na janela agitando as chaves do carro.

— Bom! — disse Michael. — Agora vamos para casa.

Um vento congelante soprava durante o trajeto até a cidade. Michael corria pela estradinha deserta, enquanto o carro de Laura estava a alguma distância, e ela tentava segui-lo.

— Reduza, Michael. Reduza! — disse para si mesma.

O fato de Michael dirigir rápido demais a incomodava. Ele era uma pessoa sempre com pressa. Às vezes parecia que se acostumara a viver em um ritmo acelerado, de modo que estava a ponto de se tornar incapaz de diminuir o ritmo. "Era um dos riscos da vida moderna", Laura pensou, do qual considerava um pouco mais fácil de fugir trabalhando no museu.

Nesse instante, ouviu um som de chocalho. Era o ruído característico de uma das calotas de seu carro. "Devia ter afrouxado de novo. Era tudo o que precisava". Era um problema que tinha com o velho carro desde que o comprara de segunda mão.

Michael disparava à frente, e ela ainda tentava manter o ritmo, quando notou na lateral da estrada uma placa indicando um cruzamento alguns semáforos adiante. As luzes mudavam para verde, e Michael prosseguiu no entroncamento.

Foi então que Laura escutou a voz da idosa em sua cabeça: "Você deve parar no sinal da cruz! MAMÃE! POR FAVOR! PARE NO SINAL DA CRUZ!"

De repente, pisou no freio com força e o carro começou a derrapar no cruzamento, lançando-a para frente, contra o cinto de segurança.

Naquele momento, um enorme caminhão de combustível apareceu do nada e disparou pelo cruzamento cego bem à sua frente. O caminhão corria muito quando as luzes mudaram no sentido oposto. Embora as rodas gigantescas estivessem travadas, foi tarde demais quando o motorista acionou os freios. A jamanta em alta velocidade derrapou, perdendo o controle na fina camada de gelo, lançando-se agora em direção ao veículo de Laura, que capotava.

A imensa tonelada de metal voou, e o motorista ficou buzinando apenas no último momento, enquanto tentava evitar o desastre.

Laura sentiu como se tudo tivesse ficado em câmera lenta, enquanto o enorme caminhão deslizava como um trenó, com seus pneus cantando em sua direção. Ela observava, sem ação, o caminhão chegar cada vez mais perto. Fechou os olhos e esperou o impacto.

Nada aconteceu. O enorme veículo passou direto, apenas alguns centímetros de distância do carro dela.

Então seguiu, com a buzina ainda acionada, e desapareceu na noite. Ela ficou aliviada.

Olhou para a calota que havia se soltado de seu carro quando parara tão subitamente. Repousava na estrada, exatamente no mesmo ponto em que estaria se não tivesse pisado no freio no momento em que o fez. Teria sido esmagada por completo embaixo das impiedosas rodas do veículo gigante.

Michael, ao ouvir a buzina, passara a assistir a tudo isso, aterrorizado, pelo espelho retrovisor. Ele parou, saiu do carro e correu até o carro da esposa para verificar se ela estava bem.

Ele a encontrou ainda sentada dentro do carro. Parecia atordoada, mas não ferida.

— Santo Deus, Laura! Você está bem? — ele abriu a porta do carro e a abraçou, embriagando-se com seu conhecido perfume e impressionado por ter saído ilesa.

Ela virou-se lentamente na direção de Michael.

— Ela me salvou, Michael, me salvou!

Michael estava abaixado ao lado do carro, próximo a Laura. Não conseguia compreender sua calma ou do que ela falava.

— Quem? — ele perguntou.

— Anna — Laura respondeu. — Quer dizer, a caveira... ou — seu rosto se iluminou — ou teria sido Alice, afinal de contas? — olhou para Michael, cujos olhos brilhavam de esperança.

O coração dele disparou. Lá estava ela, de novo falando de Alice como se ainda estivesse viva.

— Isso não faz sentido algum, amor. O que aconteceu? — ele não estava certo se queria de fato saber a resposta.

— Eu não tive a chance de te dizer antes — Laura esclareceu —, e eu sei que você não vai gostar disso, mas... Anna fez uma sessão de "canalização" para mim, na capela.

— O quê? — Michael ficou assustado.

— Ela entrou em sintonia com a caveira. Disse que havia se conectado com Alice. Falou que eu devia parar no sinal da cruz, e se eu não... — olhava para a calota achatada no cruzamento congelado. — Ela me salvou, Michael! — sussurrou. — Alice me salvou.

— Não, Laura! — Michael disse bem firme. — Você está em estado de choque. Isso nada tem a ver com Anna, ou Alice, ou qualquer outra pessoa. — levantou-se e esfregou as mãos uma na outra para se aquecer.

Laura agarrou-se ao volante:

— Mas tem mais coisa — fez uma pausa, tentando compreender a tudo. — Ela disse: "Você morrerá, papai morrerá"... Meu Deus! Eu não sabia o que aconteceria com você! Eu tenho que voltar lá! — fechou a porta e deu a partida.

— Não, Laura. Me escute. Você não pode ir lá, não é seguro! — Michael protestou em voz alta, mas ela o ignorou e começou a se afastar.

— Não, Laura, por favor!

Ela virou o carro e abaixou o vidro da janela:

— Michael, você não entende? Estou tentando salvá-lo! — gritou quando ia embora.

— Droga! — Michael praguejou, enquanto retornava para o carro.

Não tinha escolha, a não ser segui-la de volta até a casa de Anna.

CAPÍTULO 29

Quando Laura se movia pela entrada de carros da casa de Anna, viu o carro da idosa estacionado próximo à porta da frente. Algo não parecia bem. Os faróis ainda estavam acesos e a governanta se esforçava para retirar algo de dentro dele. Era o corpo desmaiado de Anna. A criada tentava carregá-lo para fora do banco do passageiro. Arrastou o corpo para o gramado e ficou de joelhos na grama coberta de neve.

Saiu do próprio automóvel e correu para ajudar. Anna Crockett-Burrrows repousava na neve. Seu corpo parecia rígido e paralisado; seu rosto, pálido e sem vida. Seus olhos estavam bem abertos, e sua expressão, congelada em um meio-sorriso. Estava agarrada à caveira de cristal. Laura esticou a mão para sentir seu pulso, porém era como se não existisse. Ela estava fria e dura como pedra. A velha mulher estava morta.

— Sinto muito — disse suavemente.

A governanta soltou um grito penetrante de tristeza, então voltou-se para a outra:

— Olha o que você fez! Você a matou!

Laura estava confusa.

— É tudo culpa sua! — a criada vociferou. — Ela estava tentando captar a mensagem da sua filha. Ela sabia que era perigoso, mas fez por você. Desde o começo eu sabia que você traria problemas! — a governanta encarava Laura. — Eu disse isso a Anna, e ela apenas sorriu. E, agora, veja o que fez a ela — tentou soltar a caveira da mão de Anna. — Você não escutaria, sua mulher idiota! — lamuriou.

— O que aconteceu? — Laura perguntou.

— Quando você saiu da igreja, ela começou a se tremer inteira. Disse: "Se você não escutar, o futuro está gravado na pedra!". Ela disse isso repetidas vezes, durante todo o tempo em que tremia. "Se você não escutar, o futuro está gravado na pedra!". Eu tentei tirá-la disso: Acorda, Anna — eu falei. Acorda Anna! Então ela entrou em coma e eu não consegui trazê-la de volta. Agora está morta, e é tudo culpa sua.

A criada se debruçou sobre o corpo inerte e, com alguma força, soltou a caveira de cristal dos dedos mortos, atirando-a contra a neve.

— Minha pobre Anna se foi.

Ela olhou para Laura, os olhos cheios de lágrimas.

— Ah, meu Deus! O que eu farei? Trinta anos, e agora isso! Minha Anna, morta e enterrada... Ah, meu Deus! O que eu farei? — sucumbiu, soluçando de modo incontrolável.

Laura tentou passar o braço ao redor dela, a fim de reconfortá-la, porém foi evitada pela criada, que afastou o braço.

Michael apareceu solenemente ao lado da esposa:

— A ambulância está a caminho — disse calmamente, guardando o telefone celular.

Quando os paramédicos chegaram, envolveram um cobertor nos ombros da governanta e a levaram embora. Fecharam os olhos selvagens e fixos de Anna, esticaram um lençol sobre seu rosto empalidecido e transportaram seu corpo para dentro da ambulância, cuja sua luz azul piscava no capô. Ouviram uma breve declaração de Michael e Laura antes de auxiliarem a criada a subir na traseira do veículo, onde se sentou ao lado da maca.

Laura ainda estava desesperada para compreender as últimas palavras da senhora, então pediu gentilmente:

— O que você acha que ela queria dizer com "o futuro está gravado na pedra"?

A criada vociferou amargamente em resposta:

— Agora que ela está morta, você nunca saberá!

As portas se fecharam com estrondo no rosto de Laura. A equipe subiu na parte dianteira, e a ambulância partiu na escuridão.

Assim que retornavam aos seus veículos, Michael e Laura perceberam que os faróis do carro de Anna ainda estavam acesos. A caveira de cristal repousava na neve, enterrada pela metade, iluminada pelo brilho dos faróis, ao lado do contorno de gelo de neve muito compactada onde a velha estivera, já morta.

Laura ajoelhou-se para apanhar o objeto, enquanto Michael aproximava-se para apagar os faróis. Assim que o fez, notou a maleta que abrigava a caveira sobre o banco traseiro e abriu a porta para reavê-la. Levantou-a e descobriu um velho álbum de capa de couro embaixo dela. A capa estava amarrada com uma fita dourada. Curioso para saber o que havia dentro, ele desfez o laço e abriu o álbum.

Naquele momento, veio uma rajada de vento que soprou no carro, levantando no álbum algumas das páginas finas que estavam soltas. Michael blasfemou e bateu a porta o mais rapidamente possível, mas algumas das páginas já haviam voado para fora do veículo.

Laura olhou para o alto e viu um pedaço de papel flutuando, enquanto diversas páginas do álbum eram carregadas na brisa gélida. Ela pegou uma delas e a segurou contra a luz que ainda brilhava de dentro do automóvel. Conseguiu decifrar apenas as palavras de um delicado texto escrito à mão, com tinta preta. Olhou a página rapidamente. A data era 19 de fevereiro de 1936. A primeira linha dizia: "Era uma fria manhã de inverno quando partimos de Liverpool a bordo do navio a vapor The Ocean Princess, com destino às Honduras Britânicas".

Enquanto Laura permanecia ali admirando as linhas e os redemoinhos do elegante texto, gradualmente se deu conta de que olhava para a caligrafia de Anna Crockett-Burrows. Tratava-se, claramente, de uma página do diário pessoal de Anna, aquele que a velha mulher tentara lhe dar quando a visitara pela primeira vez, o qual deixara para trás em meio a seu pânico para sai daquela casa.

— Essa não! — lamentou, enquanto observava as demais páginas serem levadas pelo vento que soprava forte no jardim. Laura percebeu que assistia à história de vida da idosa prestes a desaparecer diante de seus olhos.

— Ajude-me, Michael — gritou ao correr atrás das páginas, tentando desesperadamente agarrá-las quando estas voavam pelo gramado.

Michael puxou sua lanterna e saltou para ajudar. As páginas atingiram a cerca viva, e eles ficaram agradecidos por sua altura. Diversas páginas ficaram presas em seus galhos. Michael esticou-se para soltá-las, usando a lanterna para iluminar a parte mais baixa da cerca viva. Ali descobriram muitas outras folhas, porém não estavam mais legíveis. Estavam manchadas e cobertas de grama. Quantas outras mais haviam se perdido eles não sabiam precisar. Parecia que tinham assistido a muitas simplesmente desaparecerem na brisa.

Laura se deu conta de que aquelas palavras, esse diário que Anna escrevera, agora era a única ligação que tinha com o passado da caveira. Era a única esperança que possuía de responder suas perguntas; a única maneira de saber o que a caveira era e de onde viera; sua única esperança de ter ciência do que a velha mulher queria dizer com suas últimas palavras enigmáticas: "Se você não escutar, o futuro está gravado na pedra!", e, mais do nunca, sua única esperança de conseguir descobrir como se reconectar à sua linda filha, Alice, por intermédio da caveira.

Eles recuperaram a capa de couro e as páginas restantes no banco traseiro do carro e partiram para casa.

Quando chegaram, Laura foi diretamente à sala de estudos, no andar superior. Eram três horas da manhã. Começou secando no aquecedor as páginas do diário que ainda poderiam estar legíveis e organizando as demais, que haviam sobrevivido intactas. Não dava para negar que algo da história de Anna estava perdido, mas o maior volume aparentemente perdurou.

Parecia incerto que um documento escrito tanto tempo antes, nos anos 1930, pudesse auxiliá-la, mas a verdade é que precisava saber a respeito da caveira o quanto fosse possível. Por mais tênues que aquelas informações pudessem parecer, mais do que nunca era necessário saber. Talvez, apenas talvez, o diário pudesse ajudar. Neste momento, era tudo o que tinha para seguir adiante.

Ela fez uma xícara de café para si mesma, apanhou tudo o que havia conseguido reunir do diário e começou a ler tanto quanto conseguia do que Anna escrevera. Nutria a esperança de encontrar as respostas de que tão desesperadamente necessitava para todas as suas perguntas abrasadoras acerca da caveira de cristal.

CAPÍTULO 30

O diário de Anna fora dividido em subtítulos, nos quais cada uma das seções obviamente havia sido escrita algum tempo depois que os acontecimentos descritos de fato se deram. Porém, à medida que Laura prosseguia na leitura, a história tornava-se tão real que parecia saltar do livro até ela.

A aventura começava assim:

19 de fevereiro de 1936

Zarpamos de Liverpool a bordo do The Ocean Princess... eu não cabia em mim de tanta animação. Eu tinha ouvido tantas histórias sobre as maravilhosas aventuras de papai na floresta durante suas expedições de descobertas ultramarinas, e agora eu finalmente teria a chance de me unir a ele.

Minha tia-avó, Lady Bess, se opôs completamente. Para ela, a selva não era lugar para uma jovem. Eu fiquei muito ofendida. Afinal de contas, eu tinha quase dezoito anos. Papai no final a convenceu de que seria educativo, e ela me advertiu que se eu retornasse uma selvagenzinha, me enviaria à Suíça para concluir os estudos!

Ao todo, éramos cinco britânicos na expedição: Gus Arnold, do Museu Britânico; Bunny Jones; Richard Forbes; meu pai e eu. Bunny era um amigo íntimo de papai e investira muito dinheiro na viagem. Richard era arqueólogo recém-formado em Cambridge, desejoso de obter experiência no campo.

A jornada à América Central foi árdua. Após semanas observando apenas o mar, nós finalmente chegamos ao porto de Punta Gorda, na costa caribenha das Honduras Britânicas, em 9 de abril de 1936. Não era nada do que eu havia esperado. A cidade era composta por um precário agrupamento de casas de madeira, e todo o lugar cheirava a peixe podre.

Eu sempre me achei um pouco moleca, perfeitamente capaz de aguentar firme, mas parecia haver homens de pele morena — pescadores, marinheiros e outros que se pareciam exatamente com piratas — me olhando de soslaio em todas as esquinas, de modo ameaçador. Eu não gostava nem um pouco disso e fiquei muito aliviada quando finalmente partimos em direção à floresta fumegante, nos fundos de um caminhão de banana. Talvez não fosse a maneira mais elegante de viajar, mas nos levou para o mais longe possível, no interior, antes de deixarmos para trás o luxo da viagem rodoviária.

O trecho seguinte da viagem, subindo o Rio Grande a bote, mostrou-se um pouco desastroso. A única maneira de viajar era com canoa de tronco. Richard, que sempre se considerou um especialista em barcos a remo em Cambridge, logo deu fim a todos os nossos suprimentos no rio. Barracas e mosquiteiros ficaram encharcados, resultando em uma noite mais desconfortável. Na verdade, seria a primeira noite desconfortável de muitas durante nosso lento trajeto pelo curso do rio, mas, sem estradas sobre as quais falavam, foi o único modo de chegar ao interior da floresta.

Você sabe, papai ouviu rumores de que o porto de uma cidade perdida fora enterrado em algum lugar da floresta, e estava determinado a encontrá-lo. Acreditava-se que estava localizado a cerca de 1.600 km ao norte de Chilam Balam. Era uma cidade maia secundária que havia sido descoberta cinco anos antes por pessoas que coletavam borracha de seringueiras da região. Foi ali que uma bela máscara de jade verde havia sido descoberta.

Papai ficou fascinado com a história dessa descoberta. A máscara aparentemente fora achada em uma tumba, no rosto de um esqueleto estranho de mais de dois metros de altura. Isso era particularmente intrigante, visto que o povo maia raramente media mais do que 1,50 m.

Portanto, a descoberta desse esqueleto havia levado a todos os tipos de especulação. Até onde meu pai sabia, tratava-se de evidência adicional para sua teoria de que a antiga civilização maia não tinha sido fundada pelos maias, e sim por sobreviventes de alguma civilização anterior e culturalmente mais avançada, talvez até os sobreviventes da civilização perdida de Atlantis!

Muito envolvida com o que lia, Laura continuava a leitura:

A Civilização Perdida de Atlantis:

Muito eu ouvi falar a respeito de Atlantis durante meu crescimento. Aos dez anos de idade eu sabia de cor o que o antigo filósofo grego Platão dissera a respeito do continente perdido, datado de 300 a.C. — informação que ele declarava ter se originado dos sacerdotes do antigo Egito. Platão afirmou que Atlantis "situava-se no Oceano Atlântico, além das Colunas de Hércules", em outras palavras, a oeste da Espanha, e que "a partir de onde era possível chegar às demais ilhas e a todo o continente oposto que circunda o oceano."

Meu pai questionou se as palavras de Platão poderiam ser uma referência às ilhas do Meio-Atlântico ou do Caribe, a partir das quais seria possível chegar a "todo o continente oposto" da América.

Ele de fato nunca aceitou que Cristóvão Colombo fora o primeiro a descobrir o continente americano, pois sabia que os antigos egípcios e os fenícios eram perfeitamente capazes disso.

Sempre que estava em casa, papai era encontrado em sua biblioteca, mergulhado em livros e mapas, procurando pistas sobre o paradeiro do continente perdido. "Dê uma olhada nisso, Annie" — ele dizia, com o mapa esticado à sua frente, apontando para alguma cordilheira submarina obscura. "Quem sabe Atlantis esteja enterrado lá".

Sabe, embora meu pai acreditasse que a ilha de Atlantis tivesse desaparecido sob as ondas quando o nível do mar subiu, no final da última Era do Gelo, ele achava que alguns sobreviventes do continente perdido poderiam ter alcançado a América Central e dado a conhecer algumas evidências da própria civilização. Na verdade, era uma das maiores paixões de papai; seu sonho de explorador era encontrar essa evidência da civilização perdida, não importava onde estivesse. No entanto, nem sempre conseguia conversar com outras pessoas sobre isso, pois era um assunto muito controvertido.

Ele sabia secretamente que todo o propósito de nossa viagem, até onde ia seu conhecimento, era verificar se poderíamos encontrar qualquer evidência na América Central que pudesse finalmente provar que Atlantis realmente existiu. Na verdade, o motivo de meu pai ter tamanho interesse na suposta cidade perdida que agora procurávamos não era porque dizia-se que cobria uma área vasta, e sim porque a população maia local afirmara que sua "cidade, outrora grandiosa, havia sido fundada por um grande líder que viera dos mares do leste" — portanto, na opinião de papai, de Atlantis.

É por isso que ele havia passado tantos anos planejando a viagem e havia investido quase todas as economias de sua vida nisso. Assim que as Honduras Britânicas se tornaram jurisdição do governo britânico, meu pai precisava do Museu Britânico para obter as permissões necessárias para exploração e escavação, mas não era ingênuo quando o assunto era fazer com que suas esperanças para realizar a expedição fossem do conhecimento de Gus Arnold, do Museu Britânico, antes da partida.

Finalmente chegamos ao minúsculo assentamento de Santa Cruz após quatro exaustivas semanas de viagem. Estávamos passando por uma dieta de biscoitos amanhecidos e água, cujo sabor era repulsivo; além disso, tinha os comprimidos. Tínhamos bolhas nos pés e sanguessugas nos tornozelos. Eu ansiava por um banho decente e roupas limpas, mas em uma análise mais detalhada, parecia que éramos privilegiados em ter um teto sobre nossas cabeças durante a noite.

O assentamento era composto por tradicionais casas maias, feitas de gravetos de madeira e telhados de palha. A principal rota para o lugar era uma trilha cheia de barro. Uma construção em más condições feita de tábuas de madeira, com um telhado ondulado de metal enferrujado, servia de "mercado"; nada havia dentro, porém era assim mesmo.

Era lá onde nós iríamos pegar as mulas já antecipadamente compradas do "Señor" Giorgio Gomez, um negociante espanhol que havia se mudado recentemente para a região. O Señor Gomes, que estava em vias de construir uma bela fazenda na parte sul do assentamento, havia falhado singularmente na organização de tudo no decorrer de nossa viagem. Na verdade, já havia emprestado as mulas a um fazendeiro que vivia um pouco distante dali. Fomos para uma cabana de madeira e penduramos nossas redes de dormir, para aguardar que o Señor Gomez retornasse da viagem que fizera para buscar nossas mulas.

Contudo, agora estávamos mesmo na floresta e logo me vi adaptada ao nosso novo ambiente. Amava escutar os macacos tagarelando nas árvores e observar os pássaros agitados enquanto sugavam o néctar de flores coloridas do tamanho de trombetas. A filha do Señor Gomez inclusive me ensinou algumas frases do dialeto maia local, que pratiquei com os aldeões — para o divertimento de todos!

Papai foi surpreendentemente filosófico a respeito de nosso atraso, interpretando-o como uma oportunidade para pesquisar mais cuidadosamente o suspeito paradeiro de sua cidade perdida.

Quando Gus e Richard partiram para ver se conseguiam encontrar o Señor Gomez, Bunny e papai decidiram abrir a caixa de uísque escocês que haviam trazido com eles, para ter o que Bunny chamava de "shot"[6] noturno.

Quando Richard e Gus retornaram, este teve uma discussão acalorada com papai sobre o esqueleto encontrado em Chiam Balam. Eu não acho que o uísque tenha de alguma forma contribuído para isso. No que dizia respeito a Gus Arnold, do Museu Britânico, os ossos descobertos em Chilam Balam não provaram absolutamente nada e não tinham nada a ver com Atlantis ou com qualquer outra civilização

---

6. O significado de *shot* seria um tiro, ou disparo. No caso do texto, é uma expressão idiomática.

antiga que não fosse a Maia! Para Gus, todo o conceito de Atlantis não passava de uma fantasia.

A discussão sobre a existência de Atlantis pareceu se estender por horas e horas, até mesmo dias, e embora ajudasse a passar o tempo enquanto aguardávamos nosso transporte, parecia fazer com que papai e Gus tivessem cada vez mais certeza de que estavam certos!

Agora todos pareciam estar fartos de tanta espera. Não tínhamos noção do que havia acontecido com o Señor Gomez. Papai começou a considerar a possibilidade de terminar a expedição a pé, mas precisávamos das mulas não apenas para nós, mas para todo nosso equipamento. Haviam se passado vários dias até que ouvimos uma voz masculina cantarolando alto. Saímos e ficamos surpresos ao ver que o Señor Gomez entrava na cidade a cavalo, cantando músicas românticas em espanhol, seguido por uma fila de mulas. Ficamos tão felizes em vê-lo que poderíamos tê-lo abraçado, o que de fato eu fiz. Richard reclamou que poderíamos ter caminhado até a costa e retornado antes de ele buscar os malditos animais, mas eu estava simplesmente feliz por podermos continuar avançando para alcançar o verdadeiro objetivo de nossa viagem.

Nossa Busca pela Cidade Perdida:

Na manhã seguinte, acordamos ao nascer do sol e partimos em nossa busca pela cidade perdida. Fizemos nosso trajeto, agora a bordo de mulas, em direção à densa selva. Após alguns dias de viagem, encontramos um ponto próximo a uma bela queda d'água na floresta. Estávamos a cerca de cento e sessenta quilômetros ao norte de Chilam Balam. Lá montamos uma base a partir da qual iniciamos nossas investigações.

Dividimo-nos em grupos. Gus trabalhou com Bunny, enquanto papai se uniu a Richard e a mim. Estávamos limitados pelo calor do meio do verão a trabalhar somente no início das manhãs e no final da tarde. Era árduo. Com facões e espadas, limpamos trilhas através da densa vegetação rasteira, em busca de qualquer pista de assentamento antigo.

Dois meses depois, a caixa de uísque acabou tardiamente, a moral estava no fundo do poço, quando começamos a suspeitar de que poderíamos estar fazendo uma busca inútil. Estávamos a poucos dias de abandonar a área por completo, em busca de um local ainda mais afastado, quando finalmente fizemos um avanço.

Sentíamo-nos cansados e frustrados após outro dia longo e difícil. Estávamos prestes a retornar para o acampamento quando papai acidentalmente tropeçou na espada de Richard. Ele caiu desajeitadamente, mas evitou de se chocar contra uma grande pedra. Felizmente ele saiu ileso, tendo apenas torcido o tornozelo. Enquanto Richard humildemente se desculpava por ter se esquecido do kit de primeiros socorros e começava a apertar sua echarpe no tornozelo de papai, cuja atenção se voltou à pedra contra a qual quase se chocara.

A pedra parecia singularmente angular; então papai arrancou um pouco da vegetação ao redor dela. Ele poderia estar equivocado, mas parecia como se pudesse ser feita a partir de um corte e, então, possivelmente, apenas possivelmente, de restos de alguma construção antiga. Apesar da meia-luz, ele não conseguia ter certeza. Começou a ficar muito animado e passou a escarafunchar o chão ao redor da pedra, na tentativa de fazer outras descobertas. A luz, porém, se extinguia rapidamente, e não tínhamos tochas. A escuridão da floresta em breve cairia sobre nós, então não tivemos escolha senão voltar ao acampamento-base e aguardar até a manhã seguinte para continuar nossas investigações.

Acho que naquela noite nenhum de nós dormiu muito. Sentei-me do lado de fora de minha barraca, observando as estrelas brilhantes no céu enquanto esperava pelo amanhecer. No dia seguinte, retornamos ao ponto em que havíamos encontrado a pedra de estranho formato, e todos se revezaram para limpar cuidadosamente a folhagem ao redor dela até que, no final da manhã, parecia que o que havíamos encontrado pudesse ter sido feito pelo homem. Caso fosse, estava extremamente corroída e poderia facilmente se tratar de uma estranha idiossincrasia da natureza. Não conseguíamos ter certeza sem uma escavação adicional. Assim, lentamente, começamos a limpar o solo sob a pedra.

Então Richard teve outra ideia. Começou a cavar o solo cerca de quatro metros e meio distante dali. O motivo disso nem ele sabia. Duas horas depois, chamou-nos para nos aproximarmos e vermos. Ele havia desenterrado o que parecia um bloco de pavimentação feito de calcário puro. A pergunta, claro, era se aquilo seria apenas outra pedra isolada ou uma de muitas que constituíam uma estrutura construída pelo homem.

Mal podíamos conter nossa animação quando Richard limpou o solo ao redor da pedra para mostrar outra semelhante, imediatamente perto dela. Gus explicou que se havia mais pedras adjacentes, sem dúvida era um sinal de que estávamos em um "Sacbé"[7] ou "Estrada Branca", tradicionalmente utilizado para ligar uma cidade maia a outra.

Era a hora da verdade. Enquanto Richard se utilizava mais de sua pequena picareta, sob o olhar experimentado de Gus, todos nós observávamos com a respiração pausada o surgimento de outra tábua reta de calcário.

---

7. Estrada ceriminonial.

— Encontramos! — papai gritou agitado. Ele me deu um forte abraço. Bunny deixou escapar um grito de alegria e lançou seu chapéu ao ar. Papai então se uniu a Bunny, jogando também seu chapéu para o céu, enquanto ambos começavam a dançar de felicidade. O entusiasmo dele nos contagiou e logo todos nós nos unimos, inclusive Gus. Todos nós ficamos fazendo uma algazarra, gritando e abraçando uns aos outros.

Poderia parecer um rebuliço excessivo só por causa de algumas pedras, mas estas indicavam grandes probabilidades de que houvesse um antigo assentamento maia de tamanho considerável ao longo da estrada, e a base do pilar sugeria que isso não estava muito longe.

Quando desobstruímos mais o Sacbé, descobrimos outro montículo incomum de pedra. Removemos as raízes e os galhos e limpamos o limo para revelar o que parecia distintamente a ponta caída de um arco entalhado em pedra ou o portão de entrada, que outrora estava orgulhoso ali naquela estrada, suspenso por dois gigantescos pilares de pedra. Além do arco, conseguimos distinguir um traço visível da "Estrada Branca" esticando-se colina íngreme acima.

Bunny, geógrafo perspicaz, especulou que essa colina, que se erguia em uma região comumente plana, poderia ser a margem de uma caldeira vulcânica, a cratera escavada de um vulcão extinto, ou até a beira de uma cratera originada por um antigo asteroide ou o impacto de um meteorito. De qualquer forma, Gus o imaginou como um local extremamente incomum para uma antiga cidade maia, mas certamente isso teria ajudado a mantê-la em segredo para o mundo externo, possivelmente durante séculos.

Papai, Richard, Gus e Bunny redobraram as forças. Revezaram-se com as picaretas, golpeando a densa vegetação rasteira, na tentativa de limpar o caminho da pedra calcária até a colina, parando apenas para limpar o suor que pingava de suas testas ou beber de seus recipientes com água. Trabalharam em silêncio, com uma concentração nunca antes vista por mim. Trabalharam direto, no calor do meio-dia, limpando firmemente a floresta da melhor maneira que conseguiam. No meio da tarde, ficou claro que era chegado o momento de recrutar mais ajuda. Então, Bunny e Richard partiram rumo ao vilarejo maia mais próximo para tentar encontrar mais homens para ajudar no trabalho de limpeza.

Na manhã seguinte, tínhamos dez homens nos auxiliando. Eles utilizavam suas picaretas para rapidamente talhar a densa ramagem, falando em maia apenas ocasionalmente uns com os outros. Trabalharam incansavelmente. De modo lento mas seguro, a estrada ia ficando livre da sujeira e da vegetação, revelando as lisas tábuas de calcário nas quais os antigos maias outrora caminharam. Embora parecesse uma eternidade, ao final daquele dia tínhamos aberto um caminho inteiro até o alto da colina. O momento em que chegamos à sua extremidade foi inesquecível, pois o que vimos lá nos deixou sem fôlego...

A Cidade Perdida de Luvantum:

Lá, diante de nós, com todos os lados cercados por colinas íngremes cobertas de vegetação, estava uma grande cidade antiga. Ela possuía templos, palácios, monumentos, praças e até pirâmides enormes erguidas sobre as copas das árvores. A cidade inteira era cortada por raízes, ramos, trepadeiras e videiras. Sua aparência era esplêndida.

Papai estava calado. Aliás, todos nós estávamos. As palavras simplesmente se perderam enquanto tentávamos ver tudo, maravilhados com a imensidão e a beleza daquelas ruínas diante de nós, banhadas pela luz dourada do luar. Então, um por um e em silêncio, caminhávamos, com destino ao coração da cidade perdida, admirando as construções majestosas, obras de arte elaboradas, complexos entalhes em pedra e delicados hieróglifos que pareciam decorar quase todas as fachadas visíveis.

No dia seguinte, o chefe maia local apareceu acompanhado de seu séquito. Estava vestido com sua elegante manta feita de pele de jaguar e um cocar de pena. Fora informado de nossa descoberta pelos trabalhadores por nós contratados. Observou-nos silenciosamente fazendo a limpeza do local. Papai tentou atraí-lo para conversar, mas ele parecia ser homem de poucas palavras. Ele deu a impressão de que não estava feliz com o que fazíamos, mas de nenhum jeito deixava isso transparecer.

Nossos ajudantes nos disseram que aquela cidade havia sido mencionada em suas antigas lendas. Era conhecida por eles como "Luvantum", uma palavra maia que significava "a cidade da pedra sagrada".

CAPÍTULO 31

— Bom dia, Laura — cumprimentou Michael, trazendo-a de volta ao presente com um solavanco.

Ele entrou e a beijou.

— Quer café?

Laura não percebera a passagem do tempo. Ainda estava escuro lá fora, mas a cidade já parecia cheia de vida, enquanto as pessoas começavam seu dia. A "Big Apple"[8] sempre acorda cedo, e Michael já estava pronto para o trabalho.

Ele retornou da cozinha e entregou a Laura uma caneca de café borbulhante:

— Como está progredindo?

— É absolutamente fascinante, mas não mencionou a caveira de cristal até agora — ela se espreguiçou e percebeu o quanto se sentia cansada. — E eu acabei de chegar a um ponto em que parece haver algumas páginas faltando.

---

8. A cidade de Nova Iorque também é conhecida como *Big Apple*.

— Vejamos se eu consigo algumas respostas — Michael apanhou a maleta que continha a caveira. — Importa-se se eu levar isto?

Laura havia se esquecido de que a caveira estava lá. Mas agora havia se lembrado de que a queria consigo.

— Para que você precisa dela? — perguntou.

— Pensei que pudesse realizar mais alguns testes com ela no laboratório — Michael explicou.

Laura refletiu. Tinha somente até o final daquela semana para finalizar seu relatório sobre a caveira. Talvez os testes de Michael pudessem trazer mais algumas informações.

— Ok, mas eu precisarei que ela esteja de volta até sexta-feira — disse, antes de tornar a prestar atenção no diário de Anna.

A anotação seguinte lhe despertou o interesse:

Minha Grande Aventura:

Nada poderia ter me preparado para o que aconteceria em seguida. Nunca, nem em meus sonhos mais loucos, pude imaginar. Foi um dia que mudou o rumo da minha vida. Parecia que era meu destino, e despertou em mim um propósito que ninguém poderia ter previsto.

Até o momento tínhamos limpado a Grande Praça no centro da cidade e descoberto que a íngreme colina coberta de vegetação na outra extremidade era, na verdade, uma enorme pirâmide escalonada. Havíamos iniciado sua limpeza, mas tínhamos instruções rigorosas de nunca a escalarmos. Papai dizia que era muito íngreme e perigosa. Deveria ter cerca de sessenta e um metros de altura.

Fiquei chateada por papai não ter permitido que eu a escalasse. Eu não era mais uma criança, embora às vezes ele agisse como se eu ainda fosse. Eu morri de vontade de chegar ao alto daquela pirâmide. Almejava subir no terraço e no topo do pequeno templo, para observar a floresta. Parecia que todos os demais haviam subido lá, e só eu não subir era muito injusto para mim.

Um dia, tive minha chance. Era a hora do almoço. Todos tiravam uma sesta no calor do meio-dia, e eu decidi arriscar e subir ao cume enquanto eles descansavam. Planejava retornar antes que pudessem perceber que eu tinha saído. Esperei até ouvir roncos vindo de dentro das barracas e então parti. Os trabalhadores haviam pendurado suas redes sob as árvores e também não me viram passar.

Entrei na praça e comecei a escalar cuidadosamente os degraus íngremes da pirâmide. O sol do meio-dia me queimava, e eu estava satisfeita com a proteção de meu chapéu. Insetos zuniam ruidosamente nas árvores ao meu redor. Eu precisei redobrar a atenção na minha subida pela lateral da pirâmide. Era mais difícil do que eu havia imaginado.

Embora fosse conhecida como uma "pirâmide escalonada" em seu projeto geral, na verdade em apenas em um dos lados uma série de degraus fora feita no tamanho adequado para uma pessoa escalar, porém também eram extremamente grandes e íngremes.

Foi dificultoso pelo fato de alguns deles estarem faltando, então tive que contorná-los ou até mesmo subir alguns de uma vez só. Mais de cem degraus acima, olhei para baixo para observar como agora parecia pequena a praça, mas o topo da pirâmide ainda parecia um pouco distante.

Eu deveria estar a cerca de doze metros do topo quando um dos degraus em que pisei cedeu de repente embaixo de mim, e eu comecei a cair. Estiquei-me, agarrando-me a uma trepadeira que misericordiosamente ainda não havia sido arrancada da pirâmide. Foi a única coisa que me impediu de cair, em direção à minha morte, na praça logo abaixo. Agora podia compreender por que papai havia se oposto tanto à minha escalada, mas eu estava tão perto do cume que não poderia voltar. Além do mais, ao que parecia, seria ainda mais difícil descer os degraus do que subi-los!

Finalmente, arrastei-me até o terraço, no topo. Eu estava cansada e ofegante. Olhei ao meu redor e o que vi foi esplêndido: mata virgem por todos os lados, espalhando-se por quilômetros, em todas as direções, tão longe quanto os olhos conseguiam ver. Era um vasto oceano verde sobre o qual pássaros coloridos planavam livres no que assemelhava-se a um céu azul infinito. Fui então absorvida pela sensação profunda de vastidão ao meu redor. Apesar de tudo, a escalada árdua tinha valido a pena.

Havia um pequeno templo no centro do terraço, no ponto mais alto da pirâmide. Eu estava ávida por explorá-lo antes de retornar. Teria de fazer isso rapidamente, pois a equipe em breve acordaria de sua sesta.

O templo era uma estrutura de calcário mais ou menos sólida, não muito maior do que uma sala de visitas ou uma casa pequena. Era adornado com os restos de um telhado escalonado que outrora se assemelhara a um enfeite de penas. Suas paredes eram decoradas com delicadas inscrições em estuque que agora estavam muito corroídas, e sua única entrada era cercada por espessas trepadeiras da floresta que pareciam arquear para um lado, como cortinas ao redor da porta aberta. Algum dia, somente os mais consagrados sacerdotes xamãs tiveram permissão para entrar nessa construção sagrada, na qual ministraram orações e rituais para satisfazer os deuses e os ancestrais.

Arrastei-me pela porta até a friagem, a umidade e a escuridão do interior, ao mesmo tempo em que meus olhos ainda se acostumavam às trevas na qual pensei que pudesse distinguir uma imagem lindamente esculpida de Cimi, a grande deusa maia da morte, na parede distante. Dei um passo à frente para olhar mais de perto, quando ouvi um estalo forte. De repente, o chão cedeu sob meus pés, e eu comecei a cair. Podia ser um terremoto, lembro-me de ter pensado isso enquanto caía, certa de que morreria.

Dentro da Pirâmide

Quanto tempo fiquei lá na escuridão, eu não sei. A luz fraca brilhando pela porta do templo sobre mim parecia obscura e desfocada. Eu sentia alívio por descobrir que estava viva e, milagrosamente, assim que me estiquei para sentir minhas pernas, parecia ilesa, exceto pelo que percebi como sendo hematomas. Minha cabeça ficou confusa assim que tentei compreender o que acontecera comigo.

Lentamente, me recompus. O assoalho de madeira no qual havia pisado cedera, e eu caí em uma câmara secreta embaixo do chão do templo. Ao meu redor, consegui ver as vigas de madeira podres que caíram. Apesar de terem sido incapazes de suportar meu peso, felizmente também haviam amortecido minha queda sobre o que um dia havia sido uma superfície rígida de pedra. Eu agora estava deitada no chão da câmara, desprotegida, com o que sobrava do assoalho do templo em cima de mim.

No entanto, eu estava confiante de que em breve sairia de lá. Em virtude da outra noite, em que nos vimos perdidos e sem nossas tochas, desta vez tinha vindo bem preparada. Eu havia colocado um isqueiro e alguma parafina em minha mochila. Arranquei o fundo dos meus culotes e os amarrei em uma das vigas que haviam se lascado embaixo de mim. Vasculhei dentro de minha mochila para procurar a parafina, espalhei-a sobre o material e virei o ramo em direção a uma tocha que eu segurava para olhar os arredores. Eu havia caído mais longe do que imaginava. O piso falso do templo estava pelo menos quatro metros acima da minha cabeça. Passei os olhos pelas paredes, a fim de encontrar buracos ou outra maneira de me puxar para fora dali. Não havia nada. Olhei para o sortimento de vigas quebradas, perguntando-me se poderia construir algo para escalar, mas nenhuma era de tamanho ou resistência adequados. Percebi que estava presa.

Comecei a me sentir em pânico. Como sairia? Gritei por ajuda, a plenos pulmões, com a esperança de que alguém de nosso pequeno grupo me ouvisse, mas a natureza fechada do templo evitava que o som fosse levado para longe. Gritei de novo, e mais uma vez não houve resposta. Talvez eles tivessem escolhido esta tarde para limpar a vegetação rasteira ao redor do poço principal, ou "cenote", como era chamado. Caso isso acontecesse, necessariamente não esperariam que eu me juntasse a eles e sequer começariam a se dar conta de que eu não estava lá até o anoitecer.

Sentei-me. Minha voz tinha ficado rouca. Eu comecei a pensar em quanto tempo demoraria para eles me encontrarem. O local era tão grande que poderia levar dias. Poderia morrer de sede nesse período. A pouca luz que me banhava através da porta desvanecia. A noite começava a se aproximar. Gritei de novo. Não houve resposta sobre o canto ativo das cigarras na floresta adjacente.

Por diversas horas encarei as quatro paredes da câmara com a luz tremeluzente da minha tocha, tentando ignorar a fome que sentia. Não havia mais nada que eu pudesse fazer. Eu sabia que deveria economizar a parafina e apagar a tocha. Levantei-me para ver se conseguia mover um dos galhos que haviam caído na câmara, para fazer algum tipo de cama, quando percebi que poderia acender uma fogueira. As vigas de madeira pareciam bem secas.

Tive uma incrível sensação de alívio enquanto usava minha tocha desguarnecida para acender a pilha de vigas de madeira que agrupei no meio do assoalho da câmara. Ao menos encontrara uma maneira de chamar a atenção de alguém. A fogueira certamente queimaria como um farol na noite, e eu sairia de lá num piscar de olhos.

Eu tinha razão. As velhas vigas de madeira logo pegaram fogo, e a fogueira inflamou-se, ágil e quente. Muito quente.

Eu fui atingida por uma parede em chamas como se fosse as portas de um poderoso alto-forno. Encostei-me na parede, tentando me afastar o máximo possível das chamas. O calor escaldante chamuscou meu rosto, e a espessa fumaça sufocou meus pulmões. Temia que tivesse acendido inadvertidamente a pira de meu próprio funeral. Minha pele começou a encher de bolhas e sentia que meus pulmões estavam prestes a queimar, quando felizmente as chamas começaram a baixar lentamente. Tossindo e falando de modo incoerente, observei o fogo se extinguir, deixando somente um amontoado de brasas latentes no chão.

Permaneci lá e aguardei o grupo de resgate chegar. Gritei o mais alto que pude e esperei durante um período que pareceu uma eternidade. Devem ter sido muitas horas. Já devia passar da meia-noite. Meus lábios estavam rachados, minha língua estava inchada, e eu não havia bebido nenhuma gota de água durante quase o dia todo. Ainda aguardava, porém ninguém veio.

Ninguém tinha visto meu sinal de fogo. Eles sequer tinham avistado a fumaça. Então, lembrei-me de que a porta do templo ficava do lado oposto a nosso acampamento, ou seja, ninguém tinha visto minhas chamas, e o vento deveria estar soprando na direção oposta carregando a fumaça para longe. Eu fiquei aterrorizada com o pensamento de que ninguém sabia onde eu estava. O que me assustava mais era a ideia de continuar presa lá, sozinha no escuro, esperando ajuda que nunca viria, morrendo aos poucos.

Deitei no chão, em desespero. Quando isso aconteceu, minha perna acidentalmente arrastou um pouco da cinza do fogo, expondo uma pequena parte do chão de pedra gasta. Algo chamou minha atenção. Parecia haver dois pequenos círculos entalhados em uma das pedras do calçamento. Saquei meu canivete suíço e raspei a cinza e a sujeira restantes de um dos círculos, que pareceu se movimentar. Em seguida, afrouxei a faca em seu contorno e a puxei. Consegui levantá-la, removendo-a por completo. Revelou-se ser uma tampa de pedra ou um pino, que saiu na minha mão.

Comecei a trabalhar rapidamente para remover o outro pino. Um grande pedaço de viga sobrevivera quase intacto ao fogo, e sua extremidade lascada deslizou sob um canto da pedra de pavimentação. Depois, puxei com toda minha força. Não achava que conseguiria removê-la sozinha, mas, para minha surpresa, depois de um esforço considerável, a pedra deslocou-se, e sua lateral pôde subir. Eu me vi olhando fixamente para um buraco profundo e escuro dentro da pirâmide.

Estiquei o braço para pegar minha tocha e a segurei sobre a abertura. Fui surpreendida ao descobrir que se tratava apenas de uma fenda em um abismo. No entanto, havia degraus de pedra que levavam até embaixo. Eu tinha descoberto a entrada para uma passagem misteriosa, uma escada secreta que levava às profundezas da pirâmide.

A Passagem Secreta:

Senti atração pelo desconhecido e o terror em igual medida. Embora estivesse assustada, queria saber o que havia lá embaixo. Perguntava-me se poderia me conduzir a uma saída, uma fuga da prisão na qual me encontrava enterrada.

Olhei para aqueles degraus sob mim. Eu estava assustada, mas sabia que essa poderia ser minha única chance. É claro que poderia ficar e aguardar, na esperança de que um dia alguém me encontrasse antes que morresse de sede. Mas, neste exato momento, as chances pareciam pequenas. Era provável que, se eu permanecesse lá e não fizesse nada, custasse minha vida. Não tinha quase nenhuma chance. Eu precisava descer.

Também havia algo surpreendentemente divertido em encontrar sozinha algo como isso, e, apesar da gravidade da situação, eu não podia conter esse desejo ardente de ser a primeira a andar por aquele antigo caminho que não era pisado há mais de mil anos.

Assim que comecei a descer, com a tremeluzente chama de uma tocha, pude sentir que tremia inteira.

Só Deus sabia o que eu poderia encontrar lá embaixo. Talvez algum tesouro enterrado, como a máscara de jade encontrada na tumba em Chilam Balam, ou quem sabe alguns restos humanos em supuração. Esse pensamento me deu um calafrio.

Os íngremes degraus levavam ao coração da pirâmide. Eles desciam, desciam, antes de mudar a direção e ir ainda mais fundo. Pareciam descer novamente, mesmo no nível do solo, antes de se estreitarem em um corredor pequeno e estreito.

No final do corredor, uma grande laje de pedra bloqueava a passagem. Ao seguir os contornos do corredor de arcos sustentados por modilhões, essa laje tinha o formato de um enorme caixão. Tive a esperança de encontrar esqueletos humanos na passagem, mas não havia nenhum. À medida que caminhava pelo corredor, em direção a ele, minha tocha tremeluziu e apagou.

Vasculhei minha mochila no escuro. Encontrei meu frasco de parafina e o chacoalhei, mas não havia uma simples gota sobrando. A única saída que consegui encontrar naquele momento foi pegar um isqueiro de metal maciço que pegara emprestado de meu pai. Eu o puxei de dentro do bolso e o acendi, para me ver frente a frente com a enorme laje de pedra.

Com a luz de minha chama pude apenas definir que era entalhada com elaboradas inscrições em hieróglifos que vagamente lembravam cabeças, dispostas em três anéis concêntricos. Em seu centro estava a imagem esculpida de um crânio humano. Eu estava presa. Não havia saída.

Percebi que iria morrer.

CAPÍTULO 32

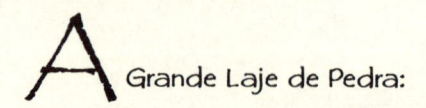

A Grande Laje de Pedra:

Desesperada, empurrei a enorme pedra. Ela não se moveu. Tentei de novo, desta vez impulsionando meu corpo inteiro contra ela. A pedra, no entanto, não saiu do lugar. Tentei repetidas vezes. Durante o que pareceram eras, empurrei-me e joguei-me contra ela, mas todos os meus esforços foram em vão. Eu não tinha muito tempo. Agora, até a chama de meu isqueiro começava a diminuir.

Caí em lágrimas. Eu estava totalmente acabada. Não aguentava mais. Virei-me e recostei-me à pedra, exausta. Foi quando ouvi um som forte de raspagem e senti algo se mover atrás de mim.

Virei-me e reacendi meu isqueiro para verificar que uma das extremidades dos anéis concêntricos de pedra entalhada pareceu girar sutilmente, em sentido anti--horário.

Animada, juntei todas as minhas forças e, empurrando firme, consegui girar o anel de pedra na mesma direção, até que ouvi o barulho de uma forte batida, e não se moveu mais.

Empurrei o segundo anel, e ele se mexeu para a direção oposta, até que também soasse como se tivesse sofrido uma pancada.

O terceiro e último anel se movimentou, a exemplo do primeiro, em sentido anti-horário, até que finalmente cada um dos anéis de hieróglifo parecia corretamente alinhado a cada um dos demais anéis concêntricos de pontas entalhadas, como os mostradores de alguma fechadura de uma gigantesca pedra com os quais combinava.

Eu estava atônita. Era como se houvesse tropeçado em alguma espécie de porta esculpida na pedra. Talvez essa, afinal de contas, fosse uma saída. Empurrei todo o peso de meu corpo novamente contra a tábua, porém, por mais que tentasse, ela não se movia. O que eu deveria fazer?

Durante algum tempo, analisei uma caveira de pedra esculpida no interior da laje. Havia algo nela que me fazia desejar tocá-la. Inseri meus dedos em suas órbitas e empurrei sua mandíbula aberta, mas nada aconteceu. Finalmente, fiquei tão frustrada que comecei a esmurrar a tábua gigante o mais forte que pude. Quando fiz isso, acidentalmente prendi a caveira de pedra no meio dela.

Olhei para a caveira. Ela parecia ter se movido. Então, pressionei-a fortemente, apoiando todo meu peso contra sua testa. De repente, a caveira afundou-se de volta à pedra, e esta começou a se afastar de mim, como alguma porta antiga de caixa-forte rangendo as dobradiças ao se abrir.

Senti um calafrio correr pela espinha. O que eu tinha feito? O que havia aberto? Que segredos obscuros se escondiam atrás daquela porta? Acendi meu isqueirinho e encarei o vazio.

A Câmara Secreta:

Berrei. Minha voz ecoou em um espaço parecido com uma caverna. Permaneci lá por alguns instantes, sem saber o que fazer. Eu estava prestes a atravessar a porta quando me lembrei do que havia acontecido no templo acima. De acordo com meus conhecimentos, atrás daquela porta deveria existir um precipício; ou talvez pudesse haver cobras e escorpiões lá. Segurei o isqueiro perto do chão para verificar o que havia sob os pés. O piso parecia relativamente sólido. Lentamente, dei um passo adiante, para me ver dentro de uma grande câmara.

Pude apenas distinguir que suas paredes eram decoradas com caveiras esculpidas em pedra, fileiras e fileiras delas. Elas se estendiam à minha frente. Parecia ser alguma espécie de tumba. Quem sabe eu estivesse prestes a encontrar restos mortais que jaziam intactos aqui por milhares de anos?

Olhei para me certificar de que não havia qualquer sinal de ossos ou sarcófagos, quando meu isqueiro falhou e apagou. Eu o sacudi diversas vezes. A chama estava tão baixa que era difícil vê-la.

Então, algo extraordinário aconteceu, e meus olhos foram levados para o extremo oposto da câmara, onde algo parecia brilhar na escuridão. Pensei que fosse minha imaginação. Fechei os olhos e os abri novamente. Porém, não estava equivocada. De alguma maneira, um feixe de luz fino e desbotado começou a penetrar na escuridão da tumba.

"Aquilo fazia sentido", Laura pensou. "A antiga civilização maia geralmente construía uma pequena coluna de ar dentro da estrutura de suas pirâmides, para unir a câmara funerária ao mundo externo. Era uma característica de suas pirâmides, as quais eram notavelmente semelhantes às do antigo Egito. Como os antigos egípcios, os maias acreditavam que após a morte as almas dos falecidos viajavam através dessa coluna para ocupar seu lugar no além, por toda a eternidade. Essa "coluna dos espíritos" no interior da pirâmide em Luvantum deveria estar em um ângulo que permitia que os raios de sol do amanhecer brilhassem dentro da tumba".

O diário de Anna continuava...

Essa coluna do sol da manhã iluminava uma grande estrutura feita de pedra na extremidade oposta da câmara. A princípio, pensei que fosse um sarcófago, porém era circular, formato não adotado normalmente para abrigar os corpos de pessoas mortas. Tratava-se, na verdade, de um altar caprichosamente esculpido.

Eu observava enquanto o brilho e a intensidade da coluna aumentavam. Então, de repente, uma explosão de luz preencheu toda a câmara assim que o raio de sol tocou um objeto estranho presente no altar. Não pude compreender bem o que era, mas parecia brilhar na escuridão, como se estivesse iluminado por alguma chama interna muito grande. Brilhava como se fosse feito de ouro líquido, irradiando luz em todas as direções.

Em todos os lugares que olhasse, havia contornos coloridos que refletiam-se pela câmara e saltavam de volta às paredes com o formato de pequeninos arco-íris, que, aos milhares, de uma hora para outra, passaram a ocupar todo aquele local. Caí de joelhos, boquiaberta.

Nunca estivera diante de tanta beleza radiante. Até o momento, palavras me faltam quando tento descrever a grandiosidade daquilo que vi, como se eu estivesse testemunhando os raios da primeira aurora. E eu jurava, embora sem sentido, ter escutado o som de vozes entoarem e depois cantarem em alegre uníssono, como se emanassem de dentro do objeto. Lágrimas escorreram-me pela face, e meu coração bateu forte de alegria diante daquela cena mágica.

Laura percebeu que a tinta ia ficando borrada e a letra, difícil de ler.

Então, quando o sol subiu no céu, do lado de fora, o espetáculo fabuloso que eu testemunhava começava a esmorecer. Os arco-íris desapareceram. As paredes da câmara começaram a recuar em meio à escuridão sombria, e o brilho dourado lentamente começou a desaparecer. Meu momento de fantasia havia passado, e eu me agarrei à ideia de que não importasse o que houvesse no altar, eu o queria.

No entanto, quando me dirigia para lá, como se estivesse em transe, não prestava atenção onde pisava e acabei tropeçando em uma prancha de pedra no meio do chão da câmara. Por um momento, assim que caí, imaginei que tivesse tropeçado subitamente em algum antigo alçapão e estaria prestes a mergulhar na minha morte, dentro de um poço profundo, cheio de lanças afiadas e destinadas a empalar intrusos indesejados. Ou talvez tivesse caído sobre um fio que faria uma ponte levadiça de bambu descer e me espetar do alto. Felizmente, não era nenhuma dessas opções, e eu caí com o rosto no chão.

Contudo, quando me pus em pé e cambaleei de um lado a outro da sala, imaginei que poderia ser atacada por um fatal escorpião branco. Teria sua cauda suspensa e estaria a postos; ou talvez uma cobra gigante pudesse de uma hora para outra descer, balançando-se de uma das vigas do teto, sibilando alto, sua cabeça bamboleando bem diante de mim e sua língua chicoteando para frente e para trás dentro da boca, a poucos centímetros do meu rosto. Eu teria que me esquivar e afastá-la com o que havia sobrado de minha chama desguarnecida. Porém, felizmente, todos esses perigos existiam apenas na minha imaginação.

Muito trêmula, porém ilesa, finalmente cheguei ao altar. Ele era enorme e se estendia para além da altura da minha cabeça. Subi na base do grande degrau e, assim que me lancei ao alto, fiquei cara a cara com o objeto. Era realmente magnífico, verdadeiramente assustador, incrivelmente belo. Parecia emitir uma luz tremeluzente e brilhar à minha frente.

Estiquei-me para pegá-lo, como se estivesse hipnotizada...

Depois disso, contudo, a tinta tinha ficado borrada e a letra, ilegível. Laura conseguiu apenas decifrar as últimas poucas linhas, que diziam: "fiquei cara a cara com o objeto. Era realmente magnífico, verdadeiramente assustador, incrivelmente belo. Parecia emitir uma luz tremeluzente e brilhar *à minha frente*..." Porém era isso. Era tudo o que Laura conseguira ler.

Ela olhou para as páginas que sobraram, a tinta borrada, as palavras que haviam sido escritas de maneira tão límpida não existiam mais. Não eram mais do que manchas sujas no papel ressecado.

"Seria a caveira de cristal o que Anna encontrara naquele altar nas profundezas da pirâmide de Luvantum?", Laura questionou. Sem dúvida soou um pouco absurdo; porém, se fosse verdade, teria sido absolutamente incrível. Encontrar um objeto como aquele era algo com que a maioria dos arqueólogos poderia apenas sonhar. O entusiasmo de descer uma escadaria secreta, entrar em uma câmara oculta e encontrar algo que permanecera intacto durante milênios era mais do que a maioria poderia sequer esperar.

Porém, não estava claro, no que sobrava do diário de Anna, se realmente era ou não a caveira de cristal o que havia encontrado lá. E Laura precisava saber com certeza, para seu relatório.

E essa não era a única pergunta que precisava esclarecer ao Professor Lamb e seu Conselho de Curadores. Mesmo se lá fosse o local em que Anna havia encontrado a caveira de cristal, seu diário ainda não explicava que porcaria a caveira realmente era e por que motivo Ron Smith estava com ela no momento de sua morte.

O diário não trazia nem mesmo alguma luz às suas perguntas mais particulares. Por exemplo, como a caveira de cristal poderia ser utilizada na comunicação com os mortos, o que Ron queria dizer quando disse que tinha "visto o futuro", ou o que a própria Anna pretendia transmitir com suas últimas palavras: "o futuro está gravado na pedra".

Laura simplesmente tinha que descobrir mais coisas.

Ela conectou-se à internet e deu busca no nome da cidade que Anna e o pai tinham descoberto, Luvantum. Procurou nos verbetes. O melhor que conseguiu encontrar foi "Antiga cidade maia localizada em Belize (antigas Honduras Britânicas). Construída por volta de 600 a.C. Escavada em 1936. Grupo liderado por Gus Arnold, do Museu Britânico. Arquitetura representativa do período: pirâmides-templos, palácios, campos para jogos com bola e praças. Muitas esculturas em pedra e hieróglifos. Escadaria 'secreta' e câmara dentro da pirâmide central. Detalhes elaborados na porta da câmara e no altar principal. Sem outros achados em ocorrências".

Foi essa última parte que chateou Laura: "Sem outros achados em ocorrências"! Se a caveira de cristal fora descoberta em Luvantum, por que aparentemente não havia qualquer registro, nem mesmo no próprio *web site* do Museu Britânico?

Fez a busca por Gus Arnold. Ele havia morrido trinta e cinco anos antes. O *site* forneceu uma lista de itens, livros e publicações que ele escrevera, mas nada sobre Luvantum.

Se Anna tinha descoberto a caveira em Luvantum, então por que não havia aparecido em nenhum registro oficial? Por que Gus Arnold, na época o especialista em civilização maia do Museu Britânico, nunca escrevera sobre isso ou fizera qualquer referência a respeito? Era tudo muito misterioso.

A experiência de Laura também lhe dizia que a caveira não lembrava nem vagamente qualquer outro artefato maia antes visto.

Tampouco se parecia com um objeto que fora produzido por qualquer outra civilização antiga que houvesse florescido na região, como os astecas ou os toltecas. Seu estilo era muito mais abstrato e estilizado do que esse. Nenhuma obra de arte parecia tão anatomicamente precisa, tão "real" como a caveira de cristal.

Laura perguntou-se se Anna poderia ter inventado tudo aquilo, escrevendo um diário para acrescentar autenticidade à sua alegação de que a caveira era antiga. Talvez simplesmente estivesse planejando vendê-la ao museu, tivesse criado a história de sua descoberta e fraudado um velho diário, simplesmente para aumentar seu valor. Essa era realmente uma possibilidade. Afinal de contas, alguns aspectos da história pareciam um pouco implausíveis.

E embora Anna nunca tivesse sugerido a ideia de tentar vender a caveira ao museu ou qualquer outra coisa parecida, aquela teoria não parecia fazer sentido. Teria ela talvez descoberto a caveira em outro lugar?

Era mais complicado do que parecia, Laura tinha certeza. A pergunta era: como descobriria isso, agora que Anna estava morta, e a criada, relutante em conversar com ela?

Olhou novamente para a caligrafia de Anna na anotação dos nomes das outras pessoas que a haviam acompanhado a Luvantum. Pesquisou seus nomes: Frederick Crockett-Burrows, Gus Arnold, Bunny Jones e Richard Forbes. Todos deveriam estar mortos há muito tempo.

Laura tomou um banho e começou a se aprontar para o trabalho. Estava quase saindo de casa quando se viu atraída novamente pelo diário. Havia algo que ela queria confirmar. "Richard era arqueólogo recém-formado em Cambridge, desejoso por obter experiência no campo". Havia algo relacionado a esse nome que parecia vagamente familiar. Richard Forbes.

Na internet, pesquisou o nome no site de busca. Havia centenas de Richard Forbes, o mais famoso deles era um criador de Labradores estabelecido no estado do Kentucky!

Refinou a busca adicionando a categoria "arqueólogo". Isso reduziu o resultado a somente três. Um era doutorando na Universidade de Maryland, outro era especialista em cultura aborígene, de Brisbane, Austrália.

Sob a terceira entrada, um registro prolífico de trabalho apareceu inesperadamente, de artigos acadêmicos publicados principalmente entre os anos 1950 e 1970.

Laura pensou por um momento. Se Richard Forbes fora "recém-graduado" em 1936, ele deveria ter cerca de vinte e um anos na época, exatamente a idade precisa para estar no auge de sua carreira por volta da década de 1950. Então, talvez fosse ele. Contudo, os artigos listados eram quase todos sobre história antiga europeia, particularmente a Idade do Bronze. Havia, porém, um artigo recente listado, sobre a cerâmica maia. Mas isso era tudo.

Poderia este ser o mesmo Richard Forbes que acompanhara Anna Crockett-Burrows a Levantum? Laura estava intrigada com a ideia de que era seguramente possível.

"Extraordinário, porém", ela pensou, "era o fato de que, se esse fosse o mesmo Richard Forbes, ele também nunca escrevera sobre a descoberta da caveira. A história da Anna começava a parecer um pouco suspeita. Mas como poderia descobrir mais?"

"Seria possível que esse Richard Forbes ainda estivesse vivo?" Ela olhou para sua entrada na pesquisa. O último artigo havia sido publicado na década de 1990, por uma pequena editora acadêmica em Cambridge, Inglaterra, chamada Crestwell Hall. Eles haviam publicado todos os seus principais artigos recentes e situavam-se na mesma cidade que o diário de Anna afirmava que Richard se formara, nos anos 1930. Então, talvez estivesse no caminho certo, apesar de não haver mais detalhes fornecidos para seu endereço de contato.

Laura olhou para seu relógio de pulso, calculando o fuso horário em relação à Grã-Bretanha. Embora ainda fosse cedo para ela, o Reino Unido estava cerca de cinco horas adiantado, ou seja, deveria ser próximo de meio-dia para eles. Todos deveriam estar em seus escritórios agora. Ela então pegou o telefone a chamou o "Auxílio à lista internacional".

— Receio que não haja endereço ou telefone listado — veio a breve resposta. — Supondo-se que você tenha o nome correto, eles devem ter fechado a empresa ou sido adquiridos por outra companhia.

Desapontada, Laura largou o telefone e se sentou, refletindo por um instante. Todos os demais artigos eram muito antigos e suas editoras, ainda mais misteriosas, então, provavelmente nem valesse a pena tentar. Porém, havia uma possibilidade, uma remota, mas ainda válida. Voltou a acessar a internet. Procurou pela Sociedade de Membros do Museu Britânico. Buscou o nome de Richard. Nada ali.

Bocejou, sentindo os efeitos da falta de sono, quando teve outra ideia. Entrou no *web site* da Sociedade Real de Artes e Ciências da Grã-Bretanha.

Era uma tentativa valiosa. O acesso a detalhes sobre os membros foi negado.

— Droga — ela disse.

Realmente precisava sair para trabalhar.

Levantou-se e foi para o museu.

CAPÍTULO 33

11 DE DEZEMBRO DE 2012

Laura não estava em vias de desistir. No trabalho, naquela manhã, telefonou para a Sociedade Real e explicou que queria descobrir se um Richard Forbes era membro.

— De fato temos um Richard Forbes na lista — o secretário associado a informou.

— Isso é maravilhoso. Você poderia me dar o número dele?

— Infelizmente não estou autorizado a dar nenhuma informação além dessa. Todos os dados de contato dos membros são estritamente confidenciais — o secretário respondeu.

— Mas estou ligando do Instituto Geográfico Smithson e gostaria muito de falar com ele, em relação a um relatório urgente que estou escrevendo — Laura explicou.

— Receio que a única maneira de conseguir acesso a detalhes pessoais de nossos membros seja por meio de um requerimento por escrito ao diretor da Sociedade, resumindo a finalidade de sua pesquisa. Ele então pode encaminhar sua solicitação ao membro em questão, e ele vai decidir se quer ou não entrar em contato com você.

Laura suspirou. Quem sabia quanto poderia demorar até conseguir uma resposta? Seu tempo se esgotava para finalizar o relatório sobre a caveira. O que iria fazer?

— Quanto tempo levará? — perguntou.

— Difícil dizer. Depende do prazo para retornar a nós. Geralmente algumas semanas, no mínimo.

Frustrada, pediu para falar com o diretor.

— Acredito que ele esteja fora da cidade. Você precisa enviar uma requisição por escrito.

— Quando o diretor retornará? — ela perguntou.

— Não nas próximas duas semanas — o secretário respondeu. — Mas você está ligando dos Estados Unidos, certo?

— Sim. Por quê?

— Bem, você pode se interessar em saber que ele está em seu país neste momento. Ele está em Boston, para a cerimônia de entrega do prêmio da Sociedade Internacional, esta noite, e então ficará fora, passando férias com a família.

— Onde está acontecendo? — Laura perguntou.

— No Boston Hilton — foi a resposta.

Era isso. Laura decidiu que iria ao encontro do diretor enquanto ele ainda estivesse no mesmo lado do Oceano Atlântico que ela.

Telefonou para o Boston Hilton e pediu para ser transferida ao diretor da Sociedade, mas não houve resposta no ramal de seu quarto. Ela tentou novamente por diversas vezes, porém ainda sem sucesso. Aparentemente, ele passaria toda a tarde preparando-se para o evento daquela noite, antes de deixar o hotel na manhã seguinte. Precisaria falar com ele pessoalmente, ao que parecia.

— A que horas é a cerimônia de hoje à noite?

— Sete e meia — o recepcionista respondeu.

Laura olhou para o relógio. Já se passava do meio-dia. Se precisava seguir para Boston antes da cerimônia de entrega do prêmio, estava atrasada. Ligou para Michael, cujo telefone estava na caixa postal, para avisá-lo que voltaria tarde. Em seguida, dirigiu-se ao aeroporto.

Sentiu alívio por chegar ao Boston Hilton sem atraso. O hotel estava cheio de pessoas preparando-se para a cerimônia. Ela esquivou-se e seguiu pelo salão do tapete vermelho até o balcão da recepção, onde um dos assistentes administrativos da Sociedade ofereceu-se para tentar encontrar o diretor para ela.

Enquanto aguardava pacientemente para entrar no salão de baile, lançou um olhar curioso sobre a Ordem das Apresentações e o Cronograma de Prêmios. A Sociedade Real possuía muitas categorias diferentes de prêmios: Artes em geral, Ciência como um todo e categorias especiais para Arqueologia, Engenharia, Medicina, Filosofia, e assim por diante. Ela teve uma reação atrasada, e seus olhos subitamente saltaram de volta para o saguão de "Arqueologia".

Lá, incluído na curta lista de indicados, estava exatamente o nome que procurava. Um "Richard Forbes" havia sido indicado para um prêmio por sua "longa contribuição para o campo da arqueologia". Ela mal pôde acreditar nisso, mas lá estava, bem à sua frente, claro como o dia.

"É óbvio que a questão era se este se tratava do mesmo Richard Forbes pelo qual procurava. Possivelmente seria a mesma pessoa que acompanhara Anna Crockett-Burrows e sua equipe de Luvantum, na década de noventa ou talvez fosse outra pessoa, alguém totalmente alheio àquele Richard Forbes". Ela estava louca de curiosidade para saber. Foi então verificar na recepção. "Sim", havia um Richard Forbes hospedado no hotel nesta noite, e, "sim", ele já havia chegado.

Laura mal podia conter sua satisfação quando pediu para ser transferida para o quarto dele. Era o momento da verdade, o da espera por alguém atender. Após alguns momentos, um homem idoso atendeu ao telefone.

— Boa tarde, aqui é Richard Forbes — respondeu com um tradicional sotaque inglês.

— Olá, eu sou a Dra. Laura Shepherd, arqueóloga do Instituto Geográfico Smithton. Eu gostaria muito de conversar com o senhor sobre uma escavação da qual possivelmente participou há muitos anos.

— Sim — Richard disse. — Qual delas?

— Luvantum — houve uma pausa

— Onde? — Richard perguntou.

"Ah, não, ele vai dizer que nunca ouviu falar a respeito."

— Luvantum, nas Honduras Britânicas, agora Belize — ela explicou.

Houve um longo silêncio no outro lado da linha.

— Lu-van-tum — Richard disse lentamente, dando muita ênfase à palavra. — A cidade da pedra sagrada — ele ficou mais uma vez em silêncio, então suspirou fundo. — Isso foi há muito, muito tempo — fez uma pausa —, uma época que eu prefiro esquecer, de várias maneiras.

— Por favor — Laura suplicou. — É importante...

Depois da chamada, Laura cancelou seu pedido para se encontrar com o diretor da Sociedade, já que havia encontrado a pessoa de que necessitava. Ficou surpresa ao se dar conta de quão nervosa se sentia ao olhar o próprio rosto no espelho do banheiro feminino, antes de caminhar pelo saguão até o bar, onde marcara para se encontrar com Richard Forbes. Ouvia-se uma suave música tocada ao piano quando ela entrou.

Localizou um homem idoso sentado a uma mesa pequena, em uma cadeira de veludo. De *smoking* e gravata borboleta, estava já, portanto, vestido para a noite. Era mais baixo do que Laura imaginava, usava óculos redondos e bigode. Uma bengala de madeira apoiava-se na mesa. Ele fitou Laura de modo distraído, por sobre um jogo de palavras cruzadas do jornal "The Times".

— Olá. Richard Forbes? — perguntou.

Richard levantou-se firmemente e estendeu a mão para Laura. Ela a apertou e ambos sentaram.

Ele aparentava estar próximo de noventa e sete anos de idade. Laura pediu um bule de chá, enquanto Richard dobrava seu jornal.

— Estou aqui para receber um prêmio por minha grande contribuição ao ofício de arqueólogo — ele a informou.

— Você deve estar muito contente — Laura disse.

Richard deu um sorriso chocho, alisando as dobras da toalha de mesa.

— Muito obrigada por concordar em me ver — ela acrescentou —, especialmente tão em cima da hora.

— Sim — ele disse, dando uma olhadela no relógio de pulso. — Eu tenho apenas uma hora até o início da cerimônia. Eu não sei o que realmente posso te contar nesse período.

— Eu queria saber o que aconteceu enquanto esteve em Luvantum — Laura explicou.

— Luvantum — Richard repetiu, como se tivesse pensamentos conturbados — É irônico que tenha voltado a me assombrar agora, neste exato momento — ele disse, quase que para si.

— Qual é o problema agora? — perguntou.

— É uma longa história — ele desviou o olhar. — Veja bem, eu não tenho certeza disso — acrescentou, esticando o braço para apanhar a bengala e começando a se levantar. — Talvez devêssemos conversar sobre isso em outra ocasião.

Nesse momento, chegou o chá.

— Mas eu tenho um relatório urgente para escrever — Laura implorou. Richard estava em pé agora. — E eu compreendo que você precise voar de volta à Inglaterra amanhã. Por favor, você é a única pessoa que esteve em Luvantum com quem posso falar. Anna Crockett-Burrows me deu seu relato sobre o que aconteceu, e é muito importante que eu saiba dos acontecimentos precisamente.

— Ah, Anna — ele disse e sentou novamente.

Laura serviu-lhe uma xícara de chá:

— Eu estava pensando se você não se recorda de nada que encontrou por lá.

— Eu acho que você sabe — Richard respondeu, com uma expressão retorcida no rosto. — É por isso que está aqui — sua voz agora se reduzia a um sussurro. — Você quer saber a respeito da descoberta, não é? — Laura balançou a cabeça, respondendo afirmativamente.

Richard mexeu o chá com a colher e tomou um golinho.

— Você sabe, eu não falei com ninguém sobre isso durante setenta anos. Nem mesmo minha esposa, quando era viva, antes de sofrer o ataque, sabia.

— Lamento — Laura disse.

— Anna Crockett-Burrows... ela está morta, não? — Richard perguntou.

— Sim — Laura respondeu. — Há apenas dois dias.

Os olhos de Richard pareciam marejados. Ele pegou um lenço no bolso e começou a esfregar o canto do olho.

— É ridículo — disse. — Eu não mais a vi desde que ela estava com dezessete anos.

Laura colocou a mão docilmente sobre o braço dele.

— Nossa profissão diz respeito a desenterrar o que foi enterrado, observar o que está escondido e esquecido, mas, em um nível pessoal, desenterrar o passado pode ser doloroso — Richard disse. — Às vezes, é trazido à tona o que nós preferiríamos esquecer.

— Sim — concordou suavemente. — Eu sei.

— Pode parecer difícil de acreditar, mas o fato é que, de muitas maneiras, Luvantum foi o momento mais lindo de minha carreira — Richard ponderou, secando os olhos e guardando o lenço. — Devo dizer que foi uma sorte espantosa que Anna a descobrisse. Que coisa para se encontrar! Foi realmente incrível. Na verdade, primoroso. Eu acho que nós todos ficamos enciumados. Todos nós queríamos ser o número um, o primeiro a estar na cena, trazê-la para fora. Eu era jovem, imagino que não contava com isso. Presumi que a caveira de cristal era apenas um dos muitos objetos que eu encontraria ao longo da vida, embora tenha que admitir que nunca vi nada parecido, antes ou desde então. Foi realmente único.

— Então Anna Crockett-Burrows encontrou a caveira de cristal em Luvantum? — Laura perguntou-se por um momento se Richard falava sobre alguma outra descoberta e sentia que precisava confirmar o que havia acabado de ouvir.

— Sim, ela a encontrou lá mesmo — confirmou Richard.

— Então por que não há qualquer menção à caveira em nenhum dos registros oficiais da escavação?

— Eis uma longa história — respondeu Richard, antes de notar uma expressão intrigada no rosto de Laura. — Percebo que pode parecer uma coisa extraordinária no seu ponto de vista. É melhor eu explicar. Começarei com o dia em que ela encontrou a caveira de cristal naquele altar sagrado, nas entranhas da pirâmide maia.

CAPÍTULO 34

À medida que o velho homem falava, Laura constatava que sua mente flutuava de volta ao que ela já tomara conhecimento pelo diário de Anna:

— Eu nunca esquecerei aquele dia, quando nós finalmente a encontramos. Estávamos todos tão preocupados com ela. Ela havia desaparecido, entende? Não tínhamos visto nenhum sinal dela por quase um dia. Não tínhamos noção de onde estava. Chamamos por seu nome, a procuramos em todos os lugares, porém ela aparentemente tinha desaparecido sem qualquer rastro. O pobre Frederick estava assolado pela preocupação, quando um dos ajudantes maias que havia escalado a pirâmide principal ouviu o grito dela, que parecia ser de alegria!

"Devo dizer que estávamos todos um pouco surpresos com seu contentamento, no momento em que a içamos com aquela corda debaixo do chão quebrado do templo. Pudemos ver que ela agarrava algo dentro de sua mochila. Assim que saiu do templo em direção aos raios do sol, parou e a tirou de dentro da bolsa. Ela a segurava nos braços, acalentando-a como um bebê. Seu rosto estava radiante, nunca a vi tão bela. Parecia tão serena. Então, percebi do que se tratava, o que ela estava segurando.

Era a caveira de cristal.

Houve um silêncio atordoante quando fitamos o que encontrara. Ficamos fascinados. O pai de Anna, Frederick, pegou a caveira e ficou em pé de frente ao templo, no topo dos degraus da pirâmide, segurando a caveira ao alto para todos verem. Esta captou o sol da manhã, refletindo-o para todos os lados, em uma miríade de cores diversas, como um arco-íris. Então, todos pareciam ao mesmo tempo ter ficado eufóricos. Todos os ajudantes maias que estavam no sítio pareciam reconhecer a caveira. Eles começaram a rir e a chorar, e a se abraçar e beijar mutuamente. Foi um momento verdadeiramente mágico.

Recordo-me de que ao cair da noite, quando as primeiras estrelas surgiram no céu, Frederick Crockett-Burrows colocou a caveira em um altar de madeira improvisado que os assistentes maias ajudaram a construir. Fogueiras foram acesas por toda parte e à luz da chama observávamos enquanto o povo maia se ajoelhava diante da caveira. Eles entoavam hinos e beijavam o chão em frente a ela.

Lembro-me daquela noite. Houve batucada, você sabe, e aqueles dançarinos incríveis surgiram das sombras da floresta como se fosse do nada, decorados com plumas de aves tropicais e peles de jaguar. Mal podíamos acreditar naquele povo necessitado tão elegantemente ornamentado. Giravam a caveira no ritmo do tambor. Ela parecia magnífica, colocada no meio dos dançarinos, refletindo a luz das fogueiras. Quando nos sentamos e assistimos àquela noite de regozijo e celebração, acredito que todos nós nos sentimos como se alguma força antiga e poderosa tivesse retornado às vidas dos que estavam presentes.

É claro que Gus Arnold não vira a caveira até o dia seguinte. Ele estava acamado por causa de uma crise de 'diarreia do viajante', e por isso perdera nosso primeiro encontro com o estranho objeto que Anna encontrara. Quando ele a viu, não pude ficar mais surpreso com sua reação. Há de se lembrar que ele era um arqueólogo extremamente respeitado, uma autoridade pioneira em seu campo. Gus observou a caveira por muito tempo, continuou tocando nela até que caiu em lágrimas! Ele chorou muito. Eu não sabia o que dizer! Quando ele finalmente secou os olhos, suas únicas palavras foram: 'Isto muda a história, vocês sabem. Muda tudo!'

Você entende que Gus conseguira ver que a caveira de cristal não era nada que os maias tinham feito antes? Como você sabe, sua arte era extremamente estilizada. Eles retratavam os rostos de deuses e reis, não de pessoas reais. Não havia nada realista ou naturalista nas imagens que eles criaram. Esse não era o objetivo de sua arte. E, mesmo assim, lá estava um objeto que exibia um grau formidável de exatidão anatômica — uma representação perfeita e cientificamente precisa de um crânio humano. Era um objeto em total desacordo com qualquer outro encontrado em um antigo sítio arqueológico maia, um objeto que não se enquadrava no que conhecíamos sobre a expressão criativa dos maias, um artefato claramente avançado em relação ao que eles haviam produzido antes.

Gus pôde ver que eram espantosas as implicações desse achado para a arqueologia moderna. Os livros de história teriam que ser reescritos! Não havia outra saída. Havia uma cronologia reconhecida, como você sabe: mesopotâmios e egípcios, seguidos pelos antigos gregos e romanos, todas as civilizações europeias, até chegar na civilização dos dias atuais. Nós, no mundo ocidental moderno, estamos claramente no auge da evolução da humanidade. Um bando de selvagens da América Central sedentos por sangue não poderia ser mais avançado do que nossos ancestrais eram naquela época.

Mas a descoberta da caveira de cristal levantou a possibilidade da existência de uma civilização anterior que possuía habilidades técnicas mais avançadas do que a maia. E depois, claro, existia a possibilidade ainda mais apavorante de esses ancestrais primitivos poderem se relacionar, de algum modo, com os temidos atlantes aos quais se referiu Frederick Crockett-Burrows. Muitos podem argumentar que essa poderia ser a única explicação. Era um território muito estimulante, do ponto de vista arqueológico, e era óbvio que Frederick, pelo menos, estava convencido de que a caveira fornecia provas da existência de Atlantis.

Gus Arnold, obviamente, nunca usava a expressão 'Atlantis' como se fosse um tipo de tabu no circuito da arqueologia, mas ainda assim falou da caveira "salientando a possibilidade de uma pré-civilização maia com um grau incomum de conhecimento técnico", que era o mais próximo que ele conseguia chegar de proferir a palavra que começa com 'A'. Não me leve a mal, Gus estava eufórico com a caveira, como o restante de nós."

— Eu não entendo — Laura disse. — Vocês todos estavam maravilhados com a caveira, dominados por suas implicações arqueológicas. Você diz que isso poderia até ter mudado a história mundial aceita, e mesmo assim vocês nunca a levaram para um museu? Nenhum de vocês sequer mencionou tê-la encontrado. Eu não compreendo como isso pôde ter acontecido.

Richard deu um suspiro profundo.

— Eu me perguntei isso muitas vezes, mas não poderia prever como as coisas se desenvolveriam.

Laura parecia intrigada.

— Suponho que o verdadeiro problema era que os maias locais consideraram que a caveira tinha retornado para eles. Eles pareciam de certa forma rejuvenescidos pela descoberta. Houve rumores de que o retorno do objeto havia sido profetizado. Os maias acreditavam viver em uma era conhecida por eles como "o véu de lágrimas" e que a aparição da caveira de cristal anunciava o final daquela era terrível e o início de uma nova era chamada "o tempo do despertar", a qual representaria uma época muito mais esperançosa para seu povo.

— Você entende que o que as pessoas geralmente esquecem é que a chegada dos conquistadores espanhóis, cerca de quinhentos anos atrás, destruiu muito do que foi deixado da antiga cultura maia? O desejo dos espanhóis por ouro deixou muitos sítios, como Luvantum, profanados, revistados por homens ávidos por ouro, joias e riquezas. É incrível pensar que a antiga civilização maia também possuía uma herança fantástica de *codexes*[9] de hieróglifos — livros que foram cuidadosamente pintados sobre pergaminhos. Todos eles foram destruídos pela Igreja. É claro que você já sabe disso tudo, mas Luvantum foi minha primeira viagem para a América Central, e pegou-me de surpresa descobrir que a invasão espanhola de cerca de quinhentos anos antes ainda tinha um impacto naquelas pessoas.

"Quando eu cheguei lá não tinha conhecimento de como a destruição da cultura dos povos maias tantos séculos antes havia deixado tamanha devastação contínua em seu despertar. Com suas vidas social e religiosa destruídas, aquelas pessoas outrora nobres passaram a viver sob o domínio do império espanhol. Não é de se admirar que, quando a caveira de cristal apareceu, eles quisessem celebrar este poderoso símbolo de mudança em seu destino.

---

9. Grupo de folhas de pergaminho manuscritas, unidas, numa espécie de livro, por cadarços e/ou cosedura e encadernação. Fonte: *Dicionário Houaiss Eletrônico*.

Acredite em mim, os maias queriam ver aquela caveira. A notícia se espalhou, e nosso tranquilo sítio arqueológico se tornou um imã para pessoas de toda a região. Tornou-se um lugar de peregrinação, em sua maioria de gente mais velha. Elas se ajoelhavam em frente à caveira, praticavam magia, rezavam e acendiam incenso. Para os maias, era um negócio muito sério. Eles pareciam pensar que a caveira tinha algo a ver com seus longos 'ciclos do tempo'.

Eles aparentemente acreditavam que a caveira era uma parte vital do nascimento de uma nova era. De acordo com eles, todas as ocasiões tinham de ser de renascimento, e como os próprios maias sabiam tão bem, o tempo de renascer pode ser tumultuado. Eles dizem que é uma época durante a qual não é possível saber se uma era terá um nascimento bem-sucedido ou não. Aparentemente, não pode ser mais garantido do que o nascimento auspicioso de uma criança.

De qualquer modo, eles levam tudo muito a sério, e eu temia em pensar como reagiriam no dia em que disséssemos a eles que a caveira voltaria conosco para a Inglaterra. Eu preferia pensar que Frederick tinha esperança que o interesse pela caveira enfim diminuiria, e eles retomariam suas atividades costumeiras. Mas, infelizmente, esse não era o caso."

CAPÍTULO 35

— Deviam ter se passado cerca de dez dias após a descoberta da caveira quando Anna começou a adoecer. Ela ficou mortalmente pálida, começou a vomitar, teve diarreia e febre. Em princípio, pensamos que ela havia contraído um caso particularmente grave de febre do viajante, mas não parava por aí. Eu havia sido designado médico honorário da viagem, com todo o suporte que eu podia oferecer depois de um treinamento de dois dias. Eu assumi as tarefas de enfermagem, secando sua fronte febril, procurando cobertores quando ela se queixava de frio — um sinal indubitável de temperatura extremamente elevada. Eu gastei todos os suprimentos que havíamos levado conosco e dei a Anna os comprimidos de quinina que sobraram. Ela não conseguia mantê-los no estômago.

"Eu estava muito preocupado com ela. Anna ficou cada vez mais delirante, murmurando, enraivecendo-se, cantando e sussurrando sobre a caveira. Apesar de meu treinamento como arqueólogo, comecei a temer que de algum modo a descoberta da caveira havia trazido azar para ela, embora me recusasse a utilizar a palavra 'maldição'. Foi quando Gus Arnold identificou o amarelado de sua aparência como um sinal infalível de que ela contraíra malária.

Àquela altura Anna estava fraca demais para viajar. Não havia maneira de levá-la até o porto, onde poderíamos encontrar um médico para ela. Mesmo se mandássemos buscar ajuda médica, presumindo que poderíamos conseguir alguma, levaria semanas até a chegada de alguém. Eu assistia ao enfraquecimento de Anna dia após dia. Foi terrível. Ela vomitava água e havia atingido uma condição realmente muito crítica. Frederick estava consumido pela ansiedade. Ao final, por desespero, ele viu que restava somente um modo de agir.

Ele ouvira falar que existia um médico local, um xamã, ou curandeiro, que invocava o que você desejasse, e acreditava que a única chance de recuperação que Anna tinha estava nas mãos desse camarada. Então Frederick partiu para ver o chefe local e explicou a ele que Anna estava muito doente. Sentaram-se juntos em silêncio durante um longo período, enquanto o chefe ponderava o que fazer. Ele finalmente disse para Frederick que permitiria que o curandeiro cuidasse de sua filha, mas apenas sob a condição de que a caveira de cristal permanecesse para sempre com o povo maia de Luvantum.

Você pode imaginar como Frederick deve ter se sentido mal. Ele passara toda sua vida adulta em busca de evidências de Atlantis. Ele apostou tudo nisso, até mesmo as economias de toda sua vida. Agora que descobrira, tão perto quanto qualquer um, prova da existência de alguma civilização verdadeiramente antiga e tecnicamente avançada, estavam pedindo para que ele desistisse! Ele estava desolado. Sua filha, no entanto, estava no leito de morte; ele devia salvá-la, custasse o que custasse.

Ele concordou com os termos sem hesitar, embora mais tarde tenhamos descoberto que foram impostos, como ficou provado. Então, Crockett-Burrows só tinha uma prioridade, e ele faria o possível para salvar a vida de sua filha.

No meio de árvores altas, bem no canto da praça, os maias levantaram um pequeno abrigo circular feito de gravetos e galhos para armazenar a caveira. Eles a chamaram de 'Ichla Mon', o ventre da grande mãe.

O curandeiro chegou pontualmente, um rapazinho forte com olhos penetrantes. O corpo esguio e flácido de Anna foi carregado para o interior escuro do abrigo e colocado em frente à caveira, que estava em uma pequena plataforma elevada no fundo. O curandeiro acendeu uma fogueira no centro e em seguida puxou a porta, fechando-a. Cães foram amordaçados para não perturbar os procedimentos, e as crianças foram mantidas distantes.

No silêncio, um cântico estranho e assustador se tornou audível dentro do abrigo e parecia quase ecoar através das árvores ao redor da praça. No total, esperamos durante três longas noites, enquanto Anna pairava à beira da morte. Foi como se o próprio tempo tivesse parado, enquanto aguardávamos notícias sobre o destino dela do lado de fora daquela cabana.

Ficamos mais tranquilos quando os maias nos disseram que a morte poderia às vezes ser uma forma de cura, que de vez em quando era necessário que a mente saísse dos confins do corpo, de modo que pudesse se unir aos ancestrais. Não queria que Anna se fosse. Não queria que ela nos deixasse. Foi quando percebi o quanto ela significava para mim.

A verdade era que eu havia me apaixonado por ela. Eu gostei de sua companhia e queria estar com ela. Eu queria que aquela jovem durona e de espírito forte vivesse, mais do que eu havia desejado antes em minha vida. Eu não era um homem religioso, mas rezei por aquela menina. Eu me uni a Frederick e aos demais em turnos, mantendo vigília silenciosa do lado de fora daquele abrigo, dispersando aqueles que tinham ido para homenagear a caveira, até que tivéssemos certeza, de uma maneira ou de outra.

No quarto dia, o curandeiro saiu do abrigo. Ele havia trocado as peles de jaguar e vestia seu simples saco de algodão sobre o ombro, indicando que seu trabalho havia acabado. Corri atrás dele e perguntei como ela estava, em meu maia desajeitado. Ele simplesmente olhou para mim, o rosto impassível enquanto caminhava em silêncio para a floresta. Eu estava aterrorizado por Anna ter morrido. Com o coração pesado, inclinei minha cabeça e entrei no abrigo. Frederick estava ajoelhado ao lado da cama. Eu fiquei extremamente aliviado por encontrá-la muito fraca, porém viva. Era como se ela tivesse sido poupada por algum milagre. Eu teria pulado de alegria. Finalmente tudo pareceu certo no mundo. Eu tinha Anna de volta. É claro que naquele momento eu não sabia que estava prestes a perdê-la de novo."

Os olhos de Richard encheram de lágrimas.

— Quer que eu peça algo para você? — Laura perguntou.

— Um copo d'água está bom para mim — Richard disse, esforçando-se para sentar-se confortavelmente de novo.

Ela chamou o garçom, e ele trouxe copos para ambos. Richard desviou o olhar para seu copo.

— E depois disso as coisas começaram a mudar — prosseguiu.

"Depois de sua doença, Anna ficou estranhamente retraída. Talvez isso tenha ocorrido porque estava fraca demais para se juntar a nós na escavação, porém ela parecia passar cada vez mais tempo na presença dos habitantes locais. Eu a via entrar e sair do abrigo da caveira. Sentia como se a estivesse perdendo, muito embora ela não tivesse morrido. Ela estava diferente. Ninguém mais pareceu ter notado, estavam muito ocupados com as escavações no sítio, mas eu a sentia escapulindo de mim de uma maneira sutil e indefinível.

Mais ou menos nessa época Bunny ficou cada vez mais agitado. Ele disse que já havia passado da hora de notificar o Museu Britânico de que haviam feito uma descoberta de importância considerável. Frederick disse a ele que ainda não era o momento. Eu não sabia exatamente como ele pretendia explicar a Bunny e ao restante de nossa pequena equipe que havia prometido aos maias que estes ficariam com a caveira de cristal. Desconfio que ele também não tinha certeza, pois realmente parecia muito interessado em adiar tal momento.

O que aconteceu depois pegou a nós todos de surpresa. O chefe local chamou Frederick até sua cabana, junto com Anna. Mais tarde, Frederick veio até nós discutir o que havia acontecido. Recordo-me que estava perto de anoitecer e estávamos sentados sob a cobertura que havíamos montado provisoriamente para nos proteger do sol durante as refeições. Havíamos acabado de comer um prato de *tortillas* e feijões, quando Frederick se aproximou. 'Tenho algo a discutir com todos vocês' — anunciou. Seu rosto mostrava uma ansiedade que ele tentava ocultar. "Quando Anna estava doente' — ele começou — 'pedi ajuda para os maias. Vocês todos sabem o quanto eu estava desesperado. Bem, eles concordaram sob uma condição. A condição era que eles ficassem com a caveira de cristal aqui em Luvantum'.

— 'Mas nem no inferno, e eu espero que você diga a eles que...' — Bunny afirmou despreocupadamente.

— 'Bem' — disse Crockett-Burrows, piscando nervosamente os olhos, diante dos membros da equipe — 'na ocasião, eu tinha só uma preocupação: a vida de minha filha e como eu poderia salvá-la' — disse. — 'Eu fiz o que qualquer pai teria feito, dei ao chefe minha palavra de que a caveira poderia ficar'. Houve um silêncio atordoante no meio do grupo. — 'Eu sei o que vocês estão pensando, eu deveria ter mentido para ele. Pensei nisso, mas tinha certeza de que, se eu o fizesse, Anna não teria chances.'

— 'Deus todo-poderoso!' — Bunny disse. — 'Eu não acredito!'

— 'Agora espere um momento' — disse Crockett-Burrows — 'não é tão ruim quanto parece. A notícia boa é que o chefe agora concordou em levarmos a caveira...'

— 'Oba!' — lembro-me de ter gritado antes de ver seus rostos paralisados, reprovando minha reação imatura. — 'Sob uma condição' — Frederick prosseguiu. 'Que todos concordem em manter um voto de silêncio sobre a caveira para todo o sempre. O chefe acredita que é necessário proteger a caveira. Ele diz que não sabemos com que estamos lidando aqui. Essas são as únicas condições com que ele concordou para a caveira deixar Luvantum.'

Bem, é claro que Bunny ficou uma fera. Ele saltou do alto da mesa, jogando pratos de metal no chão que fizeram muito barulho. Ele se voltou para encarar Crockett-Burrows: 'Nós fizemos a descoberta mais impressionante do século, e você está nos pedindo para manter sigilo a respeito! Não acredito no que estou ouvindo!' — ele estava furioso, disse que era 'absurdo'. Eu nunca ouvi nada parecido com o que ele berrou: 'E sujeito nenhum dentro de uma cabana de barro vai me dizer o que fazer, muito menos quando se trata da caveira de cristal. Nós a encontramos, Frederick, não eles!' — disse enquanto apontava o dedo na direção do vilarejo maia.

— 'Não é tão simples assim' — Crockett-Burrows disse, tentando tranquilizá-lo. — 'Os maias alegam que já sabiam da caveira, mas não queriam causar tumulto até o momento certo.'

— 'Que disparate!' — Bunny gritou, ainda mais agitado. 'Eu não vou ficar aqui, ouvindo essa conversa fiada' — e com isso marchou para fora de sua cabana. Pude ver que não havia meios de Bunny concordar com aquilo.

Gus Arnold havia ouvido toda a briga sentado, em silêncio. Crockett-Burrows estava abalado com a resposta de Bunny. Ele virou-se para Gus: 'O que você acha?'. As mãos de Gus ainda seguravam a xícara de café que ele estava bebendo quando Frederick chegou. Ele pareceu absorto por seus pensamentos: 'Eu venho feito muitas coisas sobre toda essa história da caveira' — ele respondeu. 'O fato é que eu não acredito que o mundo esteja pronto para uma descoberta dessa magnitude' — disse. 'É tudo tão controvertido, tão desafiador!'

Gus suspirou, desviando os olhos para baixo. 'Atingi um ponto em minha carreira no qual não vale a pena a frustração de apresentar algo que será recebido com fúria ou escárnio. Haverá um tempo em que nós, no mundo arqueológico, estaremos preparados para tamanho desafio, mas temo que o momento não seja agora'. Esticando-se para frente, ele deixou na mesa sua xícara de café: 'Você tem minha palavra, eu não falarei com ninguém a respeito'. E então ele concordou com o voto de silêncio.

Bem, eu fiquei amargamente desapontado com a resposta de Gus. Esperava que ele fosse patrocinar a caveira, que a tornaria a peça central dos resultados da pesquisa feita na viagem.

Então percebi que seus olhos estavam sobre mim. Crockett-Burrows aguardava minha resposta. Eu não sabia o que dizer. Arrastei-me pelo chão para apanhar os pratos que Bunny tinha jogado.

Eu estava completamente dividido. Sabia que Gus precisava de um assistente de pesquisa para auxiliá-lo em seu próximo projeto, e eu me considerava a pessoa ideal para assumir a função. Gus e eu já havíamos trabalhado bem juntos. Mesmo se eu quebrasse o voto e falasse sobre a caveira, perderia as chances de ter o emprego no que dizia respeito ao Museu Britânico.

Bem lá no fundo, eu estava com Bunny, ele estava absolutamente certo. Aquilo era bom demais para esperar. Mas se eu falasse sobre o assunto, arriscaria minhas chances com uma das instituições arqueológicas de maior prestígio no mundo.

— 'Posso pensar esta noite?' — perguntei, devolvendo os pratos à mesa.

Dispersamo-nos naquela noite; havia uma tensão incômoda pairando no ar.

Fiquei deitado acordado a noite inteira, meus pensamentos eram interrompidos pelos barulhos dos animais noturnos na floresta, enquanto refletia sobre o que deveria fazer. A caveira e as circunstâncias de sua descoberta eram absolutamente incríveis do ponto de vista arqueológico. Qualquer arqueólogo poderia ver que aquele objeto não tinha sido feito pelos maias. A pergunta era: quem o havia feito e por quê? Seria uma área fascinante para pesquisar. Mas quem no mundo ortodoxo da arqueologia iria querer tocá-la? Era muito diferente. Desafiava tudo o que havia acontecido antes.

Eu poderia ser aquele que corresponderia ao desafio? Eu tomaria conta de tudo aquilo e diria 'Sim, é o momento de revisarmos nossas noções restritas sobre o passado, tempo de considerarmos a possibilidade de uma civilização que existiu no passado longínquo, avançada em relação a nossa'. Faria como Galileu havia feito quando desafiou aqueles que continuavam a acreditar que a Terra era achatada. Eu seria o Galileu audacioso do mundo da arqueologia, desafiando a ordem das coisas. Todas as gerações precisaram de seus pioneiros, aqueles preparados para guiar o caminho e desafiar o *statu quo*.

Mas quando amanheceu, ficou claro para mim. Eu queria trabalhar. Gus Arnold era minha melhor chance para o cobiçado emprego de arqueólogo-assistente. Quanto à caveira de cristal, bem, eu concluí que Gus Arnold sabia o que era melhor. Se ele disse que o mundo da arqueologia não estava preparado para a caveira, quem era eu para desafiá-lo? Fui até Frederick e dei a ele minha resposta."

Laura olhou para Richard.

— O que você deve se lembrar é que tudo isso estava acontecendo em uma atmosfera acadêmica muito diferente da que temos hoje. Isso foi nos anos 1930, e é óbvio que as pessoas são muito mais liberais agora, mas naquela época a arqueologia não costumava causar perturbações.

— Às vezes, eu me pergunto o que teria acontecido se tivesse revelado publicamente a caveira, se não tivesse medo de arriscar minha carreira e desafiar a ortodoxia tradicional. Mas você deve se lembrar que isso foi na época anterior aos arqueólogos da televisão, eu tinha receio de que não houvesse carreira para mim na arqueologia se eu desafiasse o modo pelo qual as coisas funcionavam.

"De muitas maneiras parecia uma atitude desonesta, uma delas é que não condizia com os interesses da profissão. Eu estava abandonando a verdade em favor da comodidade. Eu estava escolhendo a conveniência acima da ampliação do conhecimento, optando por um emprego em vez de trabalhar mais profundamente nossa consciência sobre nossas origens, de onde nós, como espécie, viemos e como nos desenvolvemos."

Um senhor idoso apareceu na entrada do bar, vestido com um *smoking* de veludo vermelho.

— Senhoras e senhores, um momento de sua atenção, por favor. A cerimônia de premiação começará em vinte minutos — ele anunciou.

— Nosso tempo está esgotando, minha querida. É melhor eu continuar — Richard disse.

— Mas o que me intrigou — ele prosseguiu —foi por que o chefe maia mudou de ideia quanto à caveira. Em um minuto não conseguia tolerar que ela estivesse sendo levada e no seguinte concordou que ela poderia ir, contanto que suas condições fossem satisfeitas. Isso pareceu muito estranho para mim.

— Lembro-me de ter perguntado a Frederick por que o chefe havia mudado de ideia. Frederick pareceu culpado. Eu nunca me esquecerei de sua resposta.

— Graças a Anna — respondeu casualmente, dirigindo-se ao poço para se lavar.

Eu estava perplexo.

— Por quê? — vociferei.

— Ela quer se educar como uma sacerdotisa maia — foi a resposta de Frederick. Desse modo, completamente trivial. — Ela quer se educar como uma sacerdotisa maia — disse como se ela tivesse acabado de anunciar que iria cortar os cabelos!

— Eu fiquei atordoado!

CAPÍTULO 36

Richard ainda parecia desolado, até o presente momento, décadas depois.

— Você conseguiu descobrir em que consistia essa educação? — Laura perguntou.

— Não os detalhes — respondeu Richard. — Ela se recusou a entrar em detalhes.

"O que ela fez mostrou-me que era pior do que eu imaginara. Ela me informou que passaria os dez anos seguintes em Luvantum, aprofundando-se na cultura, na língua e nos costumes dos maias. A pior parte disso eu descobri mais tarde, por intermédio de Bunny.

Bunny me contou que a educação sacerdotal significava que Anna prestaria juramento a uma vida de celibato e que devotaria toda sua vida a servir a caveira de cristal. Também aprenderia aquilo a que ele se referia afrontosamente como 'artes obscuras', práticas repulsivas relacionadas à descoberta dos 'segredos da caveira'. O que era isso, eu não sabia dizer. Eu tinha uma desconfiança de que ele não sabia exatamente, visto que não era conhecido por sua reticência em trazer informações dessa natureza.

Se Frederick tinha conhecimento das práticas específicas da educação de Anna, eu não sabia. O que eu realmente sei é que ele tentou tirá-la disso, porém ela não permitiu. Todos nós tentamos. Eu estava assustado com a perspectiva de ela seguir esta vida monástica depauperada, contudo ela havia decidido que era isso que queria. Uma vida não seria suficiente para compreender. Perguntei-me se talvez ela se sentisse em débito com os maias por eles a terem salvo sua vida. Frederick, que estava mais propenso a acreditar em explicações sobrenaturais, pensou que a decisão de Anna talvez fosse um resultado do momento em que ela passara na presença da caveira, no abrigo. Qualquer que fosse a razão, nenhum de nós conseguiu fazer com que ela mudasse de ideia. Ele repreendeu Crockett-Burrows severamente por permitir que ela sequer considerasse tal coisa. Frederick tinha a opinião de que ela se cansaria disso no devido tempo. Ele também sabia que era uma maneira de proteger a caveira de qualquer transtorno. Melhor ter a caveira e não falar a respeito do que não tê-la de maneira alguma — foi provavelmente o que ele pensou.

Bunny estava irredutível. Ele continuou inquieto e infeliz, acompanhando silenciosamente todos os acontecimentos.

Anna agora se mudara para o povoado maia e passava bastante tempo com o curandeiro. Meu coração estava partido. Como eu senti saudade de sua presença ativa e suas opiniões fortes. Senti falta do modo delicado como caçoava de mim quando eu tentava com muito esforço impressioná-la. Para mim, trabalhar no sítio arqueológico perdera sua magia.

Ela partira havia apenas cerca de um mês, quando de repente apareceu no sítio arqueológico certa manhã. Eu estava ocupado desenterrando uma das pedras maias entalhadas que se pareciam com lápides. Está na ponta da minha língua..."

— Uma estela[10] — sugeriu Laura.

— É claro — Richard respondeu, e continuou.

"Meu coração pulou com sua aparição, e, por um momento, eu pensei que ela havia retornado para se juntar a nós. Eu percebi que agora vestia uma blusa ornada com as mesmas aves e flores presentes nos desenhos dos maias locais. Largamos nossas ferramentas e fomos cumprimentá-la.

— 'Vim para convidá-los' — ela disse — 'para uma cerimônia especial que marcará o início de minha nova vida como sacerdotisa. Será realizada em três semanas, no alto da pirâmide central, à luz da lua cheia' — então se afastou sem mais uma palavra.

Soou de maneira intrigante. Mas também era perturbador pensar que a disputa pelos sentimentos da mulher que eu amava veio não de outro homem, mas de uma caveira de cristal! Eu me sentia muito infeliz com isso, mas o que poderia fazer?

Bunny veio me ver logo depois. Eu estava perto do rio, aproveitando uma oportunidade rara para me barbear. Ele veio em minha direção, com rosto aflito e olhar resoluto. — 'Gostaria de conversar com você em particular' — ele disse em voz baixa. — 'Ouça, velho camarada' — acrescentou — 'eu sei que você vem gostando muito de Anna'.

Isso me constrangeu. Eu não tinha consciência de que alguém mais sabia. — 'Os outros, eles não sabem, não é?' — perguntei. A expressão oblíqua de Bunny me disse que meus sentimentos não eram secretos.

---

10. Coluna ou placa de pedra em que os antigos faziam inscrições, geralmente funerárias. Fonte: *Dicionário Houaiss Eletrônico*

— 'E Anna?' — deixei escapar.

— 'Não faço ideia' — ele disse. — 'Apesar de ser questão de tempo até você tornar seus sentimentos conhecidos por ela' — fiquei emocionado ao pensar que a ideia de Bunny era boa. Só mais tarde ocorreu a mim que ele poderia estar se aproveitando de mim para os próprios fins.

Bunny se aproximou para me contar que não aguentava mais. Ele estava farto dos maias querendo controlar a caveira de cristal e, agora, em vias de tirar Anna de nós também. Eles precisavam ser detidos. Ele disse que tinha um plano e queria minha ajuda."

Richard tomou um golinho da água de seu copo.

— A princípio, o que Bunny sugeriu mais do que me chocou — prosseguiu. — Ele tinha a intenção de furtar a caveira. Seu plano era levá-la para a Inglaterra e torná-la pública. Eu o alertei que levar a caveira provocaria um grande problema com os maias locais, mas estava convencido de que era a coisa certa a se fazer. Ele disse que não devíamos isso a Anna, mas ao mundo, que merecia saber a verdade sobre a história da própria civilização.

" — 'Crockett-Burrows pode ter esquecido o objetivo desta expedição' — ele disse — 'porém ele não tinha esquecido. Além do mais, ele também economizara muito dinheiro para financiar a viagem. Era tanto seu direito como seu dever dizer a todos o que ele havia encontrado'.

Não era só aquilo. Ele teria o reconhecimento que merecia por todas as suas pesquisas e seria lembrado por levar a caveira para a luz do conhecimento público. Também pensou que assim que a ostentação da publicidade ocorresse, Frederick e Anna logo o perdoariam e se uniriam a ele. Ele realmente acreditava que Crockett-Burrows embarcaria em breve, e toda aquela tolice de educação sacerdotal e promessas aos maias rapidamente seriam esquecidas.

Instantaneamente vi a possibilidade de ter Anna de volta, trabalhando comigo no sítio arqueológico. Seria exatamente como havia sido antes de a caveira ser descoberta. Se isso fosse acontecer, eu finalmente teria uma chance de fazê-la saber como me sentia. Podia ser que ela também nutrisse sentimentos por mim.

Também me ocorreu que poderia ser extremamente útil tornar a caveira pública sem arriscar minha carreira, o que poderia acontecer se assumisse sozinho aquela responsabilidade. Eu comecei a compreender que furtar a caveira era, na verdade, uma ótima ideia, e concordei em auxiliar Bunny no que pudesse.

Bunny sabia que todas as noites os maias se aproximavam e acendiam a fogueira no centro do abrigo. Eles sentariam lá, rezariam e fariam a vigília da caveira de um dia para o outro. Durante o dia, a caveira não era vigiada, mas o povo maia gostava de poder rezar em frente a ela a qualquer hora. Essa era aparentemente a melhor hora de tentar tomar a caveira, embora o risco de ser pego parecesse considerável.

No dia seguinte, parti para Santa Cruz, supostamente para buscar mais suprimentos, mas o que eu estava realmente fazendo era combinando com Señor Gomez para que trouxesse as mulas prontas para a fuga de Bunny. Estive fora durante uma semana e fiz todos os preparativos necessários.

Bunny planejou fingir que faria uma viagem a Santa Cruz na véspera da cerimônia de iniciação sacerdotal de Anna. Todos interpretariam que ele estava fora porque não aprovava aquela decisão. Pareceu uma solução muito diplomática que de repente se lembrasse de juntar suprimentos urgentes que o ocupariam fora durante a realização da cerimônia.

É claro que o que realmente fizemos foi nos escondermos na floresta durante a noite. Na manhã seguinte, quando ele sabia que a caveira não estava sendo guardada, a furtaria do abrigo. Ninguém suspeitaria dele, pelo menos não no início. Bunny me deu uma carta para entregar a Crockett-Burrows, na qual explicava que agira assim porque devia proteger Anna de seu destino: definhar nas terras dos maias, e pedia para Frederick perdoá-lo e unir-se a ele para ajudar a promover e divulgar a caveira. Ele pediu para não entregar a carta a Frederick antes que completasse um mês do furto da caveira, a fim de que desse tempo para que progredisse rumo ao porto. *The Ocean Princess* entraria na doca perto desse período, antes de retornar à Inglaterra.

A manhã da cerimônia chegou logo. O curandeiro havia passado a noite anterior no abrigo da caveira, jejuando e entoando cânticos. Anna deveria ser mantida em outro lugar, isolada. Naquela manhã permaneci em minha cabana, dispensando o café da manhã. Comecei a gemer e a me queixar de dores no peito. Frederick-Burrows veio, viu o estado em que me encontrava e imediatamente foi procurar o curandeiro para lhe dizer que eu estava doente. Ele perguntou se poderia ir logo à minha cabana.

O curandeiro veio diretamente em meu socorro. O plano de Bunny era entrar despercebido no abrigo e pegar a caveira enquanto eu era tratado. Para sua grande surpresa, o curandeiro pediu para Frederick ficar e manter a caveira sob vigilância até que retornasse. Foi esquisito, pois a caveira fora deixada sem proteção durante o dia em outras ocasiões.

Ele entrou na cabana onde eu estava deitado em minha rede, simulando uma doença. Remexeu sua bolsa, acendeu algumas ervas e as passou sobre meu corpo, entoando cânticos. Em seguida colocou as mãos sobre meu peito. Ele ficou ali por cerca de dois minutos antes de murmurar algo em maia e ir embora. Frederick veio: 'O homem disse que você sobreviverá.' — Frederick explicou. 'Você sofre apenas de amor não correspondido. Esse sentimento seria outra maneira de firmá-lo.' Senti-me muito tolo quando saí de minha rede, com dificuldade, perguntando-me se Frederick suspeitava quem seria o alvo de meu afeto. Não disse nada.

Eu havia combinado de encontrar Bunny no rio e fui mais uma vez para nosso ponto de encontro. Estava agitado por causa de sua tentativa frustrada de furtar a caveira. Disse que teria que reverter para o 'plano B' e não queria fazer dessa maneira, mas eu não podia deixar Anna passar pela cerimônia de iniciação; ela devia de ser detida antes daquilo.

Concordei, e ele logo me contou seu plano. Dei o meu melhor para dissuadi-lo, porém ele havia decidido e estava determinado a levá-lo adiante."

CAPÍTULO 37

— A noite da cerimônia logo se abateu sobre nós, e eu tive muito receio em relação ao que se passava no abrigo.

"O céu estava límpido, e, assim que o sol escorregou por debaixo do horizonte, subi ao topo da grande pirâmide na companhia de Gus, Bunny e Frederick, para assumir nossos postos na parte posterior da pequena plataforma, atrás dos sacerdotes que estavam reunidos.

Tão logo a lua começou a se elevar, tochas flamejantes foram acesas, iluminando os degraus da pirâmide. Uma batucada regular iniciou e Anna surgiu na praça, com duas garotas maias a seu lado. Apresentava uma aparência fabulosa. Lá se foram suas roupas rasgadas e culotes. Ela ostentava flores no cabelo, como uma noiva. Estava vestida com uma confortável túnica maia de cor branca, decorada com ouro ornamentado e joias de jade. Parecia um pouco apreensiva. Suas mãos estavam amarradas às costas quando marchava degraus da pirâmide acima. Senti Bunny afastando-se do meu lado, despercebido, em direção ao fundo da pirâmide, atrás do pequeno templo de pedra que abrigava o santuário do ancestral.

Os sacerdotes agora entoavam cânticos em maia, suas vozes tornando-se cada vez mais altas, assim que Anna alcançou o topo da escadaria central. O ar estava pesado com o odor rico e doce de incenso de copal que espiralava em uma nuvem densa em torno de sua cabeça. Observei quando ela ajoelhou-se diante de algo que não consegui ver o que era. O curandeiro levantou uma lâmina de obsidiana ao ar e a abaixou atrás das costas dela, rompendo a corda que mantinha suas mãos amarradas. Ela se curvou com as mãos ao alto exatamente no momento em que uma pele de jaguar foi puxada ao lado para revelar a caveira de cristal. Anna colocou as mãos sobre o objeto e abaixou a testa em sua direção.

Naquele momento, um ruído de tremor de terra veio detrás de nós. A cantoria foi interrompida. Virei-me para ver Bunny em pé, no santuário do ancestral, com uma espingarda calibre doze à mão. Puxou o gatilho e abriu fogo outra vez. Uma bala ricocheteou a pedra do altar. Todos paralisaram. A batucada cessou. Anna olhou para cima. 'Já chega' — Bunny gritou, cambaleando para frente, até o centro da plataforma da pirâmide, agitando a arma de maneira ameaçadora.

— 'A caveira é preciosa demais para isso. Ela precisa ser investigada e examinada cientificamente, e não utilizada em uma cerimônia de vodu retrógrada e primitiva. Pertence a um museu apropriado, na Inglaterra, e não deve definhar entre selvagens supersticiosos.'

— 'Frederick' — ele disse, virando-se para o amigo e também para Anna — 'um dia vocês me agradecerão por isso' — ajoelhou-se ao lado de Anna e levantou a caveira da pedra de granito em que estava. O sangue fresco originado da pele de jaguar cobriu suas mãos quando ele guardou-a apressadamente em sua bolsa tipo carteiro.

Um jovem maia estava prestes a pisar à frente e enfrentar Bunny, mas um sacerdote segurou-o pelo braço para impedi-lo.

Bunny o firmou na mira de sua espingarda. Virou-se para Anna. Sua voz suavizou-se: 'O que eu estou fazendo irá libertá-la'. Anna olhou para ele, mostrando em sua fisionomia toda a incompreensão e o medo que sentia.

Bunny levantou-se e dirigiu-se ao topo dos degraus da pirâmide, com sua arma a postos, apontando ameaçadoramente para a fila de sacerdotes. Ele apontou a arma para cima e atirou novamente.

O som ecoou por todo o complexo, fazendo macacos guincharem e pássaros voarem das árvores. Ele desceu os degraus da pirâmide correndo, floreando sua arma, lançando-se pela praça e desaparecendo em meio a escuridão da densa floresta.

Anna correu aos prantos até o pai. Os sacerdotes começaram a gritar, as vozes tomadas de raiva. Foi um caos. Bunny conseguiu, roubara a caveira de cristal. Seu plano tinha funcionado. Eu deveria estar satisfeito. Ao contrário, senti muita culpa. Essa cerimônia bizarra, toda aquela coisa envolvendo a caveira era o que Anna queria, o que os maias desejavam, e eu havia permitido que Bunny arruinasse tudo. Retornei à minha cabana, cabisbaixo.

Nos dias seguintes parecia que toda a comunidade estava consumida pela aflição. Embora tivessem enviado diversos grupos de busca para ir ao encalço de Bunny, ninguém o encontrara. Deitei em minha rede, incapaz de encarar qualquer pessoa. Bunny fugira com a caveira. Ele deveria estar além de Santa Cruz agora, certo em seu caminho de mudar a história. Anna estava catatônica de tristeza. Ela fechou-se e se recusou a falar comigo. O que eu havia feito?

Três dias depois eu os vi passar; mulheres maias, roupas empilhadas sobre a cabeça, crianças aos calcanhares, enquanto caminhavam para o rio para fazer a lavagem. Foram elas que o descobriram. Encontraram o corpo de Bunny. Vieram nos encontrar para removê-lo. Fomos: Frederick, Gus e eu. Pobre Bunny. Ele flutuava de bruços. Seu corpo inchado e carne cinza. Quando erguemos seu corpo para a margem do rio vimos uma bolsa de juta pendurada ao redor de seu pescoço. Era a caveira de cristal, pendurada como um talismã demoníaco.

Era estranho que Bunny terminasse no rio, que viesse a se afogar. Havia suspeitas de que ele tentara fugir do complexo da pirâmide pelo sistema subterrâneo do rio. Aqueles rios subterrâneos eram notoriamente perigosos, sujeitos a correntes inesperadas. Era uma iniciativa audaciosa, mesmo no melhor dos tempos. Ouvi a todas as especulações. Eu era o único que sabia que viajar pelo sistema de rios fazia parte do plano de Bunny. Não, ele havia combinado com *Señor* Gomez para as mulas o aguardarem longe da praça, prontas para levá-lo, então quem saberia o que dera errado? Sua morte foi um mistério e continua sendo até hoje.

Se houve alguma armação envolvida, nunca saberemos. Frederick estava convencido de que a morte de Bunny fora um acidente, acreditava que ele pegara o objeto porque estava insatisfeito com a ideia de que Anna estaria prestes a se tornar uma sacerdotisa da caveira, da qual, por isso, ele resolveu se apoderar. Pensara que Bunny estava embriagado do uísque que eu havia trazido de Santa Cruz uma semana antes.

Frederick convencera-se de que Bunny retirara a caveira durante a cerimônia simplesmente para defender seu ponto de vista e que ele simplesmente apareceria alguns dias depois. Nunca suspeitou que ele, na verdade, havia planejado apoderar-se da caveira. Acreditava demais em Bunny para isso. Na verdade, por isso eu não tinha entregado a carta a ele. Era duro demais para ele lidar com a morte de seu melhor amigo, e eu não queria sobrecarregá-lo ainda mais com a confirmação de que ele morrera enquanto o traía.

O corpo de Bunny foi colocado em um caixão improvisado feito de madeira de seringueiras e fechado com trepadeiras da floresta. Frederick havia escrito 'Descanse em Paz, B.J' sobre ele, com letras vermelhas. Carregamos seu caixão para o fundo da floresta, em silêncio. Encontramos um ponto embaixo da sombra de uma majestosa ceiba. Foi lá que o enterramos. Foi uma ocasião solene. Queria dizer que acompanharíamos o corpo de volta ao porto, para bordo do *The Ocean Princess*, como ele mesmo manifestou intenção, e realizaríamos seu funeral na Grã-Bretanha, como desejara, mas não. Naquela época era simplesmente impossível transportar um cadáver a longas distâncias, em virtude do calor e da umidade da floresta. A decomposição começaria em poucas horas. Eu fiz sozinho a última parte da viagem.

Nunca mais retornei a Luvantum. Nem Gus Arnold. Quanto aos demais, não faço ideia. Infelizmente, perdemos contato após isso. A princípio, senti tremendamente a falta de Anna. Tudo o que tinha para me lembrar dela era uma foto que Gus havia tirado. Escrevi a ela quase uma dúzia de vezes, mas nunca tive resposta. A menos que nunca tivesse recebido minhas cartas, poderia apenas admitir que se um dia tivesse existido algo entre nós, agora nada mais havia..."

— Mas onde eu estava? — Richard perguntou a si. — Ah, sim. Após a morte de Bunny, Gus me ofereceu o emprego de assistente de pesquisa em seu próximo projeto, escavando uma tumba maia no México. Eu pensei que pudesse compensar por não revelar a caveira de cristal, fazendo outras descobertas fascinantes, encontrando outras maneiras de expandir e desafiar nosso nível de compreensão sobre o passado.

"Mas cada fragmento de cerâmica, cada pedaço de joia quebrada, tudo o que retirávamos meticulosamente do solo no México parecia, de certa forma, diminuído se comparado ao que havíamos encontrado em Luvantum. Com o conhecimento que eu tinha sobre a caveira de cristal, explorar a esfera da antiga civilização maia tornara-se tedioso e mecânico. Eu sabia que os maias tinham ligação com algo muito maior, mas eu não tinha permissão para dividir aquele conhecimento com os outros. Aquele projeto no México seria o último relacionado aos antigos maias que eu faria.

Depois disso eu mudei para história britânica antiga, na esperança de descobrir algo para me libertar do silêncio em relação à caveira, algum desafio maravilhoso, mas não encontrei nada importante. Tomei o caminho do covarde, eu vejo isso agora."

Richard olhou bem nos olhos de Laura.

— Eu não tinha a força de minhas convicções, para levantar-me e discutir meu caso com os outros. Virei as costas para meu bem maior porque não estava preparado para aquilo. Pensei apenas em mim e nas perspectivas da minha carreira. Agora percebi que foi um erro. É por isso que eu me sinto uma fraude aqui — Richard gesticulou apontando para as dependências do hotel. — Cá estou, prestes a receber um prêmio nesta noite por minha notável contribuição à profissão. Se eles ao menos soubessem! Eu poderia ter feito uma contribuição realmente notável se eu tivesse falado publicamente sobre a descoberta da caveira, mas em vez disso eu escolhi o silêncio, do que agora me arrependo amargamente.

"É claro. Poderia ficar em pé aqui à noite, utilizá-lo como um palanque. Poderia dizer a eles: "a propósito, queria que soubessem que encontrei algo há mais de setenta anos que poderia mudar tudo o que vocês sabem sobre a história da humanidade!" Todos simplesmente concluiriam que eu sou louco. Não, é tarde demais para tudo isso agora."

Laura permaneceu silenciosa, em reconhecimento às recordações e à dor do velho homem.

— Consigo entender que não tem sido fácil para você — ela disse. — Obrigada por contar tudo isso para mim.

— Estou feliz por finalmente ter a chance de conversar com alguém a respeito. Pensei que carregaria isso comigo para o túmulo.

Laura sentiu uma pontada momentânea de frustração. Ela nutria esperança de que o que Richard lhe contaria algo que trouxesse alguma luz a algumas das coisas estranhas que Anna Crockett-Burrows havia lhe dito sobre a caveira de cristal. Ela estava desesperada para saber se as últimas palavras de Anna realmente tinham vindo de Alice como ela alegara, mas nada que Richard dissera parecia responder àquela pergunta. Ela então fez uma tentativa, perguntando:

— Sei que isso pode soar um pouco esquisito, mas Anna alguma vez fez qualquer alusão ao fato de a caveira de cristal poder, de alguma forma, ser usada como um meio de comunicação com os mortos?

— Nada relacionado àquela caveira me surpreenderia — Richard disse —, especialmente se tivesse algo a ver com morte. Mas não. Anna foi estritamente proibida pelo sacerdote maia de nos contar qualquer coisa a mais. E, em resposta, nós fizemos o voto de manter tudo relacionado à caveira em segredo, em qualquer circunstância.

Ela ainda se corroía para saber o que Anna queria dizer com suas palavras derradeiras: *"o futuro está gravado em pedra"*. Realmente queria perguntar isso diretamente a Richard, mas sabia que teria de fazê-lo delicadamente. Afinal de contas, aquelas eram as palavras finais ditas pela mulher que um dia ele amara.

— Espero que você não ache muito perturbador se eu lhe perguntar se você sabe o que Anna quis dizer com suas últimas palavras.

Os olhos de Richard umedeceram quando ele acenou positivamente com a cabeça ao ser perguntado.

— Ela disse: "Se você não escutar, o futuro está gravado em pedra".

Richard ouviu com atenção e balançou a cabeça suavemente antes de responder:

— Receio não ter ideia do que ela poderia querer dizer. — Ele parecia perplexo ao acrescentar em tom de desculpa: — Desculpe por não poder ajudar mais.

— Pelo contrário — Laura o tranquilizou — tudo o que você me disse foi de grande ajuda.

Embora estivesse um pouco desapontada em um nível pessoal, tudo que ele dizia confirmava as palavras de Anna e não havia dúvida de que seria útil para seu relatório.

Richard esticou o braço para apanhar sua bengala.

— Tenho uma pergunta — ele disse, levantando-se. — Ela se casou com alguém?

— Não, até onde sei — Laura respondeu. — Ela se referia a si como Senhorita Crockett-Burrows. E pode interessar a você que ela guardou a caveira quase até o fim.

Richard deu um leve sorriso.

— Então ela realmente se tornou uma sacerdotisa da caveira, afinal de contas — balançou a cabeça. — Casou-se com a caveira. Incrível! Eu me pergunto por quê.

— Eu mesma gostaria de saber responder a essa pergunta — disse Laura. Por que Anna, uma jovem atraente e vivaz, escolheria uma vida de celibato e sigilo, tomando conta de um objeto inanimado? É realmente intrigante.

— Ah, eu quase me esqueci — Richard disse. Ele começou a se ocupar com o conteúdo de sua velha e gasta pasta. — A Sociedade Real pediu-me para desenterrar algumas fotos minhas de quando eu ainda era jovem, acabando de iniciar minha carreira, para seu artigo de revista sobre as premiações — explicou, enquanto puxava um envelope grande, cheio de fotos, no qual remexeu até encontrar a certa.

— Ah, aqui está — disse, enquanto passava uma fotografia envelhecida para Laura. — Acredito que a qualidade não esteja boa, mas pode ser interessante para seu relatório.

Laura olhou para a foto. Era uma da jovem Anna, em pé, no interior da pirâmide maia, sorrindo de orelha a orelha enquanto segurava triunfante a caveira de cristal ao alto, em frente à câmera. Um jovem Richard Forbes sorria a seu lado.

— Encontrei-a outro dia, quando olhava meu velho álbum cuidadosamente. Devo dizer que trouxe uma quantidade enorme de lembranças que me inundaram. — É sua — disse.

— Mas não é possível... — ela protestou.

Ele olhou para o punhado de fotos em sua mão.

— Eu olhei todas com os editores da revista nesta tarde, e eles preferiram uma em que estou sozinho mesmo. Por favor — Richard insistiu. — Isso é passado.

— Muito obrigada — Laura guardou a foto na bolsa.

— Mas antes de ir — Richard acrescentou — gostaria de pedir apenas um favorzinho.

— Sim, qual é?

— Queria que você soubesse que o motivo pelo qual concordei em ficar e conversar contigo esta noite foi que pensei que talvez você pudesse fazer o que eu não tive coragem. Talvez você pudesse fazer com que as pessoas soubessem a respeito da caveira e sua história.

— Farei o meu melhor. — Laura disse.

Eles apertaram as mãos, Richard pegou sua bengala e caminhou lentamente para a cerimônia de premiação.

CAPÍTULO 38

Laura pegou o último voo para voltar a Nova Iorque. Quando embarcou no avião, sua mente zumbia com tudo o que Richard dissera a ela.

Ficou um pouco perturbada com algo que havia mencionado.

Perguntou-se por que Bunny, assim como Ron e Anna, haviam morrido em posse da caveira de cristal. Sentiu-se frustrada por ainda não chegar ao fundo do que Anna queria dizer com suas últimas palavras: *"o futuro está gravado em pedra"*.

Contudo, tentou acalmar seus pensamentos assim que sentou. Precisava avaliar onde havia chegado em sua investigação sobre a caveira, para seu relatório.

Enquanto Richard havia sido incapaz de responder a algumas das perguntas inquietantes que mantinha sobre a caveira de cristal, ele certamente respondera à pergunta de onde Anna Crockett-Burrows a havia encontrado originalmente, tendo inclusive levantado a intrigante possibilidade de os próprios maias talvez terem herdado a caveira de alguma outra civilização ainda mais avançada que teria existido antes da deles.

Laura sempre fora fascinada pelo fato de a antiga civilização maia ter aparecido como se fosse do nada, já extremamente desenvolvida, ainda mais antes da época de Cristo. Seus objetos de arte elaborados, construções, ciência e hieróglifos já surgiram belos e tecnicamente eficientes, sem qualquer sinal de julgamento e erros que ocorriam com certa frequência — o desenvolvimento gradual de estilo e evolução da técnica era evidente na cultura de todas as demais civilizações antigas em que ela conseguia pensar.

A caveira de cristal poderia ter algo a ver com o fato de os maias serem tão desenvolvidos? Era porque fora deixada por uma civilização ainda mais avançada do que a deles? Poderia a caveira de cristal ter realmente sido a herança de sobreviventes de Atlantis, como Frederick Crockett-Burrows acreditava, ou talvez por alguma outra civilização extremamente avançada e tecnicamente sofisticada que ainda não haviam descoberto?

Voltou a pensar nos testes científicos que comprovaram a ausência de marcas de ferramenta na caveira. Poderia ser porque havia sido criada por uma civilização que detinha algum tipo de tecnologia que ainda não temos? Pensou em todas as características que Michael havia descoberto no laboratório de cristal. Michael certamente era da opinião de que a caveira de cristal fora feita por aqueles que tinham conhecimento técnico ainda mais avançado do que o nosso.

Assim que começou a registrar suas descobertas no *laptop*, perguntou-se como o Professor Lamb responderia à sua sugestão de que o objeto poderia ser uma conexão perdida com alguma civilização avançada. Ela suspeitava que ele não se contentaria.

Olhou pela janela assim que a lua apareceu sobre o horizonte. Havia dado sua palavra a Richard Forbes de que "faria seu melhor" para divulgar a caveira e sua história às pessoas. Agora fazia mais de setenta e cinco anos que ela fora desenterrada dentro da pirâmide maia. Talvez fosse o momento de tornar-se pública.

Mas por que raio de motivo ela, Laura Shepherd, "a especialista", contaria a todos? Ainda não tinha ideia era do que a caveira de cristal realmente era, ou de onde originalmente surgira. Muito do que Richard dissera havia suscitado mais perguntas do que respostas.

Ela encostou as costas na cadeira e suspirou. Então se lembrou de que enquanto estivera fora, Michael havia levado a caveira para realizar mais testes em seu laboratório. Esperava que talvez *ele* pudesse ter encontrado mais algumas das respostas.

CAPÍTULO 39

12 DE DEZEMBRO DE 2012

Durante todo o tempo em que Laura estivera fora, na cerimônia de premiação em Boston, Michael realizara testes adicionais na caveira, no Laboratório de Cristal da Nanon Systems. Embora estivesse trabalhando nela por pouco mais de vinte e quatro horas, parecia que não dormia há dias.

Agora estava ocupado verificando a calibração de seu equipamento de medição, no escuro laboratório, enquanto aguardava ansiosamente pela chegada de seu chefe.

Caleb apareceu de repente à porta. Ele vociferou uma ordem para um de seus subalternos, que correu para executar seu comando antes de o grande homem-urso marchar laboratório adentro.

— Ok, Michael, então o que você conseguiu? — ele notou a caveira de cristal posicionada sobre a máquina de laser e teve uma tardia reação. — Que diabo é aquilo!?

— É aquele computador da próxima geração sobre o qual falava — respondeu.

— Não se parece muito com um computador para mim — Caleb disse enquanto observava a caveira com desconfiança. — Escute, eu não tenho muito tempo, então é melhor que seja bom.

— Não levará um minuto. Apenas observe isso! — Michael disse enquanto escurecia as luzes e dava uma leve pancada em uma chave para acionar a máquina.

Um feixe preciso de luz vermelha penetrou na base da caveira, refletindo-a nos arredores e saindo por seus olhos. Brilhou em uma folha de papel colocada em uma placa metálica que Michael havia posicionado na frente dela, no qual começaram a queimar os dígitos:

122120121221201212212012
122120121221201212212012

Exatamente como acontecera antes, quando Laura estava no laboratório.

Embora fosse difícil admitir, Caleb estava impressionado. Ficou encarando a caveira. Simplesmente não conseguia parar de admirá-la. Ele nunca tinha visto nada parecido. Não queria que Michael soubesse, mas havia algo nesse objeto que realmente o encantara.

O feixe de laser terminou de gravar seus dígitos e fez aparecer um buraco negro no meio da folha de papel à frente do rosto da caveira. O papel começou queimar, explodindo-se em chamas.

— Que troço é esse? — Caleb exclamou enquanto Michael desligava a máquina e corria para apagar o fogo.

Ele passou o pedaço de papel para Caleb, que o olhou intrigado.

— Num primeiro momento pensei que fosse um código terciário — Michael explicou — mas venho realizando esses testes e estou obtendo esta mesma impressão muitas e muitas vezes. Eu simplesmente não consigo passar desse código de operação básico.

Caleb era um homem que gostava de soluções, não de problemas.

— Então, por que você está desperdiçando meu tempo? — ele estourou.

— Bem... — Michael estava colocando alguns eletrodos na caveira — então eu tentei injetar força, e olha o que acontece!

Michael fez alguns ajustes finais nos eletrodos e mudou a voltagem para força máxima.

— Agora apenas olhe dentro da caveira, em vez de olhar para o que está gravando.

Caleb observou o interior do cristal transparente, onde pensou que pudesse ver algum movimento.

— Vê aquilo? — Michael perguntou. — É como se sua densidade interna mudasse, como se o centro do cristal estivesse sofrendo um tipo de plasmólise, quase como se mudasse para líquido, e seu centro está se movimentando em direção ao lado de fora.

Caleb estava profundamente intrigado enquanto observava uma pequena área escura surgindo do centro da caveira.

— É como se houvesse um *buraco* começando a se abrir dentro dela!

Os dois homens observavam admirados o que acontecia enquanto um pequeno buraco começava a surgir no interior do objeto. Ficaram hipnotizados quando testemunharam as mudanças de densidade acontecendo, o que antes havia sido matéria sólida se deslocava e se movia diante deles.

Caleb olhou para Michael, cujo rosto estava agitado por pisar em novo solo, de mover-se rumo ao desconhecido. Ele deveria ter adivinhado. Michael não era do tipo que jogava seu tempo fora. Era de uma raça rara, um homem de visão estrambólica.

Quando ele estava envolvido em algo, isso tinha que ser bom. Caleb estava prestes a parabenizá-lo, quando Michael falou.

— Isso não é tudo. Eu observei um efeito ainda mais estranho quando acrescento a luz de laser. Veja isto!

Deu uma pancada em uma chave da máquina e um pulso de laser curto e preciso lançou-se através da base, o qual foi refletido pelos olhos e brilhou na placa metálica diante do rosto da caveira, como antes.

— Você vê o horário naquele relógio? — Michael perguntou apontando para um relógio digital na máquina situado embaixo da caveira, junto à trajetória do feixe de laser.

— Sim.

— Que horário ele marca?

— Está marcando 9 horas, 1 minuto e 100 nanosegundos — Caleb respondeu, inexpressivo. — Por quê?

— Bem, aquele relógio registra o horário exato de quando o feixe de laser foi lançado na máquina. Agora você vê o horário *naquele* relógio? — Michael apontou para outro relógio digital, semelhante ao que ele havia anexado à placa de metal, posicionado diante da caveira.

— Claro — Caleb passeou próximo ao relógio. — Marca 9 horas, 1 minuto e 99 nanosegundos.

— Bem — Michael começou —, *aquele* relógio registra o momento exato em que aquele feixe de luz laser, tendo atravessado a caveira e refletido a partir de seus olhos, finalmente chegou a seu destino. Registra o nanosegundo exato em que o feixe de laser atingiu pela primeira vez aquela placa de metal.

— Mas está um nanosegundo *adiantado*! — Caleb exclamou. — Isso é impossível! — olhou para Michael, que simplesmente ergueu as sobrancelhas e espalmou as mãos.

— Você deve estar brincando, certo? — disse Caleb.

— Impossível, eu sei — Michael disse enquanto se aproximava e olhava o relógio —, mas eu testei dezenas de vezes. Eu até tentei utilizar todos esses relógios diferentes — ele abriu uma gaveta para mostrar a Caleb todos os relógios que havia fixado antes e que agora tinham sido descartados — porém é sempre o mesmo efeito, a luz sempre chega a seu destino pelo menos um nanosegundo ANTES de ser emitida!

— Isso é inacreditável! — Caleb coçou a cabeça, antes de começar a ficar quase enfurecido. — Einstein disse que nada no universo pode viajar mais rápido do que a velocidade da luz, então nada pode voltar no tempo!

— Eu sei! — disse calmante. — Isso foi o que *eu* pensei — fez uma pausa. Mas quem sabe Einstein estivesse errado?

Eles entreolharam-se.

Michael foi o primeiro a falar:

— Sei que é apenas uma minúscula fração de segundo, mas se aplicarmos sólidos volumes de eletricidade e laser...

Caleb estalou os dedos.

— Michael! Espere um pouco! Esqueça o código terciário — ele começou a ficar muito agitado. — Verifique este efeito! Multiplique-o! Quero saber quanto podemos amplificar este efeito e quanta pressão essa coisa pode suportar, mesmo quando sofre plasmólise[11] total.

— Sem problema — disse Michael, sorrindo de orelha a orelha.

— Estamos no caminho certo — entusiasmou-se Caleb. — Se esta coisa funcionar, estou pensando em uma aplicação em que você não acreditaria, uma que poderia mudar todo o nosso futuro.

---

11. Estado de uma célula cuja tensão osmótica é a mesma que a do líquido ambiente.

— Você acha? — Michael perguntou.

— Eu sei que sim! — respondeu Caleb, expressando em sua voz como estava animado. — Eu consigo ver agora, você e eu, vamos tentar o Prêmio Nobel.

Michael pareceu hesitante, até Caleb acrescentar:

— Eu quero total confidencialidade nisso, está bem?

— Claro — Michael disse, pensando por um momento. — O único problema é que a caveira, na verdade, pertence ao museu.

— Eu não vejo por que deveria ser um problema — Caleb deu a Michael um sorriso sagaz.

CAPÍTULO 40

13 de dezembro de 2012

Na manhã seguinte, Laura chegou ao trabalho muito mais cedo que de costume, porém mesmo àquela hora já havia trabalhadores empoleirados em andaimes por toda a frente do Museu Geográfico Smithton. Era um dia de inverno fresco e claro, cuja brisa arrastou o *banner* de cores brilhantes que os homens desenrolavam sobre a grande fachada neoclássica daquele suntuoso prédio antigo.

Patrocinando o Museu Geográfico Smiththon

O banner gritava, em letras de 1,80 m de altura.

Nanon Systems — Criando o Futuro — hoje!

— Poxa, aquele seu Caleb deve ser um cara e tanto! — uma voz disse num sotaque sulista meio sensual, e Laura virou-se para ver Janice ao seu lado, vestida com um casaco de pele na altura das coxas, mas ainda sem sinal de qualquer saia da qual valesse a pena falar lá embaixo. *Até neste inverno? Ela deve estar congelando!* Laura não conseguia parar de pensar consigo mesma.

— Ele não é *meu* Caleb — sentiu necessidade de explicar. — Ele é o Caleb do Michael, e está apenas patrocinando o museu porque quer algo.

— Então, o que ele quer? Quem sabe eu possa dar a ele? — Janice gracejou, agitando os quadris de um jeito que julgava sedutor.

— Ele quer a caveira de cristal — Laura respondeu.

— Mas por que cargas d'água ele quer aquela coisa assustadora? — Janice perguntou fingindo que estava apavorada.

— Ele e Michael têm algum tipo de teoria sobre suas "possíveis aplicações científicas", mas não pergunte. É tudo extremamente confidencial. De qualquer forma, este é o preço — ela balançou a cabeça na direção do *banner*. — Uma nova biblioteca para nós e Caleb tem a caveira de cristal para fazer o que quiser com ela.

— Bem, será que ele pode fazer o que bem entender comigo, em alguma oportunidade? — Janice movimentou os quadris novamente. — Você tem o telefone dele?

— Graças a Deus não! — respondeu Laura enquanto se dirigia para dentro do museu e tomava o elevador para o terceiro andar.

Janice foi em busca de café na cozinha enquanto Laura destrancava seu escritório e colocava na mesa lateral a maleta com a caveira, que ela acabara de pegar com Michael.

Ela se acomodava atrás da mesa e ligava o computador quando Janice entrou com uma xícara de café escaldante, que, com muita firmeza, colocou diante dela.

— O Professor Lamb disse que você tem até as seis horas de hoje para concluir aquele relatório sobre a caveira de cristal antes que a entregue para o adorável Caleb da Nanon Systems.

— Eu sei! — Laura sentiu-se pressionada. — Estou tentando concluí-lo agora.

— Quer dizer, "deixe-me em paz para dar andamento a ele"?

— Exatamente isso!

— Ah, e não se esqueça...

Laura olhou para cima.

— Não a olhe no olho! — Janice gracejou enquanto balançava a cabeça em direção à caveira de cristal.

"Confie na Janice", Laura pensou. "Boatos sobre a 'maldição da caveira' obviamente ainda estão circulando".

Janice estava quase saindo quando parou e virou.

— Ah, não se esqueça de me informar quando seu Caleb chegar.

— Laura franziu as sobrancelhas.

— Assim consigo encontrá-lo, é claro! — Janice sorriu e caminhou para o corredor abaixo.

Laura bebeu um gole de seu café quente. Não importava o aviso de Janice, ela decidiu que seria melhor dar uma última olhada na caveira para ver se isso a ajudava pensar em algo mais que pudesse acrescentar ao relatório para o Professor Lamb.

Ela se aproximou da mesa lateral e abriu a maleta. Retirou a caveira de cristal cuidadosamente e a pegou. Assim que sentou novamente atrás da mesa, girou-a nas palmas das mãos, estudando-a com cuidado à luz de sua velha luminária.

Parecia estranho agora pensar no medo que sentira dessa coisa quando se deparou pela primeira com ela. Ela se perguntou se ainda teria um sentimento ruim em relação a ela, mesmo se não tivesse passado pelos dedos de um homem morto. Ela percebeu que a estava encarando.

A história de Richard realmente a fizera pensar. A ideia de que a caveira poderia ter ligação com uma civilização anterior ainda mais avançada era fascinante. Ela observou novamente como a caveira absorvia e refletia a luz. Quando a segurou em um ângulo específico, uma miríade de cores de arco-íris pareceu dançar em sua superfície, exatamente como Anna havia descrito em seu diário.

Ela percebeu que seus sentimentos em relação à caveira estavam se amenizando. O medo e a repugnância que outrora sentira em sua presença agora tinham ido embora. Notou que, de muitas maneiras, a caveira de cristal era realmente muito bonita.

Enquanto sentava e observava o objeto, se deu conta de que ficava totalmente absorvida por ele. Não conseguia tirar os olhos dele neste momento. Todas as distrações externas desapareceram quando notou a maneira como o cristal havia sido esculpido para dentro do olho, espiralando em direção ao centro e às órbitas oculares. E, apesar do aviso de Janice, sabia que continuaria desejando olhar no fundo daqueles olhos que não eram olhos, dentro daqueles espaços escuros em que os olhos deveriam estar.

Quão profundamente ela foi arrastada para dentro daquelas órbitas de cristal. Ela estava fascinada, perdida em um espaço além da imaginação. E, antes que soubesse, perdeu a noção do tempo. Muitos minutos, talvez mais do que pensava, haviam se passado, durante os quais ela ficou olhando fixamente dentro daquelas cavidades cristalinas ocas. Foi necessária uma enorme força de vontade para se libertar. Ela teve que se arrastar de volta a seu escritório, de volta para aqui e agora. Empurrou a caveira e esfregou os olhos com os punhos fechados.

Quando abriu os olhos e olhou ao redor, sentiu como se tivesse estado em algum tipo de transe. Ela balançou a cabeça, tentando se desvencilhar de seus efeitos, e sentou-se em silêncio por um momento, na tentativa de voltar ao normal. Ela tomou outro gole de café e foi surpreendida ao descobrir que ele agora estava frio. *Todo esse tempo realmente tinha se passado?*

Ela voltou sua atenção à conclusão do relatório.

Antes que Laura tomasse conhecimento, a escuridão caíra e eram seis horas da tarde.

Percebeu que havia colocado a caveira de cristal na sua escrivaninha, bem em frente à fotografia de Anna Crockett-Burrows que Richard Forbes havia lhe dado na noite anterior. Agora apoiada na mesa, olhou para a imagem posicionada na frente da própria fotografia emoldurada de Alice.

Laura se deu conta de que essa foto de Anna Crockett-Burrows era o mais próximo que tinha de qualquer evidência fotográfica da descoberta da caveira, mas estava tão desfocada que se perguntou se realmente valia a pena incluí-la em seu relatório. De qualquer forma, decidiu colocar nele tudo isso somado ao que já tinha ouvido.

Ela pegou essa foto com a intenção de jogá-la dentro da pasta que entregaria a Lamb e, ao fazê-lo, lançou um olhar para a fotografia de Alice. Seu rostinho irradiava alegria. Lembrou-se do que Anna dissera, que Alice de algum modo tentara se comunicar com ela por meio da caveira de cristal. Inacreditável, ela sabia, mas bem lá no fundo desejava que isso fosse verdade.

Laura correu as mãos pela superfície da foto. Ela realmente queria acreditar que Alice ainda estava em algum lugar e que poderia se comunicar com ela de alguma maneira. No entanto, nada do que ela havia lido no diário de Anna ou escutado de Richard Forbes havia dado mais esclarecimentos de como tal coisa seria possível. Não, este era o mundo real. Ela suspirou. A ideia de conversar com sua falecida filha nada mais era do que um sonho impossível, uma fantasia, nada além disso.

Sabia que nunca mais veria Alice novamente. Nunca falaria com ela, sussurraria palavras de conforto durante a noite, seguraria sua mão pequenina e quente. Conteve uma lágrima. Aceitar isso a entristecia, mas sabia que devia abrir mão da ideia fantasiosa de voltar a ter qualquer tipo de contato com a filha.

Talvez fosse melhor deixar para lá a ideia de tentar se comunicar com os mortos. Seus negócios com a caveira de cristal logo chegariam ao fim, de qualquer modo. *Já basta* — disse para si mesma. De certa forma, ficaria contente que isso chegasse ao fim.

Ela clicou em seu *laptop* e aguardou o documento ser anexado. Então, com uma sensação de alívio, enviou o relatório por e-mail para o Professor Lamb.

Estava em vias de guardar a caveira de cristal novamente na maleta quando algo chamou sua atenção. Olhou para ela. Através de sua parte interna cristalina e transparente, conseguiu ver a fotografia da jovem Anna Crockett-Burrows em pé, segurando a caveira de cristal, e algo incrível estava acontecendo.

CAPÍTULO 41

Para espanto de Laura, vista agora, através do prisma da caveira de cristal, a fotografia desfocada de Anna Crockett-Burrows de repente pareceu se tornar nitidamente focada, e ela pôde ver tudo de modo claro pela primeira vez.

Na última vez em que olhara para a foto da jovem Anna, parecia como se esta estivesse diante de algum tipo de rocha ou pedra, mas a fotografia estava turva demais para distinguir qualquer detalhe decente. Mas agora que olhava para a foto através da caveira de cristal, conseguia ver o que não tinha visto antes.

Anna não estava à frente de nenhum pedaço velho de rocha. Conseguiu ver que estava, na verdade, na frente de uma pedra com hieróglifos incrustados!

Além disso, parecia um portal de pedra. E enquanto alguns dos hieróglifos continuavam escondidos atrás do corpo de Anna, aqueles que eram visíveis de repente entraram nitidamente em foco, agora ampliados e surpreendentemente claros.

Laura passou o olho nas inscrições, que agora estavam nitidamente legíveis, e por instinto começou a traduzi-los. Algo nesses hieróglifos pareceu vagamente familiar. Ela reconheceu o estilo de escrita de algum lugar.

O anel de hieróglifos externo dizia:

"Está escrito... nos ciclos do tempo... que..."

Seu queixo caiu quando subitamente começou a entender.

"Não pode ser ", pensou consigo. Era quase inacreditável.

Ela agarrou a foto e a caveira e as colocou sobre sua mesa de trabalho no outro lado da sala. A pedra profética que a intrigara ao longo das últimas semanas lá estava, junto com suas anotações.

Novamente olhou para a fotografia através da caveira e observou o pedaço semicircular da pedra com hieróglifos que estiveram o tempo todo sobre a mesa em seu escritório.

— Faz parte da mesma pedra! — sussurrou para si mesma admirada. — Santo Deus! Faz parte da mesma pedra!

Sua respiração ficou rápida e agitada. Mal podia acreditar. O pedaço de pedra com o hieróglifo que estivera lá em seu escritório durante semanas, desde quando havia sido confiscado pela alfândega e entregue ao museu, aquela que ela tentava, com tanto esforço, traduzir e descobrir de onde viera, era, na verdade, de Luvantum, da mesma cidade maia onde Anna Crockett-Burrows afirmara ter encontrado a caveira de cristal.

Pôde ver tudo isso muito claramente agora que olhava para a fotografia através da caveira.

Conseguiu ver que o pedaço de pedra quebrada sobre sua mesa tinha, na verdade, feito parte do sólido portal de pedra com hieróglifos incrustados na entrada da câmara, dentro do templo-pirâmide em Luvantum. Originalmente tinha feito parte de um portal que protegia a entrada para a câmara onde Anna Crockett--Burrows havia encontrado a caveira de cristal.

Mal podia acreditar.

Após semanas de esforço e especulação, finalmente se deparava com a resposta para o mistério de onde o fragmento de pedra tinha vindo.

Se ela pudesse apenas solucionar o que o restante da pedra dizia, mas a maior parte do restante dos hieróglifos estava tão desgastada que ela ainda não tinha conseguido traduzi-los, e o anel interno de hieróglifos faltava por completo.

Laura estava prestes a largar a caveira novamente e desistir de quaisquer outras tentativas de tradução quando acidentalmente teve um vislumbre de um dos hieróglifos desgastados através da caveira. Ela fechou os olhos e os abriu mais uma vez, mas não tinha imaginado. Como os hieróglifos na foto, quando olhados através do cristal transparente, aqueles em sua mesa de trabalho também surgiram ampliados e não mais corroídos, mas, em vez disso, pareciam tão nítidos e claros como no dia em que foram entalhados.

Ela sabia que não seria possível, mas lá estavam eles diante dela, claros como o dia.

Suas mãos tremiam enquanto segurava a caveira diante deles e começava a traduzi-los.

Ela já sabia que os três primeiros glifos diziam "está escrito nos ciclos do tempo que...". Mas agora conseguia reconhecer a inscrição seguinte.

Era o pictograma gracioso que representava o "pôr do sol". Ela também reconheceu o contorno característico dos hieróglifos que os maias usavam para transmitir a ideia de uma data; um determinado número de pontos e linhas para comunicar o número, combinado com um "glifo de cabeça variante" para transmitir o nome do dia. Então, a série de glifos seguinte significava "no dia chamado de..."

Ela começou a traduzir os números e os nomes dos dias que conhecera por meio de seus estudos sobre o calendário maia antigo, que forneceram a ela a data, em maia: "13 Baktun... 0 Katun... 0 Tun... e 0 Kin..."

Em outras palavras, a sequência completa de hieróglifos que ela passara tanto tempo decifrando, na verdade dizia: "Está escrito... nos ciclos do tempo... que... ao pôr do sol... no dia chamado de 13 Baktun... 0 Katun... 0 Tun... e 0 Kin...

Mas os glifos internos ainda faltavam, e mesmo na fotografia estavam obscuros atrás da jovem Anna Crockett-Burrows. Laura havia traduzido todos os glifos que conseguira, mas agora havia alcançado a borda do pedaço de pedra quebrada e não podia mais traduzir.

Intrigada, correu até as estantes e começou a derrubar os livros, folheando-os, passando os olhos pelos índices até encontrar o que procurava: uma tabela de conversão para possibilitar a tradução da data. Ela correu os dedos pela matriz das datas ao mesmo tempo em que calculava.

Olhou fixamente para o número durante muito tempo. Havia algo extremamente curioso nisso. *Não podia ser!* Ela pegou outro livro, encontrou sua tabela de conversão e traduziu novamente. Balançou a cabeça. Teve que confirmar duas vezes a conversão... O resultado foi o mesmo.

Laura se jogou em sua cadeira, segurando diante de si as anotações rabiscadas. Sua intuição de que a pedra continha informações sobre o futuro estava certa. Aquilo, por si só, não era incomum. Os maias antigos fizeram muitas previsões, às vezes sobre o futuro. Geralmente o objetivo dessas previsões era a respeito de eventos astrológicos como eclipses e a chegada de cometas. Eles tinham capacidade de prever eclipses que sequer podiam ser vistos, que estavam acontecendo do outro lado do mundo, ou eclipses que aconteceriam mais de mil anos depois de sua civilização entrar em colapso e desaparecer misteriosamente. Uma pedra entalhada encontrada na Guatemala até pareceu prever a ruína de seu próprio império.

No entanto, nunca tinha visto uma pedra profética entalhada com uma previsão de um futuro tão distante. A única que chegou perto foi uma pedra no México que havia previsto o eclipse solar ocorrido na Cidade do México em 1992, mas isso fora mais de vinte anos antes. Esta era a completamente diferente. Parecia prever algo que aconteceria não apenas no futuro dos maias, mas em nosso futuro próximo. A pedra previa algo que estava prestes a acontecer neste século.

— É claro que não! — ela sussurrou para si.

Mal podia acreditar nos próprios pensamentos. Mas em seguida vieram para ela, como um raio caído do céu, as últimas palavras de Anna, que ela dissera que eram de Alice:

"O futuro está gravado em pedra."

"Então é o que Alice queria dizer", percebeu. Anna se referia a isso em sua última mensagem. Era o que Alice queria que ela soubesse quando disse "Se você não escutar, o futuro está gravado em pedra".

Laura estava muito emocionada. Teve uma sensação de terror e tristeza. Por isso ela havia desistido de ter esperança. Havia decidido que não era possível. Mas agora havia acontecido. Sua linda menininha efetivamente se comunicara com ela através da caveira. Essa era a mensagem de Alice. Era o que Alice tentava dizer a ela.

O que ela estava pensando? Alice estava morta. Sua menininha se fora. Mensagens além-túmulo não eram possíveis, não é mesmo?

Naquele momento, Michael entrou no escritório. Ele olhou para Laura e soube que algo estava errado.

— Eu consegui, Michael! — sua voz estava cheia de agitação.

— Conseguiu o quê?

— A mensagem da Alice. Agora eu compreendo!

Ela viu o rosto de Michael e resolveu reformular a frase.

— Agora eu compreendo o que Anna quis dizer.

Ele a encarou. Pensou que Laura tivesse superado esse negócio de se comunicar com Alice, que era apenas uma fase passageira, uma fantasia confortadora e nada mais, especialmente agora que Anna Crockett-Burrows tinha morrido. Ele presumiu que ela houvesse deixado essas ideias para trás e seguido adiante, mas neste momento ele não tinha tanta certeza.

— Do que você está falando? — perguntou apreensivo.

Laura veio até ele e pegou em suas mãos. E o levou para perto da pedra com hieróglifo, fazendo-o sentar em frente a ela e fitando seu rosto.

— *"O futuro está gravado em pedra"*, Michael. É isso! É isso o que ela queria dizer — disse Laura, expressando com o brilho de seus olhos toda a alegria que sentia.

Michael olhou para ela confuso, preocupado.

— Esta pedra está entalhada com uma previsão sobre o futuro! Diz que algo acontecerá no dia 13 Baktun, 0 Katun, 0 Tun e 0 Kin.

— Que em inglês significa...? — Michael se esforçava para compreender onde Laura queria chegar com tudo aquilo.

— É uma data, no calendário maia antigo — ela explicou.

— Então quando foi? — Michael esperava ouvir sobre algum acontecimento que acontecera centenas de anos antes.

— É exatamente isso — Laura respondeu, esforçando-se para ela mesma compreender — traduz-se para nosso calendário como...

Ela passou o dedo novamente pela tabela de conversão, apenas para ter certeza absoluta de que entendera certo. Michael esperava sua resposta.

— ... traduz-se como... 21 de dezembro de 2012.

CAPÍTULO 42

Depois de uma pausa, quando ele tentava se situar, protestou:
— É na semana que vem! Isso é impossível.
Laura olhou para o marido e falou lentamente.
— Não, não é, Michael. Os mais antigos fizeram previsões sobre o futuro e tudo o que eles previram em uma dessas pedras proféticas aconteceu exatamente no dia em que eles disseram que aconteceria.
Ele a encarou, ainda se esforçando para compreender o significado do que ela dizia.
Laura começou a vasculhar sua pasta para encontrar a agenda telefônica. Ela a folheou até encontrar o que buscava, apanhou o telefone e discou.
— Olá, Dr. Brown? Aqui é a Dra. Shepherd do Instituto Geográfico Smithton. Preciso que me leve a Luvantum... o mais rápido possível.
Houve uma pausa enquanto Dr. Brown falava no outro lado da linha.

— Esse é o único voo?

— O que você está fazendo? — Michael perguntou parecendo perturbado.

— Certo, te vejo lá amanhã, às duas horas — ela desligou o telefone a virou-se novamente para o marido.

— Veja — ela disse — tenho que ir a Luvantum...

— Laura, você perdeu o juízo.

— Não, Michael. Isso é importante. Eu tenho que ir... por todos os motivos.

Ele a fitou, começou a protestar, porém ela levantou um dedo e o pressionou contra os lábios dele.

— Você não entende? É sobre isso que Alice tentava nos alertar.

Ele olhou para Laura, amedrontado.

— Algo acontecerá dentro de uma semana — ela disse. — Está bem aqui, "gravado em pedra", mas alguns desses hieróglifos ainda estão faltando. Eu posso ver na foto de Anna que há outro anel interno de hieróglifos, mas não consigo traduzi-los porque Anna está na frente — ela levantou a foto.

— Eu preciso encontrar o restante dessa pedra, Michael. Eu tenho que ir para a América Central e terei que levar a caveira comigo para decifrar os outros glifos.

Ele não conseguia acreditar no que ouvia. Como era ruim que a esposa julgasse haver obtido uma mensagem de Alice. Agora ela planejava uma viagem perigosa para a América Central. Era uma loucura completa, totalmente incompreensível para ele, mas sabia exatamente como ela ficava teimosa toda vez que tomava uma decisão.

Estava quase protestando novamente, quando a porta do escritório de Laura se abriu e Professor Lamb entrou acompanhando de Caleb e dois seguranças da Nanon Systems.

O Professor Lamb estava de muito bom humor, todo sorrisos, sem dúvida satisfeito com o leite da bondade humana[12] agora que os cofres do Instituto Geográfico Smithton haviam sido tão amplamente cheios pela Nanon Systems.

Cumprimentou Michael com um aperto de mão acalorado antes de se voltar para Laura e, radiante, sorrir para ela.

— Ok, Laura, seu tempo com a caveira se esgotou — ele sorriu.

Ela franziu as sobrancelhas.

— Professor Lamb, receio que algo tenha surgido e necessite de mais investigação, então preciso ficar mais tempo com ela, só mais alguns dias.

Lamb disparou um olhar zangado. Isso não estava em seus planos de uma entrega amigável. Ele ficara mais do que feliz com a ideia de a caveira ir embora. Ele não a queria mais, aquela lembrança melancólica da morte de Ron perambulando pelo museu. A verdade é que obtivera um patrocínio lucrativo para o museu, em troca de sua verdadeira venda — um empréstimo de longa data da Nanon Systems para eles "realizarem pesquisas mais aprofundadas" — era um bônus a mais e inesperado que ele não tinha a intenção de desperdiçar.

— Acredito que isso esteja fora de questão — ele respondeu. — Oficialmente a caveira agora pertence à Nanon Systems.

— Passou a ser nossa às seis horas de hoje — Caleb acrescentou, olhando para seu relógio — e isso foi há quase meia hora.

Ele sentou no canto da mesa de Laura.

— Eu assinei um contrato de uma grande quantia maldita de dinheiro para obter essa coisa, e nós temos um prazo urgente neste projeto... Então, se você não se importar...

---

12. Em inglês "the milk of human kindness", citação de William Shakespeare na tragédia *Macbeth*.

Ele não deu o braço a torcer.

— Sinto muito, Caleb — começou — mas a caveira é absolutamente vital para nosso programa de pesquisa sobre hieróglifos.

— É? — Lamb disse. Não havia dúvida de que era a primeira vez que ouvira algo a respeito.

— Sim — Laura olhou para os rostos inexpressivos ao redor. — Veja todos esses hieróglifos. Eles estão totalmente ilegíveis, certo? — Laura correu a mão pelos glifos corroídos. — Agora olhe para eles através da caveira.

Ela ofereceu a caveira para Lamb. Ele a passou para Caleb, que olhou para o objeto.

— Vê como eles são transformados pela caveira? — Laura disse. — Ela torna possível lê-lo mesmo que estejam tão demasiadamente corroídos.

Houve uma longa pausa enquanto Caleb examinava a pedra através da caveira, movendo-a um pouco da esquerda para a direita.

— Eu não consigo ver nada! — Caleb disse abruptamente. — Isso é uma piada? — ele largou a caveira.

Laura a apanhou para ela mesma verificar mais uma vez.

— Mas olhe! Professor Lamb! Eles mostram uma data do antigo calendário maia, clara como o dia.

Lamb ergueu uma sobrancelha, e ela entregou a caveira para ele.

— Apenas segure firme a caveira e você verá o que eu quero dizer.

Lamb pegou a caveira e colocou os cotovelos na mesa, com as pernas afastadas, como se estivesse prestes a dar uma tacada no campo de golfe. Ele olhou fixamente para os hieróglifos através da caveira.

— Esses hieróglifos que você pode ver aí se traduzem para nosso calendário como 21 de dezembro de 2012, exatamente daqui a uma semana! — ela explicou.

Lamb parecia irresoluto.

— Você tem certeza disso, Laura?

— Absoluta!

— Desculpe, Laura... eu não consigo vê-los.

Ele largou a caveira.

Laura o encarou. Ela começava a ficar nervosa agora. Atormentava-lhe o fato de que eles não conseguissem ver o que ela conseguia.

— Michael, mostre a eles que eu não estou ficando doida! — ela brincou, entregando a caveira para o marido.

Ninguém mais sorria. Michael não queria pegar a caveira. Ela pôde ver isso. Sua postura tornou-se tensa e desajeitada. Na verdade, ele não queria fazer parte disso, não queria ser colocado nessa situação. Todos os olhos estavam sobre ele quando ergueu a caveira e olhou para os hieróglifos através dela.

Houve um silêncio quando Michael ajustou e reajustou a posição da caveira, enrugando a testa ao se concentrar.

— E então? — Laura perguntou.

— Só um minuto! — ele apertou os olhos. Mudou o ângulo da caveira novamente. Então, virou-se para Laura.

— Não, Laura. Eu não consigo ver nada também.

— Mas, Michael, você deve conseguir vê-los! — havia desespero em sua voz.

Michael olhou novamente e sacudiu a cabeça.

— Sinto muito, Laura. Simplesmente não há nada ali.

Ele soltou a caveira e olhou para a esposa, expressando no rosto toda a sua preocupação.

Todos a encaravam em silêncio.

Ela colocou a mão na testa.

— Não compreendo por que vocês não os veem.

Em seu rosto, revelava toda a angústia que sentia.

— É importante. Você tem que entender — ela implorou. — Algo acontecerá dentro de uma semana, e eu preciso da caveira para descobrir o que é.

Houve um silêncio desagradável até Caleb limpar sua garganta e falar.

— Receio que você não tenha mais nenhum contato com a caveira, Laura. Trata-se de uma questão de segurança. O acesso será restrito apenas a cientistas importantes e militares.

— O quê? — Laura estava revoltada.

Caleb acenou com a cabeça para seu chefe de segurança, um ex-policial de ascendência russa. Com um olhar ponderado para Laura, ele aproximou-se e começou a guardar a caveira dentro da mala.

— Não! Por favor, espere!

Ela pisou adiante para tentar impedir o agente de segurança, mas Michael segurou seu braço firmemente.

— Deixe para lá, Laura — disse delicadamente.

— Não!

Ela conseguiu se soltar, deu um bote para frente e tentou tirar a caveira do agente de segurança, mas em um instante o outro agente a conteve, segurando-a com um forte aperto.

— Por favor! — ela implorou, tentando se libertar. — Eu preciso descobrir sobre o que ela tentava nos alertar!

Ela lutou desesperadamente contra o agente de segurança. O primeiro agente terminou de guardar a caveira, enquanto Lamb conduziu Caleb e o guarda pela porta.

— Eu sinto muitíssimo por tudo isso, Caleb. Eu nunca tinha visto a Dra. Shepherd assim — Lamb se desculpava profundamente enquanto guiava seus visitantes em direção aos elevadores.

Eles estavam todos se dirigindo ao elevador antes de Laura desistir e não combater o apertão do guarda.

— Você está calma agora, senhora? — perguntou o agente de segurança. Ela balançou a cabeça respondendo afirmativamente. Ele lançou a ela um olhar incerto, então a soltou e deixou a sala para seguir os demais.

Laura ficou lá, murcha, oprimida e desolada. Michael foi até ela, meio amedrontado. Ele não sabia o que se passava na cabeça dela. Sentia como se não a conhecesse mais. Algo havia acontecido, algo que não conseguia compreender.

— Laura, o que deu em você? — perguntou.

Ele não tinha a intenção de agir daquela maneira, mas não conseguia deixar de registrar em sua voz o medo e a raiva que sentia.

Mas, em vez de responder à pergunta, ela arremessou-se à porta.

Atordoado, Michael gritou:

— Laura! — e correu atrás dela, porém ela bateu a porta na cara dele.

Tinha apenas um pensamento, e era o de como conseguir a caveira de volta. Na melhor das hipóteses, tinha minutos para conseguir, antes que ela deixasse o prédio para sempre e nunca mais a visse novamente.

Ela fez uma varredura no corredor. O segundo agente de segurança tinha acabado de descer pelo elevador. Correu pelo corredor desviando-se de uma Janice boquiaberta.

— Espere! — ela ouviu Michael gritando atrás dela, mas o ignorou e empurrou a porta para as escadas de emergência, abrindo-a.

Lançou-se degraus abaixo, quase se machucando no meio do caminho, mas não estava nem um pouco preocupada com a própria segurança.

No final da escadaria, viu-se no corredor de serviços do subsolo, no lado oposto ao qual conseguia enxergar através da porta contra incêndio que dava acesso ao estacionamento subterrâneo. Através da janela viu Lamb apertando as mãos e se despedindo de Caleb e seus homens.

Caleb estava prestes a ir embora com a caveira. Seu coração parou.

Ela pôde ouvir Michael lançando-se escada abaixo atrás dela. Olhou ao redor para encontrar algum lugar para se esconder e se precipitou para o banheiro feminino, deixando a porta se fechar silenciosamente. Apoiou-se nela, imaginando se ele ouviria o som de seu coração, que batia muito alto. Escutou os passos de Michael quando ele passou correndo. Ouviu a porta contra incêndio abrir, assim que o Professor Lamb retornou do estacionamento, e escutou de surdina Michael indagá-lo se a vira.

— Não, eu não a vi aqui embaixo — respondeu Lamb.

Ela ouviu o diálogo entre os dois e os passos de Michael retornando às escadarias que dão acesso ao andar seguinte. Sentiu que estava respirando pela primeira vez em alguns minutos. Quando teve certeza de que estavam fora do alcance de sua voz, ela sacou o celular e discou, enquanto reaparecia cuidadosamente no corredor.

Através da janela contra incêndio pôde ver Caleb entrando em seu carro e apertando o cinto de segurança. *Merda*. Eles estavam prestes a sair.

Sussurrou calmamente ao telefone:

— Jacob, fomos roubados! Alguém simplesmente furtou a caveira de cristal do meu escritório. É um cara grande vestido com um terno azul-marinho, com dois agentes de segurança. Eles estão em uma caminhonete preta prestes a deixar o estacionamento.

A linha caiu quase ao mesmo tempo.

Ela retornou à janela. O veículo de Caleb começava a sair de sua vaga.

"Vamos, Jacob. Por que você está demorando tanto?"

O carro de Caleb se aproximou dos portões de saída.

"Mais quinze segundos, e eles terão saído daqui."

Ela observou enquanto a cancela de segurança era levantada.

"Não, eles não podem sair."

Em um momento de pânico, se lançou pela porta contra incêndio e começou a correr pelo estacionamento em direção a eles. Pôde ver o chefe de segurança da Micron no banco do passageiro e levantou a mão em um gesto de despedida para os caras dentro da guarita de segurança do museu.

"Ah, não, é tarde demais."

De repente, o estacionamento foi perturbado pelo ruído do sistema de alarme do museu, a cancela de saída abaixou-se em frente ao carro de Caleb, que saía, e um Caleb de aparência chocada e seus colegas foram arrancados para fora do carro, sob a mira de armas.

Laura abaixou-se atrás de uma lixeira, fora do ângulo de visão. Ela viu um dos agentes do museu apanhar a mala com a caveira dentro do carro de Caleb e colocá-la na capota do carro. Obrigaram Caleb e seus homens a ficar contra a parede, com as pernas afastadas e os braços na nuca, enquanto abaixavam as armas.

Laura precisava se aproximar. Mantendo a cabeça baixa, caminhou pelo estacionamento, esquivando-se e balançando-se por entre os carros estacionados, tentando permanecer fora de visão, até chegar ao final de uma fileira de automóveis. Lá ela parou, escondeu-se atrás do carro marrom do Professor Lamb. Entre aquele espaço e o carro de Caleb, estacionado à saída, não havia mais lugar para se esconder.

Ela avistou a mala com a caveira sobre o capô do veículo de Caleb. Estava a menos de dezoito metros de distância.

Ouviu Michael e Lamb surgirem pela porta contra incêndio, atrás dela, aproximando-se para verificar o que acontecia.

Ela hesitou. Assim que saiu detrás do carro de Lamb, alguém certamente a descobriria. Olhou para a mala com a caveira, desprotegida sobre a capota do veículo de Caleb. Longe dali havia guardas armados e os portões de saída do museu. Do outro lado do portão, uma grade de segurança automática descia devagar, mas certamente o fazia.

"É isso!", ela pensou. "É agora ou nunca".

Tinha apenas segundos para decidir, e então, sob o brilho flamejante vermelho do sistema de alarme de segurança do museu, lançou-se. Jogou-se no capô do veículo de Caleb, agarrou a mala com a caveira e correu para os portões de saída.

Lamb a avistou primeiro.

— Segure-a! — ele gritou, e todos se viraram para ver o motivo do berro.

Ainda mantido de costas pelos guardas, Caleb observou horrorizado enquanto Laura voava pelos portões de saída do museu. Encolheu-se sob a grade de segurança que descia e desapareceu pela noite, levando sua preciosa caveira de cristal...

CAPÍTULO 43

O coração de Laura disparava no peito quando dobrou a esquina em direção à Broad Street. Felizmente, o horário de pico estava próximo do fim e ela conseguiu chamar um táxi quase que imediatamente. Subiu nele, e, assim que o carro começou a rodar pelas ruas da cidade, sua mente passou a oscilar com o pensamento do que havia acabado de fazer.

O caminho para o aeroporto parecia levar uma eternidade. Durante todo o tempo, olhava para trás para confirmar se os outros a estavam seguindo. Ela sabia que Caleb iria atrás dela. Ele não tinha levado numa boa o que havia acabado de acontecer no museu.

Na verdade, o táxi em que Laura estava fazia progresso e, apesar do trânsito noturno, em breve ela saltaria na calçada do Aeroporto Internacional de Newark.

Estava quase sem fôlego quando correu em direção ao solitário balcão de *check-in* da Condora Airlines.

Ela soube por meio da conversa telefônica com o Dr. Brown que havia chegado na hora. Soube disso quando apanhou a caveira e saltou no táxi, mas tinha esperança, além de esperança, de que ainda conseguiria.

Quando se aproximou do balcão, assistiu a tudo em desalento enquanto uma jovem atendente hispânica colocava uma placa informando que o *check-in* agora estava fechado. Seu colega desligava a esteira transportadora de bagagem. Laura examinou os rostos da equipe da companhia aérea, rezando para que eles ainda pudessem, de alguma maneira, deixá-la embarcar.

— Desculpem o atraso... — ela começou, entre respirações.

— Sinto muito, estamos fechados — disse a jovem atendente.

— Mas eu tenho que pegar este voo! Não há voo de conexão para Santa Cruz antes de uma semana! — Laura clamou.

— Sinto muitíssimo — foi a resposta de novo.

— Por favor, é urgente — ela implorou.

— Espere um momento — disse o mexicano idoso atrás da atendente, e ele desapareceu atrás da tela. Ele retornou pouco tempo depois, expressando em seu rosto uma incerteza.

— Você tem bagagem, não?

— Apenas de mão — Laura apontou para a mala com a caveira. A incerteza do velho homem atenuou.

— Então tudo bem. Você tem sorte por termos um cancelamento. Mas você tem que ser rápida. Você está com seu passaporte e cartão de crédito?

Laura agradeceu ao homem profusamente enquanto pagava a passagem e ele lhe desejava sorte em seu pedaço de mundo antes que ela corresse para se juntar à comprida fila que aguardava para adentrar na sala de embarque.

No lado de fora do aeroporto, uma caminhonete grande e preta despontou ao lado do prédio do terminal. Michael, Caleb e um dos guardas da Nanon saltaram para a calçada e passaram com dificuldade entre os numerosos viajantes de Natal em direção aos portões de entrada do aeroporto. Espremeram-se entre malas que estavam em altas pilhas, juntamente com equipamentos de esqui, pranchas de surfe e presentes natalinos de todos os formatos e tamanhos, enquanto se apressavam para chegar aos balcões de *check-in*.

Quando Michael examinou a lista de partidas, cresceu sua ansiedade em relação a Laura. Ele temia que ela pudesse estar passando por algum tipo de transtorno mental. Quem sabia o que ela poderia fazer em seguida, após ter partido com a caveira? Sabia que ela poderia ser impulsiva, de vez em quando, mas o que mais o preocupava é que ele acabara de ver que o comportamento de Laura parecia completamente irracional. Ela parecia ter perdido toda a razão em detrimento da ideia completamente maluca de que Alice estava de alguma maneira tentando se comunicar com ela.

E uma coisa era sofrer uma perturbação mental em casa, ele refletiu, mas seria outra totalmente diferente tê-la em alguma região remota e perigosa da América Central. Michael obviamente não podia admitir. Na verdade, ele não conseguiu ter certeza absoluta de onde Laura estaria ou onde poderia estar indo, mas seu melhor palpite era que agora que ela havia assegurado a posse da caveira de cristal, tentaria chegar a Luvantum o mais rápido possível.

Mas talvez eles estivessem no aeroporto errado. Quem sabe seu voo estivesse partindo do JFK? Ou talvez já a houvessem perdido?

Passou os olhos pelos monitores que informavam as partidas. O único voo que parecia ir para algum lugar próximo a Luvantum naquela noite era o de número cento e um para Guatemala, pela Condora Airlines.

Dirigiram-se ao balcão de *check-in* da Condora.

— Uma mulher loira de quase quarenta anos acabou de comprar uma passagem para a Cidade de Guatemala? — Michael perguntou ao atendente da companhia que arrumava sua pasta, prestes a deixar o balcão vazio.

O atendente olhou Caleb e seu colega com desconfiança.

— Não estou autorizado a fornecer essa informação por motivo de segurança.

— Por favor, eu sou o marido dela — Michael suplicou. — Ela está com... alguns... problemas. Ela precisa de ajuda. Não deveria viajar sozinha. Você deve me deixar viajar com ela.

— Sinto muito, estamos fechados. E, de qualquer forma, o voo está lotado.

— Então, deixe-me viajar em outro voo.

— Não há mais assentos disponíveis para Guatemala até depois do Natal.

— Então venda uma passagem em outro voo em que haja assentos para esta noite.

Michael estava brincando com fogo.

O atendente pareceu intrigado.

— O único voo que temos é para o Panamá, a mais de um bilhão e seiscentos mil quilômetros da Cidade da Guatemala — ele fez um gesto desdenhoso com a mão.

— Está bem. Apenas venda uma passagem. Michael puxou o passaporte de dentro do bolso do casaco e o deixou no balcão.

— Mas ele parte quase no mesmo horário que o outro voo —, ele deu uma olhadela no relógio —, em menos de vinte minutos. Você não conseguirá — balançou a cabeça em direção à fila que aguardava para entrar pela segurança até os portões de embarque.

— Apenas me dê uma passagem! — Michael insistiu, entregando seu cartão de crédito. Ele não tinha a intenção de viajar para o Panamá, mas queria acessar a área de embarque, mesmo que isso envolvesse a compra de uma passagem que ele nunca usaria. Ele precisava chegar ao portão de embarque do voo para o Panamá. Ele devia impedir Laura de pegar aquele voo.

— Muito bem — o atendente encolheu os ombros, abriu a pasta e começou a emitir uma passagem para o Panamá.

Ele voltou-se para Caleb e sua escolta.

— Posso ver seus passaportes, por favor?

O guarda da Nanon apenas chacoalhou a cabeça.

— Não estamos com eles aqui — respondeu Caleb.

— Então receio não poder ajudá-los.

Caleb apenas ficou lá, preso no lugar, fervendo de raiva silenciosamente. Então, depois de algum momento, seu peito estufou e ele explodiu.

— Isso é uma afronta! — ele berrou, batendo o pulso no balcão de *check-in*. — Você sabe quem eu sou?

O atendente olhou para cima, levantando as sobrancelhas.

— Eu sou Caleb Price, presidente da Nanon Systems, e eu exijo falar com seu chefe de segurança.

— Muito bem, senhor — disse o atendente, tentando não se perturbar — eu ligarei para ele agora mesmo.

CAPÍTULO 44

Pareceu que Michael tinha levado uma eternidade para passar pela segurança e entrar na área de embarque. Implorando que abrissem caminho para ir à frente da fila, quase foi preso por agir de maneira suspeita, até finalmente prestar esclarecimentos, quando o atendente do equipamento de raio-X e o revistador não conseguiram encontrar quaisquer motivos técnicos para detê-lo.

Assim que foi liberado, correu pelo saguão de embarque, esquivando-se das multidões de pessoas, a grande maioria indo passar o Natal com a família e amigos. Correu o mais rápido que conseguia. Correu como se sua própria vida dependesse disso. Ele precisava alcançar Laura antes que ela embarcasse no avião. Tudo o que importava era que ele chegasse ao portão doze antes que este fosse fechado, de as portas da aeronave à espera se fechassem e fosse tarde demais.

Ele deslizou em volta da mala que caiu do alto do carrinho de um jovem bem à sua frente, antes de acessar a primeira de uma série de esteiras rolantes que levavam ao portão de embarque. Pulou sobre uma pilha de sacolas de compras que pertenciam a duas mulheres indianas que tentavam consolar uma criança que chorava, enquanto corria em direção à esteira seguinte.

Laura finalmente chegou ao portão doze. Era isso. Ela pisava rumo ao desconhecido. Assim que embarcasse naquele voo poderia não haver volta. Não conseguiria retornar ao chefe, Professor Lamb, e pedir "desculpas", dizer que havia sofrido uma perda temporária de sanidade, que em virtude de sua aflição perdera a razão e havia se comportado de uma maneira que, pensando bem, chocava até a si mesma.

Ela hesitou. Se retornasse agora, poderia ainda haver uma chance, porém remota, de poder se redimir. Ela havia sido um membro leal e dedicado da equipe do museu, confiável e trabalhadora. Se ela voltasse agora, poderia ficar tudo bem. Ela ainda poderia conseguir desfazer alguns dos danos que causara. Ela poderia alegar que tudo tinha sido um desvio passageiro, uma mancha isolada em uma carreira outrora bem-sucedida.

Se ela pudesse ver dessa maneira, então não seria tarde demais. Talvez devesse ligar para ele agora mesmo e explicar tudo, sem mais delongas. Sua mão tocou o celular. Olhou ao redor do portão do saguão de embarque. Estava quase vazio agora, já que os últimos passageiros se colocavam em fila e embarcavam na aeronave.

O que ela queria era algum sinal, algum sentimento de que ir à América Central não era a coisa certa a fazer. Lembrando-se de quando estava em seu escritório, havia tido tanta certeza. Não havia dúvida em sua mente de que a informação que recebera se tratava de uma mensagem de Alice. Tinha ficado tão claro para ela. Mas agora há pouco, assim que havia encarado o portão de embarque do aeroporto, não teve tanta certeza. Como poderia dizer se era ou não uma mensagem de sua menininha?

Pelo sistema de alto-falantes ela ouviu o anúncio: *"Última chamada para todos os passageiros do voo CO101 para Guatemala"*. Observou os dígitos no relógio do saguão tiquetaqueando os últimos minutos para o horário de embarque. De qualquer modo, em breve seria tarde demais para mudar de ideia.

Assim que o portão doze finalmente foi avistado, Michael conseguiu ver que a mulher andando para lá e para cá, a distância, era Laura. Ele conseguia reconhecer com clareza, em qualquer lugar, o movimento de seu rabo de cavalo. Conseguia distinguir os contornos de seu viçoso terno de trabalho feito de linho e o formato da mala com a caveira de cristal em sua mão. Ele estava certo em relação à atitude dela. Agora tinha a caveira, estava a caminho da América Central para tentar provar sua t bizarra teoria sobre a pedra profética maia.

Ele reprimiu o impulso de gritar seu nome, de chamar sua atenção. Ele tinha de chegar a ela antes que embarcasse naquele avião. Se Laura o visse chegando, haveria uma chance de seguir adiante, e ele não queria que isso acontecesse.

Isso então o deixou perplexo. Ela estava em pé, sozinha no portão de embarque, fitando o relógio acima da porta. Estava intrigado com o motivo de que ainda estivesse lá. Por que ainda não havia embarcado no avião?

Michael perguntou a si mesmo se talvez estivesse começando a enxergar a razão, afinal de contas. Talvez tivesse decidido não arriscar toda sua carreira, e a dele, com essa ideia maluca de que Alice estava de alguma maneira tentando se comunicar com ela. Talvez tivesse tomado a decisão de não se arriscar muito, baseada na ideia esquisita e atordoada de que conseguia ver algo através da caveira de cristal que Caleb, Professor Lamb e ele não conseguiam.

Talvez seu comportamento não fosse o resultado de nenhuma razão cuidadosamente pensada, mas simplesmente a manifestação exterior, o sintoma de um estado de espírito profundamente perturbado. Talvez estivesse fitando o relógio porque não sabia mais o que pretendia fazer originalmente. Quem sabe estivesse tão confusa que simplesmente não sabia mais o que fazia ou deveria fazer.

Uma comissária estava no balcão, na frente das portas de embarque, analisando os últimos documentos de voo. O portão seria fechado em menos de um minuto.

Dentro de si, Michael descobriu uma energia renovada. Agora estava distante de Laura por alguns momentos. Ele chegaria até ela a tempo. Ele traria sua esposa de volta. Ele a manteria segura e, no devido tempo, aprenderiam a superar esse acontecimento tolo e maluco. Talvez fosse necessário algo mais do que ele sozinho conseguiria dar: aconselhamento, terapia, possivelmente até medicação. No entanto, tinha certeza de que provavelmente se tratava apenas de um episódio isolado de loucura, uma ruptura de todo o resto de sentimento que Laura ainda tinha por Alice, estourando e emanando dela. Ele esperava que fosse apenas um último derramamento de aflição em todo seu furor destrutivo, despropositado e doloroso, mas logo seria dissipado, disperso e chegaria ao fim.

Laura olhou para baixo, para o passaporte e o cartão de embarque em sua mão. Olhando para cima, avistou à distância algo de que não gostou. Era a visão perturbadora de Caleb e seu guarda, acompanhados de dois membros armados da segurança do aeroporto, surgindo de uma porta dupla no lado oposto do comprido saguão e marchando em direção a ela.

Ela tomou sua decisão.

Michael estava quase lá agora. Ele viu a esposa se aproximar da comissária atrás do balcão. Ah não, ela estava entregando o passaporte e cartão de embarque.

— Laura! — ele gritou, e depois mais alto. — Laura!... Laura Shepherd!

Porém era tarde demais. Se ela o ouvira, não se virou. Em seguida, exatamente antes de alcançar o portão, ela desapareceu por uma das portas.

Laura correu pela ponte telescópica, rumo à aeronave taxiada. A tripulação fechou as portas atrás dela, e a passarela começou a retrair em direção ao prédio do terminal.

Finalmente alcançando o portão, Michael pegou o passaporte e o cartão de embarque do bolso de sua jaqueta.

— Sinto muito, senhor, o voo está encerrado agora — disse a atendente. — Esperamos o quanto pudemos.

— Chame o piloto! Não deixe a aeronave partir! — Michel falou bem firme, embora sua respiração estivesse ofegante

A atendente apenas olhou para ele de modo frio:

— Sinto muito, senhor, não estou autorizada a fazer isso — ela lançou o olhar para os papéis que estavam embaixo. — E este é o cartão errado, senhor! — ergueu a voz enquanto Michael tentava se desvencilhar dela, mas conseguiu ver que o lado oposto da ponte telescópica estava fechado.

Então ele correu para a parede de vidro do saguão, através do qual pôde ver a aeronave quando esta começou a se retirar do prédio do terminal. Laura era tudo o que lhe restara, e agora ela escapava entre os dedos como areia.

Enfurecido, ele bateu os pulsos contra o vidro.

— Maldição, Laura! — sussurrou em desespero, quando Caleb e seus soldados chegaram a seu lado.

— Graças a Deus vocês estão aqui — disse a atendente. — Este homem está causando distúrbio — e o segurança do aeroporto agarrou os braços de Michael e o segurou no chão.

— Seus idiotas! — Caleb gritou. — Vocês estão prendendo a pessoa errada — disse, enquanto observava através do vidro o avião de Laura agora taxiando em direção à pista de decolagem.

CAPÍTULO 45

Quando Laura desceu a passarela em direção à aeronave, pensou ter ouvido Michael chamar por seu nome, mas não olhou para trás, muito embora quisesse fazê-lo. Seu coração estava sendo rasgado em dois. Parte dela queria voltar correndo e abraçá-lo, pedir desculpas por tomar posse da caveira e explicar a ele por que estava partindo. Frente a frente poderia ter conseguido tranquilizá-lo de que ficaria bem e estaria de volta em alguns dias. Ela queria se despedir apropriadamente.

— Laura Shepherd! — ela o ouviu gritar de novo. Foi necessária toda a sua força de vontade para prosseguir. Foi tão horrível escapar de seu marido como se fosse algum tipo de fugitiva, porém não podia se permitir olhar para trás. Ver Michael destruiria a frágil decisão que tomara, a de fazer o seu melhor para encontrar o restante daquela pedra profética.

Mas como conseguiria começar a explicar a Michael que se não tentasse encontrar a pedra, não honraria o fato de agora estar convencida do que sua filha queria? Ela simplesmente não podia ignorar que o seu coração dissera tratar-se de uma mensagem de sua menininha. Michael, porém, não compreenderia.

Ela sentou-se e olhou para fora da janela. Em meio a neve que caía ela pôde notar uma figura olhando para o avião através da janela do saguão de embarque. Era um homem batendo os pulsos contra o vidro, gritando. Pela silhueta não tinha certeza absoluta, mas se parecia com Michael. O que ela havia feito a ele?

Não tinha certeza sequer se ele conseguiria perdoá-la por isso. Abandoná-lo dessa forma, sem mencionar o estrago que indubitavelmente causara à sua carreira. Lágrimas faziam seus olhos arderem, e ela sentia muito remorso. Poderia bem ser o final de seu casamento.

Seus dedos instintivamente voaram para o medalhão em formato de coração que usava ao redor do pescoço. Conteve as lágrimas. Não poderia se dar ao luxo de pensar daquela forma. Levaria apenas alguns dias. Isso era tudo. "Voltarei em breve", ela sussurrou para a figura que observava o avião. Quando retornasse, Michael e Caleb poderiam ter a caveira novamente. Eles ficariam tão agitados com as possibilidades que a posse da caveira ofereceria que Michael poderia encontrar uma maneira de superarem o incidente. Pelo menos foi assim que Laura se tranquilizou, enquanto o avião taxiava em direção à pista.

Não suportava mais olhar para Michael. Desviou o olhar, apertou o cinto, e, ao fazê-lo, os detalhes de sua missão a atingiram com uma clareza alarmante até então desconhecida por ela. Estava partindo para uma região remota de uma floresta da América Central em busca do restante da pedra profética, mas não tinha ideia se conseguiria ou não encontrá-la. Não havia nenhuma garantia de que ela ainda estivesse lá.

Afinal de contas, parte dela já havia encontrado seu caminho até o escritório de Laura, por meio de um navio pirata moderno e do Escritório da Alfândega. Agora contava com o fato de o distanciamento de Luvantum, sua posição isolada no fundo da floresta tropical, afastada de todas as vias principais, significar que o restante da pedra havia escapado dos saqueadores. Ela depositava todas as suas esperanças nessa hipótese possivelmente cega e fantasiosa de que o resto da pedra ainda estivesse no lugar.

Assim que o avião decolou na pista com destino à Guatemala, a possibilidade de que o restante da pedra, não mais estar intacto começou a perturbar Laura. Afinal de contas, como ela poderia ter tanta certeza de que o que decifrara estava realmente lá, que era de fato uma mensagem de Alice, e não apenas algum perigoso fantasma de sua imaginação? Só o tempo diria. Até lá, teria de suportar o peso esmagador da decisão irreversível que acabara de tomar. Ela fechou os olhos e, exausta caiu no sono.

CAPÍTULO 46

"Aquela vagabunda! Como pôde ter roubado minha caveira?", Caleb pensou enquanto voltava sozinho para seu apartamento de cobertura no vigésimo quinto andar, após o curso dos acontecimentos dramáticos da noite. Ele estava agora muito mais zangado do que transparecera a Michael. "Aquela mulher precisa aprender uma lição. Ela precisa ser colocada energicamente em seu lugar" — serviu-se com um copo de bebida. Sentou-se no sofá de couro marrom-escuro e olhou para fora, para as luzes cintilantes da cidade, na tentativa de se acalmar.

Mas enquanto girava o líquido âmbar no belo copo de cristal e tomava um gole, não conseguia impedir que sua mente vagasse de volta a seu curto casamento com Sonia, vinte anos antes. Caleb concluiu mais uma vez que esposas trazem mais problemas do que coisas boas. Sonia poderia ter o rosto e a forma com os quais a maioria dos homens poderia simplesmente sonhar, mas tinha uma predileção por compras que fazia Imelda Marcos parecer prudente, em razão de suas exigências de passeios, Caleb começou a comprometer até a própria promessa com a empresa, sua ambição de vida de erguer a maior e mais lucrativa empresa de eletrônicos de cristais do mundo.

Agora que ele tinha Tanya, as coisas estavam menos complicadas. E era dessa forma que ele pretendia mantê-las. Ela ainda era uma loira esbelta, delicada e atraente. E embora tivesse resmungado ocasionalmente sobre "talvez se mudar" e "quem sabe algum indício de um compromisso maior", ele tinha certeza absoluta que ela entendera a mensagem de que o trabalho viria primeiro.

"Michael deveria ter mais consciência". Caleb suspirou, pois embora já soubesse que Michael era um profissional extremamente dedicado e motivado, que demonstrara momentos de puro brilhantismo, quando pensava em sua esposa parecia que ele era mais do que uma massa de modelar nas mãos dela. "Aquela mulher está fora de controle, e é hora de alguém fazê-la lembrar quem é que manda!"

Segundo Michael, sua esposa, que sofria de tristeza, simplesmente perdera as estribeiras, e sua principal preocupação era com a segurança dela. Caleb, porém, não tinha tanta certeza. Para alguém que supostamente estava sob o domínio de algum tipo de episódio psicótico, ela parecia ter uma ideia bem clara do que estava fazendo e para onde ia. Na verdade, ele se viu perguntando a si mesmo se ela talvez não trabalhasse para alguma empresa concorrente. Não importava o caso, ela precisava aprender uma lição.

"Roubar a caveira daquela forma, bem na frente do meu nariz, que humilhação!" A caveira prometera tanto à Nanon Systems. Aparentemente seria a pedra preciosa da coroa da empresa. Caleb não conseguia acreditar que ela se fora. Mais tarde, naquele mesmo dia, pesquisas aplicadas sobre seus usos estavam previstas para começar. "Qualquer coisa poderia acontecer lá fora, na selva. Poderia ser perdida, estragada ou quebrada. Mais alguém poderia roubá-la e nunca mais teríamos acesso a ela de novo." Caleb sabia que devia recuperá-la, e logo.

Quando virou outro gole de bebida como se fosse enxaguante bucal, teve uma excelente ideia. Não falava com o General Jan Van Halmutt há eras, não desde a última vez em que tivera um problema complicado que precisava ser colocado em ordem por alguém que usasse algo além dos meios convencionais.

Assim que pegou o telefone, se viu pensando que, a considerar as coisas do passado, aqueles dias nos anos 1970 em que servira à nação na Marinha enquanto todos ao seu redor estavam ocupados se divertindo com o consumo de drogas e cedendo ao "amor livre", ele só poderia estar pagando seus pecados, afinal.

— Oi, Jan, aqui é Caleb Price. Desculpe-me por incomodá-lo a esta hora da manhã, mas temos um probleminha que precisa ser solucionado...

Enquanto Caleb retornava aos Estados Unidos após seus anos de serviço à nação e começava a estudar a nova disciplina de microeletrônica em Stamford, Jan Van Halmutt ficou e cresceu bastante no exército antes de fundar a própria empresa, a "Van Halmutt Soluções". Com uma carteira de clientes que incluía a maioria dos governos do ocidente e grandes empresas de investimentos no mundo, Van Hallmutt Soluções agora era uma das mais bem-sucedidas e discretas companhias de operações mercenárias secretas no continente americano.

Não demorou até Caleb compreender a situação. Ele disse a Van Halmutt o local exato para o qual tinha certeza que Laura estava indo e concordou em enviar por e-mail uma foto dela, que poderia conseguir com Michael ou com o museu no dia seguinte. Assim que Caleb terminou de falar, Van Halmutt tinha somente uma última pergunta:

— Exatamente qual a distância do local onde você quer que a gente vá para completar esta missão com sucesso?

Caleb respondeu de maneira simples:

— Apenas pegue a caveira para mim... não importa o tempo que leve!

Satisfeito agora que havia feito tudo o que podia, ele recolocou o aparelho no gancho e calmamente serviu-se de outro copo.

CAPÍTULO 47

14 DE DEZEMBRO DE 2012

—Por favor, permaneçam em seus assentos e mantenham seus cintos de segurança afivelados! Repito, por favor, fiquem em seus assentos e mantenham seus cintos de segurança afivelados!

O aviso do capitão veio pelo sistema de alto-falantes. O pequeno avião Cessna desceu abruptamente, chocando-se contra uma nuvem. Os motores gemeram ruidosamente com o peso, antes de uma rajada de vento acertar a cauda do avião e se erguer novamente. Ela apertou a caveira em seu colo. Ela não esperava isso. A minúscula aeronave agitava-se na tempestade, voando a esmo como se fosse um brinquedo.

O voo de Laura para a Cidade da Guatemala chegou sem problemas, mas seu voo de conexão para Luvantum seria uma história diferente. O que ela não sabia, antes de embarcar, era que a aeronave seria pega na ponta do rabo de um furacão de final da temporada que sopraria ao longo da costa de Honduras e que agora se extinguia sobre as montanhas maias, para onde voava naquele instante. Ela se perguntou se o piloto havia previsto esse mal, ou se fora pego despreparado.

A chuva açoitava as janelas ferozmente. Embaixo da aeronave via-se o que parecia um imenso oceano de suntuosa floresta verde, mas nessas condições climáticas tudo o que Laura conseguiu avistar foi os contornos cinzentos e ameaçadores dos cumes cobertos de selva que pareciam se segurar ainda mais perto das pontas das frágeis asinhas do avião.

Havia apenas mais sete passageiros a bordo, e eles estavam extraordinariamente silenciosos. Até a comissária de bordo parecia nervosa. Tendo verificado se os cintos de segurança de todos estavam afivelados, ela retirou os sapatos e se segurou em seu assento dobrável virado para o fundo, que se localizava atrás da cabine do piloto. Laura fechou os olhos e tentou se acalmar.

Outra rajada de vento acertou o avião, desviando-o lateralmente. Laura pensou em Michael. Ela sabia que ele julgara seu comportamento irresponsável, tomando a caveira do jeito que o fez, porém ela não tivera escolha. O que tinha visto através da caveira era extraordinário. Não podia ignorar a possibilidade de que realmente pudesse ser uma mensagem de Alice.

De repente o avião levantou-se. Laura sentiu seu estômago lançar-se ao teto, antes que a aeronave recomeçasse o voo normalmente. Os outros passageiros arfaram. Laura havia passado por turbulências muitas vezes antes, mas nada desta dimensão, nunca nada tão assustador quanto aquilo. Abriu os olhos e olhou para a comissária de bordo para se retranquilizar, mas seu rosto mal podia esconder o medo. A comissária lançou o olhar para o alto antes de fazer o sinal da cruz, da maneira utilizada por católicos devotos em todo o mundo ao pedir a proteção de Deus.

Laura refugiou-se novamente em seus pensamentos. Pegar a caveira sem autorização exatamente quando Michael e Caleb precisavam dela para sua pesquisa tinha sido uma coisa. Havia sido ruim o suficiente para Michael lidar com a situação, mas agora a vida de Laura corria risco. Ela apertou a caveira mais fortemente, ao mesmo tempo em que os motores roncaram. "Se este avião cair agora, tudo isso terá sido em vão. Todos os meus esforços terão sido desperdiçados".

A comissária agora ajustava o "suporte" ou a posição de "queda", curvando-se para frente, em direção ao colo, com os braços embalando a cabeça, os antebraços protegendo o crânio, enquanto toda a fuselagem começava a chacoalhar. Outro solavanco, e as máscaras de oxigênio se soltaram de seus compartimentos, bamboleando bem à frente dos rostos congelados de pavor dos passageiros.

O avião sacudiu novamente. De repente, houve uma batida forte e um "estampido" que soou como se a aeronave estivesse sendo estraçalhada de modo violento, rasgada em duas com o impacto do avião chocando-se contra o solo abruptamente e continuando a se bater, sacudir e estremecer à medida que a velocidade diminuía na pista rígida e enlameada. O piloto se esforçava para tentar pará-la desviando o curso sob o vento e chuva fortes, quando finalmente veio a repousar antes do final da pista de pouso minúscula aberta na floresta.

Eles haviam finalmente pousado, por mais milagroso que parecesse. Muitos dos passageiros caíram em lágrimas, outros bateram palmas alegremente. A atmosfera era de evidente alívio, com um extravasar de toda a intensidade de emoção reprimida que os passageiros haviam acabado de vivenciar, temendo que estivessem prestes a morrer, que seus corpos fossem espalhados pela floresta e nunca mais vissem seus entes amados novamente.

Assim que Laura saiu do avião, percebeu que as juntas de suas mãos que agarravam a mochila com a caveira estavam brancas por tê-la de segurar tão firmemente. Havia sido uma viagem e tanto. Ela ficou contente quando sentiu sob os pés a terra firme da pista de pouso da floresta. Era bom estar em solo firme mais uma vez.

Entre os voos na Cidade da Guatemala, Laura havia trocado a maleta da caveira por uma mochila mais prática. Ela também trocou seu elegante terno de trabalho feito de linho e sapatos abertos de couro por um par de tênis de corrida, *jeans*, camiseta e uma barata capa de chuva de plástico. Como ela estava contente por ter conseguido! A chuva foi torrencial.

O "prédio do terminal", na pista de pouso de Santa Cruz, consistia em nada mais do que uma simples cabana de telhado de zinco, sem paredes, no meio de uma vasta extensão de mata virgem. Assim que se protegeu embaixo de seu abrigo com o punhado de outros passageiros, um danificado ônibus escolar amarelo irrompeu na esburacada faixa única da "estrada" em direção a eles.

Ela esperava que fosse seu acompanhante, Dr. Brown, mas esse ônibus chegara para levar os demais passageiros à "cidade" vizinha de Santa Cruz, na verdade, uma vila.

Laura ficou onde estava, apesar da insistência do motorista em levá-la à cidade também. Os outros passageiros também pareceram relutantes por deixá-la para trás, tamanho era o espírito de camaradagem que se estabelecera no desfecho daquele tumultuado voo. Todos estavam visivelmente preocupados com sua segurança caso ficasse presa sozinha na selva, principalmente após escurecer.

Ela observou o velho ônibus danificado se afastando, descendo a pista e desaparecendo em uma nuvem de fumaça de diesel. Só então percebeu que não estava totalmente sozinha. Um punhado de soldados locais ensopados de chuva e desesperados se abrigavam sob outra cabana enrugada e minúscula, na lateral da pista. Ali onde Laura estava nada ficou além de um porco esquelético e um casal de cães perdido.

Laura mal podia acreditar que era lá que havia combinado de encontrar Dr. Brown. Ele concordara em levá-la às ruínas de Luvantum, ao final do dia seguinte. A pressa de sua partida a havia deixado mal preparada. Ela não tinha nenhum mapa da região e estava totalmente incerta de como exatamente deveria chegar lá. Ela esperava que Dr. Brown não tivesse se esquecido do encontro. Procurou o celular minuciosamente e tentou ligar para ele, mas não havia sinal.

Seria uma longa caminhada de dez quilômetros, especialmente neste tempo, até Santa Cruz, o assentamento mais próximo. E como a "estrada" começava na pista de pouso, Laura podia ter certeza que não passaria ninguém que pudesse oferecer uma carona. E mesmo que presumisse que Dr. Brown morasse em Santa Cruz, ela, na verdade, não tinha nenhuma noção de onde ele morava. Não havia nada mais a fazer, a não ser esperar. Pelo menos era um alívio não estar mais na aeronave.

Enquanto esperava, teve conhecimento do quanto a pista de pouso aberta era realmente pequena. A menos de cinco metros de onde estava, começava a selva. Ela pôde ver raízes de sustentação gigantes, os grossos caules entrelaçados de árvores, galhos esticando-se ao alto e a escuridão da floresta. Não tinha voltado lá desde que trabalhara em um sítio arqueológico no sul do México, quando então descobrira que estava grávida de Alice.

Observou um macaquinho fazendo acrobacias entre os galhos mais altos das árvores. Ela pôde ouvir o pio e o guincho das aves da floresta enquanto elas se arremessavam em direção à vegetação rasteira. Não podia esperar para ir a Luvantum. Apenas tinha a esperança de que Dr. Brown aparecesse logo.

Então, subitamente, uma figura surgiu na moita da floresta, como se viesse do nada. Era um homem maia pequeno e idoso, vestido com uma camisa de algodão simples e calças brancas. Ele usava um lenço vermelho na cabeça e exibia uma faixa de mesma cor amarrada ao redor do pulso. Ele estava encharcado. O homem parou quando a viu e a encarou com tanto interesse que a surpreendeu. Sua testa estava enrugada quando se aproximou. Ele balançou a cabeça. Se fosse alguém que tivesse vindo passar uma mensagem sobre Dr. Brown, seu comportamento parecia um pouco atípico.

— Você está com Dr. Brown? — ela indagou.

— Por que eles a enviaram? — ele perguntou, incrédulo. — Onde está ele?

Laura estava perplexa.

— Quem?

— Aqueles que chamam de Ron — o velho homem respondeu.

Laura se perguntou se havia ocorrido uma confusão sobre exatamente qual arqueólogo do Instituto Geográfico Smithton era aguardado.

— Você quer dizer Ron Smith? — ela não tinha ideia de como Dr. Brown poderia ter imaginado que era Ron Smith quem viria, em vez dela.

O velho homem a olhava, mostrando-se muito interessado...

— Ele está morto, não é?

— Sim — ela respondeu.

O velho pareceu quase vacilar por um momento, parecendo perder o equilíbrio, quando deu um passo. Um olhar de desolação completa assolou seu rosto. Ele olhou para frente, inexpressivo, os olhos fora de foco, e sussurrou:

— Então não há esperança para nenhum de nós!

Laura estava prestes a perguntar o que ele queria dizer, quando uma voz forte e retumbante começou a berrar, em sotaque americano:

— Dra. Shepherd! Olá! Dra. Shepherd!

Ela se virou para ver um homem branco de meia-idade, acima do peso e barbudo, soprando e bufando estrada abaixo, na direção dela. Ele vestia um tradicional uniforme cor creme de exploradores da floresta, completado com um chapéu, e ostentava uma capa de chuva amarela brilhante sobre as calças de equitação encharcadas, enquanto descia a estrada em direção a Laura, no lombo de uma mula, e gritava:

— Olá!

Atrás dele, um homem dessa localidade puxava as rédeas de duas mulas de carga, tentando atraí-las para baixo da cobertura da floresta. O grupo de soldados perto deles observava e ria.

Ao chegar perto de Laura, o homem com a capa de chuva amarela desmontou da mula e esticou a palma da mão suada.

— Dra. Shepherd, o nome é "Brown" — Laura apertou sua mão, antes que ele terminasse de saudar: — A seu serviço!

— Prazer em conhecê-lo. Por favor, me chame de Laura.

— Prazer em conhecê-la, Dra. Shepard — disse ele.

Laura virou-se novamente para descobrir que o homem maia com quem falara tinha ido embora. Ele havia desaparecido, tão rapidamente quanto tinha surgido anteriormente, e ela se viu questionando se poderia tê-lo imaginado.

— Você viu...? Quem era? — perguntou ao Dr. Brown.

— Ah, seu nome é Hunab Ku — respondeu em um gesto de repúdio com o braço.

— Então ele não está com você? — ela perguntou.

— Claro que não. E, se eu fosse você, não teria muito o que fazer com ele.

— Por que não? Quem é ele?

— Ah, ele é o xamã local, curandeiro ou médico bruxo para você. Me dá um medo tremendo — ele disse, enquanto verificava a correia da sela de sua mula para apertá-la. — Mas não se preocupe, ele provavelmente é bastante inofensivo.

— Tudo bem, eu não estava preocupada — falou enquanto Brown subia de volta à sua mula.

— Porém ele acabou de me perguntar sobre meu colega morto!

— Não me surpreende! — Brown encolheu os ombros. — Eles acreditam na comunicação com os mortos por aqui, e como o xamã, para essas pessoas pobres — balançou a cabeça em direção ao seu guia local — ele é o especialista nesta região.

— Então meu ex-colega Ron Smith esteve aqui? — ela perguntou.

— Estou aqui há dois anos. Eu nunca o vi! — Brown respondeu.

— Nesse caso, é melhor eu descobrir como ele o conheceu — ela preparou-se para seguir o velho curandeiro dentro da floresta, mas hesitou quando não conseguiu ver nenhuma trilha óbvia e percebeu que, na verdade, não sabia por qual caminho ele tinha ido.

— Vá atrás dele se quiser — Dr. Brown disse — mas você nunca o encontrará seguindo por aí — ele mostrou a profundidade da floresta. — De qualquer maneira, é melhor nos mexermos ou nunca chegaremos ao acampamento antes do cair da noite — ele acrescentou assim que o guia apareceu ao seu lado com as outras duas mulas.

O guia passou as rédeas de um dos animais para Laura.

— Isso parece pesado — ele disse, esticando o braço para pegar a mochila de Laura. — Por favor, deixe-me carregá-la para você — ele ofereceu.

— Não. Não... eu consigo — ela respondeu com um toque ansioso. Ela não queria correr o risco de ninguém mais manusear a caveira de cristal.

O guia pareceu intrigado.

Laura pegou as rédeas de sua mula, amarrou a mochila no cabo de corda embaixo da sela do animal e subiu nele, quando ela, Dr. Brown e o guia partiram em direção à ensopada selva, no dorso das mulas, com o guia picando folhas e frondes com seu facão enquanto prosseguiam.

À medida que as mulas serpenteavam ao longo do caminho sinuoso e a chuva caía em lâminas firmes, Laura não conseguia impedir que seus pensamentos retornassem repetidas vezes para a mesma pergunta, a de como o pequenino homem velho e modesto, um estranho completo no meio da floresta, esperava encontrar seu colega morto, Ron Smith. E como poderia saber algo a respeito dele!? Simplesmente não parecia fazer sentido algum.

Enquanto eram conduzidos em fila única, percebeu que nunca havia partido para um destino remoto com tamanha pressa e tão despreparada. Tinha consigo apenas as roupas que vestia, uma lanterna à prova d'água e um canivete que comprara na Cidade da Guatemala. Ela não montava a cavalo desde que era adolescente, e certamente nunca tinha montado o lombo de uma velha mula desajeitada.

— Então o que a traz aqui pouco tempo após a notícia? — ele elevou a voz para ser ouvido sobre a chuva.

— Estou procurando o pedaço que falta de uma pedra profética maia que venho decifrando — Laura estava relutante para revelar detalhes completos de sua missão, especialmente a menos que ortodoxa técnica que utilizara para localizar seu paradeiro.

— Então você já tem alguma parte desta pedra?

— Sim, em meu escritório.

— E você acha que encontrará o restante dela aqui?

Laura balançou a cabeça em afirmativa.

Dr. Brown deu uma inspirada aguda e balançou a cabeça.

— Você se deu conta de que não há esperança alguma de encontrar intacto o resto desta pedra que está procurando?

Laura olhou para ele desconfiadamente.

— ... Com todos os terremotos e erosão, sem mencionar os saqueadores no decorrer dos anos — ele balançou a cabeça novamente.

Laura não sabia o que dizer. Isso era tudo o que ela precisava ouvir. Que, apesar de todos seus esforços, de ter arriscado seu relacionamento com Michael, a destruição efetiva de sua carreira, não havia nenhuma chance real de encontrar o que procurava, de qualquer maneira.

Brown virou-se para o guia local:

— O que você acha, Carlos? — ele bramiu. — Quais são as chances de encontrar as sobras de alguma "pedra profética" — ele disse quase com desdém —, intacta, em Luvantum?

Carlos parou de picar a mata, pensou por um momento e encolheu os ombros antes de responder:

— É difícil dizer. É muito remoto. Nós acabamos de iniciar um mapeamento preciso e detalhado do local. Então, não podemos afirmar com certeza.

Ele então se virou para Laura e acrescentou, da maneira mais diplomática que pôde:

— Talvez não encontre.

Laura sentiu-se cheia de desesperança.

CAPÍTULO 48

Enquanto isso, de volta à pista de pouso aberta na floresta, um enorme helicóptero militar Chinook desceu em uma tempestade de vento mecânico. Suas gigantes lâminas giratórias eram quase grandes o suficiente para talhar alguns ramos de árvores à medida que pousava.

Assim que tocou o solo, um homem vestindo uma roupa moderna, com óculos de sol reflexivos e cabelos loiros curtos pisou na pista. Ele puxou a gola de seu casaco para cima assim que reconheceu o cenário úmido de chuva. Deu uma última tragada em seu charuto antes de lançar a bituca na lama.

Os quatro soldados locais ainda estavam em sua cabana, fumando, quando ele se aproximou. O homem anônimo mostrou a eles uma fotografia de Laura enviada por e-mail para seu celular. Os soldados balançaram a cabeça entusiasmadamente, tagarelando de modo animado uns aos outros, em Espanhol. Eles apontaram para a trilha na floresta em que Laura e seus companheiros haviam anteriormente partido no lombo de mulas.

O "homem de preto", chefe do comando da Van Halmutt na América Central, entregou aos soldados um maço de notas. Eles apertaram as mãos imediatamente, antes que ele entrasse novamente em seu helicóptero decolando mais uma vez, sob um bramido de lâminas giratórias.

Os soldados lançaram as armas de volta aos ombros e partiram em meio à floresta, resolutos, atrás de Laura...

CAPÍTULO 49

Laura havia se esquecido do quanto amava a floresta, mesmo na chuva torrencial, e o quanto sentira falta dela até agora. Porém era difícil prosseguir no calor sufocante, tentando manter as mulas se movendo na direção certa, sem perder a passada, no terreno irregular, e curvando-se para evitar galhos baixos e folhagens compridas que poderiam derrubá-la da sela. E para Laura não parecia que ela e seu grupo não tinham ido longe, até Dr. Brown anunciar que era hora de interromper a viagem e preparar um acampamento para a noite.

Brown havia esperado ir mais longe, para conseguir preparar antecipadamente o acampamento perto do cume principal que dividia as montanhas maias do Oriente e do Ocidente, mas a trilha estava surpreendentemente coberta, a chuva e a lama haviam atrasado o progresso das mulas, e eles teriam de parar agora e fazer preparativos, antes que a fome e a escuridão os dominassem.

Carlos parecia ter uma energia sem fim. Ele parou de picar os galhos e voltou sua atenção, sem descanso, para acender uma fogueira, muito embora para Laura parecesse que não poderia haver nada mais na floresta que ainda estivesse seco o suficiente para queimar. Tudo, literalmente tudo, parecia ensopado. No entanto, em pouco tempo, Carlos havia pendurado uma lona improvisada como teto entre os troncos das árvores. Ele então abriu uma grande planta da floresta, de aparência estranha, para revelar um interior estranhamente seco, e, após alguns golpes de seu facão contra o pequeno "tijolo refratário", ou sílex, que sempre carregava consigo, ele em breve sopraria suavemente o acendimento natural dos "cabelos" secos das plantas. E não demorou muito até todos ferverem uma chaleira de chá improvisada com uma lata e fritarem algumas *tortillas*[13] e feijões em uma fogueira de acampamento pequena, mas extremamente eficiente.

Sentados, durante o jantar, antes de subirem para suas barracas para passar a noite, Laura descobriu que Dr. Brown havia escolhido viver ali em razão de seu amor pela cerâmica maia.

Aparentemente, percepções sobre as antigas histórias maias de criação poderiam, às vezes, ser reunidas, remendando-se pequeninos cacos de suas antigas cerâmicas quebradas, obtendo-se, assim, alguns exemplos particularmente bons do que havia sido encontrado naquela região. Laura estava prestes a perguntar a Dr. Brown se qualquer uma dessas histórias de criação mencionava alguma caveira de cristal, porém mordeu o lábio. Decidiu manter todo o conhecimento sobre a caveira de cristal para si mesma a essa altura. Afinal de contas, até onde podia dizer, ninguém mais que tivesse qualquer ideia da sua presença ali teria a ver com a caveira de cristal. Eles provavelmente não tinham noção de que aquele objeto existia e muito menos que ela deveria estar com ele em sua mochila, e seus

---

13. Fritada de ovos batidos com a forma arredondada, como uma pequena torta.

instintos lhe disseram que provavelmente era mais seguro manter dessa forma.

À medida que a conversa prosseguia, ocorreu-lhe que Carlos provavelmente saberia mais sobre Luvantum do que Dr. Brown, e, embora seu sotaque fosse grosseiro, seu inglês era excelente. No momento ele estudava para seu Doutorado em Arqueologia na Universidade de Tegucigalpa, em Honduras. "Por seus pecados", **ele h**avia, na verdade, escolhido fazer seu Doutorado em "arquitetura da antiga cidade maia de Luvantum". Ele escolhera esta cidade em parte porque seu distanciamento significava que cada pequeno trabalho arqueológico peculiar havia sido feito no local, embora tivesse sido descoberto de década de 1930. Parecia que pouquíssimos arqueólogos haviam se preparado, no decorrer dos anos, para fazer a longa viagem pela floresta, no lombo de mula, a fim de estudar um sítio arqueológico que parecia "não ter mais tesouros para oferecer", em vez de inúmeros outros sítios arqueológicos que poderiam ser encontrados exatamente fora da principal rota oriente-ocidente.

Laura perguntou se poderia ver um mapa do sítio arqueológico, e Carlos tirou uma cópia de seu "trabalho em desenvolvimento", um mapa muito simples das ruínas de Luvantum, o qual conseguira laminar em sua última viagem de volta a Tegucigalpa. Estudando o mapa da cidade, Laura reconheceu muitos dos aspectos característicos das cidades maias por todo seu antigo território; em toda a parte externa, as casas, os poços e as estradas para pedestres dos cidadãos comuns e os principais "sacbés" ou "caminhos brancos" que levavam ao centro.

No centro da cidade, o campo para jogos com bola, os palácios reais, os prédios religiosos e acadêmicos, e observatórios em que aprendizes estudaram antigos *codexes*, os movimentos dos planetas e das estrelas, e aprenderam os trabalhos misteriosos do antigo calendário maia.

No coração da cidade ela conseguiu ver a praça central, grandiosa e pavimentada, ladeada em todos os lados pelos edifícios palacianos da mais alta realeza e sacerdotes-astrônomos, e, em todas as extremidades da praça, as maiores e mais imponentes pirâmides escalonadas do sítio arqueológico.

Laura sabia que naquele momento fora muito importante para os antigos maias que em muitas cidades remotas da América Central houvesse duas notáveis pirâmides centrais, erguidas de modo a verificar e medir o funcionamento do calendário.

Na maioria dos casos, a pirâmide maior estava alinhada com os movimentos do Sol, e a partir de seu templo era possível marcar facilmente, com precisão fenomenal, os solstícios de verão e de inverno, e os equinócios de primavera e de outono.

O outro templo-pirâmide principal era, em geral, menor, alinhado com os movimentos da lua, e utilizado para verificar o funcionamento do calendário lunar. Em algumas cidades, como a grande cidade de Teotihuacan, próximo da Cidade do México, essas pirâmides eram, na verdade, referidas como a Pirâmide do Sol e a Pirâmide da Lua.

Muitas vezes, outras pirâmides mais afastadas da cidade estavam alinhadas com os movimentos de outros corpos celestes significativos, como o planeta Vênus, e o aglomerado estelar ou constelação conhecida como "as sete irmãs" ou Plêiades. A posição e orientação desses templos-pirâmides teriam sido utilizados para verificar a posição desses planetas e estrelas em relação à Terra.

Então reconheceu muitas das características no mapa à sua frente, porém estava intrigada com uma coisa, e perguntou para Carlos:

— Eu vi que você conseguiu identificar as pirâmides de Vênus, das Plêiades, e as do Sol e da Lua, ambas ao final da praça, aqui, mas parece que você não identificou esta, afastada da pirâmide maior, na outra extremidade da praça, aqui.

— É porque ainda não sabemos para que serve a pirâmide maior de Luvantum — Carlos respondeu. — Não sabemos para qual corpo celeste ela foi dedicada. Tudo o que sabemos é que a pirâmide maior é coberta por pedras com imagens de crânio humano entalhadas.

Laura estava intrigada. Talvez ela estivesse no caminho certo, afinal de contas.

Mas antes que tivesse a chance de fazer mais perguntas, Dr. Brown intrometeu-se:

— Então é possível que ela tivesse sido usada para sacrifício humano!

CAPÍTULO 50

Os olhos de Carlos voltaram-se para o céu.

— Dr. Brown tem uma visão um pouco primitiva de meus ancestrais — explicou.

— Mas você sabe o que os conquistadores espanhóis encontraram em 1520, quando entraram na antiga cidade asteca de Tenochtitlan, atual Cidade do México — Brown continuou de modo indiferente. — Eles disseram que o principal templo-pirâmide no coração da cidade fora utilizado para sacrifício humano. Aparentemente em todo ele os crânios das vítimas estavam espetados em estacas de madeira e dispostos na praça principal como troféus do grande número de mortos. Um dos soldados de Cortez, um homem chamado Bernal Diaz, tentou contar quantos crânios havia, mas perdeu a conta quando passou a marca de cem mil, todos em estágios diferentes de decomposição e deterioração.

Carlos não parecia feliz:

— Sim, aqui na América Central todos nós conhecemos a versão espanhola da história de nossos ancestrais. Nós sabemos que os conquistadores espanhóis alegaram que os astecas, e também os maias, eram um pouco mais do que selvagens sedentos por sangue que sacrificaram pessoas às suas centenas de milhares.

— Está certo — Brown continuou a dizer a Laura. — De acordo com os registros espanhóis originais, a vítima de sacrifício era intoxicada ao ser forçada a ingerir a bebida alcoólica conhecida como "pulque". Eles então caminhavam, as mãos amarradas às costas, subiam os degraus até o alto da pirâmide mais alta. Lá, em frente à pirâmide, eram obrigados a deitar sobre uma pedra de sacrifício grande e levemente curvada, com o peito exposto. O sacerdote, recitando encantamentos aos deuses, apresentava uma lâmina de obsidiana antes de cravá-la no peito da vítima. E enquanto a vítima ainda estivesse viva, eles arrancavam seu coração ainda pulsante e o seguravam no alto para todos verem, antes de o queimarem como uma oferenda, geralmente ao Deus Sol. O corpo da vítima aparentemente era lançado degraus abaixo, onde era decapitado antes de ser entalhado em pequenos pedaços e em seguida comidos pela multidão que aguardava ansiosamente.

— Selvagens sedentos por sangue, um monte deles! — ele acrescentou com um sorriso perverso.

Carlos decidiu ignorá-lo e voltar-se novamente a Laura.

— Há de se lembrar que esses registros foram escritos por um exército invasor, pelas mesmas pessoas que cometeram genocídio desumano contra meu povo. Os próprios conquistadores espanhóis são aqueles que eliminaram meus ancestrais às suas centenas de milhares, por meio de assassinato, guerra, fome e doença. Portanto, seus registros sobre meus ancestrais, as pessoas que eles mataram, podem não ser totalmente precisos.

De fato, pode haver uma verdade muito pequena, ou nenhuma, nesses registros espanhóis primitivos. Esses registros podem ter sido utilizados simplesmente para justificar as atrocidades que os espanhóis cometeram contra meu povo. Afinal, se alguém quisesse ler um relatório imparcial sobre a natureza do povo judeu, dificilmente pediria a Adolf Hitler e seus amigos da Polícia Alemã, que assassinaram esse povo aos milhões em meados do último século, para escrever o relatório!

— Você pode muito bem ter uma opinião — Laura disse. Ela nunca pensara sobre o assunto dessa maneira antes.

— Huh. Realmente uma opinião! — Brown soprou. — Então como explicar todas essas imagens de sacrifício humano que vemos na antiga arte da América Central? — ele desafiou Carlos.

— A maioria dessas imagens na verdade data de um período *após* a conquista espanhola, ou parece simbolizar a universalidade do sofrimento humano. O punhado de imagens do que parece ser ritual de sacrifícios humanos que vemos genuinamente nas obras de arte da antiga civilização maia não pode ser tomado para significar que essa era uma prática frequente e comum. Nada mais do que podemos concluir que nós hoje somos pessoas regularmente crucificadas, todos os domingos, simplesmente porque há uma imagem de um jovem homem sangrando até morrer em uma cruz proeminentemente exibida em cada igreja, em cada cidade, vilarejo e povoado do mundo ocidental moderno.

Novamente Laura pôde compreender o argumento de Carlos, mas Brown não estava convencido.

— Você está me dizendo que os maias nunca sacrificaram ninguém?

— Não — ele respondeu — mas parece que sacrifício humano era, em sua maioria, uma atividade voluntária para os antigos maias.

— Por esse motivo faz com que isso seja certo, então? — Brown fez uma interjeição.

— ... E raramente correspondia, de fato, a tirar a vida de uma pessoa. Normalmente apenas uma quantidade menor de derramamento de sangue estava envolvida, e isso era realmente feito perfurando a língua de alguém, ou o pênis, para incentivar visões de experiências de outro mundo.

— Soa bastante primitivo para mim! — Dr. Brown concordou, porém Carlos o ignorou. — Por exemplo, na antiga cidade maia de Yaxchilan há um famoso lintel de pedra esculpida que mostra o antigo rei maia chamado "Jaguar Pênis" executando um ato de derramamento de sangue em seu próprio membro surpreendentemente grande.

— Eles certamente sabiam como se divertir! — Dr. Brown sorriu, enquanto Laura assustou-se com o pensamento, embora tivesse tomado conhecimento dessa prática antes.

— Mas parece muito improvável — Carlos prosseguiu — que milhares de pessoas realmente fossem sacrificadas como os espanhóis afirmam. Há uma massa crescente de evidências de que isso é, na verdade, um absurdo, nada além de propaganda política perpetuada por um exército invasor de assassinos.

— Na verdade — ele continuou —, meu povo agora acredita que a maioria dessas imagens de crânios que você vê nas antigas pirâmides-templo, como esta aqui em Luvantum — ele disse apontando no mapa —, não tem qualquer relação com a assim chamada prática de sacrifício humano, mas tem a ver com os trabalhos codificados do antigo calendário maia.

Laura estava fascinada. Ela tinha ido até ali precisamente para tentar decifrar uma profecia desse mesmo calendário maia antigo.

— Em Chichen Itza, por exemplo, há um enorme "tzompantli" de milhares de crânios humanos esculpidos em um bloco sólido de pedra, mas isso não tem nada a ver com cortar as cabeças de vítimas de sacrifício.

— Ao contrário, essas fileiras de crânios esculpidos em pedra são o modo com que meus ancestrais marcaram o número de gerações que passaram desde o início dos tempos — Laura ergueu as sobrancelhas —, ou pelo menos o número de gerações que passaram desde o início do mundo atual, ou "Sol", como eles o chamam.

Laura já sabia sobre alguns dos trabalhos do antigo calendário maia, mas para ela esse era um novo ponto de vista sobre o assunto.

— Você sabe, de acordo com os antigos maias, o mundo foi criado e destruído diversas vezes no passado, e agora nós vivemos no último mundo, ou Sol.

Laura estava familiarizada com esta ideia e sabia que essa teoria, na verdade, encontrava algum apoio em seus próprios registros fósseis. O estudo de fósseis pelos paleontólogos mostrou que, mesmo desde a Era Cambriana, a Terra vivenciara vários períodos diferentes durante os quais a vida haveria brotado, se diversificado, florescido e prosperado, apenas para ser liquidada novamente durante vários períodos abruptos e diferentes de extinção em massa.

Também sabia, por exemplo, que de acordo com os antigos registros da América Central, o primeiro mundo, ou "Sol", fora governado pelos gigantes. Muitas pessoas agora acreditam que essa era uma referência à era dos dinossauros. De acordo com os maias, este mundo foi "destruído por fogo vindo do céu", que pode muito bem ser uma descrição do meteorito gigante que atingiu a Terra cerca de sessenta e cinco milhões de anos atrás, e agora acredita-se ser responsável pela extinção dos dinossauros.

Esse meteorito originou o que é conhecido hoje como a Cratera de Chicxulub, no sul do México. O impacto foi tão grande que se imagina haver lançado uma enorme nuvem de poeira e fragmentos que bloquearam os raios solares e causaram a dramática mudança climática, um inverno global, que virtualmente teria eliminado toda a vida na Terra. De acordo com os maias, o Sol finalmente parou de brilhar no ano conhecido como "treze".

De fato, segundo o antigo calendário maia, cada um dos mundos anteriores for destruído por um acontecimento catastrófico ou outra coisa, que se liga de maneira muito próxima aos registros fósseis, os quais mostram cada período histórico terminando em uma era de extinção em massa. Laura até perguntou-se se nós poderíamos agora estar entrando em um período como esse, considerando a ideia sobre a rápida perda de centenas, se não milhares, de diferentes espécies que temos testemunhado neste planeta nos últimos anos. Então ela ouviu atentamente enquanto Carlos continuava sua explicação entusiasmada.

— Os maias foram muito precisos em seus cálculos e previsões. Eles gostavam de planejar as coisas até os dias atuais. Portanto, forneceram uma data exata para o início do presente mundo.

— De acordo com eles, o mundo atual, ou "Sol", começou em uma dia que se traduz para nosso calendário precisamente como o dia treze de agosto do ano 3114 a.C.

— E pelo fato de esse ter sido o primeiro dia do ano presente, ficou conhecido por eles como o dia "zero" em seu "Calendário de Contagem Longa".

— É conhecido como "Contagem Longa" simplesmente porque é o mais comprido dos calendários maias mais comumente utilizados. Mas, na verdade, baseava-se nos movimentos do planeta Vênus, então às vezes era chamado de calendário de Vênus.

— Agora, de acordo com este calendário Venusiano — Carlos prosseguiu —, houve um dia, quase cinco mil e duzentos anos atrás, que marcou o primeiro dia da "Contagem Longa", ou o início do mundo atual, e o número de crânios no "tzompantli" nos informa quantas gerações passaram entre aquele dia e o dia em que a grande cidade de Chichen Itza foi fundada.

— Você sabe, meus ancestrais às vezes utilizavam a imagem estilizada de um crânio humano para representar a passagem de uma "geração". Em média, uma geração durou cerca de cinquenta de nossos anos solares, e, portanto, a imagem de um crânio esculpido em pedra veio a representar um período de precisamente cinquenta e dois anos.

— Então, se você somar todos os crânios esculpidos em pedra no "tzompantli", multiplicar cada um por 52, lhe será informado quanto anos exatamente se passaram desde o início do calendário de Contagem Longa, desde o dia 13 de agosto de 3114 a.C., antes do ano da fundação da cidade Chichen Itza. Em outras palavras, os crânios deixem exatamente quantos anos se passaram desde o início do mundo atual.

Laura estava fascinada. Ela já conhecia o calendário de Contagem Longa, mas nunca havia pensado antes que tivesse qualquer relação com caveiras. Representar o tempo utilizando a imagem de um crânio dá a ele uma dimensão muito humana, mas o que mais interessou a Laura foi o que ela poderia esperar encontrar quando chegasse a Luvantum.

— Então você acredita que mesmo as imagens de caveira entalhadas no principal templo-pirâmide em Luvantum não tinham relação alguma com sacrifício humano, mas, ao contrário, relacionavam-se com os grandes "ciclos do tempo" maias?

— Isso mesmo — Carlos prosseguiu. — Sinto muito desapontá-la se você é uma dessas pessoas que apreciam a ideia de que meus ancestrais eram nada mais do que selvagens sedentos por sangue.

— Pelo contrário — Laura disse assim que Carlos disparou um olhar reprovador a Dr. Brown.

— ... mas escavamos o solo nas adjacências da pirâmide e não encontramos evidências de crânios ou ossos humanos verdadeiros. Assim como estudos forenses semelhantes ao pé das pirâmides maias em outros locais, ali não se viam vestígios de sacrifícios humanos reais.

— Na verdade, a maior parte dos crânios verdadeiros que descobrimos em antigas ruínas maias, como os crânios de pedra, também nada tem a ver com sacrifício humano. Ao contrário, trata-se de crânios dos próprios ancestrais dos maias: parentes, pais, avós e entes amados. Os maias tinham o hábito de guardar os crânios e enterrá-los sob suas pequenas casas de palha, de modo a manter seus amados próximos, mesmo depois de mortos. É realmente muito triste e, sem dúvida, nada tem a ver com o sacrifício ou troféus de guerra. Coisas terríveis podem, é claro, ter acontecido em períodos de guerra, mas não é diferente do que ocorre hoje.

— Não. Agora está ficando claro — Carlos disse — que pouquíssimos crânios, mesmo nas antigas obras de arte maias, tinham relação com sacrifício humano. Ao contrário, essas imagens de crânios em pedra parecem ser simbólicas do período de cinquenta e dois anos, que foi importante no antigo sistema de calendário, indicando a quantidade de gerações desde o início do "Tempo".

— E há alguma evidência de imagens de crânio em algum outro lugar ou dentro da pirâmide em Luvantum? — Laura perguntou.

— Sim, há um altar decorado com uma caveira e um portal muitíssimo corroído com uma imagem de caveira entalhada em seu centro, na entrada de uma câmara secreta no coração da pirâmide, mas ainda não temos ideia do que qualquer uma delas significa, ou para que a câmara foi utilizada. Quem sabe você possa nos ajudar a responder a essa pergunta.

— Talvez — Laura disse. Ela se esforçava muito para esconder seu entusiasmo. Pareceu como se estivesse no caminho certo, afinal. Tinha uma boa noção de como a imagem da caveira estaria relacionada àquilo e queria fazer mais perguntas a Carlos, mas sentiu-se obrigada a guardar todo o conhecimento sobre a caveira de cristal para ela, pelo menos por hora.

Laura pensava consigo que se o templo-pirâmide principal em Luvantum era entalhado com crânios, e agora se pensava que tivessem relação com a marcação da passagem de tempo, então fazia sentido que pudesse muito bem ser o templo-pirâmide que continha a pedra profética. Esse seria o lugar onde procurar, assim que chegasse ao sítio arqueológico.

— Estou exausto — falou Dr. Brown, que permaneceu indistintamente silencioso durante toda a última parte da conversa. — Acho que é hora de ir para a cama.

Assim que Laura e os outros ergueram suas barracas para passar a noite, ela se sentiu repleta de agitação e expectativa. Parecia existir, depois de tudo, uma chance de encontrar os hieróglifos que faltavam.

Assim que se deitou em seu travesseiro improvisado — uma toalha encharcada envolta em uma sacola plástica — ouvindo os sons incríveis produzidos por todos os animais da floresta que ganharam vida após o escurecer, sua mente flutuou com as imagens do sítio arqueológico misterioso que agora estava apenas um dia à frente.

Mais uma vez, teve a quase mágica sensação de deleite que havia sentido no passado, na expectativa de ver pela primeira vez uma cidade maia diferente. Cada cidade tinha a própria beleza, atmosfera única, características singulares.

Desta vez, contudo, ela a visitaria não apenas como uma arqueóloga interessada, porém como alguém com uma pergunta secreta urgente que precisava ser respondida. O que dizia o restante dos hieróglifos? Que acontecimento terrível estava previsto para acontecer em apenas uma semana? Parecia que agora estava prestes a descobrir.

CAPÍTULO 51

15 de dezembro de 2012

Na manhã seguinte, eles desmontaram o acampamento. Mais uma vez, Laura amarrou sua mochila com a caveira de cristal ao cabo de corda embaixo da sela, na esperança de que ali ficasse segura. "Pelo menos não demoraria demais", falou para si mesma, flutuando pelo entendimento de que, tudo correndo bem, eles deveriam chegar a seu destino ao final daquele mesmo dia.

Não demorou muito para que, depois da partida de Laura, os soldados descobrissem seu local de acampamento abandonado. Eles ficaram muito agitados quando se depararam com os resquícios latentes da fogueira do acampamento do grupo, com as brasas ainda mornas da noite anterior. Eles também ficaram muito satisfeitos com o fato de as condições úmidas e enlameadas significarem que teriam pouca dificuldade para encontrar e seguir Laura e seus companheiros de trilha.

Ao meio-dia, a alguns quilômetros de distância, Brown e Laura proseavam sobre as origens misteriosas da antiga civilização maia, mas tiveram que interromper a conversa quando chegaram a uma bifurcação no caminho e tiveram de decidir qual direção seguir. Tendo tomado o lado esquerdo da bifurcação, não demoraria até alcançarem uma grande rocha que bloqueava parcialmente o caminho à frente. A mula de Laura assumiu o comando e começou a cercar a obstrução, quando uma mortal cascavel de repente começou a chocalhar seu rabo embaixo da rocha.

Amedrontada com o som, a mula empinou, zurrando alto. Ao ver a cobra, o animal esquivou-se para trás e pisou de modo nervoso para um dos lados. Ao fazê-lo, não viu uma fileira fina de arbustos, a borda do penhasco que limitava o caminho.

O animal começou a escorregar pela beira do penhasco, seus cascos raspando freneticamente enquanto tentava recuperar a pisada. Rochas e pedras soltas caíram na lateral.

Laura agarrou a frente de sua sela e a segurou firme. Olhou fixamente para baixo, petrificada, enquanto os escombros pareciam cair em câmera lenta antes de acertar a superfície das águas profundas muito abaixo, provocando um esguicho.

Carlos interveio rapidamente, agarrando as rédeas da mula bem a tempo de ajudar o animal assustado a recuperar sua pisada.

— Essa foi por pouco! — exclamou Dr. Brown. — Você não ia querer acabar lá. Se a queda não a matasse, a correnteza provavelmente o faria — acrescentou procurando ser prestativo.

Laura esforçou-se para manter sua assustada mula de volta à direção da pista. Puxando as rédeas com força, ela ficou em frente à rocha que havia escondido a cobra. Agitada, sua mula levantou-se e começou a bufar.

Carlos desmontou de sua mula e começou a golpear com um graveto grande o solo próximo à rocha. Ele então levou sua mula nervosa para trás da rocha. Dr. Brown seguiu a orientação de Carlos, e sua mula seguiu cuidadosamente sua volumosa forma.

— Sugiro que você faça o mesmo — aconselhou Laura.

Ela também desmontou de sua mula e puxou as rédeas do animal. No início, recusou-se a sair do lugar; ficou com as orelhas esticadas, hesitante em dar um único passo. Apenas quando Carlos voltou detrás da rocha balançando seu grande graveto, o animal começou a se mover, mas ainda relutante. Depois, deu um meio--galope, quase arrastando Laura pelo chão.

Quando passou pela rocha, parou abruptamente, e todos pararam para olhar o precipício atrás. Laura estava arrepiada em ver que havia escapado por tão pouco. Ela espreitou-se através das árvores para ver que a beira do penhasco no qual tinha quase caído formava apenas uma pequena parte da margem do enorme buraco escavado no solo. Parecia uma cratera gigante com paredes verticais no meio do chão da floresta.

— É um "cenote" — explicou Dr. Brown —, uma entrada para o sistema subterrâneo do rio. Os antigos maias acreditavam que tocas como estas sejam portais para o mundo subterrâneo. Mergulhar nelas era uma das cerimônias de iniciação para os curandeiros. Se um jovem aprendiz conseguisse nadar de uma dessas entradas para outra, se tornava um xamã — ele olhou para Laura. — É claro que a vasta maioria deles simplesmente se afogava.

Ele virou-se e retornou à sua mula.

— Dr. Brown pensa na antiga civilização maia apenas como um povo primitivo — disse Carlos, enquanto Laura e ele subiam de volta em suas mulas e seguiam Dr. Brown ao longo da trilha da floresta. — Ele se esquece que eles ergueram cidades magníficas...

— ... Utilizando apenas tecnologia da idade da pedra! — Dr. Brown interrompeu.

— Certo, ou seja, eles não tinham ferramentas de metal — Carlos respondeu — mas apenas veja o que fizeram sem elas!

Laura podia dizer que ambos realmente gostavam desse tipo de provocação.

— Se a antiga civilização maia era tão primitiva — Carlos prosseguiu com entusiasmo —, por que eles tinham dezessete diferentes calendários interligados, enquanto nós temos apenas um? São sete maneiras diferentes de calcular que dia é! E pelo fato de cada um desses calendários se basear nos verdadeiros movimentos dos planetas e das estrelas por todo o universo, o dia que lhe diziam não era apenas *quando* era o dia, mas também *onde* a Terra estava naquele dia em relação a todos aqueles outros planetas e estrelas. Eles podiam até usar a posição e orientação de seus templos-pirâmides para verificar seus cálculos e medir a posição de todos esses dezessete diferentes planetas e estrelas em relação à Terra de modo bastante preciso. Não me parece um povo primitivo.

— Porém não tinham sequer telescópios — Brown disse em tom de provocação.

— Não faz diferença — Carlos disse. — Eles ainda compreendem "os ciclos do tempo", os ciclos de todos os planetas diferentes, como Vênus. E o calendário Venusiano, ou de Contagem Longa, era extremamente complicado. Ao contrário de nosso simples calendário solar, que simplesmente conta quantos dias a lua leva para fazer a órbita na Terra, seu calendário de Contagem Longa não apenas contava o ano Venusiano.

— Ele simplesmente não conta quanto tempo leva para Vênus e Terra orbitarem efetivamente um em relação a outro. Esse é um processo que dura, em média, quinhentos e oitenta e quatro dias, mas varia entre quinhentos e oitenta e quinhentos e oitenta e sete. Seu calendário de Contagem Longa, no entanto, mede algo muito mais interessante que isso. Os maias eram mais interessados em por que a duração deste ciclo variava. Eles tinham mais interesse na relação entre o eixo de rotação do planeta Vênus ao redor do Sol e o eixo de rotação da Terra ao redor do Sol, um ciclo que oscila durante um grande período de tempo.

— Eles estavam interessados em quanto tempo levava para a Terra, o Sol e Vênus retornarem à mesma posição em relação ao outro. E esse é um processo que opera em um ciclo de cinco mil e duzentos anos, ou, como os maias diziam, este "ciclo de tempo" dura exatamente um milhão, trezentos e oitenta e seis mil e quinhentos e sessenta dias. E é isso que seu calendário de Contagem Longa lhes proporcionava. Eles calculavam e compreendiam tudo isso sem o auxílio de telescópios modernos. Nós não sabemos exatamente como eles o fizeram.

— Carlos é um especialista em astronomia maia e não escutaremos uma palavra proferida contra eles — disse Brown.

— Como eu constatei — Laura respondeu.

— Na verdade, Carlos está estudando a torre astronômica em Luvantum e tem planos de tentar restaurá-la — Brown explicou.

— Sim, é uma das melhores em seu gênero no mundo maia antigo — Carlos falou, orgulhoso. — Eu já realizei um trabalho de escavação preliminar em seus arredores e descobri diversos pedaços de cristal — acrescentou.

Os ouvidos de Laura se aguçaram.

— Esses pedaços de cristal aparentemente eram usados pelos sacerdotes-astrônomos nos tempos antigos para auxiliar na limpeza de sua visão. Por exemplo, quando eles olhavam para o céu noturno, acreditavam que o cristal podia ajudá-los a ver os planetas e as estrelas com maior clareza.

"Incrível", Laura pensou. Ela teve uma súbita sensação de reconhecimento. Ela se lembrou de como, em seu escritório, a caveira de cristal havia intensificado sua visão dos hieróglifos. E agora acontecia de os próprios maias antigos terem utilizado o cristal para auxiliar no realce de sua visão.

— Realmente — Carlos prosseguiu — parece que os antigos maias acreditavam que o cristal podia auxiliá-los a enxergar, além dos planetas e das estrelas as dimensões ocultas dos céus. E era a função dessas dimensões, marcar os "ciclos de tempo" ocultos registrados em seu calendário de todos os calendários, o sagrado ou "tzolkin", como era conhecido.

— Como você provavelmente sabe, especialistas vêm se confundindo a respeito desse calendário sagrado há anos, mas nós ainda não o compreendemos. Talvez isso ocorra porque aparentemente tem de fato a ver com outra dimensão, um "universo paralelo", se você preferir, o qual nós, mortais, humildes seres humanos fazendo nossa parte neste pequeno planeta, simplesmente não conseguimos enxergar. Os antigos, no entanto, ao que parece, conseguiam enxergar dentro dele.

O que Carlos afirmou ofereceu a Laura um vislumbre de esperança. Ela ainda estava profundamente perturbada pelo fato de ninguém mais, nem Professor Lamb, nem Caleb, ou mesmo Michael, terem sido capazes de enxergar os hieróglifos que ela vira através da caveira de cristal, em seu escritório. Todos eles presumiram que ela estava simplesmente imaginando coisas; que estava perturbada por algum tipo de desequilíbrio mental, uma ideia que ela mesma considerou extremamente perturbadora, caso essa realmente fosse a hipótese. Mas o que Carlos dizia encorajou-a. Os próprios maias antigos aparentemente utilizaram o cristal para tentar enxergar o que normalmente não poderia ser visto. Então, afinal, talvez não estivesse ficando louca.

Ela estava quase perguntando para Carlos mais a esse respeito, quando Brown intrometeu-se.

— Parece intrigante — ele disse com desdém — mas se não chegarmos logo a esse sítio arqueológico, não conseguiremos ver nada!

Brown olhava para o céu.

— Está ficando tarde, Carlos. É melhor você ir na frente e acender a fogueira no local de acampamento antes que escureça.

— Haverá café esperando por vocês — Carlos sorriu. — *Hasta luego!* — ele chutou sua mula para que ela trotasse e fosse conduzido à frente.

Enquanto isso, os quatro soldados da pista de pouso chegaram à mesma bifurcação no caminho pelo qual Laura e seus companheiros haviam passado mais cedo. Indecisos sobre qual direção seguir, pararam por um momento e descansaram as armas, enquanto um deles aventurou-se à frente para investigar.

Seguindo pelo lado esquerdo da bifurcação, ele encontrou uma rocha grande bloqueando parcialmente o caminho, e atrás dela algo chamou sua atenção. Ele notou algumas marcas de casco na lama, na margem de um cenote. Ele curvou-se para olhar mais de perto. As marcas estavam frescas. Ele espreitou o penhasco, mas não havia sinal de qualquer mula ou pessoa caída. Então, percebeu outras marcas de casco, três conjuntos delas, seguindo para além da grande rocha.

Ele assobiou para seus colegas, apontando agitado na direção em que Laura e seus colegas haviam partido. Seus camaradas puseram as armas de volta aos ombros e prosseguiram com dificuldade em direção a Luvantum, agora mais próximos de quem perseguiam.

CAPÍTULO 52

Enquanto prosseguiam viagem em silêncio, Laura percebeu que a floresta ao redor parecia ter se tornado mais densa. Quanto mais avançavam, as árvores, não tão facilmente acessíveis a madeireiros, pareciam ficar maiores, e seus galhos pareciam alcançar o céu. Ela havia esquecido o poder incrível de lugares selvagens como esse. A floresta a lembrava do quanto ela era pequena e frágil. Havia uma crueza, uma força elementar nesses lugares selvagens que era tanto divertida como assustadora. Era um local em que a natureza reinava suprema. Fazia Laura se recordar do respeito que os seres humanos deviam ao mundo natural, cujas forças, embora facilmente negligenciadas, ainda determinavam as vidas de todos no planeta.

Ela se deu conta de que seus pensamentos voltavam-se novamente ao velho que encontrara na pista de pouso. Então ele era um "curandeiro". A ideia a intrigava. Ela nunca havia conhecido uma pessoa assim antes, mesmo em viagens anteriores de escavação à América Central. "Arqueólogos nojentos" em geral pareciam surpreendentemente ter pouco a ver com a população local. Ela ficou perplexa ao vê-lo tão despretensioso, parecendo tão comum. Era difícil acreditar que ele era um homem que sabia como curar pessoas. Parece que ele poderia ser muito mais capaz do que aparentava. Porém, o que mais intrigava Laura era o que Dr. Brown havia dito antes na pista de pouso.

— Então o que você sabe a respeito de curandeiros falando com os mortos? — ela vociferou para Dr. Brown.

— Não muito — ele respondeu.

— Então o que o faz pensar que aquele homem que encontramos anteriormente era um especialista?

— Bem, eu diria a você que tudo isso é um monte de besteiras, se não fosse por aquele garotão.

Laura olhou para ele de modo interrogativo.

— Disse-me que meu pai estava morto — ele olhou intensamente para Laura. — Eu estava aqui, não havia meios de saber. — Provou-se ser verdade — ele desviou o olhar.

— Sinto muito por ouvir isso — Laura falou.

— Aconteceu há dezoito meses. Ele tinha oitenta e seis anos. Insuficiência cardíaca.

Brown esticou a palma da mão e olhou para o céu.

— Ei, acho que vai parar de chover. Dirigiu-se para frente.

Laura seguiu atrás dele, em silêncio, sobre um espinhaço. Acima deles, um pesado céu de um único tom de cinza começava a se fragmentar assim que a chuva principiou a diminuir e fragmentos de raios de sol começaram a penetrar nas nuvens.

— Estamos quase lá! — Brown sorriu assim que se aproximou do cume da colina. — Dê uma olhada — disse, passando seu binóculo para Laura.

Nesse momento ouvia-se na floresta um som profundo e crescente de lâminas cortantes, e Laura ofegou, em choque, quando um enorme helicóptero Chinook de exército se ergueu acima da copas das árvores, bem à frente deles. Seu holofote poderoso perfurava a abóbada da floresta, cintilando nela desagradáveis fragmentos de azul elétrico, iluminando bolsões de árvores com sua luz artificial e obscura.

Laura mal teve tempo de prestar atenção no que estava acontecendo, quando Carlos veio galopando por trás, em direção a eles, gritando ao mesmo tempo em que desmontava da mula.

— Rápido! Escondam-se! Eles estão procurando a Dra. Shepherd.

— Merda! — Laura sussurrou, quando se apressava para desmontar de seu animal, os olhos analisando rapidamente a floresta, à procura de algum lugar para se esconder.

— Aqui, atrás dessas árvores — sussurrou Carlos, conduzindo sua mula para fora do caminho, para trás de um agrupamento de árvores particularmente denso.

Dr. Brown sentou-se resoluto em sua mula.

— Que diabo está acontecendo? — reclamou. — Você nunca me disse que era uma criminosa procurada.

— Por favor! — Laura implorou, seguindo Carlos. — Não é o que parece. Eu posso explicar — assim que disse isso, ela começou a se perguntar por que cargas d'água conseguiria sequer começar a explicar como havia terminado nessa situação.

— Sim, acho que é melhor — Brown falou de modo rabugento. — Pondo todo o grupo em perigo, arriscando nossas vidas — ele murmurou enquanto deslizava relutante para fora de sua mula e se unia a Laura e Carlos, escondendo-se atrás das enormes raízes de apoio da grande quantidade de troncos de árvore cinza-prateados.

Pairando alto sobre eles agora, como um falcão mecânico poderoso, as lâminas do helicóptero chiavam. O piloto e o copiloto faziam uma varredura na floresta abaixo. Felizmente, para Laura e seu grupo, a folhagem estava tão densa que os pilotos conseguiam ver pouco além da espessa folhagem da abóbada da floresta, mais de 60 metros acima das cabeças de Laura e de seus companheiros.

Atrás das árvores, Dr. Brown lançou um olhar reprovador para ela.

— O que você fez, assaltou um banco?

— É claro que não — Laura respondeu, indignada. Ela estava prestes a tentar se explicar, quando o som do giro das lâminas do helicóptero de repente ficou mais alto, enquanto a aeronave rodeava mais baixo, tentando captar um ângulo melhor entre as árvores.

As mulas começavam a ficar irritadas, puxando nervosas suas rédeas. Laura se esforçou para acalmá-las, mas foi inútil. De repente, o som de lâminas cortantes tornou-se um rugido ensurdecedor, enquanto um segundo helicóptero imenso, para transporte de tropas, mergulhou sobre suas cabeças, até aterrissar na antiga cidade em ruínas que se localizava no vale, no lado imediatamente oposto.

A mula de Laura entrou em pânico. Seus olhos tinham um brilho branco de pavor. Ela tentou desesperadamente contê-la, mas suas rédeas foram arrancadas de suas mãos assim que o animal precipitou-se. Ela apenas conseguiu agarrar firme sua mochila e o cabo de corda pelo qual estava pendurada na frente da sela, enquanto o animal partia em alta velocidade em direção à floresta, retornando em direção à pista. As outras mulas também se moveram inquietas, puxando teimosamente suas rédeas, recusando-se a sossegar.

— Temos que sair daqui! — Dr. Brown se apavorou, subindo de volta em sua mula.

Carlos subiu no animal restante e esticou um braço para fazer com que Laura subisse atrás dele. — Venha! — ele disse.

— Não posso — Laura respondeu, sem se mover e lançando sua mochila de volta ao ombro. — Eu tenho que encontrar aquela pedra!

Brown e Carlos a encararam por um momento, como se ela fosse maluca. Laura teve uma sensação terrível de *déjà vu*, mas tomou sua decisão.

— Bem, não sem nossa ajuda! — Brown exclamou, virando sua mula para ir embora. — Venha, Carlos!

Carlos conteve seu animal tempo o suficiente para dar a Laura uma última chance para mudar de opinião e subir. Mas Laura simplesmente olhou para ele, boquiaberta, incapaz de explicar sua decisão, até Carlos desistir e permitir que seu animal virasse e partisse.

— Não! Por favor! Espere! — Laura berrou às costas de Brown quando ele começou a ser levado.

— Você fica se quiser, Dra. Shepherd, mas você está sozinha — Brown gritou de volta para Laura enquanto desaparecia na floresta.

Carlos olhou para trás, acima do ombro, preocupado, enquanto também era conduzido em meio a floresta, onde desapareceu.

De repente, sentiu-se abandonada e sozinha.

CAPÍTULO 53

Laura tentou se consolar com o pensamento de que ao menos estava bem próximo de Luvantum, e o sempre presente helicóptero felizmente parecia ter ido embora, pelo menos por enquanto. Talvez dessa forma, sem Dr. Brown, Carlos e as mulas, ela ficasse menos visível e houvesse uma chance menor de ser pega. Quem sabe agora conseguisse, afinal, encontrar o pedaço que faltava da pedra com o hieróglifo. Pelo menos era o que dizia para si enquanto lutava e se arrastava por seu caminho através da vegetação rasteira, tentando chegar além do espinhaço, na esperança de conseguir ver o que estava adiante, do outro lado do vale.

Finalmente encontrou um ponto além do espinhaço, no qual o solo começava a inclinar no vale à frente, e ela descobriu outro bom lugar para se esconder, atrás de algumas árvores. Ela ainda tinha o binóculo de Dr. Brown consigo, então o levantou até os olhos e espreitou através de uma fenda distante, entre as árvores.

O que ela viu tirou seu fôlego. Bem à sua frente, com todos os lados cercados por íngremes colinas cobertas de vegetação, estava uma das visões mais esplêndidas que ela já vira. Uma grande cidade em ruínas com templos, palácios, praças e morros. Pirâmides ainda mais grandiosas erguiam-se acima das copas das árvores, tudo banhado pela mais bela luz dourada do Sol da noite.

Mas havia apenas um pequeno problema. Todo o lugar, a antiga cidade maia de Luvantum pela qual havia se arriscado tanto, estava absolutamente fervilhando de soldados, todos olhando para ela. Parecia haver centenas deles, todos carregando metralhadoras, e, acima de sua cabeça, muitos outros helicópteros para transporte de tropas circulavam, aguardando sua vez de aterrissar.

Laura estava amedrontada, tanto que quase largou seu binóculo. Lá estava ela, no mínimo a apenas algumas centenas de metros de seu objetivo, porém era absolutamente impossível acessá-lo. Seu choque logo começou a se transformar em desespero. O que ela faria? Como seria possível chegar a algum lugar perto do sítio arqueológico — sem mencionar o interior da câmara secreta, dentro do coração da pirâmide principal?

Ela se atirou no chão, desbaratada, quando pensou ouvir um sussurro vindo de alguns arbustos próximos. Virou-se. Não havia ninguém. Então circundou cuidadosamente o outro lado da árvore. Segurou a respiração. Tinha certeza de que podia escutar soldados à distância gritando ordens em espanhol.

Ela ouviu o ruído novamente. Assustadoramente, ainda parecia vir detrás dela. *Eu já fui cercada?*, ela se perguntou. Escutou um galho rachando logo atrás. O mais silenciosamente que conseguiu, começou a retirar seu canivete lentamente do bolso, e estava prestes a se virar para conferir, quando sentiu aquela mão masculina gigante apertar sua boca e nariz; seu braço, que segurava o canivete, foi torcido para trás, e ela foi violentamente lançada ao solo.

Apavorada, começou a chutar e a se debater contra o agressor, dando cotoveladas nas suas costas e chutando suas canelas.

— Ah, pare! Sou eu! — sussurrou uma voz masculina irritada. Seu sotaque guatemalteco era inconfundível. Laura reconheceu sua voz de imediato. Era Carlos. Ela parou de se debater.

— Mas que droga — Laura sussurrou quando ele a soltou e esfregou as canelas onde o havia chutado.

— Eles a teriam visto — Carlos falou, apontado na direção das vozes dos soldados que soavam como se estivessem se aproximando.

— Desculpe-me.

— Não podemos ficar aqui — sussurrou Carlos. — Siga-me!

Apoiada nas mãos e nos joelhos, Laura seguiu Carlos enquanto ele se arrastava através da vegetação rasteira, e não demorou muito até que se vissem escalando a entrada de uma pequena caverna escondida entre vegetação espessa.

Uma vez lá dentro e em segurança, eles espreitaram a borda da caverna para ver Dr. Brown à distância, sendo arrastado à força em sua direção. Atrás dele, Laura reconheceu um dos quatro soldados da pista de pouso. Ele estava cutucando Dr. Brown na parte inferior das costas com um cano de arma e gritando ordens em espanhol:

— *Anda, cabron!* (Ande, homem!).

Enquanto isso, seus camaradas se espalhavam entre as árvores, armas a postos, e todos se dirigindo a Laura e Carlos. Laura percebeu que eram esses soldados que ela ouvira vociferar ordens em espanhol a Dr. Brown mais cedo. Inicialmente ele declarou sua inocência, mas agora, apavorado com o que poderiam fazer a ele, tentava apenas dar a eles o que queriam.

— Saia, Dra. Shepherd! Desista! Você não tem nenhum lugar para ir! — ele gritou.

— Maldição! — Laura sussurrou, enquanto se enfiava de volta na caverna. Era isso. Eles a encontrariam agora. Ela não gostava de pensar no que poderia acontecer quando eles o fizessem. Uma coisa era certa, ela nunca encontraria a pedra profética. E isso acontece bem agora, quando ela estava tão perto do que a havia levado até ali.

Olhou ao redor da caverna, desesperada, procurando algum lugar melhor para se esconder. Mas suas paredes eram lisas. De qualquer forma, tinha certeza de que em breve a encontrariam, mesmo se conseguisse achar uma fenda conveniente ou fissura grande o suficiente para se espremer dentro.

Mas assim que seus olhos se adaptaram à escuridão, enxergou melhor a caverna e percebeu que havia duas câmaras nela, a da frente e a do fundo. Arrastou-se através do fundo, onde pôde ver um feixe estreito de luz do dia que brilhava através de um furo minúsculo no teto.

Assim que seus olhos seguiram o feixe de luz até o solo, ela ficou surpresa em descobrir que a parte mais funda da caverna estava parcialmente preenchida com água, cerca de nove a doze metros abaixo da saliência na qual agora se encontrava. Era, na verdade, um "cenote", uma entrada para o sistema subterrâneo do rio, em princípio semelhante ao grande buraco no solo em que ela quase caíra anteriormente.

Ela olhou fixamente na água profunda logo abaixo, antes de se virar para Carlos.

— Para onde isso leva? — perguntou.

— Ninguém sabe — Carlos disse. — Embora alguns afirmem que sai por baixo de uma das pirâmides.

— Outro caminho! — exclamou Laura. — Você tem certeza?

— Eles dizem que os antigos construíram a pirâmide no alto da câmara maior, ou cenote, pois a consideravam a mais sagrada, a entrada principal para o submundo. Mas ninguém sabe ao certo — Carlos respondeu.

Laura refletiu sobre isso por um momento. Aquilo fazia sentido, pensou, visto que ela já sabia que uma das pirâmides mais famosas da América Central, o grande templo de Kukulkan (ou El Castillo, como os espanhóis a chamam), na antiga cidade maia de Chichen Itza, na Península de Yicatan, sul do México, tinha sido originalmente construída bem no alto do que havia sido o principal poço de água, ou cenote, bem no coração da antiga cidade.

Alguns tinham especulado que era para fornecer água para nutrir a alma da divindade à qual o templo era dedicado. No caso de Chichen Itza, esse era o principal deus de toda a América Central — a serpente voadora com penas cor de arco-íris conhecida pelos maias como Kukulkan. Para os astecas posteriores, esse deus era conhecido como Quetzalcoatl. Embora, talvez, Laura refletiu, a pirâmide em Chichen Itza estivesse posicionada dessa forma para permitir que o deus Kukulkan tivesse acesso ao submundo.

E aqui, em Luvantum, talvez a ideia tivesse sido enterrar ou esconder a caveira de cristal em sua câmara secreta dentro da pirâmide mais importante, bem no alto do cenote principal — exatamente na entrada principal para o submundo —, para que, de alguma forma, a caveira fosse banida para aquele tradicional mundo dos mortos indicado na mitologia maia.

Talvez fosse verdade o que Carlos dissera, que a pirâmide principal em Luvantum fora erguida no alto do cenote principal, a maior câmara do sistema subterrâneo do rio. Laura, contudo, não tinha condições de escrever uma tese neste exato momento, especialmente quando fora da caverna ela conseguia escutar os soldados se aproximando.

Havia apenas uma maneira de descobrir. Retirou sua mochila e começou a despir-se de sua blusa.

— O que você está fazendo? — Carlos mal conseguia acreditar no que via.

Ela começou a remover os tênis.

— Você está louca? — Carlos exclamou.

"Provavelmente", Laura pensou consigo. Mas tinha chegado tão longe e não estava disposta a desistir agora.

— Eu vou arriscar — disse.

— Mas ninguém saiu dessa com vida! — Carlos explicou.

— Você vem ou não? — Laura insistiu, ignorando seu aviso e devolvendo a pergunta para ele.

— Prefiro enfrentar os soldados — respondeu.

— Então me dê uma mão com isso — Laura passou para ele a extensão de corda em sua mochila e retirou uma grande lanterna à prova d'água. Enquanto ela a testava, Carlos enrolou a corda ordenadamente antes de devolver a ela, que a amarrou em seu cinto.

— Seja cuidadosa lá embaixo — propôs gentilmente —, depois de toda essa chuva o nível da água começa a subir e não haverá muitos lugares para parar e respirar.

— Obrigada pelo estímulo! — Laura falou. Embora estivesse tentando não levar seu apuro a sério, seus olhos desmentiam seus nervos.

Ela verificou se as alças de sua mochila estavam colocadas corretamente, acendeu sua lanterna, respirou profundamente, levantou os braços sobre a cabeça e mergulhou na água profunda.

— E atenção com as correntezas fortes! — a voz de Carlos enfraqueceu como um choro abafado que Laura não conseguiu ouvir, pois já mergulhara, borrifando água ao seu redor.

CAPÍTULO 54

"Não entre em pânico! Não importa o que faça, não entre em pânico!" Laura tentou se acalmar. Ela fez um grande esforço para se lembrar de todo o treinamento de mergulho que havia tido tantos anos antes, quando ainda era uma jovem arqueóloga que cursava pós-graduação em Yale.

No início, decidira aprender a mergulhar precisamente porque os cenotes neste pedaço de mundo haviam historicamente revelado muitos segredos, diversos antigos tesouros maias, como a antiga urna funerária que ela mesma descobrira em uma caverna onde havia mergulhado, perto da antiga cidade maia de Coba, no Yucatã Central. Uma foto desse achado ainda enfeitava a parede de seu escritório no Museu Geográfico Smithton.

No entanto, todo o treinamento que tivera agora parecia ter acontecido muito tempo antes, como um sonho, quase irrelevante, como em outra existência totalmente distante. Ela mal conseguia se lembrar de algo agora que subitamente se encontrava nas águas gélidas e escuras do que ela temia que pudesse se tornar a própria tumba subterrânea.

Mas não conseguia deixar de notar que na água ao seu redor, clareada pelo estreito feixe de luz do dia que brilhava através do teto da caverna, havia uma bela cor turquesa. A luz penetrou profundamente nas diferentes águas escuras onde se via submersa naquele instante. Embora seu farolete estivesse ligado, ela sentiu-se, de alguma forma, guiada pela estreita coluna de água turquesa que se esparramava no abismo abaixo.

A água se tornou mais fria, e os ouvidos de Laura começaram a doer quando ela nadou para o fundo da bela piscina iluminada pelo feixe de luz do sol vindo da abertura. Ela desceu mais e mais até seu farolete iluminar as espinhas dorsais prateadas de peixes de cor pálida enquanto estes abriam caminho para ela.

No fundo da piscina, um peixe refugiou-se atrás de enormes estalactites e estalagmites que protegiam a entrada para uma passagem subterrânea comprida e escura que levava para outro lado, afastado da parte principal da piscina.

Laura sentiu como se tivesse entrado em outro mundo, um mundo bonito, mas de certas formações rochosas de calcário ameaçadoramente imensas. Muitas das estalactites e estalagmites tinham muitos metros de largura e dezenas de metros de altura. Algumas delas se estendiam desde aquele mesmo fundo da piscina até o alto da ampla caverna subterrânea semelhante a uma catedral na qual ela agora se via flutuando, como um astronauta flutuando sem gravidade olhando fixamente para alguns novos planetas encontrados que continham somente criaturas transparentes e diversos tons ondulantes de cinza.

Enquanto os peixes translúcidos se lançavam túnel abaixo e se escondiam atrás de dedos gigantes de rocha, Laura sentiu-se quase como se os peixes estivessem mostrando o caminho a ela, enquanto os seguia cada vez mais profundamente dentro da imensa passagem subterrânea incrustada com formações rochosas de calcário de todos os tipos de formatos e tamanhos.

Não percebia a suave corrente subterrânea que de fato carregava os peixes e a ela para mais longe dentro do enorme túnel inundado. Lançando o olhar para trás, tentou não entrar em pânico quando viu que o feixe de luz estreito no cenote submerso desaparecia suavemente de vista enquanto ela era carregada para um canto levemente encurvado da passagem.

Enquanto isso, acima do nível da água, na câmara do cenote, assim que a luz do farolete de Laura desapareceu de vista por baixo das águas que se encontravam em posição inferior, Carlos virou-se para ver três dos soldados aparecendo na entrada da caverna. Suas armas estavam levantadas e prontas para atirar. Eles o miraram quase imediatamente. Sem argumentar, Carlos colocou as mãos sobre a cabeça e se levantou.

CAPÍTULO 55

Lá embaixo, na passagem subterrânea comprida e escura, o tempo de Laura se esgotava rapidamente. Ela ficava desesperadamente sem fôlego. Tinha a esperança de encontrar algum lugar neste momento, um local para respirar, mas infelizmente esse não foi o caso.

Aprendera em seu treinamento que havia cavernas nas quais nunca se deveria praticar mergulho livre por mais da metade da capacidade de tempo que você sabe que seu pulmão possui e é capaz de resistir. Ela sabia que no auge de sua juventude conseguia permanecer apenas dois minutos embaixo da água, e agora estava se aproximando da marca de um minuto nessa condição!

Seu plano seria virar-se e começar a nadar de volta caso não encontrasse uma oportunidade para respirar àquela altura. No entanto, esse plano não era possível pelo fato de que ela estava agora sendo arrastada por uma corrente muito suave, porém firme e constante. Em virtude dessa corrente, começava a ficar extremamente assustada porque efetivamente calcular suas opções de modo equivocado e não restava muito tempo para voltar. Mesmo se ela virasse neste momento, provavelmente não conseguiria retornar à piscina cravada no cenote.

Parecia haver poucas opções além de prosseguir com a esperança de encontrar, mais adiante no túnel, uma oportunidade para respirar. Nadou o mais próximo que conseguiu do teto da passagem, procurando desesperadamente por algum lugar onde o ar pudesse ter ficado preso. Mas foi em vão.

Ela começou a entrar em pânico, agora absolutamente desesperada por oxigênio, pois os músculos das pernas começavam a ter câimbra e parecia que estava prestes a cair em colapso, a desmoronar em dor insuportável, quando finalmente encontrou o que tanto procurava.

Exatamente no último instante ela descobriu uma pequena fresta no teto do túnel, uma pequena bolsa de ar na rocha que havia acima do nível da água. É o que mergulhadores de caverna chamam de "brotamento", um lugar onde alguns litros de ar velho ficaram presos quando o sistema da caverna foi originalmente enchido com água.

Não havia muito o que fazer. Não devia ser muito maior do que um capacete de motocicleta, mas Laura empurrou a cabeça para dentro daquele espaço e ofegou. Embora fosse ar velho e passado, para os pulmões inchados de Laura tinha o gosto mais doce do que o néctar mais agradável. Ela respirou o mais profundamente que conseguia, seu coração ainda martelando no peito.

Sua falta de senso a assustou. Ela não sabia no que estava pensando ao nadar para tão longe, presa no subterrâneo, sem qualquer ideia de onde poderia estar sua próxima oportunidade de respirar. Mas havia tido sorte. Tragou o precioso oxigênio, sabendo que precisaria se acalmar para atingir sua capacidade máxima de natação, habilidade da qual sua vida agora dependia.

Enquanto respirava de novo, de repente percebeu que o nível da água subia lentamente. No começo, conseguira apenas posicionar a cabeça e o pescoço na fenda, mas agora apenas sua cabeça estava acima do nível da água, e a água subia ainda mais a cada momento que passava. Havia se aproximado de seu pescoço e rapidamente chegava perto de sua boca. A qualquer momento, retornaria para baixo.

A pergunta era se deveria tentar nadar de volta ao cenote ou prosseguir. Mas, pensando bem, somente havia conseguido ir do cenote até ali com a ajuda de uma forte corrente que, caso tivesse que nadar de volta, agiria contra ela. Então, mesmo que tentasse nadar de volta, haveria chances muito pequenas de fazer todo o caminho viva.

Porém continuar...

Ela mergulhou de volta na água. A passagem escura à frente se estendia diante dela, muito além do que seu feixe de luz alcançava. Por todo o conhecimento que possuía, poderia se estender para sempre, sem qualquer oportunidade para respirar, sem mencionar a chance de reaparecer acima do nível do solo. Parecia que, de qualquer forma, havia pouquíssimas esperanças. Como ela poderia ter sido tão tola? Parecia que em sua pressa em encontrar a pedra profética havia perdido todo o bom senso.

No entanto, assim que virou o feixe de seu farolete, algo chamou sua atenção. Ela poderia não ter certeza absoluta, mas pensou que tivesse vislumbrado uma luzinha fraca à distância, vindo talvez do longínquo final do túnel.

Era difícil dizer. Poderia ser simplesmente algum reflexo estranho do próprio farolete. Ela já havia aprendido, tantos anos antes, quando fazia seu treinamento de mergulho em caverna, que às vezes efeitos óticos muito estranhos poderiam acontecer embaixo d'água, especialmente ao nadar livremente por cavernas subterrâneas, sob estresse. Parecia ser perfeitamente possível ver a luz nessas circunstâncias, quando de fato não havia nada lá. O que vira poderia ter sido, na verdade, nada mais do que uma miragem intensa, atraindo-a para frente, em direção à sua morte.

Ela, porém, não tinha tempo para conferir de novo. Com o nível da água subindo constantemente, esta era sua última chance de conseguir algum ar. Mas assim que ergueu a cabeça novamente dentro do "brotamento", o topo de seu crânio tocou o limite da fresta antes mesmo que seu nariz estivesse livre da água. Agora, apenas com a cabeça inclinada para trás, e seu nariz e boca pressionados contra o teto da bolsa de ar, conseguiria respirar. Em alguns segundos não teria escolha, a não ser voltar para baixo ou tentar nadar de volta ao cenote, ou escolher o que era provavelmente a opção ainda mais perigosa: seguir adiante em busca da próxima oportunidade de respirar.

Sua posição no "brotamento" rapidamente se tornava insustentável. Então, após uma última respiração desesperada, ela mergulhou novamente e nadou. Se estava sendo atraída por uma fonte de luz completamente imaginária, Laura não conseguia ter certeza. "Talvez eu tenha acabado de ter um desejo realizado antes de morrer?", ela se perguntou. No entanto, puro desespero a conduziu adiante. Ela queria sobreviver. Queria ver Michael novamente. Pensar nele a ajudou a nadar mais rapidamente. Ajudou-a a prosseguir.

Ela nadou sem parar. Procurava a luz ao final do túnel, mas parecia não existir nenhuma. A passagem escura parecia se estender eternamente, serpenteando primeiro para a esquerda e então para a direita, mas ainda sem sinal de qualquer fonte de luz ou alguma oportunidade para respirar. E não demorou muito até Laura perceber que ficava perigosamente sem ar.

Sentia um terrível e mortal cansaço em todos os músculos do corpo. A caveira de cristal em sua mochila, às costas, que ela mal notara antes, agora parecia pesar como chumbo. Cada bater de suas pernas, cada braçada que dava com os braços para tentar se impulsionar pela água gastava a energia que ela simplesmente não tinha mais. A terrível câimbra retornou a seus membros, enquanto o oxigênio rapidamente se esgotava em seu organismo, o que poderia provocar paralisia.

A dor se tornava quase insuportável à medida que a passagem serpenteava novamente para a esquerda. Laura sentiu que não conseguiria durar nem mais um momento, quando rapidamente viu uma luz brilhante à frente. Tinha certeza absoluta disso.

Enquanto flutuava para mais perto, contudo, ela percebeu que na verdade não era uma luz o que ela vira, mas a segunda melhor alternativa. O feixe de seu farolete refletia de volta em uma superfície plana acima. Era um teto de água vasto não muito distante. Podia significar apenas uma coisa. Nenhuma superfície rochosa poderia ser achatada, regular e prateada daquela forma. Tinha que ser a interface entre a água escura abaixo e o ar precioso e tonificante em cima!

Ainda não totalmente convencida de que o que via era real, e não apenas alguma ilusão surreal pré-morte, ela convocou suas últimas forças e se empurrou através da água, em direção àquela abertura. De repente, sua cabeça penetrou a superfície da água. Era real!

Em um momento de júbilo inimaginável, ela sufocou-se com o ar úmido e sombrio, tossindo e falando precipitadamente, chorando lágrimas de alívio. Sentou-se estática quando encheu os pulmões, absorvendo o oxigênio que sustenta a vida. Ela nunca tinha sido tão grata por ter oxigênio.

Utilizando toda sua força restante, ela se agarrou em uma rocha na margem da água e arrastou o corpo para fora, para a orla próxima, onde arfou e ofegou.

Assim que recuperou o fôlego, iluminou lentamente com seu farolete todo o local onde estava. Para sua surpresa, ela agora se via ao lado de um pequeno lago escondido dentro de uma caverna imensa e subterrânea, semelhante a uma catedral, na rocha.

CAPÍTULO 56

A caverna era magnífica, como uma enorme cúpula subterrânea, onde Laura viu milhares de pequenas e cintilantes estalactites de quartzo. Mas enquanto Laura deitou-se lá, agradecendo a Deus por sua sorte e admirando a beleza de seu novo ambiente, pôde perceber que sua sensação de alívio rapidamente se tornava pânico. "De que raio de modo eu vou sair daqui?"

Ela não conseguiria lutar contra as correntes, agora fortes, em seu caminho de volta, e só Deus sabia se havia alguma outra maneira de sair. Laura se perguntou se haveria outras pequenas fissuras na rocha embaixo do nível da água, mas pelo jeito toda a água no rio subterrâneo estava simplesmente se acumulando no interior desta bonita caverna. A superfície do lago aparentemente tinha subido alguns centímetros no tempo em que levara para constatar onde estava. O que ela faria?

Não conseguia suportar a ideia de retornar para baixo d'água, então iluminou com sua lanterna o teto, na esperança de que pudesse haver algum pequeno retiro ou fenda, alguma possível rota para fora daquela tumba molhada. Forçando os olhos para ver, pensou ter podido distinguir algo que parecia uma pequena abertura exatamente no cume do amplo teto em cúpula da caverna. Porém, não conseguia ter absoluta certeza disso, porque no ponto onde estava isso não era possível.Tinha que chegar mais perto.

Então escalou de volta à fria água e, bem abaixo do teto, resplandeceu seu farolete em direção a ele. A partir desse ângulo parecia distintamente algum tipo de abertura vertical, talvez feita por humanos, cravada na pedra no ponto mais elevado da caverna. Imediatamente ao lado dela estava uma rocha de formato incomum, ou talvez também se tratasse um traço feito por humano, como uma pequena estalagmite projetando-se para a abertura, dentro da entrada do furo.

Parecia ser apenas um transcurso de ação.

Segurando sua lanterna entre os dentes e dominando a água, Laura desamarrou a extensão de corda de seu cinto. Lembrando-se de seu treinamento de mergulho em cavernas, enrolou a corda e a amarrou com um laço o melhor que sabia e lançou a extremidade dele em direção ao ápice do teto. Foram várias tentativas, mas finalmente conseguiu enganchar a corda na estalagmite de formato irregular.

Ela a puxou para testar sua força e em seguida iniciou a tarefa extremamente difícil de puxar para ela a corda acima. Graças a seu treinamento, sabia como "amarrar suas coxas" à medida que subia, mas mesmo assim consumia cada grama de energia que lhe restara, enquanto se puxava, a cada doloroso centímetro, em direção ao teto.

Ela em breve se esgotaria perigosamente. Sua traiçoeira jornada subterrânea já havia consumido sua força, e a escalada árdua esgotava ainda mais suas energias. Ela se arrastou lentamente para o alto, consciente de que em seu estado de exaustão poderia muito facilmente ser levada e cair de volta nas águas abaixo. Ela diminuiu até quase parar. Seus músculos e tendões cansados repuxavam de exaustão. "Tenho que fazer isto por Alice", disse para si, impelindo seu corpo cansado para frente.

Finalmente atingiu o ápice do teto gigante, onde conseguiu se agarrar à estalagmite de formato incomum e se puxar para cima. Ela conseguiu apoiar os pés dentro da entrada para a passagem estreita e vertical.

Mas assim que se empurrou mais para dentro da abertura, sua mochila se prendeu na entrada e percebeu que não caberia dentro dela com a mochila nas costas. Prendendo um cotovelo em volta da estalagmite, conseguiu retirar a mochila, amarrá-la a uma extremidade da corda e atar a outra ponta em seu pulso. Então pôde delimitar sua trajetória, subindo lentamente a estreita abertura vertical no único caminho possível, empurrando seus braços e pernas adiante contra as paredes regulares, com a pesada mochila agora balançando no cordão umbilical de corda embaixo de si.

No entanto, não foi muito longe, até descobrir uma grande placa de pedra bloqueando a passagem. Usando toda a força que sobrara em suas pernas para se forçar dentro da abertura estreita, ela a empurrou com toda a força, mas não se moveu. "É isso", pensou, "eu vim de tão longe para nada, simplesmente para morrer dentro desta tumba subterrânea".

Ela se posicionou de modo precário dentro da abertura e rangeu os dentes. "Você não pode se render agora", disse para si mesma. "Vamos tentar só mais uma vez". Ela redobrou as forças, e, para sua surpresa, o pedaço de pedra desta vez começou a se mover, muito facilmente, e ela conseguiu empurrá-la para um lado, para longe de seu caminho!

Quando se impulsionou, deixando-a para trás, Laura não se restringia mais às paredes da abertura estreita; em vez disso, viu um espaço escuro e cavernoso. A tábua era claramente algum tipo de cobertura de pedra feita pelo homem, sobre uma abertura no chão.

Ela puxou o corpo, livrando-se da abertura, e caiu no solo ao seu lado, onde deitou, exausta por seus esforços. Ela poderia ficar ali a noite inteira, não fosse seu desejo ardente de saber onde estava e se conseguiria ou não sair de lá.

Recuperando o fôlego, conseguiu manobrar-se para uma posição sentada, com as pernas ainda bamboleando na abertura. Ela permanecia desorientada, tentando constatar onde estava. Agarrou seu farolete entre os dentes e o reluziu em meio à escuridão. Ela mal podia acreditar no que via iluminado pelo forte facho de luz da sua lanterna.

Não era apenas um espaço escuro e vazio. Certamente se tratava de algum tipo de câmara ou tumba feita pelo homem. Laura brilhou sua lanterna no mosaico perfeitamente formado por pedras de calçamento que enfeitavam o chão para ver que as paredes eram enfileiradas delicadamente com imagens de crânios humanos encravadas em pedra, fileiras após fileiras delas.

Este tinha que ser o lugar, mas precisava ter certeza. Ela então reluziu o feixe de sua lanterna para baixo, ao final da câmara, e sem dúvida era ela, exatamente como Anna havia descrito. Um altar de pedra belamente esculpido, suas paredes decoradas com a imagem de um crânio. Laura estava atordoada, pois ficou claro para ela que, de algum modo, contra todas as probabilidades, havia conseguido.

Era isso. Naquele exato lugar, um tempo de vida atrás, em um mundo muito diferente, uma mulher jovem e inocente, filha de um explorador, havia desafiado o desmoronamento do exterior da pirâmide para descobrir escondido dentro de seu esconderijo escuro um objeto de beleza transcendente, uma joia à qual nenhum preço poderia ser atribuído, a caveira de cristal de quartzo sólido.

Aqui estava ela, finalmente, dentro da câmara da caveira sagrada, no interior do coração da grande pirâmide de Luvantum, exatamente o local onde Anna Crockett-Burrows havia originalmente descoberto a caveira de cristal.

Ela mal podia acreditar. Carlos estava certo. O sistema subterrâneo do rio realmente levava ao coração da pirâmide principal, o lugar exato onde ela tentava com tanto esforço, chegar. Quase chorou. Sentiu um grande alívio e muita alegria.

CAPÍTULO 57

Laura, no entanto, felizmente não tinha consciência do perigo que a espreitava no lado de fora. Exatamente além das paredes da câmara, fora do grande templo-pirâmide no qual ela agora se encontrava, mais de 200 tropas haviam sido ordenadas a explorar o sítio arqueológico, e eles estavam ocupados fazendo isso com um entusiasmo que surpreendeu até o próprio comandante.

Em cada construção afastada, cada amontoado de pedras que se rastejava, cada árvore caída e parede despedaçada eles procuravam. Sua missão: encontrar a fugitiva, Laura Shepherd, e proteger e preservar a caveira de cristal.

Talvez fosse a natureza levemente heterodoxa da missão o que os inspirava, ou talvez simplesmente o fato de que havia uma mulher envolvida. O que quer que fosse, algo levou os homens a mostrar maior aplicação em seus esforços do que a habitual.

Assim que as sombras se estenderam e o dia começou a se arrastar em direção a um final, Comandante Ochoa tomou uma decisão. Eles não parariam para acampar à noite. Ele manteria as tropas no sítio arqueológico, cautelosas e alertas. Afinal de contas, dois cúmplices da fugitiva já haviam sido capturados dentro do espaço de cerca de noventa metros das muralhas da cidade.

O local, no entanto, agora estava cercado. Eles já haviam fechado cada rastro que levava ao sítio arqueológico, e um soldado havia sido posicionado a cada dezoito metros ao redor do perímetro. O comandante sabia que Laura estava em algum lugar daquela floresta. E era provável que, dada sua astúcia usual e seu estado mental descontrolado, ela tentaria, sob o abrigo da escuridão, entrar na cidade. E quando ela o fizesse, eles a estariam esperando.

E então era aquilo: além da câmara onde Laura agora se encontrava, um pequeno grupo de soldados vigilantes começou a escalar os degraus da pirâmide, no lado externo.

CAPÍTULO 58

De volta ao interior da pirâmide, a questão para Laura era se a câmara que acabara de descobrir continha ou não o que ela tinha vindo de tão longe para encontrar.

Suas mãos tremiam enquanto virava sua lanterna para a outra extremidade da tumba. Era para isso que ela havia viajado para tão longe, pelo que havia se arriscado tanto. Ela mal conseguia suportar olhar, com receio de que tivesse sido removida ou de alguma maneira destruída. Mas assim que levantou o feixe de luz do solo, lá estava. O imenso pedaço circular de calcário iluminou-se em toda sua glória intricadamente esculpida. A magnífica entrada de pedra profética que lá se encontrava há milênios estava com suas dobradiças gigantes abertas, exatamente como aparecia na fotografia de Anna Crockett-Burrows.

Laura estava atônita. Ela simplesmente não conseguia acreditar em sua sorte. Finalmente encontrara o que estava procurando. Além do pedaço de pedra que ela já sabia faltar e a rigorosa erosão hídrica pela qual esperava, a pedra pareceu, por outro lado, ter sobrevivido intacta. Laura estava encantada.

Enquanto isso, no entanto, no lado externo da pirâmide, o grupo de soldados chegou ao topo dos degraus. Assim que a escuridão caiu e a lua ergueu-se no céu, eles entraram no pequeno templo no ponto mais alto. Aquele seria seu posto para a noite.

O templo pouco tinha visto de restauração desde que Frederick Crockett-Burrows e seu grupo descobriram o sítio arqueológico, cerca de cem anos antes. As trepadeiras originais, agora mortas em virtude dos golpes de facão, ainda estavam presas às paredes escondendo muitas inscrições que outrora decoravam este lugar sagrado.

Enquanto olhavam ao redor do templo, com os faroletes iluminando o que sobrava dos antigos escritos, um dos soldados mais velhos confirmou o que todos os demais estavam pensando:

— *Ella no esta* (Ela não está aqui).

Fatigado da subida de degraus, ele deixou escapar um suspiro e sentou-se na pedra em formato de jaguar que surpreendentemente servia bem como um banco confortável. E acendeu um cigarro. Seus colegas sentaram-se próximos a ele e se uniram na pausa improvisada para fumar.

Mas um soldado jovem particularmente interessado levantou-se e, com o farolete à mão, vagou para a parte de trás do templo. Ele não conseguia compreender por que seus colegas se contentavam em simplesmente ficar à toa quando tinham uma tarefa a eles atribuída. Esta era sua grande chance. Ele queria ser aquele que encontraria a joia roubada. Ele estava na pista de pouso quando o homem chegara de helicóptero e tomou conhecimento de que os legítimos proprietários da caveira estavam dispostos a pagar generosamente por seu retorno.

Ele reluziu a luz de sua lanterna nas escadarias de madeira que conduziam através do grande buraco no chão do templo até a câmara exposta abaixo. Esta era a câmara na qual a jovem Anna

Crockett-Burrows havia caído no dia fatídico em que foi encontrada a caveira de cristal.

— *Me voy abajo a ver* (Descerei para dar uma olhada) — ele disse enquanto descia a íngreme escada e respirava profundamente antes de entrar na outrora passagem secreta que conduzia às profundezas do coração da pirâmide.

De volta ao interior da câmara, Laura virou-se para reaver a caveira de cristal que ainda pendia em sua mochila embaixo de si. Quando puxou a corda, sentiu certa resistência, então puxou com mais força. Ao fazê-lo, ouviu um som parecido com algo que estivesse sendo cortado. Ela espiou abaixo, para dentro da abertura, para ver que a mochila barata havia rasgado ao longo de uma costura, a qual havia se prendido em uma estalactite, e a caveira agora estava visivelmente se projetando para fora da bolsa, balançando na borda do tecido rasgado e quase caindo. Um movimento em falso ou manobra descuidada enviariam a caveira derrubada ao centro do cenote que se encontrava embaixo. Ela provavelmente nunca a veria novamente.

Isso era tudo o que ela precisava. Sem a caveira sua missão terminaria. Ela não conseguiria traduzir os hieróglifos que faltavam. Não se daria ao luxo de perdê-la agora.

Assim que começou a puxar a bolsa lentamente em sua direção, a caveira balançou para frente e para trás sobre a água escura, como um pêndulo gigante marcando a passagem de tempo. Ela esperou até a bolsa parar de balançar, e então puxou a corda cautelosamente, avançando lentamente a mochila rasgada para cima através da abertura, em sua direção.

Laura finalmente conseguiu agarrar a bolsa e apanhar a caveira quando ela já estava quase caindo.

Extremamente aliviada, desenganchou a corda e libertou a caveira dos restos da mochila. Ao fazê-lo, pensou ter ouvido um barulho vindo de algum lugar acima. Pausando por um momento com a caveira nas mãos, ela ouviu de modo atento. Não conseguiu ouvir nada. Pensando que tivesse sido imaginação, partiu com a caveira em direção à extremidade oposta da câmara.

Ao fazê-lo, vislumbrou o altar esculpido em pedra próximo ao final da câmara através do prisma transparente da caveira. Ela estava quase tentada a pegar o objeto e colocá-lo exatamente no altar de onde tinha vindo originalmente, esperando pela gloriosa luz da manhã para adentrar na coluna dos espíritos atrás dele e tocá-lo, preencher a câmara de luz, exatamente como Anna Crockett--Burrows havia descrito em seu diário. Mas não havia tempo para tais luxos. Tinha alguns hieróglifos para traduzir.

Então ela se virou e carregou a caveira cuidadosamente para baixo, à outra extremidade, em direção ao antigo portal de pedra profética, com suas dobradiças gigantes abertas, guardando a entrada para a tumba vindo da passagem e da "escadaria secreta" do outro lado.

O portal de pedra tinha aparência magnífica, mesmo com a luz de seu singelo farolete. Quando Laura ficou diante dele admirando sua beleza, foi preenchida com uma sensação de respeito. Foi por isso que a pedra a havia trazido até lá, o motivo pelo qual tinha vindo de tão longe, por que ela havia se arriscado tanto. E agora lá estava, bem à sua frente, claro como o dia.

Ela esticou o braço até o portal, como se estivesse hipnotizada, incapaz de acreditar em sua boa sorte. Era como se ela se sentisse forçada a verificar se não estava apenas imaginando, que não se tratava simplesmente de um fruto de sua imaginação, uma ilusão desesperada, alguma alucinação fantasiosa.

Seus dedos tocaram um dos hieróglifos belamente esculpidos que decoravam o rosto de uma placa de pedra imensa e circular. O velho calcário estava surpreendentemente frio ao toque e mais áspero do que ela esperava, mas à medida que seus dedos traçavam com suavidade os contornos do glifo, ela se viu tranquila.

Ela reconheceu o estilo distinto dos glifos e conseguiu claramente distinguir o contorno agora familiar de seu naco de pedra faltante pelo pedaço que ainda se encontrava em sua mesa no museu Geográfico Smithton. Era definitivamente isso. Tinha vindo ao lugar certo. Havia finalmente encontrado a pedra que tão desesperadamente procurava.

A pergunta era, sem dúvida, o que dizer?

Havia chegado o momento de Laura descobrir.

CAPÍTULO 59

Este era o momento pelo qual esperava, desejava. Este seria seu momento de avaliar. Agora finalmente descobriria se havia de fato sido chamada até lá por Alice, se estava ali para completar uma missão importante, ou se estava ali porque havia feito coisas terrivelmente erradas.

Laura observou os símbolos meticulosamente gravados diante dela, palavras entalhadas profundamente em pedra. Cada formato, cada linha, cada sulco, cada contorno feito por mãos que trabalharam dia após dia, utilizando pedra rígida contra pedra rígida para fazer nascer significados.

A questão era: esta pedra falava somente da linhagem de reis que haviam governado os antigos reinos maias ou passavam uma mensagem sobre nosso futuro? Era isso que Laura estava ali para descobrir.

Ela recuou para tentar compreender a pedra inteira, maravilhada com seu acabamento primoroso. Havia, porém, um problema.

Embora a pedra tivesse aparência espetacular e magnífica, no decorrer dos anos claramente sofrera consideráveis danos de erosão hídrica em muitos dos hieróglifos.

Exatamente como havia suspeitado desde o início, ela precisaria da ajuda da caveira de cristal se fosse ao menos tentar traduzi-los. Sem a caveira não teria pista alguma do que a maioria dos hieróglifos dizia. Eles estavam simplesmente muito corroídos para serem lidos.

As mãos de Laura começaram a tremer involuntariamente quando ela levantou a caveira para iniciar seu trabalho de decifrar. Mas assim que segurou a caveira ao alto, em frente aos seus olhos, para olhar através dela a primeira inscrição, pensou ter ouvido algo. Ela se perguntou se seus ouvidos, em vez de seus olhos, pregavam peças nela. Mas quando o ruído persistiu, ela percebeu que o que ouvia era real. O barulho era inconfundível.

Era o som de pesadas botas descendo a escadaria que um dia fora secreta, no lado externo da câmara. Soava como se estivessem vindo bem em sua direção. Ela virou o farolete. Pôde ouvir os passos ecoando escada abaixo e ao longo da pequena passagem no lado de fora. Alguém fazia seu caminho, aproximando-se ainda mais de onde ela estava, em frente à porta aberta da câmara.

Então, antes que tivesse a chance de traduzir um único hieróglifo, teve que encontrar um lugar para se esconder — e rápido!

O jovem soldado entrou na câmara, farolete à mão e metralhadora a postos. Ele não se arriscaria.

Ele queria ser aquele que encontraria Laura, a "gringa louca".

Ele sabia que ela poderia estar armada, que poderia ser perigosa.

Mas se ele pudesse ser aquele que a capturaria, ajudaria muito em suas perspectivas de promoção, sem falar na importância da recompensa para sua pobre família no *"el barrio"*, a vila de cabanas de ferro ondulado que ficava além da Cidade da Guatemala. Mudaria sua vida e a de sua numerosa família, por completo, para sempre!

Ele deu alguns passos dentro da câmara e olhou ao redor.

Porém, não havia sinal de Laura em lugar algum.

"Deixa pra lá", ele pensou consigo mesmo. Sabia que tinha sido um tiro no escuro, em primeiro lugar, mas de qualquer forma estava curioso para dar uma olhada naquele velho lugar.

Ele jogou a arma de volta ao ombro e perambulou para olhar mais de perto o intrigante portal esculpido em pedra com dobradiças abertas exatamente ao seu lado. Curioso, aproximou-se e ficou em frente ao portal.

Acabou ficando exatamente no mesmo ponto em que Laura havia estado apenas alguns momentos antes, admirando, à luz de seu farolete, justamente os mesmos hieróglifos.

Ele parou para acender um cigarro, antes de voltar sua atenção aos glifos. Enquanto tragava seu cigarro, a fumaça flutuava suavemente para fora da velha câmara de ar.

Custou a Laura todos os seus esforços impedir que seus pulmões exaustos se asfixiassem com a fumaça do cigarro, quando esta começou a se acumular em suas narinas.

Ela permaneceu completamente imóvel, paralisada de medo, tentando segurar a respiração no outro lado da porta.

Ela se escondeu imediatamente no lado oposto àquele do jovem soldado.

Após alguns instantes, o soldado se virou e vagou ainda mais para dentro da câmara. Laura conseguiu ouvir seus passos pesados pelo chão, que então de repente pararam. Ela se perguntou o que estava acontecendo.

O soldado havia parado abruptamente e agora olhava para o solo. Ele não conseguia sequer distinguir o que via no chão, embaixo de seus pés. Ele então se curvou para pegar. Era um pedaço de corda e uma mochila gotejando água que estava rasgada e vazia ao lado do que parecia ser algum tipo de buraco feito pelo homem no meio do chão da câmara.

Após um momento de reflexão: *"Que pasa?"* (Que diabo está acontecendo aqui?), ele puxou a metralhadora de seu ombro e reluziu dentro do buraco tanto o farolete como o visor laser de sua arma, quando começou a chamar por ajuda de seus camaradas:

— *Vene! Vite!* (Venham! Rápido!).

Laura estava petrificada. Não conseguia imaginar de que raio de maneira sairia daquela situação apavorante.

— *Vene! Vite!* — o jovem soldado gritou novamente.

Então, percebendo que nenhum de seus colegas poderia ouvi-lo, ele virou-se, a arma ainda a postos, e se dirigiu à porta. Saiu, segurando a mochila de Laura e gritando nervosamente enquanto corria de volta às escadas para chegar aos demais soldados.

No momento em que ele desapareceu, Laura surgiu detrás do portal e acendeu sua lanterna. Ela segurou a caveira ao alto, em frente aos hieróglifos, e começou a examiná-los o mais rapidamente que conseguia, numa tentativa de traduzi-los.

Não sabia exatamente quanto tempo tinha, mas deveria ser apenas alguns minutos, no máximo, antes que o jovem soldado retornasse com seus camaradas.

Ela já sabia o que o pedaço de hieróglifo faltante dizia, já que o havia traduzido antes em seu escritório no museu.

A profecia começava: "Está escrito nos ciclos do tempo que ao pôr do sol, no dia chamado de 13 Baktun, 0 Katun, 0 Tun e 0 Kin...", mas agora estava aqui para traduzir o resto.

Ela passou para o glifo seguinte. Esse era um dos que estava mais corroído e que possivelmente não seria decifrado sem o auxílio da caveira. Assim que a segurou ao alto, próximo ao glifo, e olhou com esforço através dela, esperava que não a decepcionasse.

— Maldição! — blasfemou. Suas mãos tremiam de maneira descontrolada. Elas chacoalhavam tanto que, apesar de olhar com atenção através da caveira, achou quase impossível se concentrar adequadamente na imagem do hieróglifo.

Ela segurou a caveira ao alto mais uma vez, porém de nada adiantou. A menos que conseguisse segurar a caveira fixamente, não funcionaria. Ela sabia que devia se acalmar. Respirou profundamente e se curvou para frente, apoiando os dois cotovelos na pedra profética, para conseguir mais estabilidade.

Agora, enquanto olhava através da caveira de cristal, a imagem corroída do hieróglifo começava a ficar clara, exatamente como havia acontecido em seu escritório. Ela imediatamente reconheceu a forma circular do glifo maia que significava "Todo", ou melhor, "Todo o...". Era seguido pelo hieróglifo que representava "crianças". Portanto, juntos, os dois primeiros glifos diziam "Todas as crianças...".

O hieróglifo seguinte parecia distintamente os raios do sol, ou seja, a sentença traduzida literalmente significava "Todas as crianças do sol...". Contudo, para os antigos maias, os raios do sol eram frequentemente usados também como um símbolo do futuro. Então, uma tradução melhor provavelmente seria "Todas as crianças do futuro...".

Portanto, toda a pedra que ela traduzira até agora dizia "Está escrito, nos ciclos do tempo, que ao pôr-do-sol, no dia 13 Baktun, 0 Katun, 0 Tun e 0 Kin (em outras palavras, 21 de dezembro de 2012)... todas as crianças do futuro...

Porém ela mal conseguiu decifrar o último glifo, pois suas mãos ainda tremiam muito, e, de repente, ainda mais do que antes, ela ouviu o som inconfundível dos passos dos soldados retornarem, descendo as escadarias.

Ela precisaria trabalhar rapidamente. Os passos estavam se aproximando cada vez mais. Seria apenas uma questão de instantes até o soldado chegar ao final dos degraus e pegá-la. Se ela não conseguisse traduzir o último glifo, nada disso faria sentido algum. Ela simplesmente tinha que ficar e tentar decifrá-lo.

Respirando profundamente, redobrou os esforços para se acalmar e estabilizar os nervos. Quando fez isso, suas mãos pararam de tremer tanto e o último glifo surgiu devidamente à vista.

Em princípio, ela mal conseguia acreditar. *Deve haver um equívoco* — ela pensou. Isso não era o que ela queria ver. Mas o hieróglifo era inconfundível. Ela o teria reconhecido em qualquer lugar. Era um dos primeiros glifos que havia aprendido: o maxilar sem dentes, órbitas oculares ocas e o sorriso perverso. Era uma imagem de um dos deuses do antigo panteão maia. Seu nome era Cimi ou Mictlantecutli — o grande Deus da Morte.

O modo como o hieróglifo foi esculpido mostrava o deus limpando a Terra de vítimas, procurando a carne e os ossos daqueles que desejava destruir.

Laura cambaleou para trás, em choque. "Não, não pode ser", ela pensou. Olhou novamente. Não havia absolutamente qualquer dúvida a respeito. Essa última sequência de glifos dizia "... todas as crianças do futuro... serão consumidas pelo Grande Deus da Morte".

Em outras palavras, toda a pedra estava esculpida com uma terrível previsão sobre o futuro, a qual, quando simplesmente traduzida para nossa língua, dizia:

> *"Está escrito nos ciclos do tempo que... ao pôr do sol do dia 21 de dezembro de 2012... todas as crianças do futuro... morrerão!"*

CAPÍTULO 60

Laura estava absolutamente amedrontada, mas não teve tempo de pensar mais nisso. Naquele momento o jovem soldado reapareceu ao pé da escada. Ao ver Laura, apontou sua metralhadora diretamente para ela e gritou:

— *Alto! Manos arriba!* (Pare! E coloque as mãos acima da cabeça!).

Laura virou-se para ele e paralisou. Ela conseguiu ouvir os berros desvairados dos outros soldados e o eco de suas pesadas botas descendo as escadas atrás dela, enquanto marchavam pela escadaria secreta abaixo, todos se apressando para dar assistência a seu companheiro.

Era isso. Eles a haviam finalmente capturado. Ela não tinha ideia de como sair dessa. "O que eu farei?"

Mas não havia se arriscando tanto, passado por tudo aquilo, para simplesmente terminar definhando em alguma cadeia da América Central, enquanto todo o inferno a cercava, ou ainda pior — ela se viu pensando — para morrer nas mãos de um soldado jovem, inexperiente e ansioso para atirar.

Foi quando ela teve uma ideia. Lançou o olhar para o buraco feito por humanos que ainda estava aberto no meio do chão da câmara e de volta ao jovem soldado. Ela não conseguia fazer o mínimo início de movimento em direção à abertura, então hesitou, incerta, se conseguiria ou não.

— *No mueve!* (Parada!) — exigiu o jovem, em seguida olhando para baixo, para a caveira nas mãos de Laura. Ele pareceu se distrair momentaneamente pelo fato de a caveira de cristal de repente aparecer para ele, um brilho vermelho-sangue na escuridão, iluminada pela luz refletida do feixe de laser do localizador de alvo de seu rifle. Percebendo isso, Laura se arriscou e de repente precipitou-se loucamente à abertura.

O jovem soldado abriu fogo.

Laura sentiu como se tudo estivesse em câmera lenta, enquanto a metralhadora do soldado queimava um rastro de balas de metal imediatamente atrás de seus calcanhares em fuga. As balas deixaram para trás o que parecia uma série de buracos feitos por martelo à medida que elas se despedaçavam nas antigas pedras de pavimentação e ricocheteavam em quase todas as direções. Laura correu a toda velocidade pela câmara, o mais rápido que suas pernas conseguiam suportar, mas as balas a estavam alcançando rapidamente. Assim que se aproximou da abertura, percebeu que não tinha escolha, a não ser mergulhar em sua direção.

Sem pensar mais, ela se lançou de cabeça ao ar. Em uma posição de mergulho, esticou os dois braços sobre a cabeça, segurando a caveira de cristal entre as palmas das mãos enquanto saltava. De repente, sentiu o impacto chocante de uma das balas acertando a caveira quando atravessou de um lado a outro de seu peito. Assim que ricocheteou de volta, teve consciência do fato de que poderia ter penetrado seu coração se a caveira não estivesse lá para protegê-la.

Seria quase certo que a teria matado se não tivesse levantando a caveira no momento em que o fez.

Segundos depois, outra bala cortou a parte superior de seu braço esquerdo. Ela sentiu a dor escaldante do projétil entrando em sua pele, depois apenas uma dormência assim que rasgou até o outro lado e saiu, deixando um talho profundo, ao mesmo tempo em que ainda esticava os braços em uma posição de mergulho completa.

Laura desapareceu subitamente, caveira e cabeça primeiramente, na abertura embaixo, com centenas de balas de metralhadora disparando atrás dela, enquanto o que parecia ser um exército inteiro de soldados agora entrava na câmara e abria fogo contra ela. Teve sorte por não bater em um dos lados da coluna ou se chocar contra a estalagmite ressaltada, enquanto completava seu mergulho espantoso e que desafiava a morte, e se precipitava à água profunda na caverna muito abaixo com um esguicho poderoso.

Uma saudação de balas despencou atrás dela, perfurando e borbulhando na água por todos os lados. Ela conseguiu vê-las se iluminarem no escuro por uma multiplicidade de feixes de laser do localizador do rifle, enquanto nadava para o fundo da piscina agora em redemoinho.

Seu ferimento sangrou nuvens de vermelho na água, enquanto tentava, em vão, nadar de volta à passagem subterrânea de onde viera. Porém com um braço fora de atividade e o outro segurando a caveira, era incapaz de lutar contra as correntes avolumadas pela chuva. Em vez disso, foi puxada na direção oposta, em direção a uma passagem subterrânea escura e estreita do outro lado da caverna de onde ela tinha vindo.

O jovem soldado pulou atrás de Laura e começou a nadar embaixo d'água em direção a ela, visando-a com sua metralhadora o melhor que podia, no meio do redemoinho. E então, de uma hora para outra, Laura e ele foram sugados para passagens subterrâneas separadas nas profundezas da superfície da piscina.

Laura se viu sendo varrida violentamente para o túnel comprido e escuro abaixo, girando e rolando sob a água, enquanto era arrastada e batia nas laterais. Custou-lhe toda sua energia segurar a caveira enquanto era arrastada sem defesa. O túnel se estendia sem parar, a corrente feroz e impiedosa puxava-a continuamente.

Não havia oportunidade para respirar, absolutamente nenhuma. Ela sentia como se seu peito estivesse prestes a explodir e que não poderia durar mais. Não demorou muito até ela abrir a boca para respirar e começou a aspirar goles enormes de água, absorvendo nos pulmões a própria morte.

Sabia que estava se afogando, mas não podia lutar contra isso. E, após alguns momentos de luta por sobrevivência, ela se viu simplesmente se entregando e aceitando seu destino de maneira surpreendentemente rápida. Sentiu-se inesperadamente filosófica em relação a isso. *Era isso* — ela pensou com desprendimento. Era como se ela estivesse assistindo a si mesma do lado de fora.

Ela percebeu que em toda sua vida tinha vivido com a pergunta para a qual nunca tinha resposta: como e onde ela morreria? Mas agora sabia. Seria assim que ela morreria. Ela se afogaria, exatamente aqui nesta passagem subterrânea, nesta tumba. Seria dessa maneira que sua vida chegaria ao fim.

Laura sentiu que não estava segurando bem firme a caveira de cristal, pois ela escorregava de seus dedos. E essa foi a última coisa que soube quando deu sua última respiração.

CAPÍTULO 61

16 DE DEZEMBRO DE 2012

A próxima coisa que Laura notou que pôde ouvir um barulho estranho. Começou suavemente, no começo não mais alto do que um sussurro, mas em seguida cresceu em intensidade, cada vez mais alto, até parecer ecoar por todo o espaço em volta. Era um ruído misterioso, como um som de alguém sussurrando ou entoando cânticos em alguma língua estrangeira desconhecida:

— *Oxlahun baktun, mi katun, mi tun, mi kin.*

Era incrivelmente familiar. Laura teve uma vaga sensação de que ouvira anteriormente esse som em algum lugar, embora não tivesse muita certeza onde.

Mas quando abriu os olhos, tudo o que pôde ver foi a massa de nuvens brancas na frente de seu rosto. Não conseguia se concentrar adequadamente. As nuvens macias pareciam cercá-la, envolvê-la, flutuar sobre ela e se movimentar atrás dela, formando uma névoa densa e espessa, uma neblina através da qual não conseguia enxergar nada. Era impossível dizer onde estava. Não tinha ideia de como aquilo havia chegado ali.

"O que aconteceu? Onde estou?", ela se perguntou.

Fechou os olhos e os abriu novamente, sentindo como se estivesse flutuando fora do próprio corpo, como se estivesse olhando para si mesma de cima. Através de uma pequena brecha nas nuvens, pensou ter conseguido ver a si deitada sobre as costas, nua, exceto por um fino lençol de algodão branco que havia sido estendido sobre seu corpo. Seu rosto estava fantasmagoricamente pálido.

"Eu estou morta?"

O pânico subitamente agarrou-se ao pensamento. A ideia de que sua vida já poderia ter chegado ao fim a encheu de desespero e tristeza. O pensamento de que nunca mais veria Michael novamente era mais do que podia suportar. Seria muito para quem já havia perdido tanto. Reprimiu as lágrimas que ameaçaram derramar.

"Não, isto não pode ser real. Este não pode ser o fim", decidiu. Ela estava repleta de uma sensação opressora de que havia mais a fazer, mais coisas para realizar. Não poderia morrer agora quando tantas coisas pareciam não concluídas. Mas os detalhes exatos do que parecia obscuro em sua mente estavam indistintos, como se a névoa que a cercava tivesse de alguma forma penetrado em seu cérebro, fazendo da claridade algo impossível.

Tentando compreender onde estava, esforçou-se para levantar-se, quando sentiu uma dor, uma terrível e insuportável dor percorrendo seu braço e levando sua atenção de volta ao presente com uma intensidade dilacerante. Isso era real, tinha que ser. Não havia nada celestial a respeito de uma dor como essa. "Nenhuma pessoa morta poderia sentir tamanha dor. Eu devo estar viva!". Ela se sentiu estranhamente aliviada, tranquilizada, até pela sensação de uma pedra rígida embaixo das costas.

O motivo dessa dor era o ferimento em seu braço, no qual, na noite anterior, uma bala de metralhadora havia esfolado sua carne.

Querendo examiná-lo para ver o que estava errado, tentou se mover, mas estava tão destruída e arranhada que seu corpo doía por inteiro. O esforço era muito e foi deixada somente com a dor, quando espiralou retirando-se para um sono espasmódico.

Não sabia quanto tempo permanecera se movimentando para dentro e para fora da consciência, tentando compreender o que estava acontecendo. Sentiu como se estivesse presa num limbo desconhecido.

Finalmente o barulho a trouxe de volta mais uma vez. Era um som estranho perfurando as profundezas nebulosas de sua consciência. Escorregou por entre as camadas de ilusão que pareciam cercá-la e penetrar sua consciência. Ela tentava compreender aquilo.

— *Oxlahun baktun, mi katun, mi tun, mi kin.*

Deu-se conta de que era o mesmo barulho estranho que ouvira em seu escritório, o som que a havia apavorado quando o ouvira anteriormente no museu, o mesmo ruído que tinha ouvido na noite em que Ron morrera. Era o som sinistro de uma voz sussurrando com suavidade ou entoando cânticos. Somente agora parecia vir de muito perto.

Laura fitou a densa névoa enquanto o ritmo dos sons a percorreu e a neblina começou a clarear gradualmente. Conseguiu apenas decifrar o que pareciam irregulares paredes de calcário acima e ao seu redor. Quando as nuvens se retiraram, percebeu que se tratava, de fato, de colunas de fumaça e que estava na verdade deitada sobre as costas olhando para o teto de uma caverna vagamente iluminada, cercada por esconderijos e cavidades escuras.

Formas começaram a surgir, sombrias no começo, depois gradualmente entrando em foco. Com um sobressalto, reconheceu os contornos brutos e horripilantes de crânios humanos. Ela vislumbrou um, então outro, depois outro. As nuvens brancas se dissiparam lentamente para revelar que tudo ao seu redor eram crânios humanos, fileira acima de fileira deles. Havia literalmente centenas deles. Percebeu que estava em uma caverna cheia de fumaça e decorada com crânios humanos verdadeiros, entupindo cada cavidade e esconderijo.

"Que lugar é este e o que cargas d'água estou fazendo aqui?"

A cantoria estava opressiva agora, preenchendo sua cabeça, não deixando espaço para seus pensamentos. Tentou se sentar, mas sua cabeça estava tonta, e a sala parecia girar como algum brinquedo bizarro de parque de diversões, com caveiras sorrindo para ela de todos os ângulos. Quando esticou um braço para se estabilizar, uma dor cruel a pegou de modo tão forte que caiu para trás, sobre a cama.

Enquanto estava deitada lá, respirando pesadamente, um odor afligiu suas narinas. Era um cheiro desconhecido, penetrante, amadeirado e estranhamente doce. Olhando através da névoa acima, percebeu que as nuvens de fumaça vinham da queima de incenso.

Na verdade, era a essência perfumada e quente do "copal", a resina de árvore que os maias tradicionalmente queimavam em seus rituais para purificar espaços e pessoas e dar boas-vindas ao sagrado. Laura tinha visto representações dessa coisa muitas vezes na antiga cerâmica maia. A fumaça era em forma de caudas de serpente enroladas, para que fosse possível compreender do que se tratava.

Virando a cabeça em direção à origem da cantoria e espreitando através da fumaça, viu de relance a pele mosqueada de um jaguar. Suas pintas pretas e douradas se moveram bem diante de seus olhos.

"Mas como isso é possível? Como o jaguar, este rei da floresta, poderia estar nesta caverna comigo?"

Aqui estava um animal tão raramente visto que espreitava a floresta apenas à noite, com um rugido tão atemorizante que botava medo até no coração de cada criatura que lá vivia. Simplesmente não parecia fazer sentido algum. Sua mente, sem dúvida, pregava peças nela.

"Deve ser um sonho, uma alucinação, ou alguma visão induzida por droga". Ela descartou a ideia. Mas olhando novamente, estava convencida de que o vira se mover. No entanto, enquanto continuava a encarar o animal selvagem diante dela, a figura familiar de um homem surgiu. Ela viu seu casaco tão suntuoso e belo agitando-se em seus ombros firmes.

CAPÍTULO 62

Ele era um homem maia e teria sido classificado como "idoso" em sua tradição, ou seja, qualquer pessoa viva com mais de 52 anos. A verdade, porém, era que ele poderia ter qualquer idade entre essa e 80. Uma pele de jaguar repousava ao redor de seus ombros, e sua cabeça estava adornada com um cocar de penas coloridas e brilhantes.

Ele se aproximou e segurou uma tigela de terracota nos lábios de Laura. Enquanto ela bebia da poção estranha e amarga, fitou os olhos escuros do homem. Ele retribuiu o olhar com uma intensidade assustadora. Por um momento, sentiu como se ele estivesse vendo tudo que havia nela, como se ele conseguisse enxergar bem dentro de sua alma. Ele afastou a tigela e desapareceu na mortalha da fumaça de incenso.

Deve ter sido algum tempo depois que Laura distinguiu o contorno da cabeça e dos ombros do homem, quando ele se ajoelhou um pouco afastado, com as costas viradas para ela. Percebeu que era dele que o som de cantoria tinha vindo. Ela tentou chamar esse estranho, mas as palavras não se formaram, seu corpo estava muito fatigado. Cansada demais para falar, permaneceu apenas observando.

O cheiro do incenso e o som da cantoria tinham efeito estranhamente hipnótico. Assim que palavras esquisitas a acalmaram e inundaram, Laura tomou conhecimento de que o temor e a ansiedade que haviam lhe tomado no princípio agora tinham acabado.

Sem ao menos perceber, aquelas ansiedades que a haviam impelido a refirmar sua identidade constantemente, para reivindicar quem era, para demarcar seu território, eram companheiras de longa data. Laura Shepherd, a boa filha, a estudante esperta, a arqueóloga brilhante, a esposa e mãe amorosa, e agora isso.

Seminua, ferida e sozinha, salva por aquele estranho, não sabia onde estava ou como havia chegado lá. Ela não era ninguém em algum lugar, confusa se estava morta ou viva, presa simplesmente aos sons que eram despejados para fora, profundos e rudimentares, sons que pareciam ecoar de uma era e espaço diferentes, sons que pareciam alcançar além da experiência cotidiana do ser humano para tocar algo mais profundo, algo mais antigo e intangível. Na próxima vez em que Laura abriu os olhos, a fumaça havia se dispersado, e a dor em seu braço havia quase se extinguido. No entanto, demandou uma grande força de vontade para se apoiar sobre o cotovelo bom e perceber o que havia ao seu redor.

A caverna na qual agora se encontrava tinha formato quase circular e o tamanho aproximado de uma pequena sala de estar. A única fonte de luminosidade vinha de muitas velas queimando do lado oposto da caverna, embora a maioria estivesse oculta pelo homem que estava sentado em frente a elas.

Franzino, ele se ajoelhou no chão, à entrada de um dos pequenos retiros. Sua cabeça estava inclinada, e ele sussurrava e entoava cânticos em Maia. Ramos de flores estavam dispostos à sua frente, suas exuberantes cores tropicais iluminadas à luz das velas. Parecia que ele se ajoelhara à frente de algum tipo de santuário ou altar. "Talvez estivesse rezando ou meditando", Laura pensou.

Observando-o, teve a sensação estranha de que já o conhecia, mas não conseguia ter certeza. Muitos detalhes de sua vida tinham se tornado nebulosos.

— O que aconteceu? Onde estou? — ela finalmente reuniu forças para perguntar.

A figura sombria caiu no silêncio e virou-se na direção dela.

— Encontrei você no rio. Você tem sorte por estar viva. Agora deve descansar e se recuperar.

Ele virou-se novamente para o altar.

O sistema subterrâneo do rio no qual Laura havia mergulhado na noite anterior na verdade emergia acima do nível do solo, menos de 400 metros de onde ela fora encontrada inconsciente, quando sua cabeça se chocou contra uma rocha na passagem subterrânea. O rio emergia como uma pequena cachoeira a caminho de um precipício de calcário baixo sob o qual havia uma piscina utilizada como fonte de água fresca pelos aldeões locais. Foi lá que essa pequena figura sombria encontrara Laura boiando com o rosto virado para cima, inconsciente, mas ainda respirando, antes de arrastá-la para dentro da caverna para que se recuperasse.

— O que aconteceu com meu braço?

— Eles atiraram em você. A ferida não está profunda. Ela cicatrizará.

Não fazia sentido para ela. Sua mente estava em branco, incapaz de rememorar os acontecimentos que ele descrevera. Ela parecia não ter nenhuma memória.

— Quem atirou em mim?

O homem levantou-se exaustivamente, com o ar de alguém que carregava o peso do mundo sobre os ombros cobertos com pele de jaguar.

— Como a antiga cidade ficou de repente cheia de mercenários, presumo que talvez tenha sido um deles.

Então, entregando para ela uma muda de roupa de algodão branco, ele a informou:

— Suas roupas ainda estão secando no lado de fora. Coloque isso — ele virou-se quando ela começou a se vestir. Ao fazer isso, ela examinou a região de seu braço que havia sido ferida na noite anterior e descobriu que tinha sido coberta e recebido um curativo.

— Você cuidou do meu braço. Obrigada.

Havia algo familiar nesse estranho, uma sensação inevitável de que seus caminhos já haviam se cruzado. Ela nunca tinha visto um homem maia vestido em tal estilo cerimonial que ainda falasse inglês como se tivesse utilizado bastante o idioma. Isso era incomum entre aqueles que ainda adotavam modos tradicionais.

— Tenho certeza que já o vi em algum lugar antes — Laura disse.

Ele não respondeu, mas, em vez disso, começou a esmagar sementes de um saco sobre uma pedra lisa que servia muito bem de mesa; em sua superfície, uma confusão de potes e tigelas, garrafas de líquidos, ramos de plantas, cascas de árvore e sementes.

De repente, Laura o reconheceu.

— É isso! — ela fez grande esforço para se sentar, tentando ignorar a dor em seu braço. — Você estava na pista de pouso. Você me perguntou sobre Ron — ela chamou novamente a figura encharcada que havia aparecido misteriosamente na floresta quando chegara.

— Dr. Brown disse que você é um xamã.

Ele olhou para cima de maneira brusca.

— Ninguém me chama assim.

— Por que não?

Ele voltou sua atenção às sementes.

— Sou apenas um curandeiro. Não mais que isso.

Ele colocou sementes dentro de uma tigela com líquido.

— Meu nome é Hunab Ku — disse, sem olhar para cima.

— Sou Laura Shepherd, arqueóloga do Instituto Geográfico Smithton.

Posicionou um pouco de carvão dentro de uma concha, esticou o braço para apanhar uma vela e acender o carvão.

— ... O que há de errado em ser chamado de xamã?

Laura sabia que xamãs tinham um papel importante a desempenhar tanto na cultura maia antiga como na contemporânea. Eles tradicionalmente combinavam as funções de sacerdote e curandeiro. Dizia-se que os xamãs possuíam conhecimentos sagrados especiais e, até onde Laura sabia, eles sempre tinham sido profundamente respeitados pelos seus companheiros de tribo.

Hunab Ku suspirou.

— Ninguém mais quer ser xamã.

Pegou um punhado de cristais de resina escura e os sacudiu sobre as brasas.

— Ser xamã é caminhar entre este mundo e o seguinte. Significa vagar pelo limite de tudo o que você conhece, e quando você está no limite da realidade, vê coisas que outras pessoas não conseguem, e pode ser difícil viver com isso.

As brasas escuras de carvão começaram a cintilar, vermelhas com o calor.

— De onde você vem, muitos desses que chamaríamos de xamãs são rotulados de loucos e presos. — Ele soprou as brasas.

Enquanto Laura o observava, tudo começou a voltar para ela, o que havia acontecido. Os acontecimentos que a haviam levado até lá começaram a ficar claros em sua mente.

Esse era o mesmo homem que havia lhe perguntado sobre seu colega Ron Smith e havia ficado arrasado com a notícia de seu falecimento.

— Então Ron Smith era um amigo seu? — ela perguntou.

— Não. Nunca o conheci.

Isso intrigou Laura. Por que ele não estava dizendo a verdade sobre Ron? Ele havia reagido à notícia da morte de Ron do modo pelo qual você só poderia esperar que um amigo o fizesse. Laura esperava que esse homem pudesse conseguir ajudá-la a juntar as peças da função que Ron havia desempenhado nos acontecimentos com os quais havia se envolvido.

— Mas você ficou tão chateado com a notícia de sua morte — algo mais que o xamã havia dito na pista de pouso na floresta a incomodava. — E quando me perguntou sobre Ron Smith, você disse que sem ele não havia esperança para nenhum de nós. O que você quis dizer? Eu não compreendo.

Os olhos do homem maia retiveram os dela em um olhar penetrante.

— Você não leu a pedra profética?

De repente, as compotas da mente de Laura se abriram por completo. É claro, a horrenda pedra profética, com sua terrível previsão sobre o futuro. "Como eu pude esquecer?"

— Ó, meu Deus, sim! As crianças do futuro... Todas morrerão. Nós temos que fazer alguma coisa. Nós temos que salvá-las!

A urgência completa de sua missão retornou a Laura assim que a névoa que havia submergido sua consciência de repente se dissipou. Ela tentou se levantar.

— O que você está fazendo? — o xamã olhou fixamente para ela.

— Preciso descobrir o que vai acontecer.

— Apenas os que estão no outro lado sabem disso — o incenso ondeou-se na frente de Hunab Ku, e, por um instante, seu rosto ficou oculto à visão de Laura.

No entanto, ela não tinha tempo para gastar com alguém que falava com enigmas. Esforçou-se muito para se levantar novamente.

— Preciso voltar para o interior daquela pirâmide e ver se há mais algum hieróglifo — a urgência soou em sua voz.

— Você não poderá nunca mais voltar lá — o xamã disse de modo firme. — O lugar está fervilhando de soldados, todos procurando por você.

— Mas algo terrível acontecerá, e eu preciso descobrir o quê.

Foi apenas neste instante que ela percebeu que não estava em posse da caveira de cristal. Sabia que sem ela não conseguiria traduzir mais os hieróglifos, mas não a vira desde que quase se afogara no rio subterrâneo.

— Ó, meu Deus! Onde está?

Ela começou a entrar em pânico, procurando ao redor desesperadamente por sua preciosa caveira de cristal.

— É isto que você está procurando?

Hunab Ku afastou-se para revelar a caveira de cristal brilhando no altar, sobre uma toalha vermelho-sangue e iluminada pela luz tremeluzente de mais de cinquenta velas. Ela brilhava e cintilava, e parecia quase sorrir diante de Laura. Estava cercada por pequenas tigelas de argila, cada uma delas cheia de uma substância diferente: sal, cobre, cristais de copal. Laura presumiu que fossem oferendas aos espíritos e ancestrais. Tinha visto tais cenas pintadas nos potes de terracota vermelho-fogo produzidos pelos antigos maias.

Ao lado da caveira de cristal, os olhos ocos de caveiras de verdade olhavam fixamente de volta para ela, cercadas de flores. Esse objeto que tanto a havia enchido de medo agora parecia magnífico, com uma beleza tão rara e frágil que quase lhe tirou o fôlego. Parecia quase como se estivesse reluzindo com uma luz interior brilhante e resplandecente no retiro escuro da caverna.

— Encontrei-a no rio, próximo de você — Hunab Ku explicou.

— Graças a Deus! — Laura exclamou, enquanto cambaleava até ela. Nunca tinha estado tão contente por ver a caveira de cristal.

No entanto, assim que se curvou para apanhá-la, fez uma pausa. Embora precisasse dela para traduzir os hieróglifos, parecia quase um sacrilégio tirá-la do lugar. Teve uma sensação esmagadora de que era àquele lugar que a caveira de cristal pertencia. Não a algum museu, presa dentro de um envoltório de vidro, para ser observada apenas com distanciamento acadêmico ou interesse impassível e profissional. Ou ainda pior, sujeita a risadinhas de estudantes, ou objeto de pura exibição e horror. Era àquele lugar que um objeto como aquele pertencia, nas profundezas deste receptáculo da Terra, neste lugar em que fora guardado e reverenciado.

E quando Laura a levantou do altar, sentiu como se um feitiço tivesse sido quebrado, como se algum processo profundo e mágico tivesse sido interrompido ou diminuído.

A caveira pesava em seus braços enquanto cambaleava em direção à saída da caverna. Cada passo era uma provação. Do lado de fora, a grande extensão de céu noturno acenava para que deixasse os confins da caverna e continuasse sua jornada em busca de respostas, mas seu corpo resistiu. Afundando-se de volta à entrada da caverna, ela aguardou seu fôlego, sua energia, retornar.

Havia uma pequena clareira no lado externo da caverna, no centro da qual estava uma pilha de cinzas, um lugar onde as fogueiras eram queimadas. Floresta escura rodeava o lugar. Mais do que isso ela não conseguia ver.

A caveira apertava o colo de Laura, pesada como uma rocha. Não havia força sobrando nela e não tinha meios de retornar à pirâmide em seu estado atual. Suas mãos mal eram capazes de segurar a caveira. Ela podia senti-la escorregando por entre os dedos.

— Você entende que as respostas que você busca não estão dentro daquela pirâmide? — o xamã falou delicadamente.

Ela olhou para cima, surpresa. Não havia percebido que ele havia saído da caverna, mas lá estava ele, em pé ao lado dela.

— Tudo o que está escrito naquela pedra originou-se desta caveira — ele tirou a caveira de cristal das mãos dela de modo suave.

Laura estava intrigada.

— O que você quer dizer?

— Para seu povo, este é apenas um objeto, mas, para o meu, esta caveira significa muitas, muitas coisas. Você sequer é capaz de começar a compreender o quão importante ela é para nós.

Ele levou a caveira de volta à caverna, colocou-a sobre o altar e caiu sobre os joelhos em frente a ela. Ele fechou os olhos e começou a entoar, mais uma vez, cânticos em maia.

A atmosfera reverencial fez Laura se sentir incomodada, como se estivesse se intrometendo em um momento íntimo. Ela não sabia o que fazer. Não havia meios de retornar a Luvantum, mas estava desesperada para saber mais sobre a terrível profecia que havia acabado de ler no portal de pedra com hieróglifos e sua ligação com a caveira de cristal.

"O que o xamã quis dizer quando disse que a informação na pedra profética originava-se da caveira de cristal? Como isso era possível?" Ela queria perguntar para ele, mas não parecia ser o momento apropriado para fazê-lo. Então, em vez disso, se afundou no chão pesado de pedra diante do altar e aguardou.

Parecia que seus instintos estavam certos na primeira vez em que encontrara esse homem, quando havia ficado dividida entre segui-lo na floresta e seu desejo igualmente forte de encontrar a pedra profética. Parecia que ele sabia do que ela precisava com urgência. Alguém que finalmente poderia conseguir ajudá-la a chegar ao fundo desse mistério dos hieróglifos, sua mensagem e o que poderia ser feito a respeito deles.

"Mas por qual motivo ele estava sendo tão misterioso e por que ele dissera que não havia esperança sem Ron? O que ele quis dizer?"

Caveiras de pedra, lavradas em calcário encharcado, olhavam para Laura do teto. Nuvens de incenso se enrolavam como cobras, subindo a partir do chão.

Ignorando a presença dela, o xamã sentou-se imóvel diante do altar. Laura não conseguia esperar que ele parasse de sussurrar e rezar.

À luz da vela, o rosto do xamã parecia cristal de rocha liso, as rugas e sua expressão preocupada se foram, transportadas em um devaneio silencioso de paz, e ele começou a entoar:

— *Oxlahun baktun, mi katun, mi tun, mi kin* — ele repetiu as palavras diversas vezes, cada vez mais alto, até ecoarem pela câmara, como se ele não mais cantasse sozinho, mas em uníssono, com outras mil vozes.

No lado de fora, a luz do sol começou a cair. À distância, veio o urro intermitente do macaco-uivador, o murmúrio de mil vozes animais, e logo uma noite estava sobre eles. Laura ainda esperava, quando a sede apanhou sua garganta e o cansaço arrebatou seus membros.

Hunab Ku finalmente se levantou e acendeu um pequeno lampião. Ele hesitou em frente à pedra que servia de mesa antes de apanhar uma garrafa de uísque e sair de lá. Laura o seguiu enquanto ele caminhava até um tanque de água escondida entre algumas pedras próximas. As águas brilharam pretas e douradas à luz do lampião, assim que ele o repousou. Tirou um pouco de água com uma tigela e bebeu. Virou-se para Laura e ofereceu um gole. Ela bebeu o líquido frio e fresco como se sua vida dependesse dele. O xamã virou-se para olhar para as estrelas brilhando sobre sua cabeça na ampla faixa da Via Láctea, antes que Laura quebrasse o silêncio.

— O que você fica entoando?

— Estou rezando para ter assistência dos espíritos e dos ancestrais — ele disse. — Nós precisaremos da ajuda deles em um dia específico, no futuro não muito distante.

— Claro, é isso! — Laura teve uma percepção súbita. — Você está entoando o nome de um dia, uma data. É o dia "*Oxlahun baktun, mi katun, mi tun, mi kin*" no antigo calendário maia. É o dia "treze baktuns, zero katuns, zero tuns e zero kins" na Contagem Longa. O dia treze, zero, zero, zero, zero. É traduzido para nosso calendário como 21 de dezembro de 2012, daqui a apenas cinco dias.

— Você conhece nossas datas do calendário Venusiano de Contagem Longa. Estou impressionado.

— Agora faz sentido, agora eu compreendo o que você está entoando. Laura estava animada com o avanço na compreensão. — Então o que vai acontecer?

— Isso é conhecimento sagrado — respondeu o xamã. — Isso não é algo que discutimos com alguém que parece estar de passagem — olhou para ela de modo depreciativo.

— Veja, não é como se estivesse aqui por acidente — Laura declarou-se. — Estou aqui porque vim ler a pedra profética. Estou aqui porque a caveira de cristal me guiou até aqui. Sei que algo terrível acontecerá em menos de uma semana. Eu sei que todas as crianças do futuro morrerão, e eu preciso saber como. Preciso saber, para que eu possa tentar salvá-las.

— Não são apenas as crianças — respondeu o xamã solenemente. — Para os antigos que esculpiram aquela pedra, todos nós somos "as crianças do futuro". Todos nós morreremos em apenas cinco dias, e ninguém pode nos salvar.

— Por quê? O que vai acontecer? — Laura perguntou.

— Como disse, somente os que estão no outro lado sabem disso — ele respondeu misteriosamente.

— O que você quer dizer?

— Você não compreenderia mesmo se eu dissesse.

Laura sentiu que estranhamente se lembrava das palavras de Anna Crockett-Burrows quando fora vê-la pela primeira vez.

Ela tentou outro rumo.

— Então me fale sobre a caveira. O que você quis dizer quando falou que tudo que está escrito na pedra originou-se desta caveira?

— Então você não ouviu a lenda das caveiras de cristal?

— Eu estaria perguntando a você caso tivesse ouvido? — Laura respondeu.

O xamã maia olhou diretamente para ela, a luz das estrelas refletindo em seus olhos escuros.

— Muito de nossa sabedoria está oculta em lendas. Há algumas verdades que são poderosas demais para a maioria das pessoas compreenderem, e essas verdades têm que ser protegidas. É por isso que estão disfarçadas em lendas, de modo que somente aqueles que buscarem ouvirão verdadeiramente.

— Então, o que diz a lenda da caveira de cristal?

O xamã virou-se e apanhou algumas pequenas toras de uma pilha armazenada ao lado da entrada da caverna. Ajoelhou-se para fazer uma fogueira e acendê-la. Assim que a fogueira crepitou, ganhando vida, ele sentou-se em um grande tronco ao lado dela.

— Eu nunca falei para ninguém de fora da minha tribo sobre as caveiras de cristal antes — ele comentou.

— Você quer dizer que há mais de uma delas? — Laura perguntou, sentando-se ao lado dele.

Hunab Ku deu um suspiro profundo. Fixando os olhos em Laura, começou a falar.

CAPÍTULO 63

— De acordo com as lendas do meu povo, há 13 caveiras, de tamanho e formato semelhantes a crânios humanos, mas feitas de cristal sólido. Meu povo às vezes as chama de caveiras falantes ou cantantes. Dizem que foram dadas de presente para nossos ancestrais mais antigos, nas brumas do tempo. Afirmam também que são uma fonte de grande conhecimento, sabedoria e poder. Diz-se que se alguém sabe usá-las, como acessar seus segredos, pode permitir que você enxergue profundamente o passado e preveja o futuro.

Laura ouvia encantada.

— A lenda também profetizou que um dia, em um momento de grande crise para a humanidade, todas essas caveiras de cristal seriam redescobertas, pois o conhecimento e a sabedoria que elas contêm são vitais para a própria sobrevivência da raça humana.

"Mas a lenda também alertava que a humanidade deveria antes estar adequadamente preparada, suficientemente desenvolvida moral e espiritualmente, pois nas mãos erradas o poder das caveiras pode ser muito abusado."

— Então há mais do que uma delas?

— Segundo a lenda, sim, mas meu povo confiava nesta. Aquela que a mulher chamada Anna Cockett-Burrows encontrou.

— Então você sabe de Anna?

— Claro — ele respondeu como fosse óbvio.

— Então, o que você quis dizer quando falou que tudo que está escrito na pedra profética originou-se da caveira de cristal?

O xamã olhava profundamente para as brasas queimando, quando começou a girar a caveira de cristal em suas mãos.

— Esta caveira é uma das caveiras falantes da lenda. Apareceu pela primeira vez para meu povo há muito, muito tempo. Você vê todas as caveiras que há dentro da caverna?

Laura lembrou-se das fileiras sobre fileiras de crânios humanos verdadeiros alinhados nos retiros por toda a caverna.

— ... Isso é a quantidade de gerações que passaram desde que meus ancestrais encontraram esta caveira de cristal pela primeira vez. E desde então meus ancestrais têm sido os guardiões da caveira, e eles a mantêm em segredo para o mundo exterior há séculos.

— Por que todo o mistério? — Laura perguntou.

— Porque todos esses anos atrás — respondeu o xamã —, os sábios entre nós aprenderam como entrar nela e abrir seus segredos. Eles aprenderam a conversar com a morte. A caveira falou com eles. Ela deu a eles uma mensagem daqueles que estão do outro lado. Forneceu a eles a profecia, a qual eles entalharam em pedra como um alerta para as pessoas de hoje. Falou de um tempo de grande crise para toda a humanidade. Falou de um mundo enlouquecendo, de um mundo sem esperança, no qual as chamas da destruição reinariam.

As chamas para as quais o xamã estava olhando de modo tão intenso começaram a se partir e crepitar, como se estivessem pontuando suas palavras.

— Você quer dizer 21 de dezembro de 2012? — questionou Laura.

— É esse o dia — ele balançou a cabeça. — É quando a crise atingirá seu clímax.

Impressionado, ele continuou:

— Mas este tempo de grande crise realmente já começou.

Laura não entendeu.

— Você compreende, o problema realmente começou aqui — ele bateu no próprio crânio levemente. — Começou com uma maneira de pensar que se iniciou muito tempo atrás. É uma maneira de pensar que seus ancestrais trouxeram pela primeira vez a estas costas há mais de 500 anos. Quando os conquistadores europeus chegaram neste mundo, começou um período muito obscuro para todos os povos nativos desta Terra, um tempo conhecido pelo meu povo como o Vale de Lágrimas.

— Este é um momento em que a profecia afirmou que duraria mais de 500 anos. É um tempo em que o pensamento das pessoas desta Terra foi dominado pelo que meus ancestrais chamavam de "o desejo de separação".

Laura estava intrigada.

— Os conquistadores europeus trouxeram consigo não apenas bugigangas e tesouros de seu mundo, eles também trouxeram doenças e destruição, visto que trouxeram consigo a ganância. Eles falaram de Deus assim que empunharam a espada, pois não era em Deus que estavam de fato interessados, mas em ouro.

— Você entende? Havia um problema com o modo no qual essas pessoas pensavam. Eles trouxeram consigo o que meu povo chama de "desejo de separação", um modo de pensar no qual cada pessoa vê a si mesma separada de todos e tudo ao redor. E agora a maioria das pessoas do mundo pensa dessa maneira também. E por causa desse modo errado de pensar agora nos comportamos de maneiras que põem em perigo toda a vida nesta Terra.

"No passado, eles pensaram que éramos burros, pois escolhemos viver perto da terra, como nossos ancestrais haviam ensinado em sua sabedoria. Escolhemos viver de modo simples, cuidando de nossos filhos e de nossa Mãe, a Terra, que alimenta e protege a todos nós. E continuamos passando por séculos de tortura, através da destruição de nossos lares, nossas crenças e até de nossas próprias famílias, uma vez que muitas delas "desapareceram" nas mãos dos militares, apenas para terminar seus dias em valas comuns, algumas recentemente, em 1993.

Pensamos que eles haviam tomado tudo, mais de 500 anos atrás, mas agora eles retornaram para tomar as florestas. Vieram para retirar nossas amigas, as árvores, 'as pessoas em pé', que nos oferecem alimento e abrigo, e até o ar que respiramos desde o começo da vida. Eles agora vieram para roubar e saquear a terra por dinheiro, por madeira, sobretudo para apodrecer em seus quintais, ou plantar alimentos para alimentar seu rebanho e sugar o escuro sangue vital das veias da terra, para combustível, com o objetivo de alimentar seus carros e aviões. Eles vieram agora para destruir todo este planeta simplesmente para encher nossas vidas com coisas das quais não necessitamos.

Você compreende? É toda nossa maneira de pensar agora que está errada. Não mais veremos a ligação sagrada entre nós e todos os demais seres. O vínculo sagrado entre nós foi quebrado. Esquecemo-nos, como diz meu povo, de que todos somos irmãos e irmãs, que somos eles, e eles são nós. E eles se esqueceram de que ao destruir a nós e a nossos lares, quando destroem as florestas, eles também destroem a si mesmos, destroem o próprio ar que respiramos, pois todos nós somos um só ser.

É por isso que meus ancestrais afirmaram que tudo terminaria em 2012. Porque o equilíbrio sagrado da Terra foi rompido e agora encaramos nada além de fogueiras de destruição, as quais nos controlarão em breve, por todos os modos que as pessoas deste planeta desrespeitaram nossa Mãe, a Terra."

CAPÍTULO 64

Laura estava sem palavras, momentaneamente incapaz de perceber a gravidade das palavras do homem maia, de compreender que nosso modo cotidiano de pensar e viver poderia estar efetivamente ameaçando o futuro de toda a vida na Terra. A ideia a arrepiava da cabeça aos pés. Ela sentiu-se entorpecida de choque.

Fitou a caveira de cristal como se a barbaridade do que havia acabado de começasse a clarear em sua mente. Sentiu que todo o seu mundo havia acabado de explodir, como se tudo que aprendera ou acreditara tivesse sido arrancado dela, subitamente e sem piedade.

Sua mente começou a pensar em todas as maneiras possíveis que o mundo poderia acabar. Talvez acabasse por causa de algum enorme acontecimento celestial, algum alinhamento planetário perigoso ou algum cometa ou meteorito que ameaçava colidir com a Terra, algo que surgiria de repente e não poderíamos fazer nada a respeito.

Ou seria possível que a Terra sacudisse em seu eixo, alterando de modo irreversível e súbito o clima em todo o globo? Talvez o dia

21 de dezembro marcasse o início de toda uma série de catástrofes ambientais devastadoras, terremotos, tsunamis, tornados e furacões, demolindo o planeta de um lado a outro com enorme fúria, até não sobrar uma pessoa sequer.

E é óbvio que havia o mortal arsenal nuclear desenvolvido por todo o globo em nome da proteção. Era necessário apenas um feliz indivíduo no gatilho para arrastar os cidadãos do mundo a um holocausto nuclear fatal que destruiria toda a vida na Terra. Toda a miríade de vida em nosso planeta, as árvores, as plantas, os animais, os peixes nos rios e nos mares, todos reduzidos a cinza, todos destruídos. Era um pensamento terrível, deprimente até além das palavras.

Havia tantas maneiras diferentes com a qual o mundo poderia acabar, mas o que parecia mais chocante a respeito do que o xamã dizia era a ideia de que a ameaça à humanidade havia começado com a própria humanidade, a partir de uma simples deturpação de nossa própria maneira de pensar e nos comportarmos. Mas não havia dúvidas de que nosso "modo de pensar", na verdade, não parecia tão ruim. Laura espantou-se.

— O que o faz afirmar que esse problema começou em meu mundo?

— Tem a ver com essa mentalidade errada que meus ancestrais chamaram de "o desejo de separação" — o xamã respondeu. — Acredite em mim. Eu vi por conta própria. Novo México, Los Angeles e Nova Iorque: eu morei em todas elas. Muitos do meu povo tiveram de ir para lá a trabalho. Vocês nos chamam de imigrantes. Eu fui como parte de meu treinamento, para me ajudar a compreender "a mente do Ocidente", de modo que soube por mim mesmo.

— Enquanto em meu mundo eu era o líder espiritual de meu povo, em seu mundo eu era nada, ninguém. Passei muitos anos em seu mundo e consegui conhecer muito bem "o desejo de separação", a solidão, o isolamento. Eu consegui conhecer tão bem que quase me matou. Como aconteceu com muitos outros, me levou a essa coisa — ele disse, exibindo a garrafa de uísque —, que quase acabou comigo.

— A exemplo de muitos de seu povo, trabalhei duro por muitos, muitos anos, por uma remuneração pequena — ele balançou a cabeça. — Escritórios, lojas, negócios, limpei todos eles. Algumas pessoas me viam como se fosse pouco mais do que a sujeira que esfregava em seus assoalhos e que limpava de seus banheiros. Meu trabalho era limpar a bagunça. E, acredite em mim, levou-me a compreender a bagunça na qual seu mundo estava.

— Muitas pessoas em seu mundo perderam toda a noção de ligação uns com os outros, com seres humanos de mesma condição, com os animais e as plantas e tudo da natureza, e, para alguns, até mesmo qualquer senso de ligação com os próprios familiares.

— "O mundo de separação" é como meus ancestrais o chamaram. Eles afirmaram que haveria um momento em que as pessoas esqueceriam suas ligações uns com os outros e com todas as demais criaturas nesta terra. Haveria um tempo em que as pessoas não mais enxergariam os fios sagrados que nos unem como se fôssemos um.

— A profecia da caveira de cristal afirmou que um dia a humanidade esqueceria sua ligação com todos os demais seres desta Terra. Afirmou que, quando isso acontecesse, todas as crianças do futuro morreriam.

O xamã levantou a garrafa de uísque até os lábios e deu um trago.

Enquanto Laura observava a fogueira, naquela noite escura, sentiu em cada osso de seu corpo que o que o xamã disse era verdade. Ela percebeu que o mundo em que vivia evoluía, de algum modo, para um modo de ser que não era mais saudável, uma maneira de viver que havia perdido sua conduta, sua direção e seu foco.

Ela vivia em um mundo que havia perdido toda a noção do que era certo e do que era errado. Ela percebeu que nós, como sociedade, de alguma maneira perdemos nossa ligação não apenas uns com os outros, mas também com o religioso, com o respeitoso, com o sagrado, com a força de vida total que certamente existe em todas as coisas.

Como o xamã disse, perdemos toda a noção de nós mesmos como sendo parte de uma teia sagrada de vida que inclui todas as outras pessoas e seres do planeta. O modo com que agora vivíamos nossas vidas, nossa negligência pelo equilíbrio sagrado, significava que uma ameaça ao bem-estar do planeta era iminente; não era mais uma questão de se a vida neste planeta terminaria, era simplesmente uma questão de quando.

E a pedra profética respondera a essa pergunta. A data havia sido marcada: 21 de dezembro de 2012, dali a apenas cinco dias.

"Então fora nosso próprio pensamento que nos levara aos problemas que enfrentamos", Laura refletiu. Se era o ouro que nossos ancestrais entalharam ou os outros símbolos de prosperidade que buscamos atualmente, muito dinheiro, casas e carros grandes, fora isso que desconcertara o equilíbrio sagrado da vida, acabara com nossa consciência de todas as coisas e suas ligações com os outros e conosco. Era um problema com nossas consciências, com nossas mentes, que se manifestaram em nosso mundo. Nossas mentes tornaram-se poluídas. Na pior das hipóteses, com ganância; na melhor, com a ignorância, e era isso que estava destruindo nosso mundo, destruindo a nós.

Laura se viu perguntando-se se ela seria capaz de impedir os acontecimentos que estavam prestes a se desenrolar, o mal-estar profundo e terrível que havia tomado conta de nossa consciência significava que não demoraria até outro perigo surgir para exterminar as espécies humanas.

Não havia dúvidas de que o xamã, em seu desespero, tinha voltado a beber. O que mais poderia ser feito?

Uma desesperança invadiu Laura. Um desespero tão grande que era incapaz de se mover, como se os pecados coletivos da raça humana a estivessem aniquilando. O equilíbrio sagrado da terra havia sido destruído. Era um pensamento horripilante.

Todos aqueles milhares de anos de empenho humano, as realizações culturais de todas as civilizações durante toda a história e ao redor do globo, toda a arquitetura, toda a música e dança, poesia e drama, toda a ciência, todas as nossas grandes teorias, projetos e obras de arte de grande beleza. Eles todos não teriam nenhuma importância ao final.

E todas aquelas pessoas que tiveram vidas modestas, silenciosamente ocupando-se com as próprias questões, sem prejudicar ninguém ou retirar nada dos recursos da terra que não fosse o que necessitassem simplesmente para se manter vivos. Todas as suas vidas e de seus belos filhos e netos também acabariam em breve.

O que Laura achou extraordinário era que não havia percebido nada disso antes, que havia se ocupado de sua vida cotidiana, indo ao trabalho, comendo, bebendo e estando com Michael, sem qualquer consciência do perigo traiçoeiro que espreitava a aparente serenidade de sua existência, a devastação que se aproximava dela, que ameaçava tudo o que ela conhecia.

E de repente pareceu-lhe irônico que Michael tivesse estado tão preocupado com sua segurança recentemente. Ele não fazia nenhuma ideia do horror que estava prestes a acontecer para todos nós. Mas agora, se o que o xamã dizia era verdade, ela, seu amado Michael e todos os que ela conhecia, em breve não existiriam mais.

Ela olhou para o xamã. Ele estava muito ocupado apertando a garrafa de uísque nos lábios. Realmente chegara a isso? Ela não conseguia mais suportar. Ela não conseguia tolerar o pensamento de que ela e o xamã estavam simplesmente à toa, discutindo o fim do mundo tranquilamente, enquanto ele lentamente tentava beber até morrer. O desespero era demais para ela.

— Mas nós temos que fazer algo para tentar impedir — ela disse, levantando-se com um sobressalto.

— É tarde demais — o xamã respondeu. — A profecia afirmou que o problema aconteceria em seu mundo, mas haveria pouco que meu povo pudesse fazer a respeito, a menos que pudéssemos encontrar aquele, aquele de seu mundo que pudesse impedir os terríveis acontecimentos agora prestes a se desenrolar.

— Então *há* esperança! — Laura exclamou. — Temos apenas que encontrar essa pessoa.

— Eu acho que não — ele balançou a cabeça. — Essa pessoa era Ron.

— Você quer dizer, Ron Smith? — Laura estava iludida enquanto o xamã pegava uma carta amarrotada em sua bolsa de couro e a passava para ela.

CAPÍTULO 65

Laura estava profundamente desconcertada enquanto abria cuidadosamente a carta e começava a ler, intrigada. Dizia:

> Prezado Hunab Ku, filho de Hunab Ka,
>
> Como meus olhos não funcionam mais, estou ditando esta carta para você por intermédio de minha boa amiga Maria Castro, que tem sido minha leal governanta nesses últimos trinta anos.
>
> Estou escrevendo a você como sacerdotisa de Uxlahan Maia, detentora da caveira sagrada. Cuidei da caveira de acordo com os ensinamentos dos antigos que foram passados através da linhagem de seus antepassados.
>
> Acredito que honrei os ensinamentos dos ancestrais e agora fiz tudo o que foi exigido de mim, de acordo com a antiga lenda e com tudo o que foi detalhado na pedra profética.
>
> Foi-me dada a responsabilidade de cuidar da caveira de cristal até o momento em que fosse necessário ajudar a consertar, curar e reparar a Terra, no momento em que nossa Mãe Terra estivesse em sua maior crise.

Segui as instruções dadas a mim por seu pai, para assegurar que a caveira ficaria unida àquele que todos nós estamos esperando.

A tarefa a mim concedida foi manter a caveira em segredo e segura até "o momento certo", até eu ser capaz de encontrar aquele que poderia nos salvar, e eu agora o encontrei.

Esse alguém é Dr. Ron Smith, especialista em cultura maia no Museu Geográfico Smithton.

Sua iniciação já começou, e ele está muito animado com a possibilidade de viajar para a Guatemala para continuar seu treinamento com você.

Agora chegou o momento de a caveira me deixar. Não poderia ser de outra maneira. Meu trabalho finalmente está concluído. A tarefa a mim conferida nesta vida está completa, pois agora estou preparada para me unir aos espíritos e aos ancestrais mais uma vez.

Sinceramente sua,

Assinado Maria Castro,

em nome de Anna Crockett-Burrows.

— É de Anna Crockett-Burrows! — Laura disse em admiração, olhando novamente para o xamã maia. — Eu não entendo.

— Era sua tarefa encontrar o escolhido — ele respondeu em um tom cheio de si. — Foi por isso que meu pai a ensinou e a deixou ficar com a caveira. Esperamos todos esses anos, aguardando que ela o encontrasse. Porém, os anos se passaram e começamos a desanimar. Não ouvimos nenhuma notícia de Anna. Pensamos que ela talvez tivesse adoecido ou morrido, ou simplesmente se esquecido de sua missão.

— Essa foi a principal razão por eu ter ido para seu mundo, para ver se conseguia encontrá-la, para lembrá-la de seu propósito de vida, da tarefa que ela jurou realizar: encontrar aquele que poderia nos salvar. No entanto, eu não consegui encontrar Anna, então voltei para essas terras com profundo medo do futuro.

— E há apenas duas semanas ela escreveu para dizer que finalmente o havia encontrado. Ela o enviaria para cá, para que pudesse ensiná-lo a entrar na caveira e conversar com a morte. Você sabe que Anna conseguiria fazer isso sozinha, mas não tinha experiência suficiente para ensinar os outros a fazê-lo. Essa seria minha tarefa. Mas agora ele está morto e tudo está perdido.

Ele amassou a carta ruidosamente até que se tornasse uma bola firme e a lançou na fogueira. Laura observou silenciosamente enquanto era consumida pelas chamas.

Ele cambaleou para trás, em direção à caverna, agarrando outra garrafa de uísque da pilha de coisas, e começou a beber de uma só vez.

Laura estava atordoada e confusa. Ela se perguntou se talvez estivesse ouvindo coisas. Ela achou difícil acreditar que o futuro do mundo possivelmente dependesse de seu colega Ron Smith. A própria noção de que o futuro do planeta pudesse realmente repousar em seus pequenos, modestos e corpulentos ombros de meia-idade parecia, de certa forma, absurda. O xamã, contudo, estava visivelmente mexido com a notícia da morte de Ron.

Ela relembrou o momento em que vira a caveira pela primeira vez, rolando pelos dedos rígidos de Ron. Ela estava assustada, mas não tinha noção do verdadeiro temor com ao qual a caveira estava ligada, eventos significativos e terríveis que ela pressagiou. Ela não tinha conhecimento de sua importância na história de nosso planeta. Naquela época, havia sido puramente um objeto de medo. Como Laura fora ingênua, como seu mundo fora pequeno.

Na ocasião, é óbvio que não tinha ideia de que o destino de toda a humanidade dependia daquela única vida humana, daquele frágil fio da natureza, tênue, como uma semente carregada pelos ventos da fatalidade. Era positivamente assustador pensar que o futuro de toda a nossa espécie possivelmente jazia naquela única chance de ligação entre Anna Crockett-Burrows e Ron Smith, o comum e amável Ron silenciosamente ocupando-se de suas tarefas diárias, enquanto todo o nosso futuro dependia de sua sobrevivência. E agora ele tinha ido embora.

Todos aqueles anos em que Ron Smith havia sobrevivido, enganando a morte. Durante todos aqueles anos ele e sua esposa tinham vivido sem saber da importante tarefa a ele conferida, e ele morreu exatamente antes de concluir aquela tarefa. Eram palavras trágicas demais.

Laura começou a se perguntar o que tinha dado errado. "Por que Ron Smith morreu quando tanto dependia dele? Por que ele não fez o que deveria ser feito? Ron talvez tivesse tentado abusar do poder da caveira? Era por isso que ele não tinha conseguido completar a tarefa? Ou seria possível que houvesse algum jogo sujo envolvido? Havia alguém em algum lugar que não queria que Ron Smith tivesse êxito?"

Ela voltou a questionar Hunab Ku, porém ele tinha ido embora. A tora em que ele havia sentado não estava mais ocupada. Ela olhou ao redor, mas não havia sinal dele, ele tinha desaparecido. Ela esperou alguns momentos ao lado da fogueira, mas ele não retornou antes que ela serpenteasse de volta para o interior da caverna.

Lá, à luz das velas, ela o encontrou. Ele tinha trocado a roupa para uma calça jeans velha e uma camiseta que dizia "Eu amo a Guatemala". Em seu pé, ele calçava um par de tênis que já tinha visto dias melhores. Ele estava vasculhando de modo desajeitado entre as garrafas e as poções de sua mesa provisória. Um jarro de vidro tombou, espirrando no chão o líquido que continha.

— O que você está fazendo? — ela perguntou.

— O que eu posso fazer? Ron está morto! — ele estava ocupado apalpando em busca de outra bebida. Ele encontrou uma pequena garrafa de aguardente. — Esta eu guardei para os espíritos — disse erguendo a garrafa. — Mas eles não precisarão mais dela — começou a bebê-la em um único gole.

— Mas nós temos que fazer algo para impedir esta catástrofe — a voz de Laura estava cercada de desespero.

— É tarde demais. Tudo está perdido — seu tom era desanimado, enquanto dava outro trago. — O fim agora está sobre nós.

Laura estava devastada. O que ela faria? Não podia simplesmente ficar sem fazer nada e deixar acontecer. Ela não veria seu precioso Michael e todos aqueles que conhecia simplesmente morreriam sem que tentasse fazer algo a respeito.

Ela olhou fixamente para a caveira de cristal, agora novamente repousada sobre o altar. O xamã dissera que havia apenas uma esperança para a humanidade, e essa era a caveira de cristal. Apenas a caveira de cristal, com a ajuda de Ron, poderia salvar a nós todos. Se Laura soubesse como.

Ela correu os dedos pela superfície suave de cristal da caveira, e, enquanto o fazia lentamente, uma ideia começou a se formar em sua mente.

Em um lampejo súbito de inspiração que atravessou todas as camadas de medo que a cercavam, todo o terror e desespero que ela trazia em relação ao futuro, ficou claro para ela. Se Ron não estava mais lá para fazer sua parte, para "entrar na caveira" e receber o conhecimento sagrado "daqueles do outro lado", então talvez o xamã pudesse fazê-lo. Era isso. Ele tinha a habilidade. Ele sabia "entrar na caveira". Ele sabia "conversar com os espíritos e os ancestrais". Certamente podia fazê-lo. Ele apenas precisava ser convencido.

Ela virou para o xamã com um olhar determinado.

— Talvez você possa fazer. Quem sabe você pudesse acessar a informação? Talvez você possa "entrar na caveira" e "conversar com aqueles do outro lado". Você pode com os mortos? Se Ron não está aqui para fazê-lo, talvez você possa.

— Não é para ser — respondeu o xamã. — Eu tentei a noite toda, mas a caveira não falará comigo. A profecia diz que apenas aquele que consegue impedir será capaz de acessar esse conhecimento, e agora ele está morto, o futuro está gravado em pedra.

Laura estava chocada.

— Mas foi isso que minha filha disse. Ela me deu uma mensagem através da caveira. É por isso que estou aqui. É por isso que eu vim ler a pedra.

— Sua filha está morta? — Laura balançou a cabeça em afirmativa. — Acho que fui incapaz de salvá-la.

Ela parecia mergulhada em pensamento, até ter outra ideia.

— Mas se eu pudesse conversar com ela — prosseguiu —, talvez ela pudesse nos ajudar — Laura começava a soar bastante desesperada. — Talvez ela soubesse o que estava prestes a acontecer. Você disse que ensinaria Ron a "entrar na caveira". Bem, talvez agora você possa me ensinar — ela suplicou.

— Não teria utilidade. Apenas Ron poderia ter nos salvado — o xamã maia apanhou a caveira e começou a envolvê-la entre duas peles de jaguar, exatamente como os antigos maias teriam feito. Desse modo eles criavam o que era chamado de "embrulho sagrado", enrolando seus objetos mais preciosos para transportá-los. Ele o fez para deixar a caverna.

— Você está me dizendo que a mensagem de minha filha foi em vão? — Laura começava a ficar brava com ele. — Mesmo que eu tenha ouvido que o futuro ainda está "gravado em pedra"?

O xamã apenas olhou para ela em silêncio.

— Por favor! Eu posso não ter sido capaz de salvá-la, mas talvez ainda haja tempo para salvar as outras crianças.

— Não haveria motivo. A profecia disse que apenas aquele cujo rosto estava na caveira poderia nos salvar.

Ele tentou deixar a caverna com a caveira, mas Laura bloqueou sua saída.

— É isso? Você sabe que algo absolutamente terrível está prestes a ocorrer e ainda está preparado para apenas esperar e deixar acontecer, sem ao menos tentar mudar as coisas, apenas porque você acredita não ser capaz.

O xamã apenas caminhou diretamente para trás dela e saiu da caverna.

Ela correu atrás dele, gritando:

— Esse tem que ser um dos piores crimes que um ser humano pode cometer. Às vezes temos que aceitar que não podemos mudar as coisas, mas agora mesmo precisamos acreditar que podemos.

— Dê-me a caveira! — ela arrancou o embrulho sagrado dele. — Se você não me ajudar, eu resolverei fazê-lo por conta própria.

CAPÍTULO 66

No lado externo da caverna, a fogueira havia queimado e apenas brasas restavam. Laura sentou-se ao lado dela e começou a desenrolar a caveira de seu embrulho sagrado.

O xamã balançou a cabeça.

— Eu não acredito que você não faça ideia em que está se metendo. Entrar na caveira pode ser muito perigoso.

— Vamos todos morrer no prazo de cinco dias de qualquer forma, então o que eu tenho a perder?

O xamã aproximou-se e a observou de perto.

— Conte-me. Como seu amigo Ron morreu?

— Ninguém sabe. Eu apenas o encontrei agarrando a caveira de cristal.

— Como eu temia — Hunab Ku afirmou. — Ron tentou acessar a caveira antes de saber como, antes que lhe fosse mostrada a maneira adequada, e, se você fizer o mesmo, morrerá também. Então, se você quiser que eu a ensine — ele sentou-se ao lado dela — você terá de ouvir, e ouvir com atenção, pois precisará colocar seu coração, sua alma, a própria essência de seu ser dentro da caveira, e se você fizer isso da maneira errada, nunca mais voltará.

— Como Ron? — indagou Laura.

— Exatamente! — o xamã balançou a cabeça em afirmativa. — Ele não estava pronto. Ele não compreendia. Não é difícil entrar na caveira, porém é muito mais complicado retornar, pois, uma vez tendo colocado sua consciência no interior da caveira, você entrará em outro mundo.

— Você diz, como em outro planeta? — Laura não compreendeu direito o que ele queria dizer.

— Não. Eu quis dizer outro reino que existe ao lado do nosso, um mundo igualmente real, porém invisível, um lugar em que vivem as almas dos mortos, pois esta caveira habita um lugar neste mundo e no próximo. Reside no véu entre os mundos. É uma passagem para outra dimensão, entre o mundo dos vivos e o mundo dos mortos.

Laura lembrou-se do que Anna Crockett-Burrows dissera a ela pela primeira vez a respeito da caveira de cristal como algo que agora parecia ter acontecido há uma vida.

— Saiba o que o Ron não sabia — alertou o xamã maia. — Uma vez tendo entrado no outro mundo, durante mais do que alguns momentos, você pode encontrar o que quer para permanecer lá para sempre, pois você reencontrará aqueles que partiram antes e poderá descobrir que seu amor por eles é muito forte, tanto que você esquecerá seu amor por aqueles que estão neste mundo. Seu desejo de estar com eles pode ser tão irresistível a ponto de puxar todo o seu ser diretamente para o outro lado, do qual pode não haver retorno.

— Então foi isso o que aconteceu a Ron quando ele retomou contato com sua esposa, Lilian — Laura se viu pensando em voz alta. — E é por isso que ele parecia tão feliz nas últimas poucas vezes em que o vi, porque ele havia encontrado uma maneira de se unir a ela no interior da caveira de cristal.

— Está certo — Hunab Ku disse. — Seu amor por ela era tão forte que ele esqueceu seu amor por este mundo. Portanto, antes de entrar na caveira, você deve se lembrar de seu amor por todos os demais seres deste mundo.

— O que você quer dizer com meu amor por todos os demais seres?

Ela não compreendeu.

— É muito mais perigoso iniciar com a própria caveira... — o xamã falou mais para si do que para Laura. Olhou ao redor, levantou-se e caminhou em direção a um arbusto próximo, arrancou dele o botão de uma flor plumeria e tornou a sentar-se de pernas cruzadas próximo à fogueira. — Observe!

O xamã maia dispôs as mãos em concha, com o botão entre suas palmas, fechou os olhos, e um ar de plácida concentração invadiu seu rosto.

Exatamente quando Laura começava a pensar que ele estava simplesmente meditando e que nada aconteceria, ele suspirou de alívio e abriu as palmas lentamente. Laura estava maravilhada em ver que o botão nas palmas do xamã estava agora aberto por inteiro em uma linda flor plumeria cor-de-rosa!

Ele a olhou diretamente nos olhos.

— Agora é sua vez!

Laura não tinha muita certeza de como começar, então ele passou-lhe outro botão do mesmo arbusto. Ela imitou todas as ações do xamã. Sentou-se de pernas cruzadas, fechou os olhos e concentrou-se bastante, durante diversos minutos. Porém, quando abriu as palmas, o botão não havia mudado nem um pouquinho. Na verdade, observando-o bem de perto, ela imaginou que talvez ele pudesse ter pelo menos murchado um pouco, por causa do calor de sua mão.

— Foi exatamente como eu imaginei — o xamã disse. — Você se esqueceu de seu amor por este mundo. Você pensa que está separada daquela plantinha?

Laura balançou a cabeça em afirmativa.

— Você pensa que está separada de tudo ao seu redor, não é?

— É óbvio! — ela respondeu.

— É um erro comum cometido pelas pessoas de sua cultura, mas vocês estão equivocados! — ele disse de maneira firme. — Vocês não veem que você e aquele botão são um.

Laura olhou para ele intrigada. Ela ouvira o que ele havia dito antes a respeito de como tudo estava ligado, mas ainda não conseguia tirar da cabeça a ideia de como colocar em prática.

— Como muitos hoje em dia, você se esqueceu de que é uma parte de tudo o que há. Esse pensamento é exatamente o que eu quis dizer quando falei a respeito do "desejo de separação". No entanto, antes de colocar sua consciência, sua alma dentro da caveira, você deve se lembrar de sua unidade com todos os demais seres deste mundo. Embora você não consiga mais ver, nós somos tudo, cada uma e todas as partes de nós, ligadas por uma linha fina que nos une.

Laura não estava certa se compreendia.

— Mais do que isso, todas as coisas estão vivas com o mesmo espírito, com a consciência sagrada da criação.

— O quê? Até este amontoado de pedra? — seu tom era cético, enquanto apontava uma das rochas que cercavam o buraco da fogueira.

— Não estou perguntando se você acredita em mim. Seus olhos ainda não estão abertos, mas o que eu digo é verdade. Todas as coisas, sejam grandes ou pequenas, até o que vocês chamam de átomos, estão vivas com este mesmo espírito. É uma força poderosa, pois é o amor. E se você acredita ou não, é essa força que nos liga e mantém tudo neste universo unido como se fosse um.

Laura ainda não estava totalmente convencida.

— Se você não compreender isso antes de entrar na caveira — ele prosseguiu —, que os céus a ajudem, pois você nunca sairá com vida. Se você entrar na caveira pensando com esta mente de separação, esquecendo-se de sua ligação com tudo o que há neste mundo, então sua mente será sugada diretamente para o outro lado, você entrará em um coma e, em tempo, morrerá. Agora tente de novo!

Laura fechou os olhos e tentou novamente.

— E desta vez realmente sinta seu amor por este mundo, sua unidade com o universo. Seu amor por aquela árvore logo ali... — de repente, houve um som de coaxo. O xamã riu.

— Sim, mesmo por aquela criaturinha — era o som de um sapo no alto da árvore. — Sinta o brilho quente de saber que você é uma parte de tudo ao seu redor. Agora coloque o sentimento naquele pequeno botão de flor.

Laura franziu as sobrancelhas.

— Ele é você, e você é ele. Como meu povo diz, "Eu sou outro você, você é outro eu". Agora diga isso para a pequena planta em sua mão.

— Eu sou outro você... — Laura começou.

— Não. Em voz alta não — o xamã a interrompeu. — Diga dentro. Sinta lá... — ele tocou a testa de Laura suavemente —, e aqui... — colocou a palma de sua mão sobre o coração dela. — Sinta o amor. Somos todos um ser. O que está em você está em tudo. Está dentro daquela minúscula plantinha em sua mão. Está dentro de cada um e todos nós.

Laura tentou diversas outras vezes, enquanto o xamã a explicava detalhadamente. Mas não importava o quanto se esforçasse, ela parecia não chegar a lugar algum. Tentou durante toda a noite, mas simplesmente parecia não conseguir desabrochar o botão.

CAPÍTULO 67

17 DE DEZEMBRO DE 2012

Os primeiros fios pálidos de aurora surgiram e a luz do sol dourada começou a iluminar os altos das árvores, sobre a cabeça de Laura. Ela teve que tentar mais uma vez, uma última tentativa. Colocando as mãos em concha e fechando os olhos, sentou-se imóvel. Quando abriu as palmas, duas horas depois, as delicadas pétalas da flor em sua mão haviam começado a se espreguiçar muito lentamente, quando o botão finalmente se abriu pela metade em sua mão.

— Eu estou pronta? — ela perguntou, mostrando ansiosamente a flor.

O xamã olhou para ela solenemente:

— Você não está mais pronta do que Ron Smith estava. Porém não temos mais tempo, é agora ou nunca — disse.

Ele a conduziu de volta para dentro da segurança da caverna, onde ela sentou-se com as pernas cruzadas sobre a pele de cabra em frente ao altar. Ele acendeu incenso e movimentou a massa latente ao redor de Laura.

— Há alguém que você gostaria que eu contatasse caso você não consiga retornar? — ele perguntou solenemente, enquanto remexia em sua mesa de ervas.

Suas palavras trouxeram Laura à realidade do risco que corria, a gravidade da situação em que se encontrava, tanto quanto sua tentativa de "projetar a consciência dentro da caveira".

Finalmente localizando um lápis velho e desgastado e um pedaço de papel gasto, o xamã entregou-os para ela.

— Eu gostaria que você contatasse meu marido, Michael — ela rabiscou seu endereço e o número de telefone de Michael.

Hunab Ku substituiu por novas cada uma das velas queimadas no altar. Enquanto Laura o observava remover os reservatórios de parafina endurecida, estava quase tentada a dizer a ele que, pensando melhor, havia mudado de ideia. Tentar projetar sua consciência dentro da caveira era provavelmente uma má ideia. Ela não estava apropriadamente treinada e era melhor simplesmente esquecerem.

Ela não conseguia suportar a possibilidade de nunca mais ver Michael. O pensamento era intolerável.

Sua mão se esticou para tocar a medalhinha de prata em formato de coração que ela usava ao redor do pescoço. O que faria?

O xamã havia terminado de preparar o altar, brilhante com novas velas, e ele a estava encarando.

— Você está pronta? — ele perguntou.

A caveira de cristal lampejou sobre o altar diante de Laura. Assim que ela a olhou fixamente, percebeu que não era um objeto de temor como havia pensando em princípio, mas de esperança. Nessa caveira jazia nossa salvação, pois havia aparentemente sido ofertada a nossos ancestrais, a fim de nos ajudar em nosso momento de maior necessidade. A ideia era que a pessoa certa pudesse, de alguma maneira, "entrar nela" e conversar com os mortos para descobrir como salvar a humanidade da destruição iminente.

Reconhecidamente ela, Laura Shepherd, não era exatamente a pessoa certa. Era para ser Ron Smith quem entraria na caveira. Mas, não importava qual fosse a informação que Ron obteria, tinha de ser algo a respeito do qual ele pudesse de fato fazer algo. Caso contrário, qual seria o motivo para os maias protegerem a caveira de cristal durante todos esses anos? Então, Laura supôs que se Ron conseguiria obter a informação e prevenir um desastre iminente, por que ela não? Além do que, não parecia haver outras opções restantes. Era a única maneira de salvar o planeta. Ela sabia que devia fazê-lo, ainda que custasse sua vida.

— Estou esperando sua resposta — o xamã indagou, e ela percebeu que estava perdida em seus pensamentos.

Havia uma coisa que precisava fazer primeiro. Soltou o medalhão em formato de coração que usava em torno do pescoço:

— Se você um dia encontrar Michael — ela disse —, você pode dar isto e ele e dizer que eu sempre o amarei?

— Direi a ele — afirmou o xamã enquanto pegava o medalhão e o guardava dentro de sua pequena bolsa de couro. — E não esqueça, você deve se lembrar de sua ligação com todos os seres desta terra — ele acrescentou —, se você não fizer isso antes de entrar na caveira, nunca sairá viva.

Uma serpente de fumaça ergueu-se do incenso que queimava no chão e começou a espiralar ao redor de Laura.

— Se você entrar na caveira pensando que está separada do resto da criação, sua alma então será tragada diretamente para o outro lado, você entrará em um coma e morrerá em tempo.

— E lembre-se que não é seu corpo que, na verdade, estará viajando no interior da caveira, embora possa parecer que você inteira está entrando lá. De fato, apenas sua consciência, sua mente e sua alma que viajarão dentro da caveira.

— Agora é o momento — ele disse, enquanto Laura tentava ficar à vontade.

— Começaremos com o cântico, de modo que os espíritos saibam o que estamos solicitando deles e em qual data precisaremos de sua ajuda — Laura ouvia enquanto ele falava suavemente as palavras em maia e então as repetia tranquilamente para si mesma.

O xamã levantou a caveira do altar, passando-a através do incenso fumegante e a entregando a Laura. Ela colocou a caveira no colo e repousou as mãos em sua superfície fria ao mesmo tempo em que repetia o cântico:

— *Oxlahun baktun, mi katun, mi tun, mi kin.*

Essas foram as mesmas palavras que ela ouvira no museu naquela noite terrível em que encontrara Ron morto, afundado sobre sua mesa enquanto a caveira de cristal rolava de suas mãos. Era um pensamento decepcionante. Ron havia partido para onde estava prestes a ir e não retornara.

No entanto, mesmo se estivesse prestes a encontrar o mesmo destino fatal de Ron, ela deveria prosseguir. Agora havia muito em jogo para voltar atrás.

Ela endireitou as costas, fechou os olhos e continuou a entoar o cântico.

Repetiu as palavras sagradas diversas vezes. Após um momento, sentiu-se começar a relaxar e a se perder no som do cântico. Aconteceu sem parar, até ela mal ter consciência da caverna, do altar ou do xamã.

Ele a tocou suavemente no ombro.

— Agora é o momento da tarefa mais difícil de todas. Para projetar sua consciência dentro da caveira, você deve agora se lembrar de seu amor por alguém do outro lado, enquanto ainda se recorda de seu amor por todos aqueles e tudo neste mundo.

A primeira parte da instrução foi fácil, pois como ela poderia esquecer Alice?

— Você precisa pensar em sua filha — o xamã disse. Ele viu a tristeza no rosto de Laura. — Sei que dói, mas você consegue superar a dor, você encontrará o amor que sentiu por ela, tanto amor, amor que você ainda sente. Não tenha pressa.

Ela pensou em Alice. Demandou algum esforço para afastar de sua mente a lembrança traumática dos últimos dias da menina. Então, ela começou a se recordar dos bons tempos. O passeio que fizeram ao zoológico no quarto aniversário dela. Alice tinha se encantado com os macacos. Laura lembrou-se do sorvete de morango que ela havia derrubado no chão e as lágrimas que vieram a seguir, e o abraço que ajudou a recuperar tudo novamente. Mais lembranças a invadiram e, com elas, um sentimento afetuoso, como um brilho interno.

— Agora você precisa se conectar ao interior da caveira — o xamã falou.

Com os olhos ainda fechados, Laura respirou profundamente. Ela então levantou a caveira lentamente e a posicionou contra sua testa, esforçando-se também para se lembrar de sua ligação com tudo ao redor.

De repente, foi como se sua cabeça estivesse se esmagando contra a caveira. Ela queria afastar de si a caveira, arrancá-la e jogá-la no chão, mas uma força enorme pareceu estar impulsionando-a contra ela, de maneira tão forte que foi completamente incapaz de resistir a seu puxão. Sua cabeça parecia estar se chocando contra uma parede sólida, e, ao mesmo tempo, houve um soar intenso em seus ouvidos, tão alto que parecia repercutir em todo o seu corpo.

O barulho era insuportável. Ela queria gritar. Parecia inacreditável que pudesse sobreviver. Percebeu que não conseguiria, não importava o que tivesse dado errado para Ron, estava dando errado para ela também. Talvez o xamã estivesse certo. Ela ainda não havia sido treinada apropriadamente e agora enfrentava uma morte-pesadelo. A qualquer momento seu crânio explodiria com a força, a qualquer momento o osso seria esmagado e estilhaçado em milhões de pedaços.

"Eu cheguei ao fim. É isso. Eu devo estar morrendo". Parecia como se seu crânio simplesmente não pudesse aguentar mais a pressão ao qual estava sendo submetido. Então, uma claridade inacreditável tomou conta de sua mente, como uma escuridão constante que eliminou todos os seus pensamentos.

De repente, veio a mais esquisita das sensações. Havia água em toda a sua volta. Como se ela tivesse desembarcado de um grande mergulho para dentro de uma enorme piscina de água escura. Há um minuto sua cabeça estava pressionada com força contra a caveira de cristal e, agora, de uma hora para outra, estava de braços abertos, com o rosto para baixo, no que ela sentia ser água morna.

"O que está acontecendo comigo? Eu ainda estou no canal que corre embaixo de Luvantum? Eu morri naquele sistema subterrâneo do rio? Eu estou morrendo agora?"

Ela prendeu a respiração. Precisava de ar, desesperadamente, urgentemente. Na tentativa de respirar, tentou nadar até a superfície, mas sua cabeça se chocou contra algo. Não havia maneiras de sair da água. Seus pulmões estavam explodindo. Ela não conseguia mais suportar, tinha que respirar. O fim ao qual temia estava sobre ela, não havia escolha a não ser respirar. Antes da sensação de queima que veio quando a água foi aspirada, ela respirou uma vez e esperou, esperou o momento em que seu coração pulsante não bateria mais.

No entanto, nunca veio. Não aconteceu. Ela estava sob a água, porém era totalmente capaz de respirar. O alívio era agradável, enquanto dava uma respiração atrás da outra.

Rindo, abriu os olhos novamente e, de repente, viu-se flutuando em um oceano de azul iridescente, nadando e respirando sob a água como um peixe. Era como se um minuto atrás Laura estivesse fora da caveira, olhando para seu interior vítreo e aparentemente aquoso e, no minuto seguinte, sabia que, na verdade, estava dentro dela, olhando para fora, como se de repente estivesse no interior de alguma piscina enorme de paredes de vidro. Era como se há um minuto ela fosse um gigante segurando a caveira nas mãos e, no momento seguinte, fosse minúscula, flutuando no interior da enorme caveira, quase como se estivesse subitamente flutuando dentro de algum tipo de aquário enorme.

Laura percebeu que havia finalmente obtido êxito em "projetar a consciência no interior da caveira".

No lado de fora, apesar de suas paredes externas que pareciam vidro grosseiramente distorcido, tinha certeza de que podia ver seu corpo caindo amontoado no chão em frente ao altar. Ela podia ver, como em um sonho, o xamã apanhar a caveira e colocá-la de volta no altar, enquanto seu corpo permanecia lá, amontoado no chão. Mas não se importava.

Dentro da caveira era como outro mundo, um mundo belo, repleto de luz radiante, como algum tipo estranho de cruzamento entre um paraíso tropical subterrâneo e interplanetário. Milhares de belas bolhas de cristal a cercavam, emitindo luzes azuis, prateadas e douradas. Ela esticou a mão para tocá-las e as descobriu macias e flexíveis. Conseguia espremê-las, quase achatá-las, e então retomar seu formato. Agarrando diversas delas, conseguia moldá-las em uma bolha grande e depois separá-las novamente em bolhas individuais. Era fascinante e encantador, exatamente como ser criança outra vez e descobrir o mundo pela primeira vez; a alegria de não conhecer todas as regras com as quais as coisas funcionam e experimentar o ambiente.

Enquanto brincava com bolhas, colocando-as em fila e jogando-as, ela pensou no quanto Alice teria gostado de brincar com ela dessa maneira.

Laura apenas começava a se acostumar com este novo e estranho ambiente, aprendendo a "nadar" e brincar nele, quando notou um túnel comprido e escuro dentro da caveira. Ele se estendia ao longe. Ela estava surpresa por não tê-lo percebido antes. Era bastante assustador observar, como se visse algumas das bonitas fotos de aglomerados de estrelas e galáxias distantes tiradas do telescópio espacial Hubble. Era grande o suficiente para "nadar" nele e parecia como se pudesse se estender por todo o infinito. Parecia como se talvez fosse possível imaginar um túnel através do tempo e do espaço.

Nadou para dentro da entrada no túnel. Suas paredes tinham uma aparência macia e fluida, como se talvez tivessem sido pintadas com tinta d'água multicolorida. Laura queria tocar as paredes, mas quando "nadava" em direção a elas, era incapaz de alcançá-las. Elas recuavam ao seu toque. Não importava o quanto tentasse, estavam constantemente além de seu alcance, como o final de um arco-íris.

Ela percebeu que o lado oposto do túnel estava iluminado por uma luz branda. "Ficou" durante um momento paralisada com o modo com que a luz brilhava através da escuridão, quase se ondulando pelas paredes do túnel em direção a ela. De alguma maneira que não conseguia definir, sentia como se a luz a chamasse em sua direção.

Laura começou a nadar túnel abaixo, enquanto a luz a chamava constantemente. À medida que se aproximava, a intensidade aumentava. E, enquanto se afastava dentro do túnel, parecia viajar mais rapidamente, acelerando em direção à luz, ao mesmo tempo em que esta brilhava diante de si. Então, quando se aproximou do final, começou a diminuir a velocidade à medida que se aproximava cada vez mais da luz, que era pura, brilhante e forte.

Quando fez uma pausa no final do túnel, percebeu que havia algo entre a claridade e ela, como algum tipo de passagem feita de vidro fosco, ou talvez fosse quartzo puro. Sua beleza era de tirar o fôlego. Havia camadas de cor suntuosa, luzes suaves na cor do arco-íris, atravessadas por finos fios de prata e ouro. As cores pareciam ocorrer naturalmente e estavam trançadas na própria estrutura do cristal, formando combinações de luz e textura tão magníficas que Laura sentiu como se pudesse permanecer lá para sempre, totalmente absorta, simplesmente observando-as.

Quando levantou os olhos novamente e olhou através da porta, sentiu como se seu coração arrebentasse com a beleza absoluta que jazia diante de si. Sentiu como se estivesse em pé na própria margem do infinito, com um espaço inconcebivelmente vasto imediatamente além. Havia escuridão e luz. Laura teve a sensação de flutuar além das nuvens, e conseguia ver mais nuvens de branco e todas as diferentes cores flutuando ao longe. Ela sentiu como se estivesse olhando para todo o universo, para uma centena de milhares de estrelas que haviam explodido, enviando para frente um esplendor de luz e cor em todas as direções.

Embora não soubesse, de fato olhava através da passagem entre as diferentes dimensões, em pé diante do fino véu que separa os mundos, localizada no limiar entre a vida e a morte.

E exatamente quando pensava que nada poderia ser mais incrível do que aquilo que observava agora, teve o vislumbre de algo que jazia à sua frente, além da passagem, algo que a fascinou, tirou sua respiração. Era a luz mais incrível que já vira, uma esfera cintilante de luz branco-dourada, magnetizando-a e encantando-a. Tão bela, tão assombrosa. Começou a se perguntar se estaria olhando fixamente para um Anjo.

Mas enquanto observava uma pequena figura surgir do centro dessa esfera dourada cintilante, seu coração parou de bater por um instante. Percebeu que estava equivocada, pois esse não era nenhum estranho angelical desconhecido. Era, na verdade, algo muito mais inacreditável. E desta vez ela sabia que não havia entendido errado, pois a figura que ela viu surgindo iluminada por aquela luz branco-dourada iridescente era, na verdade, Alice. Ela finalmente havia encontrado sua linda menininha.

Laura reconheceu seus grandes olhos azuis, seus cabelos loiro-palha, até a minúscula marca de nascença sobre seus alegres lábios sorridentes. Essa era seu bebê precioso, sua filha amada, a luz radiante, transcendente e gloriosa que era sua criança perdida.

Seu coração queria cantar de alegria enquanto olhava fixamente para essa mais bela de todas as imagens.

— Alice — sussurrou.

Lágrimas formaram-se nos seus olhos e uma delas caiu sobre a superfície de cristal abaixo dela. Quando isso aconteceu, música estranha e bela ecoou por todo espaço ao seu redor. Outra lágrima caiu, e outra, e com cada lágrima veio o mesmo som bonito.

Laura percebeu que estivera esperando por esse momento durante o que pareceu ser uma vida inteira. De modo inconsciente, havia esperado anos, horas, minutos e segundos se passarem até que o Tempo pudesse trazê-la para este lugar.

Percebeu que houvera um anseio constante dentro de si, enterrado profundamente como uma semente que jazia adormecida, torcida dentro de si como se dormisse, aguardando a primavera. Era uma semente que, agora regada, esticava-se e crescia para escuridão afora, desenvolvia-se e florescia. Fora uma ânsia desesperada que ela não conseguia mais negar, um desejo por estar mais uma vez com sua filha, abraçá-la, segurá-la ternamente nos braços. Ela queria se unir à luz e se perder na alegria de encontrá-la novamente.

Compelida a ir até ela, tentou se movimentar para frente, chamar em voz alta:

— Alice!

Desta vez Alice a ouviu e se virou em direção a ela com um grande sorriso. Esticou os braços, como se esperasse um abraço, e gritou:

— Mamãe!

Naquele momento, um estalo alto, dissonante e mecânico entrou na consciência de Laura; um som que não tinha espaço em tal beleza e magnificência. Um ruído feio e brutal que se espatifou, colidiu com tudo o que ela viu e sentiu, e ecoou numa intensidade terrível, de congelar a alma. Em um instante, antes que compreendesse o que acontecia, ela foi puxada para trás com uma velocidade tremenda. Foi arrastada, enrolada e contorcida de volta ao interior do túnel escuro como se puxada por um tornado poderoso. Até a carne em seu rosto contraiu-se em seu crânio com a potência da força que agora a sugava.

— Não! — ela gritou à força impiedosa, terrível e feroz, ao mesmo tempo em que era sacudida e lançada para baixo de volta ao túnel, como uma boneca de pano. Deslocada através da escuridão, era impotente para resistir à força que a tragava, que a arrancava de seu lugar divino. Seu coração sentiu como se estivesse sendo partido em dois, rompido pela metade como um ramo em um furacão. Sentiu-se débil com a agonia excruciante de ter deixado a luz para trás, de ser arrastada de tamanha glória.

Havia uma dor em sua testa, uma dor metálica maçante, como se algum objeto estivesse incomodando a superfície de seu crânio. Abriu os olhos para ver o cano de aço de uma arma, segurada contra sua têmpora. Laura estava deitada sobre a dura pedra do assoalho da caverna de Hunab Ku, em frente ao altar, exatamente onde havia estado antes de entrar na caveira de cristal. Um homem estava com o joelho contra seu ombro; ela conseguia sentir seu peso esmagador forçando-a para baixo, contra o solo.

Pequenos grânulos de incenso jaziam despedaçados pelo chão. As flores do altar estavam esparramadas por todo o lugar, pisadas e amassadas. E um antigo crânio humano estava quebrado como a casca de um ovo ao seu lado.

Ela tentou se levantar.

— *No mueve!* (Não se mova) — gritou o soldado.

Laura tentou girar a cabeça, olhar para a caveira de cristal, para se assegurar de sua presença.

De repente, sentiu uma dor escaldante enquanto o cano da arma era esmagado contra sua bochecha.

— Mexa-se novamente e eu a matarei! — o homem gritou para ela em espanhol.

Os soldados, homens de Caleb, haviam finalmente a pegado.

Desesperadamente, seus olhos procuraram pelo altar. Ele havia sido saqueado. Não havia sinal de Hunab Ku em lugar algum, e a caveira de cristal tinha desaparecido.

CAPÍTULO 68

18 DE DEZEMBRO DE 2012

Caleb Price olhou ao redor da sala de conferência lotada. Sentiu um calor de satisfação. Seu novo terno de oito mil dólares estava um pouco quente sob as luzes, mas não havia nada de que ele gostasse mais do que uma multidão de seu pessoal, cientistas de renome, engenheiros e acionistas reunidos para ouvir como sua empresa incomodaria, como eles atingiriam o grande momento.

— Imagine outro mundo — ele começou —, tão próximo que você pode quase tocá-lo, a apenas um fio de cabelo de distância, e ainda totalmente invisível. Agora imagine isso dentro daquele mundo em que tudo é possível, e tudo o que jamais sonhou pode ser seu.

Olhou fixamente para o mar de ternos cinza, enquanto macacões de trabalho se reuniam diante dele no pomposo e pós-moderno Centro de Conferência Milênio. A multidão já estava na palma de sua mão.

— Durante milênios, este outro mundo, esta outra dimensão, permaneceu unicamente no discurso de físicos, místicos, sábios e, sim, até mesmo de lunáticos. A física quântica então sugeriu que alguma espécie de universo paralelo é possível. Bem, estou aqui agora, como cientista, para dizer a você que esse outro mundo, essa outra dimensão, esse universo paralelo, chame-o do que quiserem, realmente existe, e nós, aqui na Nanon Systems, agora possuímos a chave para destrancar seus segredos.

"Por isso estou aqui para contar-lhes a respeito de uma das maiores descobertas que o homem já fez, uma descoberta mais profunda do que o aproveitamento das forças eletromagnéticas, uma descoberta mais poderosa do que a divisão do átomo. Bem, o que estou prestes a dizer a vocês poderia fazer a divisão do átomo parecer a invenção dos fogos de artifício! Pois estou aqui para falar a vocês a respeito de algo mais, muito mais poderoso. Estou aqui para dizer a vocês que o Espaço não é mais a última fronteira. A fronteira final, meus amigos, é o Tempo!"

A voz de Caleb subiu para um crescendo, ecoando pelo vasto auditório. A multidão sentada ouvia embevecida.

— O que sabemos sobre esse outro mundo, essa outra dimensão, é que o Tempo e o Espaço, como os conhecemos, não existe lá. Portanto, podemos quebrar todas as regras da física que se aplicam em nosso simples mundo físico. Sem essas restrições antiquadas de tempo e espaço fixos, todos os tipos de oportunidades são abertas para nós, inclusive a possibilidade da Viagem do Tempo!

"Vocês sabem, sem as limitações de espaço e tempo fixos, poderíamos utilizar essa outra dimensão para viajar, sem muito esforço, para outros lugares, sim, mesmo para outros períodos em nosso universo. Se soubéssemos como acessá-la... — uma grande tela atrás dele surgiu para ilustrar suas questões. — Os físicos quânticos vêm procurando há décadas esse portal para a outra dimensão. E como alguns de vocês já sabem, nós, aqui na Nanon Systems, até já construímos esta instalação especial subterrânea de teste — disse enquanto mostrava uma imagem dela na tela gigante atrás de si — nas profundezas do deserto do Novo México, especialmente dedicada a descobrir uma maneira de acessar esse outro mundo e desvendar seus segredos.

Este Laboratório Z está mantido em segredo para o mundo exterior há décadas, enquanto nos esforçamos para superar as limitações de espaço e tempo. Nossa busca tem sido abrir um "buraco de minhoca", uma passagem na estrutura do tempo-espaço. Pelo fato de termos conseguido abrir um "buraco de minhoca", uma passagem entre nossa dimensão e esse outro mundo, pudemos utilizar esse universo paralelo como uma espécie de "túnel do tempo", um atalho para o futuro!

Até o momento, no Laboratório Z, testamos todos os diferentes tipos de técnica, desde aceleradores de partículas até densificadores gravitacionais. E tentamos todos os diferentes tipos de material, de tungstênio a diamantes, até ultraplásticos — ele apresentou amostras desses materiais e os soltou. — No entanto, até o momento, todos os nossos esforços falharam. Nenhum desses materiais se provou suficientemente flexível para abrir um espaço entre seus átomos, enquanto ainda conservavam força suficiente para suportar o calor e a pressão intensos que esse processo gera.

Porém, agora, finalmente temos a resposta. Graças a uma descoberta ao acaso feita por nosso Diretor de Pesquisa, Dr. Michael Greenstone, aqui — Caleb apontou para Michael, sentado no palanque ao lado dele, e Michael fez um aceno de cabeça levemente constrangido para a plateia —, agora temos o material correto para a tarefa. Finalmente encontramos a chave de que precisávamos para destrancar aquela passagem, finalmente encontramos a chave para desvendar os segredos do futuro!"

Caleb marchou em direção a um plinto no centro do palanque e coberto por uma toalha de veludo preto. Ele removeu a toalha para revelar a caveira de cristal — diversas imagens dela foram projetadas simultaneamente na tela gigante atrás de Caleb e em várias outras telas de monitores posicionadas na vasta sala de conferência, acima das cabeças arquejadas da plateia horrorizada.

— Agora, isso pode não parecer para vocês ou para mim a tecnologia de amanhã, mas, acreditem ou não, senhoras e senhores, esta caveira de cristal que vocês veem diante de si é, na verdade, um portal único de densidade variável. A pesquisa brilhante e as equações de Dr. Greenstone provaram que, com energia elétrica e laser aplicados em volume suficiente, esta caveira de cristal é capaz, de fato, de abrir um "buraco de minhoca", uma passagem na mesma estrutura de tempo-espaço que pode nos permitir acessar aquela ilusória outra dimensão e entrar no "túnel do tempo" que tem sido o Santo Graal de físicos quânticos há anos.

Este é o momento de testá-la, em nossa própria instalação de teste, o Lab-Z.

A plateia estava silenciosa de pavor.

— Se este experimento funcionar, meus bons amigos, apenas pensem nas possibilidades, não apenas na viagem no tempo, mas transporte barato e geração de energia limpa, sem mencionar diversas aplicações de defesa. A lista de possibilidades é quase ilimitada.

"Poderíamos até usar a caveira para descobrir informações do futuro. Se esse experimento funcionar, vocês não precisarão de um túnel do tempo para dizer que suas ações nesta empresa valerão ainda mais nesta semana! — toda a plateia riu com satisfação.

Ou poderíamos usá-la para enviar materiais para trás e para frente no tempo. Vejam o lixo nuclear, por exemplo. Problema resolvido! Poderíamos simplesmente enviá-lo para o passado, digamos,

65 milhões de anos atrás? Inferno, os dinossauros já morreram mesmo, não é?"

Todos riram novamente.

— Mas, falando sério — Caleb prosseguiu —, todos os problemas do mundo, todos os problemas do futuro, se tornarão uma coisa do passado. Pois o que veem aqui diante de vocês, senhoras e senhores — levantou a caveira sobre sua cabeça para todos a verem — é o futuro. Não apenas o futuro da Nanon Systems, mas o futuro da humanidade. Agora está à nossa disposição. É nisso em que estamos trabalhando no passar dos anos, e eu gostaria de agradecê-los antecipadamente por sua ajuda em torná-lo uma realidade. Por nos ajudar aqui na Nanon System para "Criar o Futuro — Agora!". Seu discurso atingiu o clímax quando ele urrou o slogan da empresa.

Houve uma alta salva de palmas entusiasmadas que rapidamente se transformou em uma ovação em pé, quando todos do auditório se levantaram, impressionados.

No salão, após o discurso, Caleb agarrou uma taça de champanhe quando os garçons circulavam com bandejas prateadas carregadas de bebida. Havia um rumor de agitação no ar, enquanto as pessoas conversavam sobre a caveira e as possibilidades que ela criou.

Michael permaneceu em pé próximo à porta, desejando ir embora; ir para casa e não falar com ninguém, mas sabia que não poderia fazer isso. Ele apenas não estava no clima para tudo isso. Não ajudou não ter Laura lá ao seu lado. O eminente Michael Greenstone e sua esposa. Ela deveria estar lá com ele em tal ocasião significativa, em tamanho ponto alto, o próprio auge de sua carreira.

Ele precisava falar com Caleb urgentemente. Seria difícil, agora que tantas pessoas se acumulavam ao redor de seu chefe, parabenizando-o.

Suspirou. "O que há de errado comigo? Eu deveria estar me sentindo ótimo". Seu trabalho nunca havia sido o alvo de tamanho interesse, tamanha agitação intensa. Ali estava ele, na iminência de acessar outros mundos, algo com que ele e outros cientistas poderiam apenas ter sonhado dias antes. Ali estava ele no controle da chave para um universo paralelo, e mesmo assim não parecia comemorar. Ao contrário, sentia-se apenas ansioso. Melhoraria quando ele conversasse com Caleb.

— Ei, Michael! Venha até aqui! — a voz de Caleb retumbou como se acenasse para Michael. Caleb estava com Sylvie, sua namorada mais recente, seminua em um vestido decotado frente única de seda vermelha.

— Parabéns, mestre do universo! — Sylvie entusiasmou-se com Michael.

— Pegue um copo! — insistiu Caleb, dando um tapinha nas costas de Michael, enquanto o garçom segurava uma bandeja de bebidas diante dele.

— Não, tudo bem, obrigado! — Michael respondeu.

— Relaxe um pouco — encorajou Caleb.

— Eu quero manter minha cabeça limpa.

— Por que isso?

— Preciso ter uma palavra com você sobre algo, em particular.

— Não é sobre sua esposa, eu espero — Caleb sussurrou.

— Não — Michael disse. Mas antes que tivesse tempo para falar mais, eles foram cercados por admiradores. Os louvores continuaram pelo resto da noite e, quando foram tomar o elevador para descer ao estacionamento, tiveram que apertar centenas de mãos congratulatórias.

Michael não queria abalar o humor entusiástico de Caleb, mas sabia que não poderia esperar. Escolheu cuidadosamente seu momento. Quando chegavam ao estacionamento subterrâneo, ele lembrou Caleb de que precisava pedir-lhe algo. De modo relutante, Caleb solicitou que Sylvie fosse na frente e o esperasse no carro, de forma que pudessem conversar em particular. Michael aguardou até a porta do carro se fechar com um estrondo. Lançou um olhar nervoso para se certificar de que não havia mais ninguém ouvindo ao redor. Respirou profundamente, sabendo que Caleb não ficaria feliz com o que tinha a dizer, mas sabia que devia ser dito. Não podia permitir que a situação continuasse como estava. Quanto antes Caleb soubesse, melhor. Simplesmente não poderia esperar mais.

— Caleb, pelo fato de a caveira de cristal ter, ahn... se perdido por um momento, colocou-me um pouco atrás na agenda, e acredito que é um pouco precipitado forçar o experimento atual antes que eu tenha uma chance para confirmar pela segunda vez minhas equações sobre a caveira de cristal agora que ela voltou à nossa posse.

— Bobagem, Michael! — respondeu Caleb. — Você se preocupa demais — deu um tapinha em seu ombro. — Deixe os caras mais abaixo reconfirmarem. Realmente temos um prazo apertado para isso agora.

Caleb dirigiu-se a seu carro. Virou-se e chamou por Michael. — Dê um tempo a si mesmo, Michael. Você tem mais do que o suficiente com o que se preocupar, na forma de sua boa esposa.

Talvez Caleb estivesse certo, pensou Michael enquanto ia para seu carro. Talvez sua preocupação com Laura e o que estava prestes a acontecer com ela o fizesse se preocupar demais com as demais coisas também. Ainda assim, pelo menos Caleb e ele haviam elaborado um plano para ajudá-la, embora não tivesse certeza de que era assim que ela o consideraria.

Ela havia agendado um horário para vê-la mais tarde naquela noite. Ele precisaria informá-la sobre o que eles tinham em mente. Teve uma sensação terrível de que ela não gostaria, mas não parecia ter muita escolha.

CAPÍTULO 69

A expressão no rosto de Laura quando encarava a parede cinza da cela da polícia que a cercava era de alegria radiante. Para ela, não havia grades de ferro duras o suficiente restringindo-a, nenhuma sentença pesada aguardando por ela, havia apenas paz profunda. Sua mente estava totalmente ocupada com o que tinha visto dentro da caveira, repleta da lembrança maravilhosa que ela agora revivia.

Abraçou os joelhos e sorriu para si mesma. Não podia esperar até Michael chegar lá para que pudesse dividir as notícias com ele, envolve-lo em seu segredo glorioso. Alice estava viva e bem, no outro mundo dentro da caveira, e mais bonita e radiante do que poderia sequer imaginar.

Michael entrou no distrito policial e olhou ao redor de maneira inquieta. Aguardou em frente à área de recepção feita de madeira gasta, onde uma policial jovem e magra tinha uma conversa telefônica longa com um cidadão a respeito do procedimento policial.

Ele fitou o corredor de rostos nos "pôsteres de procurados", copiados apressadamente, afixados no balcão dianteiro, meio que esperando que o rosto de Laura aparecesse. Ele era como um peixe fora d'água. Nunca tinha visto uma cela policial antes, ou mesmo esperado ver uma, especialmente para visitar a própria esposa, a bela e outrora eminente profissional Dra. Shepherd, que agora não passava de uma criminosa comum. Suas bochechas queimavam de vergonha com o pensamento.

Enquanto aguardava que lhe fossem mostradas as celas, perguntou-se o que se passava dentro de Laura, no que ela estaria pensando ou talvez no que não estaria pensando. Esse era o problema. Desde que havia entrado em contato com a caveira, ela não pensava logicamente. O estresse de encontrar Ron morto certamente fazia parte disso, mas não era o suficiente para explicar por que ela parecia ter abandonado toda a razão. Eles a haviam encontrado em uma caverna. Ele sabia disso. Um dos nativos havia disposto a caveira de cristal em algum tipo de altar, e ele estava entoando cânticos e balançando ervas enquanto Laura permanecia no chão, ao pé dele. Deus sabia o que eles estavam fazendo, tudo era muito esquisito.

Mas eles a terem trazido de volta foi o principal. Os amigos do Exército de Caleb haviam conseguido deixar de lado todos os procedimentos usuais de extradição, mas na chegada em solo norte-americano ela teve de ser entregue às autoridades, e agora estava presa sob custódia da polícia, com acusações pendentes de roubo contra ela.

A humilhação disso era quase insuportável para Michael, mas tinha gratidão por Laura estar em segurança. Pelo menos havia voltado inteira.

Ele lançou o olhar para seu relógio. Estava dentro do horário para sua visita. A policial ainda estava ao telefone, então foi um tira forte de meia-idade, com olheiras pesadas sob os olhos, que o conduziu para o centro de detenção, situado no fundo do prédio. Eles caminharam pelo corredor, além dos corredores de celas, até o oficial acenar com a cabeça para aquela ocupada por Laura. A pesada porta metálica de segurança ecoou atrás dele, enquanto o oficial a fechava e trancava, deixando Michael sozinho com a esposa.

Lá estava ela, sentada na cama baixa de estrutura metálica, abraçando os joelhos. Ela encarava a parede, completamente distraída em relação aos sons de chaves e ao barulho dos demais prisioneiros. Michael ficou completamente dominado de alívio com a visão dela, muito embora seu rosto estivesse arranhado, com traços de sujeira, e seu cabelo loiro estivesse desgrenhado, ainda era sua Laura, a mulher que ele amava, apesar de sua raiva em relação ao modo com que ela havia se comportado.

Ela sorria para si, perdida em algum momento silencioso e particular de devaneio, quando o notou. Ela pulou para fora da cama e correu até as grades de sua cela.

— Michael, estou tão feliz por vê-lo! — ele esperava que Laura estivesse oprimida, devastada por tudo o que havia acontecido a ela, mas seu rosto tinha uma ternura leve, e seus olhos brilhavam radiantes, com uma alegria que ele não esperava ver — surpreendeu-o.

Ele a cumprimentou de maneira menos calorosa:

— Você me matou de preocupação, Laura. Que diabo você pensa que estava fazendo? — perguntou firmemente.

Ela ainda sorria.

— Eu a vi, Michael. Eu a vi!

— Do que você está falando? — ele esperava que ela estivesse sofrendo de algum tipo de remorso ou arrependimento em relação ao que havia acontecido. Ele percebeu que era isso que queria; algum tipo de reconhecimento de que o que ela havia feito tinha sido fora de ordem, uma aberração, que havia sido claramente muito errado ter furtado a caveira e fugido com ela do modo que o fizera. No entanto, aqui estava ela, ainda em algum mundo imaginário.

— O xamã maia, Hunab Ku, me mostrou como projetar minha consciência dentro da caveira, e eu a vi, Michael — Laura prosseguiu.

Ela esticou as mãos através das grades para tocar as de Michael.

— Eu vi Alice! Ela estava tão bonita!

Michael balançou a cabeça em desespero.

— Santo Deus, Laura! O que aconteceu com você?

Laura não pareceu notar o som da porta de segurança abrir e fechar enquanto Michael desviou o olhar por um momento.

— Você não acredita em mim, né? — ela disse.

— Eu não acredito que você não faça ideia do quanto essa coisa toda é constrangedora para *mim* — Laura olhou para ele, intrigada. — Você, minha esposa, enfrentando acusações criminais por roubo — suas mãos estavam agarrando as grades de ferro que estavam entre eles.

— Sinto muito, Michael, mas eu não tive escolha... eu precisava descobrir a mensagem de Alice.

— Jesus, Laura!... Isso é impossível.

Havia algo esquisito no modo com que Michael se comportava, Laura pensou. Ele desviou o rosto dela novamente, quase como se estivesse chamando a atenção de outra pessoa, para outro lado, escondido da visão de sua cela. Era um pouco desconcertante, porém ela continuou, apesar disso.

— Mas eu li a Pedra Profética, Michael. Algo terrível acontecerá em apenas três dias, e eu preciso descobrir o quê...

— Eu não consigo conversar com você, né? — ele disse.

Suas tentativas para explicar o que havia acontecido entraram por um ouvido e saíram por outro. Michael não conseguia compreender o que ela dizia.

— Eu preciso ver a caveira novamente. Preciso conversar com Alice.

— Apenas ouça a si mesma, Laura! Você faz alguma ideia de como isso soa?

Ela pausou, desanimada pela incompreensão e frustração na voz de Michael. Ele estava bem à sua frente, embora se sentisse ainda mais distante dele do que jamais havia estado antes, como se ambos de repente ocupassem um universo diferente, um milhão de anos-luz um do outro.

— Por favor, Michael. Eu preciso ver a caveira — seus dedos buscaram os dele — só mais uma vez.

Ele segurou firmemente nas grades.

— Você realmente pensa que será permitido que você vá a algum lugar com aquela coisa, depois do que aconteceu da última vez?

Um silêncio perdurou entre eles.

— Eu juro a você, Michael, desta vez eu sequer a tocarei. Eu sei que soa maluco, mas, por favor, apenas confie em mim. — Seus olhos estavam implorando, clamando para ele compreender.

— Querida, você precisa de ajuda — disse amavelmente.

— Exatamente, você tem que trazer a caveira até a mim.

— Esse não é o tipo de ajuda que eu quero dizer.

— Então, o que você quer dizer? — ela estava intrigada.

— Veja, é possível que Caleb concorde em desistir das acusações.

— Isso é ótimo!

— Mas há uma condição...

Ela olhou para ele com uma careta.

— ... que você concorde em ser submetida a uma avaliação psiquiátrica completa e tratamento na Unidade de Segurança Warnburton.

— O quê? Isso é ridículo! Não há nada errado comigo! — Laura mal conseguia acreditar no que ouvia.

— Não é o que parece daqui — Michael disse virando-se mais uma vez para o lado.

Laura estava atordoada, em silêncio.

— ... eu conversei com um psiquiatra, seu nome é Dr. Bacher, e ele acha que suas... "ilusões" podem se dar por causa de mágoa mal resolvida em relação a Alice, provocada por encontrar Ron...

— Foi sua ideia, não é? — ela perguntou.

Houve uma pausa.

— Veja, é realmente para o seu melhor — Michael insistiu. — É para nosso próprio bem. Estou tentando ajudá-la.

— Me ajudar!? Você está tentando me encarcerar!

— Laura, nós realmente não temos nenhuma escolha. Se você não concordar com isso, Caleb a colocará na prisão!

— Mas eu tenho que descobrir o que acontecerá. Eu tenho que impedir!

— Em Warnburton eles apenas a segurarão por cerca de três meses ou mais.

— Três meses! — Laura exclamou. — Nós só temos três dias!

— Com uma sentença de prisão, você poderia considerar uma temporada mais longa... — Michael calou-se assim que viu a raiva resplandecer no rosto de Laura.

— Apenas porque eu vejo as coisas um pouco diferente de você, apenas porque meus olhos se abriram, você acha que eu fiquei maluca — ela estava furiosa agora. — Acorda, Michael, foi nosso mundo que enlouqueceu, não eu! As crianças do futuro, todas morrerão! E nós temos que salvá-las! Você tem que me tirar daqui. Eu tenho que voltar para dentro da caveira! — o marido observava enquanto ela andava pela cela, como um animal enjaulado. — Eu tenho que falar com Alice! — ela gritou.

— Vê, isso é exatamente o que quero dizer — Michael estava conversando com alguém que parecia espreitar a conversa fora da visão de Laura, de um lado da cela. Ela pareceu intrigada quando um homem pequeno, calvo e de meia-idade pisou adiante, entrando em sua linha de visão. Com cerca de 55 anos, ele usava óculos de armação grossa e um terno mal ajustado, porém caro, sobre um colete com gola de cor vermelho-escura.

— Laura, este é o Dr. Bacher — disse Michael, em um tom totalmente cheio de razão.

Laura estava horrorizada.

— Oi, Laura! — disse Dr. Bacher entusiasmadamente.

— O Dr. Bacher é da Unidade de Segurança Warnburton — acrescentou.

— Michael, como você pôde fazer isso comigo? — ela o encarou, incrédula.

Ele se afastou da cela de Laura parecendo culpado.

— Michael, volte! — ela o chamou quando ele pedia para ser conduzido para fora do centro de detenção. — Michael! Depois de tudo o que passamos juntos.

Ela então notou Dr. Bacher. Ele estava sorrindo para ela de modo vazio.

— Laura, nós apenas precisamos ter um pequeno bate-papo sobre como você está — ele disse. — Parece-me que você pode ter tido algumas... como posso dizer? Experiências incomuns.

— Veja, estou perfeitamente normal. Deixe-me em paz.

— Laura. É normal ver coisas que outras pessoas sabem que não estão ali? — ele inquiriu.

Ela estava farta. Fora ruim o suficiente ser traída pelo homem que ela amava, mas agora aqui estava este homenzinho obsequioso fazendo perguntas idiotas.

— Não me trate como criança, seu imbecil! — gritou, enfurecida. Ela se arrependeu assim que disse isso, porém era tarde demais.

Bacher permaneceu em silêncio por um momento, quando sua mandíbula caiu. Então fechou-se firmemente.

— Muito bem! — seu tom era de ameaça. — Vamos jogar do seu modo — ele se virou rijamente e saiu ruidosamente da cela.

CAPÍTULO 70

19 DE DEZEMBRO DE 2012

A Unidade de Segurança Warnburton era sediada em um prédio feio e imponente em estilo neovitoriano, em uma ilha enfadonha em East River que contemplava um trecho secreto de água da cidade conhecido pelo nome, de certa forma apropriado, de Hell Gate.[14]

Laura tinha ouvido falar desse lugar. Era conhecido pelo uso de TEC, terapia eletroconvulsiva, um tipo controverso de tratamento psiquiátrico que se tornara popular durante os anos 1950. Esse tipo de "terapia" envolvia amarrar um paciente com tiras de couro ao redor dos pulsos e tornozelos, prender eletrodos em ambos os lados da testa e em seguida desferir um choque elétrico massivo ao cérebro, um processo comumente acompanhado por uma série de convulsões ou espasmos involuntários.

— Um choquinho, talvez — Dr. Bacher sempre gostava de brincar, mas a técnica aparentemente fora efetiva no tratamento de toda uma gama de enfermidades mentais, desde depressão profunda e ansiedade até psicose.

---

14. Em tradução livre, Portão do Inferno (N.T.).

O tratamento, contudo, começou a cair em popularidade quando foi divulgado que os choques elétricos tinham de ser aplicados regularmente para que fossem eficientes, frequentemente deixando pacientes um pouco mais do que vegetais durante o processo. Efeitos colaterais indesejados também incluíam deslocamento de ossos e fraturas, assim como ataques cardíacos, às vezes durante a administração do procedimento. De fato, uma quantidade de estudos provou que um número significante de pacientes obteve "resultados conclusivos negativos". Em outras palavras, eles morriam ou cometiam suicídio durante o curso do tratamento. Como resultado, a técnica agora era usada na maioria das instituições psiquiátricas apenas como um tratamento de último recurso. Dr. Bracher, diretor da Unidade de Segurança Warnburton, no entanto, continuou sendo um grande fã do procedimento.

Embora vendada e com camisa de força na chegada à unidade, Laura ainda reconheceu o distinto cheiro de desinfetante de hospital, destinado em vão a disfarçar o odor da urina dos pacientes. Menos familiar a ela eram os gritos, os urros e a linguagem maluca dos outros internos, enquanto era conduzida além das alas e pelo corredor branco abaixo, em direção à sua cela.

— Aqui, isso deve ajudá-la a se acalmar um pouco — disse Dr. Bacher removendo a venda de Laura e segurando seu braço para que o grande enfermeiro agora se debruçasse sobre ela com uma seringa. O enfermeiro fincou prontamente a agulha sob sua pele e injetou algo que fez sua cabeça rodar quase que imediatamente. Os dois atendentes abriram a porta e posicionaram Laura, de certa forma sem cerimônia, dentro de seu novo quarto antes que a porta fosse fechada com uma pancada e trancada atrás dela.

No momento em que o efeito do sedativo passou, ela percebeu onde estava. Os olhos de Laura teceram seu caminho pelos quadrados limpos de estofamento que, semelhantes a tijolos, compunham as paredes de sua cela. Não havia nenhuma janela, nada para mostrar qualquer vida que existisse além daquelas quatro paredes. Ela sabia que não deveria ter expressado o que pensava anteriormente, e agora veja onde tinha ido parar. Olhou ao redor das paredes grossas e opressivas da cela acolchoada na qual se encontrava presa, e tinha a esperança de que Dr. Bacher não fosse alguém que guardasse rancor durante muito tempo.

Ela já estava um tanto quanto entediada com a regularidade opressiva das sólidas e gris costuras em plástico bege. Ela conseguia apenas imaginar os horrores, os estados apavorantes vivenciados por aqueles que tinham se encaixotado naquele quarto antes dela. E agora lá estava ela, perante a probabilidade de o dia 21 de dezembro surgir diante dela, enquanto era aprisionada nesse buraco do inferno monstruoso, incapaz de fazer algo a respeito.

Michael disse que ela ficaria lá durante pelo menos três meses. O pensamento de estar ali mais do que três dias era absolutamente insuportável, e ela sequer teria mais do que três dias antes de os acontecimentos de 21 de dezembro a atingirem. Não apenas isso, ela não sabia exatamente o que aconteceria. Ela havia estado tão perto de Alice, tão perto de descobrir o que aconteceria, e agora isso. Como ela ao menos chegaria perto da caveira novamente? Como ela sequer conversaria com Alice?

Suspirou. Não havia nada mais que pudesse fazer, exceto esperar, enquanto o tempo fazia tique-taque e aproximava todos do final. Tudo o que ela podia fazer era aguardar até ter sua avaliação com Dr. Bacher, marcada para mais tarde naquele dia, e esperava que pudesse encontrar uma maneira de fazê-lo compreender. Ironicamente, ele agora era sua única esperança.

Dr. Bacher havia negado categoricamente que Michael realizasse visitas durante o primeiro mês de seu encarceramento. O médico tinha alegado que os visitantes eram "uma distração e levariam a um excesso de agitação da paciente". Se ele soubesse! Um mês! O homem não fazia ideia de que sequer existiria uma semana seguinte. Se ela não conseguisse sair daquele lugar, o mundo terminaria, e ela nunca mais veria Michael novamente.

Desesperadamente, lutou dentro dos confins de sua camisa de força, mas esta a mantinha resolutamente em cheque. Ela agitou os dedos dos pés, a única parte dela que ainda estava livre. Se pudesse explicar as coisas ao Dr. Bacher. Se ela conseguisse falar com ele, então poderia apenas fazê-lo avaliar a gravidade da situação que todos eles enfrentaram.

Um barulho penetrou o silêncio opressivo no interior da cela acolchoada. Uma chave se moveu na fechadura, e a porta se abriu. Quando aconteceu, Laura ouviu os choros horrendos de um dos outros internos.

— Socorro! — uma mulher estava gritando. — Ele vai me matar. Socorro! — ela guinchou novamente. Dr. Bacher colocou-se diante dela, ignorando os choros que vinham do corredor abaixo. Dois enfermeiros demoraram-se atrás dele.

— O que está acontecendo? — perguntou Laura, intrigada com a comoção.

— Estou aqui para nossa pequena avaliação — disse Dr. Bacher. — Ah, aquilo? — falou, observando a expressão intrigada de Laura. — Em sua mente, Mary Macanaly é esfaqueada até a morte pelo menos cinco vezes ao dia — ele riu-se.

"Deus", pensou, "como eu terminei neste hospício?"

Um dos enfermeiros estava em pé à moldura da porta, inclinando-se contra ela.

— Estamos aqui caso precise de nós — ele lembrou Dr. Bacher. Forte como uma casa, o homem parecia capaz de lidar com qualquer paciente com uma única mão, por mais desafiador que fosse seu comportamento.

— Sim, obrigado. Precisarei de apenas 15 minutos — respondeu Bacher.

Deus, tudo o que Laura tinha era 15 minutos para tentar convencê-lo a deixá-la sair daquele lugar.

O psiquiatra entrou na cela acolchoada, enquanto os atendentes aguardavam do lado de fora. As portas se fecharam firmemente com uma batida atrás dele.

Bacher rodeou próximo da entrada da cela, balançando-se um pouco sobre os calcanhares. Após o tempo decepcionante e solitário que ela havia tido até o momento em Warnburton, com a companhia apenas de paredes acolchoadas à prova de som, estava quase contente por vê-lo. Ele era, afinal de contas, seu único contato com o mundo exterior, agora que ele havia negado todos os demais visitantes.

— Oi, Laura, então você se acalmou um pouco agora? — ele questionou, em seu usual tom de falso amigo.

— Sim. Obrigada — Laura estava agora com seu melhor comportamento. Essa era sua única chance, embora remota, de tentar mudar as coisas, de tentar colocar Bacher do seu lado, de tentar fazê-lo começar a enxergar as coisas como elas realmente eram. Então, daria a ele tudo o que ele queria. Ela contaria a ele tudo o que sabia.

— Agora, onde estávamos? — ele prosseguiu. — Isso mesmo! — ele disse olhando suas anotações. — Vejo que você tem visto coisas que as outras pessoas não foram tão sortudas de ver?

— Sim, é isso — ela começou e percebeu que soava como se estivesse louca. O problema era por onde começar. Tinha apenas quinze, agora menos de catorze minutos, para explicar a coisa toda.

Enquanto tentava decidir por onde começar, Bacher passou a instigá-la por meio de suas anotações do que Michael já havia contado a ele.

— Deixe-me ver agora. Houve o incidente em seu escritório com a inscrição em pedra, não antes de você reportar a seu médico que estava ouvindo coisas. Então, quando você viu seu marido depois de sua viagem para a selva, disse a ele que tinha visto sua filha, como tudo isso se sucedeu?

— Não é fácil de explicar — respondeu Laura, esforçando-se muito para decidir como se expressar melhor —, mas eu acho que me deparei com algo importante. Você entende, a maioria das pessoas fechou suas mentes para qualquer realidade além desta. Elas pensam que esta é tudo o que há. Elas não percebem que há todo um outro mundo lá fora.

— Quando você fala outro mundo, o que exatamente quer dizer? — Laura não tinha certeza se ele estava genuinamente tentando compreender, mas não tinha escolha, exceto dar a ele o benefício da dúvida.

— Quero dizer, a dimensão para a qual as almas dos mortos vão. Ninguém sequer morre de verdade, apenas vamos para outro lugar. É isso o que venho tentando dizer a Michael, mas ele não compreende. Nossa filha, Alice, ela de fato não morreu e se foi, está apenas em outro reino e está tentando se comunicar comigo por intermédio da caveira — acrescentou.

Ah, não, tudo estava sendo expressado da maneira errada, sua explicação. Ela estava sob tamanha pressão que era difícil colocar tudo em palavras.

— Então você afirma que sua filha está tentando se comunicar com você por intermédio da caveira — ele disse. — Por que ela desejaria fazer isso?

— Eu acho que ela é como... uma mensageira.

— Uma mensageira? Para quem? Para o quê? — perguntou.

— Para todos aqueles que amamos do outro lado.

Bacher pareceu intrigado.

— Os mortos conseguem ver tudo o que acontece em nosso mundo. E como não há tempo em sua dimensão, eles podem ao menos ver o que está à frente em nosso futuro. No entanto, eles são menos poderosos para intervir diretamente. Como o xamã maia, Hunab Ku, eles se consideraram abandonados quando viram, milhares de anos atrás, que destruiríamos nosso mundo. É por isso que eles enviaram a caveira de cristal. Assim, conseguiriam se comunicar conosco em nosso momento de necessidade. É por isso que enviaram minha filha, Alice. Ela veio tentar nos alertar.

— Agora, deixe-me tornar isso claro — Bacher disse. — Você crê que sua filha morta pode conversar com você por intermédio da caveira, e que ela foi enviada por todas as demais pessoas mortas para tentar nos salvar de algum tipo de... Armagedom[15] iminente.

— Correto... — respondeu Laura.

Dr. Bacher inclinou a cabeça e coçou o queixo.

— Hummm, interessante...

— ... Mas eu não sei exatamente o que acontecerá — Laura prosseguiu. — É por isso que preciso falar com ela. É por esse motivo que preciso ver a caveira de cristal novamente. Preciso falar com Alice.

— Isso ajudaria? — inquiriu Bacher.

— Sim. Se eu pudesse vê-la, exatamente como na última vez, poderia mudar tudo.

---

15. Conflito final e aniquilador. Também é um dos livros que compõe o *Apocalispse da Bíblia*.

CAPÍTULO 71

Os atendentes fecharam firmemente a porta da cela de Laura atrás de Bacher quando ele terminou sua avaliação. Ele surgiu no corredor falando consigo mesmo de modo agitado, enquanto rabiscava em seu bloquinho de anotações.

— Fascinante a fantasia a respeito de ajudar outras crianças, um resultado direto de sua incapacidade de salvar a própria filha. Toda a ilusão destina-se a aliviar a dor de sua perda.

Michael aguardava na área de recepção da Warnburton. Ele zuniu o botão de "boas-vindas" quando chegou, mas ninguém veio recebê-lo. Lançando os olhos pelo saguão, notou que ainda havia alguns aspectos de casa antiga, o mosaico de ladrilhos no chão, a escadaria de carvalho oco. No entanto, todas as áreas separadas do prédio agora haviam sido lacradas com portas de segurança de vidro reforçado ostentando alarmes codificados para acesso e entrada. Ele odiava a regra de Dr. Bacher de que não poderia ver Laura. Apareceria por lá de qualquer forma. Ele queria discutir o futuro de sua esposa com Bacher assim que ele terminasse sua avaliação preliminar.

O balcão da recepção vazio continha panfletos sobre a Warnburton, exibindo uma fotografia desfocada de um grupo de internos sorrindo para a câmera no gramado do lado externo, tirada durante meados do verão. Ele pegou um e começou a ler.

Michael rapidamente devolveu o panfleto para seu lugar. Não era de se admirar que não gostasse do lugar, ele era especializado em TEC. Bem, a Warnburton havia sido escolha de Caleb, e como a Nanon estava arcando com as despesas da "reabilitação" de Laura e Michael precisava ter o melhor comportamento no trabalho, dada a transgressão de Laura, ele não estava em uma posição de argumentar. Motivo ainda maior havia para que precisasse estar na unidade agora, de modo que pudesse se envolver por completo no tratamento de Laura. Não importa o que acontecesse, ele não queria vê-la se sujeitar a TEC. A possibilidade era selvagem além das palavras.

O que Laura necessitava, ele sentia, era de alguém que pudesse ajudá-la delicadamente a enxergar a razão de novo. Ela havia estado em tal estado de fragilidade desde que encontrara Ron... Necessitava de um tratamento muito gentil. Ele não tinha certeza se a Warnburton era o lugar para oferecê-lo. Simplesmente conversar com um terapeuta provavelmente fosse melhor. Na pior das hipóteses, alguma medicação ajudaria com as ilusões que ela estava tendo.

Seus pensamentos foram interrompidos por uma mulher de meia-idade e aparência severa que esmurrou o código na porta e o deixou entrar. Ela olhou para ele de cima a baixo afrontosamente, como se tivesse coisas melhores a fazer do que lidar com os parentes de um doido.

Michael já havia marcado seu horário diretamente com Dr. Bacher. A enfermeira o conduzira por algumas portas de segurança e alguns corredores sombrios abaixo até o encontrarem. Ele havia acabado de concluir sua avaliação inicial com Laura quando correram até ele.

— Olá — ele cumprimentou Michael com um sorriso largo e acenou com a cabeça para os dois atendentes, que não seriam mais necessários.

— Bem — Michael falou. — Você acredita que pode ajudá-la?

— Acho que há apenas uma maneira de fazê-la enxergar a razão — Dr. Bacher começou. — Vamos discuti-la em meu consultório.

CAPÍTULO 72

A área de diagnósticos da Warnburton havia sido convertida da antiga sala de armas de uma casa velha, a qual havia sido dividida em duas salas separadas. Todas as janelas externas haviam sido revestidas com tijolos, e as paredes, pintadas de um branco puro, frio e uniforme. Dentro da sala de diagnósticos, uma parede inteira pareceu ter sido coberta com um espelho comprido que corria por toda a extensão da sala.

Escondida atrás desse espelho, a qual na verdade era uma grande superfície de vidro filmado e reforçado, ficava a sala de observação, um espaço menor no qual a equipe psiquiátrica conseguia observar e monitorar o comportamento de pacientes na sala principal, enquanto permaneciam completamente ocultos da visão do paciente.

Assim como um aparelho de DVD, diversas telas de circuito interno de segurança, um telefone e um computador, a sala de observação também continha uma fileira de confortáveis cadeiras de escritório, nas quais se sentaram Dr. Bacher, Michael e Caleb Price.

— Eu ainda não sei se essa é uma boa ideia — Caleb disse.

O guarda-costas de Caleb permaneceu no fundo da sala com os braços cruzados, enquanto Bacher continuava sua explicação:

— Mas poderia ser vital para meu diagnóstico. Você compreende, a questão é que para Laura a caveira tornou-se uma representação simbólica de sua filha morta. Observar como interage com ela pode ser a única maneira de fazer uma avaliação precisa. Poderia ajudar a clarear se Laura é puramente delirante, talvez maníaca também, ou possivelmente até psicótica borderline — Michael estremeceu ao ouvir Bacher falando de sua esposa dessa maneira.

Porém, não havia nada que ele pudesse fazer, particularmente se ele a quisesse em casa em breve. Quaisquer que fossem suas ressalvas em relação ao plano de Bacher, havia de ser melhor do que a probabilidade de Laura ir para a cadeira. E pelo menos Bacher estava sendo meticuloso o suficiente para levar adiante esse processo de investigar adequadamente o estado mental de Laura, em vez de partir direto para sua forma preferida de terapia, TEC, sem nenhuma pergunta adicional.

A última coisa que Michael queria era que Laura fosse sujeitada a aquilo, que era o principal motivo pelo qual ele havia ajudado a convencer Caleb a apoiar o plano de Bacher. E se ele não estivesse trabalhando tão duro, dedicando 16 horas de trabalho à Nanon e fazendo progressos tão bons em sua pesquisa sobre a caveira, provavelmente nunca teria conquistado o apoio de Caleb. Reconhecidamente, provavelmente fora sua oferta a Caleb de que, se fizesse um favor a ele, poderia aceitar uma porcentagem menor na divisão dos lucros da tecnologia que estavam desenvolvendo que finalmente pressionou Caleb. Com Michael ainda mais em débito com ele, Caleb havia concordado, embora de modo relutante.

— Ok. Que seja! Apenas avance com ela — foi o que Caleb disse agora, pendendo para trás em sua cadeira, como se estivesse esperando um show começar.

O plano de Bacher era duplo. Ele não estava apenas convencido de que ver Laura com a caveira seria uma ferramenta essencial de diagnóstico, mas também acreditava que serviria terapeuticamente como um meio profundo de "teste de realidade" para ela. Quando seus desejos fossem concedidos e ela finalmente entrasse em contato com a caveira de cristal, teria que enfrentar o fato de que a caveira não era tal coisa de "uma passagem para a outra dimensão". Isso ajudaria a "normalizar" suas expectativas e trazê-la de volta para um modelo mais racional e sensato a partir do qual obteria sentido da realidade, uma que não incluía encontros com crianças mortas!

A explicação de Bacher fez perfeito sentido para Michael no momento. Permitir que Laura visse a caveira poderia ajudar a trazê-la de volta ao normal. No entanto, naquele instante, ele não tinha tanta certeza. Talvez tivesse sido motivado simplesmente por seu desejo de ver Laura novamente, e ele sabia que, se estabelecesse a interação dela com a caveira, conseguiria vê-la. Ele inclinou-se e observou atentamente através do espelho falso. Agora que estava ali, começava a ter sérias dúvidas acerca de toda a situação.

Ele observou cinco enfermeiros psiquiátricos, inclusive um assustadoramente grande, entrarem na sala de diagnósticos. No centro da sala, erguida sobre uma cadeira e posicionada em um travesseiro branco gravado com as palavras "Propriedade da Clínica Warnburton", estava a caveira de cristal. Sob o berrante feixe de luz a caveira parecia um amarelo pálido e feio.

Michael observava enquanto Laura era trazida para dentro da sala por dois agentes de segurança da Nanon, um em cada lado.

Ele vislumbrou seu rosto, pálido e ansioso, focalizado por uma das quatro câmeras escondidas situadas na área de diagnósticos. Ele pensou que seria tranquilizante vê-la, mas a visão de Laura na camisa de força, os braços rentes e imóveis contra o corpo, o fizeram se assustar.

De modo instintivo, seus dedos levantaram-se para tocar o vidro filmado que os separava. Ele queria estapear o vidro para ela saber que ele estava lá, com ela, apoiando-a, mas é óbvio que ele sabia que não deveria. Laura não deveria saber que mais alguém estava lá assistindo.

Uma vez dentro da sala e com a porta trancada de modo firme atrás dela, um dos atendentes começou a remover sua camisa de força. Em seu lugar, o Chefe de Segurança da Nanon segurou suas mãos atrás das costas e fechou um par de algemas em volta de seus pulsos — uma das condições de Caleb caso Laura tivesse a permissão de se aproximar da caveira. Ele então pegou um pano preto de seu bolso. Era uma venda — outra condição de segurança para evitar que Laura tentasse fugir com a caveira. O guarda posicionou a venda sobre os olhos de Laura e em seguida levantou uma das mãos, indicando que estavam prestes a prosseguir.

Michael, Bacher e Caleb observavam atentamente através do vidro filmado da janela da sala de observação para ver os agentes de segurança da Nanon, um em cada cotovelo, conduzindo Laura para frente, as mãos algemadas atrás das costas, em direção à caveira. Os enfermeiros aguardavam silenciosamente à porta. Os agentes de segurança estavam vestidos de preto, e, enquanto conduziam Laura para se ajoelhar diante da caveira de cristal, olharam de repente para Michael, como se fossem os executores dela. A respiração de Michael embaçou o espelho da sala à sua frente.

— Sente-se — disse Caleb. — Relaxe.

Michael sentou-se de modo relutante.

Sobre o monitor de áudio, eles puderam ouvir Laura pedir a seus carcereiros:

— Por favor, apenas alguns momentos finais com ela?

— Eu deveria estar lá com ela! — Michael afirmou, começando a se levantar.

Bacher levantou a mão:

— Por favor, não — disse de modo firme. — Precisamos ver como ela interage com a caveira sozinha.

— Ei, pensei que tivéssemos concordado... — Caleb falou, sentando-se ereto em sua cadeira.

— Vejam — Bacher disse, levantando os dedos das duas mãos para indicar o número de pessoas que estavam a postos. — Há sete pessoas naquela sala. Podemos deixá-los todos esperando por ela do lado de fora de uma porta trancada.

Caleb levantou-se, caminhou até a janela de observação, e lentamente inspecionou a cena.

— Caleb — Bacher continuou —, a mulher está vendada e algemada. Eu posso garantir pessoalmente que a segurança não será um problema. Que dano poderia causar? — perguntou.

O relógio na sala de observação marcava os minutos ruidosamente.

Caleb pressionou seu sistema de comunicação interna com os guardas:

— Tudo bem..., mas apenas um minuto! — falou a contragosto.

Os agentes da Nanon deram alguns passos para trás, antes de abandonarem a sala com a equipe de enfermeiros, deixando Laura sozinha com a caveira.

Da sala de observação todos observavam tensamente enquanto Laura sentava-se de pernas cruzadas diante da caveira. A imagem de Laura vendada era estranha demais, tão perturbadora que

Michael mal conseguia suportar olhá-la, o estava fazendo ficar inacreditavelmente tenso. Ele olhou para baixo e percebeu que agarrava os braços da cadeira tão forte que seus dedos estavam brancos. Soltou. Devia se acalmar. Era apenas um experimento psicológico destinado ao propósito expresso de ajudar sua esposa. O que poderia dar errado? Ele respirou profundamente.

Olhou a esposa de relance. Ela estava sentada, com a coluna muito reta, e ele pôde ver que respirava profundamente. Ela parecia muito quieta e tranquila, não era nada do que ele esperava. Sem dúvida, as lágrimas e as emoções logo surgiriam.

Caleb batia os pés incansavelmente. Michael desejava que ele parasse. Ninguém mais pareceu notar. Todos esperavam pelo momento de realização de Laura, um que, teoricamente, viria logo. Poderia acontecer em alguns momentos, ou poderia levar mais do que algumas horas, mas cedo ou tarde teria de enfrentar o fato de que não havia realidade além desta.

Quando Alice falhasse ao se materializar, aparecer na sala, ou qualquer outra cosa que Laura pensava que aconteceria uma vez que estivesse na presença da caveira, sua visão de mundo delirante seria seriamente desafiada. E era um fato que esse processo a desapontaria — Bacher explicou isso —, porém era um preço baixo a se pagar para conseguir corrigi-la novamente — Michael pensou.

Becher então faria seu diagnóstico, eles devolveriam a caveira ao laboratório, e ele seria capaz de prosseguir com sua pesquisa sabendo que Laura tivera um diagnóstico apropriado, um plano de tratamento e até, possivelmente, uma data provisória para sua soltura — ele esperava. Isso era o que Michael queria saber, que trazia sua Laura de volta. Então, por que ele não conseguiria retirar a terrível sensação de pavor que estava presa em seu intestino? Particularmente, quando a ansiedade que havia se destacado mais cedo no rosto de Laura, quando ela caminhara sala adentro, desaparecia diante de seus olhos.

Ele se perguntou o que se passava dentro da cabeça de Laura, no que ela pensava enquanto ele observava a tensão que sobrava sair de seu rosto e uma expressão serena surgir. Acabaria logo, ele sabia disso.

Os lábios de Laura começaram a se mover, foi inaudível no começo, e, então, as palavras ficaram mais altas. Laura começou a entoar um cântico, lentamente no começo, proferindo as palavras suavemente para si mesma:

— *Oxlahun baktun, mi katun, mi tun, mi kin.*

Bacher apanhou uma caneta de seu bolso e rabiscou uma anotação para si.

— O que ela está dizendo? — Caleb perguntou a Bacher.

— Shssh! — Bacher sussurrou, encarando Laura intensamente.

O cântico prosseguiu:

— *Oxlahun baktun, mi katun, mi tun, mi kin* — repetidas vezes, tornando-se cada vez mais alto.

Todos assistiam a tudo em suspense enquanto o cântico de Laura ficava mais alto ainda. Então, ela de repente inclinou-se e repousou a própria testa contra a testa da caveira.

Dentro da sala de observação, Caleb saltou sobre os pés.

— O que ela está fazendo? — exclamou. — Afaste-a dela. Ela não pode tocá-la.

Furiosamente, foi apertar o sistema de comunicação interna com os guardas.

Bacher tocou seu braço:

— Por favor, isso é decisivo, por favor! Espere!

O dedo de Caleb pairou pelo botão, enquanto Bacher prosseguia em voz baixa:

— Não se preocupe, a enfermeira Simms está de prontidão com uma dose de sedativo. Ela está pronta e aguardando. Temos assistência farmacêutica, caso o paciente... — ele olhou rapidamente para Michael — caso Laura fique muito perturbada.

Caleb parou de pressionar.

— Está certo — disse de modo firme —, ela tem mais um minuto, e nem mais um segundo.

A tensão crepitou no ar enquanto eles observavam Laura detrás do espelho, sua testa pressionando firmemente contra a caveira.

Então, de repente, o corpo de Laura ficou mole, e ela caiu amontoada no chão.

CAPÍTULO 73

Houve um momento de silêncio atordoante, como se todos tentassem compreender o que havia acabado de acontecer.

— Deve apenas fazer parte de sua psicose — Dr. Bacher começou, mas Michael imediatamente se pôs em pé, correndo para a porta da sala de observação. No entanto, ela havia sido trancada para impedir a entrada de quaisquer pacientes que perambulassem. Bateu nela, amedrontado.

— Deixe-me sair daqui! — gritava enquanto olhava fixamente para o corpo jogado de sua esposa. — Faça alguma coisa. Ajude-a! Ajude-a! — gritou.

— Sinto muito — Dr. Bacher começou.

— Apenas deixe a porta aberta! — Michael gritou. Bacher atrapalhava-se com as chaves no que pareceu levar uma hora até que ele abrisse a porta. Voando para fora da sala de observação e pelo corredor, um atendente havia acabado de destrancar a sala de diagnósticos. Michael irrompeu pela porta e correu até Laura para ajudá-la. Tirando os guardas estúpidos do caminho, ele pegou o peso morto de Laura nos braços e a balançou para tentar trazê-la de volta.

— Acorda! Laura! Acorda! — gritou alto, porém ela não respondeu.

Verificou seu pulso, mas não conseguiu sentir nada.

Quando Bacher e Caleb chegaram à porta, ele bradou:

— Chamem uma ambulância! Alguém, por favor! Chame uma ambulância!

Suas palavras pareceram ecoar por toda a Warnburton, quando ele começou desesperadamente a tentar ressuscitá-la. Assim que começou a administrar desajeitadamente o beijo da vida, sentiu-se mal. Sua mente tornou-se um borrão de imagens giratórias, como se estivesse assistindo a tudo em um filme, passado em velocidade acelerada, acontecendo com outra pessoa.

A próxima coisa que soube era que estava no fundo de uma ambulância, sirene barulhenta. Ele estava inclinado sobre Laura. Seu rosto parecia de um pálido mortal.

Ele implorou:

— Fale comigo, Laura! Por favor, fale comigo! Mas não houve qualquer resposta.

Um paramédico apareceu ao lado de Michael e colocou uma bolsa e uma máscara sobre o nariz e a boca da mulher, a fim de tentar administrar oxigênio. Ele começou a bombear o respirador de modo vigoroso, antes de virar para o colega com um tom preocupado:

— Estou encontrando resistência. Rápido! Dê a sucção para mim!

O paramédico removeu a bolsa e a máscara, e, assim que seu colega lhe passou o equipamento de sucção, a mente de Michael retornou para dois anos antes, debruçado sobre Alice, quando ela também era levada às pressas inconsciente para o hospital, no fundo de uma ambulância.

Mas, naquela época, Laura estava ao seu lado. Ele observava Alice, com quatro anos de idade, a cor deixando suas bochechas, enquanto os paramédicos forçavam um tubo de sucção em sua pequenina traqueia, para tentar remover o bloqueio. Michael estava segurando a mão de Alice, na tentativa de tranquilizá-la.

— Está bem, Alice, você ficará boa.

Porém ela não ficaria boa. Momentos depois, o paramédico virou-se para seu colega e sussurrou:

— Não está nada bom. Não consigo remover. Ela precisa de cirurgia.

Ele não conseguia suportar pensar a respeito. Ele havia perdido sua linda e pequena Alice, mas não perderia Laura, ela ficaria boa, precisava ficar. Ele queria pegá-la, abraçá-la, dizer que ela conseguiria, mas os paramédicos ainda estavam rodeando, controlando, monitorando, certificando-se de que o oxigênio era sendo bombeado para seu sistema.

Minutos depois, a ambulância chegou, luzes lampejando no escuro, na entrada de emergência e acidentes do hospital.

Uma equipe de médicos correu para encontrá-la, e o paramédico gritou:

— Rápido! Leve-a para a ressuscitação.

O carrinho de Laura voou pelas portas duplas da entrada de emergência e acidentes, enquanto a equipe deslocava a maca para dentro do hospital, com o paramédico ainda tentando bombear oxigênio para o tubo de ventilação inserido garganta abaixo de Laura. Michael correu atrás do octópode que era a equipe médica, e, naquele momento, equipamentos lotavam a região em torno da maca de Laura, e seu rosto parecia uma máscara congelada de incompreensão e medo.

O carrinho finalmente parou na sala de ressuscitação. O médico que comandava rasgou o avental branco e limpo da Warnburton que ela vestia, abrindo-o, enquanto os enfermeiros afixavam eletrodos de eletrocardiograma freneticamente em seu peito, e o tubo de oxigênio em sua garganta foerai substituído por outro ligado a um ventilador automático, enquanto ela rapidamente era ligada a uma máquina completa de suporte à vida.

Uma enfermeira mais velha tentou levar Michael para fora da área reservada.

— Sinto muito, senhor, não nos ajuda a fazer nosso trabalho se você ficar em pé aqui. Por favor, aguarde no lado de fora.

Michael se recusou a sair.

— Ela é minha esposa, pelo amor de Deus — ele respondeu furiosamente.

— Por favor, só por alguns momentos — ela solicitou.

Michael conseguia apenas ter um vislumbre de Laura através do mar de pessoas ocupadas ao redor dela.

— Terei que chamar a segurança — a enfermeira mais velha disse com firmeza, tentando puxar a cortina de plástico azul ao seu redor.

Mas Michael não a ouviu, não deu a ela nenhuma importância. Ele estava em estado de choque enquanto olhava fixamente para sua esposa.

— Senhor! — a enfermeira mais velha levantou a voz. — Eu terei que chamar a segurança.

Naquele momento, um som de bipe terrível e muito alto começou a emanar do osciloscópio, e todos se viraram para observar o monitor cardíaco. Agora até Michael conseguia ver que os batimentos cardíacos de Laura começavam a ficar irregulares de um lado a outro da tela.

Um dos médicos gritou alto:

— Estamos perdendo-a! — e outro imediatamente começou a executar manualmente ressuscitação cardiopulmonar, pressionando todo o peso de seu corpo sobre o peito dela, com os braços esticados, as palmas das mãos cruzadas e os cotovelos travados, tentando administrar compressões no peito. Outro médico começou a injetar uma dose de adrenalina na veia do dorso da mão de Laura, e o monitor cardíaco começou a fazer, mais uma vez, som de bipe com alguma normalidade aparente.

Um dos médicos exclamou:

— Graças a Deus, ela está estabilizando!

Michael nunca tinha se sentido tão aliviado em sua vida.

Ele sentou-se perto da esposa, segurando sua mão enquanto ela permanecia imóvel na maca em que havia chegado. Apenas uma fina cortina a separava de todos os outros que haviam dado entrada na ala de emergência e acidentes e também aguardavam tratamento. Ele se sentou lá entorpecido de choque, incapaz de acreditar que as coisas pudessem ter dado tão terrivelmente errado. Ali estava Laura, sua bela mulher, repousando no hospital, meio morta, inconsciente.

Continuou esperando que um médico chegasse, para soltar todos os fios ligados a ele e dizer: "É isso. Tudo está bem, ela pode ir agora", e Laura sorriria e se levantaria, dizendo: "Vamos para casa, Michael", como se tudo tivesse sido um sonho ruim, um pesadelo terrível do qual eles logo acordariam em segurança. Porém, aquele pesadelo era real.

CAPÍTULO 74

Deve ter sido cerca de uma hora depois que dois transportadores hospitalares chegaram e conduziram o corpo de Laura em seu carrinho corredor abaixo, em direção à ala de Diagnósticos.

Dr. Panish, um homem baixo, de origem paquistanesa, que era residente, cumprimentou Michael e em seguida encaminhou Laura ao equipamento de MRI. Quando Michael estabeleceu contato visual com Dr. Panish, viu um olhar de compaixão no rosto do homem e soube que ainda não havia chegado ao fim.

— Estamos nos preparando para um escaneamento por MRI, você já ouviu falar? — Dr. Panish falou. Seu jeito era calmo, isento de emoção.

— Sim — murmurou Michael.

— Imagens por Ressonância Magnética. Utiliza força magnética, em vez de raios X, para desenvolver uma imagem do cérebro. É procedimento padrão quando temos um caso como esse. Eu apenas preciso saber se sua esposa está grávida.

— Não — Michael respondeu apaticamente.

— Também preciso confirmar se ela possui um marca-passo ou qualquer metal em alguma parte do corpo. Se tiver, então um escaneamento por MRI pode ser perigoso, a força magnética romperia qualquer metal, o que poderia causar dano cerebral ou lesão grave.

— Não — Michael respondeu novamente.

— Você pode aguardar na sala de observação — Dr. Panish falou. Michael sentiu uma pontada de culpa dolorosa. Uma sala de observação: esse era o último lugar em que ele gostaria de estar. Cristo, se ele não tivesse concordado com o plano psiquiátrico inconsequente de "observação" do Dr. Bacher desde o princípio, não estaria aqui agora. Se eles não tivessem colocado Laura junto com a caveira, nada disso teria acontecido.

Relutantemente, ele entrou na sala de observação com paredes de vidro, a área de diagnósticos adjacente à sala de escaneamento cerebral do hospital.

Ele observava em silêncio enquanto o corpo pálido e comatoso, coberto por um comprido lençol branco, era posicionado em um leito especial. Com o acionamento de um interruptor, o leito deslizou silenciosamente para frente. Enquanto ele se posicionava, a cabeça e os ombros de Laura desapareceram dentro da enorme máquina de MRI. Parecia estranhamente similar a uma grande máquina branca de lavar roupa. Houve um barulho alto quando começou a funcionar.

Michael aguardou dentro da sala de observação, fitando inexpressivamente as telas cinza de uma barreira de monitores de televisão.

Uma imagem 3-D do crânio de Laura, que girava suavemente, apareceu em uma das telas. Ele observava o cérebro de sua esposa. Seu cérebro estava destacado com uma série de cortes transversais coloridos, do tipo esperado em um livro de anatomia infantil.

— Há cor... atividade, isso é bom, não é? — Michael perguntou.

Dr. Panish examinava as imagens cuidadosamente. Panish não desviou o olhar das telas.

— Há sinais de que o cérebro está realizando algumas de suas atividades básicas, mas precisamos aguardar.

Quando Michael observou as áreas amorfas de azul, verde e amarelo na tela, pareceu-lhe estranho que pudesse ver o que acontecia dentro do cérebro de Laura, mas nada dizia a respeito do que acontecia com ela pessoalmente. O quão pouco ele realmente compreendia sobre ela e sobre o modo com que estava agindo recentemente. Chocou-lhe o quão pouco era possível conhecer verdadeiramente outra pessoa, mesmo se você dividisse uma vida com ela, pois Laura havia mudado de uma maneira que ele nunca tinha previsto. Ela enxergava agora o mundo de um modo que era muito estranho para ele. Como aquilo tinha acontecido? Ele não conseguia compreender. Mas essa era a última de suas preocupações no momento.

O consultor examinou as imagens que haviam sido gravadas pelo scanner. Michael estudou seu rosto, em busca de algum sinal que pudesse ajudá-lo a compreender o que acontecia, mas não havia nenhum.

Dr. Panish mordeu os lábios e se virou para Michael.

— Sinto muito, Dr. Greenstone. Realizamos todos os testes que pudemos imaginar, mas ainda não sabemos o que há de errado com ela.

— Certamente deve haver algo que você possa fazer — a ansiedade de Michael era visível.

O consultor balançou a cabeça.

— Estramos fazendo tudo o que podemos, mas é muito difícil saber como tratar sua condição, a menos que saibamos o que a provocou. Você disse que ela apenas tocou a testa em algum tipo de... caveira, e em seguida entrou em coma?

— Correto — respondeu Michael —, uma caveira de cristal.

Dr. Panish pareceu confuso. Ele obviamente nunca tinha ouvido falar de uma caveira de cristal antes.

— Ela mantinha a ideia de que poderia de alguma maneira projetar sua consciência no interior dela — Michael prosseguiu. O consultou levantou as sobrancelhas. — Ela conheceu esse curandeiro que... — Michael ficou atordoado em silêncio por causa de uma compreensão súbita.

Ele tornou a olhar para Laura, cujo corpo estava sendo deslizado lentamente para fora da máquina.

— Cuide dela — ele acenou com a cabeça em direção a Laura. — Volto logo! — acrescentou, sem concluir sua explicação. Ele virou, disparou pela porta e desceu correndo o corredor do hospital, deixando o consultor se perguntando o que diabo estava acontecendo.

CAPÍTULO 75

Saltando para fora do táxi, Michael caminhou com dificuldade pela neve acinzentada um pouco derretida, em seguida subiu a toda velocidade os degraus até o conjunto de prédios de tijolos vermelhos. Ele mal notou o porteiro acenando para ele um "Olá" feliz antes de se lançar escadaria acima ao apartamento que dividia com Laura.

Disparou para o sombrio corredor e correu até a cômoda atrás da porta de entrada, onde Laura guardava a maioria de seus documentos. Começou a revirar suas gavetas freneticamente, na tentativa de encontrar aquela em que guardava seus documentos de trabalho. Ele não tinha certeza onde seu guia pessoal estaria. Ele o tinha visto ali uma vez antes, mas agora poderia simplesmente estar em qualquer lugar.

Ele estava com sorte. Laura havia recentemente providenciado uma nova cópia, e ela a guardava perto da parte superior da segunda gaveta inferior. Apanhando-a na gaveta, ele agitou precipitadamente suas páginas. Havia algumas folhas de papel soltas, registros tardios ou algo que Laura acrescentara à mão, o que ele ignorou. Continuou procurando até encontrar a página correta.

Era a última, que dizia: "Instituto Geográfico Smithton — Escritórios de Campo".

Ele passou os olhos pela página até o registro chamado "América Central — Montanhas Maias — Escritório da Região — Dr. Brown" e um número de telefone.

Sacou o telefone celular e discou rapidamente.

— Atenda! Por favor, atenda! — Ele rezava para que Brown estivesse lá, que não estivesse fora, na floresta, em uma ou outra expedição, sem seu telefone. Ele estava contando com Dr. Brown, esperando o irrealizável, que esse cara soubesse como encontrar a figura do xamã. E esperando que essa personagem pudesse ser capaz de dar alguma luz em relação ao que havia acontecido a Laura, algo que conseguisse ajudar os médicos, alguma pista que pudesse auxiliá-los a trazê-la de volta.

A ideia de depender de um fazendeiro de subsistência sem estudo e ignorante de algum remanso da América Central, um homem que provavelmente sequer sabia falar uma palavra de Espanhol, menos ainda Inglês, fazia pouco sentido, ele sabia. Só fazia isso porque estava completamente sem esperanças e não sabia mais o que fazer.

Após alguns toques, o coração de Michael afundou assim que ouviu o som da indesejável mensagem de saída de Dr. Brown. Ele havia conseguido falar apenas com seu sistema de correio de voz. Realmente precisava conversar com ele diretamente. Frustrado, deixou sua mensagem após o sinal.

— Dr. Brown, é Michael Greenstone quem fala, marido da Dra. Laura Shepherd, preciso de sua ajuda. Algo terrível aconteceu. Laura está em coma no Hospital Eastside. É grave. O hospital não consegue ajudá-la. No entanto, há um curandeiro em Luvantum. Ele a colocou nessa roubada e preciso que você o encontre. Necessito falar com ele urgentemente. Por favor, é uma emergência. Ligue-me neste número assim que possível.

Ele colocou o guia de Laura no bolso de sua jaqueta e afundou-se na antiga poltrona ao lado da escrivaninha, em desespero. Tudo o que poderia fazer agora era aguardar ligação de Dr. Brown, e tinha a esperança de que ele ligasse logo. Bateu seu telefone nervosamente entre os dedos, desejando que ele tocasse. Não gostava de esperar, realmente odiava. Ele gostava de fazer, resolver as coisas, fazê-las acontecer, ele sempre gostara. Esperar era uma das coisas mais difíceis para ele.

Deu uma olhadela no apartamento vazio, havia tanto de Laura naquele lugar. A cadeira turquesa em que estava sentado, que ela encontrara em um mercado de antiguidades, a cor misturando-se delicadamente com as gravuras azuis e douradas penduradas lá no corredor, elegantes e subestimadas. Ela as havia escolhido com seus olhos de artista, tendo em vista o modo com que as coisas deveriam combinar, neste lar que eles criaram juntos. Sua ausência neste lugar parecia formar um abismo terrível e sem fundo em que ele agora estava caindo.

Olhando para cima, notou sobre a cômoda uma foto dos três: Laura, Alice e ele. Estava emoldurada com um tronco pálido. Ele havia passado por essa foto todos os dias mal a notando. Esticou o braço e a apanhou. Eles passavam férias juntos, na grande extensão da praia de areia branca em Long Island. Era no comecinho da estação e havia uma brisa fresca, então haviam vestido seus cardigãs. Eles estavam construindo um castelo de areia enorme, Alice e ele, enquanto Laura coletava conchas e algas marinhas para decorá-lo. Eles pareciam tão relaxados e felizes, enquanto assistiam às ondas do mar vindo em giros.

Lembrou-se do quanto riram quando a espuma branca da onda chocou-se contra a estrutura de areia que haviam construído, demolindo com violência a fortaleza que haviam criado, até que ficasse como se o castelo nunca tivesse existido. Seus sorrisos eram tão inocentes em relação ao destino que os aguardava, tão alheio à tragédia que estava a menos de um ano à frente, uma tragédia que tiraria Alice deles, que destruiria a sanidade de Laura e agora ameaçava acabar com sua vida. Um choro surgiu na garganta de Michael. Ele o engoliu. Não podia se permitir desmoronar. Ele precisava acreditar que Laura ficaria bem. Ele simplesmente não poderia aceitar a possibilidade. Era simplesmente medonho demais, desolador demais.

Ele estava colocando a fotografia de volta em seu lugar sobre a cômoda, quando percebeu algo incomum repousando na maçaneta, logo abaixo da caixa de correspondência, atrás da porta de entrada. Ele tinha o hábito de esvaziar a pilha de correspondências inúteis que surgiam sob a caixa de correio quase que diariamente, os detritos de panfletos impressos divulgando o mais novo estabelecimento com sistema de entrega ou serviço de táxi criado na vizinhança. No entanto, era diferente. Parecia uma fotografia laminada em papel A4. Decerto, os estabelecimentos com sistema de entrega da região não tinham aquele esmero em seus esforços de marketing.

Curioso, Michael aproximou-se e a apanhou. Assim que a fitou, tentando absorver o que via, cambaleou para trás em choque, a imagem saltando de seus dedos, enquanto caía na cadeira. Remexendo a imagem novamente, ele a olhou fixamente, ofegando. Era uma imagem em tamanho original e em close do rosto de Laura, tão pálido e sem vida quanto um fantasma.

Ele não conseguia compreender como poderia estar encarando uma imagem de sua esposa em tal estado. Seus olhos estavam fechados, e a cor esvaiu-se de duas bochechas esbranquiçadas. Ela parecia um cadáver.

O que está acontecendo? É algum tipo de correio do ódio? — ele se perguntou. Mas quem faria isso a ele? Quem enviaria a ele uma foto de sua esposa parecendo morta? Ele não conseguia pensar em alguém tão doente, tão perturbado para fazer tal coisa.

Após seu choque diminuir, olhou novamente. Havia algo ainda mais estranho em relação à foto. Seja lá quem houvesse tirado a fotografia, esta fora claramente alterada, o cabelo modificado, pois não eram os cabelos dourados e finos de Laura, partidos ao meio. A foto mostrava cabelo escuro, penteado para trás grosseiramente a partir do rosto, em um estilo diferente do que ela usava. Suas sobrancelhas estavam muito mais escuras.

Ele virou a fotografia. A parte de trás dela estava carimbada, "DPNY — Departamento de Homicídios". E, embaixo disso, uma anotação feita à mão dizia: "Ligue para mim".

Estava assinado "Detetive Frank Dominguez", e havia um número de telefone.

Michael utilizou o telefone fixo, não queria arriscar que Dr. Brown retornasse a ligação e não o acessasse. Domingues atendeu quase que imediatamente.

— O que é isso? — Michael perguntou colérico. — Você não percebe, Laura está em coma! Ela poderia morrer a qualquer momento! Eu não posso perdê-la. E você está me mandando isso! É algum tipo de piada de péssimo gosto? Em que raio de lugar você conseguiu isso?

Houve uma pausa antes que o detetive no outro lado da linha respondesse em um tom cheio de razão:

— Acho melhor você vir até aqui e dar uma olhada por si só.

Michael largou o telefone, agora ainda mais perturbado do que antes. Ele nunca havia esperado ter notícias do Detetive Dominguez novamente. Cristo, esse sujeito não tinha sequer demonstrado o mínimo interesse pelo fato de que Anna Crockett-Burrows estava envolvida com a morte de Ron Smith e obviamente representava uma ameaça a Laura. Quando reportaram o perigo a ele, tinham obtido quase a mesma resposta de Dominguez que teriam esperado se estivessem relatando que alguém tinha roubado um dólar do bolso de Laura. E agora Dominguez o chamava para ir ao distrito policial discutir essa fotografa bizarra.

Michael segurou a fotografia a distância, como se estivesse, de alguma forma, contaminada. O que estava acontecendo? Havia acontecido a Laura algo terrível no curto período que ele levara do lado de sua cama até o apartamento? Parecia improvável, mas não conseguia pensar em nenhuma outra explicação. Ele fez uma ligação ao hospital para tentar confirmar o estado de Laura, mas ficou preso em uma mensagem de voz automática.

Checou seu relógio. Uma ida ao distrito policial levaria apenas cerca de quarenta minutos, e ele estaria de volta ao lado de Laura dentro de uma hora, presumindo, é claro, que ela ainda estivesse lá. Ele partiu sem mais atrasos e se dirigiu até o centro da cidade, para o Distrito Policial.

Na última vez em que ele havia conversado com o Detetive Dominguez tinha sido para relatar as horríveis efígies de argila com a qual se deparara no portão de Anna Crockett-Burrows. Ele estremeceu assim que se lembrou do rosto de Laura, semelhante a uma máscara mortuária, empalada em um espeto. Ele apenas esperava que o que tinha visto naquele dia não fosse profético. Porém, enquanto observava a fotografia, agora em sua mão, do rosto de Laura, imóvel e sem vida, ele começou a se perguntar se talvez pudesse ter sido.

Desde quando perdera Alice, não tinha conseguido parar de se preocupar com Laura, sempre temendo que, de alguma forma, sua vida também estivesse em perigo, que alguma tragédia não nomeada a perseguisse, esperando sua chance para tomá-la dele também. Perder Alice havia exposto a ele a natureza da vida por vezes terrível, fortuita e trágica, uma verdade que a maioria das pessoas evitava o máximo que podia, até que ela a afetasse. Porém, ela já havia afetado Michael. Ele apertou a fotografia bizarra. Não podia permitir que algo tão terrível acontecesse a ele de novo.

Minutos depois, ele chegou à frente do Décimo Terceiro Distrito. Assim que entrou no prédio, perguntou-se como exatamente Dominguez explicaria a imagem perturbadora de Laura que ele estava segurando. Não conseguia imaginar que tipo de explicação poderia ser.

Dentro do saguão, Detetive Dominguez o cumprimentou com um ar de compaixão profunda, antes de conduzi-lo pelo fundo do prédio até o laboratório forense.

Lá, manejando os controles em frente a uma barreira de telas de computador, estava um cientista forense de aparência franzina, com cabelos curtos encaracolados e óculos de aros grossos. Dominguez o apresentou como Sandy Stanter.

Sandy era o gerente de desenvolvimento de sistemas do software de "pessoas desaparecidas" que o departamento forense havia lançado. Sempre que um crânio era encontrado, Sandy estava envolvido em criar reconstruções faciais da vítima, não apenas para o Departamento de Polícia de Nova Iorque, mas para outros departamentos por todo os Estados Unidos. Michael observava em silêncio atordoante enquanto Sandy explicava o que estavam vendo nas telas de computador à frente deles.

— Você entende, este é um *software* que normalmente utilizamos em homicídios ou para encontrar pessoas desaparecidas, para tentar identificar indivíduos anônimos quando tudo o que sobrou deles é seu crânio. Os caras pegaram este scan em 3-D da caveira de cristal muito mais por diversão, quando ela esteve aqui, logo após da morte de Ron Smith.

Na tela, Michael assistiu a uma imagem de computação gráfica em 3-D da caveira de cristal, girando lentamente à sua frente. Enquanto Sandy falava, o computador começou um processo em 3-D de reconstrução forense do rosto da pessoa que melhor combinava com esse crânio em particular. Ela reconstituiu na parte superior do crânio em camadas, os músculos, tendões, ligamentos, nervos, vasos sanguíneos, cartilagem do nariz, órbitas oculares e outros tecidos moles e adiposos, como os lábios, e, finalmente, pele necessária para apresentar uma semelhança do rosto original na caveira de cristal.

À medida que o computador continuava seu trabalho, um rosto começou a aparecer gradualmente na tela. Michael observava com terror quando o rosto que começou a surgir lentamente bem em frente a seus olhos era o de Laura. Era a mesma imagem da "máscara mortuária" assustadora do rosto dela que ele havia acabado de ver na fotografia misteriosa e perturbadora.

CAPÍTULO 76

— Eu não acredito! — Michael arfou. Porém, não havia erro, era o rosto de Laura na caveira de cristal na tela à sua frente.

— É brincadeira! — Detetive Dominguez disse, suas mãos enterradas profundamente nos bolsos. — Uma das coisas mais estranhas que eu já vi.

— Como? — perguntou um incrédulo Michael.

— Você me pegou naquela — respondeu Dominguez. — Gostaríamos de ter feito mais perguntas a respeito à idosa, Senhorita Anna Crockett-Burrows. Porém, acredito que morreu antes que tivéssemos uma chance de conversar com ela, então interrogamos aquela mulher que trabalhava para ela, você conhece aquela mulher do México, sua empregada? — Ele continuou com sua explicação um tanto quanto hesitante. — Tudo o que sabia era que a idosa a fazia tirar fotos e então moldava cabeças de argila das pessoas que ela pedia que fotografasse, pois afirmou que estava tentando encontrar "o escolhido". Aparentemente, a missão de vida da idosa, Senhorita Crockett-Burrows, era encontrar aquele cujo rosto estivesse na caveira — ele fungou. — Soa maluco, mas pensamos que era melhor confirmar sua história e, o que você sabe... Perece que sua esposa é aquela por quem ela procurava. Naquele momento, o celular de Michael tocou. Seu coração saltou assim que o atendeu.

— Olá, Dr. Brown... — ele começou, mas não era Doutor Brown quem ligava.

— Dra. Lievervitz? — ele replicou, em resposta à voz feminina do outro lado da linha. — Esperava que Dr. Brown ligasse... — Então, você não está na Guatemala? — sua voz sumiu. Demorou alguns instantes para aquilo que Michael ouvia entrasse em sua mente. — Do Hospital Eastside?

Uma médica do hospital de Laura estava no outro lado da linha.

— É melhor você vir rápido. Sua esposa está piorando.

CAPÍTULO 77

Michael chegou ao lado da cama de Laura, na ala de tratamento intensivo, bem a tempo de ver a linha reta do batimento cardíaco na tela do monitor de eletrocardiograma. Era acompanhada de um desagradável barulho rouco de emergência. O médico gritou alto:

— Rápido! Ela está com a linha reta! — e a equipe médica correu para aplicar um desfibrilador cardíaco em seu peito.

Enquanto Michael olhava fixamente para o desfibrilador, sua mente começou a girar. Ele tinha visto esse equipamento antes. Eles usaram um desfibrilador idêntico no pequeno peito de Alice apenas dois anos antes. Seus pensamentos foram interrompidos por um som profundo de batida, assim que aplicaram o primeiro de uma série de choques elétricos, e o corpo de Laura convulsionou violentamente. Outra batida, e Michael foi transportado ao passado mais uma vez, para o lado do leito de Alice, enquanto tentavam fazer seu coraçãozinho funcionar eletronicamente, para que batesse novamente.

Outra batida, e Laura convulsionou de modo violento, antes que o médico exclamasse:

— Ela está estabilizando!

Michael observava aliviado enquanto o batimento cardíaco de Laura voltava ao normal.

"Sinto muito, Laura!", ele se arrependeu amargamente por ter feito a viagem para ver o Detetive Dominguez. No que ele estava pensando, com Laura em tal estado crítico? "Estou aqui agora, querida, meu amor. Estou aqui ao seu lado".

O médico responsável permaneceu em silêncio enquanto examinava o gráfico de Laura. Michael sabia da situação. Laura estava em um estado muito grave, e, mesmo assim, nenhum dos médicos conseguiu solucionar o que havia de errado com ela. Nenhum deles tinha qualquer noção do que a havia trazido a esse ponto. Não havia absolutamente qualquer histórico de problemas médicos em sua família, nenhum histórico de doenças cardíacas ou ataques, e nenhum dos testes apresentava qualquer problema oculto em seu cérebro, seus pulmões, coração ou peito, e ainda assim os médicos estavam em uma constante batalha apenas para mantê-la viva. Tudo era tão esquisito, tão inexplicável, e Michael ficava cada vez mais perturbado.

— O que está acontecendo? — ele perguntou.

— Não há qualquer alteração, creio eu — respondeu o médico.

Michael começava a sentir que simplesmente não aguentaria mais; a espera, a incerteza, a sensação terrível de que a estava perdendo. Ele implorou ao médico:

— Por favor! Vocês têm que trazê-la de volta!

— Sinto muito, Dr. Greenstone, mas fizemos tudo o que foi possível — a resposta veio. O médico segurava aberta uma das pálpebras de Laura, iluminando uma caneta-lanterna dentro de seu olho, mas sua pupila não contraiu.

— Não podemos simplesmente fazer com que ela responda. Receio que não haja mais nada que possamos fazer.

Tudo o que Michael poderia fazer era sentar-se ao seu lado e aguardar. Ele sentou-se ali, em silêncio estarrecedor, olhando para a esposa. Ela ainda respirava, mas isso era tudo. Ela estava deitada lá, cercada de equipamentos médicos, envolta em um silêncio mortal. O único barulho era o som das várias máquinas eletrônicas que suportavam e monitoravam seus sistemas vitais. Michael havia estado lá antes, e o assustava o que aconteceria em seguida. Laura e ele passaram por tudo isso com Alice.

As coisas tinham sido tão parecidas na época. O batimento cardíaco de Alice havia estabilizado. Tinha sido um alívio inimaginável. De volta a um batimento cardíaco normal, eles pensaram que estavam ganhando, que haviam superado uma parte, que sua bela filhinha ficaria bem. Eles haviam se sentado lá, sentindo que tudo ficaria bem, que tudo se resolveria e que logo retornariam para casa.

Michael mal conseguia se recordar de quando eles o informaram. Foi muitos dias depois, ou foi apenas algumas horas até que a médica explicasse? Antes, aquelas palavras os abatera como se um machado tivesse destruído tudo, exatamente como naquele momento, quando as coisas haviam começado a parecer tão boas, quando tudo ficaria bem.

Ele conseguiu se lembrar da pediatra. Ela havia sido amável, sim, e gentil em seus modos, mas as palavras que ela falara eram as mais cruéis que ele já ouvira. Palavras que ele havia esperado cegamente, como qualquer paciente, nunca ouvir.

— Removemos a obstrução e conseguimos assistir seus batimentos cardíacos e respiração, então Alice agora se estabilizou, mas sinto muito em dizer que... — houve uma preocupação em sua voz, quando ela fez uma pausa — ela está em coma, o oxigênio faltou durante tanto tempo que... Acredito que ela sofreu danos cerebrais irreparáveis. Alice nunca retornará à consciência plena. Ela pode apenas viver agora em um estado vegetativo, totalmente dependente da máquina de suporte à vida para suas funções mais básicas, completamente dependente da tecnologia do hospital para sobreviver.

Ela fez uma nova pausa e tossiu:

— É óbvio que vocês podem mantê-la viva indefinidamente, porém ela nunca se recuperará. Depende de vocês. O que vocês querem que façamos?

Foi a decisão mais difícil que já haviam tomado. A decisão mais dolorosa que qualquer ser humano jamais deveria tomar é decidir se seu precioso filho devia viver ou morrer. Era uma decisão que ia além do que os seres humanos eram capazes de decidir de maneira sensata. Foram muitas semanas agonizante até que tomassem uma decisão.

Então, eles assistiram em agonia, enquanto os médicos começaram a lentamente desconectar Alice de sua máquina de suporte à vida, uma parte de tecnologia de cada vez. Laura segurou a filha próxima a seu peito, enquanto Michael abraçou a ambas, com um braço delicadamente afagando as costas de Alice enquanto ela morria. Pela última vez, eles observaram o rosto dela, suas bochechas macias e rosadas, seus olhos já fechados tão silenciosamente, ah, tão silenciosamente ela deu os últimos suspiros em seus braços. Michael sentiu sua pequenina mão na dela, quando escorregou lentamente para fora de seu aperto delicado.

CAPÍTULO 78

Michael agora segurava a mão mole de Laura em sua própria, enquanto se sentava ao lado de seu leito, nas profundezas do desespero. Ele levantou a mão dela até seus lábios e a beijou ternamente.

— Laura, meu amor, você consegue me ouvir? — perguntou.

Em algum lugar ao longo do caminho ele havia escutado o quanto era importante conversar com uma pessoa que perdera sua consciência, tratá-la como se ainda estivesse plenamente ali, como se soubesse o que acontecia, apenas no caso de elas poderem, de fato, ouvir. Ele também tinha ouvido falar que você deveria lembrá-las de detalhes de suas vidas e seus planos para o futuro, e conversar com elas como se estivessem prestes a se recuperar, na esperança de que fosse realmente possível incentivá-las a fazê-lo.

Então, durante o que pareceram horas, Michael ficou sentado segurando a mão de Laura e conversando suavemente com ela sobre sua vida juntos e suas esperanças e sonhos para o futuro, como a ideia que eles compartilhavam de um dia se mudarem para uma casa grande no campo, muito embora parecesse cada vez mais improvável que tivessem qualquer futuro juntos.

A certa altura, dominado de emoção, Michael precipitou-se à loja do hospital para comprar para si o café de que necessitava para acalmar seus nervos e permanecer alerta ao lado de Laura. Enquanto estava lá, notou um pequeno ramalhete de plumérias cor-de-rosa pálido, as preferidas de Laura. Ele as trouxe e retornou para seu lado, onde ele as dispôs muito ordenadamente em um pequeno vaso de vidro no armário ao lado do leito, ainda conversando amavelmente com ela.

Ainda enquanto Michael falava, viu-se perguntando a si mesmo se os benefícios aparentes de tal comunicação poderiam ter muito mais a ver com ajudar os membros que restaram da família a aceitar a perda gradual de seu ente querido do que ajudar a pessoa em coma a recuperar os sentidos.

Talvez fosse simplesmente a maneira de os médicos darem aos parentes angustiados algo a fazer, algo positivo em que se concentrar, em vez de efetivamente ajudarem o paciente. Se isso fizesse uma diferença verdadeira, se ela pudesse ouvi-lo. Se pudesse, certamente não havia sinal disso.

Michael implorou à sua esposa, sussurrando desesperadamente em seu ouvido:

— Volte, querida. Por favor! Eu te amo.

No entanto, ela não respondeu. Nem mesmo o tremeluzir de uma pálpebra ou a contração de um de seus dedos nos seus. Nada.

Ao contrário, ela simplesmente permaneceu lá, seu rosto em uma palidez fantasmagórica, e sua mão tão horrivelmente flácida, desprovida de toda a energia e vida.

E, mesmo assim, Michael não conseguiu notar que ela parecia surpreendentemente serena, contente até, quase como se tivesse um meio sorriso paralisado em seu rosto. Ele não compreendeu.

É óbvio que o que Michael não sabia, o que ele não notou, visto que sentara-se ao lado de sua cama no Hospital Eastside, com a esposa não diagnosticada e ainda em estado crítico, era o fato extraordinário de que a consciência de Laura, na verdade, não residia mais em seu corpo.

CAPÍTULO 79

O que Michael não compreendia era que Laura havia sido instruída em conhecimentos secretos por um xamã maia. Ele a havia ensinado o que xamãs em todo o mundo sabiam há milênios, que é possível que a consciência humana viaje para outros lugares fora do corpo humano e, se feito corretamente, retorne inteira. E Laura havia sido preparada por Hunab Ku, embora por meios não adequados, a vivenciar essa verdade torturante, porém extremamente perigosa.

Ela quis explicar tudo isso a Michael anteriormente, mas simplesmente não tivera a chance de fazê-lo, visto que ele, junto com todos os demais, parecia estar convencido de que ela perdera toda a sua razão.

Ninguém parecia conseguir compreender que o que ela estava tentando fazer era, na verdade, muito nobre e altruísta. Que ela tentava fazer algo que salvaria todas as suas vidas, assim como a própria. Que, de fato, tentava acessar informações sagradas e secretas que poderiam ajudar a impedir uma catástrofe iminente. Porém ela sabia muito bem como tudo isso soaria: a confirmação indubitável de Dr. Bacher de que ela estava realmente insana.

E então, o que era desconhecido a Michael, embora o corpo de Laura estivesse lá, como um fantasma, diante de seus olhos, era que a sua consciência, a essência de seu ser, estava, literalmente, em outro mundo.

O que ele não percebera era que, ao pressionar sua testa contra a caveira de cristal, ainda em observação na Unidade de Segurança Warnburton, Laura de fato obtivera êxito em projetar sua consciência para outro reino, para outra dimensão, exatamente como o xamã maia a havia ensinado. E, então, a consciência, todo o sentido de seu ser, e, consequentemente, sua consciência de mundo, não residia mais dentro de seu corpo, como normalmente era o caso, mas estava, em vez disso, localizada dentro da caveira de cristal.

Como resultado, o corpo inconsciente havia caído amontoado no chão da Warnburton, embora ela — ou pelo menos sua consciência — permanecesse muito desconhecida desse fato. Na verdade, continuava, felizmente, inconsciente do fato de que seu corpo, enquanto isso, era levado às pressas ao hospital em uma ambulância. Ela estava completamente inconsciente de que, para todos no mundo exterior ela estava em um coma profundo.

Pois o que vivenciava não era o que acontecia com seu corpo, mas, ao contrário, o que acontecia com sua consciência, a essência de seu ser. E essa consciência e, consequentemente, sua consciência de mundo, agora residia nas profundezas da caveira de cristal.

Tendo sofrido pouco das severidades punitivas ou da disciplina de um treinamento de xamã apropriado, Laura, contudo, tinha pouca compreensão do quanto a conexão entre a consciência humana e o corpo humano podia ser frágil — uma conexão tão tênue, tão facilmente rompida. E, uma vez que a ligação entre a consciência e o corpo de alguém fosse afetada ou rompida, a consciência não poderia mais retornar ao corpo. Se isso acontecesse, conforme o xamã maia alertou, se a consciência da pessoa não conseguisse mais retornar para seu corpo, o corpo abandonado eventualmente definharia e morreria, e essa pessoa não existiria mais.

Contudo, Laura havia se esquecido dos perigos sobre os quais o xamã a havia alertado, em seu desespero para entrar em contato com Alice por intermédio da caveira. Então, durante todo o tempo em que para o mundo exterior pareceu estar em coma, durante todo o tempo em que seu corpo foi levado às pressas ao hospital, os médicos tentaram reanimá-la, e Michael aguardou ansiosamente ao seu lado, ela estava completamente alheia a esses acontecimentos traumáticos.

Pois a única experiência que agora tinha não era a de estar dentro do próprio corpo, mas apenas a experiência de estar dentro de outro mundo no interior da caveira de cristal, onde quer que a caveira de cristal estivesse naquela ocasião.

No passado, na Unidade de Segurança Warnburton, com todos os olhos sobre ela, críticos e impassíveis, enquanto seu estado psicológico era avaliado, Laura tinha estado cheia de ansiedade, com receio de que o processo que havia sido lhe mostrado na caverna, sob os agouros do xamã maia, falhasse.

Quando fora encaminhada àquela superaquecida, superlotada Sala de Diagnósticos, cercada por que aqueles que desejavam rotulá-la como instável, delirante ou psicótica, havia se sentido sob inacreditável pressão. Ela temia não poder ser capaz de alcançar o estado mental apropriado para fazer a transição. Ela considerou difícil "lembrar-se de seu amor por este mundo" ou acalmar sua mente o suficiente para projetar a consciência para dentro da caveira.

Porém, pensou em "seu amor por alguém no outro lado", exatamente como o xamã a havia ensinado. Seus pensamentos, obviamente, voltaram-se a Alice. Ela lembrou-se de como, ao final de um longo dia, após um banho morno e uma curta historinha para dormir, a segurava nos braços. Seu corpinho parecia macio e sonolento quando a colocava na cama. Ela recordou-se de que dava boa-noite a Alice e a beijava delicadamente na testa, antes de desligar a luz do abajur.

Laura entoou o mantra do xamã e sentiu seu corpo relaxar enquanto encostava a testa contra a da caveira de cristal, e a próxima coisa que notou foi a terrível sensação dolorosa no meio de sua testa.

Embora tivesse sentido isso uma vez antes, no passado, na escuridão da caverna do xamã, sentiu o completo terror dela novamente, como se estivesse vivenciando-a pela primeira vez, como se estivesse prestes a destruí-la por completo.

Ela sentiu-se igualmente certa de que estava prestes a morrer, quando seu estado normal de consciência começou a decair. Sua mente começou a ficar lenta, e uma escuridão rastejante vagarosa, mas constante, removeu seus pensamentos, quando sua consciência mais íntima finalmente fez sua transição para fora de seu corpo e para dentro da caveira de cristal.

Como resultado, a dor logo passou, a sensação ressoante em seus ouvidos cessou, e, de repente, Laura sentiu como se todo o seu corpo tivesse apenas aterrissado, como se de um grande mergulho em algum tipo de piscina de água que não era água. Viu-se flutuando, leve, em algum lugar que era como uma estranha combinação de subterrâneo e espaço cósmico. Era como flutuar sob a água, porém era completamente capaz de respirar, quase flutuando no ar, um ar escuro, semelhante a um vácuo, sem textura, que parecia se estender quase que ao infinito.

A distância, ela pensou que pudesse ver de novo milhares de estrelas minúsculas resplandecentes e nuvens de poeira espacial multicolorida, ou talvez elas fossem galáxias inteiras, do tipo normalmente apenas vislumbrado por meio do telescópio espacial Hubble. E, mais adiante, ainda à distância, embora parecesse tentadoramente próximo, ela teve certeza de ter conseguido distinguir os contornos familiares do túnel comprido e escuro através do tempo e espaço em que ela havia viajado anteriormente. Parecia estar acenando para ela, para que continuasse sua jornada mais uma vez, diretamente à verdadeira passagem entre os mundos.

Estava justamente prestes a partir para o túnel, quando tomou conhecimento de um dos paradoxos mais estranhos. Diante dela estava o infinito. Era como se pudesse enxergar além dos limites mais longínquos do universo, e, ainda assim, ao mesmo tempo, sentiu-se acomodada dentro daquele mundo aquático, como se estivesse em um enorme tanque cheio de água, mas muito maior do que uma piscina pequena, e em todas as suas bordas ela conseguia apenas distinguir uma grossa camada de algum tipo de material translúcido. O limite semitransparente parecia separar o mundo aquático de Laura de algo além, mas o quê?

Era como se estivesse flutuando em um tanque gigante, cujas paredes eram feitas de algum tipo de acrílico ou vidro densamente distorcido. Era quase como se estivesse flutuando em algum tipo de aquário gigante.

O que era particularmente intrigante era que além parecia haver outro mundo inteiro. Porém, por que ele parecia tão distorcido? Laura nadou em direção à margem externa do limite, para olhar mais de perto.

Ao fazê-lo, ficou intrigada com o vislumbre de um padrão muito regular no material transparente que constituía as margens externas de seu mundo aquático. Em algum lugar diante dela, o material vítreo tinha a forma de dois corredores semelhantes a túmulos, cada um com meio metro de altura.

Analisando melhor, não eram túmulos, mas havia algo estranhamente familiar em relação àquelas formas, sua simetria, o modo com que eram dispostas tocando umas às outras, lado a lado, em duas fileiras muito organizadas, uma sobre a outra. Laura piscou os olhos e se moveu um pouco para trás. "Era isso! É claro! Elas eram, de fato, dentes". Ou, ao menos, imagens em tamanho gigante de dentes moldados em material transparente. Porém era como se Laura fosse minúscula em comparação com aqueles dentes enormes, e como se os estivesse vendo por trás, de dentro, em vez de fora da boca.

Ela se afastou um pouco mais e olhou mais alto para ver o que agora reconhecia claramente como os contornos de um nariz sem carne e cavidades oculares profundamente ocas, tudo moldado em um material espesso semitransparente. Era óbvio! Por que ela não tinha percebido até agora? O que ela estava vendo era o rosto na caveira de cristal, como se ela fosse minúscula e visse os elementos de dentro da própria caveira. Laura estava absolutamente maravilhada. Ela, ou pelo menos sua consciência, todo o seu senso em relação a si, parecia estar flutuando no interior da caveira de cristal!

Ela agora conseguia distinguir todos os contornos do rosto no objeto, e ainda era capaz de simplesmente decifrar uma imagem estranhamente destorcida de algum tipo de mundo além, algum tipo de mundo fora da caveira, no entanto era como se estivesse enxergando tudo através das paredes de vidro densamente distorcidas.

Intrigada, ela se movimentou para mais perto da barreira de vidro, convencida de que havia algo lá fora. Descobriu que se realmente se aproximasse e permanecesse imóvel, poderia de fato enxergar através dessa superfície estranhamente distorcida, exatamente através dessas lentes cristalinas, para o mundo além. O que ela viu lá fora a deixou atordoada.

Espreitando além do rosto da caveira de cristal, ela conseguiu apenas distinguir o que estava em uma sala grande, uma sala muito incomum, na qual estava escuro como o breu, o que parecia ser raios de infravermelho ou luz laser que corriam em uma série de feixes estreitos pelo chão. Esses raios precisos do mais profundo vermelho pareciam feixes de sensor, do tipo utilizado por museus e outras instituições que guardavam itens de grande valor. Tais raios eram usados para monitorar uma área, detectar qualquer sinal de atividade, eram ligados a sistemas de alarme sensoriais para assegurar a proteção de artefatos valiosos. Essa era uma sala em que as questões de segurança eram claramente soberanas.

Exatamente quando Laura tentava distinguir onde estava e qual objeto os donos queriam proteger, houve um som alto de clique, e uma porta de segurança com janela de vidro, no outro lado da sala, abriu-se. A luz laser vermelha desligou-se automaticamente assim que as faixas de luz acenderam.

De repente, alguém caminhava em sua direção, uma pessoa. Foi uma das coisas mais esquisitas de se imaginar. Ali estava, olhando para mundo lá fora do interior da caveira de cristal, observando um homem se dirigir a ela. Ele chegou muito perto e observou atentamente, como se estivesse olhando diretamente para ela. *Cristo, era Caleb! Estava olhando para Caleb Price, chefe de Michael, como isso era possível? E em close!* Ela nunca havia estado perto de dele assim, nunca.

— Er, olá, Caleb! — disse de modo embaraçado.

— Você é uma beleza, não é? — Caleb estava olhando diretamente para ela.

Laura estava chocada.

— Eu não sou sua beleza — ela respondeu irritada. *Como se atrevia?* — O que você está fazendo aqui, afinal? — perguntou, mas ele a ignorou.

Apenas a fitou lambendo os lábios e balançando a cabeça para si mesmo, ao mesmo tempo em que coçava a penugem do queixo.

— Em breve veremos do que você é realmente feita.

— Caleb!? — ela exclamou, porém ele virou as costas, sem mostrar nenhum sinal de tê-la ouvido.

— Caleb, estou falando com você! — elevou a voz. Ele não respondeu. — Ei! — gritou. Ela bateu os punhos no exterior translúcido da caveira, mas ele não notou. Ele obviamente não conseguia vê-la nem ouvi-la, e já estava se dirigindo para fora da sala.

Laura estava confusa. "Em que raio de lugar eu estou e que raios está acontecendo?"

Mas antes que Caleb desligasse as luzes e reiniciasse o alarme, ela percebeu onde estava. Reconheceu alguns dos equipamentos nas superfícies límpidas e brancas que cercavam a sala. Elas pareciam vagamente familiares. É isso! Ela estava no Laboratório de Cristal da Nanon Systems, onde Michael a havia levado apenas algumas semanas antes, e só os céus sabiam o que havia acontecido com seu corpo.

Pensando em retrocesso e cuidadosamente a respeito das coisas, ela conseguiu unir as peças do que havia acontecido. Percebeu que devia ter conseguido projetar sua consciência para dentro da caveira de cristal na Unidade de Segurança Warnburton, afinal de contas. Era por isso que sua consciência e seu conhecimento do mundo não estavam mais dentro de sua cabeça, unidos a seu corpo, como normalmente parecia estar. Mas, ao contrário, todos os seus pensamentos agora pareciam estar localizados "dentro da caveira de cristal", não importava onde a caveira estivesse no momento!

Ela percebeu que, após Warnburton, Caleb e seus guardas deviam ter levado a caveira de volta aos escritórios da Nanon Systems, pois era lá onde poderia ser mantida sob segurança mais rígida, e nenhum lugar seria melhor do que o laboratório de cristal, cercado por suas camadas de portas de segurança, códigos e redes de sistemas de alarme.

Era isso. Era por isso que ela, ou pelo menos o conhecimento de sua consciência, parecia estar localizada dento da caveira de cristal, agora bem no interior do coração do complexo de escritórios da Nanon Systems. Laura mal conseguia rir para si mesma com a ideia. Após todos os esforços de Caleb para mantê-la longe da caveira de cristal, todas as suas medidas de alta segurança, especialmente pessoal treinado, códigos de segurança, portas de ferro com alarmes, janelas com grades e barricadas, ali estava ela agora no interior da caveira, analisando em retrocesso todos os meios que Caleb havia usado para manter a ela e os demais fora dali. Se ele soubesse!

Ela estava tentada a continuar olhando fixamente para fora, para o laboratório de cristal, a fim de verificar se Michael poderia entrar e tentar examinar a caveira mais uma vez. Como seria estranho estar com ele no trabalho sem que ele tivesse qualquer conhecimento de sua presença. Pelo menos era ali que Laura presumia que Michael estaria e imaginava o que poderia estar prestes a acontecer em seguida. Porém, de repente, sua atenção foi levada de volta para dentro da caveira, de volta a outra coisa, algo muito, muito mais importante.

Ela escutou uma voz chamando a distância, "Mamãe!". Poderia não estar totalmente certa, mas soou como se fosse a sua menininha. Virou-se para olhar mais uma vez o túnel estranho, como uma passagem através do tempo e do espaço. Era como um círculo de estrelas e galáxias, espiralando e desaparecendo à distância. E dentro do túnel havia uma luz, uma luz suave resplandecendo na extremidade oposta.

Laura sentiu-se obrigada a nadar túnel abaixo em direção a ela. Era uma nadada longa, e o líquido ao seu redor parecia melaço, tentando puxar seus braços e pernas para trás, porém ela sabia, ou pelo menos esperava, que valeria a pena. À medida que se movimentava para mais perto, a luz parecia quase agitar o túnel em direção a ela. Interruptamente nadava, e, quanto mais se aproximava, a intensidade da luz aumentava. Aproximando-se da extremidade oposta, a luz tornou-se mais brilhante, até que resplandecesse pura e forte.

A mente de Laura estava limpa e concentrada. Sua vida a havia levado a este lugar. Esse era seu destino. Era isso o que ela queria. Era assim que seria. Desta vez estaria preparada. Desta vez ela se reuniria com sua filha. Desta vez nada ficaria em seu caminho.

CAPÍTULO 80

Finalmente alcançando a extremidade oposta do túnel, Laura ficou deslumbrada com a explosão de luz, som e cor que se espalhou em quase todas as direções. Sentiu como se estivesse assistindo ao nascimento das estrelas e dos planetas, quase como se testemunhasse o próprio momento da criação original do universo, porém era como se estivesse vendo tudo através de alguma espécie de cristal ou vidro levemente fosco, tudo lançado com delgados fios de prateado e dourado e todas as cores do arco-íris. Foi tão magnífico que ela quase teve que desviar o olhar com receio de que estivesse tentada a ficar para sempre contemplando tal beleza.

E então, à distância, ela viu de relance novamente algo ainda mais belo. Uma esfera cintilante de luz branco-dourada surgiu e começou a flutuar suavemente em sua direção, irradiando lascas brilhantes de luz por todos os lados.

Trêmula, Laura se movimentou suavemente em direção a ela. Desta vez, sabia o que era.

— Alice! — berrou com alegria.

Nesse momento, um terror súbito e sem remorso a tomou, como na lembrança da última ocasião, quando havia chegado tão perto de sua menininha, e em seguida fora arrastada, impulsionada sem piedade de volta à caverna fria e escura do xamã, na qual os soldados a esperavam, aguardando para encurralá-la.

— Alice! — ela chamou novamente, ansiosa, com receio de ser arrebatada.

A luz dourada continuou em sua direção. Ela se abriu lentamente e de seu interior branco e cintilante emergiu o que parecia uma figura pequena e escura, iluminada por trás à distância. Embora estivesse em silhueta e parecesse estar no outro lado de algum tipo de vidro fosco, Laura a reconheceu instantaneamente. A figura abriu sua boca e de seus lábios separados surgiu o mais doce dos sons, a palavra mais mágica que Laura nunca mais havia esperado ouvir novamente.

— Mamãe! — a voz fina de Alice berrou de volta, animada. De fato era sua menininha. O coração de Laura doeu ao ouvir a cadência inocente daquela vozinha, sua pureza e doçura. Ela estava convencida de que era o som mais bonito que já ouvira.

Era por isso que, para Michael, sentado observando-a no mundo normal, do lado de fora da caveira, o rosto de Laura agora parecia uma imagem de contentamento e paz. Era esse o momento pelo qual ela havia aguardado, nutrido esperança, durante o que pareceu uma eternidade. Desde então, havia escutado aquela vozinha doce em sua última visita ao interior da caveira de cristal; desde quando tinha visto o belo rosto de sua filha, ela ansiava ouvi-la novamente, almejava vê-la, desejava segurá-la nos braços mais uma vez. E agora ali estava, tão claro quanto o dia, quase perto o suficiente para tocar.

— Ó, Alice, senti tanto sua falta — Laura disse assim que se aproximou o suficiente para falar.

— Senti sua falta também, mamãe — Alice respondeu em um tom cheio de razão — mas eu fiz um monte de amigos aqui... e vovó e vovô — explicava. — Eles disseram que eu poderia vê-la se prometesse falar para você voltar e conversar com o papai.

Aproximando-se, Laura esticou o braço instintivamente para tocar sua filha, mas algo estava errado. Seus dedos bateram em alguma coisa. Ela havia avançado contra algum tipo de membrana ou barreira semivisível.

— O quê?! — exclamou.

Alice estava tão próxima agora que conseguia ver seus grandes olhos azuis e cabelo loiro palha, seus mãos e pés pequeninos, até a marquinha de nascença em seu lábio superior. Ela usava o vestido de fada cor-de-rosa e sapatos vermelhos que vestira em sua última festa de aniversário. Ali finalmente estava o seu bebê precioso, a luz radiante, transcendente e gloriosa que era sua criança perdida.

Como Laura desejava os pequenos momentos táteis do dia a dia que acompanhavam ter uma criança pequena: abraçar um ao outro, cobrir-se juntos na cama.

Empurrou a barreira mais uma vez, e esta se espalhou um pouco, mas ainda permanecia entre ela e sua linda menininha, que pairava ao seu alcance.

— Eu não consigo tocá-la, Alice! — ela estava horrorizada. Lágrimas encheram seus olhos. Alice estava bem ali, a apenas um fio de cabelo de distância, mas toda vez em que tentava tocá-la, era bloqueada por uma barreira estranha e semitransparente que as separava e parecia mantê-las para sempre afastadas.

Laura tentou mais uma vez. Empurrou a membrana com toda sua força, mas sem sucesso. Ela simplesmente chocou-se e foi lançada para trás. Era incapaz de se aproximar mais da filha, incapaz de segurá-la nos braços. Começou a chorar.

— Não chore, mamãe — Alice disse com pesar. — É simplesmente o véu entre os mundos, a barreira entre o mundo dos vivos e o mundo dos mortos — acrescentou em seu tom totalmente cheio de razão.

Laura tentou conter as emoções e secar os olhos. Lembrou-se do que o xamã maia havia mencionado, "o véu entre os mundos", a fina membrana que separava "este mundo do seguinte".

Bem, nenhuma "membrana", nenhum "véu" a afastaria de Alice.

Ela redobrou seus esforços, usando todo o peso de seu corpo agora contra a divisão semivisível. Ela chutou forte com as pernas para se impulsionar para frente e empurrar a barreira. A estranha membrana de aparência fosca começou a se distorcer suavemente sob essa pressão repetida e passou a se estender quase como um pedaço de filme plástico gigante sendo esticado ao redor da cabeça e dos ombros de Laura. Mas assim que tentou forçar seu caminho através dela novamente, Alice gritou:

— Não, mamãe. Por favor! Não se aproxime mais. Você não conseguirá voltar.

Laura olhou fixamente para a bela forma cintilante que era Alice.

— Mas eu não quero retornar — respondeu melancolicamente.

Alice insistiu:

— Mas você deve, mamãe, você deve retornar. O papai e seus amigos estão se divertindo com brinquedos que eles não compreendem e não deixarão nenhum mundo sobrar para nós. Você deve voltar e impedi-los.

— Não, minha preciosa — Laura respondeu. — Agora eu a encontrei novamente, não quero deixá-la.

CAPÍTULO 81

20 de dezembro de 2012

Enquanto isso, de volta ao exterior da caveira, Michael ainda permanecia sentado ao lado do leito da esposa na ala de tratamento intensivo, afundando constantemente nas profundezas do desespero. Ele olhou fixamente para o conjunto de maquinário eletrônico que a rodeava, do qual agora dependia para permanecer viva. O som do ar sendo periodicamente forçado para dentro de seus pulmões e em seguida desinflando, e o constante bipe do monitor cardíaco, tudo aquilo o desanimava. Ele estava tão aterrorizado pela possibilidade de algo acontecer a Laura, de perdê-la. Como ele queria que tudo ficasse bem, para que suas vidas fossem dignas de serem vividas novamente, e agora chegara a isso.

Ele embalou a cabeça nas mãos e disse aos soluços:

— Minha querida! Por favor! Não me deixe! Volte!

Ele esticou uma das mãos para afastar suavemente um fino tufo de cabelo que havia caído no rosto da esposa e, ao fazê-lo, notou o ramalhete de plumérias que havia trazido para ela anteriormente repousando no armário perto da cama, atrás dela. Doía nele vê-las agora. Ele sempre havia sido tão ruim para se lembrar de comprar flores, mas essas eram suas favoritas, as delicadas pétalas cor-de-rosa ocultando seus centros belos, vigorosos e dourados.

Ele ficou perplexo com a percepção súbita e apavorante de que Laura poderia nunca mais vê-las. As extremidades das pontas das pétalas começavam a parecer feridas e sem brilho sob o calor do quarto de hospital. As flores começavam a murchar. E, mais afastado delas, na tela do monitor, o batimento cardíaco oscilava.

Aos prantos, Michael afundou uma das mãos no bolso de sua jaqueta e puxou a agenda telefônica da esposa. Ele fez uma última ligação para Dr. Brown em seu celular. Mais uma vez, acessou a secretária eletrônica. Incapaz de acreditar em seu azar, deixou outro recado, ainda mais desesperado.

— Dr. Brown! Por favor! Estou perdendo-a. Você tem que encontrar aquele curandeiro.

Quando Michael guardava a agenda telefônica novamente, um pedaço de papel caiu dela e pousou na lateral da cama, bem ao lado da mão da esposa. Notando algum tipo de fórmula criptografada rabiscada à mão, Michael o apanhou.

Era o pedaço de papel no qual ela escrevera anteriormente, na capela crematória onde Anna Crockett-Burrows havia "canalizado" a mensagem da caveira de cristal, exatamente após o funeral de Ron. Intrigado, Michael leu a fórmula para si:

— $SK \times MC^2 = -1$, não 0 — ele leu novamente: — SK vezes MC ao quadrado é igual a menos um, não zero. E em seguida ela dizia "Você morrerá, papai morrerá, todos morrerão".

O olhar intrigado de Michael de repente se transformou em um de terror e pânico.

— Meu Deus! — disse em voz alta. Ele reconheceu a fórmula.

Apalpou o bolso para encontrar seu telefone e discou rapidamente.

— Eu preciso falar com Caleb! — ele quase gritou.

A secretária, no outro lado da linha, explicou a situação.

— Não me importa se ele está em uma reunião importante, isso é urgente! — Michael urrou.

Mas Haley, assistente pessoal de Caleb, não interromperia seu chefe. Ela explicou a situação com mais detalhes.

— Uma hora é tempo demais, preciso conversar com ele imediatamente! — Michael exigiu.

Mas a secretária no outro lado da linha obviamente ficou farta do seu "comportamento abusivo" e desligou o telefone.

— Maldição! — Michael fez careta. Ele bateu o celular com força e levantou-se depressa para sair.

Ele debruçou-se sobre sua esposa e sussurrou em seu ouvido.

— Laura, eu te amo, mas você deve esperar por mim. Por favor, eu tenho de fazer isso.

Ele a beijou delicadamente na testa e em seguida disparou porta afora.

CAPÍTULO 82

Caleb Price respirou profundamente e sentiu seu peito expandir. Estava se sentindo magnífico, cheio de energia e entusiasmo com a expectativa do que estava prestes a discutir com os colegas, membros do "grupo Z". Ele estava em pé à frente da Sala de Reunião da Diretoria da Nanon Systems. Localizada no segundo andar do prédio de escritórios, era uma sala ampla, dominada por uma enorme mesa circular de madeira de nogueira, e cadeiras de couro com encostos retos, confortável o suficiente para reuniões longas. Eles acrescentaram um elemento antiquado à completa simplicidade que normalmente preferia. Sobre a mesa, uma toalha metálica de cor prateada ocultava detalhes do plano de Caleb.

Ele lançou um olhar pela sala, seus olhos pousando nas duas fotografias que decoravam as paredes cor de creme pálido. Uma mostrava ele mesmo recebendo, três anos antes, em nome da Nanon Systems, o Prêmio Nacional de Ciência, e a outra, Caleb enfeitando a capa da revista "The Economist". Com seu mais recente projeto, planejava ter outra aquisição em breve: o próprio Hall da

Fama. Ele fez uma última e rápida verificação visual para se certificar de que tudo estava em ordem, antes de iniciar sua apresentação. Como planejado, a grande tela de plasma que cobria quase a parede inteira atrás dele exibia uma imagem da caveira de cristal girando em um plinto, atrás do que parecia algum tipo de tela de vidro reforçado.

Eram momentos como esse que faziam Caleb Price sentir-se realmente vivo. Foi para esse trabalho que ele havia nascido, repelindo as fronteiras da ciência e ganhando rios de dinheiro durante o processo. Era um trabalho gratificante da mais alta ordem.

Ele começou:

— Estamos reunidos aqui hoje para eu proporcionar a vocês informações sobre um experimento principal que agora planejamos — lançou o olhar pela sala. Esse era seu povo, os poucos escolhidos, todos homens, pois considerava as mulheres cansativas demais. Esses homens vestidos com ternos cinza e aventais de laboratório eram os estimados membros do "grupo Z", todos profissionais completos, os melhores conselheiros científicos e técnicos que Caleb pôde encontrar, trazidos a bordo para afinar os detalhes de seu grande experimento que estava por vir.

No meio do grupo havia algumas sobrancelhas arqueadas e expressões intrigadas. Muitos estavam surpresos por ouvir falar desse mais novo empreendimento. Caleb o havia mantido em sigilo da maioria deles até o momento, informando e envolvendo somente alguns dos mais importantes do grupo antes do dia de hoje. Ele claramente havia deixado algumas pessoas chateadas no processo, mas esse era o modo com que Caleb geralmente agia. "Divida e ordene" era um de seus lemas favoritos. Também era uma das maneiras com que sempre assegurava que as coisas fossem feitas rapidamente, e ele tinha uma reputação a zelar, a de alguém cuja empresa conseguia fazer as coisas com agilidade. Além disso, também havia o bônus de se certificar de que havia poucas chances de a informação se tornar conhecida a seus concorrentes, que sem dúvida logo entrariam em seu caminho na tentativa de alcançá-lo.

Nesta ocasião, contudo, ele estava bastante confiante de que seu principal concorrente não tinha sequer chegado perto de considerar o que ele planejava fazer agora. Pelo menos não tanto quanto ele poderia aprender com seu mais novo funcionário, Gerry Maddox, recentemente admitido da Ambient, principal rival da Nanon no campo da tecnologia de cristal. Maddox andara estudando cuidadosamente os documentos que haviam sido mostrados à equipe. O cara era um pouco sério demais, um pouco nerd demais, porém era bom no que fazia. Na verdade, era melhor Michael tomar cuidado, Caleb pensou. Maddox tinha apenas 26 anos, mas já havia ganhado o "Prêmio Jovem Cientista do Ano". Ele era um potencial Diretor de Pesquisa Aplicada, particularmente porque não vinha com nenhuma complicação relacionada a uma esposa difícil, como Michael.

Caleb olhou de relance para a tela atrás de si, para a imagem da caveira de cristal rodando silenciosamente em seu plinto giratório. Era realmente algo. Não havia maneira alguma de seus concorrentes terem conseguido descobrir algo como ela.

— O experimento que planejamos, senhores, os deixarão maravilhados! — exclamou Caleb, o eterno showman, enquanto afastava a toalha metálica da superfície de madeira lisa e brilhante da mesa da sala de reunião da diretoria para revelar um modelo em escala tridimensional do layout das instalações subterrâneas de teste ou um laboratório.

"Para aqueles de vocês que ainda não sabem, este é um modelo em escala de nossas valiosas "Instalações do Laboratório Z", nosso mais novo centro experimental de vanguarda, nosso laboratório secreto de física quântica, enterrado nas profundezas dos desertos do Novo México — declarou orgulhosamente — e este será o centro de nossa pesquisa sobre a caveira de cristal."

Membros do grupo olharam com interesse para o modelo enquanto Caleb prosseguia, ganhando ritmo:

— Em essência, planejamos utilizar a caveira de cristal para abrir um "buraco de minhoca" no *continuum* tempo-espaço, o que nos possibilitará explodir uma partícula subatômica, disparando esta máquina de laser aqui, diretamente ao futuro...

Apontou para as diversas partes do modelo em escala para ilustrar suas opiniões, e assim que ele atingiu o ápice de sua explicação, a porta da sala de reunião da diretoria abriu-se com um estouro, e Michael entrou na sala fazendo barulho. Atordoado e com a barba por fazer, ele parecia um homem possuído.

Caleb virou-se para Michael, completamente inabalável à sua interrupção não planejada:

— Michael, estou tão contente que você pôde se juntar a nós — deu boas-vindas a ele calorosamente, antes de inquirir: — Como vai Laura? Ela deve estar bem.

No entanto, Michael ignorou a pergunta de Caleb:

— Você não pode prosseguir com o experimento! — houve uma urgência espantosa em sua voz. — Há um equívoco terrível.

Caleb fez uma careta para ele, interrogativamente:

— Do que você está falando?

— A fórmula. Deu errado! — explicou Michael. — Sinto muito.

— O quê? — Caleb exclamou. Ele mal podia acreditar em seus ouvidos. Como Michael podia desapontá-lo assim? Ele já havia gasto milhões de dólares fazendo toda a preparação necessária, baseada nas equações, e no experimento no qual ele apostava não apenas a própria reputação, mas o futuro de toda sua empresa.

— Eu cometi um erro — Michael confirmou sem cerimônias — Eu sinto muito, muito mesmo.

Essa era a última coisa que Caleb Price queria ouvir, ele tinha uma tolerância muito baixa para erros. Sentou-se atordoado, enquanto Michael prosseguia em sua explicação.

— SK vezes MC ao quadrado é igual a menos um, não zero. Isso significa que, se enviarmos sequer uma minúscula partícula para outra dimensão, levará todas as outras partículas com ela, criando um buraco negro de antimatéria que absorverá tudo ao redor, destruindo a própria estrutura do tempo-espaço.

— Você deve estar brincando comigo, Michael — Caleb respondeu. Porém, o rosto de Michael deixou claro que não.

— Não é de seu feitio resolver uma equação de modo errado — prosseguiu Caleb. — Onde você obteve essa informação?

— Foi uma mensagem da... — ele fez uma pausa.

— De quem? — Caleb incitou.

— ... da minha filha — Michael pareceu chocado com as próprias palavras.

— Pensei que sua filha estivesse morta — Caleb falou.

— Ela está, mas deu a fórmula correta a Laura — Michael deixou escapar, antes que tivesse tempo para impedir a si mesmo.

Caleb o encarou.

— Santo Deus, Michael. Acho que a tensão está sendo demais para você.

Ele se virou para se dirigir aos demais membros do grupo Z, elevando sua voz:

— Para aqueles de vocês que não sabem — olhou para o mar de rostos ao redor —, a esposa de Michael, Laura, estava sendo submetida a avaliação psiquiátrica antes de terminar em coma.

Ele fez uma pausa e se virou novamente para Michael.

— Acho que isso é tudo o que precisamos saber sobre sua nova fórmula — acrescentou tranquilamente.

Michael permaneceu ali, em silêncio atordoante. "Eu nunca deveria ter mencionado Laura a Caleb", pensou. Ele percebeu que escapara. Nunca tivera a intenção de falar sobre a anotação de Laura para Caleb, muito menos que era de Alice. Dissera aquilo apenas porque ele estava sob muito estresse, sabendo que a cada segundo que não estava lá na sala de reunião, não estava com Laura. Tentar comunicar a mensagem a eles enquanto sua esposa estava na UTI lutando pela vida era horrível.

E de fato, não estava funcionando, eles não estavam entendendo nada da mensagem. Ele olhou para seus rostos, alguns estavam constrangidos, outros reorganizavam papéis, ao mesmo tempo em que outros simplesmente olhavam para Michael com piedade nos olhos. Tudo o que eles viram foi um homem sob muita pressão e perdido, um homem que, seguindo esse raciocínio, sem dúvida não teria muito futuro na Nanon.

Caleb voltou-se ao grupo:

— Agora, como eu dizia, tivemos um bom tempo, e a maioria está com tudo em ordem. Portanto, estamos todos prontos para dar prosseguimento ao experimento, conforme planejado, amanhã.

— Amanhã!? — Michael o interrompeu.

— Sim. Amanhã — Caleb falou impacientemente.

— A cor deixou o rosto de Michael. — Mas é 21 de dezembro!

— Sim! E daí? — Caleb respondeu.

— A que horas?

— Às quatro e meia da tarde — Caleb respondeu, confuso.

— Mas é o pôr do sol nessa época do ano! — Michael segurou-se na mesa de nogueira para se equilibrar. Ele estava horrorizado.

— Não faz diferença, é tudo no subterrâneo — respondeu Caleb, de modo indiferente.

— Ah, não! Você tem que cancelar, transferir, atrasar, qualquer coisa!

Caleb estava ainda mais intrigado.

— Não podemos mudar a data agora, Michael. Eu tenho uma reunião com o Presidente e os Chefes de Estado. O Presidente quer anunciar os resultados do experimento no Natal.

Caleb visivelmente esperava que os resultados desse experimento fossem significantes e tão revolucionários, que ele já havia dado o passo inédito de informar o Presidente sobre seus planos. O próprio Presidente aparentemente agora tinha um interesse ávido no que estava acontecendo com a caveira de cristal. Embora ainda oficialmente secreto, esse interesse, sem dúvida, explicava a manchete de jornal que repousava na mesa em frente a Caleb, destacando o recente aumento no preços das ações da Nanon Systems. Michael passaria por um inferno com a tarefa de fazer Caleb mudar de ideia. Seria ainda mais difícil do que originalmente pensara.

— Mas Caleb — insistiu Michael. — Eu errei. Eu vi apenas o que queria ver e foi um erro. Lembra-se do que a caveira gravou? — ele se referia ao código criptografado que a caveira havia gravado em seus primeiros experimentos. — Pensei que fosse um código terciário, mas não é. É um alerta...

— Do que você está falando? — Caleb exclamou.

— A caveira nos forneceu a data... — Michael começou, quando Caleb o interrompeu.

— Michael, nós realmente não queremos que você atrapalhe procedimentos dessa forma.

No entanto, Michael o ignorou e marchou em direção ao flip chart atrás de Caleb, ao final da mesa da sala de reunião. Agarrando uma caneta-marcador de cor preta, começou a rabiscar grandes dígitos de um lado a outro.

Os dígitos diziam:

"122120121221201212212012122120121221 2012", exatamente como a caveira de cristal havia gravado anteriormente, quando um laser foi disparado através dela.

— Pense nisso — Michael disse — dois, um — acrescentou um ponto final após os dois primeiros dígitos — um, dois — acrescentou outro ponto final após os dois dígitos seguintes — dois, zero, um, dois — acrescentou um ponto final. — É uma data... — apontou para a data agora claramente exibida no flip chart, a qual dizia:

"21.12.2012"

— É a data 21 de dezembro de 2012!

CAPÍTULO 83

— Não me diga. Essa é outra mensagem que você recebeu dos mortos — Caleb era tão sarcástico quanto indiferente.

— Não, é de um antigo maia — respondeu Michael. Ele começava a soar para todos os outros na sala como se estivesse ainda mais confuso do que nunca. — Foi quando eles disseram que o mundo acabaria.

— É mesmo? — falou Caleb, em um tom mais sarcástico do que antes.

— Laura não sabia como aconteceria, mas agora eu sei — prosseguiu Michael. — É por causa do experimento!

— Segurança! Temos um tumulto na 2B — Caleb havia pressionado seu rádio e agora se comunicava com os guardas.

— Não, espere! — Michael gritou em desespero, depois tentou soar um pouco mais calmo, assim que percebeu que corria o risco de perder sua plateia. — Você tem que entender, tudo está ligado com todo o resto. Como você, eu não era capaz de enxergar antes, mas agora eu consigo. O que essa equação mostra — ele levantou o pedaço de papel que havia caído da agenda telefônica de Laura —, é que as partículas não estão separadas umas das outras. Quando você enxerga, é tão óbvio. Mas até então você nunca compreenderá como o mundo, o universo, realmente funciona.

— O que ocorre é que quando uma partícula vai, as demais seguem, pois estão todas conectadas umas às outras, exatamente como você e eu, embora seja algo que todos nós tendemos a esquecer. E para onde as partículas vão, nós também vamos, porque nós, cada um e todos nós, estamos ligados àquelas minúsculas partículas também. O que isso significa é que se você enviar simplesmente uma minúscula partícula subatômica para outra dimensão, enviará cada pessoa nesta sala, nesta cidade, neste planeta, para um buraco negro, um vórtex do esquecimento.

Dois agentes de segurança da Nanon surgiram na porta atrás dele.

— Você consegue enxergar? — continuou Michael, alheio à presença deles. — Vocês estão prestes a abrir um buraco na estrutura que segura nosso planeta no lugar. Vocês destruirão a própria estrutura do universo!

Ele olhou ao redor do grupo Z. De repente, pareceu-lhe uma terrível ironia. Essas pessoas eram tão esclarecidas em suas áreas de conhecimento e ainda assim tão ignorantes quanto à verdade. Ele percebeu que as regras normais da física, pelas quais todos nós vivíamos, funcionávamos e respirávamos não era capaz de explicar a eles. As regras normais da física não haviam chegado lá ainda, elas simplesmente ainda não haviam decifrado. Algo que Michael agora considerava tão óbvio entrava por um ouvido e saía por outro, pois essas pessoas ainda compreendiam o mundo de acordo com um modelo dualístico da física, um modelo que considerava cada pessoa e cada objeto separados uns dos outros, um modelo, Michael pensou, que agora estava perigosamente ultrapassado.

Horrorizou-se por ali estarem aqueles homens, todos líderes em seus respectivos campos, e ainda assim completamente inconscientes de que estavam envolvidos no planejamento do que seria um erro grave e catastrófico, um experimento que inevitavelmente viria a ser uma terrível missão suicida para todos os envolvidos.

— Por favor, apenas me dê tempo para explicar a vocês, antes que vocês cometam esse erro desastroso — Michael implorou, mas os guardas o agarraram por trás com ambos os braços e começaram a arrastá-lo para fora da sala de reunião da diretoria.

— Não! Todos nós morreremos! Por favor! Vocês têm que me escutar...! — ele berrou enquanto os dois oficiais de segurança o empurravam para o corredor.

— Minhas desculpas, senhores — um Caleb constrangido tentou explicar para os chocados membros do grupo Z — Dr. Greenstone tem estado sob muita pressão ultimamente. Agora, se pudermos retomar nossos planos para o experimento.

CAPÍTULO 84

Fora da sala de reunião da diretoria, Michael estava frenético. Lutava para se libertar enquanto os guardas começaram a marchar corredor abaixo.

— Por favor, solte-me, eu tenho que impedi-los! — não haviam ido muito longe, porém, quando encontraram um dos funcionários da alimentação vindo do outro lado, empurrando um carrinho de café destinado a Caleb e seus convidados na sala de reunião da diretoria. Apenas começavam a transpor seu caminho em torno dessa obstrução, quando o rádio comunicador de um dos guardas disparou. Enquanto estava temporariamente distraído atendendo-o e o outro guarda estava preocupado em transpor seu caminho em torno do carrinho, Michael aproveitou a oportunidade e conseguiu se soltar do controle dos guardas.

Ele agarrou o carrinho de café e o empurrou entre si e seus captores, enviando um jato de café quente que espirrou na direção deles e uma pilha de delicadas louças brancas amassadas por todo o chão, em seguida correndo o mais rápido que pôde corredor abaixo.

— Temos uma violação de segurança no segundo andar — o agente de segurança falou ao rádio comunicador, enquanto partia atrás de Michael, mancando, porque o carrinho havia acertado sua canela. O outro agente de segurança correu na direção oposta para acionar o sistema de alarme.

Na sala da diretoria, Caleb continuava irredutível em seus planos, enquanto destacava o projeto experimental:

— Sujeitar a caveira a quantidades monumentais de energia resultará na necessária redução na densidade estrutural, uma mudança necessária para garantir a entrada no universo paralelo.

No entanto, ele foi logo interrompido quando a paz de todo o prédio foi abalada pela sirene penetrante do alarme de segurança.

— Mas não deixe que isso os abale! — brincou. — Apenas me deem um minuto, senhores.

Ele abriu seu laptop e deu o comando o para sistema do circuito interno de segurança do prédio em seu computador, bem a tempo de ver Michael descer correndo um corredor comprido, em direção ao laboratório de cristal. Michael sabia que esse era o lugar em que Caleb guardaria a caveira de cristal, trancada a sete chaves. Se ele conseguisse chegar lá a tempo...

As luzes de emergência na parede brilharam por todos os lados quando Michael chegou ao final do corredor comprido. Ele pôde ver através da espessa janela da porta de segurança de vidro reforçado que a caveira de cristal repousava em seu plinto, no centro do laboratório.

Ele empurrou a porta, porém ela estava trancada. Ele então inseriu seu cartão de identificação funcional na abertura do sistema de acesso eletrônico de segurança à porta.

Enquanto isso, na sala de reuniões da diretoria, Caleb digitava rapidamente em seu laptop.

Quase que imediatamente, ele acessou um arquivo que dizia "Funcionários".

Ele baixou um documento, completado com uma foto colorida, uma identificação fotográfica intitulada "Dr. Michael Greenstone".

De volta ao lado de fora do laboratório de cristal, Michael inseriu seu número de identificação pessoal no teclado do sistema de segurança da porta do laboratório. Ele olhou rapidamente sobre seu ombro para ver um grupo de oficiais de segurança aparecer no lado oposto do corredor. Ele olhou ao redor. Não havia nenhum lugar para se esconder.

Na sala de reuniões da diretoria, Caleb baixou um menu em seu computador, que dizia, "Códigos de Acesso da Segurança". Rapidamente, digitou alguns comandos.

No corredor, Michael observava atentamente o visor digital da porta de segurança. Dizia: "Processando".

Atrás dele, os agentes de segurança se aproximavam.

— Vamos, vamos! — ele murmurou enquanto esperava que seu cartão terminasse de processar.

Pareceu demorar a eternidade até que as letras vermelhas do visor digital piscassem: "Acesso Negado", apenas momentos antes de a equipe de agentes de segurança o alcançar. Eles o cercaram e capturaram.

CAPÍTULO 85

Minutos depois, Michael foi levado à força de volta à sala de reunião da diretoria. Ele teria agradecido a Deus, se fosse religioso, pois havia outra chance de conversar com Caleb e a equipe, e tentar fazê-los ver sentido.

Porém, Caleb agora estava em pé, sozinho, no lado oposto da mesa. Ele havia pedido educadamente para seus estimados convidados o deixarem alguns minutos a sós com Michael.

Sua estrutura volumosa parecia maior do que nunca. Iluminado por trás pela tela de plasma em branco, uma sombra agourenta era lançada na sala diante de si.

— Agora, Michael, você sabe o quanto é importante para o sucesso deste experimento que tenhamos todo mundo totalmente a bordo — ele começou.

— Sim, claro — Michael concordou. — Todos nós precisamos observar bem e longamente o problema para então sermos capazes de confirmar que esse tipo de experimento realmente não é a resposta.

— Michael, eu não acho que você compreende.

— Mas Caleb, você não consegue ver que toda a nossa visão de mundo é perigosamente falha? Esse tipo de tecnologia não é a resposta. Como você, eu pensei que fosse, mas na verdade está apenas nos levando mais abaixo na estrada em direção à autodestruição.

— Sinto muito, mas não podemos nos dar ao luxo de ter ninguém inconsequente conosco.

— Por favor, Caleb, estou implorando a você, não siga adiante com esse experimento. É absoluta loucura...

— Eu odeio ter que fazer isso com você, Michael — Caleb prosseguiu — mas eu creio que iremos dispensá-lo de seu cargo — ele acenou com a cabeça para os guardas.

Antes que Michael sequer tivesse uma chance de contestar, foi arrastado novamente para fora da sala e corredor abaixo, em direção aos elevadores. Lá foram retirados seu cartão de identificação e passe antes de ser levado pelo saguão de entrada e sem cerimônias lançado pelas portas da frente em direção à calçada. Lá, ele tropeçou até cair no chão com a força da expulsão do prédio feita pelos guardas.

Permaneceu na guia durante um curto momento, examinando suas palmas arranhadas. Não conseguia acreditar no que havia acabado de acontecer. Ele havia ido até lá em boa-fé para tentar impedir o experimento, e agora ele não somente tinha sido jogado para fora do prédio, mas perdido seu emprego no processo. O emprego que ele amava, que era sua linha vital, o trabalho que dera forma e objetivo à sua vida, agora tinha acabado. E tudo porque ele havia descoberto um erro fatal na própria fórmula e compartilhado esse conhecimento com seu chefe. Tudo o que ele tentava fazer era salvar as pessoas. Poderia isso ser tão terrivelmente errado? Como ele poderia ter terminado ali, na calçada?

Ele fitou o prédio novamente. Funcionários que estavam ocupados com suas tarefas normais agora espiavam, observando o espetáculo do Dr. Greenstone, repousando na pista, alvo de uma retirada tão humilhante.

Recuperando-se, ele tentou telefonar para Caleb, mas estava na caixa postal, certamente prevendo suas ligações. A secretária também estava indisponível.

— Droga! — Michael resmungou para si.

Ele tentou retornar ao prédio, mas as portas estavam todas trancadas.

Começou a bater os punhos nas portas de vidro trancadas do saguão.

— Por favor, vocês têm que me deixar entrar — ele implorou para os guardas através do vidro. — Temos que impedir o experimento! — gritou.

Contudo, estavam impassíveis diante de sua súplica, incapazes de sequer ouvi-lo pelas paredes de vidro reforçadas que cercavam a área da recepção. Ao contrário, simplesmente sorriram embaraçosamente e fizeram piadas entre si a respeito de seu azar. Um dos guardas atrás do gabinete de segurança pegou o telefone e fez uma ligação séria.

Diversos outros membros da equipe agora se agrupavam no saguão e observavam, intrigados com a visão bizarra desse homem desesperado batendo nas portas, gritando de modo inaudível a plenos pulmões, quando um carro da polícia parou lentamente atrás dele.

E antes que tomasse conhecimento, Michael foi confrontado pela imagem de um policial gigante de quase 2 metros de altura e grotescamente obeso, com as mãos nos quadris, diante dele. Apesar de suas objeções, o oficial deu a ele um ultimato:

— Eu não dou a mínima para o que eles farão, se você não deixar este local imediatamente, eu o prenderei por obstrução.

O tira permaneceu lá encarando Michael, um olhar frio e duro:
— Estou te avisando... Sr. Ex-cientista influente, eu disse para você ir embora agora. E se eu o pegar neste local mais uma vez, você será preso imediatamente por transgressão.

Michael fitou novamente a construção rígida, cromada e vítrea do prédio da Nanon Systems atrás de si. Ele tinha poucas escolhas, exceto ir embora. Não havia maneira de retornar para lá naquele momento. Ele pensou em todo o trabalho duro feito naquele prédio, toda sua pesquisa, até o trabalho que havia realizado com a caveira de cristal. Era história agora, não haveria volta.

Ele puxou a gola para se proteger do ar frio de inverno, retornou para seu carro, sob o olhar constante e atento do policial bruto, e dirigiu-se de volta ao hospital.

CAPÍTULO 86

Michael retornou ao lado do leito de Laura, mais desesperado do que nunca. Ela apenas permanecia ali, em estado inalterado. Ele afagou seu queixo e pensou em tudo o que havia perdido. Perdera Alice, seu emprego, e Laura poderia ir a qualquer momento. Ele apenas desejava ter escutado o que ela tentara explicar para ele antes. E agora ali estava ela, completamente incapaz de comunicar algo.

Ele pegou sua mão. Estava tão convencido de sua insanidade quando ela contara a ele sobre a profecia: "Todas as crianças do futuro morrerão!". As palavras enviaram um arrepio espinha abaixo quando ele se recordou da conversa que havia tido na cela da polícia.

Deus, o quanto doía nele; se a houvesse escutado. Porém, toda aquela coisa de conversar com Alice, ele simplesmente não conseguia lidar com esse tipo de ideia na ocasião. Ele realmente estava convencido que Laura havia perdido a linha. E ele havia estado tão absorvido na própria pesquisa sobre a caveira de cristal, que realmente ficara bravo quando ela levou consigo a caveira para a América Central. No entanto, agora compreendia. Ela havia necessitado da caveira para traduzir a profecia, a qual poderia ter ajudado a prevenir a destruição. Porém, ninguém o daria ouvidos, e a ameaça era tão iminente, tão fatal.

— Sinto muito, minha querida, eu não escutei. Agora eles não escutarão. Eu sinto muito, muito mesmo.

Michael abaixou a cabeça, envergonhado, quando se sentou ao lado da cama da esposa e afundou-se cada vez mais em um oceano de desespero. Ele segurou a mão flácida na sua, seus olhos analisando o rosto dela, em busca de qualquer sinal de vida. Ele havia atingido o ponto mais baixo de sua história, e ainda assim era totalmente incapaz de compartilhá-lo com a mulher que amava, incapaz de encontrar consolo nos braços de sua esposa, ou conforto nas palavras dela. Laura estava totalmente alheia a tudo. Michael teve que lutar contra a tentação de agarrá-la e sacudi-la, de dizer "Acorde, Laura! Temos que sair desse pesadelo em que nos encontramos".

Além de seu corpo impotente, ele conseguia ver a janela do hospital. Através de sua grosseira moldura de metal, um céu vazio no qual escuras nuvens da noite começavam a descer. Parecia que há apenas alguns segundos havia sido manhã, e agora a luz desaparecera dos céus e o dia terminava. Os rígidos dígitos vermelhos no relógio eletrônico ao lado da cama de Laura marcavam quinze para as cinco da tarde. Michael se esforçou muito para reter um choro que surgiu em sua garganta.

— Não! — ele berrou. — Não!

A enfermeira-chefe surgiu na porta.

— Você está bem?

Mas Michael estava estarrecido demais para responder.

A enfermeira olhou ao redor, nervosa.

— Por favor, senhor, isto é um hospital. Sua esposa não piorou nada.

Quando Michael falhou ao responder, a enfermeira saiu. Ele mal notou sua presença. Tudo o que ele conseguia pensar era que em menos de vinte e quatro horas tudo acabaria, a vida de Laura, sua vida, tudo o que vira, tocara e sentira não existiria mais. Tudo e todos seriam consumidos no redemoinho final.

Não havia futuro para ninguém. Tudo estava acabado. Não havia nenhuma esperança. Não havia nada mais que ele pudesse fazer, a não ser esperar. Seria uma espera realmente agonizante até o fim, sabendo o que mais ninguém sabia, embora talvez fosse melhor que não soubessem que, em vinte e quatro horas, não haveria amanhã.

"Acorde!" — ele queria gritar para o mundo. "Este é o fim. Você não sabe que este é o maldito fim! Não haverá amanhã! Nenhum de vocês sabia?"

Mas qual seria a razão? Quem acreditaria nele? Simplesmente seria uma maneira garantida de o expulsarem rapidamente do prédio negando a ele suas últimas, poucas e preciosas horas com Laura.

De repente, foi apoderado pela amargura com o pensamento de que Laura já estava a meio caminho de lá, a meio caminho da morte, já um pouco mais do que um cadáver. E muito em breve ele se uniria a ela. Ele não conseguia suportar mais. Ele embalou sua cabeça nas mãos e caiu em prantos, soluçando incontrolavelmente sob o peso esmagador do próprio desespero.

Naquele momento, sentiu aquela mão velha, escura e enrugada surgir suavemente tocando em seu ombro. Ele virou-se para ver quem era. Mal conseguia acreditar em seus olhos.

Em pé atrás dele estava um homem pequeno, velho e de pele escura, vestido com jeans, jaqueta e uma camiseta maçã-verde ostentando o logo "Eu amo a Guatemala".

— Eu recebi seu recado... pelo Dr. Brown — ele falou com suavidade.

Demorou um momento para Michael perceber quem era.

— Meu nome é Hunab Ku — disse, estendendo a outra mão.

Era o xamã maia. Embora Michael estivesse tentando encontrá-lo, ele era a última pessoa que de fato esperava ver agora, ao lado da cama de Laura, no hospital em Nova Iorque.

Michael segurou a mão do xamã com suas duas e a balançou entusiasmadamente.

— Graças a Deus, você está aqui! — ele exclamou, enxugando uma lágrima nova em seu olho. Ele continuou segurando a mão do xamã e chacoalhando-a. — Obrigado, muito obrigado por vir.

Mas seu rosto caiu novamente assim que retornou sua atenção a Laura.

— Por favor! Você tem que ajudá-la!

O xamã olhou solenemente para ela, em seu estado inerte e sem vida. Caminhou lentamente ao redor da cama, avaliando sua condição. Ele curvou-se para frente e posicionou a palma de sua mão na testa dela.

— É como eu temia — disse. — Seu amor por outra pessoa, alguém no outro lado, é tão forte que ela se esqueceu de seu amor por este mundo.

Michael olhou para ele, perplexo.

— Sua consciência está presa no interior da caveira de cristal.

— O que você quer dizer? — Michael exclamou.

— A consciência é a única coisa que pode viajar entre as dimensões — explicou o xamã — a única coisa que pode viajar entre os mundos.

— Você tem que fazê-la voltar! — Michael implorou.

— Acredito que não haja nada que eu possa fazer — o xamã respondeu tranquilamente.

Michael olhou para o xamã em agonia. Ele havia depositado suas esperanças na hipótese de este homem o ajudaria e ele dizia que não poderia fazer nada.

— Mas deve haver algo — Michael soou desesperado.

O xamã colocou os dedos nos lábios como se para silenciá-lo.

— Eu tentarei — disse.

Ele caminhou em torno da cama de Laura. Andou ao redor diversas vezes, parecendo estar em pensamento profundo, examinando-a cuidadosamente de todos os ângulos. Então, ele parou. Teve o vislumbre de algo que repousava no armário de cabeceira, sob o vasinho de flores murchas. Era a foto perturbadora do rosto pálido e sem vida de Laura que o detetive havia dado a Michael mais cedo naquela noite, exatamente antes de ter sido chamado de volta ao hospital. Ainda estava no armário de cabeceira, onde Michael a havia largado antes, ao lado aas flores murchas.

O xamã esticou o braço e a apanhou.

— O que é isto? — perguntou.

— Ah, isso — Michael respondeu solenemente. — É uma reconstrução do rosto na caveira de cristal.

O rosto do xamã se iluminou.

— Então há esperança!

Michael pareceu iludido.

— Ron não era o escolhido! — o xamã estava alegre.

— Do que você está falando? — Michael encarou o rosto radiante de xamã, perguntando-se se o velho homem tinha perdido a noção.

— A profecia disse que apenas aquele cujo rosto é o da caveira poderia nos salvar — a voz do xamã estava repleta de animação. — E é Laura! — exclamou.

— Mas você não vê que ela está morrendo!? — Michael começava a ficar irritado.

— Nada que eu consiga fazer a salvará — respondeu o xamã. — Ela precisa ser lembrada de seu amor por este mundo. E a única pessoa que pode fazer isso é você — Michael pareceu espantado. — Você precisa entrar lá e trazê-la de volta.

— Mas como? — Michael estava confuso.

— Onde está a caveira? — o xamã questionou.

— No Laboratório de Cristal da Nanon Systems — Michael respondeu antes de olhar para seu relógio. — Mas deve estar indo para o Laboratório Z agora.

— Então é para onde iremos! — declamou o xamã.

— Mas nós nunca conseguiremos entrar lá — alertou Michael.

— Então devemos impedir que ela chegue lá! — o xamã respondeu, preparando-se para sair. — Vamos!

— Mas e quanto a Laura? — Michael olhou para ela, branca como um lençol e inconsciente, deitada na cama.

— É por quem estamos indo lá! — o xamã exclamou.

— Mas... — Michael não fazia ideia do que o velho homem queria dizer.

— E traga essas flores! — o xamã gritou assim que voou para fora do quarto.

Michael hesitou por um momento, então agarrou o ramalhete de plumérias murchas, desnorteado. Ele beijou Laura amavelmente na testa, sussurrou:

— Espere aqui. Eu te amo! — e seguiu o xamã porta afora.

CAPÍTULO 87

Eles dirigiram até o moderno e forte prédio de escritórios da Nanon Systems nos limites da cidade, o mais rápido que o Audi lustroso e prateado de Michael os levaria, e pararam na rua de serviços no lado externo do estacionamento.

Lá, eles tentaram permanecer invisíveis, apesar do fato de que alguns trabalhadores com aparência exausta haviam sido incumbidos de trabalhar durante a noite, erigindo alguns trilhos novos ao redor do outrora aberto parque de ciências, como uma precaução extra de segurança, uma linha extra de defesa ao redor do local. Michael suspirou. Poderia não haver limites para as tentativas cada vez mais elaboradas de Caleb para proteger a caveira de cristal.

Embora estivessem tecnicamente no lado de fora do lugar, encontram um ponto em que conseguiam ter uma boa visão do saguão, apesar do fato de haver uma pequena colina entre eles e o bloco de escritórios — um monte que felizmente proporcionava alguma proteção da visão móvel das câmeras de segurança dos prédios.

Michael sentou-se furtivamente no banco do motorista, espiando o saguão. Ele permaneceu abaixado, completamente incapaz de tirar os olhos do prédio e meio que esperando ser pego a qualquer momento. Ele estava, afinal de contas, perigosamente próximo de transgredir a "cena do crime" na qual a polícia já o havia proibido de retornar.

Enquanto isso, o xamã estava sentado no banco do passageiro ao lado dele, repreendendo-o:

— Você *deve* dar a isso sua total atenção.

Michael fez careta para o ramalhete de plumérias murchas em sua mão. Ele passava por dificuldades, esforçando-se para lidar com tudo o que o xamã tentava dizer a ele.

— Tente de novo! — o xamã insistiu.

— Eu não acredito que tenhamos tempo para isso — Michael ficava impaciente. Ele ainda não conseguia entender por que o outro solicitava que sentisse uma conexão com um ramalhete de flores.

— Se você não dominar isso, também entrará em coma e morrerá! Agora, feche os olhos, respire profundamente e lembre-se de sua ligação com todos e tudo ao seu redor — o xamã continuou.

— OK — Michael falou e fechou os olhos.

— As flores ajudarão a lembrá-lo de sua ligação, seu amor pelas outras coisas neste mundo. Agora, tente colocar todo o amor que você sente dentro de você nestas flores.

Mas um dos olhos de Michael não conseguia deixar de se abrir furtivamente quando ele tentava espiar o saguão da Nanon Systems. Ele parecia agir hipocritamente com seu mentor.

O xamã era insistente:

— Por favor, você deve aprender a fazer isso adequadamente antes de projetar sua consciência dentro da caveira.

— Eu apenas não entendo como é possível que eu projete minha consciência, toda a minha experiência de mundo, todo o meu senso em relação a mim mesmo, em uma... bolota de pedra!

O xamã levantou as sobrancelhas.

— Escute, sem ofensa, mas eu sou uma pessoa racional e apenas gosto de coisas que fazem sentido — continuou Michael.

— Faz sentido e é possível. Mas antes que possa acontecer, você precisa acreditar que é possível — o xamã explicou.

— Mas eu não tenho certeza se realmente acredito.

— Então é melhor que você se convença, persuada você mesmo de que é verdade, que isso é possível. Agora tente novamente! — o xamã ordenou.

Michael tentou ficar mais confortável.

— Eu não tenho certeza se consigo fazer isso.

Laura havia sido uma aluna tão disposta, pensou o xamã, mas tentar fazer Michael dominar a arte de realizar sua conexão com todas as outras coisas antes de projetar sua consciência dentro da caveira estava provando ser um pouco mais desafiador.

— Mas você tem que conseguir, se você quiser salvar sua esposa, você mesmo e todas as demais pessoas neste planeta.

Michael ficou em silêncio. Era um pensamento decepcionante.

— Está apenas em sua mente — disse Hunab Ku — é fazer como se estivesse tentando rolar uma pedra muito grande... Como vocês dizem?... Um seixo, no alto de uma colina muito íngreme, mas não tem que ser dessa maneira. É apenas a resistência de sua própria mente a novas ideias, novas maneiras de enxergar as coisas.

Era verdade. Michael passava por uma resistência incrível a tudo o que o xamã dizia. Era tudo tão esquisito para ele.

— Aqui, isso pode ajudá-lo a se manter concentrado, a se lembrar do objetivo de sua missão — Hunab Ku falou enquanto colocava a mão no bolso. Ele abriu a palma da mão de Michael e delicadamente colocou nela um pequeno medalhão prateado em formato de coração.

— Isso é de Laura! — Michael exclamou com tristeza.

Era o medalhão que Laura havia dado para Hunab Ku em sua caverna, exatamente antes de sua primeira tentativa em acessar a caveira de cristal.

— Ela me disse que queria que você ficasse com ele, caso não conseguisse retornar.

Houve uma pausa antes de acrescentar amavelmente:

— Parece que ela não conseguiu, então é seu.

Michael embalou em suas mãos o pequeno medalhão prateado em formato de coração e suspirou profundamente. Finalmente, fechou os olhos de modo adequado e começou a respirar fundo.

No entanto, exatamente nesse momento, o xamã avistou algo pelo canto de seu olho.

— Meu Deus! — ele disse, e os olhos de Michael se abriram, bem a tempo de ver uma van de alta segurança escoltada por duas viaturas policiais parando ao lado da entrada de escritórios da Nanon Systems.

— Merda! — Michael exclamou. Esse era o momento que ele esperava que nunca acontecesse.

CAPÍTULO 88

O xamã e ele observaram quando dois seguranças armados saíram da van, deram a volta até os fundos, abriram as portas traseiras e retiraram algo. Quando marchavam às portas giratórias do prédio, Michael conseguiu ver que eles carregavam uma caixa de transporte de cerca de 30 centímetros, feita de vidro e metal.

Um terceiro segurança aguardava no banco do motorista da van e a polícia permanecia em seus veículos enquanto os dois guardas uniformizados entravam no saguão. Através das portas cromadas de vidro, Michael conseguiu ver os guardas sendo revistados e tendo seus cartões de identificação verificados pelo segurança na recepção.

Caleb então apareceu no saguão, cercado por um grupo inteiro de agentes de segurança da Nanon. Ele embalava a caveira de cristal nos braços. Era típico Caleb querer fazer a entrega ele mesmo, Michael pensou, para se certificar que nada atrapalharia o andamento de seus planos. Os guardas da van permaneceram no saguão durante um período, sendo instruídos pelo chefe de segurança da Nanon.

Enquanto isso, fora do prédio, o motorista da van de segurança estava ocupado devorando uma rosquinha, quando, de repente, como se do nada, o xamã maia apareceu no estacionamento bem diante dele.

— Por favor, eu o imploro. Pelo amor a você e a todas as crianças do futuro, não leve a caveira! — o xamã gritou.

O motorista, que aproveitava silenciosamente seu lanche, estava atordoado em ver esse idoso da América Central censurando-o. Ele ficou ainda mais surpreso quando o velho apoiou-se sobre as mãos e os joelhos na pista bem em frente ao veículo e começou a clamar e rezar em maia.

Michael estava quase tão surpreso quanto o motorista da van. Ele havia estado tão ocupado se perguntando que diabo fazia que não tinha sequer notado o xamã deslizando silenciosamente para fora de seu carro.

O motorista começou a berrar para Hunab Ku:

— O que você pensa que está fazendo, velho! — e os policiais subiram em seus carros.

O oficial grande e obeso disse para seu colega:

— Vamos lá, vamos fazer esse velho bêbado se mexer — ao mesmo tempo em que se aproximava do xamã maia com cautela, os polegares nas armas em seus coldres, no caso de mais confusão.

Enquanto isso, os dois agentes de segurança no saguão apontaram para a caveira de cristal, e Caleb os ajudou a trancá-la cuidadosamente dentro de sua nova caixa de transporte futurista.

Mais afastados, fora do perímetro do local, os trabalhadores, que estavam ocupados unindo com solda as diferentes partes da nova cerca de segurança, pararam para assistir a toda comoção. Enquanto estavam temporariamente distraídos de sua tarefa, Michael, pensando rapidamente, furtou uma de suas bolsas de ferramenta, aquela que continha o minimaçarico portátil. Ele a jogou sobre o ombro e em seguida caminhou furtivamente pelo estacionamento, escondido entre os vários carros estacionados enquanto andava.

Ele sabia que tinha alguns minutos até os trabalhadores darem o alerta, e, se fosse visto, estaria em grandes apuros. Percebeu que as instruções de segurança no saguão deveriam ter acabado, pois os dois agentes de segurança, acompanhados de quatro dos guardas da Nanon, estavam prestes a sair do prédio.

"Merda!", ele pensou assim que se abaixou novamente entre os poucos carros que sobraram, e seguiu seu caminho o mais rápido possível em direção à van de segurança.

Enquanto isso, a polícia havia chegado à frente da van, onde eles estavam sendo enfrentados pelo xamã maia.

— Por favor! Você não deve deixá-los seguir adiante com esse experimento, ou o mundo acabará! — ele discursou.

— O que você está falando? — o tira obeso respondeu.

— As profecias de nosso povo, as antigas profecias afirmam que o mundo acabará em 21 de dezembro de 2012. Esse dia é amanhã.

O mundo acabará amanhã. Tudo por causa do que vocês estão prestes a carregar nesta van.

— Suma daqui, seu velho maluco e tolo — disse o policial.

— Se vocês levarem a caveira, eles realizarão esse experimento, e o mundo será destruído, ao pôr do sol, amanhã! Por favor, está escrito nos ciclos do tempo!

— Vamos lá, velho, o mundo não vai terminar, pelo menos não no meu turno! — ele riu, virando-se para seu colega. — Além disso, vou dizer a você que horas são. É hora de se mexer agora. Essas pessoas têm um trabalho a fazer, então é melhor você se mover...

Enquanto o policial ainda rondava a frente da van de segurança, assim como o motorista, totalmente preocupados com o xamã maia, Michael, enquanto isso, era capaz de entrar embaixo da van sem ser notado — simplesmente.

Naquele momento, os outros dois agentes de segurança retornavam do saguão carregando a caveira de cristal em sua nova caixa de transporte hi-tech. Michael conseguiu ver suas botas quando eles começaram a carregar a caveira de cristal na traseira da van, acima dele. Ele ficou lá, deitado sobre as costas, segurando a respiração, imprensado entre a pista e a parte inferior do veículo.

Os quatro guardas da Nanon continuavam a vigiar. Seu chefe de segurança chamou pelos policiais:

— Precisam de alguma ajuda aqui?

— Não. É apenas um velho tolo inofensivo — o oficial menor gritou em resposta.

Mas a polícia rapidamente perdia a paciência com Hunab Ku.

— Veja, eu não me importo se o mundo acabará, mas eu realmente me importo se você não sair daqui. Vamos, mexa-se agora ou eu terei que prendê-lo.

Michael ouviu o policial grande ameaçando.

— Por favor, vocês não devem levar a caveira, ou eles destruirão a estrutura do universo! — o xamã clamou.

— OK, basta! Venha, Jake — o oficial falou para seu colega enquanto Michael observava os pés de Hunab Ku arrastando-se pela calçada.

O xamã ainda protestava, quando eles o retiraram forçadamente da frente do veículo.

— Por favor, vocês não compreendem o que estão fazendo... — insistiu.

Michael ouviu o baque pesado das portas quando os guardas terminaram de carregar a caveira de cristal para dentro da traseira da van acima dele. Eles trancaram as portas e subiram na parte dianteira do veículo. Ele tateou a parte inferior da van, procurando urgentemente algo para se pendurar.

O motor deu partida e começou a aumentar a velocidade. Rapidamente, Michael amarrou seu cinto em torno do escapamento e segurou firme no chassi, enquanto a van de segurança partiu do estacionamento acompanhada de sua escolta policial.

A van corria pelas cheias ruas do subúrbio, enquanto Michael agarrava sua vida à parte inferior do veículo. Água fria e suja da neve derretida espirrava nele dos grossos pneus, enquanto estava suspenso embaixo, à medida que a van começava a acelerar, ultrapassando outros carros.

Ele conseguia ver a superfície da estrada passando sob seu osso da maçã do rosto e sentir a fivela de seu cinto esticando-se com seu peso. Ele olhou para o cinto, rezando para que resistisse, quando, de repente, o couro rasgou de um orifício a outro, e ele sentiu todo o seu corpo despencar perigosamente para próximo do solo, enquanto a pista passava ainda mais rapidamente e agora mais perto de seu rosto.

Seu coração martelava no peito. Era isso, ele morreria nessa estrada congelante e úmida, arrastado com força sob a van e, sem dúvida, atropelado na pista seguinte. Seu corpo seria nada além do que uma pasta. Ele deveria ter ficado com Laura em vez de correr tamanho risco idiota. A qualquer momento tudo isso teria sido por nada, de qualquer forma.

Ele agarrou-se à parte inferior da van durante o que ele sentiu ser uma eternidade, rezando para que seu cinto não rasgasse mais e que os músculos de seus dedos e braços, em câimbra, não desistissem por completo, enquanto a van e sua escolta disparavam pela estrada.

CAPÍTULO 89

Michael ficou tão aliviado quando o veículo finalmente começou a reduzir a velocidade. Ele não fazia ideia de onde ia, pois partiu na estrada e parou em frente a alguns portões de segurança. Tudo o que Michael conseguiu ver foi suas botas quando um grupo de soldados verificava os documentos dos motoristas e fazia uma rápida inspeção visual do veículo, antes de erguer os bloqueios e sinalizar através da entrada do que claramente era uma base aérea militar.

Parecia haver soldados em todos os lugares, proporcionando cobertura de segurança enquanto o veículo se dirigia à pista. Michael teve sorte por não ser avistado assim que a van de segurança subiu uma rampa baixa e em direção ao compartimento de carga de um grande bombardeiro.

Enquanto Michael continuava lá, grudado à parte inferior da van, seu cinto finalmente cedeu e ele caiu no chão com uma batida suave, exatamente quando o motorista e os guardas subiram na van. Um dos guardas virou-se, perguntando-se se havia escutado algo.

— O que foi esse barulho?

Michael permaneceu lá, imóvel, segurando a respiração. Ele estava prestes a ser descoberto.

— Não se preocupe, é apenas o som dos motores dando partida — respondeu o motorista. Ele bateu a porta da cabine, e ele e seus colegas saíram do compartimento de carga.

Eles subiram, na área de passageiros do avião, a rampa fechada, e o avião seguiu em direção à pista, e partiram.

Dentro do compartimento de carga, Michael olhou ao redor a partir de seu espaço restrito embaixo da van para se certificar de que a margem estava livre. Em seguida, soltou o minimaçarico portátil ao redor dos ombros, posicionou a chave do gás em "ligar" e acendeu a ignição. A tocha inflamou-se, uma chama escaldante e cônica de cor azul pálida, que ele direcionou à parte inferior da van de segurança sobre ele.

Levantou o antebraço para proteger os olhos das faíscas que voavam na direção de seu rosto e segurou a chama firmemente até o metal começar a borbulhar e derreter.

Então, começou a mover a tocha lentamente em uma direção circular ampla. Precisou parar diversas vezes e enxugar o suor em sua testa quando o calor se tornou muito intenso para suportar, porém, quando terminou, havia queimado um círculo completo na parte inferior do veículo — um círculo um pouco maior do que os próprios ombros.

Empurrou o círculo com força e subitamente abriu caminho, caindo no interior da van com o som de metal se chocando com metal. Ele parou e permaneceu imóvel, esperando que ninguém na área de passageiros tivesse conseguido ouvir aquilo sobre o som dos motores dos aviões zunindo levemente. Após alguns momentos, ele respirou novamente, bastante certo de que a margem estava livre. Então, escalou cuidadosamente através do buraco que havia feito na base do veículo, para a parte traseira da van de segurança.

Estava escuro demais para enxergar, então ele acendeu a tocha baixa, e lá estava, à sua frente. Com a iluminação azul da tocha, parecia quase brilhante no meio da escuridão do interior da van. Pareceu por um momento como se ele estivesse contemplando a lua ou algum planeta distante.

Assim que seus olhos caíram nela, teve uma sensação de reverência e maravilhamento. Ele a fitou extasiado, como se de repente, pela primeira vez, tivesse consciência intensa de seu terrível poder. Pois aqui estava ela agora, bem à sua frente, a caveira de cristal que veio a significar tanto para ele. Nunca havia pensado nela dessa maneira antes, mas agora o atingia como uma faísca gelada a partir do azul, uma faísca que pareceu uma facada súbita em seu coração.

Pois essa caveira de cristal tinha o poder sobre a vida e a morte, o poder de fazer ou interromper nosso futuro, e essa caveira de cristal tinha o poder sobre sua amada Laura. Era a chave imprescindível para o futuro. Na verdade, era a chave imprescindível para todo o futuro do mundo. E ela jazia à sua frente, em um plinto levemente elevado, envolta apenas em uma cama de vidro.

As mãos de Michael começaram a tremer quando esticou o braço para pegá-la. Ele agarrou a caixa da caveira pela alça e a levantou, porém ela não se moveu.

Ele redobrou os esforços e tentou novamente, puxando ainda mais forte, mas ainda não saía do lugar. Colocou todo o peso de seu corpo sobre ela e tentou soltá-la de seu plinto, mas não foi nada bom.

— Droga! — Michael fez careta.

A caixa da caveira de cristal havia sido parafusada no lugar.

"Era realmente de se esperar", ele pensou. Caleb não queria correr nenhum risco com a caixa da caveira vindo solta e sendo danificada no trajeto.

Então, tentou abrir o ferrolho, mas estava trancado. Usando a pistola do maçarico como alavanca, tentou erguê-lo, mas estava seguramente apertado. Então, tentou quebrar o vidro. Ele retirou a jaqueta e cobriu o vidro, para abafar o ruído, em seguida levantou o círculo de metal pesado que havia acabado de cortar do chão acima de sua cabeça e o jogou em cima daquele. O círculo de metal apenas ricocheteou no vidro com um "clang!".

Michael pausou, ansioso por causa do barulho que havia acabado de fazer. Além da van ele escutou a porta do setor de passageiros do avião se abrir. "Merda! Eles devem ter ouvido", pensou. Ele abaixou-se para fora da visão e aguardou, seu coração martelando. Ouviu o som de passos e estava bastante certo de que pôde ver a sombra de alguém espreitando através da janelinha na lateral do veículo para o fundo da van. No entanto, a caveira de cristal parecia totalmente ilesa. Então, alguns minutos depois, a porta do setor de passageiros fechou-se novamente.

Respirou fundo. Ele não tentaria aquilo novamente. Em todo caso, o vidro era muito rígido e grosso. "Deve ser à prova de balas", deduziu.

Assim, tentou usar o maçarico para abrir a trava. Suor pingava de sua testa enquanto ele trabalhava, e o metal brilhava quente e branco nas chamas, mas a fechadura ainda continuava dura.

Em seguida, tentou soltar a coisa inteira de seus parafusos com a tocha, mas foi tudo em vão. "A trava e os parafusos deveriam ser todos feitos de tungstênio", concluiu.

Finalmente, apontou a tocha para a estrutura da caixa. Segurando a tocha firmemente em suas mãos cansadas, ele queimou o vidro incessantemente, porém este se recusou a se despedaçar ou derreter. Permaneceu obstinadamente intacto. Como suspeitou, não era apenas à prova de balas, mas à prova de chamas.

Sentiu o avião balançar quando começou a descer rumo a seu destino.

Ele se afundou perto da caveira, exausto por seus esforços. Ele teria que desistir de suas tentativas de soltá-la. Era inútil. Não havia maneira de a caveira ser movida. Seu plano de pegar o objeto e encontrar alguma maneira de escapar não estava funcionando, e suas opções se esgotavam rapidamente.

Quando um fragmento de luz penetrou no compartimento de carga, Michael olhou para seu relógio. Eram sete e meia da manhã do dia 21 de dezembro de 2012.

CAPÍTULO 90

21 DE DEZEMBRO DE 2012

O coração de Michael afundou. Já era o amanhecer do dia do experimento, e o avião estava bem em seu caminho para "Los Ammuro", uma base aérea militar de alta segurança no meio do deserto no Novo México, e o último ponto de parada antes do destino final da caveira, o "Laboratório Z", as próprias instalações subterrâneas de testes da Nanon Systems, uma das localizações mais confiáveis e secretas do planeta.

Provavelmente estava a apenas minutos de ser descoberto na base aérea. Ele tinha, na melhor das hipóteses, uma hora até chegarem ao laboratório e as portas da van serem abertas.

O avião tocou o solo, e, enquanto parava ao final da pista, conseguiu ouvir os guardas quando retornavam para o compartimento de carga e subiam de volta na parte dianteira da van de segurança. Ele se arrastou rapidamente para a área imediatamente atrás de sua cabine e se prendeu à parede interior. Bem a tempo! O motorista deu partida no motor e lançou um rápido olhar por sobre o ombro, através da janelinha atrás de sua cabine, para confirmar que a caveira de cristal ainda estava bem ao fundo. Michael escondeu-se embaixo, fora da visão, imediatamente atrás do motorista.

Sob forte segurança, a van deu a volta e desceu a rampa baixa, saindo do avião a atravessando a pista. Agora fora unida por uma escolta em veículo militar e acompanhada por um helicóptero policial circulando do alto, enquanto ela deixava a base e todo o comboio atravessava o deserto, dirigindo-se às instalações subterrâneas ultrassecretas do "Laboratório Z".

Embora não conseguisse enxergar, a parte do laboratório que era acima do solo era visível à distância, a partir da perspectiva aérea do helicóptero policial. Localizava-se apenas alguns quilômetros além de uma cordilheira baixa.

Do lado externo, as instalações pareciam enganosamente despretensiosas, como a notória "Área 51", uma simples coleção de prédios não descrita do tipo hangar no meio do deserto. Porém, a cerca de imenso perímetro, completada com câmeras de circuito interno de segurança, cães de guarda e constantes patrulhas armadas sugeriam que havia mais no lugar do que poderia parecer à primeira vista. Todo o complexo era ainda cercado por uma cadeia de montanhas baixas, e a única maneira de acessar a base ultrassecreta era por meio um túnel rodoviário através dessas colinas.

Todas as tentativas de Michael para soltar a caveira de cristal haviam sido inúteis. Em menos de trinta minutos o comboio chegaria ao completo subterrâneo. Lá, seria liquidado.

Ele podia ouvir o som de rock explodindo da cabine do motorista da van enquanto ela atravessava o deserto. Os agentes de segurança haviam ligado o rádio. Sua tarefa estava quase cumprida. Eles começavam a relaxar e cantavam alegremente, felizes e fora do tom. Embora Michael normalmente gostasse um pouco de rock progressivo, ele sentiu uma amarga pontada de ironia quando percebeu o que eles estavam cantando.

Era a famosa canção da banda de rock REM, "*It's the end of the world, as we know it*".[16]

Michael balançou a cabeça tristemente. Se eles soubessem. Essa seria a última vez em que esses caras cantariam casualmente acompanhando o rádio, a última vez em que eles ficariam à vontade em uma missão quase completa. Ao final desse mesmo dia, eles seriam dizimados, seus corpos esmagados e destruídos como se fossem sugados através do vindouro buraco negro, até total aniquilação.

Michael foi o único que compreendeu a ironia da situação, enquanto permanecia abaixado, fora da visão, no fundo da van. Mas quase desejou poder trocar de lugar com os guardas e estar em um lugar em que ele felizmente não teria consciência do que o futuro reservava. Desejou que também pudesse cantar junto, fora do tom e na ignorância, sem qualquer noção do que o terrível destino conjurava à frente, sem qualquer conhecimento da aproximação do apocalipse.

"Como eu posso ter errado tão terrivelmente?", repreendeu-se. Ele havia estado tão convencido de que a única coisa que poderia resultar de sua pesquisa sobre a caveira de cristal seria benéfico, que ajudaria a humanidade a afastar as fronteiras do tempo e espaço. Era uma ideia tão maravilhosa e empolgante.

Contudo, percebeu que havia sido simplesmente seduzido por esse conceito científico, completamente incapaz de enxergar que

---

16. "É o fim do mundo, como o conhecemos" (N.T.).

aquela adulteração no tecido que estrutura nossas vidas, Espaço e Tempo, poderia ser tão perigoso.

Só havia sido capaz de enxergar as possibilidades maravilhosas, as fórmulas e as teorias, não a fria e dura realidade, potencialmente muito mais destrutiva do que qualquer coisa que ele sequer houvesse imaginado.

De repente, sentiu-se tomado de fúria. Queria amassar a caveira de cristal, despedaçá-la em um milhão de pedacinhos minúsculos. Desejava que nunca a tivesse visto. Apenas veja onde o havia trazido, trazido a todos. Ela estava prestes a destruir tudo e todos que conhecia. E isso era tudo sua culpa. Enterrou a cabeça nas mãos. Ah, como desejava nunca ter colocado os olhos naquela caveira, jamais.

Repousou lá por um momento, sem saber o que fazer, antes de decidir que o que o xamã havia sugerido era provavelmente a única opção deixada em aberto para ele. Se ao menos conseguisse compreender o que Hunab Ku tentava dizer-lhe, deveria realmente tentar. Ele devia isso a Laura e a todos os outros, pelo menos tentar fazer isso.

Ajoelhou-se diante da caixa transparente da caveira, fechou os olhos, respirou profundamente e inclinou-se para frente, para permitir que sua testa descansasse suavemente no vidro, exatamente como Laura havia feito com a caveira de cristal na Unidade de Segurança Warnburton. Lá ele permaneceu por alguns minutos, seu cabeça pressionada contra o vidro, enquanto tentava "projetar sua consciência dentro da caveira".

No lado de fora, o comboio entrou em um túnel comprido através das montanhas, e o interior da van mergulhara na escuridão. Mas, independentemente disso, nada aconteceu na traseira da van. Michael rapidamente começou a ficar frustrado.

— Vamos, vamos! — ele sussurrou para si mesmo, impaciente com o tempo que o processo parecia demorar.

Ele se esforçava bastante para projetar sua consciência dentro da caveira, exatamente como o xamã havia tentado ensinar, mas parecia que nada fazia a menor diferença.

Redobrou os esforços, tentando pensar naquelas flores danificadas e franzindo as sobrancelhas intensamente, enquanto pressionava a testa com ainda mais força contra a proteção de vidro. Porém, nada aconteceu.

De volta ao exterior, o comboio surgiu do lado oposto do túnel. Tinha viajado sob a cadeia de montanhas que protegia o Laboratório Z. Menos de quatrocentos metros adiante, fez uma parada na estrada, em frente a alguns portões de segurança. Quando Michael despontou na janela lateral da van, seu nível de ansiedade elevou.

Eles haviam chegado à entrada das instalações secretas e subterrâneas de pesquisa, o posto de controle em que a estrada estreita encontrava a cerca de vasto perímetro.

Em intervalos regulares ao longo da cerca, sentinelas armados estavam a postos. Os guardas no portão começaram a verificar os documentos dos motoristas e a fazer perguntas sobre a natureza de sua missão. Michael julgava impossível agora se concentrar em projetar sua consciência dentro da caveira de cristal. Ele se apertou contra a parte traseira da cabine do motorista e ouviu com atenção que os guardas pediram para o motorista da van e seus colegas saírem do veículo.

Ele congelou e esperou, como um homem condenado, certo de que esse era um sinal de que eles queriam revistar o automóvel. Santo Deus, se eles revistassem o veículo agora, seu paradeiro certamente seria descoberto, e assim seria. Fim do jogo!

Que diabo falaria? Como poderia se explicar? Não havia uma palavra que pudesse pronunciar que o fizesse passar por aqueles portões de segurança naquele momento.

Assim que se esforçou para ouvir o que estava acontecendo, os guardas no portão começaram a revistar o motorista e seu bando. O guarda-chefe então se aproximou da van e acendeu sua potente lanterna na estreita janela lateral, em direção ao fundo do veículo, para verificar que eles estavam levando a carga que alegavam.

Sentiu seu coração martelar no peito enquanto esperava a trava por combinação fazer "clique" e chiar, e as portas se escancararem. Todo o inferno certamente seria libertado. Estaria em grande apuro. Deus sabia qual seria sua penitência pelo que havia acabado de fazer, tentando sequestrar a caveira de cristal em seu trajeto para o grande experimento de Caleb. Ele não gostava de imaginar.

Pior ainda, nunca mais veria sua amada esposa novamente, e todo o mundo estaria perdido para sempre, estupidamente e desnecessariamente destruído, em nome do progresso científico. Era uma possibilidade muito desanimadora, de fato.

Michael fechou os olhos fortemente e, pela primeira vez em sua vida, viu-se rezando:

— Deus, eu tenho que chegar até Laura, preciso impedir o que está acontecendo aqui.

Naquele momento, ele ficou atordoado por ouvir o Chefe de Segurança carimbando os documentos do motorista e os devolvendo, confirmando que tudo parecia estar em ordem. O motorista e seus colegas subiram de volta à sua cabine, o bloqueio foi erguido e os guardas no portão acenaram para todo o comboio enquanto seguiam viagem, diretamente para o complexo do Laboratório Z.

Mesmo a essa hora na manhã, o lugar zunia de agitação. Emparelhando sobre o ombro do motorista, Michael conseguiu ver os cientistas com aventais brancos correndo com suas pranchetas à mão; técnicos com aventais laranja e capacetes de segurança inspecionando diversas partes de maquinário; e, em todo o espaço ao redor, posicionados em localizações estratégicas por todo o local, estavam homens armados em uniformes pretos, alguns deles dirigindo veículos Humvee e Jeep. Ele também notou um punhado de tanques de óleo estacionados junto a um ponto de parada próximo à base.

A van dirigiu até uma enorme construção em cúpula no centro do complexo, ao lado da qual estava uma grande passagem protegida por uma grade de segurança. Na provisão, os documentos apropriados foram carimbados, a grade foi levantada, e a van teve permissão para seguir até o centro da construção. Parecia algum tipo de fábrica futurista ou usina de energia. Em todos os lugares em que Michael olhava havia enormes geradores, canos metálicos transportando combustível e grossos cabos de plástico transmitindo energia. Precisamente o que cada cabo, cano ou maquinário fazia, não era totalmente óbvio, mesmo para o olho bastante treinado de Michael, mas havia claramente um grande processo industrial de geração de energia elétrica envolvido.

O carro foi conduzido pelos guardas ao longo do corredor de acesso feito de concreto, entre os canos, ventiladores e geradores gigantes, em direção ao que perecia uma grande gaiola no centro de instalações. Enquanto o veículo se posicionava no lugar, entre suas barras metálicas, Michael percebeu que era, na verdade, um elevador gigante, como o tipo encontrado nas modernas minas de carvão, destinado a permitir acesso veicular à parte subterrânea do complexo do Laboratório Z.

Assim que os guardas residentes fecharam as portas da gaiola com uma batida ruidosa e o elevador começou a descer lentamente aos níveis inferiores, foi tomado pela percepção assustadora de que em apenas alguns breves minutos ele finalmente seria descoberto. Era isso. Nenhuma tentativa de trazer Laura de volta ou de impedir o experimento acabaria bem. Seu tempo tinha se esgotado. Era tarde mais. O futuro agora estava gravado em pedra. Não havia mais nada que ele pudesse fazer, a não ser sentar-se lá e aguardar ser descoberto.

Ele cambaleou contra a parede e, enquanto o elevador prosseguia em sua descida lenta e constante, colocou as mãos nos bolsos e entregou-se ao fantasma. De repente, tomou consciência de um pequeno objeto dentro de seu bolso. Ele havia estado tão preocupado que sequer havia percebido que colocara a jaqueta de volta, muito menos que suas mãos deviam ter se arrastado para dentro dos bolsos.

Era quase como se o objeto tivesse cutucado sua mão. Puxou a mão para fora e abriu a palma. Teve uma profunda sensação de tristeza com o que viu. Era o pequeno medalhão prateado em formato de coração de Laura. Aquele que comprara para ela, que ela sempre usara ao redor do pescoço para lembrar-se de Alice.

Ela nunca havia se separado daquele medalhão até o dia em que o entregara ao xamã maia, para transmiti-lo a Michael na eventualidade de não conseguir voltar de dentro da caveira.

Abriu-o para ver a minúscula fotografia desbotada que guardava dentro dele, de Laura e Alice sorrindo felizes em suas últimas férias juntas na praia.

Eles haviam sido uma família, mas ambas o tinham deixado: primeiro, Alice; depois, Laura. Contudo, ele estava feliz em ter esta pequena lembrança delas, esta pequena parte do mundo que havia sido tão pessoal para Laura estava com ele agora.

Dominado pela tristeza, suspirou de maneira profunda e aborrecida, e então, quase involuntariamente, seus dedos passaram pelo medalhão, levantou-o até os lábios e o beijou, através de seu punho delicadamente cerrado. Ele sentiu um arrepio percorrer a parte posterior de sua coluna quando se virou novamente para observar a caveira de cristal, ainda repousando diante de si em sua caixa de tungstênio e com vidro à prova de balas.

Enquanto olhava fixamente para a caveira, algo dentro dele mudou. A raiva e o ressentimento que sentira haviam ido embora e não se sentia mais repleto de uma sensação desesperada de urgência. Não havia mais nada que ele pudesse fazer, a não ser olhar profundamente no interior cristalino da caveira, às belas inclusões e bolhas suaves que pareciam brilhar diante de si como minúsculas estrelas em um sistema solar distante.

Sua respiração estava mais relaxada e profunda, quando delicadamente repousou a testa na caixa da caveira mais uma vez.

Ele sussurrou:

— Laura! Eu te amo! — e, enquanto o elevador continuava sua descida lenta, porém constante, seu corpo de repente sucumbiu no chão, quando finalmente obteve êxito em projetar sua consciência nas profundezas da caveira de cristal.

CAPÍTULO 91

Michael, num primeiro momento, obviamente não tinha ideia do que estava acontecendo, sem compreender a noção de que sua consciência, sua mente, havia sido separada de seu corpo. Ao contrário, sentiu como se apenas tivesse dado um mergulho profundo em algum tipo estranho de piscina cheia de algo como uma mistura de água e ar, que dava a sensação de que seu todo o seu corpo surgira com um esguicho silencioso dentro do mundo etéreo no interior da caveira.

Após alguns momentos de pânico pelo medo de se afogar, rapidamente percebeu que não conseguia apenas flutuar, mas também respirar em seu recém-descoberto ambiente, o aquático, semelhante ao espaço, "outro mundo" no interior da caveira de cristal. Logo reconheceu que poderia "nadar" muito confortavelmente, como um astronauta sem gravidade, explorado toda a nova dimensão de tempo e espaço. À medida que aprendeu a relaxar e diminuir a velocidade de seus movimentos, viu-se amedrontado com os novos arredores.

Era um mundo no qual parecia que os espaços cósmico e subterrâneo tivessem, de alguma forma, se fundido. Galáxias distantes pareciam estar a apenas a um braço de distância, mas assim que se esticou descobriu que, na verdade, não conseguia tocá-las. Elas resistiam às pontas de seus dedos, exatamente como peixes coloridos fugiam ao toque do mergulhador quando flutuavam em mares de coral. Michael estava fascinado, hipnotizado. Até onde tinha conhecimento, estava sonhando, um belo sonho, do qual ele não desejava acordar.

Então notou que, mais distante dali, próximo ao perímetro de seu recém-descoberto mundo, conseguia ver algo, quase outro mundo acolá, porém era como se estivesse vendo através de lentes distorcidas. Nadou para o exterior, onde conseguia apenas distinguir o que parecia ser o fundo da van de segurança. Era como se estivesse olhando para ela de dentro da água ou através de uma camada grossa de vidro ondulado.

Reconheceu o círculo de material que ele cortara na base da van, e havia mais alguma coisa repousando no chão ao lado daquele. Era um braço, imóvel. Alguém estava deitado, sem movimentos, no assoalho da van, aparentemente em algum tipo de apuro. Quem quer que fosse, gostava do mesmo tipo de jaqueta cara que ele e, como se não fosse coincidência o suficiente, ostentava o mesmo relógio que usava. Seus olhos rapidamente seguiram o comprimento do braço, subindo ao seu tronco.

Mas nada o havia preparado para o que viu em seguida, o golpe de terror que sentiu assim que reconheceu o corpo, quando de repente lhe ocorreu que aquele homem deitado, caído e inconsciente diante de si era ele mesmo.

Ele percebeu com um sobressalto que o que deveria estar vendo era o mundo real, no lado externo, e, exatamente como o xamã havia dito ser possível, sua mente havia se separado de seu corpo; e sua consciência, todo o seu sentido em relação a si mesmo, agora se localizava dentro da caveira de cristal. E aquilo para o que olhava agora era claramente seu corpo, inconsciente neste momento, jazendo inerte no assoalho da van, mais além.

Michael ainda tentava aceitar sua percepção chocante, quando tomou consciência de um arranjo em forma de espiral nos "céus" ao seu redor. Virou-se para observar o que parecia um redemoinho de galáxias girando para o centro de seu recém-descoberto mundo, criando o que se parecia com uma passagem, um túnel através do tempo e espaço.

Ele se viu sendo puxado para mais perto, para espreitar dentro dele, e lá, à distância, na extremidade oposta do túnel, conseguiu ver uma luz brilhando suavemente. Era onde queria ir. Sabia instintivamente. Conseguiu sentir a atração da luz chamando-o para frente. À medida que se aproximava do final do túnel, a luz se tornava mais forte, até ser quase cegado por seu brilho. Parecia tão bonita, e ele sentiu como se estivesse testemunhando o próprio nascimento do cosmos.

Lá, ao longe, além do fim do túnel, conseguiu ver Laura flutuando de costas para ele. Seus longos cachos loiros flutuavam suavemente, oscilando para frente e para trás em torno de sua cabeça, como se estivessem sendo puxados para lá e para cá por alguma suave, quase imperceptível brisa, corrente marítima ou onda.

Ele bradou "Laura!" e começou a nadar túnel abaixo, na direção dela, incerto se acreditava ou não no que via, duvidando, temendo que pudesse ser apenas sua imaginação ou algum truque de luz cruel. Na última vez em que a vira, ela jazia comatosa em uma cama de hospital, à beira da morte, com o rosto pálido e fantasmagórico, sem toda a força de vida delicada e estimulante que fazia do que era.

Assim que se aproximou, ela girou lentamente e estendeu os braços para cumprimentá-lo. Michael a puxou para perto enquanto se entregavam a um belo, amável, giratório e natatório abraço. Ele a segurou firme. Foi um momento de êxtase inimaginável. Finalmente se unir àquela que amava era mais do que ousara esperar. Em sua cama de hospital, sua vida mantida por máquinas, Laura era nada além de uma sombra de seu antigo eu, quase irreconhecível. E agora ali estava, sua bela, verdadeira, completa e sã esposa, sorrindo para ele, seus olhos dançando de alegria e seu rosto mais radiante do que ele nunca vira em anos. Ele fechou os olhos, desejando que o momento durasse para sempre, sendo tudo o que havia para toda a eternidade, sua amada esposa de volta para ele, em seus braços, aos quais pertencia.

Quando Michael finalmente abriu os olhos e eles se acostumaram à luz brilhante, viu algo que até agora havia ficado escondido de sua visão, atrás de Laura.

Por um momento, ficou plenamente atordoado. Nada com que ele um dia sonhara poderia tê-lo preparado para isso. Era completamente além de toda a compreensão.

— Alice! — arfou, pois não havia dúvida em sua mente, assim como não houvera na de Laura, de que o magnífico e brilhante ser de luz, agora a apenas a uma curta distância dele, era sua bela filha.

Foi um momento que ele nunca pensara poder vivenciar, um momento que pertencia além do reino da imaginação, além até da fantasia mais louca, pois o que ele agora vivenciava simplesmente nunca havia figurado em sua compreensão de como o mundo funcionava.

— É real? — ele se perguntou, sequer percebendo que havia falado em voz alta.

— Sim, é real — Laura respondeu, com um sorriso radiante.

O rosto de Michael se iluminou ainda mais. Seus olhos brilhavam de prazer enquanto absorvia a visão de sua bela menininha. Ele nunca imaginou ser possível. Havia se convencido de que ela havia partido para sempre, mas agora ali estava, bem à sua frente, quase tão claro quanto o dia.

— Alice! Minha pequena! — ele sussurrou e esticou o braço para tocá-la, mas seus dedos bateram em algo que ele não notara até então.

Ele queria tocá-la tão desesperadamente, segurá-la em seus braços mais uma vez, mas foi impedido de fazê-lo por uma estranha membrana semivisível que surgiu entre si e sua filha. Parecia uma fina camada de plástico flexível ou vidro levemente fosco. Era a membrana fina que separava seus dois mundos diferentes, a barreira entre o mundo dos vivos e o mundo dos mortos.

CAPÍTULO 92

Enquanto isso, de volta ao exterior da caveira, a van de segurança chegou ao fundo do elevador de veículos. O ascensor havia alcançado a região de subsolo do Lab-Z. As portas da gaiola se abriram, e a van se dirigiu lentamente pelo corredor de serviços e diretamente ao centro do complexo subterrâneo. Lá, fez uma parada exatamente no lado externo da porta principal para a Câmara Central.

Caleb Price, que viajara para o local separadamente, no luxo de seu Lear Jet e limusine particulares, surgiu na Sala de Controle para ir ao encontro da van de segurança. Um pequeno grupo de cientistas e técnicos se reunia em torno dele e observavam.

Eles aguardavam pacientemente enquanto o motorista e os guardas da van se aproximavam do fundo do veículo e continuavam a gastar dois minutos inteiros para desativar o sistema de alarme e inserir os números corretos na fechadura de combinação digital. A fechadura chiou e estalou, e a pequena multidão observou ansiosamente quando os guardas finalmente abriam as portas traseiras da van.

Estendendo os pescoços para espreitar o fundo do veículo, ficaram chocados com que viram no interior. A caveira de cristal ainda estava lá, presa com segurança, em seu plinto dentro da caixa customizada feita de vidro à prova de balas e tungstênio, mas ao pé dela jazia um corpo, o corpo de um homem de meia-idade, amontoado no chão.

— Mas que droga — exclamou o motorista, e, enquanto a multidão arfava, ele saltava ao fundo da van e virava o corpo. — Está vivo! — gritou.

Caleb ficou atordoado ao ver que era Michael quem se encontrava inconsciente no chão da van, ao pé da cápsula transparente da caveira.

— Rápido! Chame a segurança! — um dos homens de avental branco gritou.

A isso, Caleb respondeu:

— Já temos a segurança! — ardeu-se para o motorista da van. — Chame a emergência médica!

Em minutos, alguns profissionais da saúde chegaram. Eles ergueram cuidadosamente o corpo flácido e comatoso de Michael para fora do veículo e o carregaram para um armazém próximo, acompanhados de dois dos agentes de segurança.

Os médicos tomaram o pulso de Michael, depois estapearam seu rosto para tentar trazê-lo de volta, mas foi em vão. Um dos guardas encheu um balde de limpeza com água fria da torneira no interior do armazém e jogou no rosto de Michael. No entanto, ele ainda não respondeu.

Michael, enquanto isso, estava em outro mundo, nas profundezas da caveira de cristal. Ele fitava Alice longamente no outro lado do limite invisível.

— Alice! Meu anjinho precioso! Deus, como senti saudade de você!

— Eu também, papai! — ela respondeu.

Michael riu alegremente com o som de sua bela vozinha, antes de franzir as sobrancelhas. — Como é possível? Eu não compreendo. Eu pensei que você estivesse...

— Morta? Está bem, papai, você pode dizer, você sabe — seu tom era inabalável. — Ninguém morre realmente, você sabe, papai, apenas vamos para outro lugar, viver em outro mundo que não aquele que você conhece.

Michael apenas suspirou e balançou a cabeça.

— Eu nunca sequer imaginei...

— É fantástico, não é, Michael? — Laura disse, virando-se para ele com um sorriso radiante no rosto. — E agora que você está aqui, podemos todos ficar juntos, ser uma família de novo — ela virou-se para Alice. — Não precisamos mais voltar.

Mas Alice balançou a cabeça e disse:

— Mamãe, há algo que tenho que mostrar. E para você também, papai. Venham comigo — disse — preciso mostrar algo.

Ela virou-se e indicou o caminho, nadando pelo seu lado da membrana que separava os dois mundos.

Michael pegou a mão de Laura e eles começaram a seguir Alice, nadando juntos em seu lado da separação semivisível, enquanto Alice os conduzia cada vez mais profundamente no interior da caveira de cristal.

— Vocês sabem que seu mundo e o meu são parte do mesmo universo, como dois lados da mesma moeda — Alice afirmou. — E é um universo muito bonito. Vejam!

De repente, pareceu como se ambos estivessem cercados de uma centena de milhões de estrelas reluzentes. Elas estavam por todo o lugar ao redor, mesmo sob seus pés, como se se encontrassem no espaço.

— Uau! Vejam isto! — Michael estava intimidado.

Eles conseguiam ver galáxias distantes brilhando como joias e estrelas explodindo por todos os lados, enviando faixas de brilhantes luzes multicoloridas de um lado a outro do horizonte distante.

— Nunca pensei que pudesse um dia ver algo tão bonito — sussurrou para Laura.

— Este é seu mundo, seu universo — Alice falou. — Estou apenas ajudando-os a enxergá-lo adequadamente de novo.

E então, girando de repente no espaço abaixo deles, viram um belo planeta verde azulado.

— Eu não acredito, é a Terra! — Michael arfou. Ficou sem respiração. — Mas como?

Ele olhou para Laura. Ela o abraçou e sorriu.

— Eu... Eu não sei — respondeu, também maravilhada com a maneira na qual de repente se viram fitando a perspectiva vasta e impossivelmente bela que se encontrava diante de si.

— Às vezes não há um como ou um por que as coisas acontecerem de modo que os humanos compreendam — Alice disse.

— Como por que você morreu? — indagou Michael.

— Isso mesmo — ela respondeu.

Uma lágrima se formou nos olhos de Laura e escorreu em seu queixo. Assim que ela caiu de seu rosto, pareceu pousar na Terra. De repente, a própria Terra pareceu momentaneamente uma enorme lágrima que estava caindo no espaço.

— Mas por que você nos está mostrando tudo isso? — perguntou Michael.

— Porque preciso que compreendam que há uma força invisível que une a todos nós.

— O que você quer dizer?

— É uma força muito poderosa. É a força que une todas as coisas do universo. É o que liga você e eu como se fôssemos um.

É até o que segura os átomos e subátomos juntos, embora seus cientistas ainda não tenham percebido. É a força que une todas as coisas no universo. É uma força muito poderosa. É o que você e eu chamamos de "amor".

— Eu não entendo — Michael afirmou.

— Vocês e seus cientistas não estão preparados para compreender ainda, mas um dia vocês compreenderão. Amor é a força que une tudo no universo, mesmo o que vocês chamam de átomos, neutrinos e quarks. Embora vocês ainda não entendam, o amor é o que une você e eu e todas as partículas.

— Pelo fato de todas as partículas se amarem, se você enviar até uma minúscula partícula para outra dimensão, todas as demais partículas a seguirão, pois elas se amam muito. Portanto, se você tentar passar algo, exceto a consciência pura, através da membrana que separa os mundos, você romperá a estrutura do universo.

— É isso o que eu estava tentando dizer a Caleb — Michael disse.

— Eu sei — afirmou Alice.

— Mas eu ainda não entendo, por que você está nos mostrando tudo isso? — Laura indagou.

A Terra girou diante deles, frágil e delicada, parte de um universo vasto, um oceano de beleza incomparável.

— Eu queria que compreendessem o que vocês poderiam perder, mamãe. Eu queria mostrar que vocês fazem parte de algo maior, que esta caveira é parte de algo maior, e todos precisam saber disso. O universo está evoluindo. Estamos todos evoluindo, e nossa consciência é parte disso. Nossa consciência precisa se desenvolver para um nível muito mais elevado, e esta caveira faz parte disso.

— Então, o que você quer que façamos, meu amor? — Laura perguntou.

— Esta mensagem que tenho para você, mamãe, precisa ser compartilhada, e apenas pode ser dividida se você impedir o experimento. Agora que você está ouvindo que o futuro não está mais gravado em pedra, se não impedir o experimento, não haverá futuro algum.

— De qual experimento você está falando, minha querida? — Laura questionou. Alice pareceu estar falando em charadas, e Laura estava em coma há tanto tempo que sequer tinha ouvido falar do grande experimento de Caleb.

Michael apenas balançou a cabeça. Ele não sabia por onde começar sua explicação.

— Venha comigo de novo, mamãe, e eu mostrarei — Alice fez um círculo completo, virando-se, e começou a nadar rapidamente de novo, voltando pelo caminho por onde acabara de vir, ao longo de seu lado da membrana, em direção às bordas externas da caveira de cristal.

— Venha ver o que eles estão fazendo, mamãe, e você também, papai. Venham ver o que eles estão fazendo com seu belo planeta, seu universo, no mundo real externo à caveira de cristal.

Michael e Laura nadaram atrás dela o mais rápido que puderam, pela extensão de seu lado da demarcação. Alice os conduziu em direção à borda externa da caveira de cristal, para dentro de suas cavidades oculares, nas quais, fechando um pouco os olhos para observar o lado externo, eles conseguiram apenas distinguir o que acontecia no mundo real externo à caveira.

— Vejam! — Alice exclamou, enquanto viram o que para eles parecia um par de mãos gigante alcançando-os, como se estivessem vendo através de vidro densamente distorcido.

No lado externo da caveira, Caleb esticava os braços para apanhar a caveira de cristal em sua cápsula de vidro selada de dentro da traseira da van de segurança. Eram suas mãos que Michael, Laura e Alice viam de sua perspectiva dentro da caveira de cristal. Um dos guardas auxiliou Caleb a destravar os pinos de tungstênio que prendiam a cápsula firmemente no lugar, em seu plinto. Eles em seguida carregaram a caixa cuidadosamente para fora da van e para o interior da Câmara Central hi-tech, no coração do complexo subterrâneo.

No centro da câmara do Lab-Z estava uma enorme construção semelhante a um giroscópio. Seus braços metálicos e cintilantes se esticavam ao redor da câmara como tentáculos de um polvo gigante. Era rodeada por diversas passarelas metálicas suspensas. Chegando ao final da passarela principal, o guarda destrancou o cadeado e ergueu suavemente a caveira para fora de sua caixa. Auxiliado por diversos técnicos, a caveira de cristal foi então posicionada no centro desse estranho giroscópio, no qual foi fixada com segurança em posição, presa no lugar por uma enorme quantidade de eletrodos com fios em espiralados.

Assistindo a isso de dentro da caveira, Alice tentou explicar para seus pais:

— Vocês sabem, os dois mundos estão ligados. O que acontece em seu mundo afeta nosso mundo também. O mundo físico e o espírito são como dois lados da mesma moeda. Os ancestrais e as gerações futuras que vivem em meu mundo são profundamente afetados pelo o que vocês fazem em seu mundo físico.

— No entanto, apenas a consciência pura pode viajar entre as dimensões. Se você enviar uma partícula verdadeira de matéria entre as duas dimensões, você então destruirá a estrutura de seu mundo físico. E pelo fato de os dois mundos estarem conectados, você destruirá a estrutura deste mundo também. O mundo dos vivos e o mundo dos mortos se chocarão.

— Então, se seu povo prosseguir com este experimento, se eles enviarem uma partícula de sua dimensão para a nossa, de seu mundo físico para nosso mundo espiritual, vocês destruirão ambos os mundos. Vocês destruirão não apenas o mundo dos vivos, mas também o mundo dos mortos e daqueles que ainda estão para nascer.

— Os ancestrais não os criaram e os deram a vida para que vocês pudessem destruir seu mundo. E as futuras gerações, se vocês destruírem seu mundo, não mais nascerão. Portanto, nosso mundo também não terá mais geração futura. Então, se vocês destruírem seu mundo, nosso mundo também morrerá. E consequentemente nenhum de nós, nem os vivos nem os mortos, existiremos mais. Será o seu e o meu fim. Será o fim de tudo.

Michael e Laura ouviram e ficaram pasmos de horror com o que acontecia no mundo físico ao seu redor, no lado externo da caveira.

Mais distante, no canto da câmara, outro grupo de técnicos arrastava enormes máquinas de laser para o lugar. Elas pareciam pesadas seringas subcutâneas, cada uma delas cercada por uma bobina elétrica gigante. Seu ângulo de calibração foi precisamente ajustado por meio de hidráulica controlada remotamente, de modo que seus pontos, semelhantes a agulhas, foram apontados diretamente para a caveira de cristal, no centro da sala.

Uma voz sintetizada por computador anunciou no sistema de alto-falantes:

— Preparem-se para os testes de laser — os cientistas e técnicos se abrigaram na sala de controle adjacente, antes de um enorme pulso de luz laser ser disparado na caveira de cristal, com um "zap"!

Dentro da caveira de cristal, Michael, Laura e Alice foram lançados para trás por sua força, a qual penetrou no interior como um raio no céu.

Recuperando seu equilíbrio, Michael nadou de volta em direção à borda externa da caveira, gritando:

— Não! Parem! Você matará a todos nós — mas ninguém no mundo real conseguiu ouvir ou vê-lo.

Ele então tentou sair da caveira novamente, na tentativa de impedir o experimento. Ele nadou diretamente para a borda externa da caveira e se lançou contra a camada espessa de "vidro destorcido" que separava o mundo interno dentro da caveira do mundo real, comparativamente gigante, no lado externo a ela. Porém, acabou simplesmente chocando o rosto e, naturalmente, seu corpo inteiro contra a camada, mas não importava o que fizesse, ainda não conseguia ultrapassar a camada exterior sólida e transparente.

— Papai, espere! — Alice tentou explicar a situação ao pai. — Você não pode sair sem mamãe. Seu amor por ela é forte demais para você retornar sozinho.

Michael e Alice se viraram para olhar para Laura.

— Laura? — perguntou Michael, desejando que ela voltasse com ele.

Laura, no entanto, simplesmente se virou para Alice.

— Venha conosco, Alice — ela implorou.

— Eu realmente adoraria, mamãe — respondeu — mas nunca poderei retornar a seu mundo.

Diante disso, Laura caiu em prantos.

— Sinto muito, Alice. Sinto muito, muito mesmo — soluçou. Ela ainda se culpava pela morte da filha.

— Não chore, mamãe — Alice falou. — Não foi sua culpa. Você fez tudo o que pôde, assim como papai — virou-se para ele e respondeu novamente a sua mãe.

— ... E agora eu preciso que você faça tudo o que puder, mais uma vez. Por favor, mamãe! Você deve retornar e reverter o experimento antes que seja tarde demais.

Michael já havia decidido fazê-lo. Ele esticou a mão em direção a Alice.

— Adeus, meu amor.

Ela respondeu, apertando seus dedos na palma da mão de Michael, do outro lado da membrana invisível.

— Adeus, papai.

Fitando os olhos da menina, Laura esticou os dois braços como se fosse abraçá-la, posicionando ambas as mãos para cima, contra a delimitação invisível.

— Eu te amo.

Alice respondeu, pressionando suavemente as palmas de ambas as mãos nas dela, do outro lado:

— Eu também te amo, mamãe — fez uma pausa. — Mas, por favor, agora vocês devem ir e salvar a nós todos.

Michael pegou Laura pelo pulso e começou a conduzi-la suavemente de volta pelo "túnel tempo-espaço", na tentativa de saírem da caveira. Durante todo o tempo, Laura ficou olhando para trás, sobre o ombro, para Alice, acenando adeus delicadamente.

De repente, Laura se libertou, como se saísse de um transe, e nadou de volta a Alice.

— Mas Alice, eu nunca a verei novamente — ela soou desconsolada.

— Você me verá, mamãe — Alice respondeu, eu seu tom solene usual. — Você me verá na primeira gota de orvalho que cai na primavera. Você me verá na borboleta que abre suas asas. Você me verá no vislumbre do raio solar que encrespa a grama e que em seguida se perde no crepúsculo.

Uma lágrima comprida escorreu pelo queixo de Laura quando Michael a pegou pela outra mão e a conduziu de volta ao túnel, bem no interior da testa da caveira.

Desta vez, quando Michael pressionou o peso de seu corpo contra a borda externa da caveira de cristal, não era mais vidro sólido. Em vez disso, começou a dobrar-se para fora, como uma lâmina gigante de plástico transparente e elástica, ou filme plástico, e, sem muito esforço, ambos dispararam diretamente através dela.

CAPÍTULO 93

De volta ao mundo real, Michael recuperou os sentidos no armazém do Lab-Z. Demorou alguns momentos para registrar onde estava, deitado sobre as costas, olhando para um teto baixo e branco. Ele não tinha lembrança de como havia parado lá.

Alguns profissionais da saúde estavam absortos na conversa ao lado dele. Pareceram não ter notado que ele havia voltado a si. Ele tentou falar, perguntar onde Laura estava, mas uma máscara de oxigênio havia sido colocada sobre seu rosto.

Ele tentou se movimentar antes de sentir a compressão de metal em seus pulsos, como se um par de algemas apertasse sua carne. Ele percebeu que seus braços haviam sido algemados atrás das costas. Qualquer sensação duradoura de júbilo que tivera em sua reunião com Laura e Alice foi rapidamente substituída por ansiedade em relação a como sairia de lá.

A equipe médica, enquanto isso, estava quase tão iludida quanto Michael. Por que ele deveria ter recuperado de repente os sentidos agora, se eles haviam aplicado a máscara de oxigênio alguns minutos antes?

No entanto, os agentes de segurança tinham um conjunto diferente de perguntas em suas mentes.

— Agora! Você tem que prestar alguns esclarecimentos! — vociferou o chefe da segurança, enquanto seu colega e ele arrastavam Michael pelos pés e o guiavam rudemente para fora da sala.

Foi o murmúrio e o zunido do equipamento de monitoramento eletrônico que Laura percebeu primeiro, antes de abrir os olhos e se encontrar deitada em uma cama de hospital. Estava aturdida. "Onde estou? O que estou fazendo aqui?" Não tinha absolutamente nenhuma ideia de onde estava ou como havia chegado lá. Era um mistério total. Estava muito confusa.

Havia fios e eletrodos ligados em todo o seu corpo, e equipamentos de respiração forçando-a a inspirar e expirar. "Meu Deus, o que aconteceu comigo?"

Foi um choque enorme encontrar-se lá. Não tinha ideia de que havia algo errado consigo. Ela se perguntou se haveria se envolvido em algum acidente terrível e perdera sua memória em relação ao que havia acontecido.

Bem, isso certamente era verdade, havia esquecido o que acontecera, um tipo de amnésia temporária a havia afetado de fato. Ainda assim, quando levantou a cabeça do travesseiro e analisou seu corpo, não parecia haver nada de errado, nenhum braço ou perna faltando e nenhum dano físico aparente.

Então, que diabos estava fazendo ali?

Uma enfermeira de meia-idade, de rosto avermelhado e origem irlandesa apareceu, começou a dobrar ativamente os lençóis de volta à sua cama, certificando-se de que não sofria úlceras por pressão. Tomou um susto ao ver que os olhos de Laura estavam abertos, maravilhada por subitamente haver se recuperado de seu coma crônico, sem qualquer motivo aparente.

— Onde estou? — Laura perguntou à enfermeira aturdida.

— No Hospital East Side, em Nova Iorque, no qual está há algum tempo, minha querida — a enfermeira sorriu de modo radiante para ela, em deleite por ela ter finalmente recuperado os sentidos.

O que havia acontecido era que sua consciência de Laura agora se unira a seu corpo, e aquele corpo ainda estava no hospital, na ala de tratamento intensivo, de volta à Nova Iorque! Mas não fazia ideia do que estava acontecendo.

— Onde está Michael? — perguntou.

A enfermeira simplesmente deu de ombros. Não tinha noção do que Laura perguntava.

— Ah, você quer dizer o Dr. Michael Odajee. Ele está no consultório. Eu irei lá e o trarei a você — e saiu da ala antes que Laura tivesse a chance de corrigi-la.

Refletiu sobre quanto tempo ficara deitada ali. Olhou para o relógio digital em sua cabeceira, o qual registrava a hora e a data em dígitos vermelhos brilhantes.

A hora marcava "10:30". Porém, foi a data no relógio que enviou uma faísca de choque através do sistema de Laura e fez seu pulso se elevar, seu ritmo rápido ecoando pelas telas de monitoramento eletrônico.

Dizia "21.12.2012".

"A data do final!", Laura se deu conta, como se tudo viesse à tona.

"Ó, meu Deus, Michael! Ele ainda está no Lab-Z!", de repente compreendeu o que devia ter acontecido com ambos, que Michael e ela haviam se unido outra vez a seus corpos, e que o corpo dele deveria estar ainda em algum lugar do Lab-Z. Ao mesmo tempo, teve a percepção gélida e assustadora de que o experimento que eles precisavam evitar estava prestes a acontecer naquele mesmo dia, em apenas seis horas, a mais de três mil quilômetros de distância, sob os desertos de Los Ammuno. Mas de que raio de maneira ela chegaria lá? Como ela salvaria Michael e impediria o experimento antes que fosse tarde demais?

Não havia nenhum momento a perder. Arrancando o sistema de respiração de seu rosto, ela retirou os eletrodos. Enquanto o equipamento de monitoramento emitia sons altos e piscava no modo de emergência, saltou para fora da cama e começou a vasculhar nas gavetas no armário de sua cabeceira, em busca de suas roupas e carteira.

Não havia quase nada lá, apenas um pequeno plástico etiquetado como "Unidade de Segurança Warnburton — Identificação do Paciente e Objetos de Uso Pessoal". Ela o abriu e despejou seu conteúdo na palma da mão, recuperando seu passaporte e um punhado de notas de dólares. Fechou o pulso ao redor delas e se lançou porta fora.

A enfermeira estava surgindo no corredor, acompanhada de um médico alto e negro.

— Aqui está o Dr. Odajee! — ela disse, surpresa, quando Laura passou correndo por eles.

— Espere! Precisamos discutir seu... progresso — o médico parou quando Laura desapareceu corredor abaixo.

Assim que ela contornou a esquina, voando em direção à ala seguinte, seus olhos se lançaram à expressão boquiaberta de uma jovem sentada de forma ereta em sua cama, observando enquanto corria pela ala vestida de camisola de hospital.

Ocorreu a ela que ainda estava provavelmente sob jurisdição do Instituto Warnburton e que, tecnicamente, tendo saído do coma, provavelmente retornaria a seus cuidados. Então, era melhor manter o máximo de distância possível de profissionais da saúde, para que eles não a devolvessem àquela casa de doidos.

Mas de que raio de modo sairia daquele hospital sem ser formalmente liberada, especialmente quando tudo o que tinha para vestir era uma camisola comum de hospital?

Ela marchou em direção à jovem, abriu seu armário de cabeceira e disse:

— Veja, eles podem dar meus detalhes a você, mas eu apenas preciso de algumas coisas emprestadas.

Laura então começou a se servir de uma ótima mala de pernoite feita de couro.

— Essas são minhas coisas! — a mulher protestou.

— Sim, eu sei e sinto muito, mas eu não tenho tempo para explicar.

— O que você está fazendo?

— Obrigada! — Laura falou. — Muito obrigada! — em seguida saiu correndo rapidamente da ala com a bolsa, deixando a desconcertada jovem sem palavras.

Assim que desapareceu ao virar a esquina, conseguiu ouvir seu grito: "Enfermeira! Enfermeira! Aquela mulher acabou de roubar minhas coisas!"

Laura se enrubesceu furiosamente quando disparou corredor abaixo, em busca da oportunidade mais próxima para trocar de roupas e sair do hospital.

CAPÍTULO 94

De volta ao Lab-Z, os guardas levaram Michael para a Sala de Controle, onde foi obrigado a ficar em pé, com as mãos algemadas, em frente a Caleb.

— Ah, Michael! — Caleb voltou sua atenção para longe da janela de observação que contemplava a Câmara Central para olhar para ele. — Estou tão contente por você ter conseguido se juntar a nós! Estamos no tempo certo para o evento principal! — Caleb estava claramente gostando do próprio senso de ironia e sarcasmo.

— Caleb, por favor! Nós não somos Deus! Não é seguro mexer com a estrutura do espaço-tempo! Você tem que parar o experimento...!

Caleb apontou algo para os guardas, que rapidamente calaram Michael ao colocar fita isolante grossa atravessando sua boca.

— Assim é melhor! — afirmou. — Agora, como eu estava dizendo, estamos apenas realizando os últimos preparativos, então, por favor, entre e sente-se...

Ele gesticulou aos guardas para assentar Michael na cadeira de escritório vazia ao lado da sua, na qual ele seria obrigado a olhar através da janela de observação os preparativos que acontecem na Câmara Central.

Os guardas prenderam as algemas de Michael aos braços da cadeira, enquanto Caleb prosseguia:

— É óbvio, tudo isso é realmente graças a você, Michael. É seu bebê, por assim dizer. Então, por que você simplesmente não se reclina, relaxa, fica à vontade e aprecia o show?

Michael continuou a combater com força as algemas e a mordaça.

CAPÍTULO 95

Mais tarde naquele dia, um táxi de aeroporto parou em um posto de gasolina-restaurante de aparência desorganizada e abandonada em uma encosta solitária no Novo México. A placa no lado externo dizia: "Última Chance — Combustível/Café". Uma brisa seca soprava moitas de salsola que giravam de modo incerto pela estrada empoeirada.

Dentro do táxi, os olhos do motorista se apertaram assim que ele examinou sua passageira no espelho retrovisor. Ele sugou os próprios dentes quando tentou explicar a situação a ela.

— Lamento, senhora. Isso é o mais longe que posso trazê-la. É uma zona de exclusão militar depois aqui.

Após algumas tentativas de convencê-lo a ir adiante, inclusive uma oferta de tantas notas de dólares quanto possuía, as quais foram zombadas como não sendo sequer suficientes para levá-la àquele ponto abandonado por Deus, Laura desistiu e saiu do táxi.

O motorista a olhou de cima a baixo lentamente, enquanto ele mascava seu chiclete.

— Eu tenho que admitir, madame, eu fiquei tentado! — acrescentou, indecente, porém em vão.

Laura precisava admitir que as roupas que roubara da jovem no hospital não teriam sido sua primeira opção: uma minissaia cor-de-rosa choque, botas de cano e salto altos e uma camiseta ornada com gatinhos brancos e peludos. Ainda assim, nunca teria chegado tão longe com sua camisola comum de hospital.

Ela pescou nos bolsos de sua jaqueta de camurça enfeitada com contas a gorjeta que o motorista exigiu, além da tarifa que ela já havia pago, e a entregou antes de o táxi sujo arrancar, levantando uma nuvem de poeira quando partiu.

Assim que o táxi desapareceu, Laura observou o deserto solitário, de olhos meio fechados contra o sol escaldante. Ao alto, alguns urubus rodeavam; à distância, além deles, ela conseguiu ver a parte acima do solo do Lab-Z. E ela viera de tão longe para alcançá-lo. Dentro do perímetro de sua cerca de alta segurança conseguiu apenas distinguir alguns veículos militares zumbindo na área de patrulhamento e um número de carros-tanque de combustível entrando e saindo do complexo. Dois helicópteros policiais circulavam sobre o local, mostrando a silhueta contra o céu, como os urubus aguardando sua presa, enquanto o sol começava a afundar cada vez mais.

Laura olhou para o relógio. Marcava três horas da tarde.

— Santo Deus! — ela disse em voz alta.

Ela estava tão próxima de seu destino e, mesmo assim, tão longe. Havia conseguido apanhar um táxi e partir em frangalhos de Nova Iorque a Albuquerque quase imediatamente, e uma vez lá até convencera o último táxi no posto a levá-la para esta região remota, sem qualquer dificuldade maior. Porém, parecia que essa era a parte fácil. Agora estava bloqueada. Olhava para baixo, para suas novas botas altas de cor branca. De que raio de modo ela entraria em algum lugar próximo do local, quem dirá dentro do complexo, especialmente quando vestia aquilo?

Apenas tentava elaborar suas opções. Ao começar a chegar à conclusão de que não tinha nenhuma, ouviu o silvo e a vibração de freios assim que dois carros-tanque enormes pararam no átrio do posto de abastecimento.

Os carros-tanque pareciam idênticos, cada um com o nome e o logo laranja e brilhante da empresa "Global Oil" pintado em suas laterais. Mas não se abasteceram de combustível. Ao contrário, estacionaram longe das bombas. Assim que seus motoristas saíram de suas boleias e se dirigiram para o restaurante, Laura ouviu sua conversa por acaso.

— Vamos, Sam — disse o mais magro dos dois motoristas —, se não levarmos esta carga para Los Ammuno antes de escurecer, nós dois perderemos um trabalho. — E tudo porque você não consegue passar da hora do almoço sem encher essa sua pança grande e gorda.

Ao que o outro respondeu:

— Relaxa, Max. É só cerca de quatro quilômetros e meio daqui. Não demorará mais do que alguns minutos. E eu prometo não pedir nenhuma torta de cereja.

— OK, mas a minha é por sua conta, então! — disse Max.

Eles caminharam até o restaurante, mas não sem notar Laura assim que passaram.

— Ei! O que uma moça encantadora como você está fazendo em um lugar como este? — perguntou Sam, com um grande sorriso forçado.

Laura apenas fixou os olhos em Sam antes de eles entrarem. Sempre odiara esse tipo de comentário sexista.

Ela os observou através da janela. Eles eram os únicos clientes na melancólica espelunca e se sentaram em uma das mesas de fórmica, colocando as jaquetas no encosto das cadeiras, próximo à porta.

Dentro do restaurante, Max declarou:

— Estou indo para o banheiro! — ele se levantou e partiu para visitar os toaletes. Enquanto esteve fora, Sam foi ao balcão fazer o pedido.

Aproveitando sua oportunidade, entrou sorrateiramente no café, agachando-se abaixo do nível da janela. Ela esperava que ninguém a notasse quando a porta abrisse com um rangido. Felizmente, o barulho que fez não pôde ser ouvido por cima da música country tocando alto na jukebox, os estampidos de potes e as pancadas de panelas na cozinha.

Prendeu a respiração assim que ouviu Sam chamar no fundo do restaurante, antes de uma mulher de trinta e poucos anos e aparência cansada aparecer enxugando as mãos em seu avental florido desbotado. Laura continuou abaixada e esperava que Sam não se apressasse, enquanto ela circundava lentamente para mais perto da mesa dele.

— Bem, olá, moça bonita! — Laura entrou em pânico antes de perceber que era apenas Sam colocando seu charme em prova com a garçonete. — Agora, antes de eu descobrir o que você fará mais tarde, gostaria de saber se você não se importaria de trazer um pedacinho de torta de cereja!?

— Uma torta! — disse a garçonete emburrada, anotando em seu pedido e deixando claro que não queria que a conversa prosseguisse. Sam começou a virar-se.

"Droga!", pensou. Havia quase chegado à mesa de Sam, mas precisava que ele demorasse se não quisesse ser localizada.

Então ele tornou a se virar para a garçonete:

— E café. Dois — acrescentou.

A garçonete entrou de fininho na cozinha e no minuto em que ela virou as costas, Laura esticou o braço e agarrou a jaqueta de Sam do encosto de sua cadeira e rastejando-se rapidamente de volta à porta.

Sam não pareceu notar Laura quando sentou de volta à mesa com as costas para ela, mas Laura apenas conseguiu circundar a porta, abrindo-a com um pé quando viu Max em seu caminho de volta do toalete.

— Você precisa consertar essa porta! — ele disse à garçonete que começava a surgir detrás do balcão com os cafés. Então parou para escolher músicas na *jukebox*, e, tão logo seus olhos foram desviados, Laura retirou-se rapidamente de novo, mantendo-se abaixada enquanto a porta fechava com um rangido atrás de si.

Ela aguardou com a respiração presa, encostada à parede externa do restaurante, com a esperança de que ninguém decidisse examinar a porta mais adiante. Felizmente, Sam estava comendo feliz e Max cantava em voz alta enquanto a jukebox explodia sua cantiga favorita, a famosa canção de rock, "*It's the final countdown!*"

O átrio se estendeu diante dela, com os carros-tanque estacionados na extremidade oposta. Laura se dirigiu a eles, esperando não chamar muita atenção para si com aqueles trajes ridículos.

Andou furtivamente para o outro lado dos carros-tanque e sacou um molho de chaves do bolso da jaqueta de Sam. Com um alicate encontrado no outro bolso ela cortou a válvula de ar de um dos pneus na boleia de Max assim que passou.

Em seguida, subiu à boleia do carro-tanque de Sam e virou as chaves na ignição. O motor aumentou a rotação. Ela empurrou com força o caminhão para a marcha e rugiu o mais rápido que pôde, deixando espessas nuvens de poeira de rastro para trás.

Enquanto isso, dentro do restaurante, Sam estava ocupado demais comendo vorazmente sua torta de cereja para olhar para fora da janela e presumiu alegremente que era o caminhão de outra pessoa que ele ouvira aumentar a rotação de seu motor. Max, no entanto, retornando da *jukebox* para seu assento, percebeu o carro-tanque se retirando no lado externo da janela.

— Ei, Sam! — disse. — Não é seu carro lá fora?

Olhou para a o caminhão, depois se voltou para o encosto de sua cadeira para procurar sua jaqueta e chaves, porém não estavam lá.

— Merda! — exclamou e correu para o átrio, gritando: — Ei, você! Volte! Esse é meu carro! Volte aqui, Deus do céu!

— Não se preocupe, Sam — disse Max, que havia corrido para fora do café atrás dele — nós pegaremos eles. Venha, entre! — ele apontou, e ambos subiram a bordo de seu carro para perseguir Laura, apenas para descobrir que um de seus pneus havia sido furado.

— Deus, eles abaixaram meus pneus!

Então, eles não tinham qualquer chance de alcançá-la.

Em vez disso, Max pegou seu rádio e chamou a polícia. Ele sabia que não conseguiria um sinal de celular naquela região.

Dentro da boleia, Laura mudou uma marcha assim que se aproximou de um entroncamento na estrada, ao pé da colina. Lá ela se uniu a uma quantidade de outros carros-tanque da "Global Oil", todos atravessando o deserto em direção ao Lab-Z.

Max conseguiu entrar em contato com um policial local que estava sentado em seu carro de patrulha, em uma estrada lateral, rádio à mão, esforçando-se para ouvi-lo em razão da recepção deficiente.

— Você falou que era um carro-tanque da "Global Oil"? — perguntou.

— Sim, isso mesmo — Max confirmou.

O policial deu um suspiro profundo quando diversos carros-tanque da "Global Oil" idênticos passaram em velocidade diante dele.

"Bem, isso é ótimo!", pensou consigo quando colocou a sirene e as lanternas e dirigiu-se atrás deles.

Ele se comunicou com outro colega para obter reforço. Este colega pilotava um de seus helicópteros de patrulha policial quando foi localizado.

— Qual foi o número de registro que você disse? — gritou em seu equipamento de rádio e escutou a resposta.

— Ok, estou nessa, Hank — o policial no helicóptero confirmou.

De seu ponto de vantagem aéreo, localizou a distância um comboio inteiro de carros-tanque atravessando o deserto. Ele inclinou abruptamente para a direita, em pleno voo, e partiu atrás deles.

O carro-tanque de Laura estava na metade da linha dos veículos em alta velocidade. Ela suava profusamente, em virtude de uma combinação de calor e adrenalina, especialmente naquela jaqueta de camurça enfeitada com contas que vestia, destinada a climas mais frios. Mal podia acreditar que havia furtado uma bolsa de uma pobre mulher em uma cama de hospital e ainda conseguira um carro-tanque! Mesmo assim, em sua percepção, não tinha muitas chances.

Naquele momento, lançou o olhar em seu espelho retrovisor esquerdo para ver o carro de patrulha de polícia alcançar o comboio. O policial dirigia rápido, aproximando-se do último carro-tanque do grupo.

Ouvindo o som de lâminas, lançou o olhar nervoso para seu espelho retrovisor direito para ver o helicóptero de polícia se aproximava do outro lado, precipitando-se para baixo na tentativa de ler o número da placa de todos os veículos.

Merda!

Eles já estavam sobre ela.

O policial no carro de patrulha, do lado errado da estrada, começou a ultrapassar cada um dos carros-tanque, um por um, enquanto também estendia o pescoço tentando ler cada uma de suas placas. O comboio apenas continuou, pois ele, na verdade, não havia sinalizado para nenhum reduzir a velocidade, e eles estavam com a programação apertada.

Laura, no entanto, começou a entrar em pânico assim que percebeu que o carro de patrulha e o helicóptero de polícia estavam quase perto o suficiente para ler sua placa traseira, quando seu carro-tanque de repente desapareceu com o resto do comboio, como um trem, na entrada para um túnel profundo sob a encosta da montanha.

O carro policial acionou os freios exatamente no último momento, quando a estrada se estreitou na entrada do túnel. E o piloto do helicóptero teve que desviar em pleno ar para evitar que se chocasse no declive. Era a entrada na qual Michael havia estado naquela manhã, o túnel através das montanhas que levava para o Lab-Z, mais distante.

CAPÍTULO 96

Surgindo na extremidade oposta, Laura fez uma parada, enquanto assumia sua posição na fila comprida de carros-tanque, todos aguardando para entrar no posto de controle na barreira do perímetro, a fim de entrar na parte acima do solo do complexo.

Ela ficou cada vez mais ansiosa quando seu veículo se aproximou da frente da fila. O carro de polícia reapareceu e começou a traçar seu caminho ao longo da fila de veículos, verificando números de placas e o tempo todo se aproximando de sua posição. E conseguia ouvir o helicóptero de polícia pairando de modo ameaçador no alto.

Uma equipe de guardas estava ocupada verificando todos os cartões de identificação dos motoristas dos carros-tanque em frente, inspecionando seus veículos e anotando os números de suas placas. Olhou ao redor de sua boleia, perguntando-se o que fazer, quando lhe ocorreu.

Um conjunto de macacões sujos estava atrás do banco do motorista. Rapidamente, tirou sua jaqueta de camurça ornada com contas e o colocou. Ela então vestiu a grande jaqueta de Sam em vez de colocar seu boné da "Global Oil" que se encontrava no painel. Ela em seguida sujou o rosto com um trapo oleoso que encontrou no chão e o enfiou dentro dos bolsos grossos de Sam.

Estava quase na frente da fila quando o guarda-chefe foi chamado de volta à cabine de segurança por um de seus subalternos.

— É a polícia! — gritou o guarda mais novo quando ficou em pé à porta, segurando o bocal do rádio.

Aparentemente os carros-tanque foram agrupados muito próximos uns dos outros para o piloto do helicóptero ler suas placas, e o helicóptero agora precisava retornar à base para reabastecer.

O guarda-chefe agarrou o receptor assim que entrou na cabine.

— Você poderia repetir esse número de registro? — ele berrou, mas tudo o que conseguiu ouvir como resposta foi o crepitar alto de interferência na linha. Ele segurou o aparelho longe do ouvido para proteger sua audição.

Laura, enquanto isso, rompeu-se em suor frio assim que se fez parar na frente da fila de carros-tanque. Ela desejou que pudesse cobrir não apenas seu rosto, mas também os números de suas placas assim que o guarda-chefe ressurgisse de sua cabine.

— Identificação, por favor! — ele exigiu, e Laura segurou o cartão de identificação da "Global Oil" de Sam, com seu polegar posicionado cuidadosamente sobre a parte da foto.

— Mais próximo, por favor! — ele vociferou, e Laura a segurou, porém com o polegar ainda estrategicamente posicionado sobre a própria fotografia.

— Preciso ver toda a... — o guarda falou, quando foi interrompido por seu subalterno novamente.

— Sinto muito, senhor, é o chefão no interfone. Ele quer falar com você urgentemente.

— Espere aqui! — o guarda-chefe falou rispidamente para Laura e desapareceu de volta à sua cabine, enquanto um de seus colegas anotava o número das placas.

No interior da cabine, o guarda-chefe segurou o aparelho longe de sua orelha novamente, ao mesmo tempo em que Caleb gritava tão alto que até Laura conseguiu escutá-lo enfurecendo-se ao interfone:

— Eu não dou a mínima se o carro-tanque de algum idiota foi roubado! — Caleb berrou. — Encomendamos muito combustível, apenas faça-o chegar aqui, e rápido! Você não percebeu que temos um prazo a cumprir aqui!?

O guarda-chefe deixou escapar um suspiro profundo assim que retornou ao carro-tanque de Laura e simplesmente acenou diretamente a ela.

— Doca do Terminal A, bem ali — ele apontou a direção correta. Estava farto do acesso de raiva de Caleb e não se importava mais nem um pouco.

CAPÍTULO 97

Laura guardou seu grande suspiro de alívio para si, enquanto dirigia exatamente para o coração do complexo do Lab-Z. O "Terminal de Combustível A" era adjacente à principal construção em cúpula no centro do complexo. Estava prestes a parar e estacionar em seu ponto de ancoragem estabelecido, quando notou que ficava bem ao lado da entrada principal para esse prédio central. Pelas portas de vidro da entrada, conseguiu ver que o saguão mais adiante era equipado por apenas um guarda, que estava sentado atrás de um gabinete de segurança. Ele protegia a entrada para algumas portas de elevador apenas um pouco mais afastadas, no interior do prédio.

Pensando rapidamente, intencionalmente rangeu sua marcha e deixou o carro-tanque estremecer até parar em frente à entrada. Ela escalou para fora de sua boleia e caminhou em direção ao saguão, esperando que ninguém percebesse seu calçado impróprio.

Aproximou-se do guarda atrás do gabinete e lhe disse, com sua melhor fala arrastada do sul:

— Ei, meu carro parou de funcionar. Você poderia me ajudar a consertá-lo?

— Sinto muito, moça. Não é minha função — respondeu o guarda. — Peça para um dos mecânicos lá fora — ele apontou ao complexo no lado externo.

— Mas sei que meu eixo de transmissão já era de novo — respondeu Laura. — Eu preciso de uma peça reserva e a bateria do meu celular está no talo. Eu poderia usar seu telefone para ligar para a assistência?

Laura esticava o pescoço enquanto se inclinava para ver a mesa do guarda. Ela tentava olhar para seu amontoado de monitores de circuito interno de segurança — em um deles, viu Michael amordaçado e algemado em sua cadeira, com Caleb e seus colegas, na Sala de Controle subterrânea. O guarda começava a ficar um pouco desconfiado do comportamento dela.

— Não, moça, você não deveria estar aqui — ele falou de modo firme. — Se você quiser um telefone, volte à entrada principal.

Lançando o olhar sobre seu ombro para a entrada principal, conseguiu ver a viatura de polícia chegando à frente da fila de carros-tanque. Precisava pensar rapidamente.

— Poxa, essa é uma caminhada comprida — disse, o que não era... — e eu estou desesperada para ir ao banheiro. Vocês têm um toalete feminino aqui que eu possa utilizar antes?

Mas o guarda não aceitava nada.

— Eu já disse a você, moça, você não pode entrar aqui. Se quiser os banheiros, eles estão bem ali — ele apontou através das portas de vidro da entrada, o lado oposto do complexo, além de seu caminhão.

— Obrigada! — "Mas não, obrigada", pensou, enquanto saía do saguão.

De volta ao complexo do Lab-Z, caminhou para o outro lado de seu caminhão, fora da visão do guarda. Enquanto se dirigia à cabine do motorista, sua testa estava enrugada. Pensava com esforço, quando encontrou um maço de cigarros e um isqueiro no bolso da jaqueta de Sam. Teve uma ideia.

Olhou ao redor de modo furtivo, para certificar-se de que ninguém estava observando, e sacou o trapo oleoso que depositara anteriormente no outro bolso. Então usou o poderoso isqueiro de Sam para atear fogo ao trapo, antes de lançar o pano em chamas através da janela aberta da cabine de seu carro-tanque, no qual pousou no banco do motorista. Em seguida, caminhou furtivamente pelo lado oposto do caminhão, a partir do guarda, para aguardar perto da parte posterior do veículo.

Momentos depois, o guarda, ainda sentado atrás de seu gabinete de segurança no saguão, notou chamas saltando na cabine do carro-tanque de Laura, estacionado exatamente no lado de fora de sua janela.

— Que inferno! — ele exclamou.

Levantou-se e agarrou um extintor da parede, correndo para fora a fim de tentar evitar um desastre. Ele puxou a porta da cabine, abrindo-a, e começou a tentar a apagar as chamas, mas a fresca rajada de vento que então soprava parecia fazer com que as chamas queimassem mais altas.

Enquanto isso, Laura caminhava sorrateiramente e despercebida de volta ao saguão. Arrastou-se para trás do gabinete de segurança do guarda e começou urgentemente a analisar com cuidado suas telas de monitoramento.

Uma das telas exibia uma vista plana maravilhosamente útil e outra disposição transversal de todo o complexo, tanto acima como abaixo do solo. Ela estudou esses mapas cuidadosamente, apreendendo em particular o esquema dos cabos dos elevadores. Agarrou o cartão magnético de identificação do agente de segurança sobre a mesa, na qual ele o havia deixado negligentemente em sua precipitação, e se dirigiu para fora.

Enquanto o guarda ainda estava ocupado tentando apagar as chamas, ela caminhou furtivamente de volta, sem ser notada, para o fundo do veículo. Lá, destacou a grande mangueira flexível do caminhão-tanque e a arrastou ao saguão, carregando aos elevadores.

O painel de exibição entre as duas portas do elevador mostrava que um dos elevadores estava embaixo e o outro em cima. Laura também percebeu uma caixa com martelo para emergências encaixada à parede ao lado das portas.

Dizia: "Em caso de incêndio, quebre o vidro".

Então fez exatamente isso. Preenchendo o pulso com a manga comprida da jaqueta de Sam, quebrou o vidro e, assim que o alarme começou a soar, usou o martelo como alavanca para abrir uma das portas do elevador — no poço onde o próprio elevador ainda se encontrava.

Em seguida, abriu o bocal da mangueira do carro-tanque, e, quando esta começou a derramar combustível pelo chão limpo e branco do saguão, posicionou o tubo entre as portas abertas. Então, retirou o martelo, de modo que as portas do elevador automaticamente se fecharam em torno da mangueira, segurando-a de modo firme no lugar, enquanto continuava a descarregar seu óleo para dentro do poço vazio do elevador.

Neste momento, Laura usou o cartão magnético furtado do agente de segurança para abrir o outro elevador. Ela escalou e apertou o botão. As portas fecharam, e o elevador começou a descer.

Enquanto isso, nos portões da entrada principal, o guarda-chefe estava concluindo sua conversa com o policial no carro de patrulha, ao mesmo tempo em que verificava a prancheta de seu colega.

— Eu só permiti que esse entrasse! — ele exclamou horrorizado e disparou para sua cabine para acionar o alarme de segurança, o qual, junto com o alarme de incêndio, soava em alto e bom som por todo o complexo.

Mesmo dentro do elevador de Laura os alarmes soaram. As luzes de emergência nas paredes começaram a piscar, e o visor digital do elevador acendeu-se com as palavras:

"Fogo", alternada com "Transgressão de Segurança!"

Entretanto, no complexo, exatamente no lado externo da entrada para o prédio principal, o guarda do saguão havia quase controlado o incêndio na cabine do carro-tanque, quando os bombeiros profissionais apareceram. Apenas agora ele notara a enorme mangueira saindo do fundo do carro-tanque e serpentando-se através do saguão até as portas do elevador. Ele estava absolutamente atemorizado.

Minutos depois, o elevador de Laura chegou ao fundo, e a voz eletrônica dele anunciou: "Bem-vindo ao Nível Z!"

As portas se abriram e Laura se viu afrontada por uma equipe inteira de seguranças armados da SWAT. Vestidos de preto e ostentando coletes à prova de balas e capacetes de segurança com viseira escura, eles estavam ajoelhados em posição ao redor das portas do elevador, e todos apontavam suas metralhadoras diretamente para ela!

O líder da equipe da SWAT gritou:

— Você está presa! Pise adiante e coloque as mãos sobre a cabeça!

Laura obedeceu a seu comando e saiu silenciosamente com as mãos para o alto, enquanto outro da equipe veio para frente, pronto para algemá-la.

Enquanto isso, no entanto, cerca de alguns metros de distância, um dos trabalhadores de avental que chegara à frente das portas do outro elevador, pronto para evacuar o prédio, apertou o botão para subir. Assim que as portas abriram, ele ouviu o som de um grande gotejamento. Olhou dentro do elevador, intrigado ao ver algumas gotas grandes de líquido escuro e viscoso pousando no chão.

Ouvindo isso, ela recuou para o próprio elevador. O líder da equipe da SWAT gritou:

— Fique onde está! — e levantou sua arma.

Mas Laura havia pisado para trás na hora exata, pois, naquele momento, o teto do elevador vizinho de repente caiu com um estrondo poderoso, sob o peso de toneladas de galões de combustível acumuladas sobre ele. E assim que as portas do elevador se abriram por completo, uma torrente imensa de óleo espesso e negro esguichou no branco e imaculado corredor subterrâneo de serviços.

A equipe da SWAT e os trabalhadores observavam horrorizados quando uma imensa corrente de óleo veio espirrando em sua direção. Alguns deles, como se por reflexo, abriram fogo no ar, porém suas balas não acertaram-na, enquanto todos os membros da equipe eram arrastados pelos pés e carregados para diversos corredores secundários.

Assim que eles partiram, ela ressurgiu de seu elevador e começou a passar com dificuldade pelo combustível em direção à entrada da Câmara Central, no lado oposto do corredor. Sua porta suspensa de pressão, em estilo submarino, se encontrava tentadoramente entreaberta, com a caveira de cristal visível a distância, mais à frente, em um giroscópio gigantesco no centro da câmara.

Finalmente tinha conseguido! Realmente, chegou à Câmara Central. Agora, tudo o que devia fazer era pegar a caveira.

CAPÍTULO 98

Entretanto, assim que chegou à porta, uma figura familiar surgiu das sombras à sua frente. Ela havia finalmente alcançado o centro do Lab-Z apenas para ser confrontada por Caleb, que saiu da Câmara Central e colocou-se diante dela.

Ele havia saído para verificar qual era toda a comoção. Ao ver Laura, sacou sua arma e a apontou diretamente a ela.

— Algumas pessoas simplesmente não captam a mensagem, não é? — ele rosnou. — Levante suas mãos. Você não pode parar o futuro agora, Dra. Shepherd!

Ela obedeceu e colocou as mãos na cabeça, enquanto Caleb avançava para o corredor cheio de óleo. Ele olhou para seus pés, que agora estavam com combustível acima dos tornozelos. Ao ouvir um "clique", ele olhou novamente para Laura, apenas para ver que ela agora segurava o potente e flamejante isqueiro de Sam com uma das mãos acima a cabeça. Ela havia ajustado a chama para potência máxima e a travado na posição "ligado".

Caleb mais uma vez olhou para baixo, para seu pé, agora em um turbilhão e encharcado de óleo.

— Você, não... — ele soou um pouco nervoso.

— O quê? Você não acredita que eu sou maluca o suficiente?! — Laura fez careta. — Solte meu marido e me entregue a caveira! — exigiu.

Imediatamente ao lado de Caleb havia alguns degraus que levavam à Sala de Controle adjacente, através da porta de vidro aberta da qual uma dupla de seguranças acabara de aparecer para ver o que estava acontecendo. Ele abaixou sua arma e acenou com a cabeça para que fizessem o que Laura dizia.

Os guardas na Sala de Controle trouxeram Michael para fora, em direção à porta, e começavam a soltá-lo de suas algemas quando um dos membros da equipe da SWAT que se recuperara surgiu atrás de Laura enquanto Michael tinha sua mordaça removida.

— Laura! — Michael tentou alertá-la, porém foi tarde demais. O cara da SWAT a agarrou como um atacante de rugby, e ela viu, como se em câmera lenta, o isqueiro flamejante voar de seus dedos e girar pelo ar antes de se dirigir constantemente para baixo, em direção ao chão encharcado de óleo. A mandíbula de todos caiu com a visão e o pensamento do que haveria pela frente.

Então, como um goleiro no modo replay, desesperado para salvar a partida a todo custo, o membro da equipe da SWAT deu o bote para frente mais uma vez, lançando-se ao chão. Ele conseguiu pegar o isqueiro em chamas antes que aterrissasse no óleo.

Todos, pelo menos no lado de Caleb, deram um suspiro de alívio.

— Muito bem, rapaz, você salvou o dia! — Caleb parabenizou o membro da equipe da SWAT assim que ele se levantou, grudento de óleo, e entregou a ele o isqueiro.

— O dia não estará a salvo até você impedir este experimento! — Laura disse com firmeza.

— Por que vocês dois estão tão determinados em estragar a festa? — respondeu Caleb, adotando o tom de falso aborrecimento de alguém se dirigindo a criancinhas.

— A polícia está no local — sugeriu Gerry Maddox, novo assistente de Caleb, sutilmente. — Podemos prendê-los imediatamente.

— Esta aqui deve passar um longo período em uma instituição psiquiátrica — Caleb olhou para Laura com desdém. — Jogue-a ali e providencie que o helicóptero a leve de volta à Unidade de Segurança Warnburton assim que possível! — comandou, apesar dos protestos de Laura.

Os guardas ataram os pulsos e os tornozelos com fita isolante densa e a lançaram no armazém, onde pousou de modo pesado no chão.

Era o mesmo armazém de limpeza para o qual eles haviam carregado Michael mais cedo. Laura olhou ao redor da sala enquanto se esforçava para se libertar de suas amarras. Ela podia ver muitos equipamentos de limpeza, mas obviamente não havia saída, pois ouviu os guardas trancarem a porta firmemente atrás de si e foi imersa na escuridão.

Ela debateu-se inutilmente no chão, como uma lagarta dentro de um casulo, mas não conseguia escapar de suas ataduras. Embora tentasse, era completamente incapaz de se libertar.

CAPÍTULO 99

Caleb, enquanto isso, virou-se para Michael:

— E quanto a você — ele estava pensando — nós o entregaremos para a polícia mais tarde, mas nunca se sabe, você ainda pode vir a ser conveniente.

Ele estava bem ciente do fato de que todo o experimento se dera graças à pesquisa de Michael, e sua perícia ainda poderia vir a ser útil, pois estivera no projeto desde o início e não havia qualquer empecilho que ele não pudesse ser capaz de resolver. Além do que, não podia deixar de admirar o homem por sua determinação absoluta, no mínimo.

— Realmente, pensei que você pudesse apreciar um assento à frente do show! — acrescentou.

Ele virou-se para os guardas:

— Eu o quero pronto antes da contagem regressiva final! — Michael foi algemado e amordaçado outra vez, e conduzido brutalmente de volta à Sala de Controle, onde foi depositado em sua cadeira contemplando a Câmara Central do alto.

Com Michael e Laura recapturados com segurança, Caleb subiu de volta à Sala de Controle e se aproximou do sistema de som:

— Alarme falso, pessoal! — anunciou para todo o complexo. — O incêndio e a transgressão de segurança estão sob controle! Esse é o final da emergência!

Em instantes, o sistema de alarme parou de piscar e soar.

Caleb olhou ao seu redor, para as fileiras de cientistas e técnicos, todos sentados observando atentamente a barreira de telas de monitoramento diante deles e a vasta coleção de displays e interruptores no painel principal à frente, e a grande janela de observação contemplando do alto a Câmara Central mais adiante.

Precisava se acalmar, preparar-se para a grande aventura que estava à frente. As pessoas estavam contando com ele, esperando que ele cumprisse o que havia estipulado fazer naquele dia, repelir os limites do conhecimento, explorar as fronteiras finais da ciência e da tecnologia. Mesmo o próprio Presidente aguardava no outro lado da segura e dedicada linha telefônica que agora jazia na recepção, a linha direta que havia sido desenvolvida especialmente, de modo que o Comandante-Chefe pudesse ouvir o resultado do grande experimento tão logo fosse concluído.

Ele olhou fixamente para a janela de observação, para a caveira de cristal colocada no giroscópio gigante, e maravilhou-se com o que ele e sua equipe haviam alcançado, e em tal velocidade. Os poderosos braços de aço que se estendiam quase por toda a largura do interior da câmara e circundavam a caveira pareciam anéis de órbitas planetárias, tendo a caveira de cristal como uma estrela cintilante no centro da galáxia.

A imagem agradou a Caleb. Ele sempre ansiara por novos mundos e agora estava prestes a explorar o próprio, toda uma dimensão paralela para o universo. Seria uma descoberta que mudaria o mundo ainda mais do que a descoberta das Américas por Colombo, um achado ainda mais inescrutável do que a primeira aterrissagem do homem na lua, pois o que ele e seus colegas estavam prestes a fazer mudaria a história da humanidade para sempre.

Verificou um display de "nível de óleo" no painel à sua frente, o qual mostrava que os tanques agora estavam "cheios", e Gerry Maddox, seu novo Diretor de Pesquisa, aproximou-se e confirmou:

— Tudo parece estar em ordem agora, senhor, e todos estão prontos.

De modo muito parecido com um estadista, Caleb continuou seu anúncio pelo sistema de som:

— Uma visão de um novo mundo construiu este grande país, e uma visão de um novo mundo está nos levando a alcançar o que vamos alcançar hoje. Se todos nós nos unirmos, poderemos fazer tudo. Então, vamos ficar juntos.

— Temos óleo suficiente agora. Nossas células de combustível foram carregadas. Estamos prontos e aguardando, preparados para iniciar esta nova aventura, prontos para explorar todo um novo capítulo na história deste planeta, preparados para explorar um mundo novo inteiro.

— Então, todos a postos! Vamos prosseguir conforme o planejado.

Ele olhou para seu relógio.

— Dentro da programação. Comecem a contagem regressiva! O futuro de um mundo novo começa hoje!

Um enorme relógio digital dentro da Sala de Controle e outro no interior da própria Câmara Central, exibiam a contagem regressiva em grandes dígitos vermelhos, enquanto uma voz gerada por computador anunciava para todo o complexo:

— Contagem regressiva iniciando! Dez minutos para a zero hora.

CAPÍTULO 100

Dentro do armazém, Laura ouviu o anúncio aterrorizante. Era isso. A contagem regressiva final havia começado. O fim tinha chegado, exatamente como previsto no antigo calendário maia. O futuro agora estava gravado em pedra.

Depois de tudo o que Laura havia feito, após todos os riscos que correra para decodificar a mensagem de sua filha, para tentar salvar as crianças do futuro antes que fosse tarde demais. Tudo isso em vão. Seus dias e os deles acabariam logo. Laura ali sozinha, no chão de um armazém de limpeza, a apenas alguns segundos da caveira de cristal.

A caveira agora estava prestes a abrir um buraco na estrutura do tempo-espaço, através do qual todo o planeta, todo o universo seria sugado para um vórtice de esquecimento.

Dentro da Sala de Controle, Michael se contorcia em sua cadeira contra as algemas e a mordaça, enquanto Caleb avistava a bagunça de óleo ainda rodeando o corredor de serviço no lado externo, vociferando para sua equipe:

— Agora, alguém limpe este lugar! — ele devia restaurar a ordem rapidamente. Ele não poderia deixar que o que havia acabado de acontecer com esses dois renegados estragasse seu grande dia.

Caleb estava realizado por ver aquilo. Dentro de minutos, uma dupla de faxineiros latino-americanos havia chegado ao corredor. Com seus carrinhos de equipamentos de limpeza, eles logo trabalharam arduamente para tentar limpar o óleo com um esfregão. Um deles começou a limpar perto da porta para o armazém em que Laura estava sendo mantida.

Dentro do armazém, ela se perguntou o que estava acontecendo. Conseguiu ouvir o som de espirro de um esfregão enquanto o faxineiro tentava remover o óleo que preenchia o corredor no lado externo da porta. Puxou desesperadamente a fita que a prendia e tentou gritar por ajuda, mas seus berros não podiam ser ouvidos acima do som de enormes geradores, quando eles começaram a funcionar, preparando-se para enviar sua carga eletrônica mortal à caveira de cristal.

"Sinto muito, Alice", ela ouviu a si mesma dizer. "Eu realmente tentei impedir o experimento. Acredite em mim, eu tentei, eu dei o meu melhor". Mas agora era inútil, tinha acabado. Não havia mais nada que ele pudesse fazer. Ela então desejou que Michael estivesse com ela, de modo que pudessem passar juntos seus últimos momentos que restavam na Terra.

No lado externo da porta, o faxineiro havia parado de trabalhar. Uma figura idosa e diminuta vestindo usual uniforme de macacão branco e boné da empresa combinando. Ele parecia despercebido pela equipe de técnicos que se apressava para assumir sua posição para a contagem regressiva final. Quando o faxineiro teve certeza de que ninguém estava olhando, sacou seu molho de chaves e começou a testá-las na fechadura.

A próxima coisa que Laura tomou conhecimento foi da porta escancarando-se, as luzes se acendendo e o faxineiro entrando na sala. Perguntou-se o que acontecia quando ele aproximou-se atrás dela e começou a soltá-la. Seu coração, porém, cantou de júbilo assim que a virou para que pudesse ser seu rosto.

— Hunab Ku! — ela chorou de alívio assim que reconheceu o xamã maia! — Mas como...? — Laura mal podia acreditar em seus olhos enquanto ele corria para desamarrá-la.

— Digamos que eu tenho amigos em lugares inferiores... — Laura fez uma careta intrigada — de uma vida passada — ele acrescentou, sorrindo de modo enigmático.

A verdade é que Hunab Ku havia usado grande parte do restante de suas economias de vida para voar de Nova Iorque a Albuquerque na noite anterior, imediatamente após o desaparecimento corajoso de Michael. Lá ele usara antigos contatos de seus dias de glória como faxineiro para conseguir para si um emprego de contrato no Lab-Z.

— Agora, corra! — ele sussurrou assim que finalmente conseguiu libertá-la de suas amarras.

Naquele momento, eles ouviram a voz de Caleb anunciando no sistema de som:

— Preparem-se para selar a câmara.

Agradecendo ao xamã maia profusamente, Laura tirou seus saltos altos e arrastou-se de volta ao corredor de serviços, no qual conseguiu ver os últimos poucos cientistas e técnicos que restavam saindo naquele instante da Câmara Central.

Assim que a equipe de comando, um grupo seleto de cientistas especialistas vestidos com aventais brancos, desapareceu na

Sala de Controle, disparou corredor abaixo, em direção à porta da câmara em estilo submarino, que estava lentamente começando a fechar.

A equipe de técnicos não a notou, pois estava agora atrás da pesada porta, empurrando-a para ser fechada. Ela acabara de conseguir entrar antes de a porta bater com força atrás de si e os técnicos a lacrarem por pressão, girando sua grande fechadura metálica em formato de roda no lugar.

Assim que as luzes acima da porta começaram a brilhar vermelhas, a voz gerada por computador anunciou:

— Sistema de autotravamento acionado. Iniciando a geração de energia e aquecendo os lasers. Todos os sistemas funcionando. Preparem-se para o disparo final em exatamente cinco minutos.

CAPÍTULO 101

Dentro da Sala de Controle, Caleb sentou-se na cadeira de chefe, ao lado da de Michael, fitando a câmara. "Que achado essa caveira foi. Agora vejamos qual mágica pode fazer para nós". Ele respirou profundamente e recostou-se.

— Aí vai, nossa passagem para o futuro! — anunciou, sua voz cheia de agitação e expectativa.

Toda a terra pareceu tremer quando os geradores começaram a rugir, e, através da janela da sala de observação, todos conseguiam ver o estranho chão inferior de cristal líquido da Câmara Central, semelhante a espelho, começar a tremeluzir com enormes arcos de luz elétrica branco-azulada, como pontas de luz se espalhando pela superfície de um vasto lago subterrâneo.

Então, o braço interno do dispositivo semelhante a um giroscópio no qual a caveira de cristal estava posicionada e presa por eletrodos soltando faíscas começou a se movimentar, apenas lentamente no começo.

Todos na Sala de Controle observaram maravilhados — e Michael, consternado — quando viram Laura correndo pela passarela suspensa central, em direção à caveira de cristal, agora acesa no centro da câmara, em sua máquina de rotação suave.

Michael conseguiu fisgar sua mordaça sobre o braço de sua cadeira e arrancá-la.

— Tire-a dali! — gritou.

— É tarde demais — respondeu Caleb. — O computador está no controle agora. Não há nada que possamos fazer, exceto ficar de prontidão e observar.

Michael olhava fixamente enquanto a esposa começava a escalar da passarela metálica suspensa em direção ao giroscópio que se movimentava lentamente. Quando ele a girou e girou, e até de ponta-cabeça, ela começou a tentar desesperadamente soltar a caveira, mas estava firmemente presa no lugar pelos eletrodos, e não conseguia soltá-la com a mão.

Ela apalpou dentro dos grandes bolsos da jaqueta de Sam e encontrou o alicate que usara anteriormente. Segurando-se no giroscópio que rodava, agora com uma das mãos, ela tentou afrouxar os parafusos com o alicate na outra. Porém, as articulações do alicate não se abriam o suficiente, e nem mesmo forçando os eletrodos ela foi capaz de soltar a caveira da pegada da máquina.

Enquanto isso, o segundo aro do giroscópio começou a se movimentar lentamente, e a manga da jaqueta de Laura ficou presa no maquinário. Ela observava em pânico enquanto sua mão era puxada para cada vez mais perto de virar uma pasta entre os braços da máquina, que giravam suavemente, enquanto tentava em vão se soltar.

Ela ouviu um som mecânico estridente e virou-se para ver os pontos semelhantes a seringas das enormes máquinas de laser começarem a se estender e girar como uma broca de dentista gigante, quando a voz computadorizada surgiu:

— Preparar para o teste final de pulso!

Laura saltou do giroscópio no momento exato! Ouviu um rasgo quando a manga da jaqueta de Sam ficou para trás no maquinário, e pousou pesado na passarela metálica suspensa alguns momentos antes de os lasers dispararem um teste final de pulso na caveira.

Houve um murmúrio e um zunido de estática assim que a caveira foi iluminada pela corrente de luz e eletricidade passando através dela, e a manga da jaqueta de Sam ardeu em chamas, acesa por um dos feixes de laser poderosos.

Assim que os feixes cessaram, Laura ficou em pé e escalou de volta ao giroscópio, porém começava a rodar cada vez mais rapidamente agora, e estava logo sendo lançada violentamente dele, pousando de modo pesado, com um estrondo, contra as grades da passarela, no lado oposto da câmara em relação à Sala de Controle. A voz gerada por computador surgiu novamente:

— Três minutos para geração total de força. A postos para iniciar o disparo de lasers a 25%.

Na Sala de Controle, Michael estava fora de si de temor.

— Onde fica a função de abortar? — berrou.

— Não tivemos tempo de instalar uma — Caleb afirmou. — O Presidente queria fazer seu anúncio antes do Natal — explicou.

— Sinto muito, Michael. Eu realmente lamento — acrescentou, bastante genuinamente.

CAPÍTULO 102

No interior da câmara, os lasers começaram a disparar com frequência e intensidade ainda maiores, e, assim que o giroscópio acelerou, um dos cientistas que observava exclamou:

— Que inferno! — enquanto fitava a câmara.

Todos na Sala de Controle se viraram para ver que a caveira de cristal começava a expandir, seu rosto começava a distorcer, como se estivesse se transformando em líquido. Ficando em pé, Laura virou-se para ver que um pequeno buraco negro havia começado a aparecer dentro daquela.

À medida que o giroscópio girava mais rápido e os eletrodos e lasers aumentavam a potência ainda mais, a caveira continuava a crescer. O buraco negro em seu centro começou a expandir e a caveira passou a sugar coisas em direção a ele, como se algum estranho, quase imperceptível tufão ou furacão tivesse sido solto dentro da câmara.

Os cabelos de Laura começaram a ser puxados em direção à caveira, e, enquanto observava incrédula, uma caneta foi tragada do bolso superior da jaqueta de Sam que ela vestia e começou a orbitar a caveira no meio da vasta câmara.

Enquanto observava em perplexidade e horror, ela mesma passou a ser puxada pela passarela em direção à caveira, suas bochechas começando a distorcer suavemente com a mudança de pressão na sala.

Ela agarrou a grade com uma das mãos para tentar resistir à puxada da caveira, e, ao fazê-lo, o alicate que segurava foi arrancado de sua outra mão e voou para o meio da câmara, onde se uniu à caneta, agora girando ao redor da caveira dilatada.

De repente, um extintor, que estava posicionado na parede da câmara atrás dela, foi solto com um puxão de seu suporte pela poderosa força eletromagnética e o vento cada vez mais forte. Ao ouvir isso, Laura virou-se para vê-lo voar em direção ao seu rosto.

Ela esquivou-se do caminho apenas momentos antes de ter sido decapitada por ele. O extintor voou acima de sua cabeça e golpeou um dos braços do giroscópio que rodava ainda mais rapidamente, sendo rebatido antes de começar a ricochetear indomitamente pela sala.

O sistema de alarme disparou, as luzes de emergência na parede começaram a piscar, e todo o complexo subterrâneo começou a balançar violentamente.

De volta à Sala de Controle, Caleb foi chamado à direção por um dos cientistas mais experientes da equipe.

— Você precisa dar uma olhada nisso, senhor.

Sua expressão era pesada quando apontou para um display no qual dizia: "Limites de Segurança em Violação".

— Meu Deus! — Caleb sussurrou. — Estamos todos condenados! — Michael e Laura estavam certos, afinal de contas. Algo deu seriamente errado. O experimento falhou fatalmente, e eles todos morreriam.

Todos na Sala de Controle estavam imobilizados de choque enquanto fitavam através da janela de observação o buraco negro agora crescendo no interior da caveira de cristal.

A caveira havia se tornado completamente expandida, suas feições haviam assumido a aparência quase de cera derretida. Enquanto o grande buraco negro no interior continuava a crescer, a sinistra voz computadorizada anunciou:

— Atenção, 50% de laser e geração de força por eletrodo. Dois minutos para força total.

CAPÍTULO 103

Dentro da câmara, Laura berrava desesperadamente:

— Michael, o que eu faço?

Michael, no entanto, que podia apenas ouvi-la pelo interfone, simplesmente balançou a cabeça em negativa e sussurrou para si em desespero silencioso:

— Eu não sei, Laura. Eu não sei.

Naquele momento, o extintor que ricocheteava de repente explodiu através da janela da Sala de Controle. Fez um buraco perfeito antes de se chocar com a cadeira de Michael, enviando-o vacilante pela sala assim que o derrubou ao chão.

Ao ver isso, Laura gritou:

— Michael! — e correu a seu socorro. Porém, teve que lutar contra a força do vento que sugava cada vez mais, enquanto tentava se dirigir a uma das plataformas metálicas elevadas ao redor da caveira.

Ela teve que passar entre o giroscópio e uma das máquinas de disparo de laser para chegar à Sala de Controle, calculando com muito cuidado antes de disparar entre os pulsos de seu feixe.

Mas, ao fazê-lo, um enorme arco de eletricidade zumbindo alto de repente se ergueu através da grade da passarela a partir do piso inferior eletricamente carregado, como uma faísca sólida proveniente de algum gerador de Van Der Graaf.

Ela desviou de seu caminho, mas não antes da lateral da parte superior de seu braço ser gravemente chamuscada pelo poderoso feixe de laser.

Cambaleou por outro caminho, tremendo de dor e quase perdendo a pegada nas grades, antes de prosseguir, agora com grande cuidado, para evitar os arcos gigantes de eletricidade que começavam a se elevar aleatoriamente a partir do cristal líquido abaixo.

Ela olhava ansiosamente para seu destino.

No interior da Sala de Controle, Michael estava deitado no chão com o rosto para baixo, ainda preso à sua cadeira. À medida que se recuperou gradualmente do choque de ter sido lançado pela sala, ele começou a se esforçar para se libertar de seu assento. E, ao fazê-lo, algo caiu de seu bolso.

Era o pequeno medalhão de prata em formato de coração de Laura. Arrastado ao chão pelo vento, sua corrente prendeu-se no braço da cadeira e permaneceu lá, brilhando à luz, bem em frente a seu rosto. Michael parou para observá-la. Ele conseguia claramente distinguir o nome gravado nele. Dizia simplesmente "Alice".

Michael teve um momento de percepção, antes de se esforçar para se mover. Com toda sua força, ele contorceu-se para libertar-se da cadeira de escritório danificada, e seus braços finalmente saíram com suas mãos algemadas.

Agarrando o medalhão, ele cambaleou até o sistema de som antes que alguém pudesse impedi-lo e gritou para Laura na Câmara Central:

— Já sei. Nós precisamos...

Porém, naquele momento, o sistema de som foi interrompido, e seu alto-falante foi arrancado da parede da câmara pelo tornado giratório.

— De quê? — Laura berrou. Mas não conseguiu ouvir sua resposta detrás da janela sobre o zumbido de eletricidade e os ventos ferozes.

Ela cambaleou pela passarela, que agora começava a balançar e vibrar em resposta aos ventos giratórios e o sólido volume de força gerado embaixo dela.

Finalmente se aproximava da janela da Sala de Controle, quase próximo o suficiente para ler os lábios de Michael, quando o alto-falante ricocheteou no giroscópio e bateu com força na janela bem em frente a ela.

A janela rachou-se em um padrão de minúsculos pedaços, de modo que não conseguia mais enxergar através dela. No entanto, a força do vento agora estava tão forte que a janela se despedaçou e milhares de cacos brilhantes de vidro vieram voando diretamente em sua direção, quando foram sugados para o centro da câmara.

Laura agarrou o alto-falante voador e o usou como um escudo, bem a tempo! Ele ficou incrustado com centenas de cacos de vidro, alguns deles se projetando diretamente para o seu lado do escudo.

E agora todos, mesmo aqueles dentro da Sala de Controle, precisavam se pendurar em qualquer objeto sólido que pudessem encontrar para evitar serem sugados para a câmara.

Contudo, com a janela agora quebrada, Michael, segurando firme, conseguiu escalar diretamente à galeria que contemplava a câmara central por cima. Ele continuou a se agarrar às grades, quando cambaleou a escadaria de metal abaixo até o nível de Laura.

Mas assim que alcançou o degrau mais baixo, a parte superior da escadaria começou a se soltar de seus parafusos com ventos que naquele momento tinham a força de furacões. Essa parte superior da escada em seguida caiu sobre ele, prendendo-o por baixo, ao mesmo tempo em que o fixava ao chão.

Finalmente chegando até ele, Laura tentou sem sucesso libertá-lo.

— Lembre-se do que Alice disse — Michael falou entre dentes cerrados, enquanto fazia caretas de dor. — Devemos reverter o experimento! — Laura pareceu perplexa. — Temos que reverter o circuito que conduz aos eletrodos!

— Mas como? — Laura indagou.

— O Painel de Controle, lá! — Incapaz de apontar, Michael gesticulou com os ombros para indicar algo do outro lado.

Laura olhou desesperadamente pela câmara, na direção geral indicada, quando percebeu alguns cabos grossos que conduziam a uma caixa metálica de distribuição, posicionada no alto da parede.

Ela conseguiu apenas distinguir as letras na caixa, que diziam:

— Painel de Controle.

De repente, pareceu-lhe como se estivesse a centenas de quilômetros de distância, quando a voz gerada por computador anunciou:

— Atenção, 75% de geração de força. Um minuto para força total.

CAPÍTULO 104

— Mas, Michael — disse. Ela não queria abandoná-lo naquele estado arriscado.

— Vá, Laura! Vá agora! — ele gritou, e ela começou a disparar pela câmara.

No entanto, ao fazê-lo, a passarela central a qual tentava atravessar começou a se soltar lentamente de sua hidráulica, levando-a para mais longe de seu destino, visto que as diversas partes da passarela começaram a se separar umas das outras e a se recolher às paredes.

Precisaria agir antes que as passarelas se tornassem fatalmente impossíveis de atravessar. Ela correu o mais rapidamente que pôde, chegando ao fim de sua parte apenas para se deparar com uma fenda ainda maior. Ela se equilibrou e saltou no limite da abertura. Seu coração pulou quando um enorme arco de eletricidade se levantou, não a acertando por poucos centímetros.

Acabara de atravessar para o outro lado, apertando desesperadamente as grades, agora de aparência inconsistente, quando a parte da passarela que ela deixou para trás de repente ruiu no furacão e mergulhou no fogo do inferno abaixo.

Ela se arrastou e cambaleou até o final do próximo trecho. Mas assim que se preparava para fazer o próximo grande salto, o maior aro externo do giroscópio, que permanecera imóvel até as passarelas se recolherem para longe de seu caminho, de repente começou a rodar, passando à sua frente empinou-se para evitar que fosse acertada por ele.

Havia acabado de conseguir manter a passada e estava prestes a tentar saltar de novo, quando a parte da passarela diante de si, na qual estava prestes a pular, também caiu. Perdeu o equilíbrio e tombou na borda, conseguindo apenas se segurar com um braço enquanto encarava o abismo.

Ela agora bamboleava ao final de uma ilha solitária de passarelas desmoronando, quando os ventos com força de furacão ampliaram outro desfiladeiro, e de repente viu-se pendurada horizontalmente, enquanto o buraco negro dentro da caveira tentava puxá-la pelos pés.

Olhou para os parafusos que seguravam a passarela no lugar. Para seu horror, conseguiu ver que eles começavam a se afrouxar. Com todo o balanço e vibração, eles começaram a se soltar da parede por alguns centímetros. Então, de uma hora para outra, saíram por completo.

Embora fosse por menos de um segundo, pareceu como se fosse uma eternidade, quando Laura sentiu tanto ela quanto a passarela na qual estava se segurando sendo sugadas rapidamente em direção ao grande buraco negro e ao turbilhão de lâminas internas do giroscópio no centro da câmara.

Elas voaram pelo ar juntas, mas apenas por um instante Laura largou a passarela e agarrou-se no grande aro externo do giroscópio, enquanto virava, ao mesmo tempo em que a parte quebrada da passarela em que havia se agarrado voava em direção ao buraco negro.

Ela agora prendia sua vida ao aro externo do giroscópio, enquanto ele girava pela câmara.

Passou voando pelo Painel de Controle algumas vezes, ainda tentando planejar como chegar até lá.

A alguma distância abaixo do painel estava outra parte de passarela refratada, no lado oposto da câmara. Calculando com muito cuidado, ela esperou pelo aro externo girar. Então, logo que conseguiu ver a passarela se aproximando, prendeu a respiração, cerrou os dentes e soltou o giroscópio — utilizando sua força centrífuga para contrabalançar a força centrípeta da caveira.

Agarrou-se à passarela no tempo exato, apenas a alguns momentos de ver o pedaço que ela acabara de largar se atirar no aro externo do giroscópio, rompendo-se, criando um fio de navalha mortal que neste instante rodava na sala.

Enquanto isso, a parte de passarela à qual agora de segurava, começou a gradualmente se estender de seu soquete na parede em razão do peso extra. Como resultado, as pernas de Laura começaram a bambolear para as afiadas "lâminas de helicóptero" do aro externo quebrado do giroscópio, enquanto rodava repetidas vezes, ameaçando amputar suas pernas sempre que ela passava.

Utilizando cada músculo de seus braços, foi puxada ainda mais longe na passarela, aparentemente sem chegar a lugar algum, como em um pesadelo, no qual cada vez em que ela se puxava para frente, a passarela era puxada para mais longe do centro da sala, seu fim próximo sendo fatiado repetidas vezes pela lâmina giratória gigante até reduzir-se.

Então, assim que a lâmina externa do giroscópio passou de raspão na perna de Laura, arrancando sangue, a passarela finalmente atingiu sua extensão total e parou de se esticar.

Contorcendo-se em agonia, com uma perna pingando sangue, Laura enfrentou a dor lancinante e se arrastou. Acabara de conseguir esticar o braço e agarrar um dos cabos grossos que levavam ao Painel de Controle, percorrendo a parede na extremidade oposta da passarela, apenas um segundo antes de o restante dela também acertar diretamente a parede ruidosamente e voar, unindo-se aos demais escombros ainda orbitando no centro da câmara.

Neste momento, pendurada em seus braços, Laura começou a fazer seu caminho lentamente pelos cabos espessos, em direção ao Painel de Controle. Quando eles se dobravam e esticavam com seu peso, e seu pé bamboleava próximo à lâmina giratória do giroscópio de desintegração, ela ainda se deparava com o constante risco de objetos caindo e colidindo por todo o lado.

Ela finalmente chegou ao lado do Painel de Controle, quando a voz gerada por computador anunciou:

— Trinta segundos para zero hora.

CAPÍTULO 105

Ela esticou o braço para alcançar a caixa de distribuição, mas não conseguiu remover seu invólucro exterior, pelo menos não manualmente. Virou-se para buscar aconselhamento de Michael, quando um pedaço de vidro voador passou de raspão, esfolando seu queixo. Fazendo caretas de dor, sua pegada nos cabos se afrouxou, porém conseguiu agarrar novamente com a outra mão, quando notou que o alicate do bolso da jaqueta de Sam ainda girava na sala, voando em uma órbita próxima.

Preparou-se para apanhar a alicate na próxima vez em que ele passou, porém o perdeu. Ele passou voando pelas pontas de seus dedos. Então, ela precisou começar a se balançar nos cabos esticados para se estender ainda mais. Esperou o alicate retornar e sacudir novamente. Desta vez, pousou com uma pancada dolorida bem na palma de sua mão.

Ainda se pendurando contra o vento uivante, ela usou o alicate para soltar o envoltório externo do Painel de Controle, o qual voou prontamente, passando por um triz em seu rosto, em direção ao buraco negro.

Ela olhou fixamente para a caixa de distribuição, para seus diversos fios internos, completamente confusa, totalmente incapaz de descobrir o que deveria fazer com toda a massa de circuitos diante de si.

Michael gritou do outro lado da câmara:

— Se você cortar o fio vermelho, reverterá o circuito, o qual reverterá os eletrodos e todo o experimento.

No entanto, Laura mal conseguiu ouvi-lo com o vento feroz. Ela gritou de volta:

— O quê? Qual?

Michael urrou:

— Corte o fio vermelho, não o verde. Se você cortar o verde, a força aumentará, e todo o lugar será arrastado pelo vento!

Laura olhou novamente para os fios. Iluminados pela luz de emergência vermelha piscante dentro da câmara, era absolutamente impossível dizer a diferença entre o fio vermelho e o verde. Ela posicionou as articulações do alicate para cortar o fio em ambos os lados dos cabos.

Lançou um rápido olhar para o relógio de contagem regressiva na parede da câmara, no qual marcava "00.00.05 segundos".

Ela fechou os olhos e cerrou os dentes, sussurrando baixinho:

— Alice! Por favor! Ajude-me!

Ela estava apenas começando a fechar as articulações do alicate em torno do fio, quando, no último momento, hesitou e, ao contrário, rapidamente cortou o outro...

O relógio parou na marca de "00.00.01 segundos".

CAPÍTULO 106

Mas estava tudo certo. Nada foi arrastado pelo vento.

O redemoinho cessou imediatamente. Todos os escombros que rodeavam a caveira se chocaram contra o chão, enquanto tudo e todos caíram, incluindo a caveira de cristal, agora com aparência normal. Ela havia derretido seus parafusos, os eletrodos que outrora a seguravam no lugar, e agora rolava para fora do giroscópio em direção a um pedaço de passarela quebrada adiante.

Muito aliviados, todos ficaram lentamente em pé, em meio ao interior devastado. Cientistas e técnicos sacudiram a poeira de si na Sala de Controle, enquanto Laura deslizava de volta pelos cabos da parede e escalava pelos escombros na câmara.

— Michael, você está bem? — ela gritou.

Dirigiu-se pelos destroços, através da confusão de passarelas caídas, os pedaços de metal e lâminas afiadas dos restos do giroscópio, e apanhou a caveira de cristal enquanto se dirigia a ele.

Ela chegou a Michael para descobrir que ele ainda estava preso sob a escadaria caída. Tentou movê-la, mas não foi capaz.

— Precisamos de ajuda aqui! — ela gritou pela câmara.

— Você conseguiu, querida! — Michael falou, seu rosto radiante de orgulho, enquanto ela se ajoelhava ao lado dele.

— Nós conseguimos, Michael — ela sorriu. — Eu não teria feito isso sem você.

Ela se esticou por entre as barras de metal da escadaria para afagar seu rosto. Porém, Michael estava olhando para trás dela, uma ruga profundamente gravada em sua testa.

— Meu Deus! — ele sussurrou. — O que é isso? — Laura virou-se para ver que um pequeno buraco negro ainda estava lá. Na verdade, ainda era em formato de caveira, mas agora pairava no ar, no centro do giroscópio em ruínas, exatamente no mesmo ponto em que a caveira de cristal havia estado.

Parecia ser algum tipo de "túnel no tempo-espaço" e, embora o turbilhão tivesse parado, ainda crescia em um ritmo acelerado.

— Eu não acredito! O buraco ainda está aí! — Michael falou consternado. — Apenas está fora da caveira.

Naquele momento, o xamã surgiu na janela estraçalhada da Sala de Controle, balançando suas chaves da limpeza para entrar na sala.

— Você apenas reverteu o processo — explicou. — Agora é um buraco no passado, em vez de no futuro.

— Mas ainda está crescendo! — Michael exclamou.

— Laura — prosseguiu o xamã — você deve jogar a caveira no buraco negro, de volta ao passado, de volta ao lugar de onde veio.

Laura levantou a caveira de cristal acima de sua cabeça e estava prestes a fazer como o xamã sugeria, quando teve o vislumbre de algo surgindo dentro dela. Era apenas o vislumbre mais fugaz, a olhadela mais momentânea, mas seu rosto era inconfundível.

Era Alice. Seu rostinho parecia exatamente como Laura tinha visto no interior da caveira de cristal, em seu escritório, semanas atrás. Laura hesitou enquanto fitava sua bela menininha.

— Mas, e quanto a Alice? Eu nunca mais a verei — ela protestou.

— Laura, você deve abrir mão disso — o xamã disse com firmeza. — Você não pode mudar o passado, mas ainda tem tempo de salvar o futuro.

Laura apenas permaneceu lá por um momento, congelada no tempo, sem saber o que fazer para o melhor. Ela oscilou o olhar entre a caveira em sua mão e o buraco negro que continuava a aumentar, começando a "deformar" mais e mais a câmara ao seu redor.

Michael berrou:

— Apenas faça, Laura! Rápido, antes que todos nós sejamos sugados!

Laura olhou novamente para a caveira para observar que a imagem da Alice agora se fora. Havia desaparecido tão rapidamente quanto aparecera. Girou a caveira em suas mãos para tentar vê-la novamente, mas foi em vão, quando pensou ter ouvido a vozinha de Alice em sua cabeça.

— *Você me verá novamente, mamãe. Você me verá na primeira gota de orvalho que cai na primavera. Você me verá na borboleta quando abre suas asas.*

Uma única lágrima brotou no canto do olho de Laura.

Ela segurou a caveira próxima a seu peito e sussurrou:

— Perdoe-me, Alice.

Pensou por um momento ter ouvido a resposta de Alice:

— *Você deve perdoar a si mesma, mamãe. Você fez tudo o que pôde* — mas se perguntou se haveria imaginado.

— Eu sempre te amarei — Laura falou suavemente.

Michael gritou novamente de seu lugar, ainda preso sob a escadaria quebrada:

— Pelo amor de Deus, Laura, apenas jogue-a, ou todos nós morreremos!

Outra lágrima escorreu solitária pela lateral da bochecha dela, enquanto segurava a caveira entre as palmas das mãos e a beijava com doçura na testa.

— Adeus, meu amor, adeus! — sussurrou.

Ela então levantou a caveira lentamente sobre o ombro e a jogou, em um tiro suave e comprido, diretamente para o centro do buraco negro.

CAPÍTULO 107

De repente, houve um enorme flash de luz branca ofuscante, um sibilo de vento, como uma explosão nuclear quase silenciosa. Todos foram lançados de volta ao chão pela força do vento e demorou algum tempo para sua visão se recuperar do clarão. No entanto, à medida que o borrão de suas retinas gradualmente desvanecia e sua visão voltava ao normal, eles puderam ver que o buraco negro finalmente se fora.

— Obrigada, Deus, tudo acabou! — Michael suspirou.

Lentamente recuperando-se do choque, todos se levantaram novamente. Uma broca soou atrás da porta trancada da câmara, até ser aberta à força por um grupo de engenheiros. Laura olhou para cima. Estava tão grata por eles terem finalmente vindo libertar Michael, que esperava cumprimentá-los quase que com os braços abertos, mas, ao contrário, seus olhos foram imediatamente lançados para mais longe, para o corredor de serviço atrás deles.

— Ah, não! — ela sussurrou horrorizada.

— O quê? — Michael virou-se, esticando o pescoço para ver algo terrível pendurado no teto suspenso e avariado do corredor de serviço, além da porta da câmara.

Era um grande cabo elétrico que havia se esticado pela força dos ventos de furacão, os quais o sugaram por uma extremidade em direção à Câmara Central, e então foi ceifado, completamente rompido quando os engenheiros forçaram a abertura da porta. Como resultado, agora oscilava para baixo, reluzindo furiosamente e agitando-se como uma cobra gigante, acima da grande poça de óleo que ainda se encontrava no chão do corredor de serviço.

O enorme peso do cabo gigante estava gradualmente puxando-se cada vez mais para baixo no teto suspenso, o qual começava a derrubar um suporte de cada vez, enquanto o cabo caía em etapas, ficando firmemente mais próximo do espesso e escuro óleo abaixo.

Seria uma questão de minutos antes que o cabo tocasse e incendiasse o óleo.

— Socorro! Alguém, por favor, precisamos de ajuda aqui! — Laura gritou em desespero.

— Rápido! Todos para fora antes que estoure! — Michael berrou, e todos os cientistas e técnicos começaram a correr, esquivando-se ao passar pelo cabo destruído, a fim de pegar os elevadores acolá.

— Por favor, Laura, vá! — ele vociferou, enquanto o cabo puxava para baixo outro pedaço de teto.

— Não, Michael, não posso deixá-lo aqui.

— Por favor, Laura. Dê o fora daqui enquanto você ainda consegue! — ele insistiu.

— Eu não o deixarei.

— Você deve ir! — advertiu-a furiosamente. No entanto, ela balançou cabeça em negativa.

— Por favor, alguém nos ajude! — ela gritou.

Eles observaram assustados enquanto outra parte do suporte caía.

— Socorro! — Laura gritou a plenos pulmões.

Lágrimas começaram a escorrer por seu rosto quando o cabo caiu firmemente próximo ao óleo. Ela esticou o braço pelas barras e segurou a mão de Michael.

— Ficarei com você até o fim — afirmou.

Ambos sabiam que seria apenas uma questão de instantes até que o cabo tocasse e incendiasse óleo.

De repente, dois pares de botas surgiram na passarela ao lado deles. O xamã maia e seu colega faxineiro estavam ali para ajudá-los. Laura saltou sobre seus pés, e os três colocaram a mão na massa. Com toda a força que puderam reunir, finalmente conseguiram erguer a parte quebrada da escadaria, livrando-a e libertando Michael de sua armadilha.

Eles o arrastaram pelos pés.

— Agora corram, antes que exploda! — ele falou, enquanto todos se arrastavam para fora da câmara, desviando-se do cabo danificado e corredor abaixo.

Foram as últimas pessoas a entrar no elevador já lotado, apertando-se como sardinhas em uma lata.

Michael pressionou o botão para subir, mas o elevador estava cheio além da capacidade e houve um ruído de sobrecarga nos cabos quando começou a descer arduamente. Assustados com a possibilidade de que o elevador não conseguisse, todos mal se atreviam a respirar. Laura segurou a mão de Michael, consumida de arrependimento com o pensamento de que encher o complexo de óleo havia sido um erro terrível e mortal.

Todos os ouvidos estavam sintonizados com o som inevitável que esperavam ouvir de baixo. Todos esperavam por aquele momento fatal, quando o cabo, agora serpenteando para baixo do teto do corredor de serviço, finalmente pousou no óleo, para o inferno mortal que resultaria, para o forno terrível que correria no poço do elevador e engoliria a todos. Houve um silêncio ensurdecedor enquanto todos os passageiros aguardavam e rezavam que a cabine atingisse o topo. Você conseguiria ouvir um alfinete cair enquanto todos escutavam o terrível som sibilante que indicaria que o óleo abaixo tinha pegado fogo. Poderia ser em alguns momentos.

Mas, ao contrário, ouviram apenas o som constante do ranger os cabos do elevador, e então a cabine tremeu e parou. Havia parado na metade do caminho para o poço. Todos respiraram profundamente, tomados de terror pela possibilidade das repercussões vindouras do que acontecia abaixo. E, então, houve um grande suspiro de alívio assim que a cabine começou a se mover lentamente para o poço outra vez, mas ainda viajando tortuosamente devagar. Cada momento que passava parecia uma eternidade, enquanto ele prosseguia o lento avanço poço acima, em direção ao destino final.

Estavam quase no topo, quando as luzes de repente se apagaram e o elevador sacudiu violentamente e parou de novo. Demorou alguns momentos para as complicações abaterem Michael. Uma falta de energia poderia significar apenas uma coisa: um curto-circuito no fornecimento de energia. O cabo deveria ter alcançado o óleo. E então todos ouviram o estouro explosivo e tudo virou chamas abaixo deles.

CAPÍTULO 108

Eles conseguiram ouvir o som do fogo enquanto devastava tudo, reunindo força e rasgando seu caminho através do complexo subterrâneo. A única coisa que os impedia de subir para o poço do elevador eram duas portas de metal fino no fundo que agora se obrigavam a derreter. Mas estavam tão próximos do topo, que a luz do dia era visível através da fresta no alto das portas de suas cabines. A metade superior do elevador devia pelo menos estar acima do nível do solo. Michael pressionou as portas para abri-las, mas nada aconteceu. As portas do elevador estavam bloqueadas.

Houve queixas de medo com a perspectiva de que todos ficariam presos ali para torrar até a morte nas chamas. Fumaça começava a preencher a cabine. Asmáticos já estavam tossindo e respirando com dificuldade. Michael então notou um martelo de incêndio no chão, próximo a seu pé. Ainda estava onde Laura havia jogado anteriormente. O elevador era preenchido com uma densa fumaça negra e todos tossiam. Michael apertou-se e apanhou o martelo de incêndio, então o calçou entre as portas de aço. Em seguida, tantas pessoas quanto conseguiram alcançar puxaram o martelo, lançando sua força contra as portas, a qual se abriu lentamente em um lado.

Pessoas escalaram e se jogaram para fora do elevador, tropeçando umas sobre as outras enquanto corriam para fora do saguão. Segurando as portas abertas, Michael e Laura foram os últimos a sair. O elevador começou a balançar violentamente quando foi tocado poço acima por uma bola gigante de chamas que subia do inferno abaixo.

Quando finalmente soltaram o martelo e voaram pelo saguão, a cabine do elevador foi engolida por chamas, e todo o prédio que o abrigava começou a pegar fogo.

No lado externo do complexo, o fogo tomava todos os lugares. Pareceu até se espalhar em direção ao depósito para armazenamento de óleo. Precisavam sair de lá rapidamente. Enquanto disparavam pelo complexo, pareceu que tudo ao redor havia inflamado, pois o grande e furioso incêndio a seguir buscou todas as rotas que podia até a superfície.

O coração de Michael esmurrava seu peito, sua respiração vindo em arfadas enquanto avançava, e Laura estava temporariamente esquecida da dor em sua perna, enquanto ele ajudava a puxá-la para frente ao seu lado. Tudo o que sabiam era que deviam sair daquele lugar antes que o depósito de armazenamento de óleo pegasse fogo.

Correram a toda velocidade, passando pelo carro-tanque com a cabine queimada na qual Laura havia começado um incêndio mais cedo, e correram passando por um bloco de escritórios agora envolto em chamas. Passando por Jeeps e Humvees queimados, eles foram, desesperados, obter segurança antes que fosse tarde demais.

Eles conseguiram ver a cerca do perímetro a distância, com suas extintas câmeras de circuito interno de segurança, arcos de luzes e arame-farpado, e o posto de controle abandonado à frente. Essa era a única maneira de escapar do inferno vindouro, e agora estava dentro da visão. Se eles conseguissem chegar lá.

Estavam quase dentro do alcance dos portões quando houve um rugido ensurdecedor e o depósito de armazenamento de óleo explodiu em uma pesada bola de fogo de explosões. A imensidão aterrorizante da explosão os lançou para a lateral, e tiveram que afastar as mãos e os rostos para que o calor escaldante não chamuscasse sua pele.

No entanto, a adrenalina em seu sistema levou Michael a ficar em pé novamente, e puxou Laura para frente, pelos portões de entrada, para fora e além do complexo.

Eles finalmente vacilaram até fazer uma pausa, exaustos. Caindo na estrada deserta além da cerca do perímetro, voltaram-se e observaram atrás todo o complexo, agora tragado por chamas, contra o céu escuro. Recuperando o fôlego, Laura falou melancolicamente:

— A caveira de cristal. Acabou. Eu nunca mais verei Alice de novo.

Michael a segurou em seus braços. Ele esticou a mão em seu bolso e puxou o pequeno medalhão de prata em formato de coração. Ele o abriu para revelar uma foto dos três membros da família: ele, Laura e Alice sorrindo feliz em suas últimas férias na praia juntos, no verão anterior à morte de Alice. Era a mesma foto que Laura mantinha em sua escrivaninha em casa.

Fechando-o novamente, Michael colocou o medalhão suavemente em torno do pescoço da esposa, onde lampejou na luz dourada da noite, quando ambos se viraram do local para observar o pôr do sol.

O sol saíra detrás de uma nuvem, e seus raios iluminaram a paisagem.

— Lembre-se do que ela disse — Michael disse com delicadeza.

Quando Laura percebeu o efeito da luz do sol soprando suavemente na grama do deserto, podia ter jurado que ouvira a vozinha de Alice em sua cabeça.

— *Você me verá novamente, mamãe. Você me verá na primeira gota de orvalho que cai na primavera. Você me verá na borboleta quando abre suas asas. Você me verá no vislumbre do raio solar que encrespa a grama e que em seguida se perde no crepúsculo.*

Eles sussurraram ao mesmo tempo:

— Alice!

— É lindo — disse Michael, observando a grama.

— Sim, é — concordou Laura. Ela até conseguiu dar um meio sorriso antes de se virarem um ao outro e se beijarem. Michael posicionou seus afetuosos braços em volta dos ombros da esposa e ajudou-a a se levantar. Ela precisava de seu apoio agora, em razão de sua falta de firmeza.

Caleb encontrava-se na grama próxima e os observava em silêncio. Ele viu ambos dispostos em silhueta enquanto cambaleavam em direção ao poente, com os últimos raios do sol que se afundavam desaparecendo sob o horizonte atrás deles.

EPÍLOGO

Enquanto Michael e Laura se dirigiam para mais longe na estrada deserta, depararam-se com outros cientistas, técnicos e equipe que lutaram para sair do lugar em que estiveram outrora no Lab-Z. Eles se espalhavam pela vasta extensão de deserto. Mudos, fitaram o local sendo consumido pelas chamas contra o céu enegrecido, antes de o inferno barulhento ser tragado pelas sirenes de emergência dos veículos à medida que começaram a surgir na cena.

Hunab Ku caminhava silenciosamente através da multidão, em direção aos dois. Ele trazia uma mochila sobre o ombro, a mesma que ele carregava desde que aparecera inesperadamente no hospital em Nova Iorque.

— Venha. É hora de partirmos — ele disse.
— Para onde? — perguntou Laura.
— Ainda não chegou ao fim — disse. — Siga-me!

Intrigados, traçaram seu caminho pelo áspero solo do deserto, além dos veículos de emergência, quando Michael e

Laura se aproximaram de uma mulher loira, alta e deslumbrante, seguida por um homem de cerca de quarenta anos segurando uma câmera de vídeo profissional.

— Oi, estou com Nat Morgan, da NBC. Queremos contar sua história — ela começou.

— Isso é tudo o que precisamos — Michael gemeu.

— Mas vocês devem contar ao mundo a respeito da caveira de cristal — Hunab Ku afirmou.

— O momento é adequado. A caveira precisa estar na consciência de todos os povos deste planeta. Você pode dividir com os outros tudo o que eu contei a você.

Michael suspirou. Laura tocou sua manga.

— Não, é importante — ela disse. — Prometi a Richard Forbes que contaríamos ao mundo sobre as origens da caveira de cristal.

— Mas quem vai acreditar em nós? — Michael respondeu. — A caveira se foi. Está lá — ele acenou com a cabeça em direção ao inferno ardente atrás de si.

Um chefe de polícia chegou e se aproximou de Michael.

— Michael Greenstone, correto?

— Sim — o coração de Michael quase parou de bater por um instante.

— E essa que está com você é Laura Shepherd?

— Er... sim.

— Que bom! A imprensa precisará de vocês dois para prestar um depoimento completo. Eles querem saber a respeito da caveira de cristal.

Michael estava sem palavras.

— Montamos uma instalação no Café Última Chance. Eu os levarei lá.

Atrás de uma das mesas do Café estava Caleb Price. Algumas cortinas posicionadas cuidadosamente haviam transformado o lugar em um estúdio de notícias improvisado.

— Cientistas como Michael Greenstone é que fazem história — falava para as câmeras. — Foi por seu discernimento, sua tenacidade e determinação contra todos os obstáculos que hoje nós impedimos o que poderia ter sido uma catástrofe global.

Assim que a entrevista de Caleb terminou, ele levantou-se e apertou a mão de Michael, e depois a de Laura.

— Acredito que devo a vocês dois um pedido de desculpa — ele disse.

— Podemos adiantar as coisas? — Nat Morgan perguntou com firmeza. — Queremos isto no noticiário das seis horas.

Laura e Michael sentaram-se e um pouco de maquiagem foi aplicada em seus rostos exaustos e desgastados, antes de Michael começar.

— A caveira de cristal é um objeto incrível — afirmou —, que desafia as regras pelas quais nosso mundo faz sentido. Além de tudo, ela nos mostrou, com o que aconteceu no Lab-Z hoje, o que pode acontecer se você não tiver a estrutura moral e espiritual adequadas para trabalhar com algumas das mais poderosas forças do universo. O que pode acontecer se você não moderar ciência pura com um pouco de senso comum de humanidade...

Hunab Ku passou sua mochila para Laura. Ela se perguntou que diabo ele estava fazendo, entregando a ela uma bolsa no meio de uma entrevista coletiva. "Ele obviamente não tinha ideia de que não se faz coisas como essas em tais circunstâncias", ela pensou, prestes a colocá-la discretamente de lado. Porém, olhando seu interior, ela mal pôde acreditar em seus olhos.

Lá, dentro da mochila, estava a caveira de cristal...

... ou melhor, uma caveira de cristal.

Olhou para ela novamente. Não parecia muito certo. Flertou com ela dentro da bolsa, onde apenas ela conseguia vê-la. Parecia ter mudado levemente, muito sutilmente.

Ela estava intrigada. Olhou para o xamã com uma careta.

— Eu me esqueci de contar — ele sussurrou — que meu povo é guardião de uma das demais caveiras de cristal também.

Laura mal pôde acreditar em seus ouvidos.

— Na verdade, precisaremos de sua ajuda para tentar descobrir qual rosto está nela. Então, eles podem ajudar a nos salvar da próxima catástrofe que venha a enfrentar este mundo.

Laura balançou a cabeça, mas mal conseguiu conter o sorriso quando ocupou o palco central.

— Quando a caveira de cristal chegou a meu escritório — ela começou — eu não fazia ideia com que estava lidando — Laura abriu a mochila e ergueu a nova caveira de cristal à mesa, quando Michael e todos os demais na sala ofegaram descrentes.

"Mas o que temos aqui é um objeto que pode ajudar a unir a consciência da humanidade, que pode nos ajudar a ascender a um nível mais elevado de funcionamento como espécie, pois pode nos auxiliar a nos elevarmos além das margens rasas de nossas vidas e ver que somos todos uma parte de algo muito, muito mais distante do que percebemos antes.

Porque esta caveira de cristal pode nos auxiliar a ver as conexões entre todas as coisas. Pode nos ajudar a preencher nossas vidas com a luz do destino, a luz do conhecimento de um propósito mais profundo, mais espiritual, que jaz entre todas as pessoas deste planeta.

No entanto, antes que eu diga como ela está aqui para mudar nossa consciência, para 'mudar nossa mente de humanidade', gostaria de começar contando a vocês a história da descoberta da caveira. Embora tenha sido descoberta em uma antiga tumba maia, há fortes evidências para sugerir que, na verdade, foi criada por uma civilização muito mais antiga, uma civilização mais avançada, que talvez nem mesmo exista em nossa dimensão física.

Mas quem quer que a tenha criado, compreende o poder incrível do cristal de quartzo como um meio de comunicação entre os mundos. Eles compreendem que o cristal tem o potencial não apenas para transformar este mundo tecnologicamente, mas também o poder para transformar a espécie humana. Ela tem o poder de transformar todos e cada um de nós como indivíduos também..."

Trilogia Sevenwaters
Livro 1

Filha da Floresta

Juliet Marillier

O domínio de Sevenwaters é um lugar remoto, estranho, guardado e preservado por homens silenciosos e criaturas encantadas, além dos sábios druidas, que deslizam pelos bosques vestidos com seus longos mantos...

Passada no crepúsculo celta da velha Irlanda, quando o mito era lei e a magia uma força da natureza, esta é a história de Sorcha, a sétima filha de um sétimo filho, o soturno Lorde Colum, e dos seus seis amados irmãos, vítimas de uma terrível maldição que somente Sorcha é capaz de quebrar. Em sua difícil tarefa, imposta pelos Seres da Floresta, a jovem se vê dividida entre o dever, que significa a quebra do encantamento que aprisiona seus irmãos, e um amor cada vez mais forte, e proibido, pelo guerreiro que lhe prometeu proteção.

Trecho do Capítulo 1

Três crianças deitadas sobre as pedras na beira da água. Uma menina de cabelos negros e dois meninos mais velhos. É uma imagem que ficou gravada em minha mente e me acompanha por toda a vida, como uma espécie de criatura frágil preservada em âmbar. Meus irmãos e eu. Lembro-me nitidamente da sensação da água passando entre meus dedos.

— Não se debruce desse jeito, Sorcha — disse Padriac. — Você pode cair.

Ele era apenas um ano mais velho que eu, mas fazia questão de usar toda a autoridade que essa pequena diferença de idade lhe conferia, algo compreensível, uma vez que outros cinco irmãos, em um total de seis, eram mais velhos do que ele.

Eu ignorei seu comentário e continuei a me esticar em direção à água, interessada em explorar suas profundezas.

— Ela pode cair, não pode, Finbar?

Um longo silêncio. Ficamos os dois olhando para Finbar, deitado de costas sobre a pedra morna. Não estava dormindo. Seus olhos, abertos, refletiam o tom acinzentado do céu de outono. Seu cabelo se esparramava pela rocha em um emaranhado negro. Seu jaquetão tinha um buraco na manga.

— Os cisnes estão chegando — disse ele, finalmente. — Devem chegar esta noite.

Atrás dele, uma brisa balançava suavemente os galhos das árvores e espalhava folhas em tom de bronze sobre o chão. O lago cercava três colinas cobertas de vegetação alta, protegidas da visão externa.

— Como você sabe? — perguntou Padriac. — Como pode ter tanta certeza? Podem chegar amanhã ou depois. Ou podem ir para outro lugar. Você fala como se soubesse.

Não me lembro de Finbar ter respondido, mas, naquele mesmo dia, perto do anoitecer, ele me levou novamente para a beira do lago. E com as últimas luzes do pôr do sol vimos os cisnes voltando para casa, com suas asas brancas, voando em formação na brisa fria e pousando suavemente. Passaram perto de nós e pudemos ouvir o bater das asas e a vibração no ar. Um a um, pousaram na água, com sua superfície prateada pronta para recebê-los. E quando a tocavam, o barulho lembrava o som do meu nome, repetido várias e várias vezes: *Sorcha, Sorcha*. Peguei a mão de Finbar e ficamos ali, contemplando a vista até o escurecer. Então, ele me levou para casa.

Quem tem a sorte de crescer em um lugar como o que eu cresci possui sempre muitas lembranças. Mas nem todas são tão boas. Em um dia de primavera, três de meus seis irmãos e eu fomos ao lago para caçar os pequenos sapos que apareciam com o calor da manhã, mas fizemos tanto barulho dentro da água que acabamos afastando qualquer criatura que estivesse por perto. Conor assobiava uma velha canção. Cormack, seu irmão gêmeo, seguia atrás dele, tentando se livrar de algumas folhas que haviam caído em sua gola. Depois, os dois foram para a margem e começaram a brincar, lutando e rindo. E Finbar. Finbar estava um pouco mais longe, em uma parte mais calma do lago. Não virara as pedras para achar sapos; preferia encontrá-los, permanecendo em silêncio e observando para vê-los aparecer.

Eu estava com uma das mãos cheia de flores do campo, violetas e ervas que tinha colhido. Então vi na margem do lago uma planta bonita, com flores verdes em formato de estrela e folhas que pareciam penas cinza. Cheguei mais perto e subi nas pedras para apanhar uma das flores.

— Sorcha! Não toque nessa planta! — gritou Finbar.

Parei, assustada, e olhei para ele. Finbar jamais me deu ordens. Se fosse Liam, o mais velho, ou Diarmid, o segundo filho, eu entenderia. Finbar largou os sapos e veio correndo em minha direção. Mas eu nem prestei atenção. Por que deveria? Ele não era o mais velho, e eu só queria pegar uma flor. Não havia problema. Ele gritou mais uma vez:

— Sorcha, não! — enquanto meus pequenos dedos se aproximavam do caule e agarravam os espinhos.

A dor era terrível. Sentia como se minha mão estivesse em chamas. Contorci o rosto, saí correndo e gritando, e deixei cair todas as flores que havia colhido. Finbar me alcançou, me segurou não muito delicadamente pelos ombros e olhou minha mão.

— Estrela d´água[1] — disse, pegando minha mão, que já estava vermelha e inchando. Ao ouvir meus gritos, os gêmeos vieram correndo. Cormarck, o mais forte, me segurou, pois eu estava muito agitada com a dor. Conor rasgou uma tira de sua camisa encardida. Finbar pegou dois galhinhos finos de planta e, usando-os como pinça, foi tirando um por um os espinhos da estrela d'água que haviam ficado em minha mão. Lembro-me até hoje da pressão das mãos de Cormack em meus braços enquanto eu gritava e chorava, e da voz calma de Conor falando ao mesmo tempo em que Finbar tirava os espinhos com suas mãos habilidosas.

"... e seu nome era Deidre, a Deusa da Floresta, mas ninguém jamais a viu durante o dia, somente à noite, entre as árvores. É uma figura

---

[1]. Startwort, *Callitriche palustris*. (Nota da Tradutora)

alta, envolta em um manto azul-escuro, de cabelos longos e escuros esvoaçando ao seu redor, e tem na cabeça uma pequena coroa de estrelas..."

Quando Finbar terminou, eles envolveram minha mão com a faixa improvisada e algumas pétalas de marigold. Na manhã seguinte já estava bem melhor. E nenhum dos três comentou com meus irmãos mais velhos a bobagem que eu havia feito.

Daquele dia em diante, eu entendi o que era a estrela d'água e quis conhecer melhor as plantas e seus efeitos. Uma criança criada em meio à natureza pode aprender facilmente os segredos das plantas por meio de lógica e observação. Cogumelos benéficos ou venenosos, líquens, musgos e trepadeiras, folhas, flores, raízes e lascas de troncos estão por toda parte. A floresta oferece uma variedade infinita de opções. Com o tempo aprendi onde encontrar, quando colher e como usar cada planta para fazer unguentos, pomadas e infusões. Mas só este conhecimento não me satisfez. Fui falar com as mulheres mais velhas da aldeia, insisti para que me ensinassem, li tudo o que encontrei sobre o assunto e fiz diversas experiências. Havia sempre algo mais a aprender, e eu tinha tempo de sobra.

Mas qual é o verdadeiro início de minha história? Quando meu pai conheceu minha mãe, apaixonou-se perdidamente e decidiu se casar por amor? Ou pode-se dizer que foi quando nasci? Era para eu ser o sétimo filho de um sétimo filho, mas a deusa resolveu brincar com nosso destino e eu nasci menina. E minha mãe morreu no parto.

(...)

À venda nas melhores livrarias!